**REPRINTED
BY
HUBER**

Nr. 32

Cécile Ines Loos

«Matka Boska»

Cécile Ines Loos

Matka Boska

Roman

Mit einem biographischen Nachwort neu herausgegeben
von Charles Linsmayer

Verlag Huber Frauenfeld Stuttgart Wien

Cécile Ines Loos' Roman «Matka Boska» erschien das bisher erste und einzige Mal 1929 in der Deutschen Verlagsanstalt Stuttgart. Die hier vorgelegte Neuausgabe basiert auf der Erstausgabe und wurde vom Herausgeber sorgfältig revidiert, teilweise leicht gekürzt und der modernen Orthographie angepasst. «Matka Boska» erscheint innerhalb von Reprinted by Huber, einer offenen Folge bemerkenswerter Texte aus der mehrsprachigen Schweiz, ausgewählt und herausgegeben von Charles Linsmayer

Die Publikation wurde gefördert durch:

Gedruckt mit Unterstützung der Berta Hess-Cohn Stiftung, Basel

Schutzumschlag von Nadja Zela unter Verwendung einer Fotografie aus dem Archiv von Charles Linsmayer (Cécile Ines Loos 1912 in Mailand mit Sohn Leonardo)
Druck: CPI books GmbH, Leck
ISBN 978-3-7193-1594-8

Bibliographische Information der Deutschen Bibliothek
Die Deutsche Bibliothek verzeichnet die Publikation in der Deutschen Nationalbibliographie; bibliographische Daten sind im Internet über http://dnb.d-nb.de abrufbar.

© 2015 Verlag Huber Frauenfeld
an Imprint of Orell Füssli Verlag AG, Zürich, Switzerland
Alle Rechte vorbehalten
www.verlaghuber.ch

INHALT

1. Teil
Die Sünde

1. Kapitel: Meliska

Ein langgezogener Ton kommt über den Wald. Immer ganz gleich bleibt der Ton. Blaß, eisig, schneidend. Von einem Weltende scheint er zu kommen, zum anderen Weltende scheint er zu gehen. Und der Ton streckt eine lange, lange Hand aus, und an der langen Hand einen langen, langen Finger. Und der Ton drückt aufs Herz, ja, er sticht zuletzt das Herz durch, so lang ist er, so blaß, so schneidend. Der Ton ruft zwar zum Essen, aber es kommt nicht darauf an, wozu er ruft: es kommt nur darauf an, wie er spricht. Ein Ungeheuer ist es, das diesen Ton ausspeit. Und das Ungeheuer schreit mit seiner kalten, nassen, eindringlichen Stimme, die zugleich Fluch ist und Hohn und Qual: «Du bist kein freier Mensch, sondern du mußt tun, was ich dir befehle. Ich rufe dich am Morgen aus dem Bett, nicht weil es mir Freude macht, dich zu sehen, sondern weil ich dich für meine Dienste brauche. Ich rufe dich zum Essen, nicht weil ich dich ernähren will, sondern damit du Kraft behältst, für mich zu arbeiten. Ich strecke dich am Abend auf dein Lager, nicht weil ich dir Schlaf gönne, sondern damit du Stärke sammelst, mir weiter zu dienen. Ich bin der Ton der Selbstsucht. Ich bin der Ton, der die Welt regiert.»

Meliska ist nach dem Essen mit den Knechten an den Fluß hinuntergegangen; es muß dort Sand ausgehoben und der Sand in Karren auf den Hof geschleppt werden. Meliska ist zwar eine kleine und zierliche Frau und nicht geschaffen, solche Männerdienste zu verrichten; aber das Ungeheuer der Selbstsucht fragt nicht danach, ob es eine Frau ist oder ein Mann, den es in seinen Dienst stellt, sondern es greift mit seinen plumpen Händen einfach ins lebendige Fleisch, wo es dessen habhaft werden kann, und spricht: «Diene mir, denn ich bin die größte Macht auf Erden, und wenn du mir nicht dienst, so lasse ich dich verhungern, dich und deine Kindeskinder, und gehe über die klopfenden und blutenden Herzen hinweg wie ein eiserner Tod.»

Vom Morgen bis zum Abend arbeitet Meliska unermüdlich auf dem Hof. Wie eine Walze geht die Arbeit über sie hinweg und läßt nichts anderes mehr in ihr aufkommen. Die Arbeit kann zwar sein wie ein fruchtbarer Acker, darinnen Gedanken aufgehen und gedeihen; aber zuerst müssen Gedanken da sein, bevor sie aufgehen können. Wo schlechte Gedanken sind, können auch Dornen und Disteln aus der Arbeit hervorgehen. Die Arbeit schafft die Gedanken nicht, sie entwickelt nur, was schon da ist. Aber es hat nie jemand Gold in Meliskas Acker gesteckt. Nie hat sie einen einzigen klaren Gedanken in ihrem Kopf gehabt, sondern immer nur Arbeit in den Händen. Ein paar ganz spärliche Begriffe nur haben sich zufälligerweise in ihrer Seele verfangen. Aber es hat sich niemand dieser Begriffe angenommen; verwahrlost und windschief, wie sie entstanden, sind sie in ihr steckengeblieben, und es wäre unmöglich, daraus ein vernünftiges Leben zu bestellen. Stumpf nur ist die Walze der Arbeit über die Begriffe hin und her gefahren, aber sie hat sie nicht verändert, sie hat sie nur festgestampft. Unauslöschlich das Unrichtige in Meliska begründet. Meliskas Arbeit ist nicht Gold geworden, Meliskas Arbeit ist Schweiß geblieben.

Ganz zuhinterst in Meliskas Seele steht das Bild der Matka Boska, als der Begriff vom Schönen in der Welt. Aber auch dieser Begriff steht schief. Einmal nur hat er aufrecht darin gestanden. Ein wenig blaß zwar und undeutlich. Immerhin ist es der Anfang des Guten gewesen. Und wenn auch das Gute vorerst nur in einem Bildchen bestand, das Meliska eingehend betrachtete, so hat das Bildchen doch die Matka Boska dargestellt, mit der hohen Silberkrone auf dem Kopf und dem seltsamen Lächeln auf den Lippen. Dieser Anfang konnte auch ruhig bestehen bleiben, wenn nicht die Sofiat dazwischengekommen wäre und der Bauer Krusky schließlich das Bildchen von der Wand gerissen und in den Staub getreten hätte. Dann sind die ersten Strahlen des Göttlichen in Meliska verlöscht, die Arbeit ist über sie hinweggegangen, und es konnte niemand mehr ahnen, daß aus diesem kleinen Bildchen der Hauptbegriff für ihr Leben hätte entstehen können.

Stumpf und finster ist alles um sie her geblieben von Jugend an.

Tief, im verblaßten Hintergrund ihres Lebens steht irgendwo eine kleine Lehmhütte, und um die Lehmhütte herum liegt ein Dörfchen. Meliska weiß zwar nicht, ob das ihr Heimatdörfchen gewesen ist, noch, ob es die Hütte ihrer Eltern war. Meliska ist nie in eine Schule gegangen. Sie hat nie etwas gelernt. Sie hat auch nie etwas gehört von einer Heimat. Sie weiß nur, daß sie in diesem Dörfchen zuerst hat angefangen zu arbeiten, und daß sie zuerst in dieser Hütte gelebt hat. Meliska weiß auch nicht, wie alt sie ist. Sie weiß nur, daß sie jünger ist als die Schwester und infolgedessen weniger Recht besitzt als diese. Wer älter ist, nimmt einfach über den Kopf des anderen das Recht für sich in Anspruch. Dies ist alles, was Meliska über ihre Heimat weiß, und mehr hat sie nicht gelernt. Wie ein Vorhang schließen die Pupillen ihre Seele von der Außenwelt ab, aber hinter dem Vorhang ist nichts als eine endlose Finsternis. Die Begriffslosigkeit der Tiere. Nur an den Ecken biegt die Gegenwart Meliskas Augen ein wenig nach den Winkeln: Meliska ist schlau. Die Schlauheit ist das Einzige, was ihr Seelenleben mit der Außenwelt in Einklang bringt. Im übrigen könnte vor Meliska das Schönste und das Abscheulichste vorübergehen, sie würde es nicht bemerken. Es fehlt ihr der Maßstab der Dinge.

So kann sich Meliska weder von der Hütte noch von dem Heimatdörfchen einen Begriff machen; sogar die Mutter ist ihr fremd geblieben. Ab und zu ist eine Frau in die Hütte gekommen, und mehr noch ist sie fort gewesen. Meliska hat sie Mutter genannt. Die Mutter hat den ganzen Tag über in fremden Häusern gearbeitet und ist auch manchmal des Nachts nicht nach Hause gekommen. Dann und wann hat diese Frau etwas zum Essen in die Hütte gebracht; aber oft auch nicht. Meliska hat dann betteln müssen. Die Sofiat dagegen hat in ihrem Winkel über der Schüssel gesessen und geknurrt wie ein böser Hund, wenn Meliska zu nahe gekommen ist. Nur selten hat sich die Mutter um die Kinder bekümmert. Sie hat auch keine Zeit gehabt dazu. Eigentlich hat sie es nur dann getan, wenn sie ihr im Wege gestanden haben. Meliskas Mutter hat nie gewußt, daß sie Kindern gegenüber eine Pflicht zu erfüllen hätte. Sie ist zu Kindern gekommen wie ein Hase zu Ostereiern. So hat denn Meliska keinen anderen Schutz in der Welt gefunden als ihre eigene Schlauheit. Die Schlauheit ist ihre einzige Zuflucht gewesen durchs ganze Leben.

Manchmal an Sonntagen ist die Mutter mit den Kindern zur Nachbarin gegangen. Wenn man auf Besuch geht, stellen Kinder einen Besitz vor. Die Sofiat hat dann das Wort geführt; aber für Meliska ist alles dasselbe geblieben. Auch im Hause der Nachbarin hat sie nichts anderes zu tun gewußt, als irgendwo in einem Winkel zu stehen und die Händchen unter dem schwarzen Schal zu verbergen. Von der Ecke aus hat sie dann mit runden Augen, hinter denen nichts liegt als eine endlose Finsternis, auf die Leute gestarrt, ohne sich den mindesten Begriff von ihnen machen zu können. Bloß, wenn irgendwo ein brauchbarer Gegenstand oder auch einmal ein Geldstück auf den Boden fiel, dann haben sich auch Meliskas Augen aus ihrer Starrheit bewegt. Unvermerkt hat sie mit dem Fuße den Gegenstand an sich gezogen und ihn lautlos unter dem schwarzen Schal verborgen. Wie in einer Nacht der Finsternis ist er in ihr verschwunden, und was sie sich einmal so zugelegt hat, vermöchte kein Mensch mehr von ihr zu trennen. Ebenso regungslos wie vorher, hat sie auch hernach dagestanden und auf die Leute gestarrt. Nur der Hunger ist es, der Meliska Anlaß gibt zum Denken, und sonst ist alles um sie her leer und unberührt, wie vor der Weltenschöpfung …

Meliskas Schwester, Sofiat, dagegen ist dick und drall wie die Mutter; sie hat viel Selbsterhaltungstrieb um sich herum. Sie trägt auch kleine silberne Ohrringe, die immerfort klingeln. Dieses Geräusch gibt ihr etwas Erwachsenes. Sofiat ist klug. Sie bekümmert sich nicht um Meliska, sondern sie hält es mit den Großen. Sofiat steht nie in einer Ecke; sie steht immer in der Mitte des Raumes. Sie zieht auch nicht mit den Füßen heimlich ein herabgefallenes Geldstück an sich, sondern sie nimmt alles frei und öffentlich. Wenn man ihr etwas versagt, macht sie den Mund so weit auf, daß auch der gröbste Mann bald schweigen muß. So hat die Sofiat immer genug zu essen, währenddem Meliska oft hungern muß.

Aber dann ist es eines Tages so gewesen: Meliska steht in der Hütte, und ganz hinten an der Wand, da hängt das Bildchen der Matka Boska mit dem Christuskind auf den Knien. Auf dem Kopfe trägt sie eine hohe, silberne Krone mit breiten Strahlen darum, die heimlich durch die Hütte leuchten. Und Meliska sieht das Bildchen an; aber sie denkt sich nichts dabei, denn das Bildchen kann der liebe Gott sein oder eine vornehme Dame aus der Stadt. Aber es ist schön, und die Matka Boska hat ein kleines, seltsames Lächeln auf den Lippen. Es ist ein ganz anderes Lächeln, als wie Meliska es sonst bei den Menschen sieht, bei der Mutter oder bei der Sofiat; der Vater lacht ja nie. Es ist ein Lächeln wie bei einem Menschen, der sich auf etwas sehr, sehr Fernes freut. Und wie Meliska davorsteht, kommt das seltsame Lächeln fast ein wenig in sie hinein von dem Bilde. Plötzlich möchte sich Meliska auf etwas ganz, ganz Fernes freuen. Aber in dem Augenblick, wie sich Meliska freuen will, tritt die Sofiat in die Stube, und sie gibt Meliska einen Stoß und sagt: «Was stehst du da und schaust die Matka Boska an ... die hält's mit den Reichen, und nicht mit den Armen. In der Stadt, da trägt die Matka Boska einen seidenen Mantel und Diamanten und Ringe und fährt in einer sechsspännigen Kutsche durch die Straßen.» Und wie die Sofiat das sagt, da schaut sie über die Schultern, als ob sie selber einen seidenen Mantel trüge und Diamanten und Ringe und in einer sechsspännigen Kutsche durch die Straßen fahren könne. Aber Meliska ist eben noch daran gewesen, sich zu freuen. Das Gute sitzt ihr sozusagen noch auf den Lippen und hat einen kleinen Begriff in ihrem Herzen gründen wollen. Und sie sagt zu Sofiat: «Aber du bist doch auch arm ...» Sie weiß zwar nicht, warum sie es sagt, es ist das Gute in ihr, das den andern noch so sieht, wie er ist. «Ja», sagt die Sofiat und kneift die Augen zusammen, «aber ich will nicht arm bleiben, ich will reich werden!» Und dann dreht sie sich um, und geht zur Türe hinaus mit ihrem drallen Rock um die Hüften und mit den kleinen silbernen Ohrringchen, die ihr etwas Erwachsenes geben. Mit weiten, runden Augen schaut Meliska ihr nach, und dann sieht sie, wie die Sofiat geradeaus in ein reiches Haus hineinläuft mit ihrer Selbstverständlichkeit und ihren silbernen Ohrringchen. Und Meliska möchte auch mit, aber vor ihr ist kein Weg. Nie wird sie so sein können, wie die Schwester ist. Sofiat behält das Recht der Erstgeburt.

Dann ist die Freude von Meliskas Lippen weggeglitten. Wie ein schwacher Wegweiser im düstern Leben hat das Bild der Matka Boska bis jetzt heimlich in ihrer Seele gestanden, als der Inbegriff von etwas verborgenem Guten in der Welt, an das man sich halten kann. Aber von diesem Tage an hat sich auch dieser Begriff in ihr schief auf die Seite geneigt. Nun gibt es kein Gutes mehr in ihr. Nichts mehr, was an ein Gutes glaubt. Mit scheuen Augen nur noch schaut Meliska nach der Ecke, wo das Bildchen der Matka Boska hängt, die man nur verehren muß, weil sie sonst mit einem tun kann, was sie will, wie die reichen Leute. Aber in ihrem Herzen verachtet Meliska die Matka Boska. Und weil nun das Gute in ihr verdorben ist, hat sich dafür ein neuer Begriff in ihr gebildet, der Begriff: reich werden. Meliska weiß zwar nicht wie; das Wort «reich» kommt ihr nicht entgegen, es ist ihr fremd. Trotzdem will sie das Wort suchen, und sie will reich werden, auch wenn sie es nicht kann. Ja, sie will so reich werden wie die Matka Boska, mit einer silbernen Krone auf dem Kopf, mit einem seidenen Mantel um die Schultern und vielen, vielen Ringen an den Händen. Und weil sie nun den richtigen Begriff der Matka Boska verloren hat, so greift sie mit unwissenden Händen das Wort aus dem Leben, das sie erwürgen wird. Und nun fängt das Leid an. Das Wort «reich» führt es an der Hand.

Noch seltener als die Mutter ist der Vater nach Hause gekommen. Wenn er nach Hause kommt, sucht er die ganze Hütte ab nach etwas Eßbarem. Er sucht auch nach Geld. Die Mutter bringt ja wenig ins Haus; aber der Vater bringt nicht nur nichts, er holt auch das Wenige noch weg. Aber Meliskas Mutter ist klug. Sie trägt das Säckchen mit Erspartem an einem schmalen Bändchen um den Hals. Da trägt sie es Tag und Nacht; denn sie hat nicht Lust, für ihren Mann zu arbeiten. Meliskas Mutter hat es lieber selber schön auf der Welt, denn daß sie für andere sorgt. Davon hat sie nichts. Lieber kauft sie sich von einem vorüberziehenden Händler ein buntes Kopftuch. Dem Vater dagegen ist es gleichgültig, wie er aussieht. Er läuft umher wie ein Bettler, und wer ihn auf der Straße allein antreffen würde, müßte sich fürchten vor ihm. Wenn er nach Hause kommt, sind beide Kinder fort.

Die Tage, an denen der Vater fort und auch die Sofiat mit der Mutter auf Arbeit gegangen ist, sind Meliskas schönste Zeit. Sie setzt sich dann auf einen Stein vor der Hütte und scharrt mit den bloßen Füßen Sand zusammen: Hier einen Berg und da einen Berg und dann noch einen Berg. Stundenlang kann sie dieses Spiel treiben, ohne dabei müde zu werden, ohne dabei auf einen anderen Gedanken zu kommen. Immer wieder Häufchen und immer wieder Berge, wie eine Schicksalskette. Und sie findet es schön, wie ihr der Sand so über die Füße läuft, ohne daß sie dabei etwas zu denken braucht. Und es scheint ihr dann, sie möchte ihr ganzes Leben nichts anderes tun als Berge aufstellen. Andere Kinder wissen mit dem Sand schon das Leben zu formen. Sie bauen Häuschen und backen Brot daraus; aber Meliska weiß mit dem

Leben nichts anderes anzufangen, als ein Verhängnis daraus abzuleiten.

Aber eines Tages, wie sie so vor der Hütte sitzt und Sand zusammenscharrt: hier einen Berg und da einen Berg und dann noch einen Berg, da kommt der kleine Wustra aus dem Nachbarhaus, und er hat lustige, weiße Zähne wie ein junger Wolf. Und der Wustra lacht und sagt zu Meliska: «Eia, dein Vater ist im Gefängnis …» Meliska schaut den Wustra an mit ihren runden, schwarzen Augen, und sie weiß nicht, was sie sich unter einem Gefängnis vorstellen soll, denn sie ist nie in eine Schule gegangen. Aber sie schluckt, und das Wort bleibt in ihr stecken wie eine Fischgräte im Halse. Und Meliska möchte das häßliche Wort wieder aus sich herausnehmen; denn es ist irgendwie grausig und sieht aus wie ein Galgen, nur, daß man noch nicht weiß, was alles daran hängt. Aber mit Wucht ist nun auch das Entsetzen in sie hineingeschleudert und muß über ihr bestehen bleiben als Bestimmung, weil Meliska keine Fähigkeit hat, irgendeinen Begriff in sich zu verändern.

So haben sich denn in Meliska allerhand schiefe, verstümmelte Bruchstücke einer Lebenserkenntnis gesammelt, worauf sie nun ihre Zukunft aufbaut. Und dann ist eines Tages noch ein anderer Begriff dazugekommen: der Begriff «tot».

An einem Abend ist die Mutter noch spät nach Hause gekommen. Meliska und Sofiat schlafen bereits unter der dünnen Decke. Dann kriecht auch die Mutter dazu. Aber sie legt sich nicht wie sonst hinten an der Wand zurecht, sondern sie setzt sich im Bette auf und stöhnt und seufzt, bis Meliska erwacht: über ihnen brennt ein kleines Öllämpchen vor dem Heiligenbild. Die Sofiat hingegen schläft weiter und schnarcht. Nicht einmal im Schlaf läßt sie sich das Recht der Erstgeburt nehmen. Meliska aber verkriecht sich unter der Wolldecke, denn nun fängt sie an sich zu fürchten. Sie will wenigstens so aussehen, als ob sie schliefe. Lautlos nur mit den runden Augen schaut sie unter der Decke hervor. Aber die Mutter sitzt immer noch aufrecht und starrt ganz groß auf einen Punkt, während sie sich mit den Händen an den Hals faßt, als ob sie etwas würge. Es ist zwar nur das schmale Bändchen des Geldsäckchens, das sie durchreißen möchte; aber das Bändchen gibt nicht nach. Und Meliska beißt mit aller Macht auf die Zähne, daß das Bändchen nicht nachgibt; denn wenn es reißt, so muß sie schreien, und dann fällt das ganze Unglück über sie her. Aber da gleiten mit einemmal die Hände der Mutter vom Bändchen ab, und dann sinkt sie langsam hintenüber. Nun ist sie ganz still. Ihr Arm ist gerade über Meliskas Gesicht gefallen, und Meliska möchte gerne davon wegkommen; aber der Arm ist schwer und gibt nicht nach. Unterdessen geht der Tod in der Hütte umher und klappert mit seinen Knochen, und Meliska hört es ganz deutlich, wie jemand umherläuft, und überall knackt es, im Fußboden und im alten Schrank in der Zimmerecke. Aber sie kann nicht sehen, was es ist, denn der Arm liegt immer noch quer über ihrem Gesicht. Und der Tod geht hin und reißt ganze Stücke aus dem Leben heraus, so daß man durch die bloßen Stellen in einen Abgrund hinuntersehen kann, dorthin, wo alles beginnt und endet und ist. Es ist grausig, und Meliska fühlt, wie sie auch in den Abgrund fällt, und hinter ihr poltern große Steine nach. In Wirklichkeit aber ist es nur der Arm der toten Mutter, unter dem sie sich endlich hervorgeschafft hat.

Wie sie am anderen Morgen erwacht, steht schon die Sofiat an der Seite des Bettes und löst der Mutter das kleine Säckchen vom Halse, das so schwer wiegt, und bindet es sich selber um. Meliska schaut mit runden Augen zu; aber sie begreift nichts von allem, was da vor sich geht. Sie sieht nur einen tiefen Abgrund, in dem alles anfängt und endet und ist, und wenn man hinunterschaut, so sieht man nur wieder sein eigenes Bild. Und das ist der Tod von innen. Aber die Sofiat kennt nur den Tod von außen. Der Tod ist für sie eine Sache wie eine andere. Sie hat schon viele Leute sterben sehen und macht sich nichts daraus. Wie sie der Mutter die Hände zusammenfaltet, da sagt sie: «Nun ja, was guckst du so, sie ist eben tot ...» Aber Meliska bleibt der Mund offen stehen, denn sie ist nie in eine Schule gegangen, sie weiß nicht, wie sie mit einem so kurzen Wort über den ganzen Tod hinwegkommen soll. So hat sich denn auch der letzte Begriff in ihre Seele eingerammt und ist dort steckengeblieben wie ein Holzkreuz am Rande eines Abgrundes. Das Wort «tot» ist es gewesen, das diese letzte Lebenserkenntnis in sie gerissen hat.

Dann sind Leute gekommen, und der Pope ist auch gekommen, und sie zünden sogar das Lämpchen an vor dem Bilde der Matka Boska zu Häupten der toten Mutter. Und dann reden sie etwas; aber Meliska weiß nicht, was sie sagen. Rund

und starr schauen ihre Augen über die Leute, und hinter dem Vorhang ihrer Pupillen ist nichts als eine endlose Finsternis.

Die Mutter liegt nun bereits im offenen Sarg, und die Leute gehen mit behutsamen Schritten um sie herum und küssen die Tote auf die Stirn, und machen das Zeichen des Kreuzes über ihr. Der süßliche Geruch der schwelenden Lämpchen erfüllt die Hütte, und in der Mitte steht die Sofiat und heult. Sie hat ja nun die Mutter beerbt, und das Weinen steht ihr wohl an. Aber Meliska ist enterbt, es ist nichts mehr für sie da zum Weinen. Rund und fraglos schauen ihre Augen auf das Tuch, mit dem die Mutter bis zum Gesicht zugedeckt ist. Und wie die Frauen in ihren schwarzen Tüchern so dastehen und sagen die Totengebete auf, da macht der Pope plötzlich eine Bewegung mit der Hand, und es flattert ein kleines Wörtchen, ängstlich wie ein weißes Vögelein, in Meliskas Seele hin und her. Und das Wörtlein heißt «lieb», und es möchte sich irgendwo niedersetzen. Obwohl sie keinen Grund hat zum Weinen, möchten Tränen in ihr aufsteigen. Aber Meliska weiß ja nicht, wofür sie weinen könnte. Der Begriff der Matka Boska steht wie ein schiefes Windkreuz in ihrer Seele, und das Wörtlein «lieb» kann sich nicht darauf setzen. Die Matka Boska hält es doch nur mit den Reichen; wenn man arm ist, darf man sie nicht lieben. Und das Wörtlein «lieb» möchte sich zum Begriff «Schwester» setzen, der dasteht wie eine lustige Wimpelstange, daran wie ein Fähnlein das Wörtlein «reich» flattert. Aber die Sofiat zieht ja den Wind des Mitleids nur auf sich, und es ist kein Platz mehr da für Meliska. Und das Wörtlein «lieb» irrt weiter, und es möchte sich in seiner Angst sogar zum Begriff «Gefängnis» setzen, aber das Gefängnis ist vor ihm verschlossen. Einzig das Wort «tot» steht noch offen, aber es ist so kalt und stumm, und wenn man über den Rand des Abgrunds hinunterschaut, so sieht man nur wieder sein eigenes Bild.

Nie hat das Wörtlein «lieb» sich in Meliskas Leben irgendwo festsetzen können. Dumpf und schwer schließen die Pupillen den Vorhang vor ihrem Seelenleben ab, darinnen einzig und allein der Tod eine wahre Erkenntnis des Lebens aufgebrochen hat.

Und wie dann der Sarg draußen auf dem Kirchhof eingegraben ist, da kommt ein Bauer in die Hütte und sagt, Frau Smalik sei ihm Geld schuldig gewesen. Und er flucht und schimpft und stößt einen Holzschemel beiseite und reißt auch das Bildchen der Matka Boska von der Wand, und wirft es ohne alle Verehrung auf den Boden. Aber dann kommt Wustras Vater hinzu und sagt, die Hütte gehöre ihm; der Bauer hingegen, der zuerst geschimpft hat, will nicht nachgeben, und sie verprügeln einander, so daß Wustras Vater ein blaues Auge bekommt. Es kommen noch mehr Leute hinzu, und jeder will etwas anderes wissen. Und die Füße der Leute stampfen hin, und die Füße der Leute stampfen her, und zuletzt sieht man überhaupt nichts mehr vom Bildchen der Matka Boska. Nur in einer Ecke, da wo Meliska steht, lächelt noch ein Stück des Mundes lieblich in der Dunkelheit mit der verborgenen Unveränderlichkeit alles Göttlichen.

Und am Abend haben sich die Leute versöhnt. Sie haben zusammen getrunken, und zuletzt haben sie noch getanzt. Meliska aber hat die ganze Zeit über in einem Winkel der Hütte gestanden und hat nichts verstanden von allem: weder vom Zank, noch vom Tanz der Leute, noch von der verborgenen Unveränderlichkeit alles Göttlichen.

Am anderen Tag ist die Sofiat mit dem ererbten Gelde der toten Mutter in die Stadt gezogen. Nur von ferne haben an ihren Ohren die Ringelchen noch geklingelt. Meliska aber ist auf irgendeinem grauen Hof von der Arbeit verschlungen worden. Und das ist die Erinnerung, die sie an ihre Jugend besitzt.

2. Kapitel: Die Fürstin

Von Brasow nach Zizwitsch fährt ein kleines Bähnchen. Dreimal des Tages fährt es hinauf, und dreimal fährt es hinunter. Es ist eines jener kleinen Bähnchen, die vier, höchstens fünf Wagen mit sich schleppen. In Zizwitsch ist eine große Ziegelei. Manchmal hält das Bähnchen auch in Liturk. An gewissen Tagen bleibt der Rauch noch lange über der Landschaft stehen wie ein Gedankenstrich. Dann ist alles gut. Manchmal aber auch wirbelt das Bähnchen den Rauch hoch vor sich her, so daß er schon lange vorher in Zizwitsch ankommt. Dann ist nicht alles gut. Es fahren auch nicht immer dieselben Leute mit.

Einmal ist eine Mutter mit einem Kindlein auf den Armen in Liturk eingestiegen; aber das Kindlein war schon tot und hatte blaue Flecke am Halse. Die Mutter hat es zwar nicht glauben wollen, daß das Kindlein tot sei, und sie hat es in einem fort geherzt und geküßt und gerufen: «Buschinka …» Aber das Kindlein hat die Äuglein nicht mehr aufgemacht, und die Wimpern sind ganz dicht und seidig auf den weißen Wangen gelegen. Aus dem blauen Kittelchen haben zwei Ärmchen schlaff heruntergehangen. Man hat gesagt, die Frau käme vom Gute.

Zuweilen steigen auch sehr elegante Leute in Liturk aus. Sie halten Blumen in den Händen und riechen nach Parfüm. Sie haben große Reisetaschen aus Juchtenleder bei sich, und an der Bahn erwartet sie der Wagen der Fürstin. Die Frau mit dem toten Kinde jedoch hat niemand weder begleitet noch abgeholt. Ganz allein ist sie über die rote Lehmstraße gekommen. Und wie sie das Bähnchen in Liturk hat einfahren sehen, da hat sie schon von weitem gewinkt und das Kindchen hochgehoben über der Lehmgrube und geschrien: «Buschinka, Buschinka …» Sie hat das Kindlein auf den Zug retten wollen …

Meliska ist nun schon seit zwei Jahren im Susumoffschen Hause. Eine Freundin der Pani hat sie ihr abgetreten für einen Dienst, den die Fürstin ihr erwiesen hat. Das macht sich so unter Freundinnen. Und es hat niemand gefragt: «Meliska,

willst du …?», sondern es hat einfach geheißen: «Geh!» –
Ganz so und ohne weiteres. Einen Hund mögen Reiche noch
behandeln als ihresgleichen, aber nicht einen Menschen, der
arbeitet, damit er nicht verhungert. Aber Meliska macht sich
auch nichts aus Herrschaften. Sie ist schon bei Leuten gewesen, wo zwölf Erwachsene waren und zwei Kinder, und wieder bei Leuten, wo zwei Erwachsene waren und zwölf Kinder.
Es ist für sie alles dasselbe. Es hat sich noch nie eine Herrschaft, bei der Meliska gedient hat, etwas anderes überlegt, als
wie sie am meisten Arbeit aus ihr ziehen könne. Äcker sind
die Dienstboten für die Herrschaften, in die man nichts hin-
einsteckt und trotzdem auf einen großen Ertrag hofft.

Es ist nun schon eine Weile her, seitdem Meliska ein Kind
gewesen war. Sie ist vorwärts gewachsen wie ein Baum im
Walde, der sich jedes Jahr einen neuen Ring zulegt. Zuerst
kann man bloß bis auf die Tischplatte sehen, und unversehens
ist man so groß, daß man Dinge von einem Schrank herunter-
holen kann, ohne bemerkt zu werden. Das Leben wird gewissermaßen einfacher. Mit der Zeit werden auch die Säcke und
die Körbe leichter, die man schleppen muß. Dazu tauchen hin
und wieder Burschen auf, die mit einem spaßen, und dann
kann man wieder mit ihnen spaßen. Das Leben wird nicht nur
einfacher, es wird auch froher. Eines Tages trägt Meliska eine
rote Halskette über dem offenen Brustlatz. Sie bindet auch seit
einiger Zeit das Kopftuch auf eine neue Weise. Aber wenn
man Meliska fragen würde: «Warum tust du das?», so würde
sie antworten: «Ich weiß es nicht!» Es gibt tatsächlich nicht
eine Handlung, die Meliska begründen könnte. An ihr geschieht alles so wie dem Tännchen, das hellgrüne Spitzen zu-
setzt. Ebensogut möchte die rote Halskette über dem offenen
Hemd und das farbige Kopftuch an ihr gewachsen sein.

Meliska ist nun, wie gesagt, schon bei vielen Herrschaften
gewesen. Einmal ist sie von selber davongelaufen, und das
andere Mal ist sie gejagt worden. Aber das ist alles für sie ohne
Belang. Es ist für sie auch ganz gleichgültig, ob sie zu der
Fürstin Susumoff kommt, oder ob sie bei Frau Karniotzi
bleibt. Es hat sie zwar niemand darum beneidet, denn es gehen
allerhand üble Gerüchte über die Fürstin um. Obschon auch
die Gnädige …

Aber wenn auch Meliska das Leid, das ihr widerfährt, nicht
mit Namen kennt, so steht es trotzdem über ihr. Oder wer will

20

zum Regen sagen: «Ich mag nicht naß werden!» Wer keinen Unterstand besitzt in der Not, spürt, daß der Regen naß ist; ob er will oder nicht. Darum ist es auch für Meliska belanglos, ob sie zu Leuten kommt mit zwölf oder nur mit zwei Kindern, das Leid ist doch da. Das Leid der Abhängigkeit. Meliska weiß zum voraus, daß sie es nirgends gut haben wird; denn wenn sie auch nur eine Handvoll Menschen kennt, so kann sie doch daraus berechnen, daß alle gleich schlecht sind. Auch der Regen ist überall gleich naß, und gute Herrschaften hat Meliska nie erfahren.

Zwar soll auch Gott eine Herrschaft sein. Und wenn Meliska nicht mehr auf Erden in Dienste geht, so wird sie dafür in die Herrschaft Gottes eintreten. Alle Menschen müssen dort eintreten, man sagt sogar, für ewig. Und der Pope versichert, daß es eine gute Herrschaft sei. Er hat auch von allerhand schönen Dingen gesprochen, die es im Himmel geben soll: von kleinen Engeln und Vögeln und weißen Lämmchen, mit denen die Menschen dann in der Ewigkeit spielen. Nur muß man zuvor auf Erden in die Kirche gehen; die Herrschaft Gottes will es so. Und wenn man es nicht tut, so kommt man in die Hölle, wo man lebendig verbrannt wird. Aber Meliska ist klug: sie zieht es vor, in die Kirche zu gehen, anstatt nach dem Tode mit den Gottlosen lebendig zu verbrennen. Hingegen einen Begriff von der Güte der Herrschaft Gottes kann sie sich deswegen auch nicht machen. Wenn sie den Himmel der Hölle vorzieht, so geschieht es nur, weil sie das kleinere von zwei Übeln wählt. Auf irgendeine Weise hat Meliska auch herausgefunden, daß Gott zwölf Söhne besitzt, deren jüngster Christus heißt, und die Matka Boska, so sagt man, sei die Mutter aller. Dieser kleine Christus soll die Hauptperson sein. Durch ein unerklärliches Wunder ist er zwar immer ein Kind geblieben, hat aber trotzdem in seinem Leben Gelegenheit gefunden, allerhand Gebote und Verbote aufzustellen, die die Menschen nun auf Erden halten sollen. So hat unter anderem dieser kleine Christus verboten, zu stehlen, und dann wieder hat er etwas von Reichen gesagt, die auch nicht gut sind, trotzdem sie nicht stehlen. Aber es ist für Meliska schwer, alles auseinanderzuhalten. Und wenn man alles tun wollte, was dieser kleine Christus befohlen hat, so müßte man schließlich immer nur gut sein auf Erden. Und dazu hat Meliska keine Lust. Es kann tatsächlich auch niemand von ihr verlangen, daß ausgerechnet sie allein gut sein sollte, während alle anderen schlecht sein dürfen. So hat sie denn beschlossen, alles in der Kirche zu lassen, was hineingehört: das Stehlen und die Reichen. Auch der Pope hat gesagt, es sei gut so. Und wenn Meliska am Ende auch nichts von all dem gehalten hat, was dieser kleine Christus sagte, so wird der liebe Gott es trotzdem nicht merken, weil sie doch jeden Sonntag in die Kirche gegangen ist. So hat denn Meliska einen Weg gefunden, wie sie auf Erden sich freuen und trotzdem nach dem Tode in den Himmel kommen kann. Zum Lohn für alle Frömmigkeit wird dann die Matka Boska ihren kleinen Sohn Christus diesem oder jenem ein wenig auf die Arme geben, und der liebe Gott wird lächeln über die Freundlichkeit der Menschen. Ja, eines Tages wird vielleicht sogar Meliska das Heil der Welt auf den Armen halten und so für einen kleinen Augenblick das Höchste erreichen, wenn die Matka Boska sie auf ihrem hohen Silberthron empfängt.

So hat denn Meliska das kleinere Übel gewählt und wächst nun vorwärts wie ein Tännchen im Jungwald, das hellgrüne Spitzen ansetzt und dennoch als Holz verkauft wird, woraus man in den Irrenhäusern die Riegel an den Türen zimmert.

Als die Fürstin Susumoff hereingekommen ist, hat Meliska schnell fortrennen müssen; denn auch sie ist zu etwas auf der Welt, und ganz so dumm ist sie auch nicht, daß sie die andern sich allein freuen ließe, während sie sich mit dem Lohn eines besseren Lebens nach dem Tode begnügte. Es ist ja allerorts viel Unhöflichkeit in der Welt, und Meliska ist schon ganz stumpf geworden von allem, was ihr schon begegnet ist. Sie sieht keinen großen Unterschied mehr zwischen dem Recht und dem Unrecht: ein wenig hin und ein wenig her. Meliska weiß zwar nicht eigentlich, wozu sie stiehlt. Sie kann die gestohlenen Dinge nicht gebrauchen, weder persönlich noch zum Verkauf, um aus dem Erlös das Gewünschte zu gewinnen. Ja selbst wenn man Meliska alle Schätze der Welt freiwillig hinstellte, so wüßte sie nichts anderes damit anzufangen, als hier ein Häufchen aufzuschichten und dort eins und dann noch eines, und mit den Händen darin zu wühlen, und sich einfach zu freuen, daß die Häufchen ihr gehören. Wie ein lustiges Wimpelfähnchen auf einer Fahrt flattert ihr das Wörtlein «reich» voran. Nur weiß Meliska nicht, wohin das Wimpelfähnchen führt. Die meisten Menschen meinen, das Schicksal führe sie von außen her; aber es ist ja ganz umgekehrt: die eigene, ihnen innewohnende Idee führt sie und wird ihnen zum Schicksal für Gut und Böse, indem sie die Menschen genau nach Ort und Stunde dort landen läßt, wo sie die Erfüllung ihres Wollens erleben.

Es sind deshalb an den gefährlichen Kurven des Lebens gewisse Schutzvorrichtungen erstellt worden. So hat man zum Beispiel gegen eine bestimmte Richtung des Wollens den Satz hingestellt: «Du sollst nicht stehlen!» Was einer besitzt, gehört ihm wie sein eigenes Leben und sein eigener Tod, und es soll ihm nicht abgenommen werden, weder von einem einzelnen noch von der Gesamtheit. Wer einem anderen etwas wegnimmt, der tut sich selber einen Tod an. Denn jedes Unrecht ist ein Tod. Es schafft eine hohle Stelle im Herzen, und dort tritt die Verwesung ein. Und doch weiß Meliska, daß sie in den Himmel kommt, wenn sie nur das mit Juwelen beschlagene Buch küßt, worin steht: «Du sollst nicht stehlen!» Ja, wenn man es ihr erlaubte, würde sie sogar das mit Juwelen beschlagene Buch hinunterwürgen und wie ein Huhn an einem vergifteten Korn daran ersticken, ohne zu wissen, weshalb sie stirbt. So tief ist die Klage der nicht empfangenen Freuden in ihr …

So ist denn Meliska noch schnell fortgerannt. Irgendwo bei einer alten Frau hat sie auf einem Estrich einen Koffer stehen oder eine zugeschnürte Pappschachtel, in die sie die gestohlenen Sachen vergräbt. Was Meliska einmal endgültig gestohlen hat, erscheint ihr unveräußerlicher Besitz. Bis jetzt zwar stiehlt sie nur bescheiden, und sozusagen mit Ehrfurcht vor der Religion. Noch ist niemand gekommen, der zu ihr gesagt hat: «Ei, sieh da, Meliska, Gott, das ist Luft.» Sondern Meliska stiehlt gewissermaßen christlich. Nicht ganz, sondern halb. Sie nimmt nicht alles auf einmal weg, sondern läßt den Menschen noch Zeit, sich ihres Eigentums wieder zu bemächtigen. Sobald jemand eine ernsthafte Klage erhebt, liegen die Dinge wieder da.

Auf diese Weise legt Meliska die Seidenstrümpfe, die sie entwenden will, zuerst nur ins Nebenzimmer. Dort bleiben sie ein paar Tage liegen, dann werden sie weiter verlegt an einen dritten und vierten Ort, bis sie endlich dem Gedächtnis der Besitzerin entschwunden sind und sich eines Abends endgültig auf dem Estrich finden bei der alten Frau. Die alte Frau weiß natürlich nichts davon. Sie ist ja taub, und Meliska bedeutet ihr mit den Lippen nur das eine Wort «Schwester». Von Zeit zu Zeit stellt sie der alten Frau ein Päckchen Kaffee oder Zucker hin, das sie irgendwo gestohlen hat, nicht für sich selber, sondern bloß, um Gutes zu tun. Die alte Frau ist ja auch nicht neugierig; sie schließt den Kaffee und den Zucker im Schrank ein und freut sich, ohne zu fragen. Auf diese Weise hat sich denn Meliska, der aus Güte nie ein Mensch eine Freude bereiten würde, einen kleinen Besitz zugelegt, dessen Unterbringung und Vermehrung ihre einzige Sorge in der Welt ist und auch das einzige Interesse, das sie an ihre Dienstherrschaft knüpft.

Es fährt das Bähnchen von Brasow nach Zizwitsch. Zuhinterst ist noch ein Viehwagen angehängt worden. Es sind zwar um diese Zeit keine Tiere darin, sondern nur aufgerollte Bündel von Ochsen- und Schaffellen, die einen widerlichen Geruch verbreiten. Meliska hat sich, in ihren schwarzen Schal gehüllt, auf den Koffer gesetzt, den sie bei Frau Karniotzi auf dem Bodenraum gestohlen hat. Dieser Lederkoffer ist Meliskas größter Besitz, wenn sie daran denkt, gibt es ihr ein Gefühl froher Sicherheit. Den Schlüssel dazu hat sie sich wie ein Kleinod um den Hals gehängt. Auf dem Koffer stehen zwar noch die Anfangsbuchstaben der letzten Besitzerin. Aber Meliska hält nichts davon. Sie sieht nicht ein, wieso man nicht ebensogut etwas anderes lesen könne, als was dasteht. Einer sieht eine Sache so an, und ein anderer anders. Meliska hält das Lesen für eine Geschmackssache. Innen im Koffer klirren leise die Parfümfläschchen mit dem blauen Frühstückstäßchen zusammen. Obwohl Meliska viel vom Besitz der wohlriechenden Fläschchen hält, stört sie der widerliche Geruch der Felle wenig. Sie stiehlt ja die Dinge nicht, um sie zu gebrauchen, sondern nur, damit sie in ihrem Koffer seien. Ja, selbst wenn Meliska von einem Gegenstand nicht wüßte, wozu man ihn gebraucht, stehlen würde sie ihn dennoch, nur damit er ihr gehöre.

Noch nie in ihrem Leben ist Meliska in einer Eisenbahn gefahren. Es erweckt ihr ein unangenehmes Gefühl, so rückwärts durch die Dinge gerissen zu werden. Daß man sich in einer Eisenbahn auf die andere Seite setzen und auch vorwärts fahren kann, weiß sie nicht. Meliska ist genau auf dem Fleck sitzen geblieben, wo der Bahnangestellte den Koffer mit den drei weißen Buchstaben hingeschoben hat. Es ist wenig Licht in dem Wagen, und das kleine Fensterchen kaum so groß, daß ein Pferd seinen Kopf durchstrecken könnte. Wie angenagelt sitzt Meliska auf dem Koffer und starrt mit ihren runden Augen durch die Öffnung, an der sie tausend Dinge in rasender Eile vorüberstürzen sieht. Und sie erschrickt und weiß nicht, was sie davon halten soll, daß Berge tanzen, als wären es Schulkinder, und Telefondrähte wie ein Springseil auf- und niederschnellen. Sie sieht große Bäume vorüberstolpern und Häuser sich plötzlich merkwürdig und schief an den Boden ducken, und sie wartet auf den Augenblick, wo sie selbst mitsamt dem Koffer aufflattern wird. Himmel und Erde scheinen ihr in ungehöriger Bewegung zu sein, und sie würde sich durchaus nicht wundern, wenn plötzlich die Sterne wie Feigen vom Himmel fielen oder die Sonne zerbrochen auf der Straße läge. Kein Priester und keine Kirche kommt ihr mehr sicher vor in diesem ungeahnten Wirrwarr der Dinge. Mit der Zeit rollen sogar die Ochsen- und Schaffelle umher und fegen über die Diele des Wagens. Meliska muß an den Jüngsten Tag denken, von dem der Priester in der Kirche einmal gesprochen hat und an welchem die Gottlosen vor lauter Besinnungslosigkeit an den glatten Wänden der Häuser hinaufklettern werden. Meliska hat damals den Trost in sich gehabt, daß sie nicht zu den Gottlosen gehöre, sondern wirklich zu den Frommen, vielleicht sogar zu den Auserwählten, weil bei Gott alles möglich ist. Aber hier in der Eisenbahn kommt ihr dieser Trost abhanden. Es scheint ihr, daß es Dinge gebe, die nicht einmal mit Kirchengehen gesühnt werden könnten. So, als ob eines Tages sogar das Herz vor Gott gefordert würde. Das einfache, nackte Herz ohne alles weitere. Und Meliska schaudert bei dem Gedanken, daß sie jetzt und zu dieser Stunde hinausfliegen und alles durcheinander wirbeln könnte, das Herz und die Berge und die Telefondrähte und der Koffer und die Ochsenhäute, die wie losgelassene Teufel mit ihren langen Schwänzen um sich schlagen. Noch nie hat sich Meliska so nahe dem Tode und dem Gericht Gottes gefühlt wie im Viehwagen dieses Eisenbähnchens. Und sie möchte schreien dieser Teufel wegen, die im Wagen umherhüpfen, als wäre das bloß ein Fest für sie, aber sie wagt nicht einmal die Stimme aus ihrem Munde zu lassen, aus Angst, das Herz könnte mitkommen und plötzlich und ungerufen vor Gott stehen. So klammert sie sich denn verzweifelt am Koffer fest, der sie mitsamt dem Herzen rückwärts in die Hölle reißt.

Zwar fährt auch die Fürstin Susumoff rückwärts durchs Leben. Und sie tut es aus dem Grunde, weil man es ihr gesagt hat. Und da sie nicht bloß eine Mutter, sondern noch drei Erzieherinnen gehabt hat, die nur in adeligen Häusern verkehrten und die es als Schande betrachten würden, mit anderen als adeligen Menschen auch nur Umgang zu haben, so hat sich eine ganze Tradition auf sie gehäuft von allem, was man im Leben tun und nicht tun darf. Und eine der Erzieherinnen, die nur in adeligen Häusern verkehren und mit gewöhnlichen Leuten überhaupt nichts zu tun haben, hat ihr gesagt, daß man immer rückwärts fahren soll im Leben. Wer der Lokomotive den Rücken dreht, bleibt geschützt vor Zugluft. Und es gibt nichts, was der Schönheit mehr schadet, als Zugluft. So ist denn die Fürstin Susumoff um ihrer Schönheit willen immer rückwärts gefahren im Leben. Es macht ja schließlich keinen großen Unterschied aus, ob man aus Standesrücksichten verkehrt durchs Leben fährt oder aus angeborener Stumpfheit.

In Liturk steigen die Fürstin und Meliska aus. Neben dem Bahnsteig wartet Kunja mit dem vierspännigen Wagen. Der Weg aus dickem rotem Lehm ist mühsam. Der dicke rote Lehm bleibt an den Rädern kleben. Aber den roten Lehm kann man wieder abwaschen, Blut bleibt kleben. Und das Kind ist ja doch schon tot gewesen, bevor die Mutter mit den bloßen Füßen über die Straße mit rotem Lehm gerannt ist.

Der Stationsvorstand grüßt die Fürstin Susumoff untertänig und hinterlistig zugleich. Er weiß, was für eine Frau sie ist, und es würde ja nichts schaden, wenn man sie eines Tages in die Lehmgrube hinunterwürfe. Es würde sicherlich niemandem leidtun. Der Stationsvorstand kennt seine Leute. Die Fürstin hält er für dumm, und gewissermaßen kann sie ihm nicht schaden, aber der Fürst ist gemein. Und er grüßt jeden nach seinem Rang, den, den er am meisten fürchtet, am untertänigsten, und den, den er am wenigsten fürchtet, am frechsten. Mit einer nachlässigen Bewegung legt er die Hand an den Mützenrand und macht eine grinsende Verbeugung vor der Fürstin. Übrigens steht er mit dem Fürst auf «Du».

Meliska ist froh, auf natürliche Weise dem Jüngsten Gericht entronnen zu sein. Allmählich findet sie ihre Sinne wieder. Das Bähnchen sieht auch ganz harmlos aus, nur die Maschine vorne bleibt unruhig und heiß. Aber nun kommt die Schwierigkeit. Der Koffer sollte aufs Gut geschleppt werden, ohne daß er der Fürstin Susumoff auffällt. Es ist ein Kunststück; aber Meliska hat schon viele Kunststücke gewagt in ihrem Leben. Herrisch überfliegen die kleinen Augen der Fürstin den Bahnsteig, auf dem der Koffer mit den drei weißen, weithin leuchtenden Buchstaben steht. Aber Meliska hat es wie die Tiere. In der Unbeweglichkeit sucht sie Schutz. So steht sie denn wie eine Bildsäule auf der Plattform und dreht dem Koffer den Rücken. Langsam und gleichmäßig fängt sie nun an zu kauen, als ob sie in ihrem Leben noch nie etwas anderes getan hätte. Diese kleine, ruhige Beschäftigung gibt ihr etwas Harmloses. Schlau, wie sie ist, hält sie die Gegenwart des Koffers nur in den Augenwinkeln fest. Zum Glück werden in Liturk nun auch die Ochsen- und Schaffelle ausgeladen. Meliska tritt beiseite und erreicht so, daß die Bündel zwischen ihr und dem Koffer aufgeschichtet werden. Vorsichtig versichert sie sich der Lage des Koffers und fährt mit ihren kauenden Bewegungen weiter, bis jeder Zusammenhang zwischen ihr und dem Koffer mit den drei großen, weißen Buchstaben aufgehoben ist.

Kunja hat unterdessen das Gepäck der Gnädigen auf den Wagen gebracht. Er steht nicht im gleichen Verhältnis zu der Fürstin wie der Stationsvorstand. Erstens steht er nicht mit dem Fürsten auf «Du», und zweitens ist er von den Launen der Pani ebenso abhängig wie von denen des Herrn Gemahl. Aber Kunja hat seine Erfahrungen hinter sich. Er stellt sich dumm. Die Dummheit hilft ihm am meisten. Er ist trotz aller Mühsal seiner fünfzehnjährigen Dienstzeit in der Familie Susumoff immer noch auf seine Rechnung gekommen. In den Häusern der Reichen gibt es wohl Prügel; aber Küche und Keller bergen auch etwelche Annehmlichkeiten, und Kunja verrechnet eines gegen das andere. Weil er Prügel kriegt, betrinkt er sich. Kunja haßt zwar die Reichen insgesamt, dennoch binden sogar ihn allerlei liebliche Fäden an ihre Häuser.

Und wie er der Fürstin beim Einsteigen behilflich sein soll, da legt er ihr mit seinen plumpen Händen die Pelzdecke um und sieht dabei möglichst dumm aus. Auch dem Stationsvorstand gegenüber verhält er sich dumm; denn Kunja ist ein Menschenkenner und weiß seine Schlüsse zu ziehen, wenn der Fürst zu jemand «Du» sagt. Meliska hat sich unterdessen zu den Ochsen- und Schaffellen gestellt, und wie Kunja die Wagentüre bei der Fürstin zumacht, gibt sie ihm einen Wink wegen des Koffers. Sie leckt ein wenig die Lippen und flüstert «Schwester», als ob dies das einzige Wort wäre, das sie sprechen könne. Aber Kunja ist kein Unmensch. Er weiß, wie man es hat mit Koffern von Schwestern. Man will das Familiengut nicht vor aller Augen bloßstellen. Dazu ist er gegen Neuangekommene aufmerksam. Und so hebt er denn den Koffer ganz sachgemäß auf den Bock und schließt die Augen. Meliska würde es nun eigentlich günstig finden, wenn sie sich neben Kunja setzen könnte; aber in dem Augenblick, wo sie übers Rad hinaufklettern will, macht die Fürstin den Wagenschlag auf und heißt Meliska hineinkommen.

Diese unerwartete Wendung der Dinge hat Meliska für eine Weile aller Gedanken beraubt. Wie ein Tier, das geschlachtet werden soll, zieht sie Hände und Füße eng an sich heran, und sogar der Gedanke an den Koffer verläßt sie. Es ist so still zwischen ihr und der Fürstin, daß sie nicht einmal wagt, daran zu denken. Scharf und herrisch stehen die Augen der Pani über ihr. Regungslos starrt Meliska auf die graue Pelzdecke. Einmal nur hat sie aus Verlegenheit in den Haaren kratzen wollen, aber sofort sind die Augen der Fürstin ihren Händen nachgesprungen und haben sie gezwungen, wieder in den Schoß zurückzukehren und sich dort zu falten. Plötzlich möchte Meliska an den Schlüssel denken, aber es scheint ihr, als könnten ihre Gedanken außen um sie herumstehen, und dann würde die Fürstin sie sehen und ihr mit den weißen Händen ins Gesicht schlagen, und Meliska müßte dann den Schlüssel hergeben und den Koffer und besäße nichts mehr. Ängstlich sucht sie nach einem Schutz. Sie zieht den Magen ein und macht mit dem Oberkörper eine kleine Bewegung: Der Schlüssel ist noch da. Aber die Augen der Fürstin sind wie ein Bann über ihr. Unverwandt schaut sie Meliska ins Gesicht, während sie sich in die Kissen zurücklegt. Endlich fährt der Wagen über eine Baumwurzel, und Meliska findet eine Gelegenheit, sich besser hinzusetzen. Mit der Schlauheit eines Tieres, das den Jäger täuscht, hat sie sich in die Ecke des Wagens gedrückt und sich so dem Bann der Fürstin entzogen, ohne daß diese merkt, wie es geschehen ist. Erst als Meliska im Dunkeln sitzt, empfindet sie ihren Koffer wieder als Eigentum.

Die Straße steigt aufwärts. Schwer drehen sich die Räder im dicken roten Lehm. Oben kommt plötzlich eine scharfe Biegung. Links strebt ein struppiger Unterwald einen Hang hinauf, und auf der rechten Seite stürzt eine Lehmgrube viele Klafter in die Tiefe. Wenn Leute unten arbeiten, so sieht man sie von oben nur noch wie kleine Spielfigürchen. Auch die Kutsche, in der die Fürstin fährt, würde sich, von oben gesehen, in der Lehmgrube unten nur noch ausnehmen wie ein Spielfigürchen. Natürlich wären dann die Leute tot, vielleicht würden sie auch einige blaue Flecken haben; aber was würde das schon ausmachen?

«Ein Mensch mehr oder weniger auf der Welt», hat die Fürstin gesagt, «was kommt's drauf an?» Sie mag nun mal keine Schreihälse auf dem Hof. Und da sie doch Fürstin ist, weshalb sollte sie es hinnehmen? Dazu: «Übers Jahr hat die Frau wieder ein anderes Kind!» Trotzdem ist ihr der Weg mit der scharfen Biegung oben nicht angenehm. Immer, wenn sie in Gefahr ist, sieht sie das Kindchen wieder vor sich, wie es zusammenzuckte und verstummte. Und dann hatte es blaue Flecken am Halse. Sie sieht zum Wagenfenster hinaus und macht den Mund auf, als wolle sie etwas sagen.

Aber Kunja weiß, daß sie Angst hat. Und er mag es ihr gönnen. Sie hat ja sonst vor nichts Angst. Warum sollte sie nicht vor ihrem Gewissen einmal Angst haben? – Kunja ist fromm, er hat den Glauben an die Wiedervergeltung. Auch die Leute in Liturk haben gesagt, es müsse etwas zu bedeuten haben, daß die Frau plötzlich dort stille gestanden sei mit dem toten Kind über dem Abgrund. Und als Kunja am Abend einen Rausch gehabt hat, ist er sogar prophetisch geworden und hat von der Wiedervergeltung gesprochen und der Lehmgrube und dem toten Kind über dem Abgrund. Er hat geweissagt, daß die Fürstin dort an jener Stelle einmal in die Lehmgrube abstürzen würde. Diese Weissagung ist dann unter die Leute gekommen, und es ist ihnen zur Gewißheit geworden, daß die Fürstin wirklich dort enden müsse.

Von da an hat Kunja angefangen, jedesmal, wenn er mit der Fürstin an jener Stelle vorbeifährt, irgendeine kleine Wendung mit dem Wagen vorzunehmen. Es ergibt sich sozusagen von selbst. Während Kunja noch auf dem Bock sitzt, fuchtelt er mit der Peitsche, als ob der Wagen bereits im Hinunterrutschen wäre. Unversehens ist auch der Wegrand plötzlich nahe und glitschig. Und Kunja schreit aus Leibeskräften: «Hü!» und «Ho!» … und rast davon, so daß tatsächlich das hintere Rad sekundenlang leer über dem Abgrund dreht. Der Fürstin steht fast das Herz still, und sie wagt nicht mehr hinzuschauen. Aber Kunja hält, wie gesagt, viel von Gott, und man kann nie wissen, wann er einen als Werkzeug braucht. Natürlich wäre er dann auch tot; aber Gottes Rat ist unerforschlich.

So fährt die Fürstin Susumoff am Abgrund ihres Herzens entlang. Zu Hause möchte sie allerdings Kunja durchprügeln; aber irgendwie setzt er immer das Wort «Lehmgrube» dazwischen, obschon es nichts dazu zu sagen gibt, und die Pani kann nicht gegen ihn ankommen. Sie steigt dann aus, wirft ihm die Pelzdecke über den Kopf und schreit: «Esel, mach, daß du fortkommst!»

Meliska hat von all dem nichts gemerkt. Es hat nicht jeder denselben Tod in sich, aber jeder hat noch Stellen in seinem Herzen, über die der Abgrund keine Macht hat. Sobald sie fühlt, daß die Augen der Fürstin von ihr abgelassen haben, kehren auch Meliskas Gedanken wieder zurück zu dem, was sie am meisten beschäftigt. Vor ihr auf der grauen Pelzdecke liegen die schneeweißen Hände der Pani mit den Rosafingernägeln und den vielen Ringen ausgebreitet wie in einem Schmuckkasten, so daß Meliska alles eingehend betrachten kann. Und sie leckt sich die Lippen und erinnert sich, daß sie im Koffer auch Nagelwasser hat. Meliska braucht es zwar nicht, denn ihre Hände sind rauh von der Arbeit, aber es macht ihr Freude, dasselbe zu besitzen, was auch die feinen Panis haben. Es gibt ihr sogar ein angenehmes Gefühl der Überlegenheit, denn die Fürstin kann ja nicht wissen, was Meliska im Koffer hat, Meliska dagegen wird mit der Zeit alles kennen, was die Fürstin besitzt, und dann ist sie ihr ausgeliefert.

Am Mittelfinger der rechten Hand trägt die Fürstin Susumoff einen Ring mit einem wunderbaren Edelstein. Es soll ein Ring von ungeheurem Werte sein, und sie trägt ihn deshalb auch nicht jeden Tag, sondern nur, wenn sie zur Stadt fährt, an Festtagen oder wenn sie Besuche empfängt. Der Stein ist ein seltener Rubin, wie man einen zweiten überhaupt nicht mehr findet. Zudem ist der Ring das Prunkstück ihrer eigenen Familie und ungefähr das Einzige, was die Fürstin als Mitgift bekommen hat, ja das, wogegen Susumoff trotz Titel und Reichtum nichts Ebenbürtiges mehr aufzubringen vermochte.

Unter Tränen nur und großer Aufopferung ist ihr dieses Erbgut der Familie bei der Hochzeit ausgehändigt worden, und zwar mit der ausdrücklichen Abmachung, daß der Ring nach ihrem Tod wieder in die Familie derer von Randar zurückkehre. Meliska hat allerdings keine Ahnung von Erbstücken, noch vom Wert der Dinge. Aber der Ring gefällt ihr, und es ist ihr kein unangenehmer Gedanke, ihn eines Tages in ihrem Koffer zu sehen. Sie weiß zwar nicht, wie er hineinkommen soll, aber das ist belanglos. Eines Tages wird sie diesen Ring aufpicken wie ein Huhn mit wilden runden Augen – und dann gehört er ihr.

3. Kapitel: Der Fürst

Die Straße dehnt sich und wird einsam. Der Lehm hat nun aufgehört, und die Steine fangen an. Spitze, widersinnige Steine sind es, die sich lange nicht einebnen lassen, weil nur wenige Wagen die Strecke fahren. Es ist meistens nur der Wagen der Fürstin, der über diese Steine fährt. Mühsam, jahraus, jahrein, muß sie diese Reise machen. Es scheint dies ihr Verhängnis zu sein. Seit ihrer Ehe mit dem Fürsten Susumoff ist die Straße immer im selben Zustand geblieben, immer haben spitzige, widersinnige Steine darauf gelegen. Wenn man meint, sie seien eingestampft, werden unversehens wieder neue aufgeschüttet. Die Fürstin kann nichts dagegen tun. Solche Dinge geschehen ohne ihren Willen. Der Fürst gibt einen Befehl, und es werden Steine aufgeschüttet, oder es werden Bäume gefällt. Und die Fürstin hat nichts dazu zu sagen. Der Fürst hat sie auch nicht geheiratet, damit sie einen Anteil an seinem Leben haben solle, sondern damit eine Herrin im Hause sei – wie man etwa beschließt, ein Rennpferd zu kaufen oder einen Pfau zu halten. Es sind dies Dinge, die man sich zulegt, weil man es als zweckmäßig ansieht, sie zu besitzen. Der Fürst, der aus einer Bauernfamilie stammt, hat eine Adelsdame heiraten wollen. Und wenn dann die Adelsdame über den Hof geht und sich von der Dienerschaft die Hände küssen läßt oder den Saum des Kleides, weil dies zum Adel gehört, so freut es ihn. Er steht dann in einer Ecke und macht: «Hehe …» Es ist eine besondere Art von Wesen, das er in der Gestalt der Geborenen von Randar auf seinem Hofe herumlaufen läßt. Er gibt ihm auch Geld in die Hände und läßt es Pelze und Ringe tragen und große Federhüte, denn das versteht die Fürstin. Auch wenn sie die Leute schlägt, steht er hinter dem Fenster oder lauscht an den Türen, steckt die Hände in die Hosentaschen und lacht. Er läßt sie die Rolle der Gnädigen spielen. Er selbst ist ja ein Bauer und kann es nicht; aber er will eine richtige Gnädige auf seinem Hofe haben: «Hehe …» Im übrigen hat die Fürstin keinen Anteil an seinem Leben; denn der Fürst braucht keine Weiber zu seinem Vorwärtskommen. Er hat seine eigene Weise, wie er seinen Weg zurücklegt, und reitet auf einem Ackergaul ebenso gut, wie andere in einer Kutsche fahren. Es geschieht ganz selten, daß er mit der Fürstin ausgeht, es macht ihn verlegen, denn sie duftet nach Parfüm und Puder und trägt Pariser Modellhüte, und Susumoff weiß dann nicht, wie er sich zu solchen Dingen stellen soll.

Es weiß auch kein Mensch, wie er zu dem Gut gekommen ist. Nicht einmal der Stationsvorstand in Liturk weiß es, obwohl er sich mit ihm duzt. Dieser hat zwar den schönen, schlanken blonden Herrn auch gesehen, der eines Abends in Liturk ausgestiegen ist; aber er hat nicht gewußt, wie er hieß. Er hat auch nicht gewußt, wie der Bauer hieß mit den struppigen Augenbrauen und den häßlichen gelben Zahnstummeln, der aus dem gleichen Zug stieg. Der Stationsvorstand hat einfach gemeint, der vornehme, schlanke Herr sei ein Gutsbesitzer und der Bauer sei Knecht auf einem Hof. Aber man kann sich irren. Und wie dann der Bauer nach ein paar Tagen von Liturk nach Brasow gefahren ist auf die Gerichtskanzlei, da hat er sich beim Stationsvorstand vorgestellt als Susumoff, Besitzer des Gutes in Liturk. Die Geschichte ist übrigens ganz einfach gewesen. «Hehe … Namensverwechslung gewissermaßen …»

Die Fürstin hat von all dem nichts gewußt. Wenn man erst einmal ein Gut besitzt, kann man auch weiterkommen. Susumoff hat, wie gesagt, zu seiner Karriere keine Weiber benötigt, sondern erst nachdem er auch noch den Fürstentitel erworben hatte, machte er seine Aufwartung im Hause derer von Randar. Mit einem goldenen Netzlein kann man jeden Gimpel fangen. Und für Susumoff ist die Gräfin nichts anderes gewesen als ein Gimpel, der sich mit seinen Federn brüstet und den schönen Namen verkauft, aber mit einem Fuß ist er doch an eine Schlinge gebunden, und das Ende der Schlinge hält er, der Bauer Tiezko, in der Hand des Mörders des jungen Susumoff. «Hehe …»

Die Steine auf der Straße von Liturk sind sehr spitz und widersinnig, aber eigentlich sind es ja nur die Räder der fürstlichen Kutsche, die die widersinnigen Steine berühren und ist es nicht die Fürstin selbst, die den Weg mit ihren Füßen gehen muß. Dennoch liegt das Widersinnige immer vor ihr. Aber es liegt schließlich jedem Menschen im Weg, und das Leid geht um wie ein böser und brüllender Teufel und sucht, wen es verschlinge. Das Leid verschlingt unfehlbar jeden Menschen, der es nicht überwinden kann. Millionen sind schon verschlungen worden vom Leid und in den Abgrund gestoßen worden, aus dem keiner wiederkehrt. Es wird auch Kunja verschlingen und die Fürstin und Meliska. Aber wer sich nur eine einzige Stelle bewahren kann, über die der Tod keine Macht hat, der wird aus dieser Stelle wiederauferstehen, weil das Gute unvergänglich ist, nur das Böse einmal aufhört und es aus dem Leid eine Erlösung gibt.

Oben, am Rand des Abgrunds, wo das Leid die Menschen verschlingt, steht der alte Susumoff, hat die Hände auf den Rücken gelegt und blickt in den Abgrund, so daß man sein Gesicht nicht mehr sieht, sondern nur den breiten Rücken, an dem zwei Rockschöße herunterhangen. Und da, wo die Rockschöße anfangen, sind zwei Knöpfe angenäht, die ein wenig abgeschabt sind, denn er ist doch ein Bauer und kann es nicht leugnen, auch dann nicht, wenn man ihn Fürst nennt. Und er steht am Rand des Abgrunds, wo das Leid Millionen von Menschen verschlingt, und er muß lachen über die Unglücklichen, denn er ist ja nie unglücklich. Und wenn er tot ist, dann ist er eben tot wie alle anderen, und dann wird er wieder lachen, weil ihm doch nur dasselbe geschehen ist, was auch dem Besten geschieht. «Hehe …»

Aus dem Leid gibt es eine Erlösung, aber aus der Gemeinheit gibt es keine. Und das ist der andere Tod.

In der Nähe von Bordanjo, wo ein Fußweg durch den Wald nach dem Gut abzweigt, steht eine leere Holzhütte, die man die Eishütte nennt, an einem Teich, worauf im Winter Eis gebrochen wird, das man in der Hütte aufspeichert. Aber nun steht die Hütte schon lange Jahre leer, denn in einem Winter sind einst nicht weniger als drei Menschen beim Eisbrechen ertrunken, und im Frühling hat man die Leichen am Waldrand gefunden. Von da an hat niemand mehr eisbrechen wollen auf dem Teich. Der Teich ist sehr tief und gibt sonst seine Toten nicht wieder heraus, und darum ist eine Furcht in die Leute gefahren, weil sie die Toten zurückkommen sahen, und sie haben gemeint, es bedeute etwas. Das tiefste Geheimnis allerdings hat der Teich für sich behalten, denn er allein weiß ja, wo der junge schlanke Herr hingekommen ist, der an jenem Abend mit dem Bauern Tiezko in Liturk ausstieg. Erst wenn alles wieder gut geworden ist in der Welt, wird er auch die Schuldlosen wieder zurückgeben. Denn schuldlos muß keiner zweimal sterben.

Weiterhin vom Teiche zieht sich ein wenig Sumpf- und Moorland und der Ansatz eines Waldes dahin. Auch auf der anderen Seite schleicht ein spärliches Gehölz der Straße entlang und flüchtet sich zuweilen auf eine kleine Anhöhe hinaus. Vereinzelte Föhren spähen an niederen Hängen. Dazwischen verflacht sich das Wäldchen wieder zu Grasplätzen, auf denen im Sommer und im Herbst Schafe weiden. Diese zählen nach Tausenden und gehören mitsamt dem Land dem Fürsten Susumoff. Auch die Lehmgrube unten bei Liturk bringt großen Gewinn, dazu hat er noch die Ziegelei in Zizwitsch gekauft und gilt als ein sehr reicher Mann.

Die Fürstin Agnes Susumoff ist eine stolze Frau. Unter dem Kinn hat sie eine lavendelblaue Schleife zu einem schönen Knoten zusammengebunden, der ihr sehr vornehm zu Gesichte steht. Um den Hals trägt sie eine dreifach geschlungene goldene Kette mit einem schweren Kreuz daran. Wenn ihr am Abend die Kammerfrau die Haare bürstet und die Hände pflegt, so spricht sie von den blonden Haaren und den weißen Händen derer von Randar. In solchen Augenblicken sieht sie schön aus und erhaben, denn die blonden Haare und die schmalen weißen Hände sind ein Zeichen ihrer adeligen Abkunft. Niemand außer eine von Randar kann solche Hände und Haare haben. Und sie hat eine lange Ahnenreihe. Zuhinterst in dieser Ahnenreihe thront sogar ein König: irgendein König auf einem «serbischen» Thron. Und es ist dieser König am Anfang der Ahnenreihe derer von Randar, der den Rubinring zuerst besessen hat. In seinem Alter hat er dann eine Gräfin von Randar geheiratet, die sehr schön gewesen sein soll, mit wundervollen blonden Haaren und weißen Händen, und als Brautgeschenk habe er ihr den Ring übermacht. So ist denn auch dieser Ring Tradition geworden. Von Generation zu Generation hat man ihn in einem Schmuckkästchen aufbewahrt, und nur bei ganz festlichen Anlässen hat ihn die jeweils älteste Gräfin von Randar getragen.

Aber bei ihrer Heirat mit dem Fürsten Susumoff hat die Gräfin Agnes darauf bestanden, daß ihr der Ring ausgehändigt werde. Was sie da einging, war keine Standesheirat, und der Fürst sollte nicht auf den Gedanken kommen, eine von Randar hätte ihn des Geldes wegen geheiratet. Der Ring war gewissermaßen notwendig, um die Ehre der serbischen Königstochter zu wahren. Der Fürst sollte wirklich begreifen, daß alles, was er zu bieten imstande war, nicht an den Wert des Ringes heranreichte, der tatsächlich aus einem Königsschatz stammte. Susumoff, wenngleich nun Träger eines Fürstentitels, besaß keine Ahnen, die in einem Königshaus wurzelten. Seine Ahnen waren, wie die Gräfin feststellte, einfach Bauern gewesen. In Anbetracht dessen aber, daß sie nicht bloß Gutsbesitzer blieben, sondern sogar den Fürstentitel erwarben, hatte die Geborene von Randar geglaubt, den Fürsten trotz seiner körperlichen Nachteile heiraten und ihren Verlobten, Hasso von Tachtelsberghe, aufgeben zu können.

Diese ganze weitverzweigte Entwicklung hatte sich für die Fürstin Susumoff einfach aus dem Umstand ihrer blonden Haare und weißen Hände ergeben, die sie als vollgültigen Beweis ihrer königlichen Verwandtschaft nur an Höchstbietende abzugeben sich verpflichtet fühlte. So gab sie denn Susumoff, der eine höhere Stellung in der Welt einnahm als Hasso von Tachtelsberghe – «Au chagrin de ma vie», wie sie sagte –, den Vorzug, weil jener, wiewohl von ebenso unverfälschtem Adel wie sie selbst, doch gänzlich ohne Geld war. Über das Einkommen, das Susumoff in ebenso reichem Maße besaß wie die von Randar und Tachtelsberghe nicht, machte natürlich niemand eine Erwähnung. Und wenn auch die Fürstin in ihrer Jugend sozusagen nie Geld gesehen hatte, ja solches überhaupt von der ganzen Familie nie gesehen worden war, und man wirklich nur zu essen hatte dank des im Walde freilebenden Wildes, so war dennoch für die nunmehrige Fürstin Susumoff das Geld, das sie zur freien Verfügung in den Händen hatte, nicht einer einzigen Anerkennung wert. Ja, auch wenn ein Silberpapierchen, das sie einst von einer entfernten Verwandten mit einem Stück Schokolade bekommen hatte, einen Schatz darstellte in ihrem damaligen Leben, so war die Geborene von Randar dennoch von Jugend an unterrichtet darüber, was man einen «herrschaftlichen Trab» nannte und was nicht. Auf diese Weise war es auch nicht die Spitzigkeit und Widersinnigkeit der Steine, die die Fürstin in Aufregung bringen konnten, sondern der Gedanke, daß jemand dieser Steine wegen sich erlauben könne, sie nicht herrschaftlich zu fahren. Und so konnte man sagen, daß die Fürstin trotz der Unstimmigkeit ihres Lebens gewissermaßen glücklich war, solange sie nur die Rolle spielen konnte, die der königliche Ahnherr zuhinterst in ihrer Ahnenreihe von ihr verlangte. Die Rolle der schönen Hände und Haare sagte ihr mehr zu als die größere von Liebe und Treue. Daß auch Liebe und Treue Merkmale des Adels sein konnten, das wußte die Geborene von Randar nicht.

Und die Fürstin Susumoff thront auf dem Pfahlbau ihrer Vorstellungen, ohne daß sie etwas merkt davon, und hat unter das Kinn eine lavendelblaue Schleife gebunden, die ihr sehr vornehm zu Gesichte steht. Aber hinter ihr, da sitzt der verhutzelte König und hält die Peitsche in der Hand, und seine Zügel gehen über ihren Kopf hinweg. Der alte König wackelt ein wenig mit dem hohlen Kopf, es freut ihn, daß er weiterleben kann in ihr, und er macht «Hihi!» … Er fährt über Stock und Stein, und es kommt ja nicht drauf an, ob es schiefgeht, denn er ist doch ein König. Und hintendrein läuft der Bauer Tiezko und stößt den Wagen, worin die Fürstin so vornehm sitzt mit der schwarzen Samtjacke und der lavendelblauen Schleife unter dem Kinn, und er muß lachen, daß auch er zum herrschaftlichen Trab gehört: «Hehe …» Und sie sprengen an der Kirche vorbei und über Leichen, und es geht auch fast schief. Aber es macht nichts, denn der Bauer Tiezko und der verhutzelte König verstehen einander gut, und es ist auch kein so großer Unterschied zwischen ihnen. Aber wie sie oben bei der Lehmgrube ankommen, da schwenken sie plötzlich ein wenig zu rasch um, so daß der Wagen umkippt und sich alle vier Räder leer in der Luft drehen … und dann müssen sie lachen, lachen, lachen …

Für die Fürstin aber ist viel Mühe dabei gewesen. Hasso von Tachtelsberghe ist ein anderer Mensch als Susumoff, und es ging doch um das ganze Leben, das sie nun ertragen muß um ihrer falschen Vorstellungen willen. Wie damals der Fürst ins Haus gekommen ist und öffentlich um die Hand derer von Randar angehalten und dabei dem Ältesten ein Päckchen übergeben hat mit Scheinen über eine Rente, die er ihm verschaffte, da haben sie ihm den Rubinring gezeigt und die Geschichte erzählt vom serbischen König. Und den Stiftsfräuleins haben die Tränen in den Augen gestanden, und auch die Erzieherin, die nur in adeligen Häusern verkehrt, hat das Schnupftuch genommen, denn sie fühlten ja alle, daß es nicht leicht ist, des Geldes wegen betteln zu müssen, des Geldes wegen, das doch eigentlich alle ernähren sollte, die auf Erden sind, ohne Trugschlüsse und falsche Vorstellungen, ohne Pfahlbauten und häßliche Diebskoffer. Aber dann hat Susumoff sein Glas erhoben – das muß er schließlich bei einer Verlobung tun – und hat angestoßen auf das Wohl derer von Randar und Tachtelsberghe, hehe ... Dabei hat er sich umgesehen am Tisch und ein wenig gegrinst, weil sie ihm doch alle als blöde Gimpel vorgekommen sind, die er, der kluge Bauer Tiezko, an der Leine hält. Als er am anderen Tag in Liturk ausgestiegen ist, hat er dem Stationsvorstand die Geschichte erzählt, darauf haben sie zusammen getrunken, gelacht und sich geduzt. Der Älteste derer von Randar aber hat das Geld in die Schublade gelegt, denn es ist ja doch nicht der Kaufpreis gewesen für die Tochter, und er hat sein Glas erhoben und ihnen Glück gewünscht. Aber seine Stimme hat ein wenig gezittert, und selbst die Gräfin hat sich für einen Augenblick besonnen, ob sie nicht herausschreien solle: «Wir wollen das Geld nicht!» – Aber solche Augenblicke gehen vorüber. Und der Gedanke, einmal leben zu können wie andere, ist stärker als alles andere. Und so hat sie sich denn gefaßt und gewußt: Eine von Randar, Nachfahrin eines Königshauses, kann alles ertragen. Worauf sie feierlich das Versprechen abgab: «Der Ring soll nach meinem Tod wieder in den Besitz derer von Randar zurückgehen und sich nicht auf den Nachwuchs der Susumoff vererben.»

Aber dann ist die Wut in sie hineingekommen. Die Wut über das Schicksal, das sie als Nachfahrin eines Königshauses würde hinnehmen müssen. Ja, sie würde das Opfer bringen; aber die anderen sollten es büßen. Es ist nicht einfach, des blanken Geldes wegen Fürstin Susumoff zu werden und einem Manne anzugehören, den man verachtet, und das sollten sie zu spüren bekommen, all jene, die von ihr abhängig sind, all jene, die des Hungers wegen jede noch so schmutzige und niedrige Arbeit verrichten, genau so wie sie, die Fürstin, um ewig vor solchen Demütigungen gesichert zu sein, am Ende zur Heirat mit dem Mörder Tiezko bereit gewesen war.

Die Fürstin Susumoff klopft ans Wagenfenster und gibt mit dem silberbeschlagenen Stock ein Zeichen, daß Kunja herrschaftlicher fahren solle. Man ist ja nun längst von der Straße mit den widersinnigen Steinen in den Weg innerhalb des äußern Eingangstors eingebogen. Die Fürstin will doch nicht daherfahren wie ein Bauer; aber wenn er etwa nicht weiß, wie man Herrschaften fährt, so kann sie es ihm ja mit dem Stock zeigen. Und sie reißt die Pelzdecke auf, die aus zwölf grauen Fuchsfellen zusammengesetzt ist, und ruft: «Bin ich denn eigentlich unter die Räuber gefallen?» Erschrocken flüchtet sich Meliska hinter die Fransen ihres schwarzen Schales zurück und merkt, daß etwas im Gange ist. Kunja auf dem Bock aber zieht die Pelzkappe über die Ohren und haut auf die Pferde ein.

Die Tannen rücken näher und fegen mit ihren unteren schweren Ästen bereits über das Wagenverdeck, und es ist fast so dunkel wie in der Eisenbahn, die von Brasow nach Zizwitsch fährt. Die Pferde rasen, es ist ein Geklirr und ein Getrappel, und die zwölf Fuchsschwänze an der Pelzdecke fliegen auf wie am Morgen die Ochsenschwänze an den Häuten. Aber es ist eine herrschaftliche Fahrt, Kunja schreit «hü!» und «ho!» und Meliska sitzt verwirrt an ihrem Platz und muß sich an der Bank festhalten, damit sie nicht vornüber fliegt, mitten in die Pelzdecke hinein und auf die schneeweißen Hände mit den Rosafingernägeln der Pani.

Aber wie Meliska in der Dunkelheit durch die Fransen ihres Schales nach der Fürstin starrt, fängt diese plötzlich an zu grinsen, und sie nickt ihr zu und bleckt ein wenig die Zähne. Und eigentlich ist es gar nicht mehr die Fürstin, die vor ihr sitzt, sondern ein Wolf mit einer Krone auf den Ohren. Und er wackelt ein wenig damit und hat rote Augen und verschrumpfte Augenlider, und an seiner Tatze, da trägt er einen roten Rubinring; aber der ist ganz mit Warzen eingefaßt. Und der Wolf grinst zu Meliska hinüber und bleckt mit den Zähnen, und er möchte ihr ein wenig die Tatze geben und lacht: «Hihi …» Aber wenn er das Maul aufsperrt, hat er einen großen Rachen mit einer langen roten Zunge darin, und um ihn herum fliegen die Schwänze.

Meliska sitzt da und weiß nicht, was sie vom Wolf denken soll und von der Fürstin und von sich selber. In Wirklichkeit ist es ja auch nur ein Wappen, das mit Goldfaden ins Kissen gestickt ist, und das Wappen ist irgendein Tierkopf mit einer Krone auf den Ohren. In allen Wappen stehen Tierköpfe mit Kronen auf den Ohren, und rechts und links in den Feldern sind noch drei rote Rosen. Aber man weiß nicht, ob es am Ende nicht Blutlachen sind von den Opfern, die das Tier mit der Krone verschlungen hat, und um das Ganze ist ein Kranz von weißen Pünktchen zu sehen, die aufstehen wie kleine Warzen, und mittendrin der Hals der Fürstin mit der schönen lavendelblauen Schleife, die ihr so vornehm zu Gesichte steht …

Aber geht es am Ende nicht allen so: Entweder du drehst mir den Hals um, oder ich picke dir die Augen aus …

Und dennoch gibt es aus dem Leid eine Erlösung.

Wie die Fürstin und Meliska durchs Hauptportal einfahren, ist es stockfinstere Nacht.

4. Kapitel: Auf dem Hof

Schräg über dem Hof liegt das Gesindehaus. Es hat zwei Stockwerke; unten wohnen die Knechte. Im Winter schlafen sie auf dem breiten Ofen, im Sommer auf Bänken. In einem Nebenraum steht ein Tisch mit einer Bank ringsum. Dort essen die Leute, und die Magd aus dem Herrschaftshause bringt die Suppe herüber. Auch Puscho, der Hofhund, bekommt seine Schüssel ins Gesindehaus gebracht. Er gehört gewissermaßen zum Gesinde. Für gewöhnlich lebt er auf gutem Fuß mit den Knechten; manchmal mag er den einen oder den anderen nicht leiden, er schnappt dann nach ihm und bekommt dafür Fußtritte. Er ist fett und wohlgenährt und sitzt wie ein Haushalter vor der Stalltüre. Nur wenn er den Fürst kommen sieht, zieht er den Schwanz ein und flieht.

Im oberen Stock wohnt die alte Harra mit den Mägden; zur Zeit ist sie zwar allein, denn die Fürstin hat es satt mit den Mädchen. Seit die Soska fortgelaufen ist mit dem toten Kind auf dem Arm, sind sie ihr verleidet. Übrigens war ja das Kind auch gar nicht tot. Es hat nur so ausgesehen. Meliska hingegen ist der Fürstin eigens von einer Freundin empfohlen worden. Die Freundin hat gemeint, daß sie gut auf einen Hof passen würde.

Man kann diesen zweiten Stock, worin die alte Harra mit den Mägden wohnt, nicht eigentlich ein Stockwerk nennen, sondern eher einen Verschlag. Man nennt Puschos Hundehütte auch nicht Wohnung. Es stehen zwei Betten da oben, und wenn man hineinsteigt, so sinkt man gleich schon auf den Boden. Aber Harra ist daran gewöhnt. Sie ist schon im Hause Susumoff gewesen, ehe der Bauer Tiezko es übernommen hat. Im Winter, wenn der Wind durch die Bretter pfeift, ist es da oben sehr kalt. Aber es führt ein kleines Holztreppchen hinunter in die Knechtekammer, wo der Ofen steht. Man kann dann die Tür offen lassen oder hinuntersteigen.

«Hoffentlich», sagt die Fürstin, «wissen die Leute, wie sie sich auf einem Herrschaftsgut zu benehmen haben.» Wenn sie so spricht, tut sie es natürlich vom eigenen Standpunkt aus.

Sie sieht dann im Geiste die Soska und die Meliska und die Haßny im Hofe umherlaufen mit schwarzen Samtjacken und hellblauen Schleifen unter dem Kinn. Was ungehörig wäre. Sie würde sich doch auch nicht mit einem Knecht abgeben wollen. Aber die Meliska und die Soska und die Haßny haben ja gar keine Samtjacken und keine hellblauen Schleifen, sie tragen nicht mal Schuhe an den Füßen. Sie kennen die Knechte und sind den ganzen Tag mit ihnen an der Arbeit. Es kommt ihnen nicht sonderbar vor, wenn die Tür zur Knechtekammer nächtens offensteht. Und auf dem Ofen ist es lustig. Wären sie vornehme Damen mit Samtjacken und Schleifen um den Hals, dann würden sie sich auch einen Fürsten aussuchen. Was weiß man schon …

Die alte Harra ist die Aufseherin. Sie tut sich viel auf dieses Amt zugute und findet auch unfehlbar alle Mängel heraus, nur nie diejenigen, auf die es ankommen würde. Auch wissen sich die Knechte zu helfen. Wenn die alte Harra am Abend einen Schnaps trinkt, schläft sie einen gesunden Schlaf. Sie schläft dann schon, ehe sie ins Bett steigt. Manchmal sinkt sie bereits in der Knechtekammer unter den Tisch, und die Knechte tragen sie dann hinauf. Es mag dann das Treppchen knarren, wie es will, die alte Harra hört es nicht.

Wenn es kalt ist und die Jagden vorüber sind, kommen die Füchse vorn Wald her ans Gesindehaus und heulen. Es kommen manchmal auch Käuzchen und schreien, als ob ein Kind ermordet würde. Es gibt in der Nacht viel Unheimliches im Wald, und wenn einer hineininge, würde er sogar die Gerüchte lebendig vor sich sehen. In der Nacht sind alle Gerüchte wach. Heimlich schleichen sie den Straßengräben entlang und übernachten in zerfallenen Scheunen. Auf den glatten Tannennadeln rutschen sie aus und stolpern über Baumwurzeln. Und in warmen Sommernächten steigen sie wie Blasen aus dem Teich und liegen im Mondschein an der Oberfläche. Im Winter aber kratzen sie mit dünnen, geisterhaften Fingern Namen ins Eis an den Fensterscheiben, Namen, die man längst vergessen hat …

Wie die alte Harra den Wagen hat kommen hören, ist sie über den Hof gehumpelt wie ein leibhaftiges Gerücht, mit einer Laterne in der Hand. Unter dem Portal stehen zwar die Kammerfrau und die Diener, um die Herrschaft zu empfangen, aber auch die alte Harra muß mit dabei sein. Es gehört zum herrschaftlichen Trab, daß sie dasteht. Im übrigen ist die alte Harra einer jener Dienstboten, von denen die Fürstin gesagt hat: «Es ist schade, daß diese Sorte Menschen ausstirbt.» Harra denkt wirklich nur für die Herrschaft. Sie ist unter den Dienstboten etwas Besseres und trägt sogar im Sommer Lederschuhe an den Füßen. Die Fürstin hat ihr schon angeboten, im Herrschaftshaus zu wohnen, aber Harra hat darauf erwidert: «Oh, Gnädige, Gnädige, was würde aus dem Gesinde werden, wenn ich es nicht bewachte …» Wenn sie mit der Fürstin spricht, sagt sie immer Gnädige und Hoheit und Exzellenz. Und vor lauter Ehrfurcht steht ihr dabei die Spucke in den Mundwinkeln. Die Fürstin verträgt übrigens nichts besser, als wenn man ihr alle möglichen Würdentitel zubilligt. Mit Menschen wie der alten Harra um sich könnte sie herrschen von Jahrtausend zu Jahrtausend, und sie bedauert nur, daß sie von ihr keine Ableger züchten kann, wie zum Beispiel von einem Brombeerstrauch. Kunja dagegen ist ganz anders, und auch die Soska mit ihrer Kindergeschichte hat sich nicht bewährt. Aber von Meliska hofft die Fürstin, daß sie in die Fußstapfen der alten Harra treten werde, damit immer ein lebendiges Beispiel von Ergebenheit und Treue auf dem Hof erhalten bleibe. Dies, obgleich die Freundin ihr gesagt hat, sie sei dumm …

Beim Aussteigen hat sich die Fürstin ein wenig gegen Meliska geneigt und gesagt: «Ich hoffe, du hältst dich brav …» Dabei ist sogar eine Art von Lächeln auf ihren Lippen gewesen. Meliska hat nicht gewußt, was sie auf dieses Wort erwidern sollte. Es ist wohl etwas, was Herrschaften gewöhnlich zur Begrüßung sagen, und sie hält dafür, daß es am besten ist, möglichst untertänig zu erscheinen, solange man unter Aufsicht steht. Und wie dann die alte Harra der Fürstin den Saum des Kleides küßt und in einem fort «Gnädige, Gnädige» winselt, da erschrickt Meliska so sehr, daß sie selbst der alten Harra die Hände küßt und nicht weiß, ob sie am Ende auch Puschos Schwanz küssen müsse, so herrschaftlich kommt ihr alles vor auf diesem Hof.

Die alte Harra ist wie der böse Geist der Fürstin. Immer, wenn etwas Unrechtes geschieht, steht sie dabei. Nie würde die Geborene von Randar das Kind der Soska so angefaßt haben, wenn nicht die alte Harra gesagt hätte: «Was brauchen Exzellenz Schreihälse auf dem Hof zu dulden …» Da ist es auch der Fürstin Susumoff in den Sinn gekommen, daß sie eigentlich die Macht habe, zu tun, was ihr beliebe, und die alte Harra hat sie noch vollends getröstet, indem sie ihr sagte, daß es doch schließlich nur ein ganz kleines Kind sei, sozusagen kaum der Rede wert ... Und wie dann die Mutter geschrieen hat, das Kind sei tot, ist es wieder die alte Harra gewesen, die sie nach Zizwitsch geschickt hat. «Geh nach Zizwitsch», hat sie gesagt, «der Quacksalber wird es dir wieder gesund machen, es ist nicht tot.»

Ach, es laufen ja von jedem Gehöft aus kleine Wege zwischen dem Recht und dem Unrecht. Der Älteste derer von Randar würde gewiß eine solche Handlung nie geduldet haben, aber es ist die Gefahr der Eigenhöfe, daß man die Richtung verliert und sich Handlungen erlaubt, die hinter den Fensterscheiben des Standesbewußtseins heimatlich und berechtigt erscheinen, von außen betrachtet aber trotzdem die Todeswaffen der Menschheit sind.

Wie die alte Harra hinter der Fürstin herhumpelt, gibt sie Meliska einen Wink, daß sie ins Gesindehaus hinübergehen solle. Aber Meliska bleibt auf dem Hof stehen, als ob man einen Kreis um sie gezogen hätte, so sehr erscheint ihr jeder Stein, der vor ihren Füßen liegt, als eine unüberschreitbare Schranke zwischen ihr und den anderen. Erst als der Koffer auf dem Wagen in die Remise fährt, wagt sie Kunja ein Zeichen zu geben. Heimlich, in der Stille spricht sie das Paßwort «Schwester» aus. Und Kunja versteht es und deckt den Koffer zu. Hernach ist sie wieder unbeweglich auf dem Hof gestanden, bis die alte Harra selbst sie abholt. In solchen Augenblicken könnte man Meliska Eisen zu essen geben, und sie würde meinen, es müsse so sein.

Über dem Hof öffnet sich das Gesindehaus wie ein rotes Herz in der Nacht. Es sieht aus wie Puschos Augen. Meliska sitzt mit den Knechten am Tisch, hält einen Löffel in der Hand und greift nach der Schüssel. Vorsichtig leckt sie mit der Zungenspitze die Bissen vom Löffelrand, denn sie hat bis jetzt noch nie in so großer Gesellschaft gegessen. Nach und nach lockert sie ein wenig den schwarzen Schal, so daß man über dem Brustlatz die rote Halskette sieht. Die schwarzen Haare hat sie unter dem Kopftuch sorgfältig gescheitelt, und aus den Winkeln heraus mustert sie, was ihr vor Augen kommt. Allmählich findet sie sich sogar niedlich, und die Knechte rücken langsam näher. Meliska hält nichts davon, den Männern entgegenzukommen. Wenn einer ihr schmeichelt, gibt sie ihm eine Ohrfeige. Das ist ihre Annäherung. Erst wenn ein paar Püffe vorüber sind, läßt sie sich von diesem und jenem Liebhaber küssen. Andere Menschen haben natürlich eine feinere Art, sich verständlich zu machen, aber Meliska hat nie etwas gelernt, und die rote Halskette ist einfach an ihr gewachsen. Sie ist froh über jeden Mann, der sie begehrt, denn Männer, die unter ihr stehen, gibt es nicht. Höchstens die Schönen und Großen würde sie vorziehen, wenn sie die Wahl hätte. Aber innere Möglichkeiten der Liebe kennt sie nicht; es verlangt es freilich auch niemand von ihr. Nur der Fürst mit seinen häßlichen gelben Zahnstummeln ist ihr widerlich. «Den möchte ich nicht als Mann», sagt sie und stellt die Unterlippe vor …

Zwar sind auch für die Geborene von Randar die inneren Möglichkeiten der Liebe noch ein Erdteil unter Wasser, obwohl sie Erzieherinnen gehabt hat, die nur in adeligen Familien verkehren. Aber wieso man eines Mannes wegen auf Wohlstand verzichten könnte, sieht auch sie nicht ein. Und vorderhand kennt sie nicht einmal den Unterschied zwischen einem Edelmann und einem Knecht.

Meliska befindet sich wohl. Man ißt reichlich im Hause Susumoff, und selbst der Hofhund ist gutgenährt. Auf so einem herrschaftlichen Gute ist sie bis jetzt noch nie gewesen. Nach dem Essen schenkt Kunja der alten Harra ein Gläschen Schnaps ein und sagt: «Trink, Mütterchen, es bekommt dir wohl …» Harra möchte zwar gerne noch sehen, wie es in der Gesindestube weitergeht, aber wenn sie Schnaps riecht, kommt es über sie, und beim dritten Glas sinkt sie um. Übrigens bezieht Kunja den Schnaps aus dem Herrschaftskeller. Solange die Alte wach ist, trägt er seine Mütze auf dem Kopf. Aber wenn sie oben schnarcht, fängt er an auszupacken. Er betrachtet sich als Leiter und Berater, nicht nur des Gesindehauses, sondern des ganzen Kirchspiels. Und das Amt steht ihm wohl an, denn Kunja weiß viel und verschwendet seine Zeit nicht mit Schmeicheleien, sondern sieht zu, wie die Dinge gehen. Er genießt auch in der Umgebung hohe Achtung. Meliska hat bald herausgefunden, daß Kunja eine Hauptperson ist, und hat sich dicht neben ihn gesetzt, denn sie hat ja noch das Anliegen des Koffers auf dem Herzen. Die Fürstin duldet es zwar nicht, daß Kunja nach dem Nachtessen weiter in der

Gesindestube bleibt. Er hat eine Frau und zwei Kinder und wohnt innerhalb des Gutes, nahe beim alten Jägerhäuschen. Sie will, daß er am Abend nach Hause geht und zugleich seine Runde macht durch den oberen Wald. Aber Kunja hat seine Untugenden wie andere auch. Und es ist schon vorgekommen, daß er eine Nacht lang auf dem einen oder anderen Ofen liegen blieb, ohne seine Runde gemacht zu haben. Er ist sogar schon oben im Verschlag auf den Boden des Strohbetts gesunken, und zwar nicht bloß aus Liebe, sondern auch des Weines wegen, denn er ist ja des Kellermeisters Freund, und wenn die Fürstin wüßte, was schon für Feste gefeiert worden sind im Gesindehaus, trotz der Aufseherin, sie würde das Nest vor Wut niederbrennen. Aber Kunja weiß vom gnädigen Herrn, wie man Gelage abhält, und der trinkt ja viel, wenn er sich drüben im Jägerhäuschen mit dem Stationsvorstand und anderen Männern, die plötzlich aufgetaucht sind, einschließt. Kunja wüßte Dinge zu erzählen, bei denen einem der Verstand einfach stillstehen würde. Aber er ist klug und trägt die Mütze auf dem Kopf, er weiß nichts und sieht nichts, und wenn er so recht betrunken ist, weiß er nicht einmal, in welches Bett er sinkt.

Meliska schaut mit runden, schlauen Augen um sich, dann fängt sie an zu kauen und gibt dem Kunja einen kleinen Stoß und lispelt noch einmal das Paßwort «Schwester». Das ist das einzige Wort, das sie bis jetzt auf dem Hof gesprochen hat. Ehe sie nicht ihre eigenen Angelegenheiten in Sicherheit weiß, kann sie sich auch nicht um die Angelegenheiten anderer kümmern. Aber wenn Kunja angefangen hat zu trinken, verirrt er sich im Reich der Wiedervergeltung wie in einem Berginnern. Er läßt sich nicht so schnell zurückrufen. Mit einer heisern, tiefen Stimme fängt er an, von Gespenstern zu erzählen, von denen er selber nicht mehr weiß, ob er sie nur erfunden hat oder ob sie ihm wirklich begegnet sind. So erzählt er etwa vom dreieckigen Gespenst, das nachts aus der Felswand beim Wirzakopf herauskommt. Jedes Gespenst ist irgendwo zu Hause. Manchmal wohnt es in Bäumen, dann wieder in der Luft. Kunja sagt, man dürfe ein Gespenst nie anreden und ihm auch nie den Rücken kehren, sondern man müsse es immer im Auge behalten, sonst werde man von ihm umgebracht. Er macht es dann vor, wie man mit dem Gespenst umgeht, und die Knechte lachen: aber im stillen wissen sie nicht, ob der Kunja am Ende nicht doch recht hat. Auch die Fürstin weiß es nicht. Seine Gespenstergeschichten gelangen zuweilen durch die Kammerfrau sogar zu ihren Ohren. Natürlich glaubt sie nicht an Gespenster, und doch besinnt sie sich, ehe sie abends über den Hof geht, um nachzusehen, ob die Dinge in Ordnung seien. Seit Kunja ihr das Gespenst vor die Türe gesetzt hat, geht sie nicht mehr allein hinaus.

Einmal am Abend, wie Kunja nach seiner Hütte hat gehen wollen, sieht er plötzlich mitten im Weg den Leibhaftigen vor sich stehen. Mit einem Schwanz und Hörnern und Hufen, genau so, wie der Pope ihn geschildert hat, so daß Kunja ihn sofort erkennt. Aber vor Schreck ist ihm die Zunge steif geworden wie bei einem Toten, so daß er nicht hätte um Hilfe rufen können. Und er sieht, wie der Leibhaftige vorwärtsgeht und gerade auf das Haus zu läuft, und wie er an die Türe kommt, da gibt sie vor ihm von selber nach. Kunja ist fast in den Boden versunken vor Angst, aber da fällt es ihm ein, daß er das Zeichen des Kreuzes machen müsse, und da steht im Mondschein der Fürst vor seiner Haustür …

Die Knechte bekreuzigen sich, und auch Meliska hat einen Schreck bekommen, aber Kunja schaut gerade vor sich hin und sagt: «Wenn ein Mensch ein Teufel ist, so kann man nichts dagegen machen, als ihn fliehen, denn mit Teufeln braucht man sich nicht einzulassen. Manche Menschen sind so schlecht, als wären sie Teufel, und doch muß man sie als Menschen behandeln.» Nach diesem weisen Spruch fängt er an, seine Lieblingsgeschichte zu erzählen, jene mit dem Hund. Kunja hält dafür, daß jeder neu Angekommene eine gewisse Anleitung erhalte, wie er die Dinge in diesem Haus zu beurteilen habe.

Die alte Verena im Dorfe hat ja nichts besessen als ihr schneeweißes Spitzchen. Mein Gott, ein Hündchen wie ein Engel. Und wie der Zufall es so will, geht die Fürstin spazieren mit dem kleinen Stanislaus an der Hand. Der gnädige Herr hat ja den Stanislaus nie leiden mögen, aber die Fürstin hat einen Stolz gehabt auf ihr eigen Fleisch und Blut. Und die Pani geht spazieren mit dem kleinen Stanislaus an der Hand, und die alte Harra ist auch dabei, und sie gehen hinunter zum Wirzakopf, da, wo die Felswand ein Dreieck bildet. Dort steht das Häuschen der Verena, das ihr der Sohn erbaut hat, und er hat ihr auch das Hündchen geschenkt, und weiß Gott, was für ein

Hündchen, daß sie nicht sollte nach ihm weinen, wenn der Sohn übers Meer ginge. Dieses Hündchen nun, aus lauter Gewohnheit und weil ein Hündchen keinen Unterschied zu machen versteht zwischen einer Fürstin und einem gewöhnlichen Menschen, springt aus dem Häuschen heraus und bellt das Kindchen an. Ach, nicht um es zu beißen, sondern nur, weil es seine Pflicht als Hündchen tut. Aber die Fürstin hat ja nie Spaß verstanden mit dem, was ihre Herkunft betrifft, und sie empfindet es als eine Frechheit, daß ein Hund ihr Kind anbellt. Da schlägt sie mit dem Stock auf den Hund los, der aber will seine Ehre als Hund auch nicht einer Fürstin wegen einbüßen und fährt fort zu bellen. Und weil die Fürstin ihm grob kommt, wird auch das Hündchen grob und weist ihr die Zähne. Darauf wird die Fürstin noch gröber als der Hund und schlägt ihn mit dem silbernen Griff ihres Stockes, bis er keinen Laut mehr von sich gibt. Und wie dann die alte Verena herauskommt und ihr schönes schneeweißes Spitzchen tot und blutend am Boden sieht, da hat sie in ihrem Kopf nicht verstanden, daß solche Dinge passieren können, und ist irrsinnig geworden. Von da an haben alle Kinder im Dorf einen Bogen um die Fürstin herum gemacht. «Sonst schlägt sie euch auch tot …» haben ihnen die Alten gesagt.

«Dieser Hund ist nun ein Gespenst», sagt Kunja und starrt auf sein Glas. Aber Meliska weiß nicht, was sie zu der Geschichte sagen könnte. Auch die Knechte lachen. Ein Hund ist ja ein Hund. In ihrem ganzen Leben hat Meliska noch nie über einen Hund nachgedacht. Das, woran ihre Seele hängt, ist der Koffer. Und endlich kann sie sich mit Kunja verständigen, daß er den Koffer noch am selben Abend zu seiner Großmutter nach Bordanjo bringt. Nun ist es ihr wieder wohl, und sie nestelt ein wenig an der Halskette und gibt Kunja einen Stoß mit dem Ellenbogen. «Ja, mein Täubchen, du bist schön», sagt er und nimmt sie in den Arm. Die Halskette reicht ziemlich tief, und Kunja muß doch schauen, wie weit sie geht; dafür ist sie ja da. Erst gegen Mitternacht nimmt er seine Laterne vom Haken und geht mit dem Koffer der «Schwester» seiner Hütte zu. Im Herrschaftshaus ist kein Licht mehr, alles ist dunkel unter den Bäumen.

Als Meliska am andern Morgen in ihrem Verschlag erwacht, stehen alle Türen des Hauses vor ihr offen.

5. Kapitel: Herr Stanislaus

Im Zimmer der Fürstin Agnes Susumoff hängen viele Bilder des Herrn Stanislaus an der Wand: in Uniform und ohne Uniform, zu Pferd, im Frack, mit der Zigarette im Mund, mit dem Hund auf den Knien. Es gibt keine Stellung, in der sich Herr Stanislaus noch nicht hat fotografieren lassen. Sogar im Bett ist er schon fotografiert, mit der Frühstückstasse in der Hand, und um das Handgelenk hat er feine Krausen wie eine Dame. Die Fürstin Susumoff ist verliebt in ihren Jungen; sie findet sich in ihm erlöst. Wie alle Damen von Stand und Würde hält sie auf strenge Moral, aber bei den Liebesabenteuern ihres Sohnes kümmert sie sich nicht darum, sondern kann begreifen, daß er tolle Streiche spielt, wie sie es nennt. «Die Jugend hat ein Anrecht an Übermut», sagt sie.

Er hat eine unvergleichliche Art, zu befehlen und sich von allen bedienen zu lassen. Einem serbischen König würde es Ehre machen, wie er seine Stiefel über den Boden schleudert und Hemden und Krawatten auf den Dielen umhersät. Sein Mangel an Ordnung ist der Fürstin Entzücken. Auch bringt Herr Stanislaus jedesmal etwas Neues mit aus der Großstadt: einmal einen jungen Affen, das andere Mal ein Hündchen. Für eine Weile ist dann niemand mehr sicher vor diesen Tieren. Er läßt sich frische Eier bringen und wirft sie auf den Teppich, damit die Tierchen sie auflecken können. Zuweilen auch bettet er sie auf die Seidenkissen der gnädigen Frau Mutter und bindet dem Äffchen die lavendelblaue Schleife um. Manchmal erzeugen auch seine Spielzeuge aus der Stadt viel Bewegung und Lärm. Er reißt dann die Türen auf und läßt Surrfliegen durch alle Zimmer brummen, auch wenn dabei Spiegel und Vasen zugrunde gehen. Aber die Fürstin freut sich, daß der Sohn so vergnügt ist. Er lacht dann und singt und kneift der Mutter in die Wangen. Gelegentlich auch spaziert er über den Hof und sieht nach, was an Weibsleuten umherläuft. Meliska hat er bisher noch nicht entdeckt, aber mit Soska hat er sich hinter der Scheune getroffen. Er ist ein schmucker Junge und trägt nur gutsitzende Kleider. Es verleidet ihm nicht, sie stundenlang vor dem Spiegel zu probieren. Gewöhnlich ist er glattrasiert; aber er ist auch schon mit einem Schnurrbart nach Hause gekommen. Er macht jede Mode mit. Dafür ist er ja auch auf der Welt. Wenn die Fürstin frühstückt, legt er seinen Kopf in ihren Schoß und bläst ihr Rauchwölkchen ins Gesicht. Mit dem Vater versteht er sich gar nicht, sie reden selten zusammen, und wenn er ihn kommen sieht, so steckt der Alte die Hände in die Taschen und lacht: «Hehe …» Er hat ihn von klein an nicht leiden mögen. «Chère maman», sagt Herr Stanislaus, «que voulez-vous, c'est un paysan …»

Wenn Meliska in die Zimmer der Herrschaften kommt, hält sie Umschau nach Dingen, die sie sich aneignen könnte. Bis jetzt hat sie sich noch nie etwas aus Fotografien gemacht; aber neulich hat sie ein Bild von Herrn Stanislaus gestohlen, wie er so nachdenklich dasitzt, den Kopf in die Hand stützt und nach oben blickt, so daß man nur noch das Weiße in seinen Augen sieht. Dieses Bild hat Meliska sehr gut gefallen, sie hat es in ein Tuch gewickelt und sorgfältig verwahrt. Ebenso hat ihr ein Buch gefallen, das hübsch in Leder gebunden und mit Goldschnitt verziert war. Auch das hat sie heimlich aus dem Zimmer der Fürstin Susumoff entwendet. Dennoch stiehlt Meliska bis jetzt immer noch bescheiden, das heißt nicht viel und nicht alles auf einmal. Sie stiehlt gewissermaßen im kleinen Format.

Aber Meliska ist nicht ohne Fähigkeiten. Wenn sie die Arme ausspannt, verschwindet viel Arbeit darin. Die Arbeit ist in ihr zu Hause. Sie ist nicht ungeschickt und versteht sogar die feinen Spitzen der Pani sorgfältig zu waschen und aufzubügeln. Nie ist ein Stück zerrissen. Im Grunde genommen ist Meliska dienstbereit und gut. Es fehlt ihr eigentlich nur der Mensch, der es anerkennt. Anerkennung würde ihr Freude machen, und am Ende würde sie es schöner finden, gut zu sein, statt schlecht. Ach, nicht die Leistungen, die bewundert werden, sind das Große am Menschen, sondern seine unermüdliche Treue, etwas recht machen zu wollen. Aber die Fürstin Susumoff findet es nicht nötig, einem Dienstboten dankbar zu sein, bloß weil er recht arbeitet. Dafür kommt er hernach ja in den Himmel. Aber vorderhand ist man noch auf Erden, und die Fürstin ist kein Gott. Auch von der Tochter Irka hängen Bilder in den Zimmern. Aber die eignet Meliska sich nicht an. Irka ist auch nicht hübsch, sie hat eine Stumpfnase und breite

Lippen. Außerdem macht Meliska sich nichts aus Frauenbildern. Seit zwei Jahren ist Irka mit einem Offizier aus St. Petersburg verheiratet. Es ist immerhin eine Ehre, die Tochter des Fürsten Susumoff zur Frau zu haben. Auch hat sie mehr Geld in die Ehe gebracht als seinerzeit die Mutter. Dafür hat sie allerdings keinen fürstlichen Ring bekommen, und die Mutter hat ihr klar auseinandergesetzt, daß dies nie und zu keiner Zeit geschehen könne, eines Versprechens wegen, das sie binde. Aber Irka hat sich nichts daraus gemacht, der Fürstenwahn der Mutter rührt sie wenig. Herr Stanislaus dagegen hat von jeher Interesse für den Ring bekundet. Aus dem Erlös desselben könnte er sich ein elegantes Appartement halten. Bis jetzt aber hat die Fürstin noch nicht gewagt, ihr Versprechen der Familie gegenüber zu brechen, obwohl sie weiß, daß sie in einer schwachen Stunde Herrn Stanislaus den Ring doch einmal geben wird, denn er erreicht bei der Mutter alles, was er sich vornimmt. Irgendwie sieht sie den Ring nicht mehr in den Besitz derer von Randar zurückkehren. Auch Herr Stanislaus sieht das nicht. Es erscheint ihm auch überflüssig. «Man erfindet dann einfach eine Geschichte, daß er gestohlen worden ist, chère Maman», sagt er, «c'est très simple.» Immerhin ist dieser Augenblick für die Fürstin noch nicht da; denn es handelt sich nicht bloß um die Ehre der Familie, sondern ebensosehr um den eigenen Verzicht.

Viel seltener als Herr Stanislaus kommt Irka nach Hause. Sie kommt weder mit der Mutter noch mit dem Vater aus, ja nicht einmal mit dem Bruder. Schon als Kind ist sie gegen die Erzieherinnen hinterlistig gewesen und Stanislaus gegenüber neidisch. Stanislaus dagegen hat schon in früher Jugend den Gouvernanten den Hof gemacht, um nicht lernen zu müssen, bis dann die Frau Mutter dahintergekommen ist und die Erzieherinnen, die es gewagt haben, ihren schönen Jungen zu verführen, mit Schimpf und Schande davongejagt hat. «Potifars Weib», hat sie ihnen nachgerufen.

Mit bloßen Füßen geht Meliska jeden Morgen durch die Schlafzimmer der Herrschaften und sammelt die schmutzige Wäsche ein. Die Fürstin ist dann noch im Bett, aber schon wenn Meliska bei der Tür ist, laufen ihre kleinen, herrischen Augen ihr entgegen. Diese macht sich aber nichts daraus und fegt den Blick der Pani mit ihren runden Augen von der Bettkante herunter. Solange die Pani noch nicht angekleidet ist, fühlt sie sich wehrlos. Irgendwie kommt es ihr vor, daß sogar Meliska mit ihr anfangen könnte, was sie wollte. Im stillen fürchtet sie sich vor den Dienstboten, selbst vor der alten Harra, die ihr so ergeben ist. Plötzlich, stellt sie sich vor, könnte es ihnen einfallen, sie nicht mehr zu achten. Sie beschließt dann, sie ihre Macht noch mehr fühlen zu lassen. Böse und mißtrauisch schaut sie jeder Bewegung im Spiegel nach und läßt Meliska nicht für eine Sekunde aus den Augen. Lautlos und bescheiden bückt sich diese vor der Pani und sammelt die schmutzige Wäsche in ihre Schürze ein, aber wenn sie aufsteht, sticht sie wie ein großer schwarzer Raubvogel gegen das Fensterkreuz ab.

Der Fürst nimmt gewöhnlich sein Frühstück allein in seinem Zimmer ein. Er liest dann Zeitungen und Briefe, während er den Tee durch den gelben Schnurrbart schlürft. Manchmal sind es auch nur verschmierte Zettel, die er mit der Post erhält. Aber er ist klug und weiß aus allem etwas zu machen. Er hält seine Gimpel fest. Dann und wann erhält er auch Geheimpost und Telegramme, und zuweilen kommen Schreiben von hohen Herren, denen er mit Geld aushilft. «Hehe …» Aber seinem Sohn Stanislaus gibt er wenig. Er ist nicht dafür da, um Königssöhne zu erziehen.

Wenn der Fürst zum Frühstück Kirschen oder Stachelbeeren ißt, so spuckt er die Kerne auf den Boden. Gelegentlich auch zerschlägt er die Glasschale, so daß dann die Splitter auf dem Teppich liegen. Wenn Meliska hereinkommt, so tritt sie unversehens in die Scherben, und das belustigt den Fürst. Er macht dann zufrieden «Hehe …». Offensichtlich tut er niemandem etwas zuleide, aber er ist wie ein Insekt, das heimlich sticht. Bis zu Puscho hinunter fürchten ihn alle gleich. Meliska muß immer an den Leibhaftigen denken, wenn sie ihn sieht, und geht stets rückwärts aus dem Zimmer. Wenn er den Arm nach ihr ausstreckt, versteckt sie das Gesicht in der schmutzigen Wäsche.

Um die Zeit der «Stillen Sonntage» ist von Liturk ein Bote gekommen mit einem Telegramm von Herrn Stanislaus, daß man ihn am andern Morgen früh an der Station abholen solle. Wie die Fürstin das Papier in den Händen hält, fühlt sie ein Unglück nahen. Irgendwie erscheint es ihr als Vorbote von einem Verhängnis. Sie legt es beiseite und fühlt sich den ganzen Tag beklommen. Aber sie hat sich getäuscht; denn es gibt nirgends ein Unglück, und wie Kunja am andern Morgen mit dem kleinen Jagdwagen in Liturk über dem Bahngeleise wartet, da steigt Herr Stanislaus ebenso gesund aus wie sonst. Er hat viel Gepäck bei sich, denn er ist gekommen, um eine Menge unnützer Dinge nach Hause zu schleppen, wie er sagt. Mit dem kleinen Jagdwagen ist auch keine Gefahr oben bei der Lehmgrube. Nur mit dem Vierergespann, auf das die Fürstin bei ihrer Ausfahrt jedoch nicht verzichten will, ist es schwierig. Herr Stanislaus scheint diesen Morgen nervös zu sein, und wenn er nervös ist, nimmt er gerne die Allüren der gnädigen Frau Mutter an. Der Weg dünkt ihn lang, der Trab träge, und zu all dem fängt es bei der Eishütte auch noch an zu regnen. Voller Wut springt er vom Wagen und läuft quer durch den Wald gegen das Portal. Wie er in das Zimmer der Mutter tritt, fängt er auch gleich an, über Kunja zu schelten und zu fluchen. Aufhängen, an einem Baum, sollte man einen solchen Burschen oder mit dem Stock vom Hof jagen, bis er tanzen lernt.

Die Fürstin hört ihrem Sohn zu, aber sie weiß, daß es noch etwas anderes ist, weswegen er so schilt und flucht. Es schwebt ihr ein Wort auf den Lippen, aber da springt Herr Stanislaus schon selbst zu dem Gedanken über und sagt: «Mutter, gib mir den Ring, ich habe ihn verpfändet.» Der Fürstin fährt ein Schreck durchs Herz, sie hat es von Anfang an gewußt, als Herr Stanislaus so aufgeregt ins Zimmer trat. Sie richtet sich auf, und nun sieht sie ganz wie der Älteste derer von Randar aus, als sie sagt, sie könne es nicht tun, ihres Versprechens wegen. Ganz schön und ernst ist sie jetzt, wie damals, als sie hat sagen wollen: «Wir nehmen das Geld nicht an.» Stanislaus aber ist eine solche Sprache von seiten seiner Mutter nicht gewohnt. Er stellt wie ein trotziges Kind die Unterlippe vor und erwidert: «Sag keine Dummheiten, man peitscht einfach einen Dienstboten durch und jagt ihn vom Hof. Damit ist die Geschichte erledigt. Du bist doch sonst nicht ängstlich ...» Wie er das sagt, stehen seine Augen ganz blank auf die Fürstin gerichtet, wie Messer. Diese jedoch ist auf einen solchen Ton nicht gefaßt, selbst von Herrn Stanislaus nicht. Ohne ein Wort zu sagen, geht sie hinaus und wirft die Tür hinter sich ins Schloß.

Herr Stanislaus steht mit dem Rücken gegen das Fensterkreuz gelehnt und zerbeißt die Lippen. Noch nie ist ihm seine

Mutter so begegnet. Und er hat keine Lust, wie ein Schuljunge von ihr behandelt zu werden, sonst kann auch er eine andere Sprache sprechen. Wie er so dasteht und nicht weiß, was er tun soll, kommt Meliska herein und bringt einen Armvoll Wäsche, die sie ins Zimmer der Fürstin tragen soll. Meliska hat Herrn Stanislaus noch nie gesehen, aber es scheint ihr, daß er ein ebenso schöner Herr sei wie der, dessen Photographie sie besitzt, und der Gedanke, mit ihm allein zu sein, gefällt ihr. So leckt sie sich ein wenig die Lippen und breitet die rote Halskette schön über dem offenen Hemd aus. Herrn Stanislaus ist die Abwechslung willkommen, und indem er die Hände um ihre Hüften legt, drückt er Meliska an sich und küßt sie, bis ihr der Atem vergeht. Dann faßt er sie unter dem Kinn, zwingt ihr den Kopf in die Höhe und sagt: «Weib, sieh mir in die Augen!» Meliska, von der Entwicklung der Dinge überrascht, starrt ihn erschrocken an. Aber im selben Augenblick stößt Herr Stanislaus sie von sich und schreit wie besessen: «Hinaus, hinaus!» Er faßt sich an die Schläfen und weiß, daß er in einen Abgrund hinuntergeschaut hat, aus dem es keine Wiederkehr gibt …

Meliska weiß nicht, wie sie die Treppe hinuntergekommen ist. Erst als sie unten im Hof steht, kommt es ihr wieder in den Sinn, daß ein schöner junger Herr, der oben im Zimmer gegen das Fensterkreuz gelehnt stand, sie in den Armen gehalten und geküßt hat. Aber als auch sie ihn hat umarmen wollen, ist er plötzlich vor ihr zusammengesunken und tot gewesen. Ratlos sieht sie zu den Fenstern hinauf. Sie weiß nicht mehr, wann das alles geschehen ist, und dort oben ist niemand zu sehen.

Die Fürstin Susumoff ist erschrocken über ihren Sohn. Er liegt auf dem Diwan und ist weiß wie eine getünchte Wand, so daß es der Fürstin angst und bange wird, er könnte sich ein Leid antun. Sie kniet neben dem Sohn nieder und sagt: «Für wieviel Geld hast du ihn denn verpfändet, Stanislaus, sprich …?» – Herr Stanislaus aber richtet sich auf, schaut über die Mutter hinweg und sagt: «Ich brauche kein Geld mehr!» – Nun aber geht der Kummer der Mutter doch zu Herzen, und sie überlegt, ob sie ihm den Ring nicht doch geben soll. «Siehst du», sagt sie, «ich gebe dir ja …» Aber er hat nun keinen Sinn mehr für sie und stößt sie beiseite, leise wie etwas, das einem nichts mehr nützt. Doch dann, als besänne er sich plötzlich wieder an sie zurück, sagt er: «Nun, so gib mir … ja, vielleicht …» und nennt eine Summe, um sie ein wenig zu trösten. Die Fürstin ist für den Augenblick froh, daß er wenigstens wieder etwas will, denn es ist doch angenehm, von dem Sohn ein wenig verwöhnt und geliebt zu werden, und außer ihm hat sie ja niemanden auf der Welt. Sie findet, die Angelegenheit sei gut beendet, indem sie nichts vom Ring gesagt habe, und es bleibt immer noch unangenehm genug, das Geld ohne Wissen ihres Mannes irgendwoher zu bekommen. Aber sie freut sich, wenigstens den Sohn wieder froh zu sehen. Herr Stanislaus dagegen, als ob es sich um eine Abmachung gehandelt hätte, dreht der Mutter den Rücken zu und sagt über die Schulter hinweg: «Also, sieh, daß das Geld bis morgen mittag da ist, dann verreise ich …» Damit geht er zur Tür hinaus.

Man ißt heute im kleinen Ecksaal. Es sind nur der Vater und die Mutter und der Sohn beisammen. Aber jedes ißt für sich allein. Der Sohn sitzt am Platz, der Vater sitzt da, und die Mutter sitzt da, als ob keines das andere etwas anginge, und während des ganzen Mittagessens wird kein Wort zwischen ihnen gewechselt. An der Hand der Fürstin nur funkelt der rote Rubinring, mit Perlen eingefaßt, die wie kleine Warzen am Rande aufstehen, und mitten im Ring, da sitzt der kleine verhutzelte König, hat eine Krone auf dem Kopf, wackelt damit hin und her und blinzelt mit seinen listigen Äuglein von einem zum anderen. Noch nie sind der Fürstin die gelben Zahnstummel ihres Mannes so unerbittlich vorgekommen. Langsam und gründlich zermalmt er damit einen Bissen nach dem andern. Aber auch gegen den Sohn fühlt sie Zorn; wenn sie ihn jetzt ansieht, so scheint es ihr, als ob er ganz dem Vater gliche. Langsam und unbekümmert zermalmt auch er einen Bissen nach dem andern.

Die Fürstin Susumoff stößt das Essen von sich und setzt sich in die Fensternische. Wieder ist sie das Opfer; immer ist sie das Opfer gewesen, zuerst in der eigenen Familie, und nun in dieser fremden Familie. Nichts hat man ihr gelassen als einen Fürstentitel, eine schwarze Samtjacke, eine lavendelblaue Schleife und um den Hals ein schweres Kreuz an einer goldenen Kette. Nie hat sie ihr eigenes Leben gehabt, und nun schreit ihr Herz nach jemandem, der sie erlösen könnte. Aber die Welt ist ja weit und hört nichts, stundenlang kann man rufen, nirgends ist eine Menschenseele, die einen versteht.

Und nun soll sie noch eine Summe Geldes aus sich heraus-reißen, und sie hat doch schließlich gar nichts in ihrem Innern, aus dem sie immerfort Schätze an andere austeilen könnte. In diesem Augenblick verwünscht sie sich und ihren Mann, den Sohn und den Ring und alles.

Wie das Essen fertig ist, steht Herr Stanislaus auf, zündet sich eine Zigarette an und erzählt Witze aus der Stadt. Aber es lacht niemand. Die Fürstin hat keine Lust, Witze anzuhören; das Geld, das sie immer wieder ohne Dank heimlich beschaf-fen soll, macht ihr das Leben widerlich. Breit wie ein Tropfen Öl fällt der Witz in die Stille und wird von ihr aufgesogen wie von einem Löschblatt. Auch den Vater interessiert es nicht, und wie er die beiden am Fenster sitzen sieht, da zieht er lang-sam seine Oberlippe zurück, so daß seine gelben Zahnstum-mel häßlich im Gesicht stehen, steckt die Hände in die Hosen-taschen und lacht: «Hehe …» Dann geht er hinaus. Die Gnädigen von Randar sind heute nicht gutgelaunt.

Sobald der Vater weg ist, wird Herr Stanislaus heiterer, er bläst der Mutter den Rauch ins Gesicht: «Voyons, Maman, c'est tout simple …» und klopft ihr ermunternd auf die Schul-tern. Er muß nun zu den Pferden gehen, und unter der Tür ruft er ihr noch zu: «Muschka, meine Koffer, ja, bitte …» Damit ist für ihn alles erledigt.

Aber die Fürstin ist immer noch schlechtgelaunt. Sie kann doch nicht zu der alten Harra sagen: «Ich brauche Geld für meinen Sohn, aber mein Mann darf nichts wissen.» In bezug auf Geld denkt sie ganz herrschaftlich. Nie würde sie mit ei-nem Dienstboten über Geld reden. Sie kann auch nicht Kunja schicken, es zu holen, niemand ist da, der ihr diese Mühe abnimmt. Und sie entsinnt sich ihrer Jugend, wie sie zu Hause gespart haben und welche Not es war, wenn etwas bezahlt werden sollte. Die ganze Familie hatte daran teilgenommen, sogar die Stiftsfräulein und Erzieherinnen. Eigentlich hat sie doch nur des Geldes wegen geheiratet, und nun ist sie des Geldes wegen in einer noch schlimmeren Lage als früher zu Hause. Denn wenn auch die Einnahmen groß sind, die Bedürf-nisse sind noch größer. Und mit dem Fürsten ist es so: Wenn man ihm etwas erklärt, dann hat er ganz unangenehme Zahn-stummel. Zu Hause konnte man in Frieden alles miteinander besprechen, aber hier ist sie die einzige anständige Person.

Die Fürstin läßt die alte Harra zu sich kommen und heißt sie, die Koffer durch einen Knecht heraufschaffen zu lassen. Aber die alte Harra ist manchmal ein wenig taub, wenn ihr etwas nicht paßt; außerdem hat sie einen Zorn auf Meliska, weil der Nascha immer mit ihr spaßt. Ohne ein Wort zu erwidern, humpelt sie über den Hof, wie ein Gestell des Bösen, und kreischt mit ihrer dünnen Stimme nach Meliska, die hinten im Hof am Trog steht. Eigentlich will es die Fürstin nicht, daß man die Mädchen zu jeder gröbsten Arbeit heranzieht, dafür hat es Männer auf dem Hofe. Aber die alte Harra kümmert sich wenig darum und waltet nach ihrem Zorn. Sind die Mädchen erst an der Arbeit, kümmert sich auch die Fürstin nicht mehr darum. Und Meliska ist ja kein besserer Dienstbote, sondern nur die Hofmagd, und so rennt sie mit bloßen Füßen, wohin man sie gerufen hat, und trocknet unterwegs die nassen Hände an der Schürze. «Hinauf mit den Koffern, in die Zimmer des jungen Herrn», schreit die alte Harra und gibt ihr einen Stoß. Und Meliska bückt sieh, lädt ohne Widerrede einen der Koffer auf die Schultern und schickt sich an, ihn die Treppe hinaufzutragen. In diesem Augenblick kommt auch Herr Stanislaus über den Hof, mit einer Zigarette im Mund, und sieht zu, wie Meliska sich anstrengt. Es macht ihm Freude, Leute arbeiten zu sehen. Und indem er die Hände in die Hosentaschen steckt, macht er genau wie der Alte zwischen den Zähnen hindurch: «Hehe …!» Aber die Treppe ist steil und Meliska klein und schmächtig. Dennoch sperrt sie sich tapfer in den Hüften und betritt mit ihren bloßen Füßen vorsichtig eine Stufe nach der andern. Die alte Harra geht mit und hilft ein wenig um die Ecken. Oben bei der Glastüre wartet die Fürstin und schilt, daß man Mädchen herholen müsse, während doch Männer genug umherstehen, die nichts tun. Aber Meliska ist schon auf dem obersten Tritt angelangt, nur kann sie den Kopf nicht drehen, denn der Koffer sitzt ihr wuchtig im Nacken. Aber wie sie den zweiten Fuß nachzieht, da stößt sie unversehens der Fürstin mit der Kofferkante an die Stirn. Sie fühlt auch, daß irgendein Widerstand da ist; aber sie kann ihn nicht erkennen und sich auch nicht dagegen schützen, vor den Füßen sieht sie nur die Enden des gelben Tuches liegen, das die Fürstin zuweilen um die Schultern trägt. Meliska will sich entschuldigen, unter dem Koffer hervor, aber im selben Augenblick schlägt ihr auch schon die Pani mit der schönen, weißen, gepflegten Hand ins Gesicht, so daß Meliska mitsamt dem Koffer die Treppe hinunterstürzt. Eine Türe hat sie noch zuschlagen hören, und ein Wort ist zu ihr heruntergezischt: «Gesindel!», und es ist gerade, als ob das Wort sich auf der Treppe verspätet hätte, denn es ist erst zu Meliska heruntergekommen, als die Pani schon längst in ihrem Zimmer gewesen ist. Und dann ist es Meliska vorgekommen, als ob plötzlich Herr Stanislaus vom Fensterkreuz her auf sie zutrete und ganz langsam spräche: «Du, du, du gehörst zu mir ...» Darauf hat sie für lange Zeit nichts mehr gehört und gefühlt und hätte ebensogut tot sein können, wie das Kindchen mit den blauen Flecken am Halse und das schneeweiße Spitzchen der Verona.

Nur die alte Harra ist wieder die Treppe heruntergestolpert und hat Meliska an den Füßen unter dem Koffer hervorgezogen und auf die Steinfliesen vor die Türe geschleppt, damit das Blut nicht auf den schönen Teppich läuft. Aber Meliska hört und sieht nichts mehr. Still und breit fließt ihr das Blut aus Nase und Mund, und sie liegt da wie tot. Dann kommt auch Herr Stanislaus hinzu, und wie er Meliska so daliegen sieht, kommt plötzlich eine Erleichterung über ihn; denn am Morgen hat er ja eine gräßliche Vision gehabt: Er hat sich in Meliskas Augen wie in einem Spiegel gerade so daliegen sehen, mit durchschossener Schläfe. Aber nun ist alles wieder gut für ihn, er hat sich einfach getäuscht. Von einer großen Gefahr befreit, bereut er nur eines: Daß er von der Muschka so wenig Geld verlangt hat. Er wird es das nächste Mal nachholen und sich nicht mehr durch Zwischenfälle stören lassen.

Und dann will er den Ring haben.

6. Kapitel: Der Ring

Wolken ziehen über den Himmel, nachdenklich und schwer wie die Gedanken eines Menschen. Wenn eine Schicht vorüber ist, folgt wieder eine andere. Nie kann man aufhören zu denken. Manchmal sind es zwar nur rosige Liebeswölkchen, die dem Menschen etwas zu denken geben. Zuweilen auch sind es große weiße Wolken, die sozusagen aus der Arbeit aufsteigen. Aber wenn die Arbeit getan ist, verschwinden auch die Wolken wieder, und darunter blaut immer noch der schönste Himmel. Oder auch: es sind träumende kleine Abendwölkchen, die über des Menschen Stirne gehen, zart und blaß, die sich bis zum letzten sichtbaren Rand des Horizontes in die Zukunft hinaustasten, aber darunter leuchten nach wie vor die Sterne Gottes freundlich im Herzen. Manchmal aber kommen schwarze, schwere Wolken, die tagelang nicht von der Stirne weichen. Und wenn eine Schicht vorüber ist, folgt wieder eine andere, und zuletzt glaubt man nicht mehr an den blauen Himmel, der doch vom ersten Schöpfungstag bis ans Ende der Welt gleich blau, gleich gütig über der Erde steht. Tatsächlich meint man zuletzt, die Erde sei zur Qual für uns erschaffen worden – und nicht mehr zur leuchtenden, ewigen Freude.

Und das ist das Weh.

Es hat viel Unstimmiges in der Welt, und viel Weh. Es gibt ein Weh in der Armut und ein Weh in der Liebe, ein Weh in der Krankheit und ein Weh im Tod. Das sind die schweren, großen Wolken. Wenn eine Schicht vorüber ist, folgt wieder eine andere. Aber einmal ist die Menschenstirne frei gewesen von allem Weh, nirgends ist ein Unrecht gewesen und nirgends ein Kummer. Kleine Liebeswölkchen nur haben auf der Menschenstirne gestanden, froher Eifer des Gelingens, und am Rande des Horizontes verträumte Wünsche, bis an den ersten Stern, und dann ist alles wieder gut gewesen über den Menschen. Alles, alles. Und das Weh haben sie nicht gekannt.

Aber wiewohl nun alles gut war, haben es die Menschen doch nicht gewußt, daß es gut war. Sie haben ja das Leid noch nicht gekannt, und auch nicht die Sehnsucht nach Vollkommenheit. Aber dann haben sie in ihrer kindlichen Torheit angefangen, das Böse zu tun. Ach, nur unbedacht und noch lange, lange nicht traurig. Weil sie so lustig gewesen sind, haben sie angefangen, die Früchte zu essen, von denen Gott sagte: «Rühret sie nicht an, denn am Tag, da ihr davon genießet, wird das Paradies für euch verschlossen sein, auch das Lieblichste wird euch häßlich erscheinen, und an diesem Tod werdet ihr sterben.» Aber was haben die Menschen ohne Erfahrung gewußt von Hölle und Häßlichkeit und Tod! – Mit unkundiger Hand haben sie vom tiefsinnigsten aller Bäume lachend das Weh gepflückt. Lachend das Weh vom Baum des Todes gepflückt.

Und dann ist das Verderben in die Welt gekommen …

Auch Meliska weiß, daß die Erde ein Jammertal ist und eines sein muß. Diese Überzeugung ist sogar fester in ihr begründet, als alle Berge in der Welt begründet sind. Sie ist auch in der Fürstin Agnes Susumoff begründet und in Herrn Stanislaus und in allen Pan und Panis der Welt. Ja, es ist sogar in ihnen begründet, daß sie versuchen müssen, mit allen Mitteln dieses Jammertal aufrechtzuerhalten, und auch der Pope würde meinen, sein Seelenheil zu verlieren, wenn er nur für einen Augenblick wagte, entgegen dem unerforschlichen Ratschluß Gottes an diesem vorgesehenen Schicksal der Erde zu zweifeln. Und doch wird der Tag kommen, wo alle, ohne Ausnahme, einsehen, daß es ein Irrtum war, und die Menschen trotz der Vorsehung aller Kirchen der Welt wieder an die Güte Gottes glauben.

Auf einer kleinen Anhöhe zu Wiazk steht ein Kirchlein, das man das Muttergotteskirchlein nennt. Der Weg, der hinaufführt, ist schmal und steil, aber wenn man oben ist, gewinnt man einen weiten Überblick. Das Kirchlein soll uralt und einst von einem Pilger mit eigenen Händen erbaut worden sein, aus grauen, ungefügten Steinen. Darüber steht noch ein Türmchen, mit einem winzigen Kreuzlein oben drauf. Zuerst, als es der Pilger erbaute, hat das Kirchlein für Gott dagestanden; aber wie dann später die Gutsherren nach Liturk gekommen sind, da hat das Kirchlein ein Patronat bekommen und sich viele Veränderungen gefallen lassen müssen. Eines Tages ist es zu einer roten Ziegelmütze gekommen und ein andermal zu weißen Kalkwänden. Nur das blaue Zifferblatt, das es von Natur aus mitgebracht hat, ist ihm noch übriggeblieben. Später haben dann die Gutsherren auch die Geistlichen bestimmen dürfen, die in dem Kirchlein gepredigt haben. Es geht ja auch Menschen so: Plötzlich wirft ihnen ein Tag eine rote Ziegelmütze über den Kopf oder stellt sie unversehens in neue weiße Kalkwände. Viele halten einen solchen Umsturz für wichtig. Sie meinen dann, sie seien nun der roten Ziegelmütze wegen da oder sie müßten sich nach den Kalkwänden ihres Hauses richten. Es kommen sogar Kirchen manchmal auf den Gedanken, sie seien des Äußeren wegen da.

Aber das Kirchlein auf der Anhöhe zu Wiazk ist aus einem Traum entstanden, wie ein Kind, über dem schon vor der Geburt eine Verheißung steht. Und das Kirchlein auf der Anhöhe zu Wiazk hat seinen Traum bewahrt und hat sich weder nach der roten Ziegelmütze gerichtet noch nach den weißen Kalkwänden.

Diese letzte rote Ziegelmütze hat es vom Fürsten Susumoff erhalten, und wie das Dach fertig gewesen ist, da ist er dagestanden mit den Händen in den Hosentaschen und hat gelacht: «Hehe ...» So lustig dünkte es den Bauern Tiezko, daß er sogar der Kirche das Aussehen geben konnte, das ihm gefiel. Und wie dann die Leute gefragt haben, ob sie das kleine Kreuz wieder aufs Dach setzen sollten, da hat er geantwortet, seinetwegen brauche eine Kirche kein Kreuz. Dann ist er gegangen. Und so ist das Kreuz nicht mehr auf die Kirche gesetzt worden, denn es hat es niemand gewagt, dem Fürsten Susumoff zu widersprechen. Das Kirchlein aber hat auch das ausgehalten. Über wem einmal eine Verheißung steht, der kann den Glauben daran nicht eines Stück Holzes wegen wegwerfen.

Ein früherer Gutsbesitzer hat dem Kirchlein etwas zuleide getan, weil er Gott etwas Gutes tun wollte. Dieser Gutsbesitzer schenkte dem Muttergotteskirchlein zu Wiazk nämlich eine Orgel. Weil aber das Kirchlein zu klein gewesen ist dafür, hat man die Wände durchbrechen und den Eingang um einen Anbau erweitern müssen. Außen dran hat man eine Holzwand aufgerichtet und einen Boden zur Kirche hin gelegt und auf diesen Boden die Orgel gestellt. Dann hat man eine Wendeltreppe gebaut, über die man von nun an in die Kirche gelangen konnte, ohne den Sinn des Umwegs zu verstehen. So ist denn die Wohltat an Gott eine Schwierigkeit für das Kirchlein geworden. Und wenn auch die Orgel an und für sich eine Freude gewesen wäre, so ist dem Kirchlein doch ein Stich durchs Herz gegangen wegen dieser Neuerung. Und es ist dagestanden mit seiner roten Ziegelmütze auf dem Kopf, ohne Kreuz und ohne Ehre, mit den weißen Kalkwänden und dem Eingang von außen her, und hat an sich gehalten wie ein guter und treuer Mensch, der sich durch keinen Zufall und keine Umgebung vom eigentlichen Sinn seines Wollens abbringen läßt.

Der Traum, aus dem das Kirchlein entstanden ist, ging so: Einmal ist ein Pilger aus weiten Landen hergekommen, hat unter den Leuten zu Wiazk gewohnt und in ihren Herzen ihr tiefes Weinen gehört. Und in der Nacht ist ihm die Matka Boska erschienen, im hohen Glanz voll silberner Sterne, mit wallendem, blonden Haar, und hat auf ihren schneeweißen Armen das Kindlein getragen, das Neue, das noch niemand versteht, und um sie herum sind tausend Engelein gewesen. Die Matka Boska aber hat sich aus dem Silberglanz der Nacht zum Pilger geneigt und ihm gesagt: «Bau mir die Tür der traurigen Herzen, damit ich durch sie eintreten kann und die Welt mein Kind versteht.» Und der Pilger hat sich durch den Schlaf hindurchgekämpft, um die Türe aufzureißen, damit die Matka Boska eintreten könne und die Welt ihr Kind verstehe; aber statt einer Türe hat er die Augen aufgemacht, und die Matka Boska war verschwunden. Der Pilger aber hat von der Erscheinung nicht abgelassen und Jahr um Jahr Stein und Ton gesammelt aus aller Traurigkeit und am Ende die Türe der traurigen Herzen gebaut, damit die Matka Boska eintreten und die Welt ihr Kind verstehen könne.

Dann sind Menschen gekommen von fern und nah, und an Festtagen hat man Bildchen verkauft an silbernen Kettchen zum Andenken an das Kirchlein der Mutter Gottes, durch die man geheilt werden sollte von jeglicher Traurigkeit, wenn man sie auf dem Herzen trug. Zuletzt ist, wie gesagt, auch noch die Fürstin Susumoff gekommen. Sie und auch Meliska haben mit den andern im Kirchlein gekniet und gebetet, aber die Traurigkeit ist doch in der Welt geblieben. Zwar hat die Fürstin Susumoff an ihrem Geburtstag eine Anzahl solcher Bildchen an die Armen austeilen lassen, und Meliska hat sogar eines gestohlen und es in den Koffer gelegt, aber den Grund, warum die Kirche erbaut worden ist, hat doch niemand verstanden, und darum hat auch die Matka Boska nicht eintreten können in die Welt. Nur die kleinen Kindlein kommen, sagt man, wenn sie sterben, zu den tausend kleinen Engelein der Matka Boska, die um sie herum warten, bis man ihr Kind versteht.

Hinter dem Gesindehaus, in dem Meliska auf dem Boden ihres Strohbettes liegt, geht eine Säge auf und ab. Tag und Nacht geht die Säge und müht sich, vorwärtszukommen, und sägt doch immer am selben Ort. Nur der Holzstamm ist es, der sich der Säge entgegenschiebt. Tag und Nacht geht es in Meliskas Brust wie bei einer Säge auf und ab. Immer schiebt sich ihr Körper der Qual entgegen, und die Säge geht durch ihn hindurch vom Scheitel bis zur Sohle. Aber wenn der Baumstamm durchlaufen ist, schiebt er sich vor, und die Säge geht um einen Fingerbreit nebenan wieder durch sein Lebensmark. Unermüdlich rüttelt und stöhnt die Säge in Meliskas Brust und möchte sich aus den schweren Angeln herauslösen. Meliska keucht und schwitzt und kann nicht schlafen und nicht wachen. Einmal hat man sogar den Doktor von Zizwitsch kommen lassen, aber er hat festgestellt, daß Meliska nur Fieber habe, und dann ist er wieder gegangen.

Wie Meliska endlich wieder hat aufstehen können, ist ihr Gesicht entstellt gewesen, und für lange Zeit hat sie ein Auge zugebunden gehabt, und im rechten Mundwinkel hat ihr ein Zahn gefehlt. Sie hat nichts begriffen von all dem, und sie weiß auch nicht, wie lange sie krank gelegen hat, ob einen Tag oder zehn Jahre. Sie weiß auch nicht mehr, wieso sie krank geworden ist. Erst wie sie dann am Morgen wieder ins Schlafzimmer der Fürstin kommt, um die schmutzige Wäsche einzusammeln, und die kleinen herrischen Augen der Pani über die Bettkante zu ihr hinlaufen, da fängt etwas in ihr zu dämmern an. Meliska weiß zwar auch noch nicht, was in ihr dämmert, sie fühlt nur, daß sich in ihrem Innern etwas verschiebt. Und das, was sich verschiebt, ist, daß sie bis jetzt wohl nichts Gutes gewollt hat in der Welt, aber ebensowenig etwas Böses. Jetzt aber wird sie das Böse wollen, und ihr Herz verhärtet sich von Stund an gegen die Fürstin. Von jetzt an wird sie nicht mehr stehlen, weil es ihr Freude macht, sondern sie wird stehlen, um zu schaden. Und der Anblick der Pani bringt sie zu einem Entschluß, auch wenn sie im Augenblick noch nicht weiß, worin er besteht. Es genügt, daß man seine Füße mit Willen auf einen bestimmten Weg stellt, wie ein williger Diener die Gelegenheit zur Erfüllung abwartet. Meliska weiß, daß sie der Fürstin schaden kann.

Nachdem sie die schmutzige Wäsche eingesammelt hat, ist sie bereit und gewillt zu Bösem in jeder Form. Rund und hart schaut ihr eines Auge geradeaus, und nichts biegt es mehr nach den Ecken hin. Das Böse, das man ihr angetan hat, ist in der Zeit, da sie im Bett lag, in ihr reif geworden zur Vergeltung. Nicht nur Meliskas Gesicht, auch ihr Herz ist entstellt worden.

Wenn die Fürstin Susumoff am Sonntag zur Kirche geht, müssen die Mägde hinter ihr herlaufen: zuerst die alte Harra, dann die Kammerfrau, dann die Dienstmägde und zuletzt die Hofmagd. Die Fürstin nennt dies: Gott dienen. Von den Knechten kann sie es allerdings nicht verlangen, und Kunja hat keine Zeit; er muß den Wagen bereithalten, und während des Gottesdienstes wartet er dann auch in dem Wirtshäuschen unten vor der Anhöhe. Er hat den Glauben an die Wiedervergeltung. Von den Mägden aber verlangt die Fürstin den Glauben an die Kirche. Wenn sie auf dem roten Plüschschemel am Ehrenplatz der Gutsherren von Liturk kniet, so dient sie Gott. Und die Kammerfrau, die ihr das Gesangbuch reicht, dient ebenfalls·Gott, und auch die alte Harra, die hinter ihr kniet, dient Gott. Die Fürstin Susumoff dient außerdem Gott nicht bloß mit Beten, sondern sie dient ihm auch willig mit Gaben, die sie dem Kirchlein schenkt. Und wenn sie auch in ihrem Leben nicht jederzeit gehandelt hat wie ein Christ – wer täte das schon –, so hat sie sich dennoch der Kirche gegenüber nichts vorzuwerfen, und so steht denn auch ihrem einstigen Eintritt in den Himmel nichts entgegen. Ja, wenn man anfangen wollte zu rechten, so würde die Fürstin Susumoff Gott gegenüber immer noch die Schenkende bleiben.

Der Fürst dagegen macht sich nichts aus seinem Ehrenplatz in der Kirche, und außer am Ostertag geht er nie hin. Er würde auch dann nicht hingehen, wenn er nicht auf die Vorlesung des Popen zu antworten hätte, daß er weiter als ehrenmäßiger Patron dem Kirchlein vorstehen und dessen Wohl nach besten Kräften fördern wolle. Wenn er jeweils die Erklärung abgegeben hat, kratzt er sich ein wenig auf dem Kopf und blickt ringsum, denn es kommt ihm selber lächerlich vor, sich als Patron einer Kirche nennen zu hören. Bevor man den Gruß spricht und den Segen weitergibt, geht er hinaus, und die

Leute sagen dann, er ginge, weil er den Namen des Allerheiligsten nicht auszusprechen vermöge. Aber wie gesagt, auch das alles hat das Kirchlein erduldet und über sich ergehen lassen und dennoch seinen Traum nicht verloren, denn es ist nicht erbaut worden, um zu richten, sondern um selig zu machen.

Wie am darauffolgenden Sonntag nach ihrer Genesung Meliska wieder mit den andern in die Kirche auf der Anhöhe zu Wiazk gegangen ist, wo vorne auf dem Altar das Bild der Matka Boska steht, mit dem Neuen auf dem Arm, und wo eine Ampel hängt an silbernen Schnüren, da schaut Meliska ganz fest auf das hohe Bild und ist zu einem Schwur entschlossen, das Böse zu tun. Ach, dieser feste Wille, auf den Weg des Guten gestellt, würde ganze Berge von Unglück versetzen, aber auf den Weg des Bösen gestellt, bringt er der Menschheit den Tod. Wie Meliska aus der Kirche herauskommt, hat sie ihre Wahl getroffen.

Und dann ist die Gelegenheit gekommen. Auch die Dinge haben ihre Bosheit. Und ihre Bosheit liegt darin, daß sie nicht zur rechten Zeit sprechen wollen. Schon manches Ding hat einem Menschen den Tod gebracht, weil es geschwiegen hat. Und der kleine verhutzelte König im Ring der Fürstin ist ja tückisch. Hinter seinen Ohren sitzt die Rache, und er lacht: «Hihi …» Er ist ja das Geschenk eines Königs gewesen an eine schöne, blonde Frau, wie die Fürstin eine ist. An eine Gräfin von Randar, und die Frau hat den König nicht geliebt; denn er ist schon alt gewesen und hat rote Augen gehabt: «Hihi …» Aber es schien der jungen blonden Gräfin dennoch interessant, Königin zu werden, und so hat sie den Ring vom König mit den roten Augen angenommen, wiewohl sie ihn gar nicht geliebt hat. Aber der Ring hat den Widerwillen gespürt, mit dem die junge blonde Frau ihn an ihre weißen Finger steckte, und er hat den Betrug gemerkt, auch wenn er sich nicht wehren konnte. Und der Ring hat auf Rache gesonnen: an dem Tag, an dem er einem ebenso großen Widerwillen gegen die Hand begegnen würde, die ihn trägt, da würde er sich mit ihr zur Tat vermählen.

Wie Meliska die Fürstin in der Kirche vor dem Schrein der Matka Boska knien sieht, da kriecht die Schadenfreude aus ihrer hohlen Zahnlücke, und sie weiß, daß sie der Fürstin etwas zuleide tun wird. Aber wie der Ring an der schneeweißen

Hand der Pani, mit der sie Meliska geschlagen hat, als sie den schweren Koffer für den Sohn die steilen Treppen hinaufschleppte, plötzlich heimtückisch in Meliskas dunkle Augen funkelt, da spürt er die Rachsucht, nach der er sich sehnt, und es zieht ihn zu ihr hin, wie zu einer Braut in der Hochzeitsnacht. Und ein wenig Herzblut darf ja die Vermählung schon kosten, denn der Ring hat nun lange nach Blut gedürstet und hat sich bei Lebzeiten nicht mehr sättigen können, und nun will er es trinken aus schneeweißen Händen. «Hihi …» Und niemand wird es wissen, und niemand darf es wissen, denn er ist ja doch nur ein verhutzelter König, der in seinem Sarg schläft. Aber in seinem Grab wird er heimlich das Blut trinken, das ihn verachtet hat, und dann wird er lachen, lachen, lachen …

Herr Stanislaus ist längst verreist mit dem Geld, das die Fürstin ihm heimlich beschaffte. Beim Abschied hat er gesagt, daß es eigentlich nur die Hälfte von dem sei, was er brauche; er wolle aber versuchen, sich einzuschränken. Kein Wort davon, daß er eine größere Wohnung mieten wolle, als er sie zuvor besessen hatte. Es ist übrigens der Frau Mutter nicht unangenehm, an die Sparsamkeit ihres Sohnes zu glauben, denn seine ewig unsichern Geldverhältnisse bereiten ihr Sorge. Herr Stanislaus dagegen hat sich für die Zukunft ein einfacheres Mittel ausgedacht, sich weiteres Geld zu verschaffen, und so ist denn auf beiden Seiten Ruhe eingetreten.

Wie nun Meliska eines Morgens in das Zimmer der Fürstin kommt, um die schmutzige Wäsche einzusammeln, da tritt die Vermählung ein. Die Vermählung des Bösen mit dem Bösen. Der Ring weiß, daß Meliska eine feste Seele hat und ihn nicht im Stich lassen wird. Und wie sich Meliska bückt, um die Wäsche aufzunehmen, da liegt obenauf in den Spitzen der Pani der rote Rubinring, den die Fürstin am Abend zuvor versehentlich mit dem Ärmel des Nachtkleides vom Tisch heruntergestreift hat. Der Ring funkelt Meliska an und Meliska den Ring, und es ist nur ein einziger Blick zwischen ihnen beiden. Dann packt sie die Wäsche mitsamt dem Ring in die Schürze und geht mit runden bösen Augen wieder zurück durchs Schlafzimmer und verschwindet aus der Tür wie ein Geier.

So fest hat Meliska ihre Füße auf den Weg des Bösen gestellt, daß die Fürstin, die doch jede Bewegung im Spiegel sieht, nicht bemerkt hat, daß Meliska eben ihre größte Freude erlebt hat, während sie ihr zugleich den wichtigsten Inhalt ihres eigenen Lebens hinwegnahm – und zwar für immer. Der Ring aber ist so grausam und heimtückisch verschwunden, daß sein Verschwinden erst am Sonntag drauf, als Herr Stanislaus mit seiner Braut auf Besuch kam, offenbar geworden ist. Und dann hat es angefangen.

Wie Meliska draußen ist, steht ihr fast das Herz still vor Schadenfreude. Und da sie mit dem Bösen eins ist, weiß sie auch sofort, was sie tut. Sie wirft die Wäsche in den Trog und nimmt den Ring in die Hand, schaut einmal nach rechts und einmal nach links, und geht dann ruhig und stracks hinter die Remise, als wäre dies ihr gewöhnlicher Gang. Hinter dem Kehrichthaufen, nahe bei der Bretterwand, gräbt sie schnell und flink ein Loch in die Erde, steckt den Ring hinein, scharrt das Loch wieder zu und legt noch einen alten Schuh darüber. Ohne ein Merkmal ihrer Freude im Gesicht geht sie mit bloßen Füßen wieder zurück an den Waschtrog und steckt die Hände in den Seifenschaum. Und so ist der Ring, ehe man ihn nur vermißt, schon fort und verloren für immer. Erst wie sie eine Weile vor ihrer Arbeit steht, da beißt Meliska die Zähne aufeinander und stößt ein paar rauhe Laute aus, wie ein Tier, das seine Beute in den Krallen hat. Nun mag geschehen was will, Meliska und der Ring gehören unwiderruflich zusammen.

Dann, am Sonntag, wie Herr Stanislaus mit der Fürstin im Toilettenzimmer beim Frühstück sitzt, ist alles zutagegetreten. Herr Stanislaus hat der Mutter seine Braut vorgestellt, die zwar nicht die erste ist; aber die Fürstin ist ein wenig ungeduldig, weil der ganze Herrschaftstrab noch zur Kirche will und Fräulein von Sanski sich erst ankleiden muß. Die Fürstin bittet ihren Sohn, ihr doch den schwarzen Seidenbeutel zu reichen, der in der obersten Schublade liegt, und gibt ihm den Schlüssel zum kleinen Schmuckschränkchen hinter der Garderobe; sie meint, Herr Stanislaus solle ihr das Saffiankästchen herausreichen, darinnen der Erbring derer von Randar verwahrt liegt. Herr Stanislaus kennt das Kästchen, denn er hat es ja schon öfters in Händen gehabt, er nimmt es mit heimlicher Freude an sich und öffnet es verborgen auf seinen Knien, aber zu seinem Erstaunen ist der Ring nicht mehr drin. Der Fürstin klopft das Herz oben im Mund, und sie besinnt sich genau, daß sie den Ring am vergangenen Sonntagabend ins Kästchen zurückgelegt hat; die Woche über hat sie dann nur diese und jene anderen Ringe getragen. Auch Herr Stanislaus bekommt ein unangenehmes Gefühl in den Schläfen. Aber schließlich kann sich die Mutter geirrt haben, und der Ring ist einfach verlegt worden. Das Schränkchen wird ausgeräumt, und alle Kästchen werden umgekehrt, es werden auch alle Schubladen herausgenommen, und das Toilettenzimmer wird in allen Winkeln untersucht. Jedoch der Ring findet sich nicht.

Und überdies, während sie suchen, klopft es, und Fräulein von Sanski wird gemeldet, die Braut des Herrn Stanislaus. Sie kommt auch schon lächelnd und liebenswürdig herein, aber die Fürstin starrt sie ganz entgeistert an, und sie weiß nicht, was sie sagen soll. Sie kann doch nicht sagen: «Ach, gnädiges Fräulein, mein Sohn hat Ihretwegen den Ring an sich genommen», obwohl ihr dieser Gedanke plötzlich und unvermutet auf den Lippen sitzt. Herr Stanislaus gibt seiner Braut einen Wink, nichts zu sagen wegen dem Perlenhalsband, das sie niedlich um den Nacken trägt. Aber das ahnungslose Fräulein von Sanski versteht es nicht recht, denkt, sie solle das Geschenk der Fürstin zeigen, und sagt: «Sehen Sie, gnädige Frau, was ich von Ihrem Herrn Sohn zu meinem Geburtstag bekommen habe.» Die Fürstin bewundert das Halsband, aber sie sieht Herrn Stanislaus nicht an. Laut und deutlich pocht die bewußte Frage hin und her über Fräulein von Sanskis Kopf hinweg.

An diesem Sonntag gehen die Herrschaften nicht zur Kirche auf der kleinen Anhöhe zu Wiazk. Nur Meliska sitzt dort. Das Unheil, das sie heraufbeschworen hat, bekümmert sie nicht. Inzwischen hat sie den Ring ausgegraben und bei einem bestimmten Baum in der Nähe des Jägerhäuschens versteckt. Wenn sie seitdem der Fürstin begegnet, kaut sie immer ein wenig mit dem Mund, und die Zahnlücke im rechten Mundwinkel ist hohl vor Schadenfreude.

Am Abend sagt Herr Stanislaus, er wolle mit seiner Braut wieder in die Stadt fahren, es erwarteten ihn dort wichtige Geschäfte, unter anderem eine Unterredung mit dem Direktor einer Bank wegen einer Anstellung, die ihm sein Freund besorge. Fräulein von Sanski hat zwar noch reizende Toiletten mitgebracht, aber Herr Stanislaus scheint es eilig zu haben, vom Gut wegzukommen.

Wie die Fürstin mit ihrem Sohn allein ist, sagt sie zu ihm: «Stanislaus, ich flehe dich an, sag, wo du den Ring hast!» Aber wider alle Erwartung fängt Herr Stanislaus an zu weinen, die Farbe in seinem Gesicht kommt und geht, und er sagt: «Mutter, bring mich nicht zu Tode, auf Ehr' und Wahrheit, ich habe den Ring nicht.» Und dann wird er ganz aufgeregt und schreit: «Laß diesen Teufelsring, er bringt uns noch alle um, was liegt daran, ob du ihn hast oder nicht, jeder Goldschmied in der Stadt macht dir einen ebensolchen.» Und wie er das aus seiner Seele heraus spricht, ist er nicht nur ihr und des Fürsten Kind, sondern es ist etwas Neues in ihm, etwas Liebendes, Warmes, etwas, das Boden hat. Es ist zwar nur eine augenblickliche Erregung, denn Herr Stanislaus bleibt nie lange bei einem Eindruck stehen. Und die Fürstin sieht ihren Sohn an, und sie fühlt, daß es irgendeine Brücke gibt zwischen dem Alten und dem Neuen, eine Brücke zwischen Schuld und Sühne. Für einen Augenblick erkennt sie, daß man nicht um der Dinge willen lebt, sondern der Menschen wegen, und daß es wesentlicher ist, daß der Sohn nicht in einen falschen Verdacht kommt, als daß sie den Ring wieder besitzt. Irgendwie kommt es ihr in den Sinn: «Hätte ich ihn dem Sohn geschenkt, als er darum bat …» Wie den Widerschein eines besseren Lebens, der, durch eine fremde Macht hervorgerufen, plötzlich ihr Inneres durchleuchtet, fühlt sie die Lösung dieses Rätsels in sich. Aber das Alte und Hergebrachte in ihr ist zu stark, und sie besinnt sich, daß sie doch eine von Randar ist, geboren, um zu herrschen und zu siegen. Und sie erhebt sich und sagt: «Stanislaus, wenn du den Ring hast, so vergebe ich dir …» Doch Herr Stanislaus geht, ohne ein Wort zu sagen, aus dem Zimmer und reist noch am selben Abend mit seiner Braut ab, ohne sich zu verabschieden.

Draußen am Eingangstor steht eine Ulme und streckt wie verzweifelt ihre Äste zum Himmel, denn sie weiß, daß es aus dem Efeustrang, der sie bis zum Wipfel umstrickt, keine Rettung mehr gibt.

Nachdem die Fürstin in einer schlaflosen Nacht zu der Überzeugung gekommen ist, daß der Sohn den Ring nicht an sich genommen habe, ist sie entschlossen, nicht nachzugeben und alles daran zu setzen, daß dieses Erbstück nicht die Beute verbrecherischer Hände bleibt. Wie Meliska am anderen Morgen ins Zimmer tritt, ist die Pani schon gerüstet zu ihrem Feldzug. Meliska aber, die an den Augen der Fürstin merkt, daß etwas im Gange ist, bereitet sich ebenfalls zum Kampf vor. Auch sie wird auf ihrem Posten bleiben und nichts sagen, und auch der Ring wird nichts sagen. Rund und fest schauen ihre Augen geradeaus, und ihre Füße gehen stracks dem Verhängnis entgegen.

Sowie die Fürstin aufgestanden ist, erhebt sie ein großes Geschrei: Im Beisein ihres Sohnes hat sie gestern festgestellt, daß der Erbring, der Königsring derer von Randar, auf ganz infame Weise gestohlen worden ist. Wie ein Herold verkündet sie diese Nachricht mit Trompetenstößen, und der ganze Lärm wirkt wie eine feierliche Wiederbesteigung eines umkämpften Königsthrones. Wie sie ihrem Mann die Geschichte erzählt, fliegt für einen Augenblick ein violetter Gedanke durch seine Wimpern. Auch die Fürstin hat eine gewisse Freude bemerkt; dann aber ist er wieder ganz gefaßt gewesen und sogar beflissen, daß man eine Haussuchung vornehmen und nicht ruhen werde, als bis der Ring zum Vorschein komme. Und es ist auch nicht ein einziger Zug irgendeiner Unfreundlichkeit in ihm; nur seine gelben Zahnstummel stehen unerbittlich wie ein Rechen des Unheils in seinem Gesicht.

Dann hat die Haussucherei begonnen. Die Kammerfrau läuft mit roten Augen umher, und die Fürstin sagt, wenn sich der Ring nicht findet, so läßt sie sie zu Tode peitschen. Je mehr sie redet, desto fürstlicher wird sie. Auch Meliska steht ein ähnliches Unheil bevor, und die alte Harra stöhnt und seufzt: «Gott steh uns bei …» Aber Kunja glaubt an die Wiedervergeltung. Alle werden ausgefragt. Die ganze Gesindestube wird auf den Kopf gestellt. Jede hinterste Ecke wird abgeleuchtet, und die Strohbetten werden aufgetrennt und untersucht. Dann kommen Leute aus der Stadt auf den Hof und haben Stöcke in den Händen und Bücher voll Notizen in den Taschen. Das Zimmer der Fürstin wird sogar gemessen; aber es kommt nichts dabei heraus. Es dünkt Meliska verächtlich, daß Leute aus der Stadt den Ring in den Büchern suchen wollen; denn sie hat ihn doch nicht in ein Buch gesteckt, sondern unter einen Baum im Wald, und auf Susumoffs Gut gibt es mehr Bäume als Bücher auf der ganzen Welt. Trotzdem hören die Stadtleute nicht auf zu suchen. Auch der Kehrichthaufen hinter der Remise wird abgetragen. Es gibt keinen Scherben, der nicht umgedreht wird; sogar im alten Schuh, der immer noch an der Bretterwand steht, wird nachgesehen. Alle werden gefragt, ob sie nicht irgendwo irgendwen gesehen haben, aber niemand weiß etwas. Auch Kunja versichert auf Ehr' und Gewissen, daß er nichts weiß. Er hat zwar Meliskas Koffer selbst zu einer Großmutter nach Bordanjo getragen, und es hat allerhand geklirrt darin; aber er glaubt fest an die Wiedervergeltung, die notwendig sei, und möchte ihr nicht in den Arm fallen, indem er Menschen auf bestimmte Spuren brächte. Übrigens ist auch seit dem letzten Sonntag niemand von den Dienstboten ausgegangen, und die Fürstin weiß genau, daß sie den Ring am Abend eigenhändig in das Schränkchen gelegt und dasselbe verschlossen hat.

Zuletzt werden noch Belohnungen ausgesetzt für den, der den Ring findet, und zwar Summen, wie sie ein Dienstbote in vielen Jahren nicht ersparen kann; aber Kunja glaubt fest an die Wiedervergeltung, und er würde sie auch um ein Vermögen nicht aufhalten. In letzter Zeit spricht er wieder viel vom Gespenst, das im Wald umherläuft, und die Stadtleute haben keine Lust, in dem fremden Wald von einem Gespenst umgebracht zu werden. Trotzdem wird auch Kunjas Hütte von oben bis unten durchsucht, und auch die Bauern im Dorf werden gefragt. Wenn Meliska allein ist, stößt sie rauhe Laute aus wie ein Tier, das seine Beute in den Krallen hält. Die Belohnung kümmert sie nicht. Wie ein Huhn steht sie da, mit wilden, runden Augen.

Zur Aufmunterung wird die Belohnung verdoppelt für den, der den Ring findet. Kunja denkt nicht daran, ihn zu suchen, und Meliska stellt die Unterlippe vor. Je mehr Eifer auf der einen Seite, desto mehr Verachtung auf der anderen. Nur die alte Harra ist treu, sie hofft, daß sie den Ring doch noch findet. Während sie sucht, flüstert sie unablässig: «Gnädige, Gnädige ...» Aber trotz Ehrfurcht und Belohnung und Detektiven wird der Ring nicht gefunden.

Nach einem Monat, als es schon kalt wird im Wald und der Schnee fällt, bringt man das Gespräch darauf, daß der Ring von auswärts gestohlen sein müsse. Der Fürst ist es, der es sagt, und er will einen Artikel in die Zeitungen bringen lassen über den verlorenen Ring. Wie die Fürstin das hört, findet sie ihren Mann direkt nobel. Sie gewinnt die Erkenntnis, daß der Verlust des Ringes ihr mehr Ehre einträgt, als es je der Besitz desselben getan. Sie sieht sich in der Folge nun auch von der

Öffentlichkeit als Nachkomme eines Königshauses bezeichnet. Bis jetzt hat niemand von ihr etwas gewußt noch davon, daß sie im Besitz eines so wertvollen Schmuckstückes war; sie ist ja so früh verheiratet worden auf dieses Susumoffsche Gut, wo nur wilde und verschlagene Bäume stehen und des Nachts Füchse und Gespenster herumschleichen. Nun aber wohnt sie zuallerhöchst auf ihrem Pfahlbau; denn nun bricht ein neues Zeitalter für sie an. Es freut sie, auch von ihrem Mann endlich richtig anerkannt und geschätzt zu sein; voll Begeisterung schreibt sie an ihre Kinder. Fast findet sie es schnöde von Herrn Stanislaus, daß er ihr abgeraten hat, den Ring zu suchen. Aber der verhutzelte König ist noch nicht zufrieden. Er will noch ganz andere Ehren, als bloß in Zeitungen stehen und auf schlanken Frauenhänden liegen. Er will das Höchste haben, mit dem man im Leben zahlen kann. Er will haben, was man kaum dem opfert, den man liebt: Er will Blut …

Die Detektive werden ziemlich kühl verabschiedet vom Hof, obwohl sie ihr Möglichstes getan haben, den Ring ausfindig zu machen. Kunja muß die Herren im kleinen Jagdwagen zur Station fahren. Obschon ihm niemand etwas davon gesagt hat, begreift er doch, daß die Herren nichts gefunden haben. Und es freut ihn; denn er glaubt, wie gesagt, an die Wiedervergeltung und das Gericht Gottes, und das kommt nicht so einfach durch ein paar Herren aus der Stadt, sondern es wird einmal mit Donner und Blitz vom Himmel stürzen. Wie er oben an der Lehmgrube umbiegen muß, da kommt er wieder ganz flink vorbei, denn es freut ihn, daß die Herren abfahren. Er hätte es nicht gerne gesehen, wenn sie weiter die Gerechtigkeit Gottes aufgehalten und am Ende den Ring noch bei irgend jemand gefunden hätten. Noch nie ist er so flink am Bahnhof gewesen.

Die Herren sitzen kalt und verdrießlich im Wagen, und beim Aussteigen geben sie Kunja nicht einmal ein Trinkgeld für seine herrschaftliche Fahrt; aber auch das hat Kunja nicht gekränkt. Lieber noch würde er selber eines Tages um Haut und Ohren kommen, als das Gericht Gottes daran geben müssen, das seine ganze Hoffnung ausmacht. Dann ist tatsächlich ein großartiger Bericht über den Ring in den Zeitungen erschienen: Alles steht darin, wie er aussah, von wem er stamme und in wessen Händen er schon gewesen sei. Nur davon ist nichts berichtet, daß Warzen darum stehen, und auch davon nicht, daß er Blut trinken will. Das sind Dinge, die niemand weiß. Tückisch und heimlich nur lacht der verhutzelte König zwischen den Buchstaben. Aber wie die Fürstin die Geschichte vom Ring in den Zeitungen liest, pulsiert alles in ihr vor Adel.

Es wird auch weiter viel hin und her geschrieben über den Ring. Baron Wittinghoff, ein entfernter Verwandter der Pani, dessen Frau eine geborene Werther ist, schreibt ihr einen wahren Kondolenzbrief und bittet zum Schluß Gott und seine Heiligen, daß er das Königsgut wieder zurückführen möge in die richtigen Hände – «und meine Cosima schließt sich meinem Gebete an.» Auch die Tochter Irka schreibt. Sie schreibt zwar nur kurz: Der Ring werde sich schon wieder finden. Sie kommt ja zum voraus als Erbin desselben nicht in Betracht.

Nur Herr Stanislaus schreibt nicht und kommt auch nicht mehr.

7. Kapitel: Das Opfer

Der Frühling wartet über den Föhren. Am Waldrand blühen schon ganze Büschel von Leberblümchen wie tausend Beweise der Liebe, und von den Haselkätzchen stäubt weiches Lachen in die Luft. Alles um den Menschen ist gut. Die Sonne und das warme Blut, das ihm am Morgen in den Adern schmeichelt. Und selbst wenn die Sonne ihm mangelt, stehen immer noch die Bäume da, die seinem Herd Glut verschaffen; wenn ihn hungert, so kann er seinen Bogen spannen nach vielen Seiten, und wenn es auch nicht die Tiere zu sein brauchen, die ihm Nahrung geben, so stehen doch die Pflanzen da und bewirten ihn an königlichen Tafeln. Der Mensch braucht bloß über die Erde zu gehen, so bietet ihm die Kreatur ihre Dienste an für Kraft und Stärke, für Schönheit und Lieblichkeit und Nutzen. Selbst die Steine erwarten seinen Auftrag, das Eisen wird ihm zur rechten Hand. Auch im Menschenherzen blühen ganze Büschel von Liebesbeweisen, und in der Tiefe läuten verheißungsvoll die Glocken der Zukunft. Aber es ist noch nicht die volle Pracht. Es fehlt nicht bloß am guten Willen des Menschen, es ist auch noch nicht die Jahreszeit der höchsten Güte. Es fehlt auch an der Sonne. Sie scheint noch nicht wie an jenem Tag, an dem alles Gute, dessen wir fähig sind, aus uns herausgebrochen ist. Es könnte sein, daß man einmal eines Menschen ganzes Wesen in einem einzigen Namen vorzufinden vermöchte, der ihm zugleich Anruf wäre und Wille und Erfüllung. Aber noch sind wir erst der Anfang, schimmernder Umriß und leuchtende Ferne von uns selbst. Noch sind auch wir erst die Sterne in der Ferne, und das Himmelreich ist nicht ein Ort, sondern ein Zustand des Herzens …

Meliska ist froh. Der Verdacht scheint endgültig von ihr abgelenkt zu sein. Der Kellermeister hat die Zeitungsgeschichte auch ins Gesindehaus hinübergebracht und dem Kunja die Überschrift vorbuchstabiert. Aber Meliska hält nichts von Zeitungen. Sie stellt die Unterlippe vor und zieht die Mundwinkel herunter. «Soll der Ring etwa in der Zeitung stehen …?» fragt sie. Die Knechte lachen, und der Nascha wird ganz verliebt. Er hebt sie in die Höhe. Noch nie ist es so lustig gewesen im Gesindehaus wie zur Zeit, als der Ring der Pani verloren gegangen ist. Es scheint, daß man reichlich viel aufwenden muß, um einen Ring wiederzufinden, und daß man nicht so schnell jemanden zu Tode peitschen kann, wie dies zuerst angekündigt worden ist. Am Abend tanzen sie, und Meliska schreit: «Bis auf den Mond sollen sie laufen, vielleicht ist der Ring dort oben!» Es fehlt nicht viel, so würde sie auf den Tisch springen und als Triumph des Tages ausrufen: «Ich habe den Ring gestohlen!», so groß ist ihre Begeisterung.

Unterdessen reisen die Zeitungsnachrichten übers Land und liegen unter rotseidenen Lampenschirmen und auf Küchentischen; aber wenn der Tag vorüber ist, wirft man sie in eine Ecke und denkt nicht mehr daran.

Der Ring will auch gar nicht gefunden werden. Dinge geschehen ja nicht, damit man eine Meinung darüber fälle, wie es zugegangen sei, sondern damit etwas durch sie in der Welt verändert werde. Und es ist nicht so leicht, unter die lebendige Haut der Dinge zu sehen. Der Ring hat seine Haut, und das Gespenst hat seine Haut, und die Lehmgrube hat ihre Haut. Die sich am klügsten dünken, fördern am wenigsten zutage. Denn es gibt ja nicht nur Maßstäbe des Erklärbaren, sondern es gibt auch Maßstäbe des Unerklärbaren. Nicht aus Menschen reifen Geschehnisse, sondern aus Mächten. Und erst die Früchte geben einer Handlung die Deutung, aus welcher Macht sie stammt …

Nach und nach tropft die Begeisterung auch von der Fürstin ab. Susumoff ist in dieser Zeit viel abwesend. Oft ist die Pani tagelang allein zu Hause. Sie wüßte nicht einmal, was ihr Mann tut. Es kommen auch keine Briefe mehr, weder von der Tochter noch vom Sohn, noch von Baron Wittinghoff. Einmal hat die Fürstin an Stanislaus geschrieben, daß sie ihn besuchen möchte; aber er hat darauf nur geantwortet, es täte ihm leid, er habe keine Zeit. Die Mutter scheint ihm nicht willkommen. In seiner Schrift ist Hast und Abwehr, und die Buchstaben kreuzen sich. Eine Leere fängt an, sich in der Fürstin auszubreiten. Es ist, als ob der Hof und die Dinge und die Menschen sie flöhen. Auch wenn sie mit den Leuten spricht und sie schilt wie bisher, der Ton kommt nicht mehr zurück. Was sie sagt, erscheint ihr selber nur noch wie ein fernes Echo von etwas, was sie einmal gehört hat.

An merkwürdigen und späten Abenden muß Kunja den Fürst in Liturk abholen. Diese Abende sind für Kunja etwas wie der Tod der Seele. Er sehnt sich dann zurück nach den Tagen, als er die Wiedervergeltung im Herzen hatte. Hier ist alles andere als eine Wiedervergeltung. Hier ist das Nichts. Über die Fürstin kann man noch etwas denken, aber beim Fürsten hören alle Gedanken auf. In seinen gelblichen Augen sind zwei Punkte, die man nie ansehen darf.

Vor dem kleinen Wirtshäuschen in Liturk muß Kunja warten. Dort sitzt der Fürst mit dem Stationsvorstand oft bis tief in die Nacht hinein in der hinteren Gaststube, und es wird dann ganz leise gesprochen. Aber sobald der Fürst herauskommt, stellt sich Kunja dumm. Dicht und lautlos fahren sie die einsame Straße entlang, Kunja auf dem Bock, der Fürst im offenen Wagen. Wie aufgespießt fühlt sich Kunja von den kleinen Punkten in den gelben Augen, und er schreit aus Leibeskräften: «Hü!» und «Ho!» Ziehen möchte er den Pferden helfen und mit ihnen vorwärtsstolpern über die widersinnigen Steine in seiner Angst. Schwarz und unheimlich rückt die Eishütte vorüber, nun gibt es kein anderes Licht mehr auf der Straße als dasjenige des Wagens. Aber Kunja schaut sich nicht um. Er fühlt nur die Punkte in den gelblichen Augen, und in seiner Verzweiflung betet er zur Mutter Gottes. Immer ist es Neumond, wenn er den Fürsten abholen muß. Es ist auch an jenem Abend Neumond gewesen, als der junge Susumoff allein die Straße entlang gegangen ist. Man hat auch damals den Teich nicht gesehen. Nur der Bauer Tiezko hat ihn gesehen, und er hat auch gewußt, daß der junge Susumoff vorbeikommen wird, und hat ihn erwartet. Bei der Eishütte hat der junge Herr dann gefragt, ob er vielleicht den Weg nach dem Susumoffschen Gut wisse. «Ei, freilich», hat der Bauer geantwortet, «warum auch nicht.» Er ist ja auf dem Gut geboren worden und hat als Kind schon Weg und Steg gekannt im Wald und hat all das nicht vergessen, als er in der Fremde war. Aber wie er zurückgekehrt ist nach dreißig Jahren, hat ihn niemand mehr erkannt, selbst die alte Harra nicht, die ihn in der Jugend geprügelt hatte und der er nun ins Gesicht spucken kann. Und er muß lachen, wenn sie vor seinen Füßen liegt und winselt, aber er hält seine Gimpel an der Hand, so lang es ihm gefällt. Darauf hat er dann dem jungen Herrn den Weg gezeigt, und der hat sich hernach nie wieder verirrt.

Von dieser letzten und tiefsten Geschichte seines Lebens weiß allerdings niemand etwas, nicht mal der Stationsvorstand in Liturk. Er weiß nur, daß der Fürst gemein ist, und darum hält er Freundschaft mit ihm. Kunja aber atmet erst wieder auf, wenn er im Hof die Pferde abschirren kann. Es ist übrigens selten, daß er den Fürst abholen muß; meistens kommt er bei Nacht zu Fuß allein nach Hause. Dankbar kehrt Kunja an diesen Abenden zu seiner Hütte zurück, wo ihn ein kleines Lichtlein freundlich erwartet.

Herr Stanislaus ist seit der Geschichte mit dem Ring überhaupt nicht mehr zu Hause gewesen. Zwischen ihm und der Mutter ist eine Tür ins Schloß gefallen. Das Vertrauen ist weg. Die Mutter, die sonst alles mit dem Sohn besprochen und ihn immer über alles um die Meinung gefragt hat, als wäre er für sie der einzige Mensch auf Erden, der ihr raten könne, hat plötzlich dieses lächerlichen Ringes wegen über seinen Kopf hinweg gehandelt und sich sozusagen mit dem Vater gegen ihn verbündet. Natürlich sind seine Geldverhältnisse auch dem Fürsten nicht unbekannt, und es ist fatal für ihn gewesen, als erster den Verlust des Ringes feststellen zu müssen und auf diese Weise eine unnötige Aufmerksamkeit auf sich zu lenken, in einem Augenblick, wo es ihm am wenigsten erwünscht war. Das Geld, das er entlehnt, wird er ja nicht schuldig bleiben, und ein Freund, der, wie gesagt, in Bankgeschäften bewandert ist, hat ihm einen Rat gegeben, wie er die Angelegenheit komfortabel ordnen kann. Wie ein Schwimmer kommt er sich vor, der eigentlich das Land schon sieht und trotzdem von der Erkenntnis überfallen wird, daß er es nicht mehr erreichen kann.

Die Tage sind nun da, wo man wieder auf der Terrasse in der Sonne sitzen kann. Eine Freundin der Pani ist zum Besuch gekommen, und die Fürstin läßt zum erstenmal den Vieruhrtee draußen servieren. Die Freundin trägt ein lilafarbenes Frühlingskleid; aber die Fürstin friert noch im Wintermantel. Noch nie hat sie sich in diesem Frühjahr erwärmen können. Die Frage des Ringes wird wieder erwähnt, und die Freundin meint, es sei gut gewesen, daß Herr Stanislaus den Verlust des Ringes selber entdeckt habe. Der Fürstin scheinen die Worte «Ring» und «Sohn» zu nahe aneinandergerückt. Und sie sagt, es sei ja nur ein Zufall gewesen, daß der Sohn den Ring … Plötzlich bricht sie ab und wird weiß; wie angewurzelt steht Meliska auf der Veranda, und ihr roter Unterrock leuchtet, als wäre er in Blut getaucht. In der Hand hält sie ein kleines graues Päckchen. Die Fürstin springt auf, reißt Meliska das Papier aus der Hand, und es kommt eine Gier in sie, eine Gier nach Erlösung, so daß sie herausschreien möchte: «Der Ring!» Aber wie sie das Päckchen auseinanderfaltet, sind es nur zwei zusammengelegte Taschentücher, die jemand vom Gut verloren haben muß. Und die Fürstin starrt darauf und kann nicht begreifen, daß es ausgerechnet Taschentücher sein können.

Die Freundin findet die Fürstin ungemütlich und nervös und rät ihr, einen Arzt zu befragen. Aber wie der Arzt kommt, da fühlt sich die Fürstin wieder wohl, und er kann nichts feststellen. Der Arzt meint, sie solle ein wenig in die Stadt fahren, die Abwechslung würde ihr guttun. Wie die Fürstin das Wort «Abwechslung» hört, ist sie ganz verjüngt, denn sie weiß nun, daß es bloß die Langeweile war, die auf ihr gelastet und sie verzehrt hat. Am anderen Tag schon läßt sie die Koffer packen, aber kaum ist der eine geschlossen, so fällt ihr auch schon etwas anderes ein, das auch noch mitmuß; und die Koffer werden dann wieder aufgemacht und umgepackt. Endlich stehen sie reisefertig im Flur. Am Morgen, bevor sie wegreist, geht die Fürstin noch einmal durch alle Zimmer und schließt die Türen eigenhändig ab. Dann steckt sie die Schlüssel in den schwarzen Seidenbeutel, den sie nie mehr aus der Hand läßt. Nur die alte Harra darf von ihr Abschied nehmen, sonst will sie niemanden sehen. Ja, sie küßt sie auf die steifen Backenknochen. Sie ist die einzige, die ihr nicht fern ist. Gegen Kunja ist sie sehr unfreundlich, er kann ihr nichts recht machen, sogar an der Lehmgrube wagt sie ihn zu schlagen, mit dem Silbergriff ihres Stockes.

Wie sie in der Stadt wohnt, dünkt sie alles voll Sonnenschein. Endlich liegt der düstere Hof hinter ihr, mit allen seinen Gespenstern. Die Stadtleute kommen ihr freundlich vor; sie zieht sich elegant an und geht mit der Freundin auf den Boulevards spazieren. Am Nachmittag sitzt sie in feinen Restaurants, und wenn sie Besorgungen macht, läßt sie sich die Pakete durch den Ladendiener ins Hotel tragen. Es macht ihr Freude, in der Stadt anders leben zu dürfen, als wie sie es zu Hause tut. Gegen jeden ist sie freundlich und liebenswürdig, und das verschafft ihr eine große Wohltat. Nur des Nachts hat sie unruhige Träume. Sie träumt immer wieder dasselbe: Wenn sie die Türen mit den Schlüsseln aufschließt, ist alles leer. Zuletzt wächst die Unruhe dermaßen in ihr, daß sie überhaupt nicht mehr schlafen kann. Sie sieht dann, wie Meliska und Kunja und die Kammerfrau und die Knechte in den Zimmern umherschleichen und alles ausplündern. Und unter der Tür steht Herr Stanislaus und hat ganz große Augen, daraus blutige Tränen in den Mund hinunterrinnen. Nach einer Woche befällt sie ein solches Fieber der Angst, daß sie augenblicklich abreisen muß.

Kunja ist wenig glücklich, als ihm der Diener des Fürsten den Befehl bringt, die Fürstin am anderen Tag in Liturk abzuholen. Wenn sie nicht auf dem Hof ist, fühlen sich alle befreit von einem schweren Druck. Dafür erdenkt sich der Kunja ein kleines Manöver an der Lehmgrube. Aber zu seinem Erstaunen ist die Fürstin ganz freundlich. Sie sagt sogar, sie freue sich, Kunja zu sehen, und fragt auch, wie es auf dem Hof gehe. Kunja traut seinen Ohren nicht. So heimatlich spricht sie von der langen Straße, als hätte sie mindestens zehn Jahre darauf gewartet, sie endlich wiederzusehen, und oben an der Wegbiegung zum Eingangstor klopft die Pani dem Kunja auf die Schulter und sagt, es sei doch schade, daß diese Ulme vom Efeu erstickt werde. Aber dem Kunja wird es unheimlich. Noch nie hat die Fürstin so etwas Vertrauliches zu ihm gesagt, und in seiner Verzweiflung schreit er «Hü!» und «Ho!» und sprengt den Gutsweg hinunter, als ob er von Teufeln gejagt wäre. Zu Hause findet die Fürstin alles so, wie sie es verlassen hat. Schrank um Schrank kann sie öffnen, ohne daß das Geringste fehlt. Dann geht sie über den Hof und begrüßt sogar Meliska und lobt sie ihrer Ehrlichkeit wegen. Aber dieser geht es nicht anders als dem Kunja, so daß sie vor Schreck sinnlos davonrennt.

Aber am anderen Tag kommt wieder die Leere. In der Stadt ist es die Unruhe, auf dem Lande ist es die Leere. Schlottrig wie Leichengäste stehen ihre Gedanken um den Sarg ihres Innern. Wie sie in ihr Zimmer kommt, hängt über dem Schreibtisch ein kleines schwarzes Bildchen in einem runden Rahmen. Es stellt einen Reiter dar, und rechts und links von ihm sind Bäume; unter dem Reiter ist noch ein Stück Rasen, und ein Hund springt zwischen den Füßen des Pferdes hindurch. Aber plötzlich sieht die Fürstin statt des Reiters einen Totenkopf im Bild. Die beiden Baumkronen sind die Augenhöhlen, der Reiter und das Pferd stellen die Nase dar, das Rasenstück mit dem Hund den Kiefer. Wie Tränen laufen die Baumstämme von den toten Augen in den Mund. Die Fürstin nimmt das Bild vom Nagel und legt es auf den Schreibtisch. Es ist ein Bildchen, das Herr Stanislaus einmal als Kind mit Tusche nachgefärbt hat; sie sieht nun ganz deutlich wieder die Landschaft, die es vorstellt, und sie weiß nicht, wie sie auf einen Totenkopf gekommen ist. Aber wie sie aus dem Zimmer geht und sich noch einmal umwendet, da starrt ihr der Totenkopf wieder nach, mit den Baumstämmen, die wie Tränen in den Mund hinunterfließen. Die Fürstin steht unter der Tür und wagt nicht mehr, das Bildchen anzufassen. Sie klingelt der Kammerfrau und heißt sie das Bildchen auf den Boden tragen und mit der Bildseite nach unten hinlegen. Der Kammerfrau kommt es vor, als ob die Gnädige verrückt wäre. Dann bricht die Fürstin in Tränen aus, und die alte Harra muß sich an ihr Bett setzen. Wie ein Sarg steht das Zimmer um sie herum.

Erst am Sonntag nach Rogate ist die Fürstin Agnes Susumoff wieder so weit hergestellt, daß sie nach der Kirche fahren kann auf der kleinen Anhöhe bei Wiazk. Plötzlich, in der Nacht, ist ihr ein erlösender Gedanke gekommen: Sie will ein Gelübde tun und der Matka Boska einen Halsschmuck kaufen, wenn die Sache mit dem Ring glücklich endet. Mag sein, daß sie den Ring wieder zurückerhält, mag sein, daß er endgültig verloren ist. Wenn nur alles wieder wird, wie es vorher war. Bei diesem Gedanken an das Gelübde hat das Herz plötzlich einen Ruhepunkt gefunden, und es ist eine Art Erleichterung über die Fürstin gekommen. Sie will auf den Erfolg verzichten und die Sache in Gottes Hand legen, wenn er nur bewirkt, daß sie wieder erlöst ist von dem Druck in ihrer Seele. Aber das Herz ist so: Je mehr man es täuscht, desto unruhiger wird es. Und wie die Fürstin am Sonntag nach Rogate am Ehrenplatz der Gutsherren von Liturk im kleinen Kirchlein zu Wiazk auf der Anhöhe sitzt, und vor ihr steht auf einer golddurchwirkten Altardecke, die sie dem Kirchlein gestiftet hat, das heilige Bild der Matka Boska aller Menschen mit dem seltsamen und süßen Lächeln auf den Lippen, da schlägt plötzlich ihr Herz ganz ungestüm und wild und möchte wissen, was man tun muß, um jenes Lächeln zu verstehen. Aber wie die Fürstin das Herz beschwichtigen und ihm den zukünftigen Schmuck der Matka Boska vorstellen will, den sie erhalten soll, wenn sie das Rätsel gelöst, da merkt sie, daß das Herz schon wieder alles vergessen hat und nur noch die eine Frage stellt: «Was soll ich jetzt tun, um selig zu werden?» Und es wird der Fürstin angst und bange, daß das Herz nie zufrieden ist, und sie möchte ihm alles geben, alles, auch wenn es viel Geld kostet, nur das eine nicht: einsehen, wo sie selbst im Unrecht war.

Damals, als sie bei der Freundin in der Stadt war, hat die ein gutes Mittel gewußt, um das Herz zufriedenzustellen. Sie hat sie mitgenommen zu einer Wahrsagerin. Die Wahrsagerin, meinte die Freundin in der Stadt, könne auch das betrübteste Herz trösten. Und die Wahrsagerin hat denn auch für zwei Tage das Herz der Fürstin getröstet. Sie hat ihr gesagt, es liege noch ein großes Geheimnis über der Sache, aber es komme dann einer, mit einer schwarzen Hand, der werde das Geheimnis aufdecken. Und am Tag, wo er gegangen sei, werde der Ring frei und offen auf der Schwelle des Hauses liegen. Doch ehe der mit der schwarzen Hand vorübergegangen sei, müsse das Geheimnis noch bestehen bleiben. Bei dieser Aussicht hat sich das Herz der Fürstin tatsächlich für einen Augenblick beruhigt, und ist sie wieder froh geworden. Aber nachdem zwei Tage vorübergegangen waren, hat das Herz gefragt, ob mit dem Mann mit der schwarzen Hand am Ende nicht der Tod gemeint sei … Und so hat denn die Fürstin mit ihrem armen gequälten Herzen nirgends endgültige Ruhe gefunden: weder in der Stadt noch auf dem Land, weder zu Hause noch in der Kirche, ja nicht einmal durch das Gelübde, der Matka Boska einen Schmuck schenken zu wollen.

Ach, wie endlos wäre der Weg, wollte die Fürstin in sich zurückgehen auf der einsamen Straße und Meliskas Herz finden und damit den einzigen Menschen, der ihr mitsamt dem Ring auch die Ruhe wieder zurückgeben könnte. Ach, um einen einzigen Fehler gutzumachen, so, als wäre er nicht geschehen, muß man ja Abgründe von Demut durchschreiten, denn abgründig klaffen die Wunden der Menschheit, die durch die Fehler des einen und anderen gerissen worden sind. Einer stolpert über die Sünden des andern und fällt daran zu Tode, und keiner ruft Halt, keiner hat Güte im Herzen, keiner Weisheit im Sinn. Aber es liegt nicht nur am Willen der Menschen. Es liegt auch an der Jahreszeit. Es gibt noch zu wenig Erkenntnis in der Welt.

Schräg fällt ein Lichtstrahl durch das Fenster neben dem Altar und zeichnet einen weißen Strich über das rote Kleid der beiden äußeren Chorknaben, während der Pope und die anderen beiden Chorknaben noch im Dunkel bleiben. Nach dem Gloria erhebt sich der Geistliche und hält die goldene Schale mit der Hostie über der Gemeinde und spricht: «Das ist die Vergebung eurer Sünden.» Zitternd wie die Sonne auf dem Gold der Altardecke spielt das Wort «vergeben» auf der Sünde, woran die Welt erstickt. Was nützt es, Sünden zu vergeben, wenn man die Ursache nicht heilt? Wer soll leben davon? Wie ein loderndes Feuer brennt ja die Sünde dem Menschen das Haus, worin er sicher wohnte, über dem Kopfe nieder. Und wer immerfort von Sünde spricht statt vom Guten und den Mensch misstrauisch macht gegen sich selber und seine Bereitschaft zum Guten, der ist der Brandstifter.

Senkrecht spaltet sich plötzlich der Lichtpfeil nach oben. Strahlend in seiner Unveränderlichkeit hebt sich das Göttliche ab vom menschlichen Dunkel. Und das Christuskind, das Neue im Menschen, spricht: «Du bist sündlos …, ich selber bin die Bürgschaft dafür …» Zart ist zwar die Stimme noch, und kaum hörbar, die Stimme des Besten im Menschen. Aber dann rauscht sie wie ein Strom, heilend, befreiend, lösend … «Sättiget nicht euer Leid, sondern heilt eure Herzen mit Güte! Seht, ich weiß, daß ihr leidet, eins durch das andere. Ich weiß, daß keiner ist, der nicht durch einen anderen das Herzzerbrechendste erfahren hat und das Bitterste, das es gibt. Ich habe es selber durchgemacht bis zum Tod am Kreuz. Aber das ist das Alte. Ich aber lehre das Neue: Nicht richte ich die Menschen nach dem Recht und dem Unrecht, sondern nach der Liebe. Gleichviel, wie ungut auch der andere an dir gehandelt hat, handle du an dem, dem du begegnest, gut! So zerbrichst du endlich die Kette der Pein und sündigst hinfort nicht mehr. Denn sündigen heißt ja: ungut handeln. Aber Böses durch Gutes ersetzen heißt: das Böse in sich selber töten. Und das ist der einzige Fortschritt, den es in der Welt gibt, sonst gibt es keinen …»

Der Lichtpfeil ist über das Christuskind hinausgeglitten und beleuchtet nun in seiner ganzen Breite das Gemälde des Grabes Jesu, oberhalb des Schreines der Matka Boska, neben welchem rechts und links zwei Engel stehen in hellen und glänzenden Kleidern. Und das Licht und die Klarheit durchleuchten auch den letzten Irrtum, der in der Menschenseele schlummert wie in einem Grab voll Finsternis und Tod. Von allem Leid, das Christus getragen hat, ist nichts mehr übriggeblieben als zwei weiße Tücher, die Legende seines Leids, und alles andere ist Licht und Auferstehung, denn nicht ruht das Lebendige bei dem Toten. Und von dem Tag an, wo das Symbol der Überwindung verstanden wird, kann sich auch das Leid über der Menschheit zusammenrollen wie ein Tuch, weil das Böse von niemanden mehr gewollt wird. Und es werden die Hände der Menschen schwer werden von Güte …

Die Kirche ist nun voll Licht. Wie ein froher Rosenkranz stehen die Bilder aller Überwinder um den Altar, und in den Wolken des Himmels die Scharen aller Frohen und Wiederkommenden, denn alles Gute muß ja wiederkommen, bis es eines Tages gänzlich da ist wie die helle Sonne; und dann werden die Menschen den Christ erkennen, auferstanden, von Angesicht zu Angesicht im Menschenbruder, so wie er ist …

Der Gottesdienst ist zu Ende, und die Leute gehen nach Hause mit dem Bewußtsein, daß sie zum Sünder geboren sind: die Fürstin und Meliska und die ganze Welt. Aber es wird ja eines Tages auch nicht mehr die Kirche sein, die die Menschen selig macht, sondern im Gegenteil, es werden strahlende Menschenherzen sein, die alles, sogar noch die Kirche, selig machen …

Im Dorf ist es Sitte, daß die Bauern warten, bis die Gutsleute die Kirche verlassen haben, dann erst erheben sie sich und gehen nach Hause. Im Vorbeigehen küssen die Nächststehenden der Fürstin das Kleid. Auch Meliska küßt ihr demütig den Saum des Mantels. Schwer auf den Silbergriff ihres Stokkes gestützt, steigt die Fürstin die schmale Treppe hinunter. Hinter ihr entsteht eine breite Lücke. Einsam wie ein Opfer nimmt sie unten am Weg in ihrem Wagen Platz. Als ob Gittertüren sich vor und hinter ihr schlössen, ist es ihr zumute. Zuletzt tritt auch noch der Geistliche aus der Kirche. Gewohnt und nachlässig macht er seine Verbeugung vor der Matka Boska und löscht die Lichter. Enttäuscht und verbittert auch er. Armer Söldner und Mietling Gottes …

In der leeren Kirche auf der Anhöhe zu Wiazk steht nur noch der Schrein der Matka Boska mit dem Kindlein auf den Knien hinter der erloschenen Ampel. Aber das Christuskindlein hebt wie immer seine gütigen kleinen Händchen ins Leere und achtet nicht auf die Unfreundlichkeit der Menschen. Nicht einen einzigen Seufzer hört man auf die ausgehöhlten Steinfliesen fallen. So gut sind die Himmlischen. Seltsam süß auch lächelt in der Dunkelheit der Mund der Matka Boska in der Unveränderlichkeit alles Göttlichen.

Als die Fürstin nach Hause kommt, sitzt ihr Mann am Tisch und rechnet. Es ist heute morgen ein Bote gekommen vom Stationsvorstand und hat ihm einen Zettel überbracht. Der Fürst legt das Papier aus der Hand, steht auf, und seine beiden Zahnreihen lösen sich wie zwei Würgezangen voneinander, als er sagt: «Wenn innerhalb von vierundzwanzig Stunden der Ring nicht gefunden ist, lasse ich Ihren Sohn verhaften.» Nur zwei abgeschabte Knöpfe am Rockansatz des Manns sieht sie vor sich, dann wird es der Fürstin dunkel vor Augen, und von unten herauf schließt sich eine schwarze Wand.

8. Kapitel: Der fremde Kutscher

Und dann sind doch Leute zum Begräbnis gekommen, obwohl Irka geschrieben hat, daß man es nur unter den nächsten Verwandten begehen wolle. Baron Wittinghoff ist gekommen mit seiner Frau, die er immer «meine Cosima» nennt. Warsow ist gekommen, der Junggeselle und Salonlöwe. Warsow, der jede Opernarie kennt und immer weiß, im wievielten Monat die Frauen seiner Bekanntschaft schwanger sind und wieviel Vermögen väterlicher- und mütterlicherseits in einer Familie vorhanden ist. Warsow, der an keiner Taufe fehlt, an keiner Hochzeit und auch an keinem Begräbnis. Warsow, dessen einziger Beruf, dessen Frau und Geliebte, dessen Eins und Alles, die Gesellschaft ist. Auch von den benachbarten Gütern sind Gäste gekommen, denn die Geschichte des Ringes ist ja bekannt genug geworden, und es interessiert die Leute natürlich zu vernehmen, in welchem Zusammenhang der Ring mit dem Begräbnis stehe. Und obwohl der außerordentlichen Umstände wegen ausdrücklich gebeten worden ist, das Begräbnis in aller Stille begehen zu dürfen, hat sich dennoch eine solche Menge von Menschen eingefunden, daß die Diener des Fürsten die Zwischentüren in den unteren Räumlichkeiten auseinanderschieben mußten, um der Gesellschaft genügend Raum zur Verfügung zu stellen.

Die einzigen Personen, die sich bis jetzt noch nicht eingefunden haben, sind: der Fürst, die Fürstin, die Tochter Irka und Fräulein von Sanski. Und zwar hat der Fürst seinerseits am Morgen ein wichtiges Telegramm erhalten und unverzüglich abreisen müssen, so daß er auf keinen Fall vor dem Abend, aber eher erst am andern Morgen zu Hause sein kann. Die Tochter Irka hat sich bei den Gästen entschuldigen lassen, daß sie erst zur Zeit des Begräbnisses da sein könne, und Fräulein von Sanski ist es nach dem Brief, den sie von der Fürstin erhalten hat, unmöglich, jetzt und zu dieser Zeit das Haus Susumoff zu betreten und Menschen Verwandte zu nennen, die so unzart sein konnten. So liegt denn die offizielle Leitung der

Trauergesellschaft in den Händen der Baronin Cosima Wittinghoff.

Die Fürstin hat sich mit dem Toten eingeschlossen. Auf ihren Befehl hin ist der untere Ecksaal ausgeräumt und schwarz verhängt worden. In der Mitte hat man die Leiche des Herrn Stanislaus Susumoff aufgebahrt. Man hat ihm neben die Schläfe eine weiße Rose hingelegt und über seinem Haupt zwei Kandelaber angezündet.

Vom Augenblick an, als die Todesnachricht sie erreicht hat, ist die Fürstin Agnes Susumoff geheilt gewesen von ihrer inneren Unruhe und Angst. So hat sie sich auf den Toten gestürzt, als ob er ihr Erlöser wäre. Und sie duldet es nicht, daß Begräbnisgäste kommen und ihren toten Sohn bewundern dürfen. Sie will auch nicht haben, daß Irka um ihren toten Bruder trauert. Sie allein hat ein Anrecht auf ihn, und sie wirft sich über ihn und streichelt und küßt ihn: «Mein Sohn, mein Sohn, mein Bräutigam, mein Eins und mein Alles.» Und es freut sie, daß sie das ausrufen und damit alle andern ausschließen kann. Hat sie den Ring nicht, so hat sie dafür den toten Sohn. Und sie öffnet vor ihm ihr Kleid und kommt sich vor wie die Braut des Toten. Sie hat eine unbändige Freude in sich und schreit: «Das ist meine Ehe, meine Ehe … Von Kind an ist er mein Bräutigam gewesen.» Und sie weiß, daß sie ihn von nun an in sich einschließen und nie mehr an irgend jemand hergeben wird. Sie allein ist ihm Mutter gewesen und Geliebte und Schwester und Verwandte, und nun, da er tot ist, will sie wenigstens mit seinem Tod den anderen aufs Herz treten, so daß alle vor ihm zittern sollen, denn ewig wird es nun der tote Sohn sein, den sie rächt.

In den Nebenräumen sitzen die Verwandten und Bekannten. Zuweilen hört man Laute aus dem Ecksaal, und Worte wie «Braut» und «Sohn» lassen sich unterscheiden. Und man redet hin und her von Tod und Sünde und Geld, und es fallen sogar Weissagungen für die Zukunft. Es ist keiner da, der sich nicht hätte hervortun wollen mit irgendeiner Kenntnis. Nur Frau Cosima bleibt in der Mitte des Saales ruhig auf ihrem Sessel sitzen. Sie ist eine rundliche Dame und haßt alle Bewegungen, die des Gemüts und die des Leibes. Mit ihren kleinen Äuglein lächelt sie umher und begleitet jedes Wort, das ihr auffällt, mit einem dreimaligen: «Ja, ja, ja.» – «Ja, ja, ja, das Geld», sagt sie. «Ja, ja, ja, die Braut.» – «Ja, ja, ja, der Tod …»,

und die langen Ohrringe, die ihr fast auf die Schulter herab-
reichen, nicken jedesmal mit. Und das ist die einzige Bewegung an ihr, sowohl des Leibes als des Gemütes. Aber Warsow
ist in seinem Element, und indem er die Enden seiner Weste
straff herunterzieht und sich mit der Hand ein Stäubchen von
der Krawatte weghebt, fängt er Sätze an mit: «Meine Ansicht
ist nun die …» Und die Hörer sickern ihm zu wie das Wasser,
das sich an tieferen Orten sammelt, denn er hat Beziehungen
zum Fürsten Littna, und er weiß aus erster Hand, er hat auch
ein Protokoll gelesen, und der Bankier in St. Petersburg hat
ihm gesagt … So steckt er denn alle seine Neuigkeiten wie ein
geschickter Spieler in die bereit und offen stehenden Taschen,
die man Ohren nennt, und macht sich durch sein Wissen zum
Prinzen der Gesellschaft.

Der einzige von allen, der zwar auch da ist, aber nicht teilnimmt an den Gesprächen, ist Baron Wittinghoff. Still und
unentwegt, wie der Perpendikel einer Uhr, schreitet er auf seinen kleinen Lackfüßchen durch die Mitte des Zimmers und
versteckt die Hände unter den Frackschößen. Er ist ein kleines
Männchen, aber es ist viel Mannesmut in ihm, und er hat
schon bei manchen Gelegenheiten den Nagel derart auf den
Kopf getroffen, daß Warsow von ihm sagt: «C'est un homme.»
Und während er so hin und her läuft, als wäre er an einem
Gummibändchen angeknüpft und als wüßte man nie, wann er
wieder in die Schachtel zurückschnellt, ringt der kleine Baron
Wittinghoff mit einem schweren Problem. Er hat das Gefühl,
als könne die Situation auf eine Katastrophe im verwandt-
schaftlichen Sinne hinauslaufen, die er als Mann von Ehre
verhindern müßte. Und es ist viel Wille in ihm und viel Mannesmut, trotz des Gummibändchens, das ihn festhält, und man
weiß, daß er etwas zustandebringt, denn er hat den Heroismus
in sich.

Unterdessen haben die Diener die Tischchen zurechtge-
rückt und Bouillon und Brötchen auf Glastabletten herumge-
reicht, so daß für eine Weile der Trauerraum einem netten
Restaurant gleicht. Die Baronin Wittinghoff vergißt sogar ihre
Rolle als Leidtragende und Verwandte der Familie so sehr, daß
sie einen Diener bittet, ihr doch das Rezept für eine neue Sülze
zu beschaffen. Und wie sie einen Teller um den anderen davon
verschlingt, schaut sie ganz fröhlich im Kreis herum und
nickt: «Ausgezeichnet, ausgezeichnet …»

Die Stunden ziehen sich dahin, und das Begräbnis ist auf zwölf Uhr festgesetzt. Doch die Tür zum Ecksaal hat sich noch immer nicht geöffnet, und man horcht hin und kommt auf den Gedanken, es könnte der Fürstin etwas zugestoßen sein. Augenblicklich schwenkt die Unterhaltung vom Skandal zur Rührung über. Man erkundigt sich bei den Dienern, was sie von der Sache hielten und ob man nicht die Tochter Irka rufen sollte. Aber die Diener wissen nichts. Nur der Baron Wittinghoff steht vor der Tür des Ecksaals und krümmt den Finger. Aber in dem Augenblick, wo er anklopfen will, zieht ihn das Gummibändchen zurück, und er sagt das große Wort – noch – nicht.

Auf dem Hof draußen ist Bewegung entstanden. Auch die Kutscher und Knechte und Mägde haben ihre Meinung über die Dinge im Herrschaftshaus und reden eifrig hin und her. Kunja ist nicht mehr ganz im klaren über die Wiedervergeltung. Er hat gewissermaßen ihre Spur verloren. Er kratzt sich am Kopf und weiß nicht, was man dazu sagen soll. Auch Meliska hat noch nicht herausgefunden, ob es ein schrecklicher oder ein angenehmer Tag sei, und schaut mit wilden, runden Augen von einem zum andern.

Wie sie noch miteinander reden, fährt plötzlich ein fremder Kutscher vor. Ein leerer schwarzer Wagen mit Silbergriffen und langen Quasten, mit Pferden bespannt, die hohe Federbüsche auf dem Kopf tragen, fährt auf den Hof und bleibt mitten im Kreis der Lebendigen wie eine Erscheinung aus einer anderen Welt stehen. Ohne daß sie etwas vom Herannahen des Gefährts bemerkt hätte, schwebt die Nase des vorderen Pferdes auf einmal über Meliska, so daß sie mit einem Schrei zurückfährt, als stünde das Gericht Gottes leibhaftig über ihr. Langsam und ohne sich umzusehen, steigt der fremde Kutscher vom Bock und reißt mit seiner eisigen Ruhe einen weißen Kreis durch die erschrockenen Herzen. Auf einen Schlag ist es totenstill auf dem Hof. Als ob er einem unsichtbaren Befehl gehorche, geht der fremde Kutscher quer über den Platz und klopft mit seiner schwarzen Hand an das Fenster des unteren Ecksaals. Und plötzlich sind es nur noch zwei einzige Worte, die Geltung haben: «Ich will, und du musst.» Denn das ist das Zeichen, dem vom jüngstgeborenen Kinde bis zum Greis niemand zu widersprechen wagt, weil es alle anruft. Wie die Fürstin die schwarze Hand sich gegen das Fenster erheben sieht, schrickt sogar sie zusammen, und auch den Gästen im Nebenzimmer steht bei dem schrecklichen Ton das Herz still. Als sie den fremden Kutscher mit verschränkten Armen, den Hut auf dem Kopf, mitten im Hof warten sehen, wird es allen denen bang, die im Hause sind, und sie starren mit verhaltenem Atem auf den Mann, der keine Bewegung macht.

Vom seltsamen Spruch gerufen, trittst du in das Dasein, wann und wo es dem Lebensgeist gefällt, kreuzest den Weg, und dein Weg wird gekreuzt, wann und von wem es der Sinngeist will. Vom seltsamen Spruch gebannt, trittst du wieder über den weißen Kreis zurück, wo und wann es der Weltgeist will. Eingezählt ist deine Aufgabe am Ganzen und dein Leben abgerechnet nach Länge und nach Breite, im Gedritt und im Geviert, ehe du es antrittst. Kommen mußt du, um deine Verheißung zu erfüllen. Aber wer kommen muß, um das gutzumachen, was du versäumtest, der ist dein Richter. Denn alles in der Welt muß einmal gutgemacht werden, das ist das Gesetz des Zusammenhangs.

Auf Tafeln, die niemand kennt, ist der Punkt schon festgelegt, wo man den Zirkel ansetzt, der mit weißem Strich den Kreis zeichnet, den niemand überschreiten kann. Ausgemessen ist schon der Ort, wo das Meer dem Erdboden Grenze wird und die Erde des Wassers Scheide; gerechnet schon das Maß, wo der Vogel dem Fisch Erfüllung wird und der Fisch des Vogels Grenze; aufgeschrieben schon die Zahl, wo ein Leben aufhört und ein anderes anfängt. Denn wenn die Selbstsucht ein Wille ist und die Liebe eine Macht, so ist der Tod weder Wille noch Macht, sondern Gesetz.

Der Tod hat zwar Herrn Stanislaus nicht angesprochen, sondern Herr Stanislaus den Tod. Aber der Tod nimmt auch Mietlinge auf und solche, die sich ihm in der übergroßen Angst ihres Herzens verdingen. Wie ein krankes Kind wollen sie die Nahrung der Vernunft nicht mehr annehmen. Der Tod gibt ihnen die Ruhe, derer sie, übergroß, bedurften, die Erkenntnis aber hätte ihnen das Leben gebracht.

Fern, am Horizont der Ewigkeit, da liegen die Täler der Toten. Nichts bleibt mehr von ihnen übrig als Asche und Moder und blecherne Windkränze an zerfallenen Kreuzen. Was sie Gutes getan, ist nicht im Grab, sondern webt weiter am heiteren Teppich des Lebens. Tot ist nur das Unbrauchbare. Und vorne am Eingang zum hohen Turm, da sitzt der große graue Geier, der Tag und Stunden wegfrißt, nutzlos verbrauchter Zeit, die man mit Wucherzinsen auszahlt an das Leere.

Und der Tod ist ernst, und seine Weisheit ist die: Nicht schaut der Tote die Zukunft. Die Erkenntnis liegt allein vor dem Lebenden offen. Aber der Tod ist ein Erlebnis, das jeder durchmachen muß; und wenn es nicht im Leben ist, so muß es im Grabe sein; denn der Tod ist nicht der Anfang des Lebens und nicht das Ende desselben, sondern die Mitte. Der Tod ist die große Kurve und der starke Schleusenbrecher und der hohe Wegewender des Daseins. Nichts nützt es, einen Toten um Rat zu fragen nach der Zukunft; ein Toter weiß nicht mehr als ein Lebendiger. Wie der Zeiger einer Uhr ist seine Erkenntnis stehengeblieben auf Tag und Stunde genau, da er ging. So suche die Mitte deines Lebens und nimm dein Blut mit dir, so magst du die Paradiesespforte finden, die schon längst in deinem Herzen offen steht. Und nicht erhoffe vom Tod einen anderen Himmel als den, den du am ersten Schöpfungstag einst sündlos selbst betreten, im lichten Kleid von Fleisch und Blut.

Grau am Horizont liegen die Täler der Toten. Nichts bleibt von ihnen übrig als Staub und Moder und die raschelnden Windkränze auf zerfallenem Grab. Aber von den Lebendigen kommt das Morgenrot. Blau wandeln sich bereits die Schatten in den Tälern, krächzend flattert der graue Geier vom hohen Turm, die Schwalben schwirren: Nahe … und vom letzten Port tönt schon der Ruf der Sieger … Von den Lebendigen kommt die Zukunft, nicht von den Toten. Es ist ja nichts im Grabe tot, was nicht schon im Leben tot war …

Die Bauern sind auf den Hof gekommen und tragen Kerzen in den Händen. Es ist Sitte, daß man von den Toten Abschied nimmt. Es kommen auch der Kaplan und die Chorknaben und beten auf dem Weg den Rosenkranz für die arme Seele. Aber die Türe im Ecksaal ist noch nicht geöffnet worden. Der kleine Baron Wittinghoff weiß nun zwar, was er zu sagen hat, aber zuerst müssen die Diener kommen und die Türe aufbrechen. Aufrecht steht die Fürstin vor der Leiche ihres Sohne und hat über der Brust das Kleid offen. Mit zorniger Stimme schreit sie in den Saal: «Ich will nicht, daß ein einziger Mensch meinen Sohn anrührt.» Aber nun ist der Moment gekommen, wo der kleine Baron Wittinghoff zeigt, daß er ein Mann ist. Und indem er mit allem Ernst durch sein Monokel blickt, stellt er sich auf seinen kleinen Lackfüßen dicht vor die Fürstin und sagt: «Ich aber, als Verwandter des Toten, habe ein Anrecht daran, meinen Neffen zu küssen.» Und dann geht er hin und küsst vor den Augen der Fürstin feierlich die Leiche von Herrn Stanislaus auf die Stirn. Augenblicklich erhebt sich die übrige Gesellschaft und geht in gemessener Reihe um die Bahre herum, und alle küssen den Toten auf die Stirn, ohne daß die Fürstin etwas dagegen tun könnte. So ist denn der Baron Wittinghoff wieder der Held des Tages, und Frau Cosima nickt von einem zum andern: «Ja, ja, ja, mein Adalbert!» Schließlich kommt auch der Kaplan mit den Chorknaben, und sie segnen die Leiche und singen das Miserere. Zuletzt treten noch die Bauern ein und die Dienstboten und die Mägde und bezeugen dem Verstorbenen ihre einfache Ehrung. Aber wie Meliska zur Bahre des Herrn Stanislaus tritt und die Augen der Pani wie die eines Raubtiers auf sich gerichtet sieht, stolpert sie vor Angst über einen Kranz, so daß sie mit ihrem Gesicht gerade auf das Gesicht des Toten fällt und ihre Lippen sich berühren. Und nun ist es plötzlich wieder wie damals, als Herr Stanislaus sie im Zimmer oben an sich gedrückt hat. Aber wie sie den Toten küßt, kommt ihr ein Gedanke ganz klar ins Bewußtsein: Sie soll den Ring ausgraben und ihn in die Erde versenken, wo sie am tiefsten ist. Es ist gerade so, als ob die kalten Lippen des Toten ihr diesen Rat gegeben hätten. Meliska kennt die Todesursache des Herrn Stanislaus nicht. Der Kellermeister hat gesagt, er sei an falschen Wechseln gestorben, und Meliska weiß nicht, wie man daran sterben kann. Voll Zorn reißt die Fürstin sie von der Bahre weg und schleudert sie hinter sich in eine Ecke. Dann deckt sie das Tuch, das sie um die Schultern getragen hat, über den toten Sohn: Von nun an soll ihn keiner mehr sehen. Betreten stehen die Gäste und die Dienstboten umher und sehen zu Boden. Nur Meliska starrt mit runden Augen auf die Gesellschaft und weiß nicht, wo die Erde am tiefsten ist.

Dann kommen die Diener und tragen den Sarg offen auf den leeren Wagen des fremden Kutschers. Wie Kunja heranfährt und die Fürstin als erste Leidtragende einsteigen will, sitzt schon die Tochter Irka in der Kutsche und macht ein finsteres Gesicht. Die Fürstin jedoch will nicht mit der Tochter zusammen im selben Wagen fahren und heißt Irka vor allen Gästen aussteigen. Diese aber weicht nicht vom Platz und schwört zuletzt, daß sie einst nicht zu dem Begräbnis der Mutter kommen werde. Endlich fährt der Zug in schmaler Folge durch den Wald. Und während die Lebenden voll Zank und Unruhe sind und die Weiber die Totenklage hinterherschreien, fährt der Tote ruhig in seinem offenen Sarg dahin. Weder Liebe noch Haß kümmern ihn noch, ja nicht einmal der Ring, dessen bitteres Versteck er am Wegrand streift, und er hat auch Meliska keinen Rat gegeben, sondern es ist nur sein letzter Gedanke gewesen, der ihm noch auf die Lippen gekommen ist und den Meliska als Schuldige im Herzen vernommen hat.

Oben auf der kleinen Anhöhe zu Wiazk, wo das Muttergotteskirchlein steht, da liegen die Gräber der Toten schön abgeteilt im Gedritt und im Geviert, und alle zehn Jahre werden sie umgegraben, um neue Tote aufzunehmen. Nur das Erbgrab der Familie Susumoff an der Kirchhofmauer wird nicht umgegraben. Es steht ein großer, schwarzer Marmorblock darauf, der die Inschrift trägt: «Der Wille des Herrn geschehe.» Der letzte der vielen Namen, die darauf verzeichnet sind, lautet Stanislaus Susumoff, der Name des jungen Mannes, der auf rätselhafte Weise verschwunden ist, ehe er sein Erbe angetreten hat. Auf dem Kirchhof schließt man den Sarg zu, die Umstehenden bekreuzigen sich, und dann versenkt man die Leiche als Letzten des Geschlechts ins Erbgrab, denn es ist hernach niemand mehr dort begraben worden: weder die Fürstin noch der Bauer Tiezko, noch die Tochter Irka. Einzig und allein Herr Stanislaus Susumoff liegt darin, der den Namen des Erben mit blutigen Tränen zurückbezahlt hat. Das ist das Gedritt und das Geviert der Abrechnung.

Die meisten Leute sind gleich nach dem Begräbnis weggefahren. Es hat sie nicht mehr gelüstet, noch weiter Zeuge der Verwesung zu sein. Auch Irka und Warsow sind abgefahren. Nur einige wenige haben es nicht lassen können, zu spähen, ob nicht noch etwas übriggeblieben sei von der Leiche des Herrn Stanislaus, das ihnen möglicherweise entgangen sein könnte. Auch Baron Wittinghoff bleibt noch auf dem Gut; nicht aus müßiger Neugier, sondern weil er an einem Gummibändchen zurückgehalten wird für die Abrechnung mit dem Fürsten, die er seiner Ehre schuldig zu sein meint.

9. Kapitel: Die Mutter

Auch für Meliska hat an diesem Tag eine neue Lebenskurve begonnen, und zwar haben ihr die kalten Lippen des Herrn Stanislaus noch Weisung gegeben, wie sie die Kurve beginnen solle, damit sie glücklich würde. Der neue Weg, den Meliska an diesem Tag eingeschlagen hat, ist über die Kurve der Mutterwerdung gegangen. Es ist ja nicht nur der Tod ein hoher Wegewender und ein starker Schleusenbrecher, sondern auch die Liebe kann zu dem Erlebnis werden, das eines Menschen ganze Gesinnung wendet. Es kann es nicht nur die Liebe sein, sondern auch die Mutterschaft oder die Freundschaft, kurz: jede starke Hingabe an einen Dienst, sei es gegen die Himmlischen oder gegen die Menschen. Ja, wem es gelänge, sich einem Dienst vollkommen rückhaltlos zu widmen, der würde sogar den Tod überschreiten und die Täler der Verstorbenen rauschen machen von Oleanderbäumen und Palmen. Der Mißerfolg liegt nicht am Inhalt des Dienstes, sondern an der ungenügenden Stärke der Hingabe. Auch Meliska hätte, wenn nicht zur Liebe, so doch zur Mutterschaft taugen können, wenn es ihr dadurch möglich geworden wäre, die ganz große Kurve zu nehmen, die sie für immer über ihr Begehren nach dem Besitz anderer hinausgeführt hätte. Meliska aber hat den Ring mit hinübergenommen in die neue Kurve, und so ist sie trotz ihrer Freude an der Mutterschaft nie von der Sünde losgekommen.

Der Kutscher des Barons Wittinghoff ist ein Russe, er versteht nur sehr wenig Polnisch. Er hat eine breite Nase und ein breites Gesicht und ist groß und stark wie ein Baumstamm. Er könnte den Kunja unter den Arm nehmen. Wenn er über den Hof geht, verbreitet er einen Geruch von Juchtenleder um sich, denn der Wagen des Barons ist ganz damit ausgefüttert. Wenn Meliska den Kutscher sieht, findet sie, der Tag möchte doch noch angenehm werden, wennschon ihr noch eine kleine Beklommenheit auf dem Herzen liegt vom Morgen her. Aber die Liebe nimmt ja gerne den Anfang beim Tod und entsteht, indem sie Grauen überwindet …

Kunja und der Kutscher des Barons Wittinghoff schirren im Hofe die Pferde ab und führen sie einzeln zur Tränke. Wie der fremde Kutscher neben ihr vorbeigeht und einen Geruch von Juchtenleder um sich verbreitet wie feine Herrschaftsleute, da ist Meliska wiederhergestellt von dem unerwarteten Schreck am Morgen. Niedlich setzt sie ihre bloßen Füße vor den Waschtrog, während sie unter dem Hemdärmel hindurch nach dem fremden Kutscher schaut. Wie es dann an ihm ist, über den Hof zu gehen, wirft sie ihm eine Handvoll Seifenschaum ins Gesicht. Der fremde Kutscher lacht, kommt auf sie zu und zieht sie ganz schnell an sich. Er sagt ihr dabei etwas ins Ohr auf russisch, und Meliska antwortet ebenso schnell auf polnisch, und sie verstehen, daß sie einander am Abend treffen wollen. Von da an ist eine große Freude in Meliska.

Die alte Harra ist schlechtgelaunt. Am Morgen ist sie nicht mal dazu gekommen, Herrn Stanislaus zu küssen, und das hat sie der Fürstin persönlich übelgenommen. Der Zorn fährt in der alten Harra so wild umher, daß sie keine Ruhe findet in ihren Füßen. Sooft sie über den Hof gekommen ist, hat sie Meliska bei dem fremden Kutscher stehen sehen. Das ärgert die alte Harra, und sie geht hinüber in die Küche und fragt nach, ob man nichts im Dorfe holen könne. Wie sich dann ein ganzer Karren an Dingen zusammengefunden hat, heißt sie Meliska nach Liturk gehen und macht dazu ein hämisches und böses Gesicht wie der alte Teufel selbst. Meliska kann keinen Einspruch erheben, aber während sie sich die Schürze umbindet, beschließt sie, unterwegs wenigstens den Ring auszugraben und ihn im Vorbeigehen bei Kunjas Großmutter zu verstecken. Es scheint ihr, daß sie dies zuerst erledigen müsse, ehe das Neue für sie beginne. Und indem sie der alten Harra vortäuscht, den Fußweg durchs Gehölz zu nehmen, biegt sie quer ab durch den Wald, wo sie an einem Baum in der Nähe des alten Jägerhäuschens ein Zeichen gemacht hat. Sie gräbt den Ring aus, aber in dem Augenblick, wo sie ihn aus der Erde nehmen und besehen will, hört sie Schritte hinter sich. Eilig steckt sie den Ring vorne in ihr Kleid, dreht sich um und sieht den Kutscher des Barons Wittinghoff vor sich stehen. Der fremde Kutscher lacht, aber er kann ja nur russisch reden und fragt Meliska, was sie da mache. Doch Meliska versteht nur Polnisch, und so steht sie einfach da und spielt mit den bloßen

Füßen ein wenig in den Tannennadeln. Da biegt mit einemmal die neue Kurve mit voller Wucht in ihr Leben ein. Ehe sie es sich versieht, faßt der fremde Kutscher sie um die Hüften, küßt sie auf den Mund, nennt sie «mein Herz» und zieht sie mit sich ins Jägerhäuschen. Dort gibt sie sich ihm hin, schmucklos und froh wie ein Tier des Waldes. Wie sie beide auf dem Ofen liegen, fällt der Ring unbemerkt aus dem Kleid und rollt über den Fußboden. Er hat ja nun sein Ziel erreicht, und es macht ihm nichts aus, wem er zur Last fällt. Dies, obwohl ja auch der Zufall keine Ausnahme, sondern nur das verborgene Glied einer Ereigniskette ist.

Für den Augenblick hat Meliska bis zur Hütte ihrer Kindheit alles vergessen. Das Leben erscheint nun auch ihr schön, und der Kutscher des Barons Wittinghoff ist ein schöner Liebhaber. Wenn sie ihn küßt, nennt sie ihn Stanislaus, und es ist eine Freude und ein Stolz in ihr, von ihm geliebt zu sein. Selbst Sanja hat nach sieben Jahren voll Begeisterung zu Lelia gesagt: «Als ich geboren wurde, hat die Mama dem Storch Zukker hingestreut», so sehr hat sie sich als Kind der Freude gefühlt, und Meliska ist immer stolz gewesen auf Sanja. Daß auch die Liebe ein Leben lang etwas bedeuten kann, weiß Meliska nicht. Für sie ist sie ein lustiger Zwischenfall im trüben Leben ohne Notwendigkeit eines Weiterbestehens.

Aber wie sie noch auf dem Ofen liegen, da poltert plötzlich jemand gegen die Tür des Jägerhäuschens, und unversehens steht die alte Harra auf der Schwelle mit einem Stock in der Hand, und vor ihr auf dem Boden liegt der Ring. Der fremde Kutscher hat eben noch Zeit, zum Fenster hinauszuklettern, während Meliska sich dienstbeflissen auf die Füße stellt. Es ist zwar alles so schnell wie ein Blitzschlag geschehen, aber die alte Harra läßt sich nicht täuschen, schlägt mit ihren knöchernen Armen nach Meliska und schreit: «Du Dirne, du Luder … nennt man das ins Dorf gehen!» Aber Meliska ist geschmeidig und drückt sich den Wänden entlang, um der alten Harra zu entwischen. Und wie sie so hintereinander hergehen, schieben sie abwechslungsweise den Ring zwischen ihren Füßen vorwärts. Plötzlich fühlt Meliska, daß sie auf etwas Rundes, Hartes tritt, und das Herz steht ihr beinahe still. Aber ihre Füße sind nun nicht mehr so sicher auf den Weg des Bösen gestellt, so daß sie sofort wüßte, was zu tun sei, und so schiebt sie den Ring nur hinter sich in eine Ecke. Aber als sie den Fuß nach einer

Weile wieder danach ausstreckt, findet sie den Ring nicht mehr. Verzweifelt gleiten ihre Augen über den Boden; aber ehe sie herausfinden kann, wo er liegt, steht sie schon draußen vor der Tür und rennt und rennt, von der alten Harra verfolgt, die ihr mit dem Stock in der Hand nachspringt. Endlich, als sie sieht, daß sie Meliska nicht mehr einholen kann, dreht die alte Harra sich um, wirft die Tür des Jägerhäuschens zu und steckt den Schlüssel in die Tasche. Dann geht sie brummend den Weg hinunter nach dem Hof. Offen und frei liegt der vielgesuchte Ring nun drinnen auf der ausgetretenen Schwelle des Hauses, das einst das erste Gutsgebäude gewesen ist …

Mit klopfendem Herzen hat Meliska oben an der Ulme gewartet und späht nun den Weg entlang, den die Harra genommen hat. Schließlich gewahrt sie durch die Tannen den fremden Kutscher, der winkt und ihr mit der Hand ein Zeichen macht, daß die alte Harra gegen den Hof hinübergehe. Da schleicht Meliska vorsichtig durch das Gebüsch wieder dem alten Jägerhäuschen zu, und weil sie die Tür verschlossen findet, steigt sie durch die Bodenluke hinein und sieht den Ring vor sich liegen. Sie reißt den Ring an sich und stürzt damit auf die Straße. Als sie bei der Ulme nochmals zurückschaut, steht immer noch der fremde Kutscher mitten im Weg und bedeutet ihr, sie solle weitergehen. Er winkt und wirft die Hände in die Luft, so daß es von weitem aussieht, als wolle er ihr bedeuten: «Wirf ihn fort, wirf ihn fort, in den Pfuhl der Hölle!» Aber sowie Meliska sich gerettet fühlt, blaut auch über ihr der Himmel wieder. Sie lächelt und stößt ein paar rauhe Laute aus. Nun besitzt sie ja beides, den Ring und die Freude, wie zweimal Hochzeit an einem Tag. Am Abend jedoch, als sie nach Hause gekommen ist, hat sie den fremden Kutscher nicht mehr sehen können. Die alte Harra hat überall die Schlüssel abgezogen.

Am dritten Tag nach der Beerdigung ist auch der Fürst wieder nach Hause gekommen. Er ist ganz höflich und entschuldigt sich, daß er nicht früher habe da sein können, und in seinem Gesicht ist auch nicht ein einziger Zug von Hinterlist. Aber der kleine Baron Wittinghoff ist immer noch sehr aufgeregt, die Ehre quält ihn im Leib.

Frau Cosima und die Fürstin sitzen am Fenster, und Frau Cosima erzählt vom Tod ihrer Mutter, aber die Fürstin ist eine schlechte Zuhörerin und wippt beständig mit der Fußspitze auf und ab. Der Fürst sitzt am Tisch und rollt Brotkügelchen zusammen. In seinem Gesicht sind nur noch zwei Striche: einer senkrecht der Nase entlang, der andere quer über die Augen. Auf einmal sagt er, indem er die gelben Wimpern eng zusammenkneift: «Es ist eine sehr unliebsame Geschichte, aber besser so, als Schande erleben.» Und wie er das sagt, bleibt sein Gesicht in den gleichen Falten, so daß man unmöglich auf etwas anderes als vollkommene Ehrenhaftigkeit schließen könnte. Der Baron Wittinghoff aber ist auf dem Höhepunkt seiner Ritterlichkeit angelangt, und bevor er weiß, wie ihm geschieht, steht er schon auf seinen kleinen Lackfüßchen vor dem Fürsten und schreit: «Sie sind der Mörder des jungen Susumoff ...» Dabei erhebt sich sein kleiner Schnurrbart feindlich in die Luft, und plötzlich sieht der Baron aus wie ein Held auf dem Kampfplatz. Frau Cosima Wittinghoff hält sich die Ohren zu, als ob sie einen Schuß erwarte, die Fürstin trommelt mit beiden Händen auf dem Tisch. Dann schaut Susumoff auf, seine beiden Zahnreihen lösen sich, und ein paar Worte fallen auf den Boden wie Scherben der Hölle: «Von welchem Susumoff, von welchem, hehe, hehe, hehe ...?» Und er lacht und lacht und lacht, und dann geht er zur Türe hinaus, ohne sich umzuwenden.

Der kleine Baron Wittinghoff ist beinahe rücklings umgefallen vor Schreck. Wie an einem Gummibändchen schnellt er noch zur selben Stunde zurück in seine Kutsche und fährt Hals über Kopf mit Frau Cosima und dem fremden Kutscher nach Hause. Nur zwei kleine Händchen fuchteln noch in der Luft umher: «Susumoff, von welchem, welchem, welchem ...?» Die Fürstin wirft die Tür hinter sich zu und schreit: «Ich werde verrückt.» Dann läutet sie alle Glocken des Hauses.

Daraufhin sind auch noch die letzten Gäste abgereist.

Es kommen nun lange, lange Tage. Tage, an denen die Sonne schon am Morgen hoch am Himmel steht und mit einer glühenden Hitze über den Dächern brütet. Auch des Abends, wenn sie untergeht, wartet sie noch lange wie eine Feuerkugel über dem Wirzakopf, so daß der Verschlag, in dem Meliska schläft, auch des Nachts nicht auskühlt. Fast ebenso unerträglich brütet der Zorn der Fürstin über dem Hof. Meliska legt die gebügelte Wäsche nur noch ganz eilig auf die Tischkante und getraut sich nicht mehr zu stehlen. Kunja muß die Fürstin jeden Tag zum Grab des toten Sohnes fahren, öfters auch zwei- und dreimal am selben Tag. Er darf dann nicht im Wirtshaus einkehren, sondern muß unten bei den Pferden stehe bleiben. Vom Grab aus kann die Fürstin jede Bewegung sehen, die er macht. Manchmal muß auch Meliska mitkommen und das Grab in Ordnung bringen. Die Fürstin klopft ihr dann mit dem Stock auf die Finger und sagt: «Hier noch, da und dort.» Lautlos kehrt Meliska jedes Klümpchen Erde mit den Fingern um. Dann müssen wieder Blumen geholt werden in Zizwitsch, und Kunja muß sehen, wie er sie trotz des heißen Wetters frisch ins Haus bringt. Schuld um Schuld muß jeden Tag an Herrn Stanislaus abgetragen werden. Dennoch ist auf Meliskas Gesicht ein kleines Lächeln zurückgeblieben, seit der fremde Kutscher da war.

Mit der Zeit fängt sie an, sich zu verändern. Es ist eine neue Kurve in ihrem Körper. Sie ist nicht mehr so schmächtig wie früher, sondern in den Hüften breit auseinandergegangen. Zuweilen steigt eine Art neuer Lieblichkeit von den Wangen aufwärts zu den Augen. Auch der Mund nimmt eine andere Form an, und wenn sie die Hände aufstützt, ist ein mütterliches Gefühl über ihr. Es ist, als ob sich ihre Arme einrichteten, zarte Körper zu wiegen. An anderen Tagen wiederum sieht sie ganz grün und gelb aus im Gesicht, und die Oberlippe schiebt sich nach oben, so daß man die Zähne freiliegen sieht. Wenn sie sich bückt, so tut sie es nicht mit dem Rücken, sondern mit den Knien. Die Knechte lachen dann, aber Meliska weiß, daß sie Mutter wird.

Im trockenen Feld stehen dürre Halme. Das Korn ist stachelig zum Anfassen und spröd. Die Glut kommt nicht nur von oben, sie kommt auch aus dem Boden. Meliska hat eine schwere Zeit vor sich und muß sich vor Entdeckung hüten, wenn sie sich nicht um die Sicherheit ihres Daseins bringen will während diesen schwierigen Umständen. Auch hält sie dafür, daß ihr Kind andere nichts angehe, und so muß sie es vermeiden, der Fürstin oder der alten Harra ungünstig in die Augen zu fallen. Sie geht auch nicht mehr gerne ins Dorf, denn es gibt überall böse Leute, und zwar sind es weniger die Männer als die Frauen, die ihr schaden könnten. Die Tücke ist ihnen angeboren, und sie verraten einander ohne allen Grund. Aber Meliska möchte noch bis zum Winter auf dem Hof bleiben; sie hält sich tapfer und arbeitet unverdrossen weiter. Nur am Abend, wenn sie am Tisch sitzt, legt sie die Hände mütterlich übereinander.

Es hat ja nie ein Mensch eine bessere Gelegenheit, gut zu werden, als eine Frau, die ein Kind trägt. Sie braucht sozusagen nur mit dem Kind vorwärtszuwachsen, um gut zu sein. Der Grund, warum Frauen Kinder haben und doch nicht besser werden, ist, daß sie nicht an das Gute glauben, nicht an die Pflicht, und auch nicht an ihre Fähigkeit dazu.

Irgendwo in der Luft bleibt ja der unheimliche Punkt immer bestehen, den man Sünde nennt. Und wenn es irgendwie anginge, würden die Menschen die Sünde noch zwischen Blut und Blut setzen. Nur jene unguten Handlungen, die wie ein Haufen dürrer Blätter vor ihren Füßen rascheln, sehen sie nicht. Seit Jahrtausenden entstehen Kinder aus guten Treuen, entstehen Kinder aus gebrochenen Treuen. Nie haben Kinder etwas zu tun gehabt mit der Sünde oder der Tugend der Erwachsenen. In jedem Falle sind sie das Neue gewesen, ein Lebenswille für sich, und sind immer dort entstanden, von wo aus es ihnen möglich gewesen ist, den Platz in der Welt auszufüllen, der für sie freigelassen war. Wenn Kinder nur aus Liebe hätten entstehen können, so wäre das Menschengeschlecht schon lange ausgestorben.

Schnee ist in die Bäume gefallen; vom Eingangstor bis in den Hof führen Fußspuren von groben Holzschuhen. Meliska hat Mehl holen müssen im Dorf, um Kuchen zu backen für die Festtage. Bis jetzt ist immer an Weihnachten die Herrschaftsköchin herübergekommen und hat einen Stollen und eine Handvoll Nüsse für jedes mitgebracht. Es ist zwar nicht gesagt, daß es dieses Jahr auch so sein wird, aber die Herrschaftsköchin hat angeordnet, daß man wenigstens das Mehl dazu holt. Für Meliska ist der Winter angenehmer; sie kann sich nun so in ihren schwarzen Schal einkleiden, daß niemand ihr Geheimnis erraten kann. Es macht ihr auch nichts mehr aus, ins Dorf zu gehen. Am liebsten geht sie mit vielen gleichmäßigen Schritten, damit sie an nichts zu denken braucht. Meliska muß dem Kinde, das sie in sich trägt, Raum verschaffen zum Leben.

In nebelhaften Umrissen liegt das Land vor ihr, und sie kann sich von der Zukunft kein Bild machen. Nach Neujahr wird sie zu der Schwester gehen, die in der Stadt wohnt. Irgendwie erscheint ihr die Schwester wie eine Stätte, auf die sie ein Anrecht hat. Meliska kennt zwar den Weg, der zur Stadt führt, nicht, noch weiß sie, wie weit er ist, aber sie nimmt an, daß sie hinfinden wird.

Wie sie vom Dorf zurückkehrt, muß sie an der Kirche vorbei, und es kommt ihr eine Anwandlung, hineinzugehen. Das Grab des Herrn Stanislaus ist nun tief im Schnee versteckt, und seit Anfang des Winters geht auch die Fürstin Agnes Susumoff nicht mehr so häufig hin, so daß Meliska keine Furcht zu haben braucht, die Pani dort unversehens zu treffen.

Geht ein Mensch am Sonntag mit anderen in die Kirche, so besagt das nicht viel. Aber ein Mensch, der am Werktag und allein in die Kirche geht, sucht eine Begegnung. Meliska weiß zwar nicht, was für einen Grund sie hat, in die Kirche zu gehen. Aber man kann einen Grund haben, ohne ihn nennen zu können; man kann sogar mehrere Gründe haben und doch nicht wissen, daß man sie hat. Wie sie die Treppe hinaufkommt vor der Kirche, da stellt sie den Sack mit Mehl draußen ab und schlüpft aus den schweren Holzschuhen. Mild und zart im Halbdunkel steht das Bild der Matka Boska vor ihr wie Weib zu Weib. Und die Matka Boska kennt alle Mütter. Sie kennt die einfachen, frohen Kindermütter, die sich wie die Tiere des Waldes über ihre Jungen freuen, ohne Arglosigkeit und Kümmernis. Und sie kennt auch die lieben Menschenmütter, die, ob sie nun Kinder geboren haben oder nicht, mit ihrem freundlichen Herzen jeden Kummer herausfühlen und eine Welt mit ihren Sorgen auf den Armen tragen möchten. Sie kennt alle, bis hinauf zu jenen hohen, seltenen Gottesmüttern, die sogar Gott, den Großen, unsichtbar Gütigen verteidigen möchten mit dem Mut einer Löwin hinter dem Schild ihrer starken mütterlichen Liebe gegen alle undankbaren Anschläge der Welt, gegen jene Anschläge, die die tiefe, ewige Urliebe als Betrügerin hinstellen wollen und das Unrecht der Menschen gegeneinander als Schuld eines Gottes ...

Aber die Matka Boska kennt nicht nur die Mütter, sie ist selber aller Mütter Hohe Mutter, nur nicht derjenigen, die, von der Natur selber mit Kindern gesegnet, dennoch ein fremdes Weib verachten, weil es auch Mutter geworden ist wie sie. Das ist das Widermütterlichste, was es gibt, und unter den Himmeln nennt man sie Rabenmütter. Nie haben sie Anteil an der Matka Boska.

Warum Meliska kommt, weiß die Matka Boska, auch wenn es Meliska selber nicht weiß. Es ist ja eine große Sünde, die sie begangen hat, wegen dem Ring, obschon ihr von diesem Unrecht nicht mehr angerechnet ist als die Tatsache, fremdes Gut für sich behalten zu haben. Es ist ja im Grunde genommen jedes Vergehen viel einfacher, als man meint, und das meiste ließe sich von einem großen Berg auf eine Handvoll zurücksetzen. Teilweise ist es auch in Meliska, das Bewußtsein ihrer Schuld, das sie in die Kirche drängt. Aber nicht nur das allein. Es ist auch nicht nur die Sorge um die Zukunft, denn Meliska ist anspruchslos und weiß sich zu helfen ohne großen Rat, und eine Sünde gegen die Liebe kennt sie ebensowenig wie den Schmerz der Verlassenheit. Es ist etwas ganz anderes, weshalb sie kommt. Die Matka Boska weiß, was es ist; denn sie hat es selbst empfunden.

Der Hauptgrund, weswegen Meliska kommt, ist die Freude. Eigentlich möchte sie ausrufen: «Seht mich an, ich bin eine Mutter, und ich habe ein Kind, und ein schönes und feines Kind, denn es ist mir von der Freude gekommen.» Und sie möchte sich ein wenig den Mund lecken, wie die Tiere des Waldes fröhlich mit dem Jungen in der Sonne spielen und von keiner Sünde wissen. Ach, nicht nur das Leid, das man einem Menschen antut, verdirbt seine Seele, sondern auch die Freude, die man ihm wegnimmt und auf die er vor Gott und Menschen ein Anrecht hätte. Das kann ihn verderben, weil er das freudige Geschenk des Lebens einsam hinunterwürgen mußte wie einen bitteren Fluch. Aber wen Gott zur Mutter macht, hat ein Anrecht darauf, eine Mutter zu sein. Immer wieder erlebt die Welt in der verlassenen Mutter, die sich um ihr Kind kümmert, das große Weihnachtswunder der tiefsten Mütterlichkeit, die auch gegen alle frostigen und kalten und widernatürlichen Herzen standhält und emporblüht wie eine seltsame und brennende Blume in der Nacht. Solange es noch solche Treue gibt, wird der Glaube Gottes nicht von der Menschheit weichen.

Wie Meliska im Halbdunkel vor der Matka Boska steht, mit ihrem gesegneten Leib und ihren leeren Augen, ohne auch nur zu ahnen, daß sie ein Anrecht hätte auf den Schutz der Liebe, und ohne den Fluch zu verstehen, der die Stirn der Verlassenen schmückt wie ein Diadem, da sieht sie aus wie ein lebendiges Denkmal aller schmerzhaften Mütter.

Wie Perlen angereiht an einer Schnur der Klage liegen die unausgesprochenen Seufzer vor dem Thron des Ewigen. Ach, tilge die Schuld, die du begingst, lege dein Leid säuberlich zusammen wie ein Tuch, aber trage die Klage der ungefreuten Freuden, auf die du ein Anrecht hättest, wie ein köstliches Geschmeide um den Hals, damit du herrlich erscheinest vor den Engeln Gottes ...

Am Sonntag nach Dreikönig ist Meliska mitsamt dem Koffer vom Gut verschwunden.

2. Teil
Die Buße

10. Kapitel: Skadusch

Über den Dächern der Welt liegt das Wohlgefallen Gottes. Es gibt Gefilde des Lebens, in welchen die Freude blüht. In wohlgepflegten Gärten mit blankem Zaun zarte Rosen, ungebunden auf freiem Feld der scheue rote Mohn, bis hinauf zu den Bergspitzen die unberührbaren weißen Blumen. Und es gibt Tiefen im Leben, wo man aus unerschöpflichen Quellen Weisheit trinkt, aber mit unberechenbarer Wucht spaltet der Liebeskummer das Herz bis auf die Schwelle.

Im Hause des Juden Skadusch sind alle Möbel schwarz mit goldeingelegten kleinen Mustern. Über den Korridor läuft ein schöner bunter Perserteppich verschwiegen an allen Türen des Appartements vorbei. Drei Türen stehen auf der einen Seite des Korridors, drei auf der anderen. Türen sind es, die im Lauf der Tage und Wochen oftmals freudig auf- und zugingen, nun aber werden sie barsch und ungeduldig ins Schloß geworfen, denn seit Pan Skadusch seine Liebe verlor, hat er keine Ruhe mehr im Herzen. Hastig und unstet greifen die Dinge ineinander über. Und ganz hinten im Korridor, auf der rechten Seite, bleibt eine Tür seit Jahr und Tag zugeschlossen. Vergebens läuft der schöne bunte Perserteppich an ihr vorüber. Unberührt hängt der Schlüssel am Türpfosten. Nur wenn Sofiat den Teppich bürstet und die Fenster öffnet, bewegt sich der Schlüssel leise im Luftzug hin und her. Auf der Schwelle dieser Türe liegt ein großer Schmerz.

In früheren Zeiten ist dieser Schlüssel jeden Tag gebraucht worden, und es ist durch die Türe rechts hinten im Korridor viel Freude aus- und eingegangen und heimliches Huschen und Lachen. Aber einmal, als Pan Skadusch nach Hause kam, ist die Tür von innen zugeriegelt gewesen und hat das Lachen nicht herausgegeben. Pan Skadusch ist wütend geworden und hat an die Türe gepoltert und geschrien: «Zum Teufel nochmal, mach auf!» Und dann ist die Türe aufgegangen, ach, so trostlos, wie nur Türen aufgehen können, hinter denen alles verloren ist. So groß, so fürchterlich, wie ein Rachen des Unglücks. Und mitten im Zimmer ist die Pani gestanden und neben ihr ein junger russischer Student. Und der junge russische Student hat sich vor Pan Skadusch verneigt und zu ihm gesagt: «Erlauben Sie mir, Ihnen mitzuteilen, daß Madame Skadusch» – er nannte sie mit dem französischen Titel Madame! – «sich von Ihnen scheiden lassen will, und ich werde sie heiraten.» So hat er gesagt und hat ein kleines Lächeln auf den Lippen gehabt. Aber die Türe ist offen geblieben und hat nicht vermocht, das Unglück auszuschließen, und die Arabesken des Perserteppichs sind auf und ab gewandert und haben die Worte, die da gesprochen worden sind, nicht enträtseln können, sondern haben in einem fort wiederholt: «Will sich von dir scheiden lassen, will sich von dir scheiden lassen.» Und der Pan Skadusch stand in der Mitte des Zimmers dem neuen Brautpaar gegenüber, und an der Schwelle standen noch die Galoschen, die er ausgezogen hatte, und er schluckte und schluckte und konnte die Worte nicht begreifen, die da am hellen, lichten Tage zu ihm gesprochen worden waren. Wie Arabesken gingen sie auf Zehenspitzen in seinem Kopf hin und her. Und er griff sich an die Stirn und klopfte dagegen, denn er wusste nicht, ob er träumte oder ob es wirklich das Herzblut in seinen Adern war, das zu ihm gesprochen hatte: «Ich will mich von dir scheiden lassen.» Aber wie er das Brautpaar anstarrte, da traten die Worte immer lauter und deutlicher aus ihren Mienen heraus, und er wollte sich dagegen wehren, und er wollte schreien: «Ich wurde gebunden und geknebelt von ihnen», die vor ihm standen, und zuletzt sank er in die Knie und vergaß, daß er auch ein Recht zu fordern hatte. Er war ein Verdammter, der erwürgt wurde von den andern, und er fühlte, daß er starb, und schrie: «Nein, nein, nein, Elekia, hab Erbarmen, ich kann nicht … Elekia, Elekia …!» Und er küßte der Pani wie wahnsinnig die Füße und schrie immer wieder: «Elekia, Elekia, hab Erbarmen …!»

Und Pan Skadusch kniete vor seiner Frau und schluchzte und weinte und betete und legte seine ärmsten und seine tiefsten Worte vor sie hin wie ein Verdammter vor seinen Henker. Und das alles tat er vor dem fremden Studenten, der seine Frau heiraten wollte. Er war so unglücklich, daß er nicht mehr wußte, was er redete. Entblößt von jeder Scham, flioß der Schmerz aus seinem Mund. Ach, über den Worten des Unglücks ist kein Gesetz mehr. Sie sind so tief, daß sie von einer ganzen Menschheit vernommen werden müßten. Mitleidig sah der Student mit dem blonden Schnurrbärtchen auf Pan Skadusch herunter, und die Pani verzog ein wenig das Mündchen. Sie fand, daß ihr gewesener Gatte wenig «savoir vivre» besitze. Und ihr kleines hochmütiges Lächeln stach dem Pan Skadusch das Herz durch.

Vorsichtig hatte sich draußen Sofiat herangeschlichen. Wenn das Unglück niederkommt, steht die Neugierde Gevatter. Und Sofiat wußte nicht, ob sie die Augen noch mehr anstrengen solle oder die Ohren, damit ihr ja nichts entging. Am Abend würde sie das Unglück dann auf den Gassen spazieren tragen, denn Sofiat hat viele Freundinnen; fast in jedem Haus wohnt eine, und Sofiat hatte schon lange prophezeit, daß es mit dem blonden Studenten etwas geben werde. Allerdings hat Sofiat nur einen ausgewählten Kreis um sich, mit Dienstboten aus niederen Häusern verkehrt sie nicht. Immer hat sie es mit den Großen gehalten. Und Sofiat hörte jedes Wort, das im Zimmer gesprochen wurde, und sie sah das Rosakleid über der Stuhllehne und die bunten Seidenkissen am Boden und das aufgeschlagene Bett, und ihr Herz füllte sich wie eine Luftblase mit dem Unglück der anderen.

Seit zwanzig Jahren ist Pan Skadusch mit der Pani verheiratet, und morgen ist der Jahrestag der Hochzeit. Als armes kleines Mädchen hat er sie kennengelernt und hat gewuchert und gespart und einen goldenen Tempel um sie herum gebaut. Und all diese zwanzig Jahre sind für ihn gewesen wie der erste Brauttag, so lieb hat er sie gehabt. Am Abend hat er sich nach ihr gesehnt, und am Morgen hat er sich gefreut, sie wieder aus dem Schlaf erwachen zu sehen. Aufgesogen sind seine Gedanken gewesen von ihr. Von ihr nur hat er gesprochen zu jedem Menschen. Und dann ist dieser junge Student ins Haus gekommen mit seinem blonden Schnurrbärtchen. Er sieht zwar noch sehr knabenhaft aus; aber der Skadusch beargwöhnt jeden, der ins Haus kommt. Er lauscht dann und kaut an den Fingernägeln und läßt die Pani nicht aus den Augen, außer wenn er ins Geschäft gehen muß, und auch dann kehrt er sofort zurück und ist wieder da. Manchmal auch sagt er bloß, er müsse ins Geschäft gehen, nur weil er zu Hause keine Ruhe mehr hat. Er läuft dann ziellos draußen umher und verläuft sich aus Angst, daß er zu spät nach Hause kommt. Und zuletzt muß er noch jemand nach dem rechten Weg fragen, obgleich er schon über zwanzig Jahre in der Stadt wohnt. Skadusch hat keine Zeit, die Straßen im Kopf zu behalten, so viel muß er an die Pani denken.

Seit der russische Student ins Haus gekommen ist, ist alles noch viel ärger geworden. Seither hat Pan Skadusch keine ruhige Minute mehr gehabt. Sogar des Nachts noch ist er aufgestanden und umhergelaufen und hat alle Stühle umgeworfen und in einem fort vor sich hingeflucht. Die Pani hat dann ganz niedlich aus den Spitzen ihres Bettes herausgeguckt und mit einem kleinen Gähnen gefragt: «Ei doch, was hast du, Gregor?» – «Nichts», hat er gebrummt, aber der Skadusch ist innerlich ganz krank gewesen vor Kummer und hat gemeint, er habe Elekia noch lieber denn je zuvor …

Manchmal freilich hat er einen lichten Moment: er rechnet dann und sagt sich: «Ach, das ist alles nur Unsinn. Ist sie nicht zwanzig Jahre älter als der Student, wie sollten sie sich da lieben können …» Und es scheint dann Pan Skadusch, als sollte irgendwo ein Gesetz bestehen im Weltall, daß die Liebe nicht mehr möglich sei bei einem so großen Altersunterschied. Irgendwo sollte es schwarz auf weiß geschrieben stehen, man könne sich dann nicht mehr lieben. Man dürfe auch nicht, und es sei einfach unmöglich. Vielleicht könnte das in der Bibel stehen. Aber Pan Skadusch ist Hebräer und kennt viele Geschichten aus der jüdischen Schrift, die reich an Beispielen dafür ist, daß ein solches Gesetz in der Welt nicht besteht. Zwar sind diejenigen, bei denen die Liebe recht behalten hat, den Schwierigkeiten gegenüber immer seltene Menschen gewesen. Die anderen hat das Leben Lügen gestraft, und es hat den Betrug ihrer Herzen aufgedeckt. Irgendwie besinnt sich Skadusch an ungleicher Liebe. Aber es ist ja einfach alles Unsinn und lächerlich; es geht nicht, daß Elekia den Studenten lieben kann, und Skadusch legt sich dann wieder schlafen. Aber am anderen Tag steht der Student mit dem blonden Schnurrbärtchen schon wieder da. Und die Pani ist eine sehr schöne Frau. Kein Mensch würde ihr vierzig Jahre zurechnen, denn sie hat noch die Anmut einer Zwanzigjährigen, und was noch mehr ist, die Überlegenheit der klugen und reifen Frau. Wie Lew Marsini Elekia getroffen hat, da ist er sofort bis über beide Ohren in sie verliebt gewesen und hat bei sich beschlossen, sie zu heiraten, koste es, was es wolle. Es ist auch keine große Kunst, einen Edelstein, wenn er schön gefaßt ist, als solchen zu erkennen. Anders ist es, wenn man einen Menschen zuerst sozusagen entdecken und etwas aus ihm machen muß. Man läuft dabei Gefahr, sich zu irren. Aber für Lew Marsini ist keine Gefahr dabei gewesen, er hat die Pani nur abpflücken können, wie eine Rose vom gepflegten Stämmchen, das der Skadusch in seinem Herzen sorgsam großgezogen hat. Elekia dagegen hat das Romantische ihrer Lage sofort erfaßt, und sie hat geglaubt, keine Stunde länger in diesem Haus bleiben zu können, und es ist ihr gewesen, als könne auch sie einmal ein besonderes Geschenk vom Leben erhalten. So herzlos brechen die Menschen einander die gute Treue und zerstören undankbar das Gleichgewicht desjenigen Herzens, von dem sie ein Leben lang nichts als Liebe erfahren haben. Und die Pani weiß genau, daß sie Skaduschs Herz bricht. Sie weiß, daß er nicht weiterleben kann ohne sie. Aber sie sieht sich von ihm nur gehegt, vom anderen dagegen neu begehrt, und sie will weiterblühen von einem zum anderen, wie ein lächelnder Rosenstrauß auf dem Tisch. Mag Skaduschs Herz darüber brechen ...

Und so hat die Pani Skaduschs Herz gebrochen, wie jeder des anderen Herz bricht. Der blonde Student hat einen Freund, der Advokat ist und der den Scheidungsprozeß führen will. «Es wird sich schon machen ...» hat er gesagt. Was man will, macht sich immer, und es ist keine große Kunst, einen vom Unglück Gebeugten zur Seite zu treten.

Pan Skadusch ist dann mitgegangen, und wie er auf der Gerichtsbank saß, hat er nichts anderes vermocht, als in einem fort zu weinen. Er hat ja nicht weinen wollen. Natürlich nicht. Niemand, dem vor aller Augen ein Leid angetan wird, will weinen. Aber die Tränen sind einfach da, hilflos da, und man kann sie nicht zurückdrängen. Mit voller Wucht ist der Körper dem Unglück der Seele preisgegeben.

Die Pani hat natürlich den Prozeß gewonnen. Wie sollte man gegen einen Unglücklichen nicht einen Prozeß gewinnen können? Eigens der Unglücklichen wegen sind Prozesse ja eingerichtet. Kinder hat Pan Skadusch keine gehabt, es handelt sich also nur um Gütertrennung. Der junge Student ist eifrig bestrebt, daß die Pani zu ihrem Rechte kommt. Aber der Skadusch wehrt sich gar nicht. Er hat ja die Pani genährt und gekleidet, und alles, was sie besitzt, hat sie von ihm geschenkt bekommen, wie soll er nun da für oder gegen eine Gütertrennung sein? Er zuckt die Achseln und weint.

Der junge Student mit dem blonden Schnurrbärtchen aber ist stolz. Er hat der Welt gezeigt, daß er ein Mann ist, der tut, was ihm beliebt. Er schüttelt dem Advokaten die Hand. Und wie dann die Gerichtssitzung zu Ende ist, verneigt er sich vor Pan Skadusch und sagt: «Habe die Ehre ...» Und der reiche Pan Skadusch steht ganz unbeholfen da vor diesem jungen weltmännischen Studenten, der noch keinen Löffel Suppe selber verdient hat, und er weiß nicht, was man bei solchen Gelegenheiten antwortet. Er hat es nie gelernt. Der junge Student aber kommt frisch von der Universität und weiß alles. Auch die Pani benimmt sich gewandt. Arm in Arm geht sie mit dem jungen Studenten über den Korridor des Gerichtsgebäudes und kehrt Skadusch den Rücken, als hätte sie ihn nie gekannt. Unter der Tür erst dreht sie sich noch einmal um und sagt: «Vergiß deine Galoschen nicht, Gregor, sonst bekommst du kalte Füße ...» Das sagt sie nun zu dem Mann, den sie verläßt. Und der Skadusch steht da und weiß nicht, was er tun soll. Der Korridor nimmt kein Ende. Immer noch laufen ihre Füßchen über die Steinfliesen, und dann dreht sie sich um und sagt: «Vergiß deine Galoschen nicht ...» Gott im Himmel!

Es ist ja ganz unerhört, einen solchen Augenblick durchzustehen, es dünkt Skadusch unmöglich, daß die Welt noch weiter bestehen könne nach einer solchen Tat. Und der Schmerz wühlt sich in sein Herz, um es nie wieder loszulassen. Wie ein Dorn und ein Widerhaken bohrt er sich in ihm fest, und jeder Gedanke, der fürderhin in Pan Skadusch entsteht, wird die Inschrift tragen: «Das habe ich erlitten, das leide du ...» Jede seiner Handlungen wird sich für den Rest seines Lebens nach dieser Stunde richten, und der Schmerz wird ihm Leitstern sein für die Zukunft.

Ach, es steht ja niemand so verlassen da in der Kammer seines Herzens wie ein Mensch, dem man unvermutet die Treue vor die Füße warf. Kein Kummer geht so tief im Leben wie der, wenn sich das Liebste als im Herzen falsch erweist und zum Feind wird. Statt einen Hort der Güte hat man einen Ruin der Menschheit aus ihm gemacht, weil er fortan alles, was mit ihm in Berührung kommt, mit sich hinunterreißen wird in den Abgrund seines Schmerzes, denn ein Mensch, der dem andern die Treue bricht, liefert ein Herz der Hölle aus ...

Skadusch steht vor der Ausgangstür und weiß nicht, was er nun beginnen soll. Unbeholfen warten die Galoschen an der Schwelle. «Vergib, vergib … Es ist Menschentorheit …» Aber wahnsinnig und wild greift der Schmerz ins Fleisch und ins Blut, das die Torheit ertragen muß … «Nie», schreit Pan Skadusch.

Ein Gerichtsdiener tritt aus der Tür, er kennt den reichen Juden aus der Hattwittstraße. Was weiß man schon, es gibt Augenblicke im Leben, wo die Seele weich ist und der Verstand unbeholfen. Und der Gerichtsdiener knöpft den Kragen ein wenig auf und sagt: «Ja …, es gibt ja allerlei im Leben …» Dazu fährt er sich ein wenig über den Schnauz und wippt vertraulich auf den Füßen, und was er sagt, ist ja ein ganz unverfängliches Wort. Vielleicht trifft es die weiche Stelle im Herzen und den betreffenden Punkt im Geldbeutel. Und der Gerichtsdiener steht da und hofft. Aber Pan Skadusch ist von diesem Wort getroffen wie von einem Insektenstich. Und sein Leid schreit auf. Er hat nicht da gestanden, um von einem Gerichtsdiener angeredet zu werden. Was geht denn das das Gericht an? Er stößt mit einem Fußtritt die Galoschen beiseite, und dann rast er davon, und das Leid rast mit. Aber der Gerichtsdiener ist beleidigt, denn schließlich ist er doch eine hohe Gerichtsperson, und der Jude ist nur ein Betteljude. Das Leid wird ihm wohl zu Recht geschehen sein, und er knöpft seinen Rockkragen wieder zu, und wie er an den Galoschen vorbeikommt, gibt auch er ihnen einen Stoß, so daß sie nochmals durch den Korridor fliegen. «Lumpenpack, will nur Prozesse machen und Geld dabei verdienen, aber einem armen Teufel gibt man nichts», brummt er und geht hinaus. Die Galoschen stehen da, dieser am einen, jener am anderen Ende des Korridors. Niemand denkt mehr an sie, weder die Pani noch Skadusch, noch der Gerichtsdiener. Am Abend hat die Aufwartefrau sie mit nach Hause genommen und schlurft nun darin an ihre Arbeit.

Pan Skadusch aber rast die Straße hinunter, und wie er unten einen Bekannten sieht, da rast er wieder zurück, und der Schmerz wächst in ihm zu einem Orkan. Vom Gerichtsgebäude aus läuft er quer über den Kasztanplatz, aber gerade vor dem Rondell fährt ein Automobil vorbei, und Pan Skadusch wähnt seine Frau darin zu sehen mit ihrem Geliebten, und er fuchtelt mit dem Stock und schreit ganz laut: «Zum Teufel …»

Ein paar Umstehende drehen sich um und lachen, sie denken, er sei betrunken. Und Pan Skadusch ist auch betrunken, betrunken vor Schmerz, und er kehrt um und läuft die Straße wieder hinauf, dann am Gerichtsgebäude herunter und wieder quer über den Kasztanplatz. In Regen und Kälte läuft er umher und weiß nicht, was er tut. Viermal macht er den Bogen ringsum. Nie kommt die Straße, die ihn nach Hause führt. Endlich ist er so müde und abgehetzt, daß er eine Droschke nehmen muß, die ihn nach der Hattwittstraße bringt.

Wie er zu Hause ist, läuft er wieder auf und ab von einem Zimmer ins andere und in die Küche und über den Korridor hin und her. Und er klingelt und befiehlt Sofiat, daß sie ihm sechs Spiegeleier vorsetze. Er weiß nicht, was er sagt, aber Sofiat ist klug genug, ihm den Willen zu tun. Und so deckt sie denn ohne Widerrede den Tisch und bringt ihm das Gewünschte. Und Pan Skadusch setzt sich an den Tisch mit dem Hut auf dem Kopf und verschlingt die sechs Spiegeleier insgesamt, und wie er fertig ist, klingelt er und klagt, daß Sofiat das Nachtessen noch nicht fertig habe. Aber auch wenn Sofiat sonst durchaus nicht duldsam ist, so ist sie doch klug genug, zu verstehen, daß sie aus dem Haus hinausfliegt ohne Klingelzeichen, wenn sie heute ein einziges Wort erwidert. Und das will sie nicht. Das Haus Skadusch ist für sie ein Paradies. Wohlig und warm, sitzt sie mitten drin und hat nach überallhin ihre Ränke und Gänge.

So bringt sie denn in kürzester Zeit das schönste Essen zustande, dessen Herstellung sonst einen halben Tag beanspruchen würde, und stellt es vor Skadusch hin; aber der Pan sitzt immer noch böse da, und sein Hut steht am Hinterkopf gehässig auf. Die Sofiat aber sieht zu, daß sie möglichst bald wieder aus dem Zimmer kommt, denn sie hat Skadusch gegenüber nicht das beste Gewissen und möchte heute um keinen Preis mit ihm in Streit geraten, weil sie sonst unfehlbar den kürzeren ziehen würde. Und der Skadusch ißt und weiß nicht mehr, daß er eben sechs Spiegeleier gegessen hat, er weiß nur noch, daß er das Zimmer rechts hinten im Korridor nicht mehr betreten wird. Tot ist seine Frau für ihn, tot für immer. Und nach dem Essen geht Pan Skadusch ins Schlafzimmer, und er wirft sich in Kleidern und Hut aufs Bett und schläft sofort ein, denn er ist müde, zermürbt von Kummer und Zorn. Und der Schmerz sitzt da mit hohlen Augen auf der

Schwelle seines Zimmers und stiert in die Zukunft und fragt: «Was soll ich dir bringen, sprich, was …?»

Um Mitternacht geht Sofiat leise durchs Haus und horcht an Skaduschs Tür. Wie sie ihn schlafen hört, drückt sie vorsichtig die Klinke nieder, legt die heruntergefallene Decke über ihn und geht dann ebenso leise wieder hinaus. Wie Pan Skadusch die sechs Spiegeleier bestellt hat, da ist über Sofiat plötzlich eine Erkenntnis gekommen: «Wenn er nun sterben würde vor Kummer, was würde ich dann anfangen?» Und die Rührung über sich selbst hat sie so überwältigt, daß sie angefangen hat zu weinen, und darum ist sie auch nachsehen gegangen, ob er nicht etwa gestorben sei. Denn nie wieder in ihrem Leben wird sie ein so warmes Mäusenest finden wie Skaduschs Haus. Leise zieht sie den Schlüssel rechts hinten im Korridor ab und hängt ihn neben der Türe auf. Fest liegen die Arabesken des Perserteppichs ineinander verschlungen. «Wer muß das Rätsel dieses Lebens lösen?»

Drinnen im Zimmer ist alles noch so, wie die Pani es verlassen hat. Die Seidenkissen auf dem Divan und das Rosamorgenkleid über der Stuhllehne, denn als junge Braut hat sich die Pani doch ganz neu ausstaffieren müssen für die Hochzeitsreise. Nach Paris sind sie gefahren, sie und der junge Student. Pan Skadusch hat nie etwas gefragt, aber er weiß doch alles. Oder könnte man einem eine Hand abhauen, und die andere wüßte nichts davon …? Die letzte Lebensfaser spürt ja den Schmerz so, als wäre sie allein davon betroffen.

Und über das Jahr hat die Pani ein Kindchen bekommen von dem blonden Studenten. Aber es ist nicht gut abgelaufen. Man hat die Pani schon bewußtlos ins Spital bringen müssen. Skadusch weiß ja alles, auch die letzte Lebensfaser in ihm fühlt noch mit, was dort geschieht. Regelmäßig hat er Bericht bekommen durch einen Bekannten in Paris. Und dann ist die Pani in der fremden Stadt, im fremden Spital mitsamt dem Kindchen gestorben. Aber am letzten Tag im Spital soll sie noch zu dem blonden Studenten gesagt haben: «Laß mich in Lostrow begraben …» Irgendwie hat sie sich vorgestellt, daß der Skadusch seine Galoschen anziehen und zu ihr hinaus auf das kalte und einsame Grab kommen werde. Und daß er ihr Blumen, große, blaue Veilchen aus dem Süden, bringen werde wie zum Geburtstag, denn er kann ja nicht anders, als sie lieben und nur sie allein, und es ist alles wieder wie zuvor. Einem anderen als Skadusch, der sie so geliebt, hätte sie gar nicht davonzulaufen gewagt. Irgendwie wärmt er sie noch nach dem Tod mit seiner Liebe ...

Aber Skadusch ist nie zum Grab hinausgegangen, und am Tag, als man den Sarg überführt hat, hat er sich versteckt in seinem Haus und sich eingeschlossen in sein Zimmer und ist den ganzen Tag nicht hervorgekommen. Niemand hat ihn finden dürfen. Die Tote erst recht nicht. Und so ist denn die Pani ganz allein auf den Kirchhof geführt worden, und zwei fremde Totengräber haben ihr das Grab geschaufelt. Kalt und höhnend poltert auf den Zinksarg Scholle um Scholle jener Heimaterde, deren die verwöhnte Frau spotten zu dürfen glaubte. Ungestraft darf kein Mensch Herzen brechen. Erst am Abend ist der blonde Student auf den Kirchhof gekommen und hat schnell und flüchtig einen Kranz auf das Grab gelegt. Es ist ja eine peinliche Geschichte, und Lew Marsini reist noch mit dem Nachtschnellzug wieder nach Paris zurück.

So liegt denn Skaduschs Frau ganz allein unter den Sternen auf dem Kirchhof. Aber Skadusch ist die ganze Nacht aufgeblieben und hat sich nicht zum Schlafen hingelegt. «Nein, du sollst mich nicht besuchen kommen, auch nicht im Traum, tot bist du für mich, tot, tot ...» Und er hat die Türe zu seinem Zimmer verriegelt.

So hat der Schmerz in ihm gesessen. Aber am anderen Morgen kommt der Skadusch wieder aus dem Zimmer heraus und läuft im ganzen Haus umher. Er macht alle Türen auf und schlägt er sie wieder zu. Sogar das Zimmer rechts hinten im Korridor hat er aufgemacht, aber er ist nicht hineingegangen und hat auch die Türe nicht zugeschlagen, sondern er hat sie weit offen stehen lassen. Und dann ist er zum Haus hinausgegangen. Nichts will er mehr wissen von der Toten. Nichts mehr. Nie mehr das geringste.

Dumpf schlagen im Jenseits die Flügeltüren zu, und klagend ruft eine Stimme durch den Raum: «Liebe, Liebe, Liebe ...»

114

11. Kapitel: Sofiat

Sofiat hat drei große Leidenschaften im Leben, die ihr über alles gehen: Schlafen, Essen und Klatschen. Was neben diesen Hauptströmungen noch übrigbleibt, verwendet sie zum Wohl ihrer Dienstherrschaft. Im allgemeinen ist Sofiat kein Mensch, der einem das Leben angenehm macht; wer sie bei sich aufnimmt, muß sehen, wie er neben ihr noch leben kann. Sofiat beansprucht viel Platz für sich, auch äußerlich. Nur zierliche und niedliche Menschen, wie die Pani einer gewesen ist, können neben ihr bestehen. Menschen, die neben ihr selber keinen Wert auf Geltung legen. Aber Menschen, die etwas von den Dingen verstehen, würden in einen furchtbaren Kampf mit Sofiat geraten und unwillkürlich den kürzeren ziehen, denn Sofiat hat Eigenschaften, über die man sich beim besten Willen nur beklagen kann. Dennoch hat Sofiat bis jetzt das schönste Leben gehabt, das ein Mensch sich nur wünschen kann, und das deshalb, weil die Pani mit ihren wunderbaren großen Augen und dem unschuldigen Kindergesichtchen nichts von den Dingen verstanden hat.

Seit ihrer Kindheit hat sich in Sofiats Gesicht ein Zug von starker Dreistigkeit als besonderes Merkmal ihres Wesens herausgebildet. Diese Dreistigkeit kann sich je nach den Umständen bis zur Neugierde mildern, anderseits aber auch bis zur Gewalttätigkeit steigern, besonders dann, wenn sie noch die Ellenbogen zu Hilfe nimmt. Und Pan Skadusch hat nun das Pech, daß er durchwegs auf Sofiats böse Seite trifft, während die Pani nur ihre komische Seite kennengelernt hat.

Wie in einer Landschaft haben sich in Sofiats Gesicht um Augen, Nase und Mund kleine Fetthügelchen angesetzt, zwischen denen sich kreuz und quer Kanälchen und Abzugsrinnen für Schweiß und Schmutz ziehen. Auch macht sich seit ihrem fünfundzwanzigsten Jahr in ihrem linken Auge eine Schwäche bemerkbar, so daß, während das rechte Auge ungehemmt weiterschaut, das linke starr auf einen einzigen Punkt geheftet bleibt. Dieses Starre gibt dann dem Auge einen phosphoreszierenden Glanz, und wenn es unmittelbar über einem

Menschen stehenbleibt, bekommt es sogar einen prophetischen Ausdruck. In solchen Augenblicken ist Sofiat unwider-
stehlich. Auch an Gestalt ist sie, wie gesagt, zur Stattlichkeit
gediehen, und wenn sie Besorgungen macht, weicht unwillkürlich alles neben ihr zur Seite wie vor einem wackeren
Meerschiff, das mutig in See sticht. Nirgends ist eine Lücke
an ihr; vom Hut bis zu den Schuhen ist alles verschnürt und
getakelt. Bis an die Zähne hinauf ist sie bewaffnet, und es wird
niemanden einfallen, ihr unnötig zu widersprechen. Das einzige, was an ihr noch kindlich und gewissermaßen ländlich
geblieben ist, das sind die kleinen silbernen Ohrringe, die sie
von Kindheit her trägt und die sie auch im bedrohlichsten
Sturme harmlos erscheinen lassen.

Zu der natürlichen Unförmigkeit ihrer Gestalt fügt Sofiat
noch eine übernatürliche hinzu, indem sie alles, was ihr irgendwie nutzbar erscheint, auf dem Leibe trägt. Je mehr sie
anzieht, desto sicherer fühlt sich Sofiat dem Leben gegenüber
ausgerüstet. Es kann dann zwar geschehen, daß Kleidungsstücke an ihrem Leibe einfach verloren gehen, denn Sofiat ist
bei all ihrem tatkräftigen Auftreten sehr unordentlich. Sowe-
nig ein anderer Mensch merkt, wenn er sich häutet, wird es
Sofiat gewahr, wenn Kleidungsstücke an ihrem Körper abhan-
denkommen. Eines Tages sind sie einfach aufgebraucht und
verschwunden. So hat sie zum Beispiel wochenlang ein lilafarbenes Seidentrikot der geschiedenen und verstorbenen
Pani zwischen ihren Jacken getragen, bis es dann eines Tages
an ihr verschwunden gewesen ist, ohne daß sie das Fehlen
dieses Kleidungsstückes bemerkt hätte. Ebenso unterhält Sofiat ein ganzes System von Strumpfbändern. Sie trägt die langen schmalen der Pani, aber auch solche von Pan Skadusch,
die rund um die Wade gehen. Sie ist der Meinung, daß man
nur etwas von den Dingen hat, wenn man sie bei lebendigem
Leibe aufbraucht.

Diese Sofiat ist eines schönen Nachmittags als sogenannte
Perle im jungen Haushalt des Pan Skadusch aufgetaucht und
hat seitdem das Haus nie mehr verlassen. Es ist ihr der Ruf
vorausgegangen, daß sie gut kochen und putzen könne, und
ihren Händen hat man die Nützlichkeit schon von weitem
angesehen. Zudem trägt sie, wie gesagt, von der Jugend her
immer noch kleine silberne Ohrringchen, die ihr etwas Kind-
liches geben. Die Pani aber hat sich sofort hinter Sofiats Nütz-

lichkeit und Harmlosigkeit versteckt und ihr rückhaltlos die Zügel des Haushalts in die Hände gegeben und sich durch diese Sofiat in alle Zukunft hinaus von jeder unnötigen Hausplackerei verschont gesehen. Solange die Pani ihre Frühstücksschokolade zur Zeit bekommen hat und ihre Spazierstiefelchen geglänzt haben, hat sie sich nicht weiter um Sofiats Leistungen bekümmert. Alles und jedes hat die Sofiat anordnen und beschließen können, und wenn auch nicht gerade Pan Skadusch, so ist doch die Pani seit Sofiats Eintritt in das Haus aller Sorgen enthoben gewesen.

Aber nun, seitdem die Pani fort ist, sind auch für Sofiat schwere Tage angebrochen. Und zwar nicht nur Tage, an welchen der Skadusch mit hinten schräg aufgestelltem Hut nach Hause kommt, sondern Tage, wo er ausrechnet, ob er den Haushalt überhaupt weiterführen will. Solche Tage sind für die Sofiat wie ein Wurm in einem schönen Apfel; denn sie hat, wie gesagt, bis jetzt das denkbar schönste Leben geführt und ist nicht gewillt, es zu verlieren.

Es hat zwar auch schon zu der Pani Zeiten Tage gegeben, an welchen der Skadusch mit hinten böse aufstehendem Hute nach Hause gekommen ist; aber diese Anzeichen haben dann nicht der Sofiat gegolten, sondern der Pani. Er hat dann fluchen können und schelten, aber es ist alles nicht die Sofiat angegangen, sondern der Skadusch hat gemeint, die Pani sollte dafür besorgt sein, daß er sein Essen zur Zeit bekomme. Aber dann ist die Sofiat unter der Türe erschienen mit einer Bürste in der Hand, und die Pani hat zu Skadusch gesagt: «Ei, sieh doch, Gregor, was du undankbar bist, die Sofiat kann doch nicht mehr als arbeiten.» Natürlich hat die Pani keinen leeren Magen gehabt, wenn sie so gesprochen hat; aber Pan Skadusch hat ganz beschämt über seine Undankbarkeit vor der kleinen süßen Pani gestanden und dafür zwei Stunden lang weiter auf sein Mittagessen gewartet. Wenn nun aber heute der ganz gleiche Fall wieder vorkommt, und Sofiat ist noch nicht fertig mit dem Zubereiten des Essens, weil sie unbedingt noch eine Freundin hat sprechen müssen, so wartet Skadusch nicht mehr zwei Stunden darauf, sondern schlägt die Türe zu und geht fort. Und Sofiat ist dann in Nöten, ob er überhaupt wiederkommt; denn jedes dritte Wort aus seinem Mund heißt jetzt: «Ich gehe ins Ausland!» Das Ausland aber ist für Sofiat das, wo das Leben aufhört. Wie ein Meer erscheint es ihr, darein man ins Bodenlose versinkt. Wenn Skadusch vom Ausland spricht, so überschleicht Sofiat ein Grauen, als ob es ihr Untergang wäre. Es gäbe ja eine Rettung für sie: ihren Charakter zu ändern. Dies aber ist für Sofiat ebenso unmöglich, wie ins offene Meer hinaus zu fahren, wo alles ganz anders ist ...

Es hat früher manchmal auch Tage gegeben, an welchen der Skadusch fröhlich nach Hause gekommen ist und wo er den Hut ganz hinten am Kopf getragen hat wie ein kecker Jungbursche. Er hat dann getanzt und gesungen, so wohl ist ihm zumute gewesen, und die Löckchen an den Schläfen haben übermütig unter dem Hut hervorgeschaut. Aber auch diese Tage haben nicht Sofiat gegolten, sondern allein der Pani. Es ist dann vorgekommen, daß Pan Skadusch aus reinem Übermut nachts das Estrichtreppchen hinaufgestiefelt ist und leise an Sofiats Türe gepocht hat: «Mach doch auf, Sofiat!» hat er gesagt, weil er sich nicht mehr ausgekannt hat vor lauter Freude, und Sofiat ist doch nicht etwa eine hübsche Person gewesen oder sonst irgendwie anziehend. Aber Skadusch hat es einfach nicht ausgehalten, wenn die Pani besonders reizend zu ihm war und er seine Freude allein bewältigen sollte.

Sofiat ist es jedenfalls nichts angegangen, ob er nun den Hut in den Nacken schob wie ein fröhlicher Jungbursche oder ob er ihn böse und gehässig in der Stirne trug. Das alles ist allein die Pani angegangen.

Oft ist es geschehen, daß der Pan und die Pani Wochen und Wochen fort gewesen sind. Sofiat hat dann nichts anderes zu tun gehabt, als zu essen und zu schlafen und ihre Freundinnen zu besuchen. Ja, die Pani hat ja immer so viele Einfälle gehabt: Einmal hat sie ins Bad reisen müssen und dann in die Berge. Einmal hat es der Doktor verordnet, das andere Mal hat sie selber die Notwendigkeit verspürt. Und Pan Skadusch hat das Geld nur so zum Fenster hinausgeworfen und ist mit ihr ins Bad gereist und in die Berge und hat sie angebetet. Im übrigen hat die Pani Sofiat Skadusch gegenüber immer verteidigt, wenn er sich irgendwie hat beklagen wollen. Es hat ihr Freude gemacht, ihn zu ärgern und ihm zu widersprechen. Und weil Sofiat in Sachen Schönheit nicht als Rivalin für sie in Betracht kam, hat die Pani ihr Leben lang nur ihren lauteren Spaß mit ihr gehabt.

Es hat auch Zeiten gegeben, in denen Sofiat im Hause Skadusch mit voller Kraft gearbeitet hat. Ohne irgendein Warnungszeichen sind diese Tage über die Familie hereingebrochen. Eines schönen Morgens hat Sofiat einfach die Ärmel hochgekrempelt, einige zusätzliche Röcke und Schürzen angezogen, und dann hat sie ihr eines Auge groß und vorwurfsvoll auf Skadusch geheftet und gesagt: «Nun wird wieder mal Ordnung gemacht!» Besorgt und beschämt ist Skadusch darauf in sein Geschäft geschlichen und hat unter der Tür geflucht: «Hol's der Teufel!» An solchen Tagen ist die Pani gewöhnlich zu ihren Freundinnen auf Besuch gegangen, denn sie kann das Reinemachen auch nicht vertragen. Es macht ihr Kopfschmerzen. Bilder werden abgehängt, Möbel in den Korridor geschleppt und Kessel voll Wasser dampfen den ganzen Tag in der Küche wie in einem Hochofen. Auf ungeordneten Betten liegen Vorhänge, während Waschgeschirre, Leitern und Bürsten in den Wasserlachen stehen. Mitten in allem Staub und Dampf kriecht Sofiat mit hochrotem Gesicht zwischen den Seifenstücken und Waschpaketen bis in die hinterste Schrankecke, um den Staub auch aus den verborgensten Winkeln herauszuwischen. Erschrocken und kleinlaut flüchtet Pan Skadusch in das einzige Zimmer, das ihm noch zur Verfügung steht. Dort nimmt er sein Essen ein wie ein Verbrecher in einer Zelle; denn ausgerechnet an solchen Tagen beharrt er darauf, nicht immer auswärts essen gehen zu müssen. Es scheint ihm, als könne er dadurch irgendeinen Protest gegen das Reinemachen einlegen. Nach dem Essen kommt manchmal die Pani wie ein rettender Engel, um ihn zu grüßen. In Hut und weißen Lederhandschuhen erscheint sie in Sofiats dampfender Hölle und trippelt mit ihren zierlichen Füßchen von einer Insel zur anderen, indem sie Sofiats Lob singt. Skadusch ist froh, mit seiner Frau endlich wieder an der Sonne spazieren zu können; aber die Reinemacherei ärgert ihn doch. Es scheint ihm, sie könnte bescheidener vor sich gehen oder sie könnte dann geschehen, wenn er nicht da ist. Aber «Männer verstehen nichts von Haushaltung», sagt die Pani. Während der Putzerei kommen auch allerlei Handwerker ins Haus, und es geht dann wie nach der Sündflut oft noch wochenlang, bis sich die letzten Spuren verzogen haben. Als letzte Nachwehen kommen noch die Rechnungen ins Haus, die Pan Skadusch als gerechte Strafe für allen Schmutz und alle Unordnung, die er in seinem Haus anrichtet, bezahlen muß. Und sonst hat er ja wirklich nichts damit zu tun. Alles besorgt einzig und allein Sofiat, die

Perle der aufopfernden Treue. Aber das alles war früher, und wenn Sofiat heute noch einmal etwas von Reinemachen sagt, erwidert Skadusch: «Ich reise ins Ausland.»

Nach den Tagen rastlosen Arbeitens sind dann allerdings für Sofiat auch wieder Zeiten der Ruhe und Erholung gekommen. Sie ist dann erst in der Wohnung erschienen, wenn Pan Skadusch schon lange nach dem Geschäft unterwegs war. Nun findet er am Abend sein Zimmer noch im selben Zustand, wie er es am Morgen verlassen hat. Sofiat kann nicht jeden Tag alle Menschen berücksichtigen. Nur der Pani legt sie das Spitzennachthemd zurecht und stellt ihr die Spazierstiefelchen vor die Tür. In dieser Zeit kommen die merkwürdigsten Schüsseln und Platten zur Anwendung, weil das übrige Eßgeschirr bereits tagelang ungewaschen unter dem Küchentisch steht. Es macht Sofiat gar nichts aus, die Suppe in verschnörkelten Fischplatten zu servieren oder Kompott in einer blauen Blumenschale auf den Tisch zu bringen. Und Skadusch ist in seiner Einfalt dermaßen an alles gewöhnt, daß er sich über rein nichts mehr wundert, solange nur die Pani neben ihm sitzt und ihn anlächelt. Zuweilen müssen dann auch Tisch- und Bettücher angeschafft werden, weil die alten nicht mehr gewaschen worden sind. Sofiat setzt dann einfach ihr prophetisches Auge wie ein Stereoskop auf Skadusch an und sagt: «Ich muß Leintücher haben.» Noch nie in ihrem Leben hat sie einen so zerlumpten Haushalt gesehen, in welchem nichts Neues angeschafft wird. Auch wenn Skadusch eigentlich nur drei Personen darin zu ernähren hat, so verschlingt dieser Haushalt doch derartige Summen, daß man ohne Schwierigkeit eine zwölfköpfige Familie durchbringen könnte damit. Allerdings wird ein Teil des verlorenen Geldes auf die Bank am Kasztanplatz getragen und auf Sofiats Namen in ein Buch geschrieben; denn sie kann doch nicht nur die Kräfte ihrer Jugend opfern, sie muß sehen, daß sie auch im Alter noch zu leben hat. Und so macht sie es sich denn zur Gewohnheit, jeden Monat etwas auf die Seite zu bringen, und das ist denn auch das einzige, was sie an regelmäßigen Tätigkeiten ausübt. Von Zeit zu Zeit schilt dann der Skadusch und flucht und versucht Einwendungen zu machen gegen das Geld und die Zeit, die in seinem Haus verloren gehen, aber er könnte ganze Berge von Gründen aufbringen, es wäre nicht ein einziger stichhaltig genug, Sofiat zu widerlegen.

Wenn der Pan und die Pani fort sind, kommen auch Besuche zu Sofiat. Sie sitzen dann im Salon, und es sind auch schon ihrer fünfzehn miteinander dagewesen. Diese Leute essen und trinken auch gerne etwas, und Sofiat ist dienstfertig und bewirtet sie. Aber diese Bekannten sind bescheidene und gutmütige Leute und genieren sich nicht, aus schon gebrauchten Tellern der Herrschaft weiterzuessen und somit der Sofiat einen Teil ihrer Arbeit zu ersparen. Kommt dann unversehens jemand zu einer anderen als der festgesetzten Zeit nach Hause, so sind sie ebenso schnell wieder durch die Dienstentür verschwunden, ohne daß jemand, der nicht gerade ein Kenner ist, in der allgemeinen Unordnung noch eine besonders krasse bemerkt hätte. Wenn Skadusch aber einmal wütend geworden ist wegen der vielen Ausgaben und deswegen Sofiat gescholten hat, dann hat er hören können, was es alles braucht, um nur einen einzigen Teller Suppe herzustellen. Sonst kann er ja mal das Armeleuteessen versuchen, er wird dann bald merken, was da für ein Unterschied ist. Und Sofiat ist eben keine Armeleuteköchin, wie deren viele umherlaufen, sondern sie ist eine richtige Herrschaftsköchin. Sie stützt dann die Arme in die Seiten und läßt die kühnsten Worte auf Skaduschs Herz fallen: «Fürst» sagt sie und «Zar». Und Skadusch wird nur noch wütender und schreit: «Pfui Teufel, was geht mich der Zar an ...» Aber innerlich ist er doch nicht so ganz überzeugt, daß er ohne Sofiat wirklich besser bestehen würde in seinem Haushalt. Denn das ist ja wahr: auf Sofiats Saucen sieht man die Butter, sie läuft tatsächlich über den Tellerrand, und es ist nicht wie an vielen Orten nur irgendeine Legende davon da. Und wenn der Skadusch dann alles überlegt, wie er es hat und wie er es haben könnte, so kommt er zum Schluß, daß es immer noch so am besten sei, wie er es hat. Und es bleibt ihm dann schließlich nichts anderes übrig, als das ganze Mäusenest weiter zu ernähren, um Sofiat, diese Perle einer Haushälterin, zu behalten.

Aber wie gesagt, seit die Pani tot ist, liegen die Dinge anders. Skadusch ist ein guter Rechner geworden, er dreht jedes Geldstück, das er ausgibt, zweimal um und schreibt es in ein Buch. Und wenn er alles zusammenrechnet, was er unnütz ausgegeben hat, bereitet es ihm schlaflose Nächte. Er hat das Geld ja auch nicht auf der Straße auflesen können, sondern mühsam und klug zusammensuchen müssen. Und Pan Skadusch weiß noch gut, wie sie zu Hause ihrer neun Kinder um den Tisch gesessen sind und wie ein jedes scheel auf den Bissen des anderen geguckt hat, weil es das, wovon sich alle neun ernähren mußten, ebensogut allein hätte aufessen können. Aber hinter dem Tisch, auf dem alten zerrissenen Sofa, da hat der Vater gesessen, und sobald nur eines der Kinder gemuckst hat, hat er mit der Peitsche über den Tisch geschlagen, und dann haben sie alle geschwiegen. Und es kommt den Skadusch hart an, daß er für ein Weibsbild wie die Sofiat solche unnütze Geldsummen ausgeben soll. Es widerspricht der Erfahrung seiner ganzen Jugend, einen Fünfer für etwas auszugeben, wovon er nichts hat.

Es sei denn für die Pani …

Und wie nun der Skadusch eines Abends nach Hause kommt, und die Sofiat hat noch nichts zum Nachtessen vorbereitet, da ist er namenlos wütend geworden und hat gebrüllt: «Hol dich der Teufel!» Und dann hat er das Geschirr von den Regalen heruntergeschlagen und geschrien: «Wozu halte ich mir eigentlich eine Haushälterin und zahle das viele Geld, wenn ich nicht mal etwas zu essen bekomme …» Darauf hat er einen Stuhl ergriffen und ist der Sofiat nachgelaufen um den Tisch herum. Und Sofiat, ganz wackerer Kämpfer, hat den andern Stuhl genommen, und so hat denn eins mehr gedroht und geschrien als das andere. Aber zuletzt hat doch die Sofiat den Trumpf ausgespielt und ist am Tisch niedergesunken und hat geheult: «Das ist der Lohn für meine jahrelange Treue, aber – du – bist ein Unmensch!» Ja, so hat sie geschrien und «Du» zu ihm gesagt, obschon sie weiß, daß es drei Dinge gibt, die Skadusch haßt: ein kaltes Zimmer, ein verspätetes Essen und daß man unberechtigterweise «Du» zu ihm sagt. Und der Skadusch ist hinausgegangen, denn er zieht ja immer den kürzeren; aber drunten hat er die Haustür zugeworfen, daß das ganze Haus gezittert hat, und von der Treppe her hat er noch geschrien: «Nun habe ich genug, nun gehe ich ins Ausland!» So hat das böse Ende der Geschichte für Sofiat gelautet.

Wie ein Iltis in seine Höhle kriecht sich Sofiat am Abend in den Schlaf. An jenem Abend aber ist sie bis zuhinterst in die Höhle hineingekrochen und hat gehofft, eine Errettung zu finden vor der bösen Gegenwart. Wie sie am Morgen herunterkommt, sieht sie, daß der Skadusch da gewesen sein muß über Nacht, und er hat seine Reisetasche mitgenommen und seine Galoschen, und das ist das sicherste Zeichen, daß er verreist ist. Und nun liegt das Ausland vor Sofiat wie ein weites Meer, in dem man versinkt, wenn man hineinsteigt. In ihrer Angst geht sie hinunter an den Bahnhof, wo die ausländischen Züge abfahren, und wie sie an die Ulica Novo kommt, wo die hohen Pappeln stehen, da meint sie, von weitem den Skadusch zu sehen. Aber wie sie schnell laufen will, stolpert sie und fällt der Länge nach zu Boden: der Herr vor ihr ist nicht Skadusch gewesen. Am Bahnhof fragt sie bei allen Dienstmännern, ob sie nicht einen Herrn gesehen mit solch und solch einer Reisetasche. Und der eine weiß auch, daß ein Herr, der genau so ausgesehen hat, heute früh nach Konstantinopel verreist ist. Aber ein anderer weiß auch etwas: er hat einen ähnlichen Herrn um Mitternacht nach Paris abfahren sehen, und ein Dritter hat sogar denselben Herrn nach Petersburg abreisen sehen. So steht denn die Sofiat verlassen am Meer des Auslands, wo man keinen Boden mehr findet. Und sie kehrt um in die Küche und liest trübselig die Scherben ihres Glückes zusammen, das ihr der Skadusch gestern abend zerschlagen hat. Unruhig flattert am Küchenfenster ein Papier auf und nieder; aber es ist irgendwo eingekeilt und kann sich nicht losmachen. Und wenn nun auch Sofiat die schönste Zeit vor sich sieht während Skaduschs Abwesenheit, so bleiben doch ihre Gedanken eingekeilt im Erlebnis des vorigen Abends und können sich nicht losmachen.

Wie Sofiat so hin und her geht und nicht weiß, was sie beginnen soll, läutet jemand an der vorderen Hausglocke. Und Sofiat schlurft in ihren Pantoffeln durch den Korridor und späht mißtrauisch durch den roten Seidenvorhang. Sie hat zwar den Befehl erlassen, daß niemand von ihren Bekannten je an der vorderen Türe läuten dürfe; denn sie will keine Überraschungen. Aber wie sie durch den Vorhang schaut, gewahrt sie eine Gestalt in einem schwarzen Schal mit einem Bündel in der Hand, und es sieht aus, als ob die Gestalt nicht aus der Stadt käme. Aber Sofiat ist die geborene Herrschaftsköchin, und indem sie die Türe aufmacht, bleibt ihr eines Auge phosphoreszierend über der Gestalt im schwarzen Schal stehen, und sie sagt: «Betteln ist verboten.» – Da dreht sich die Gestalt um und lächelt ein wenig, so daß man die hohle Zahnlücke sieht, und sie leckt sich die Lippen und sagt: «Ei denn, Sofiat, kennst du deine Schwester Meliska nicht mehr …?» Sofiats

Auge aber wird nur noch größer. Meliska ist nun wirklich der letzte Mensch, den sie bei sich gebrauchen könnte, und so sagt sie kurz entschlossen: «Ich habe keine Zeit für dich!» Da schlägt Meliska den Schal auseinander und lacht: «Aber hier ist es Zeit …»

Doch nun wird die Sofiat wütend. Und sie kreischt: «Von wem das?» Meliska zuckt die Achseln: «Weiß nicht!» Sofiat macht die Augen schmal und hässig wie ein Raubtier: «Du wirst dir doch nicht etwa einbilden, daß du in diesem Zustand hierbleiben kannst, im vornehmsten Hause der Stadt?» – «Warum nicht?» – Meliska stellt die Unterlippe vor. Sie sieht tatsächlich keinen Grund, warum sie nicht als Mutter das Recht hätte niederzukommen, wo es ihr gefällt. Aber statt aller Antwort gibt ihr Sofiat einen Stoß. Meliska jedoch steht nun nicht mehr vor der Fürstin Susumoff, sondern fühlt ihren Boden unter den Füßen, und sie gibt der Schwester den Stoß ohne weiteres zurück. Und dann, als ob es so sein müßte und als ob nun der Eintritt bezahlt sei, schreitet sie majestätisch an der Schwester vorbei über den Hausflur nach der Küche. Klein und fest passen ihre Füße in die verschlungenen Arabesken des Perserteppichs, und geheimnisvolle Zeichen schließen über ihr die Klammern des Schicksals: «Du mußt das Rätsel lösen …»

Meliska setzt sich an den Küchentisch. Sie stützt die Arme auf, denn sie ist müde. Wütend geht die Sofiat umher und liest die Messer und die Gabeln zusammen. Dann dreht sie den Wasserhahn auf, so daß ein heller Strahl durch die Küche spritzt und Meliska den Aufenthalt ungemütlich macht. In einer Ecke fängt sie an Holz zu spalten. «Wenn das mein Pan wüßte und meine Pani …» sagt sie und wirft das Holz hinter sich. Aber Meliska ist so müde, daß ihr Sofiats Grobheit belanglos vorkommt gegenüber den Strapazen, die sie durchgemacht hat. Plötzlich steht Sofiat vor ihr mit dem Beil in der Hand. «Wenn du jetzt nicht fortgehst, werfe ich dich die Treppe hinunter und zerschlage dir alle Knochen», schreit sie und funkelt mit den Augen. Wie im Traum steht Meliska auf und schaut mit ihrem verborgenen Blick, worin ein Abgrund ist und zugleich die Weisheit der Mütter, über Sofiat hinweg durchs Fenster und sagt: «Sofiat, ich bin deine einzige Schwester!» Eine Weissagung, eine Drohung und ein Fluch liegen in diesen Worten. Erstaunt legt die Sofiat das Beil weg und blickt Meliska an. Auch ihr scheint aus dem Wort «einzige Schwester» eine Offenbarung zu kommen. Sofiat macht den Wasserhahn zu. Nicht, daß ihr Meliska etwa lieber wäre denn zuvor, aber das Wort «einzige Schwester» hat eine angenehme Saite in ihr berührt. Ein Ton scheint es ihr zu sein, den sie bisher noch nicht getroffen und den sie vielleicht Skadusch gegenüber erfolgreich gebrauchen könnte. Sie kommt einen Schritt näher und fragt: «Wann kommst du denn nieder …?» Meliska zuckt die Achseln. Sie weiß es nicht. Sie weiß überhaupt nichts mehr, so müde ist sie. Sofiat geht an den Schrank und setzt Meliska etwas zum Essen vor. Das Wort «einzige Schwester» verläßt sie an diesem Abend nicht mehr.

Meliska ißt und trinkt, denn sie hat Hunger. Weite Strecken Wegs hat sie mit dem Koffer auf den Schultern zu Fuß zurückgelegt. Mühsam wie ein Tier die Blutspur eines verwundeten Herzens, hat sie das Haus des unglücklichen Pan Skadusch unter allen Häusern als dasjenige erkoren, in dem sie die Buße für ihre Schuld antreten und daran zugrunde gehen wird …

Wie sie nach ihrem langen Marsch endlich nach Lostrow gekommen ist, hat sie den Koffer einem kleinen Jungen zu tragen gegeben, und der Junge hat auch die Hattwittstraße und sogar Sofiat gekannt, die bei dem reichen Juden im Dienst ist. Er hat Sofiat auch schon mit anderen Jungen zusammen «Goliath, Goliath» nachgerufen, wenn sie mit ihrem bewaffneten Gesicht durch die Straßen gefaucht ist. Nachdem Meliska ins Haus getreten ist, hat sie den Koffer in die Türnische beim Kellerabgang gestellt, so daß er unsichtbar bleibt, bis sie einen anderen Ort dafür gefunden haben wird.

Als Meliska mit dem Essen fertig ist, steht sie auf, holt Wasser vom Herd und fängt an aufzuwaschen, denn Unordnung ist ihr zuwider. Und Meliska tut alles mütterlich, mit langsamen, bedachten Bewegungen. Wohlgefällig schaut die Sofiat zu, wie die Arbeit Meliska so gefällig und leise aus den Händen läuft, und sie beschließt, sie einstweilen bei sich zu behalten. Eine neue Zukunft ersteht ihr aus dem Wort «einzige Schwester», und wenn Pan Skadusch wiederkommt, wird sie ihm das Wort wie einen Schild entgegenhalten. Dann wird auch sein größter Trotz verstummen müssen vor ihrer schwesterlichen Rührung. Endlich steht auch Sofiat nicht mehr allein auf der Welt. Meliska aber geht, nachdem sie die Arbeit beendet hat, über das Estrichtreppchen nach ihrer Kammer, in der vollen Überzeugung, daß sie hierher gehört.

Wie Sofiat allein in der aufgeräumten Küche sitzt, laufen ihr die Tränen über die Wangen vor lauter Rührung über sich selbst. Vorsichtig kommt vom Nachbarhaus die Katta zur Dienstentür herein, sie habe bloß sehen wollen, was es gäbe, sagt sie. Aber Sofiat ist nun nicht in der Stimmung, mit gewöhnlichen Leuten zu reden. Vornehm wie ein General dreht sie sich um und sagt über die Schulter hinweg, sie habe Besuch, die «einzige Schwester» sei da. Triumphierend ist ihr das Wort über die Lippen gekommen. Aber Katta ist beleidigt und sagt, indem sie sich zurückzieht, sie hätte nicht gewußt, daß Sofiat so hohe Verwandte habe, es werde wohl die Dame im schwarzen Schal gewesen sein …

12. Kapitel: Sanja

Fünf Nonnen schreiten im Märzwind über die Brücke bei Acher-Stivodan. Wie weiße Frühlingswölkchen wehen ihre Schleier hinter ihnen her. Am Brückenkopf drehen sie um und schwenken in einer Reihe nach rechts gegen das Kloster von St. Leopidas zu. Es sind die Nonnen der Kleinen Schwestern der Armen.

Zu beiden Seiten der Ulica Novo stehen Pappeln. Im Sommer ist es eine sehr schöne Straße, die der Stadt ein frohes und hohes Ansehen gibt. In dieser Straße sind schön gepflasterte, breite Bürgersteige und feine Kaufläden. Aber jetzt strecken die Pappeln die Äste noch leer und mager in den Himmel. Sie warten auf die Sonne, um sich bereit zu machen zum Fest. Im Sommer fahren dann viele elegante Kutschen und Automobile über die Ulica Novo. Aber jetzt ist es noch kalt, und häßlicher schmutziger Schnee liegt in den Rinnen. Pfeifend schiebt ein Schreinergeselle seinen Karren mit leeren Särgen durch die gelben Pfützen. Am Rondell des Kasztanplatzes sitzt die Blumenverkäuferin, eine Frau mit bleichem Gesicht und einer Krücke unter dem Arm. Sie hält Rosen feil und Mimosen. Bei schönem Wetter schlägt sie ihren Stand ganz vorne beim Springbrunnen auf, aber wenn es regnet, zieht sie sich unter das Hauptportal der Kirche zurück. Zu Mariä Lichtmeß bringt sie schon die ersten Frühveilchen auf den Markt und bis tief in den Herbst hinein noch Rosen. Sogar im Winter weiß sie noch Rosen und Nelken aufzutreiben. Niemand kennt diese Frau, niemand weiß, wo sie wohnt, aber wenn sie mit ihren mageren Fingern dem Käufer eine Blume ans Kleid heftet, dann ist es, als ob sich in ihrem Gesicht eine Türe auftäte und als sähe man plötzlich in ein Land, in welchem Blumen blühen, tausend, tausend Blumen …

In früheren Zeiten ist auch Pan Skadusch ein guter Kunde bei ihr gewesen. Er hat sich eine Ehre daraus gemacht, an Mariä Lichtmeß der Pani die ersten Frühveilchen zu bringen. Und im Winter, wenn alles noch voll Schnee und Eis ist, sehen Blumen lieblich aus in den warmen kleinen Händen eines

Menschen, den man liebt. Nun aber blüht nicht einmal mehr das wohlfeilste Blümchen auf dem Grab der toten Pani, auch nicht ein Grashälmchen der Erinnerung: das kommt daher, daß die Pani schon gestorben ist, ehe das Leben fertig war …

Seit Pan Skadusch keine Frühveilchen mehr kaufen kann an Mariä Lichtmeß, hat sein Herz kein Ziel mehr. Seit er das Andenken an die Pani erwürgt hat in seinem Herzen, ist sein Leben verkauft und verraten. Tor und Tür seines Wollens steht jedem offen. Wie eine unverteidigte Stadt ist er, wo hinein der Zufall freien Eintritt hat. Seit dem Tag, als die Pani fortgegangen ist, liegt sein Leben in seiner Armut ausgeschüttet vor jedem Menschen.

Und als die Sofiat, die er ernährt und erhalten hat, an jenem Abend noch «Du» zu ihm gesagt hat, da hat er nicht mehr gewußt, wo aus und ein, und er ist noch in derselben Nacht im Expreßzug nach Berlin gefahren. Skadusch weiß zwar nicht, was er in Berlin tun soll als einfach das, daß er in einer fremden Stadt in ein fremdes Hotel geht, wo er nichts mehr von seinem Haus zu sehen braucht, in dem die Mäuse und die Ratten an seinem Unglück nagen. In einer fremden Stadt, denkt Skadusch, würde er sein ganzes bisheriges Leben vergessen. Aber der Kummer ist ja innen im Herzen, und wer einmal einen Kummer hat, der könnte die Flügel der Morgenröte nehmen und fliegen bis ans äußerste Meer, der Kummer wäre doch noch da. So sitzt Skadusch mit seinem zerrissenen Leben in den elegantesten Restaurants, wo viele feine Damen verkehren. Und die feinen Panis sehen gerne Männer um sich, die Kummer haben; besonders wenn sie so kostbare Brillantringe an den Fingern tragen wie Skadusch, bemühen sie sieh um ihre Gunst. Und Skadusch ist ja so voll Unglück, daß er auch vor Fremden alles preisgibt und jedem Menschen, der nur eine Viertelstunde lang neben ihm sitzt, von Anfang an alles erzählt. Sein Kummer ist so groß wie ein Haus, und Skadusch weiß noch nicht einmal, an welchem Ende er ihn anfassen muß, ob es der Teil mit der Pani ist oder der Teil mit Sofiat, der ihn am meisten drückt. Und wie er den feinen Damen über den Tisch hin erzählt, daß Sofiat ihm nicht einmal das Nachtessen hinstellt, wenn er nach Hause kommt, obschon er sie bezahlt, damit sie seine Haushälterin sei, und obgleich sie es bei ihm so schön und bequem hat, wie man es im Leben nur schön und bequem haben kann, da lächeln die feinen Damen.

Sie geben Skadusch Ratschläge und zwinkern einander zu mit den Augen. Eine von ihnen, die sich Baronin nennt, hat ihm sogar ein Brieflein ins Hotel gesandt mit einem Heiratsvorschlag. Aber man macht Skaduschs krankes Herz nicht dadurch gesund, daß man ihm eine Heirat vorschlägt, und so ist er denn darüber nicht etwa glücklich, sondern nur noch wütender geworden. Mißtrauisch schaut er unter seinen buschigen Augenbrauen hervor, und wie er alle die braunen und blauen Augen auf sich gerichtet sieht und die roten Lippen, die nach seinem Unglück nippen, da haßt er die feinen Damen insgesamt. Und Skadusch steht auf, reißt den Mantel vom Haken, wirft das Geld auf den Tisch und jagt davon. Am anderen Tag sitzt er in einem anderen Restaurant. Aber Skadusch haßt auch die Kellner, die sich lächelnd und freundlich vor ihm verneigen und nach seinen Wünschen fragen. In keines Menschen Miene sieht er mehr etwas anderes als schnöde Berechnung, und sobald nur jemand auf ihn zukommt und sich die Hände reibt, rast er davon, packt seine Koffer und sucht eine andere Unterkunft. So reist denn Skadusch in der fremden Stadt von einem Hotel ins andere, weil er überall wieder den feinen Damen und den lächelnden Kellnern begegnet, die ihn, wie Fliegen ein sterbendes Tier, aufzehren wollen. Und so ist denn Skadusch in der fremden Stadt nur noch unglücklicher geworden, wie jeder Mensch es wird, der seinem Kummer zu entrinnen meint. Dadurch, daß man ein Unglück vergessen will, verschwindet es nicht, es wird nur anders. In seinem Zorn rast Skadusch dann in die Bahnhöfe, um in eine noch fremdere Stadt zu fahren. Aber immer, wenn er ankommt, sind die Züge bereits abgefahren und gehen die nächsten erst vier Stunden später ab, und so lange auf einen Zug zu warten, hat Skadusch gar nicht Zeit. Das Unglück bedrängt ihn viel zu sehr, und so bleibt ihm denn nichts anderes übrig, als wieder in sein Hotelzimmer zurückzukehren und an seinen Fingernägeln weiterzukauen.

Es kommt Skadusch in seiner grenzenlosen Verlassenheit dann vor, als müßte es etwas geben zwischen Himmel und Erde, das ihm eine Zuflucht sein könnte gegen die Menschen. Etwas, in das er sich zurückziehen könnte und verstecken, etwas, das um ihn wäre und ihn beschützte wie eine Mauer gegen alle. Dermaßen hat sich das Unglück, das die anderen aus seiner Gutmütigkeit gemacht haben, vergrößert, daß es nun aus ihm herauswächst. Skadusch überblickt plötzlich seine Vergangenheit und gewahrt, wie er alle diese Jahre immer nur nachgegeben hat, der Pani und der Sofiat und allen Menschen um ihn her, immer wieder der Pani wegen, und er sieht für die Zukunft vor sich, daß er auch weiterhin immer allen Menschen nachgeben wird. Und es kommt ein Zorn über ihn, und er schlägt einen Pfahl auf in weiter Ferne und wirft ein Seil danach aus. Von nun an will auch er über die Menschen herrschen, so daß sie zittern sollen vor ihm. Skadusch hat zwar immer Geld zur Verfügung gehabt; aber das Geld allein ist noch keine Macht, um andere davor zittern zu machen. Das hat Skadusch erfahren müssen all diese Jahre hindurch. Und er will nun den Fetisch, den er sich aussucht und hinter dem er sich verstecken wird, mit seinem Geld umgeben wie mit einer Mauer, und er will noch viel mehr Geld sammeln, und dann sollen auch die anderen sich vor ihm fürchten müssen. So hat denn der Skadusch in der fremden Stadt sein Leben umgestellt, indem er seinen Kummer fürderhin nicht mehr zu seinem Untergang gegen sich richten, sondern als Waffe gegen die anderen erheben will. Und dieser Gedanke verschafft ihm eine Erlösung und eine Freude, die er festhält.

In seiner neuen Begeisterung fängt Skadusch an zu politisieren, und er hält unter seinen Geschäftsfreunden Reden, als ob er der Mann wäre, den Zaren oder den Papst zu ermorden. Wenn er so spricht, so ist es ihm, als würde er dadurch ein Mensch, vor dem sich andere fürchten müßten. Und so versetzt sich denn der einst so friedliche Skadusch, der am liebsten Frühveilchen kaufte und der Pani das Paketchen trug, in Gedanken von Mord und Totschlag hinein, bloß weil das Leid in ihm zu groß geworden ist. Von seiner Idee gepackt, fliegt er durch die Straßen in Mantel und Galoschen, und seine Freunde – er hat ja in jeder Stadt viele Bekannte – schütteln die Köpfe und halten ihn für verrückt. Aber es ist niemand verrückt, weil er leidet. Die Menschen sind bloß noch keine Lebenskünstler. Leid und Freude sind ihnen noch zufällige, gesetzlose Gebiete, ohne Übersicht und Einteilung. So wenig sie imstande sind, der äußeren Not eines Menschen, die man doch sieht, vernünftig beizukommen, so wenig können sie der Not seiner Seele helfen. Aber das Leid ist ein Fremdkörper in der Seele und ein Gärungsstoff, der verarbeitet sein muß. Und es gibt zwei Arten, wie man ihm beikommen kann: Man kann es umsetzen in Gutes oder in Böses für den andern. Früher hat man die Menschen nach dem Ertragenkönnen des Leides eingeteilt in Fromme und Gottlose. Wer das Leid über andere brachte, war gottlos; wer sich nicht darein ergab, war töricht, und wer es ertrug, war fromm. Christus aber, der größte Rabbi aller Zeiten, hob das Menschenherz auf eine neue Stufe, die es zuvor nicht gekannt hatte. Bringe nicht nur kein Leid über andere, ertrage nicht nur das Dir zugefügte Leid, sondern ersetze es durch etwas Gutes. Dann hast Du deine Seele zur Vollkommenheit gebracht. Und diese Stufe nannte Christus das Himmelreich …

Pan Skadusch aber ist weder böse noch ergeben, noch gut, sondern er ist ertrunken im Unglück, weil es zu groß geworden ist für ihn.

Meliska ist noch nicht niedergekommen. Und als später der Advokat gefragt hat, wann das Kind geboren sei, da hat sie sich nicht mehr besinnen können, ob es an Weihnachten oder an Ostern war. Sie hält auch nichts auf solche Dinge und nichts von Menschen, die sich darum kümmern. Es kommt ihr nutzlos vor. Wenn man geboren ist, ist man einfach da. Ebensogut könnte man einen Fuchs im Walde fragen, wann seine Jungen geboren seien; er würde mit derselben Verachtung auf den müßigen Fragesteller blicken, wie Meliska seinerzeit auf den Advokaten.

Sofiat jedoch fängt an zu rechnen. Ihre Zukunft steht nun an einem entscheidenden Punkt. Erst sind die Gedanken an die «einzige Schwester» wie liebliche Schneeflöckchen um sie hergewirbelt, aber im Niedersetzen erhalten sie Form und Ziel. Es ist nun nicht nur der Gedanke an die «einzige Schwester», der Sofiat als Mittelpunkt gilt, sondern es ist weit mehr noch das Kind der «einzigen Schwester», das sie beschäftigt. Strahlen eines neuen Glücks gehen von diesem Kind aus, das Meliska noch verborgen im Schoße trägt. Und Sofiat muß ja das Kind, das ihr Glück bringen soll, nicht einmal selber gebären, es wird ihr sozusagen ins Haus gebracht, eigens für sie, zwecks Rettung aus böser Zeit. Sofiat ist nämlich zum Schluß gekommen, daß das Kind die einzige passende Beschäftigung wäre für den Pan, der ja so närrisch ist und so gutmütig und so dumm. Was so ein kleines Kind nicht alles haben will und muß! Ein kleines Kind hat ja immer recht! Damit sieht Sofiat ein Leben vor sich aufgehen, schöner, als sie es zu der Pani Zeiten je gehabt hat, die mit ihren kleinen Füßchen so schnell auf den kalten Friedhof hinausgelaufen ist. Die Pani hat ja nicht warten können, bis sie tot war. Skadusch aber eignet sich viel besser dazu, bei einem kleinen Kind den Narren zu spielen, als eine kokette Pani zu hüten, die ihm am andern Morgen wieder davonläuft. Es kommt nur drauf an, ihn ins richtige Geleise zu bringen. Sofiat kann schließlich nichts dafür, wenn Menschen sterben wollen. Meliska jedoch wird sie anhalten, für sie zu arbeiten, wenn sie erst mal die Sache mit dem Kind geordnet hat. Treppchen und Türmchen bauen sich auf in Sofiats Geist, und kleine Aussichtsaltärchen in eine bessere Zukunft. Türchen gehen auf und führen zu Gärten, worin Milch und Honig fließt, und mitten in den Gärten, da blüht sie, die Sofiat, um sie herum blüht Meliska mit dem Kind, und am Tor steht Pan Skadusch und sieht nach, wenn jemand läutet. Volle Erntewagen fahren ein in Sofiats Seele, Garbe um Garbe laden sie ab als Frucht jahrelanger Treue. Ach, immer wieder stellen die Menschen an die kranken Herzen der anderen ihre Leitern an, auf denen sie zur Erfüllung ihrer Wünsche gelangen wollen.

Eine einzige Frage nur ist für Sofiat noch offen: Wird Pan Skadusch überhaupt wiederkehren? Gewissenlos genug wäre er ja, das ganze Mäusenest zu verlassen; wenn man Geld zur Verfügung hat wie er, kann man sein Haus aufschlagen, wo man will. Und Sofiat weiß auch, was für niederträchtige Panis es gibt in der Stadt, die einem armen, unschuldigen Kind einfach das Daseinsrecht wegnehmen. Wenn auch der Skadusch gewiß nicht anziehend ist mit seinen großen Ohren und seinen struppigen Haaren, so sind die Panis doch schlau genug, zu merken, daß er Geld hat. Aber Sofiat hat keine Lust, das Anrecht auf Skaduschs Geld mit diesen nichtswürdigen Panis zu teilen. Sie fuchtelt dann ganz wild umher und spricht von der Verdorbenheit der Städte und von der Gewissenlosigkeit der Reichen. Rechtschaffenheit trifft man nur bei den Armen an, sagt sie. Wenn die Freundinnen zu Besuch kommen, kann sie die längsten Romane erzählen, und ihr eines Auge bleibt dann prophetisch über Meliska stehen, denn es gibt ja gottlob noch Mütter, die ihre Kinder nicht verlassen. Freundlich leckt sich Meliska die Lippen. Aber Sofiat ist noch nicht sicher, wie die Geschichte mit dem Pan abläuft, und oft springt plötzlich noch

ein falscher Wind auf, wenn man sich am besten darauf vorbereitet hat, vorwärts zu segeln. Um sich vor dem falschen
Wind, der aufspringen kann, zu schützen, nimmt Sofiat ihr
prophetisches Auge wieder von Meliska weg und sagt, indem
sie den Kopf zu den Schultern hinunterzieht: «Es ist noch
nicht aller Tage Abend.»

Die Freundinnen fügen sich in das sokratische Urteil, aber
Meliska läßt sich durch die Zurücknahme der Prophezeiung
nicht anfechten, sondern spaziert mit ihrem gesegneten Leib
weiter im Haus Skadusch umher, als ob es ihr gehörte. Eine
derartige Zuversicht gibt ihr die Mutterschaft, daß Himmel
und Erde vergehen könnten, aber sie, Meliska, würde weiter-
bestehen. Ebenso berechtigt kommt sie sich vor wie die Matka
Boska aller Menschen, und das Kind, das sie gebiert, wird der
kleine Jesus sein, vor dem sich alle verneigen.

So ist denn das Kind, das mit seinen kleinen Füßen die
Erde noch nicht einmal betreten hat, schon der Mittelpunkt
dreier verschiedener Menschen. Pan Skadusch allerdings
weiß noch nichts von Meliska und dem Kind, die in seinem
Haus leben, aber wie eine Freude eine andere anzieht und ein
Unglück das andere, ziehen auch Wünsche sich an nach dem
geheimen Gesetz der Seelen, wonach zusammentrifft, wer
aufeinander hofft. Ach, Bettlern gleich scharen sich die ver-
dorbenen Seelen an den Toren, aus denen Fürsten treten. Vom
Reinen und Unbefleckten erwarten sie die Erfüllung ihrer
gemeinsten Wünsche. Als Könige kommen andere in die
Welt, als Bettler gehen sie wieder, weil sie ihr schönes un-
verbrauchtes Leben verpfänden mußten an die Scherben des
verlorenen Glücks der andern. Wohlgefällig richtet Meliska
ihre Augen auf alle Gegenstände im Hause Skadusch. Es gibt
keine Schublade mehr im ganzen Haus, die sie nicht schon
durchsucht hätte mit ihren Fingern. Nur den Schlüssel zur
Tür rechts hinten im Korridor hat sie bis jetzt noch nicht erreichen können, denn Sofiat hält ihn an einem Nagel ihrer
Kammer verborgen. Sie hat Meliska gesagt, daß es das Zimmer der toten Pani sei, aber sie hat es nicht als notwendig
erachtet, die «einzige Schwester» weiter über die Sache auf-
zuklären. Auch Sofiat hat ihre Würde, und wenn sie Meliska
als ihrer Anverwandten in diesem Haus einen bestimmten
Platz einzuräumen gedenkt, so geschieht es nicht, weil sie die
Schwester als ebenbürtig betrachtet, sondern nur, weil sie ihr

nützlich ist. Das Vertrauen aber teilt Sofiat nur mit Auserwählten.

Meliska ist vorsichtig und schlau zugleich. Ohne etwas zu erfragen, späht sie mit ihren runden Augen heimlich umher, bis sie den Ort entdeckt hat, wo der Schlüssel hängt. Und wie Sofiat am Abend in ihren Schlaf hineinkriecht wie ein Iltis in seine Höhle – und hat noch alle Kleider auf dem Leibe wie ein Tier, das sich auch nicht auszieht –, da gleitet Meliska leise von der Matratze herunter, holt den Schlüssel hinter den Kleidern hervor und schleicht in die Wohnung im unteren Stock. Lautlos stehen die Dinge da in der Nacht und harren auf die Stimme, die sie ruft. Rätselhaft verschlungen liegen die Arabesken des Perserteppichs und verschweigen das Schicksal. Mit unwissenden Füßen tritt Meliska von einer Schlinge in die andere. Es gibt ja nichts in der Welt, das zu tun Meliska sich scheuen würde, um ihren Besitz zu vergrößern, aus einem Grab heraus würde sie noch Dinge stehlen und die Toten auf dem Friedhof berauben. Wo es um Besitz geht, hat sie keine Gottesfurcht.

Vorsichtig schließt sie das Zimmer rechts hinten im Korridor auf. Ein matter Wohlgeruch schleicht traurig den Wänden entlang. Wie die Seufzer einer armen Seele liegen die Dinge umher. «Hier, ach, ein Teil noch bin ich deiner Liebe zu mir. Noch einmal nur rühre mich an mit liebenden Händen und sprich: ‹Es sei dir vergeben.›» Aber Skadusch hat nichts mehr angerührt von den Dingen, die im Zimmer der toten Pani liegen. Mit Ehrfurcht ist bis jetzt alles betrachtet worden, wie ein Grab, in dem man den Leichnam zudeckt mit wohltuendem Vergessen. Sogar Sofiat, die nicht zu den zartesten Menschen gehört, hat das Zimmer geachtet als letzte Stätte einer Verstorbenen. Aber nun wühlen Meliskas unheilige Finger unter dem Deckel des Sarges und zerren das Wunde, das langsam aussterben wollte, zurück über die Schwelle des Lebens, indem sie es zwingen, gegen seinen Willen den Kreislauf im Dienst der Sünde nochmals aufzunehmen. Wohlgefällig tastet Meliska über das Puderdöschen, das auf dem zierlichen Tisch am Fenster steht. Sie stellt sich vor den Spiegel und gefällt sich darin, mit so vielen niedlichen Sachen allein zu sein. Im Schrank hängen noch ein paar seidene Unterröcke, und über dem Stuhl liegt das Rosamorgenkleid. Meliska zieht sich um. Elegant springen die Falten über ihrem Leib auf. In den Schubladen gibt es noch allerhand Wäschestücke, und auf der Kommode liegt ein goldenes Herzchen. Meliska begnügt sich vorderhand damit, die Gegenstände ein wenig zu verlegen; nur das rosa Morgenkleid und die Pantöffelchen wählt sie an diesem Abend zum Mitnehmen aus. Das goldene Herzchen legt sie neben das Puderdöschen. Sorgfältig mustert sie die Spitzen des Leintuchs und der Vorhänge. Wenn jemand am anderen Tage ins Zimmer träte, würde er nicht das geringste von einer Unordnung bemerken, und über der Stuhllehne hängt sogar ein anderes rosa Kleidungsstück. Nur im Spiegel der Wirklichkeit bleiben die Tatsachen unwiderruflich stehen, wie sie sind.

Mit diebischen kleinen Schritten geht Meliska wieder durch den Korridor zurück, an all den Türen des Appartements vorbei. Wie sterbende Hände schleifen die langen seidenen Bänder des rosa Morgenkleides über den Perserteppich. Auf der Dienstentreppe sinkt das Kleid bei jeder Stufe in die Knie: «Skadusch, Skadusch rette mich, laß meine Seele nicht untergehn in Diebeshänden ...» Aber niemand hört etwas, niemand fühlt etwas, selbst Sofiat merkt nichts. Mit feuchten Händen wird das Kleid gepackt und in den Koffer gezwängt: «Das ist dein Lohn, du tote Seele, daß du die Liebe verschenkt hast bei Lebzeiten! Hast nicht einen Heller davon übrigbehalten, damit du auch nur ein einziges Puderdöschen zurückkaufen könntest, auf daß man deiner noch gedächte.» Verzweifelt strafft sich das Kleid, als wolle es den Tod überleben: «Laß mich nicht untergehen in den Sünden anderer ...» Aber schwer schließt der Deckel darüber, und inwendig falten sich kreuzweise und ohnmächtig die Bänder über der toten Brust.

Ach, halte die Muschel der Liebe an dein Ohr, solange du lebst, damit ihr Rauschen deinem Herzen eingewunden bleibe für alle Zeiten, denn nach dem Tod kannst du keine Liebe mehr sammeln. Leer und verlassen liegt die Muschel am Strand.

Befriedigt von ihrem Raubzug kriecht Meliska auf ihre Matratze zurück und schläft ein. Auch Sofiat schnarcht unentwegt, und der Schlüssel hängt längst wieder an Ort und Stelle. Nur das Kind in Meliska wacht, das Neue, es wacht und bereitet sich vor auf seinen Jüngsten Tag ...

Über dem Föhrenwald haben sich am Spätnachmittag ein paar Wölklein versammelt, und es sieht aus, als ob sie eine

Beratung abhielten. Gegen Abend gehen sie wieder auseinander. Aber am anderen Tag stehen sie zur selben Zeit wieder über der Brücke, und man weiß nicht recht, was sie wollen. Sie blähen sich wie weiße Schleier, dann schwenken sie plötzlich nach links, und man sieht sie nicht mehr. Es weht ein merkwürdiger kleiner Wind vom Fluß her, und die Leute meinen, es gebe Sturm. Am nächsten Tag sind die Wolken über der Stadt, und die Leute nehmen die Schirme hervor, aber am Abend sind die Wolken weg, ohne daß es geregnet hätte. Nur der kleine unangenehme Wind pfeift noch um die Ecken der Straßen.

Aber am vierten Tag sieht es bös aus. Vom Föhrenwald her, auf der rechten Seite der Stadt, kommt plötzlich eine ganze Schwadron von Wolken wie Reiter der Apokalypse und stellt sich über dem vorderen Viertel der Stadt auf. Von der Brücke Acher-Stivodan kommt ein anderes Regiment und belagert die Südseite der Stadt. Weiter hinten aus der Tiefe des Himmels tauchen Massen von Wolken auf und schichten sich mit rasender Schnelligkeit zu drohenden Gebirgen übereinander. Kleine weiße Flämmchen zucken unaufhörlich über die Kanten. Aber es ist alles noch still. Unterdessen schleicht ein hohler, lauer Wind um die Dächer und schlägt gegen die Wolken. Man weiß nicht, ob dieser Wind Freund oder Feind des Heeres ist; aber er fährt umher wie ein Brandstifter. Und die Wolken drängen und schieben ihre dicken, geschwollenen Bäuche hin und her und klaffen auseinander, bis sie endlich den richtigen Ort gefunden haben, um sich zu verankern. Hin und wieder hört man ein kleines, fernes Donnern, als ob Türen zufielen. Oben und unten verkrallen sich die Wolken gegenseitig und bilden nun eine lückenlose Wand rings um die Stadt. Aber der Wind ist immer noch nicht zufrieden, er faucht weiter über die Dächer und zischt wie ein böses Tier nach allen Seiten zugleich. Plötzlich schwenkt aus dem Kreise eine ungeheure schwarze Wolke ihre Pauke hervor und stellt sich in die Mitte. Unheimlich lang und anhaltend fängt sie an zu donnern und zu trommeln. Aus dem Hintergrund rückt eine letzte Schar von bleichen grauen Wolken heran, die den Horizont gegen den Hügelrand völlig abschließen. Das scheinen die Reservewolken zu sein. Die schwarze Wolke in der Mitte aber wird immer größer und drohender und steht nun in ihrer ganzen Breite hinter der Kirche. Seitwärts und von hinten her zucken blitzschnell kleine, weiße Flämmchen wie Riegel an den Toren. Aber noch sind nicht alle da. Kreischend stürzt der Sturmvogel über den Fluß: «Sturm, Not, Tod ...» schreit er in die Stadt und fliegt pfeilschnell nach dem Föhrenwald. Nun wird auch den Häusern angst und bange. Die Häuser der Stadt geben sich die Hände; sie wissen, daß sie nun Widerstand leisten müssen. «Wenn einer fällt», sagen sie, «fallen alle ...» Die Häuser auf dem Vorwerk aber sind schlimmer dran. Sie dukken sich tief in die Erde, ziehen die Dächer in die Stirn und sperren die Füße. «Nun gilt's», sagen sie. Am besten kennen sich die Tiere aus. Schon lange vor dem Sturm sind sie geflüchtet, denn sie lassen sich nicht täuschen. Seit sie mit den Menschen zusammen haushalten müssen, haben sie längst herausbekommen, daß kein Verlaß auf sie ist. Die Pappeln an der Ulica Novo strecken die Arme verlassen und hilflos in den Himmel. «Nun müssen wir sterben», zittern sie, «und hätten doch gerne das Gute noch erlebt ...»

Auch den Menschen wird es nach und nach bang. Sie eilen in die Häuser und schließen die Fenster und die Läden vor dem Ungewitter. Aber es gibt immer noch welche, die zu spät kommen. Auch Sofiat ist noch unterwegs und stürmt mit dem Korb am Arm der Hattwittstraße zu. Mütter rufen die Kinder von den Spielplätzen. Endlich hat auch die Blumenverkäuferin ihren Stand auf den Karren gepackt und hinkt die Ulica Novo hinunter. Mit sorgenvollem Blick streift sie die Pappeln. «Ach, die Wehrlosen, uns, uns, wer wird uns beschützen ...» Einzig und allein die Kirche steht noch hoch und zuversichtlich im beginnenden Sturm und schaut unter ihrem Dach hervor, als wisse sie nicht, wen das alles eigentlich angehe. Breit und wuchtig hat sie ihre Fundamente in den Erdboden gegraben, und mit mächtigen Mauern sperrt sie den Platz ab gegen die anderen Häuser. Innen ist ein Prunk ohnegleichen, und die Matka Boska ist geschmückt mit Diamanten und Brokat. Sie hält es mit den Reichen. Wenn einer von ihnen krank wird, kann er sich die Matka Boska in einem sechsspännigen Wagen ins Haus kommen lassen, damit sie ihm eigenhändig die Tore zum Himmelreich öffne. Unzählige Kuppeln und Türmchen erheben sich über dem hohen Dach, und schmal ragt in der Mitte ein einzelner Turm über alle in die Höhe und rettet das Kreuz.

Der Wind ist nun von den Dächern abgesprungen und jagt Staub und Blätter auf den Straßen durcheinander, so daß man zuweilen überhaupt nichts mehr sieht. Von irgendeinem Kiosk her läßt er Zeitungsblätter in der Luft umherfliegen: «Hüte dich …»

Plötzlich taucht ein hellgrünes Wölklein am Himmel auf und reist wie ein Botschafter wichtig und eilig von einem zum anderen. Um Zeit zu gewinnen, fährt es ganz niedrig unter dem Himmel hin. Solange man Unterhandlungen pflegt, ist alles noch gut. Unrettbar verloren ist die Sache erst, wenn man schweigt. Aber man wartet immer noch auf die Hauptperson. Unterdessen hat sich auch das kleine hellgrüne Wölkchen verankert und hängt wie ein Adjutant neben der großen Wolke, die die Pauke führt. Nun ist kein Vogel mehr zu sehen. Mit pochendem Herzen schauen die Häuser der Stadt zu Boden. Auf einmal legt sich der Wind, und die große schwarze Wolke fängt derart an zu donnern, daß ein Zittern durch den Erdboden läuft und auch die Kirche nicht mehr an ihre Fundamente glaubt. «Wer hat euch gesagt, daß ihr dem Zorn der Lebendigen für immer entrinnen werdet?» donnert fürchterlich stark die schwarze Wolke. Aber im selben Augenblick erhebt sich eine riesengroße schwefelgelbe Wolke kerzengerade über der Kirche in die Höhe und birst auseinander, so daß man für lange Zeit nichts anderes mehr sieht als Feuer und Schwefel. Und dann fängt es an zu donnern und zu prasseln. Zwei Stunden lang gießen Feuer, Hagel und Sturm über die Stadt, und als es endlich aufhört, sehen die Straßen aus wie Trümmerhaufen von Glas und Ziegeln. Wehvoll stehen die Häuser, lehnen die Mauern aneinander und weinen. Den meisten Dächern fehlen die Schornsteine, und die Pappeln an der Ulica Novo sind ganz vernichtet. Wie Fetzen hängen die Äste an den zersplitterten Stämmen herunter. Dort, wo die Kirche stand, ist alles in Grund und Boden geschmettert worden. Metertief haben sich Steine in die Erde gerammt. Durch das zerrissene Portal sieht man noch einige Chorstühle und einen Rest der Matka Boska, die einen leeren Arm in die Luft hält. Das unterste Fundament ist teilweise noch erhalten, aber die Mauern, die den Platz gegen die anderen Häuser absperren, sind umgeworfen. Von der oberen Kuppel ist überhaupt nichts mehr zu sehen, nur noch ein Stumpf des hohen Turmes überragt schief die Ruine. Das Kreuz hängt in den zerfetzten Ästen der Pappeln. Wenn man diese Kirche je noch einmal aufbauen will, muß man sie ganz neu begründen.

Am selben Abend hat sich Meliskas Kind mit einem endgültigen Ruck dem Leben zugewandt, und am anderen Tag ist auch Pan Skadusch nach Hause gekommen. Er ist zwar nur unter der Küchentür gestanden und hat gesagt: «Du kannst meine Sachen zusammenpacken, ich ziehe für immer ins Ausland!» Sonst hat er keinen Gruß gehabt. Sofiat aber ist in ihrer ganzen Größe vor ihn hingetreten und hat gesagt: «Dann werden ich und meine einzige Schwester samt ihrem neugeborenen Kind als Leichen vor deiner Türe liegen.»

Worauf sie ihm mit einem hohen und frommen Gesicht das Essen aufgetragen hat, als ob nichts vorgefallen wäre.

13. Kapitel: Der Wettlauf

Es ist nun einmal so in der Welt: Das Böse ist immer der Anfang des Guten. Nur kommen viele Menschen nie über den Anfang hinaus. Aber das schlimmste von allem ist der Wettlauf. Es kann sein, daß man einen Schwächeren antrifft; es kann aber auch sein, daß man einem Stärkeren begegnet, der einen ohne weiteres über den Haufen wirft. In einem Wettlauf zwischen dem Bösen und dem Bösen muß immer der unterliegen, der noch am meisten Gutes in sich hat. Auch Meliska würde ein ganz angenehmes Leben gehabt haben bis an das Ende ihrer Tage, wenn nicht einer dazugekommen wäre, der es ihr streitig gemacht hätte. Es gibt ja wenig Plätze im Leben, wo man sicher ist vor Rivalen, und die Straße, auf der man Schätze sammelt, ist die begangenste von allen. Auch wenn man nach Ehre sucht, trifft man auf einen Wettläufer, der einen kurz vor dem Ziel noch überholt. Und auf der Festwiese, wo man freit und sich freien läßt, wächst die Enttäuschung wie sattes, dichtes Gras. Der einzige Weg im Leben, auf dem man sicher gehen kann, das ist der Weg des Guten. Man kann ja einem Menschen alles nehmen: sein Geld, seine Ehre, seine Liebe und fast seinen Verstand, aber was ihm niemand und nichts nehmen kann, das ist sein Wille, trotz allem gut zu bleiben. Ein guter Mensch fürchtet sich letzten Endes nicht einmal davor, für das Gute sterben zu müssen.

Meliska aber hat keine Ahnung von der Sieghaftigkeit des Guten, und wie Skadusch in der fremden Stadt dem Zufall die Türe geöffnet hat und Eline Gonsior aus der Gasse der Großstadt wie aus einem Tor der Unterwelt über die Schwelle getreten ist, da hat sich Meliska auf sie gestürzt, um sie im Wettlauf des Bösen zu besiegen. Aber das ist, wie gesagt, verhängnisvoll, denn einer wird immer zum Kreiseltreiber, und Eline Gonsior ist am Ende doch die Stärkere gewesen. Für Meliska jedenfalls hat mit dem Eintritt Elines in ihr Leben der Sturz durch die Wirklichkeit angefangen, der dauerte, bis auch der letzte Gedanke von der lebendigen Spule ihres Fühlens abgewickelt war und sie ratlos vor dem Angesicht der Welt gelegen ist.

Eline Gonsior hat zwar nicht so ausgesehen, als könne sie einem Menschen das Leben verderben. Aber man kann ein gutmütiges Gesicht haben und doch das Verderben hinter den Augen verbergen. Wer Eline Gonsior auf der Straße getroffen hätte, würde vom Anblick ihrer breiten wasserblauen Augen, dem Grübchen im Kinn und der kleinen Stumpfnase nie auf den Gedanken gekommen sein, in ihr einen gefährlichen Menschen sehen zu müssen. Das Gefährliche im Menschen liegt ja nicht in seinem Aussehen, es liegt nicht mal in dem, was er besitzt und kann, sondern es liegt einzig und allein im Willen, nur zu seinem eigenen Vorteil zu leben. Eline Gonsior hatte sich vorgenommen, sich in jedem Fall und über jeden Menschen unbedingt hinwegzusetzen und alle Hindernisse niederzutreten, als existierten sie nicht.

Und so ist denn Eline die Treppe hinuntergesprungen in ihrem Leben, die Treppe, die oben bei ihren Vorfahren begann, die in ihrem armen Blut als Leinwandweber in Schlesien Tag und Nacht um ihr kärgliches Brot Leinwand woben. Und Eline Gonsior ist vorbeigesprungen an den vielen kleinen Geschwisterchen im armen engen Haus im sechsten oder siebenten Stock in der Vorstadt draußen und wollte leben, möge darüber zugrunde gehen, wer wolle. Dann hat sie sich einen Ring gekauft mit einem unechten Türkis, hat ihn an den Zeigefinger gesteckt, auf ihren Namen einen Zirkumflex geschrieben, weil es elegant aussieht und sie auf Bildung hält, und ist als Miß Boby Gonsior ins Warenhaus von Klettberg und Jutri eingetreten. Von da an hat sie sich ein Zimmer gemietet und sich um ihre Familie nicht mehr gekümmert. Nur manchmal, an Sonntagen, ist sie als Gast zurückgekehrt zu den kleinen Geschwisterchen im sechsten oder siebenten Stock und hat jedem ein Stückchen roten Zucker in den Mund gesteckt, ein Liedchen geträllert und ein Lachen angeschlagen vom obersten Ton herab, wie jemand, der eine Treppe heruntersaust. Freilich, wenn dann die Tochter fortgewesen ist, hat die Mutter geseufzt und sich mit der Hand über die Augen gewischt und weitergewaschen in dem ewigen Kessel mit schmutzigem Wasser, worin sie neben der eigenen auch noch die Wäsche für andere Leute besorgte. Von den Kinderchen hat dann und wann eines versucht, ein wenig so zu lachen wie die älteste Schwester, aber irgendwie hat es den obersten Ton nicht ganz getroffen, denn es braucht ja tatsächlich viel Mut, um das ganze Elend einfach wegzulachen. Das eine oder das andere hat dann gefragt, ob es vielleicht den Topf mit Suppe auf den Herd stellen solle, ganz bescheiden nur und ohne den Anschein zu erwecken, als ob es etwa Hunger habe, sondern nur, um zu helfen. Aber die Mutter hat darauf geantwortet, daß sie mit der Arbeit noch nicht fertig sei. Darauf sind die Kindchen wieder unter den Tisch gekrochen und haben Flicken zusammengesucht, und nur das jüngste hat in der Ecke des Zimmers in seinem Tragstühlchen gesessen und geschrien, weil es noch nicht wusste, daß, wer im Hunger geboren ist, ihn nicht so schnell wieder los wird …

Miß Boby Gonsior aber hat lachend ihren Weg durchs Leben gefunden. Wo immer eine Schwierigkeit auftauchte oder eine Unannehmlichkeit mit dem Chef, da hat Miß Boby einfach den obersten Ton abgebrochen und sich an der Schwierigkeit vorbeigelacht. Der Chef hat sie dann ein Blitzmädel genannt. Die anderen Ladenmädchen aber sind erschrocken dagestanden und haben die Schelte bekommen, denn einer muß sie ja kriegen. Sie hätten es zwar gerne Miß Boby nachgemacht, aber irgendwie haben auch sie den obersten Ton nicht ganz getroffen, denn es braucht eine große Verwegenheit, sich an all den anderen vorbei die Treppe hinunterzustürzen. Miß Boby dagegen ist auf diese Weise vorgerückt von einer Branche zur anderen. Zuerst ist sie bei den Spielzeugen gewesen, dann in der Konfiserie und zuletzt noch in der Herrenbekleidungsbranche. Über alles und jedes hat sie Bescheid gewußt, und wenn man sie gefragt hat, so hat sie reden können über Operetten, Wienergebäck, Pantoffeln, Schiller und Goethe, und sogar von Beethoven hat sie gewußt, daß er das Lied komponiert habe: «Komm an mein Herz, um recht zu weinen …» Mit der Zeit hat Miß Boby auch angefangen, ihre Vorstadtsprache mit Fremdwörtern auszuschmücken, die, wenn sie auch den eigentlichen Sinn nicht trafen, sich doch gebildet und angenehm anhörten. Sie hat dann von chic und tip-top gesprochen, von Nouveauté und dernier cri.

Miß Boby ist jedenfalls in kurzer Zeit ein perfektes Ladenfräulein geworden, so daß auch der zielbewußteste Mensch, in einem schwachen Augenblick von ihr übertrumpft, lächelnd mit dem Gegenstand den Laden verlassen hat, den er nie hat kaufen wollen. Am Abend jedoch, wenn die Ladenmädchen ihre Kundenbücher dem Chef zeigen mußten, hat Miß Boby mit den anderen über den schlechten Tag gejammert, denn darin besteht ja gerade ihre Verderbungskunst, daß sie es nie mit einem einzigen Menschen verdirbt. Hernach aber, wenn sie mit dem Chef allein war, hat sie listig das Büchlein umgewendet, und es hat sich dann gezeigt, daß sie regelmäßig größere Posten verkauft hatte als alle anderen. Und dies nur darum, weil sie eben branchenkundig war und es verstand, nur die Kundschaft zu bedienen, von der sie sich eine hohe Einnahme versprach. Kam einfache, wenig kaufkräftige Kundschaft zu Klettberg und Jutri, so blieb Miß Boby die ganze Zeit über verschwunden.

Und wie eines Tages nun der Skadusch in das Haus Klettberg und Jutri ging, da wurde ihm die Ehre zuteil, von Miß Boby bedient zu werden. Einem anderen als einem branchenkundigen Menschen wäre Skadusch mit seinen zerknüllten Hosen und dem Überzieher, an dem fast alle Knöpfe fehlten, zwar durchaus nicht als ein reicher Kunde vorgekommen, Miß Boby aber hat allein schon in der Art des Forderns einen Menschen erkannt, der zahlen und infolgedessen auch übertrumpft werden kann. Ohne sich lange zu besinnen, ist sie freundlich auf ihn zugeschritten, hat Kisten und Schubladen geöffnet, mit chic und tip-top, Nouveauté und dernier cri um sich geworfen und gemeint, Skadusch müsse unbedingt ein fraisefarbenes Seidenhemd, einen französischen Gürtel und ein Paar gelbe Handschuhe kaufen. Aber Skadusch ist noch nie in seinem Leben elegant gewesen, und seidene Hemden haßt er, und wie er merkt, daß er schon wieder von jemand umgarnt werden soll, wird er wütend und schreit, daß es überhaupt keine Frauen auf der Welt gäbe, die Männer verstünden. Ja, wenn Sofiat etwas wert wäre, so müßte er jetzt nicht in einer fremden Stadt umherlaufen und sich Kleider kaufen. Miß Boby Gonsior findet es interessant, wie dieser Mann redet, und indem sie ihren Gehilfinnen wehmütige Blicke zuschickt wegen der unguten Behandlung, die ihr widerfährt, frohlockt sie innerlich, denn eben hat sie den Brillantring entdeckt, den Skadusch am kleinen Finger trägt, und beschlossen, ihn auf keinen Fall aus den Augen zu lassen. Dazu weiß sie aus Erfahrung, daß mürrische Männer oft diejenigen sind, die man durch eine Kleinigkeit herumbringen kann. Und wie sie dann in der

143

Schublade kramt, legt sie dem erstaunten Skadusch plötzlich genau dasselbe Hemd hin, das er schon trägt, und damit hat sie ihn gewonnen. Für Skadusch gilt ja: Wenn er in einer fremden Stadt denselben Gegenstand wieder antrifft, den er schon zu Hause hat, glaubt er sofort an eine Wiederkunft des Guten, denn eigentlich muß er ja nur in der fremden Stadt umherrasen, weil er sich so sehr nach seinen eigenen Räumen sehnt. Eline Gonsior aber hat auch diesen Durchgangspunkt gewonnen. Sie bricht das Lachen vom obersten Ton ab und saust die ganze Treppe hinunter, und bevor Skadusch nur weiß, wie ihm geschieht, hat sie schon Freundschaft mit ihm geschlossen und ihm die Hand gereicht mit dem unechten Türkis auf dem Zeigefinger: «Wenn der Herr es so will, kann ich auch am Abend flicken kommen und ihm den Paletot ein wenig in Ordnung bringen, denn ich sehe ja, daß der Herr niemand hat, der für ihn sorgt …»

Von diesem Tag an ist Eline Gonsior jeden Abend zu ihm gekommen. Im Grunde genommen hält Skadusch zwar nicht viel von solchen Vorstadtgesichtern, niedliche Stumpfnasen kann er schon gar nicht leiden, und auch die breiten wasserblauen Augen nicht, die rechts und links so wohlgefällig in die Schläfen hinuntersinken. Er mag auch Worte wie chic, tip-top, Nouveauté und dernier cri nicht und auch nicht das Lachen, das so hoch und so ungeahnt anfängt, weil es einen überrumpeln will. Aber auch wenn Eline schließlich durchaus nicht das ist, was Skadusch sich zu finden vorgestellt hat, so ist sie doch ein brauchbarer Kerl und hat er dank ihr wenigstens wieder einen Entschluß fassen können für sein Leben, nämlich den, nach Berlin überzusiedeln und sich ein Zimmer zu mieten, wo Eline dann für ihn sorgen wird. Und so ist sie denn der erste Halt für Skadusch gewesen, den er nach seinem Unglück der Welt gegenüber wieder zu fassen imstande war. Eline aber, nachdem sie Skadusch glücklich so weit gebracht hat, ist ihm auf die Knie geklettert, hat ihn auf den Mund geküßt und «Großvater» genannt. In weiter Ferne jedoch hat sie sich an Bord eines eleganten Dampfers stehen, in einem weißen Reisekleid mit wehendem Schleier, und sich am Abend in einem Hotelbuch eintragen sehen als Madame Skadusch-De Gonsiôr …

Unterdessen ist ein neuer Lärm in Skaduschs Haus entstanden: Kinderweinen. Aber Kinderweinen ist wie Aprilregen, es bedeutet nichts Schlimmes, und man weiß, daß nun bald frohe Tage kommen. Wie Skadusch am anderen Morgen in Lostrow aus seinem Schlafzimmer herauskommt, da steht schon Meliska an der Tür mit dem Kind auf dem Arm. Seit Meliska ein Kindchen hat, ist sie sehr niedlich geworden, sie legt die Zungenspitze in den Mundwinkel wie ein Kälbchen und lächelt ein wenig. Auch hält sie das Kindchen sehr sauber. Es macht ihr Freude, das weiße Bündel auf den Armen zu schaukeln. Wie der Skadusch vorbeigeht, bückt sie sich und küßt ihm nach Sofiats Weisung den Rock, indem sie in höflichstem Tone sagt: «Guten Morgen, Pan Skadusch.» Aber Skadusch macht sich nichts aus Kindern. Irgendwie lebt eine Überlieferung in ihm, daß kleine Kinder sehr schmutzig sind, Schorf auf dem Kopf haben und einen üblen Geruch verbreiten. Und so geht er denn ohne sich umzusehen an Meliska und dem Kind vorbei in sein Frühstückszimmer. Wie er wieder herauskommt, geht Meliska immer noch schaukelnd mit dem Bündel auf und ab, und nun muß er doch anhalten und fragen, ob es ein Mädchen oder ein Knabe sei. «Ein Mädchen», sagt Meliska freudig und legt die Zungenspitze in den Mundwinkel. Auch über dem breiten Näschen des Kindes liegt ein hellbraunes Lächeln, das Skadusch für einen Moment besticht. Plötzlich scheint es ihm, als wäre er durch dieses hellbraune Lächeln Eline Gonsior entronnen. Trotzdem kann er nicht vergessen, was er alles in seinem Haus erlitten hat. Er geht ins Bibliothekzimmer und fängt an, energisch zu packen. Was heißt, daß er zunächst einmal alle Bücher auf den Boden wirft.

Ohne sich bemerkbar zu machen, hat Sofiat mit ihrem prophetischen Auge durch die Spalte der Küchentüre alles beobachtet, was sich zwischen Skadusch und dem Kind zugetragen hat. Mit einem unheimlichen Eifer fängt sie dann an, Fleisch zu hacken. Bevor es an der Zeit ist, hat die Sofiat das Essen schon bereitet, und wie Skadusch ins Zimmer kommt, ist er ganz überrascht von den Fleischstücken, die da auf der Platte liegen. Das muß man ja sagen: in Berlin braucht man drei Mahlzeiten, bis man so reichlich gegessen hat, wie bei Sofiat mit einer einzigen. Und Skadusch wischt sich den Schweiß von der Stirn, denn eigentlich ist er sehr müde von all dem Packen, und wie er so hinter der Fleischplatte sitzt, weiß er schon gar nicht mehr, weswegen er eigentlich packt. Im Hintergrund nur dämmert ihm etwas von einer Reise, die er versprochen hat zu unternehmen, weil doch Sofiat ein Luder ist und nicht für ihn sorgt. Und er klingelt ganz aufgeregt nach dem Nachtisch und schimpft bei sich selbst: «Hol's der Teufel!» Aber Sofiat hat keine Zeit zum Verweilen. Hastig stellt sie das Essen auf den Tisch und rennt dann durch den Korridor, indem sie angstvoll schreit: «Ja, Herz, ich komme!» Auch Pan Skadusch bekommt es mit der Angst zu tun. Er rennt der Sofiat nach, aber wie er in die Küche kommt, ist eigentlich gar nichts vorgefallen und hat Sofiat bloß gemeint, das Kind sei ins Feuer gefallen … Erlöst kehrt Skadusch wieder um und denkt, daß doch Kinder etwas Aufregendes seien. Immerhin fühlt er sich verpflichtet, mit Packen fortzufahren, weil man es mit dieser Sofiat ja nicht aushalten kann. Er geht in ein anderes Zimmer und fängt an, seine Kleider zu packen, indem er sie gleich den Büchern zu Boden wirft. Später kommt auch die Wäsche an die Reihe, und schließlich stehen sogar Uhren und Vasen auf dem Boden umher. Wenn er so streng gearbeitet hat, setzt sich der Skadusch befriedigt zu Tisch. Wenn es ihm auch nicht mehr ganz klar ist, wozu er eigentlich so energisch arbeitet, kann er doch vorderhand noch nicht davon lassen. Die Tatsache steht nun mal fest: Weil Sofiat ein Luder ist, ist er gezwungen, mit Eline Gonsior eine Reise zu machen, und aus einem unbestimmten Grund schwebt ihm sogar ein weißes Reisekleid vor Augen, das sie dann zu tragen versprochen hat …

Nachdem die Zimmer alle ausgeräumt sind, läßt Skadusch durch den Lehrburschen auch Kisten und Bücher aus dem Kontor herbeischaffen, um sie ebenfalls zu verpacken. Bald häufen sich vor den Türen derartige Schichten von Spitzen und Stoffballen, daß man schon der Ordnung halber nicht anders kann, als etliches wegtragen. In einer stillen Stunde hat sich Meliska bereits veranlaßt gesehen, einen zweiten Koffer zu stehlen, in den sie meterweise Samt und Seide hineinstopft, während Sofiat mit der unerschütterlichen Ruhe eines Gesalbten ihren Brotherrn gewähren läßt und nur dafür sorgt, daß er wenigstens jede Stunde einmal dem Kind nachspringen muß, so daß ihm nicht mehr vergönnt ist, auch nur einen einzigen Löffel Suppe sorglos einzunehmen. Ihr Auge groß und angstvoll auf Skadusch geheftet, steht sie an der Tür und lauscht hinaus, ob irgendein Unglück passiert sei. «Vielleicht hat sich das Kind an einer Ecke den Kopf zertrümmert …» flüstert sie.

Und Skadusch springt auf und davon, und es kommt ihm vor, als ob das Haus mehr Ecken hätte als früher. Aber wenn er ankommt, so füttert Meliska dem Kinde friedlich die Suppe, und es lächelt ihn an mit seinem breiten hellbraunen Näschen und den blauen Augen und macht mit dem Mündchen allerhand anstrengende Bewegungen, um seine Freude an dem großen, zottigen Skadusch zu bezeugen. Skadusch ist dann ganz gerührt und kommt sich vor wie ein drolliger Pudelhund zum Spielen und brummt in der Küche umher: «Daß man doch auf so ein kleines Kind nicht besser aufpassen kann, wozu hat man denn zwei so große Frauenspersonen angestellt …?»

Leise fangen die Räder an ineinander einzugreifen. Aber Sofiat bleibt immer noch unermüdlich. Sie hat an den Türpfosten Polsterkissen anbringen lassen, um die unvermeidliche Gefahr des Anstoßens ein für allemal zu beseitigen, denn ehe das Uhrwerk nicht ungestört im Gang ist, kann sich auch Sofiat nicht zur Ruhe setzen. Langsam, wie der Nebel aus den Tälern, verschwindet die Frage des Umzugs wieder aus den Gemütern, bis dann eines Tages nicht nur alles eingeräumt ist wie zuvor, sondern Skadusch ganze Schachteln von Spielbällen und Samtmützen herschleppt, so daß Sofiat und die Meliska nichts anderes mehr zu tun haben, als auszuwählen, was ihnen am besten gefällt für das Kind. Froh und wohlgegründet steht das Haus Skadusch wieder über all dem, so, als sei von einer Abreise nur wie von einer Luftveränderung für das Kind die Rede gewesen.

Und trotzdem ist der Umsturz gekommen.

Seit Skadusch von Berlin zurück ist, folgen ihm in Abständen von zwei Tagen kleine rosa Briefe nach. Diese Briefe tragen eine weitausholende und verschnörkelte Anschrift, als Anrede steht darin «Lieber Großvater» und zum Schluß «Dein süßer kleiner Boby». Zuerst hat Skadusch auf diese Briefe geantwortet: «Liebling, komme sofort!» Und Worte wie «scheußlich» und «herzlos» haben ganze Seiten ausgefüllt. Dann sind seine Antworten kürzer geworden, und zuletzt haben sie ganz aufgehört. Eline Gonsior aber ist ein treuer Mensch und nicht gewillt, jemanden, auf den sie ihr Augenmerk gerichtet hat, grundlos zu verlassen. Und wenn sie in Berlin auch einen Gasarbeiter kennt und einen Musikjüngling vom Konfiseriekonzert und einen Doktor und einen Kavallerieoffizier, die ihr, wie sie sagt, alle die Heirat versprochen haben, so hat Eline es sich dennoch überlegt, daß es für sie vielleicht am sichersten wäre, Skadusch als definitiven Mann zu nehmen, ohne jedoch die anderen vorzeitig und hinterlistig auf die Seite zu stellen. Wie Eline auf ihren letzten Brief nach vier Wochen noch immer keine Antwort bekam, da hat sie im Warenhaus Klettberg und Jutri gekündigt und ist zu ihrem Bräutigam nach Polen gefahren. Ohne irgendwelche Anmeldung ist sie als Dame von Welt plötzlich mit ihrem gelben Köfferchen an der Hattwittstraße erschienen, hat geklingelt, und wie Sofiat ihr die Tür aufgemacht hat, ist sie ohne weiteres an ihr vorbeigeschritten, hat auf der Schwelle des Zimmers den obersten Ton abgebrochen und sich die ganze Stufenleiter heruntergelacht. Darauf ist sie Skadusch um den Hals gefallen und hat gerufen: «Kennst du denn deinen kleinen süßen Boby nicht mehr …»

Skadusch ist in tiefster Seele betroffen durch dieses Wiedersehn. Mit verlegenem Blick schaut er erst nach Sofiat, dann nach Meliska und fängt an, breit und mit offenem Munde zu lachen, so daß er aussieht wie eine Maske. Das möblierte Zimmer, das er in Berlin mit Eline Gonsior beziehen soll, erscheint ihm nun plötzlich wie ein drohender Käfig. Und er weiß nicht, wie er dem Käfig entgehen soll. Aber breit und unbeweglich wie ein Erzengel steht Sofiat hinter ihm, und vor ihm sitzt Meliska mit der undurchdringlichen Miene einer Matka Boska mit dem Christuskindchen auf den Knien. Und in seiner Verzweiflung weiß der Skadusch nichts anderes zu tun, als weiter zu lachen. Eline Gonsior dagegen läßt ihre breiten wollüstigen Augen tief in die Schläfen hinuntersinken und erkennt, daß sich die Situation verändert haben müsse, indem die gefürchtete Sofiat in höchsten Gnaden zu stehen scheint und die Anhäufung dieser Gnade noch verstärkt worden sein müsse durch die Anwesenheit irgendeiner fremden Mutter mit einem Kind auf den Knien. Die schwierigste Frage aber, und auch die delikateste, ist die Herkunft des Kindes, denn Skadusch hat nie von einem Kind gesprochen und auch nicht von der möglichen Ankunft eines solchen. Eline Gonsior sieht ein, daß der Vorsatz, diesen gutmütigen Skadusch zu heiraten, durch die Anwesenheit dieses Kindes bedeutend erschwert worden ist, indem es sich für sie nun nicht mehr bloß um einen Siegeszug handelt, sondern eventuell um einen erbitterten Kampf. Immerhin beschließt Eline, vorderhand einmal einen günstigen allgemeinen Eindruck zu erwecken, der auf den Liebhaber, die fremde Mutter mit dem Kind und auch auf Sofiat gleich angenehm wirkt und der trotzdem, wie man es so nennt, unverbindlich ist. Auch hat Eline in ihrem ganzen Leben noch nie anders gesiegt als dadurch, daß sie die ersten Schritte sozusagen unhörbar macht, indem sie mit allen gleich freundlich ist, und ihre Pläne erst siegreich zu Ende führt, wenn alle überrumpelt sind. Mit dem überlegenen Lächeln einer Dame von Welt setzt sie sich auf den Stuhl, den ihr niemand angeboten hat, und sagt, indem sie mit dem Finger graziös auf das Kind weist, scheinbar aus tiefstem Herzen heraus: «Das ist das schönste Kind, das ich je in meinem Leben gesehen habe ...» Wohlgefällig sondiert sie mit ihren breiten wasserblauen Augen, was für einen Eindruck ihre Worte auf die Kundschaft gemacht haben, um anschließend den nächsten Schritt zur Befestigung ihrer Stellung wagen zu können. Skadusch übersetzt die Meinung auf polnisch und blickt wie ein Adler um sich, der ein Junges in die Welt gesetzt hat. Auch die übrigen Herrschaften scheinen die Ansicht zu genehmigen, ohne sich jedoch herabzulassen, ihre Zustimmung zu zeigen. Skadusch jedoch ist in seiner Begeisterung für das Kind bereits in dem Stadium angelangt, wo er sich damit vor Publikum sehen lassen kann. Eline fühlt heraus, daß die Bewunderung für das Kind ihm wohltut, und so fährt sie denn fort, dessen Vorzüge zu preisen, indem sie die Frage der Vaterschaft mit großer Vorsicht umgeht und auch keine unzeitigen Betrachtungen darüber anstellt, wem es gleiche. Erst nachdem es ihr klar geworden ist, daß nichts Verfängliches dahinterliegen kann, stellt sie die kühne Behauptung auf, das Kind sei der Mutter wie aus dem Gesicht geschnitten, und merkwürdigerweise gleiche es auch ein wenig der anderen Dame ... Skadusch macht eine kleine Bewegung mit den Achseln und sagt, Sofiat sei eben die Schwester der Mutter.

So hat denn Miß Boby den ersten Halt in der neuen Familie fassen können. Sie setzt sich nun ans Klavier und spielt mit bezaubernder Hingabe die zwei Stücke, die der Konzertjüngling in der Konfiserie ihr beigebracht hat, nämlich den Kaisermarsch und das Lied von Beethoven: «Komm an mein Herz, um recht zu weinen». Das Kind hebt das Köpfchen und fängt mit den Händchen an, in der Luft umherzufuchteln, und es schreit und kreischt, so daß Skadusch ganz närrisch wird und sogar der Sofiat die dicken Tränen über die Wangen laufen vor lauter Rührung über den Gesang, von dem sie nicht ein einziges Wort versteht. Die einzige, die sich nicht täuschen läßt und deren Miene sich nicht aufhellt, ist Meliska. Verhängnisvoll steht die Waage nun bereit, die dem einen den Sieg bringen soll über das andere, denn nachgeben wird keines, und im Wettlauf des Bösen muß immer der unterliegen, der noch am meisten Gutes in sich hat. Eline Gonsior aber, um den Triumph des Tages voll zu machen, kniet vor Meliska nieder, streckt die Hände nach dem Kind aus und sagt: «Willst du nicht zu deinem Tantchen kommen …?» Im selben Moment aber fährt Meliska empor wie eine Rakete, rafft das Kind in die Höhe und schreit: «Soll ich es für dich geboren haben?» Der Haß leuchtet aus ihrem Gesicht wie eine Flamme, dann geht sie aus dem Zimmer und schlägt die Tür hinter sich zu. Eline aber stellt sich mitten ins Zimmer, macht ein drolliges Gesicht, läßt das Lachen die ganze Stufenleiter hinuntersausen und sagt mit komischem Ernst: «Was soll nun das Tantchen anfangen ohne das Kind?» Womit sie ihr Familienrecht vor Skadusch begründet hat und der Wettlauf um das Kind beginnt.

14. Kapitel: Das Land der Zukunft

Der Haß ist ausgebrochen und hat auch den untersten Saum des Verstehens durchgerissen, indem nun nicht bloß einzelne sich das Leben zur Unmöglichkeit machen, sondern ganze Völker den Todesbogen gegeneinander spannen und Erdteile sich Vernichtung androhen. Es haben sich wohl viele dagegen gewehrt und die Hände zum Himmel erhoben, und auch die Kirche hat mit ihrem Glöcklein geläutet: «Herr, gib uns Frieden …» Aber es ist so: Der Friede kommt nicht aus der Luft, sondern aus dem Herzen. Und er ist nicht das Fundament, sondern das Ergebnis des Guten, das sich von selbst zur goldenen Kuppel wölbt, weil darunter alles, alles gut geworden ist. Es erlebt auch nicht das Gute, der es wünscht, sondern der es bringt durch sein eigenes Vorangehen. Wer auf andere wartet, der erlebt bloß, daß er überholt und schließlich ausgestoßen wird aus dem tragenden Strom der Liebe. Von jedem Ort aus kann man das Gute bringen. Man kann es von der Wohlmeinenheit aus bringen und vom Haß, denn mehr als hassen kann auch der Schlechteste nicht. Von keinem Ort der Seele aus ist die Güte so nah als vom Haß aus, wo man über den Rand des Bösen hinüberschaut ins Herz des anderen: «Du, ich, ach wir alle wollen leben: Brüder, Brüder …»

Dennoch ist dieser Schritt nicht geschehen. Und wie eines Morgens die Leute von Lostrow aus der Messe gekommen sind, da haben die Kanonenrohre über der Stadt gestanden, und dann hat das Schießen angefangen. Kugelregen ist über die Dächer gefallen, und die Südseite der Stadt mit dem Befestigungsturm ist zusammengeschossen worden. In Massen liegen die Leute tot in den Straßen umher. Auch die Blumenverkäuferin ist getroffen worden. Ihr Kopf ist zerschmettert, und von den Blumen ist kein Blatt mehr übrig. Nur die Krücke liegt unversehrt im Straßengraben. Es würde nichts mehr nützen, mit leeren Särgen über den Platz zu fahren: selbst auf den Wagen ist nicht genug Platz, die Leichen zu bergen, wenn eine Pause im Schießen entsteht. Unter den Leuten ist Panik entstanden, viele sind Hals über Kopf zum Nordtor hinausgeflüchtet und haben in den Steinbrüchen von Tartak Rettung gesucht. Andere sind über den Fluß geflohen und haben sich in den Wäldern verborgen, während die Leute vom nördlichen Teil der Stadt sich in die Keller zurückgezogen haben.

Auch an der Hattwittstraße, die zwar ausserhalb der Stadtgrenze anfängt und sich bis zum Droga Bez hinunterzieht, ist beim Ausbruch des Krieges große Aufregung gewesen. Wie ein Wahnsinniger ist Skadusch umhergestampft und hat in einem fort geschrien: «So ein Unsinn, dieses Kind wollen sie töten, dieses Kind, dieses Kind …» Gleich den anderen ist man dann in den Keller hinuntergestürzt und hat sich hinter Fässern und Kisten verbarrikadiert. Aber schließlich ist es beim Schrecken geblieben, und es wäre unmöglich gewesen, an der Hattwittstraße nach der Beschießung auch nur einen einzigen Schaden zu entdecken. Nach und nach hat man sich an das Schießen gewöhnt, hat man angefangen die Möbel in den Keller hinunterzuschleppen, und zuletzt hat sich das ganze Appartement einfach drei Stockwerke tiefer befunden. Und schließlich ist der Skadusch mit seinen drei Frauen im Keller unten geblieben wie in einer Arche Noah und hat sich um den ganzen Krieg nicht mehr gekümmert.

Sanja ist nun bereits ein Jahr alt und die Hauptperson der ganzen Familie. Sie ist die goldene Spule, um die sich alles dreht. Wer es versteht, sich ihr gefällig zu erweisen, kann von Skadusch erhalten, was er will, und wenn er der fremdeste Mensch wäre. Wer Sanja widerspricht, ist für Skadusch erledigt, selbst wenn es sich um die Mutter handelte, die das Kind geboren hat. Nichts gibt es mehr für Skadusch, das ihm wichtig ist: weder Vaterland noch Frauen, noch Freundschaft, noch Verwandtschaft. Einzig und allein das Kind ist es, an das er seine Seele gehängt hat. Und so schweben denn alle um die goldene Spule wie in einem Zirkus: zuerst der Skadusch, dann die Sofiat, dann Eline Gonsior und zuletzt Meliska, und alle machen sich um des Geldes willen, das sie von Skadusch erhalten, zu Sklaven des Kindes. Aber wenn es für Sofiat und Eline Gonsior leicht und gewissermaßen unverbindlich ist, jederzeit und um jeden Preis ins Loblied des Kindes einzustimmen, so ist dieser Sklavendienst am eigenen Kind für Meliska ein Widerhaken in ihrer Seele. Zum erstenmal in ihrem Leben hat sich eine Vorstellung in Meliska gebildet, nämlich die Vorstellung, daß sie Mutter ist. Und diese Vorstellung ist der Widerhaken in ihrer Seele. Meliska sieht sich in einem Zwiespalt dem Leben gegenüber. Weil sie die Mutter des Kindes ist und nicht bloß die bezahlte Dienerin, die sich um seine Gunst zu bewerben braucht, so muß sie reich sein, muß sie die reiche Mutter eines reichen Kindes sein. Weshalb sie nicht nur das Recht, sondern die Pflicht hat, reich zu werden. Und so steht denn das Wort «reich», das sie sich einst unwissend als Wimpelfähnchen für ihre Lebensfahrt gewählt hat, nun plötzlich wie ein feuriger Pfeil senkrecht über ihrem Haupt, indem sie nicht nur aus freier Wahl reich werden kann, sondern schicksalhaft reich werden muß.

Nicht das Schicksal leitet ja die Menschen irre, sondern ihre eigene innere Idee, indem sie den Menschen zum Schicksal wird und sie nach Ort und Stunde genau dort landen läßt, wo ihr Wollen Erfüllung finden soll.

Auf Skadusch hat der Weltkrieg vom Augenblick an, als er sich sicher gefühlt hat, nicht den mindesten Eindruck mehr gemacht, dermaßen belanglos ist für ihn alles, was nicht mit dem Kind in direktem Zusammenhang steht. Sein Herz ist tot für alle. Damals, als niemand Erbarmen gehabt hat mit seinem grenzenlosen Unglück, damals ist auch das Erbarmen in Skadusch gestorben. Wie ein Baumstumpf ist er geworden, der kein eigenes Wachstum mehr hervorbringt und um den nun ein fremdes Grün wuchert, das nicht aus seiner Wurzel stammt. Und wie der Krieg über die Erde geht und nicht der blutenden Herzen, der wehrlosen Hände und der tiefen Tränen achtet, da freut es den Skadusch, daß er ebenso achtlos und dröhnend über die Erde gehen kann, ohne von jemandem zur Rechenschaft gezogen zu werden. Er ruft seinen Lehrburschen Stuphan, den er als Wachtposten vor seinem Haus aufgestellt hat, und heißt ihn nach dem Kasztanplatz hinunterlaufen und sehen, ob er nicht irgendwo ausländische Zeitungen erhalten kann. Es gibt zwar schon lange keinen Zeitungskiosk mehr in der Stadt, und Skadusch könnte denken, daß der Junge vielleicht nicht mehr lebend wiederkehrt; aber wie gesagt, er will nichts mehr davon wissen, was andere Menschen angeht. Er weiß nicht einmal mehr, daß in seiner eigenen Stadt Tausende von Toten in zerschossenen Straßen und Häusern umherliegen. Er, der Skadusch hat den Fetisch gefunden, hinter den er sich verkriechen kann und der nun sein Glück ausmacht. So braucht er von nun an kein Mensch mehr zu sein. Er kann tun, was er will. Wie Stuphan endlich nach Hause kommt und doch eine Zeitung gefunden hat, klopft ihm Skadusch auf die Schulter, setzt sich in einen Schaukelstuhl und liest seinen Damen die Berichte vor. Es scheint, daß in Europa nun beinahe jedes Land am Weltkrieg beteiligt ist, und sogar aus fremden Erdteilen hat man Truppen herbeigeschafft, um das Weltunglück voll zu machen. Wie eine Riesenflamme loht der Schmerz dieses ungeheuren Menschenopfers über die Erde hinweg und möchte im Herzen der Menschheit alles versengen und verbrennen, was der Verwesung angehört und der Verderbnis, so daß das Übrigbleibende wirklich nur noch das Gute sei, das der Hölle standgehalten habe und nun ein Anrecht darauf besitze, als Bestehendes zu gelten; so daß, wenn auch nicht das Leben, so doch der arme, bittere Tod der um des Hasses willen Gefallenen eine Treppenstufe der Erkenntnis bilden solle für die Zukunft.

Skadusch spürt nichts von einer reinigenden Flamme in sich, noch von einem Klageruf der Sterbenden um sich herum. Wenn er die Kriegsberichte gelesen hat, wirft er das Blatt hinter sich und läßt Sanja auf seinen Knien tanzen; er singt dann russische Studentenlieder dazu, als ob alles nur eine Freude wäre. Und wenn am Vorwerk draußen die Kanonenmörser den Tod gegen die Stadt speien, die für ihn stirbt, und die Geschosse mit dumpfem Schall gegen die Sandbänke platzen, dann macht Skadusch «Bum, bum, bum …» und klatscht dem Kindchen die Händchen zusammen. Auch Sofiat muß lachen, Eline Gonsior redet von ihrem armen Vaterland, das sie nie mehr sehen wird, nur Meliska sitzt still und feierlich da und bekreuzt sich. Skadusch kommt ihr gottlos vor.

Dann kommt es auch im Haus an der Hattwittstraße zu Kriegserklärungen. Es ist ja so: Das Wohlleben aus einem vorhandenen Besitz wird umso größer, je weniger da sind, die ihn miteinander teilen müssen. Dieser Grundsatz bestimmt das Handeln der Völker und auch der einzelnen. Dies, obwohl eine große Torheit in dieser Selbstsucht liegt, denn erstens sind die Menschen kein feststehendes, sondern ein sich wandelndes Geschlecht, und zweitens ist die Erde kein mit Händen erstellter Besitz, sondern eine ewig sich erneuernde Weltenschöpfung, auf der geboren zu werden es sogar Engel gelüsten würde.

Trotzdem ist es auch im Hause Skadusch zu Kriegserklärungen gekommen, und der erste Angriff hat Eline Gonsior gegolten. Nachdem sie am ersten Abend durch ihre musikalischen Leistungen nicht gerade Sofiats Gunst, aber doch deren Duldung erreichte, glaubte Eline ohne weiteres auch ein Zimmer neben demjenigen von Skadusch beanspruchen zu können, in welchem sie die Nacht über die Türe offen stehen läßt, weil sie, wie sie sagt, noch nicht an Polen gewöhnt ist. Am Morgen darauf frühstückt sie dann der Einfachheit halber bereits als Dame des Hauses im blauen Morgenkleid und gelben Pantöffelchen mit Skadusch zusammen und legte ihre Füße elegant neben seine Tasse auf den Tischrand. Diese kleine ungenierte Bewegung sollte die Familie an ihr Dasein gewöhnen und ihr vergönnen, sich nunmehr ohne Anfechtung heimisch in ihr niederzulassen. Sofiat hingegen, die sich durchaus nicht für Mehrarbeit im Haus interessiert, hat klar und fest erklärt, daß sie eine Person, die die Füße auf den Tisch stelle, nicht bediene. Ohne ein weiteres Wort darüber zu verlieren, hat sie daraufhin Elines Köfferchen vor die Tür gestellt und flutet nun in ruhevollem Bewußtsein ihrer Würde in die Küche zurück, während Meliska mit dem Kind auf dem Arm wie eine heilige Muttergottes groß und hoheitsvoll an der nichtswürdigen Fremden vorüberschreitet. Auf diese Weise wäre für einen gewöhnlichen Menschen die Tür zum friedlichen Einvernehmen für immer geschlossen gewesen, zumal auch Skadusch, der Liebhaber, nicht einen einzigen Protest gegen die ungastliche Behandlung erhoben hat. Miß Boby aber ist, wie gesagt, ein außerordentlicher Mensch. Ohne sich um Widerwillen oder Feindseligkeit auch nur einen Augenblick zu kümmern, lacht sie sich einfach an der wütenden Sofiat vorbei, bindet sich eine breite Küchenschürze um und fängt an mitzuhelfen, als ob sie eigens zu Sofiats Entlastung aus Deutschland hergereist wäre. Am anderen Tag hat sie Sofiat Locken gebrannt, hat sie umarmt und geküßt, für sie gekocht und sich auf alle Art und Weise derart unentbehrlich gemacht, daß Sofiat zur Überzeugung gekommen ist, in Eline die treueste Freundin gefunden zu haben. Zuletzt haben sie sich «Großmutter» genannt und «mein Herz». Am Abend dann spaziert Eline mit Skadusch Arm in Arm über den Kasztanplatz und zur Ulica Novo hinunter, wo die vielen modernen Schauläden sind. Mit Tränen in den Augen spricht Eline von ihrer goldenen Heimat, die sie um Skaduschs willen verlassen habe und die nun wie ein Märchenland für immer hinter ihr verschwunden sei. Sie

155

spricht auch von Skaduschs Opfermut gegen Meliska und von der Zukunft des wunderbaren Kindes, das der Zufall leider einer gänzlich verunglückten Kreatur in die Hände gespielt habe, die seiner gar nicht wert sei. Und während sie mit dem Zeigefinger, darauf immer noch der große, unechte Türkis prangt, auf die Schaufenster zeigt, läßt sie wohlgefällig ihre breiten, wasserblauen Augen in die Schläfen hinuntersinken vor lauter Entzücken. Und Skadusch läuft neben ihr her und geht mit ihr in die Läden, wo er ihr Hüte und Pelze und Mäntel kauft, ohne zu wissen wieso, und kommt sich vor wie der wunderbarste Mensch auf Erden.

«Ein Christus bin ich und ein Wohltäter der Menschheit», schreit er, während er Eline den Pelz um den Hals legt.

Auf diese Weise ist Eline Gonsior in der Familie Skadusch das «Tantchen» geworden, dem niemand mehr im Weg steht außer Meliska. Aber genau da ist der Brennpunkt des Bösen. Alles nämlich, was Meliska für diese Fremde empfindet, ist Haß: Haß und Eifersucht um ihr Kind, das Eline benützen möchte, um Skadusch damit zu fangen. Alles wiederum, was Eline für Meliska empfindet, ist Haß: Haß und Eifersucht auf Meliska, die durch das Kind den Skadusch unveräußerlich in den Händen hält. Und da, wo der Brennpunkt des Bösen ist, beginnt auch der Kampf. Drohend im Blitzlicht ihrer Seele sammelt Meliska den Haß, den Eline breit und schäkernd um sich streut. Und während sie am gleichen Tisch sitzen und schiefe Striche auf die Tafel malen, weiß die eine von der andern, daß sie ihr den Tod wünscht. Aber das Böse läuft ja in denselben Bahnen wie das Gute. Wo die Übermacht ist, da ist auch der Sieg. Unheilvoll wie eine feurige Linie der Gedanken zieht sich der Haß um Meliska zusammen und stürzt sich schließlich, bei Sofiats Gleichgültigkeit beginnend, mit voller Wucht in Skaduschs vom Guten entblößte Seele. Von Eline Gonsior um ihres Vorteils willen zum Wohltäter der Menschheit erhoben, wird es ihm plötzlich klar, daß er keinen größeren Feind auf Erden hat als Meliska, die trotz allen Geschenken, die er ihr zur Abzahlung seines Glückes ein Leben lang in den Rachen werfen muß, nie aufhören wird, die Mutter des Kindes zu sein. Und er weiß plötzlich, daß er keine Ruhe mehr im Herzen haben wird, bis sie tot ist. Und wie nun in Europa eine Kriegserklärung nach der andern erfolgt und sich alles einem bösen Ende zuneigt, da fühlt sich auch Meliska von

drohenden Mächten unabwendbar einem Abgrund zugestoßen, dem sie zwar nicht mehr entrinnen, aber gegen den sie
sich mit der letzten Verzweiflung ihrer Seele wehren wird.

Der Sommer ist gekommen. Hohe, herrliche Tage werfen
sich von der Erde auf wie Flammen der Lust, die sich am
Abend in blauen, goldenen und rosafarbenen Himmeln verlieren. Aber im Keller unten, wohin sich die Menschen haben
zurückziehen müssen, weil sie des Zankes wegen keinen Platz
mehr nebeneinander auf der Erde finden, ist es dumpf. Ein
einziges Land unter all den kämpfenden ist bis jetzt noch nicht
in den Krieg eingetreten. Skadusch sagt, es sei das Land der
Zukunft. Nach dem Krieg wolle er dahin ziehen. Das Tantchen
findet die Aussicht reizend, Sofiat schimpft, aber Meliska
stellt die Unterlippe vor: «Ein Land der Zukunft», sagt sie,
«das ist der Himmel, und sonst ist keine Zukunft.»

Dann ist der Haß ausgebrochen und hat auch den untersten
Saum des Verstehens durchgerissen. Meliska hat nämlich endgültig gezeigt, daß sie nicht bloß Dienerin ist an ihrem Kind,
sondern Mutter. Was Sanja sieht, das muß sie haben. Und
Sanja sieht schon viel. Bevor sie es bekommt, klatscht sie
niedlich mit den dicken Händchen; aber wenn man ihr etwas
versagt, schlägt sie Skadusch mit den Fäustchen ins Gesicht.
Irgendwie scheint ihr der gutmütige Skadusch, der sie so verwöhnt, der Urheber alles Bösen zu sein. Aber Skadusch wird
mit jedem Tag närrischer. Wenn das Kind eine Puppe hat,
möchte es ein Pferd haben, wenn das Pferd da ist, wünscht es
sich einen Ball. Und Stuphan rennt und holt die Puppe und das
Pferd und den Ball unter Lebensgefahr. Aber zuweilen will
das Kind auch etwas anderes haben. Auf Skaduschs Schreibtisch steht eine wundervolle persische Vase, die viele hundert
Rubel gekostet hat, und das Kind klatscht in die Händchen und
möchte mit der Vase spielen. Skadusch hält ihm das kostbare
Stück sorgsam hin und läßt es hineingucken. Aber Sanja ist
damit nicht zufrieden. Sie möchte die Vase selber in den Händchen halten. Eline Gonsior bricht das Lachen vom obersten
Ton ab, und Sofiat klatscht zur Ermunterung in die Hände. Nur
Meliska ist klug und nimmt dem Kind die Vase wieder ab,
stellt sie zurück auf den Tisch und sagt: «Das ist nichts für ein
kleines Kind.» Skadusch aber wird namenlos wütend, und indem er dem Kind das Begehrte wieder zurückgibt, sagt er:
«Ich will es nicht haben, daß ein einziger Mensch diesem Kind

etwas befiehlt; wenn es Lust hat, so mag es eben die Vase zerschlagen.» Sanja dreht sich um, sieht einen Augenblick die Mutter an, wirft dann die Vase mit voller Wucht zu Boden, so daß sie in tausend Stücke zerbricht, und macht: «Bum, bum ...» – «Bravo», schreien Skadusch, Sofiat und Eline Gonsior. Meliska aber, weiß vor Zorn, weil das Kind nicht ihr gehorcht hat, sondern den anderen, schlägt es auf die Hände. Aber im selben Augenblick stürzt Skadusch wie ein Wahnsinniger auf Meliska, faßt sie bei den Haaren, und nun entsteht im Keller unten eine solche Prügelei, daß sogar der Stuphan erschrocken von der Straße hinunterstürzt. Das Kind aber, das Eline heldenmütig vor der «rasenden Mutter» gerettet hat, beißt um sich wie ein junger Wolf, bis es sich endlich losgemacht hat und zu Meliska zurückgeflüchtet ist. In blinder Wut haut daraufhin Skadusch, dem sich Sofiat anschließt, auf Eline ein, die das Kind «herzlos» seiner Mutter entrissen hat. Und das ist erst der Anfang gewesen. Von nun an vergeht kein Tag, an dem nicht irgendein Krieg entsteht zwischen Skadusch und seinen drei Frauen. Und der Kampf wogt hin und her. Manchmal sind Sofiat und Meliska gegen Skadusch und die Fremde, dann wieder kämpfen alle gegen Meliska und manchmal alle gegen Eline. Und Skadusch schwitzt und ringt im Keller unten mit seinen drei Frauen und brüllt: «Ich reise fort mit dem Kind und laß euch hier verhungern.» – «Und ich gehe auf die Straße und lasse mich mit dem Kind erschießen», schreit Meliska, während Eline sich Skadusch um den Hals hängt und stöhnt: «Errette mich, Geliebter, errette mich ...» Nur Sofiat bleibt neutral. Sie steigt auf einen Stuhl, ficht blindlings mit Stöcken und Schirmen um sich und brüllt, bis ihr fast die Halsadern platzen: «Ich töte jeden, der mir zu nahe kommt.» Kurz: es ist ein solcher Lärm im Keller unten an der Hattwittstraße, daß die Polizei schon längstens hätte einschreiten müssen, wenn draußen nicht zufällig der Weltkrieg getobt hätte ...

Aber der Kriegszustand im Keller unten geht in Meuterei über. Wie eine Bestie läuft Meliska umher, stiehlt alles, dessen sie habhaft werden kann und versteckt es in ihren Kisten. In einer Nacht hat sie Pan Skadusch sogar fünfhundert Rubel gestohlen, die der, in ein Tuch gerollt, am nackten Leib getragen hat. Meliska hat zwar das Geld nicht gezählt und käme ja ohnehin nicht weiter als bis zehn, aber es freut sie ungemein, denn sie glaubt nun Skaduschs Vermögen zu besitzen. Als

Skadusch am andern Tag dahintergekommen ist, hat er geschrien: «Ich reise ins Land der Zukunft, nehme mir einen Advokaten und lasse dich hängen.» Meliska ihrerseits setzt sich in einen Lehnstuhl und klopft mit der flachen Hand auf den Tisch: «Du hast mein Kind, ich habe dein Geld, reis in die Zukunft, wenn du willst!» – «Bestie», brüllt Skadusch, und er weiß nicht, wie seine Haut noch über ihm zusammenhält. Sofiat steht mit verschränkten Armen da und schaut ihn an wie einen Kindsmörder. Eline blickt mit flehentlichen Augen nach Meliska. «Es ist doch eine große Sünde», sagt sie, «sich so zu benehmen gegen einen Wohltäter» und streift Skadusch bräutlich über den Rockkragen. «So heirate doch deinen Wohltäter, ich habe das Geld», höhnt Meliska und wirft Eline ein Messer an den Kopf.

So sind denn die Dinge im Hause Skadusch über alle Begriffe hinausgewachsen wie alles Böse, dem man ungehemmten Lauf läßt. Dermaßen haben sie sich ineinander verkeilt, daß keines mehr sicher ist, nicht eines Nachts vom anderen umgebracht zu werden. Schmal wie ein Nadelöhr sind die Auswege, die der Haß zwischen ihnen noch offen läßt. Wenn der Weltkrieg nicht ein Ende nimmt, kommt keins mehr von ihnen lebendig aus dem Keller hervor.

Aber dann sind die Klammern eines Tages auseinandergefallen. Das Schießen hat aufgehört, und die Gefahr scheint so weit gebannt, daß man die Wohnung wieder beziehen und auch Ausgänge nach der Stadt machen kann, ohne Gefahr zu laufen, umgebracht zu werden. Wie Maulwürfe, die das Tageslicht nicht mehr recht ertragen können, sind die Bewohner des Kellers an der Hattwittstraße aus der Höhle ihres Zankes wieder herausgekrochen. Eline Gonsior, die Widerstandsfähigste von allen, hat sich zuerst erholt und sagt zu Skadusch: «Großvater, reisen wir doch aus diesem Land fort!» – Aber dann sind auch die übrigen aus der Betäubung erwacht, und der Zank hat neu begonnen.

Und doch ist der Tag angebrochen, wo sie tatsächlich am Bahnhof stehen. Eline im weißen Reisekleid mit wehendem Schleier, Meliska mit Sanja an der Hand, eingepackt in ein feingenähtes polnisches Jäckchen, mit einer gelben Samtmütze auf dem Kopf, die Haare schön gebürstet, dazu Skadusch als Vorsteher der Karawane in Mantel und Galoschen. Es hat allerdings alles viel Mühe gekostet, und zur Zeit, da sie auf dem Bahnhof stehen, wissen sie noch nicht einmal, wohin sie reisen und wer überhaupt mitkommt. Zuerst hat Skadusch alles am besten zu lösen geglaubt, indem er einfach zwei Billette holt: eins für das Tantchen und eines für sich. Auf diese Weise wären sie einfach eines Morgens mit dem Kind verschwunden gewesen. Aber es singt nicht immer der das Lied zu Ende, der es anstimmt, und Eline Gonsior hat sich die Zeit im Ausland eher als eine Art Erholung vorgestellt mit verschiedenen Liebhabern und mit Skadusch als sicherem finanziellem Hintergrund – und nicht etwa als Kinderfräulein von Sanja Smaliek. Zudem hält sie Meliska für genügend besiegt, und so hat denn sie das Ende vom Lied gesungen, und nicht der Skadusch, indem sie ihn sanft auf ihren Plan einstimmt. «Wenn das Kind größer wäre», meint sie, «könnte man es vielleicht mitnehmen ohne seine Mutter, aber jetzt ist es noch zu klein.» Dem Skadusch schwebt bei diesen Worten etwas von jungen Katzen vor, die zugrunde gehen, wenn man sie zu früh von der Mutter wegnimmt. Immerhin will er seinen Plan nicht aufgeben und beharrt darauf. «Vielleicht will ja Meliska gar nicht mitkommen», sagt er und öffnet der Hoffnung leise eine Tür. Aber Eline ist branchenkundig. «Wenn Meliska dableibt», sagt sie, «wird sie auch das Kind nicht hergeben wollen, und fähig ist sie zu allem …» Breit und wollüstig gleiten ihre Augen in die Schläfen zurück. Dem Skadusch bricht der Angstschweiß aus beim Gedanken, nochmals mit Meliska zusammenwohnen zu müssen. «Töten sollte man ein solches Weib», stöhnt er.

So hat denn Eline das Ende vom Lied gesungen, und wie man daraufhin Meliska gefragt hat, ob sie mitkommen wolle, hat sie geantwortet: «Wo das Kind ist, bin auch ich. Zudem habe ich selber Geld.» Und sie ist dagestanden wie eine Bildsäule und hat Skadusch ins Gesicht geblickt, als ob sie ihn verschlingen wollte. Skadusch ist darauf nichts anderes übriggeblieben, als noch ein drittes Billett zu holen, und zuletzt hat er sogar noch alle List anwenden müssen, damit schließlich nicht auch noch Sofiat mitgekommen ist. Er hat ihr dafür doppelt soviel Geld dalassen und versprechen müssen, daß er bald wiederkomme. In seinem Herzen aber hat er einen ganz andern Plan gefaßt, nämlich den: Sowie er im fremden Land Fuß gefaßt hat, wird er sich gegen Meliska einen Advokaten nehmen, dem Tantchen wird er einen Laden besorgen, wo sie ihre

Liebhaber treffen kann; für sich selbst aber wird er eine hübsche Erzieherin aussuchen, die bei Sanja bleiben soll, und dann wird er endlich Ruhe haben vor allen lästigen Anhängern und das Kind und das Leben für sich genießen. So fahren denn endlich alle befriedigt ab, jedes nach dem Land seiner Zukunft, und sogar Sofiat ist zufrieden gewesen, denn sie hätte durchaus keine Freude gehabt, die einzige Schwester bei sich behalten und mit demselben Geld, das sie nun allein besitzt, auch für sie sorgen zu müssen. Bevor Skadusch einsteigt, fällt ihm Sofiat nochmals um den Hals und schluchzt: «Vergiß deine treue Sofiat nicht ...»

Schwer und unerbittlich rollen die Räder des Schicksals auf den Schienen vorwärts und wälzen die Lawine des Unglücks aus dem Land ihres Ursprungs dem der Erfüllung entgegen. Wie sie nach langer Fahrt endlich auf dem nassen Perron einer fremden Stadt aussteigen, weht ein eisig kalter Wind, und vor dem Land der Zukunft hängt der Nebel wie ein dichter Vorhang, hinter dem man die Umrisse gespenstischer, riesengroßer Berge ahnt, die sich über den lautlosen Wassern des völlig Unbekannten erheben. Hoch und unbeweglich steht Meliska mit dem Kind auf dem Arm am äußersten Rand des Bahnsteigs, während Skadusch und das Tantchen mit den Trägern um die Gepäckstücke markten. Mit weiten Augen starrt Meliska auf die ungeheuren Linien der Berge, die sich aus den kleinen Sandhäufchen, die sie einst sorglos mit bloßen Füßen zusammengescharrt hat, zum unüberwindlichen Schicksal zu türmen scheinen, und plötzlich weiß sie, daß sie über diese Berge nicht wird hinwegkommen können. Und so ist da die Grenze des Möglichen gewesen, bis zu welcher Meliska gelangen sollte.

15. Kapitel: Der Ruf

Das neue Land erscheint Meliska unheimlich. Saubere, schön gepflasterte Bürgersteige begleiten auch die bescheidensten Straßen, und bis in den Wald hinein ist alles aufgeräumt. Bänke stehen da und rote Zeichen an den Bäumen. Nie kann man einen Weg gehen, wo man allein ist, immer scheint man von jemandem beobachtet zu werden. Nie würde Meliska es gewagt haben, den Ring der Fürstin Susumoff unter einem Baum mit einem roten Zeichen zu verbergen. Sie fühlt sich unglücklich wie ein Raubtier, dem man Schellen an die Füße gebunden hat. Wenn sie ausgeht, haben ihre Augen einen bläulichen Schimmer von irgendeiner entfernten Angst. Sie zieht dann die Oberlippe hoch und schnuppert umher. Auch die Bewohner des Landes erscheinen Meliska gefährlich. Wie in einer Panzerrüstung von Ordnung laufen sie umher und bewegen sich zielbewußt auf ihren geraden Straßen. Als ob auch sie rote Zeichen an der Stirne trügen, weiß ein jeder genau, was er zu tun hat und was er vom andern zu fordern hat. Wenn die Leute dieses neuen Landes zueinander auf Besuch gehen, wissen sie zum voraus, auf welchen Stuhl sie sitzen dürfen, und jede Decke wird zur Schonung mit einer weiteren Decke belegt. Keine Vase steht je an einem anderen als am gewohnten Platz, und es wäre im neuen Land für Meliska sehr schwer zu stehlen, weil die Dinge oft ein Menschenalter gleich geordnet bleiben. Diese Ordnung ist der Schutz dieser Menschen voreinander. Aber Meliska kann sich nicht dahinter verbergen. Sie fühlt sich viel sicherer im wilden Wald zu Wiazk und im Mäusenest der Sofiat als auf diesen geraden aufgeräumten Straßen. Mißtrauisch lauern ihre Augen auf den Moment, wo sie in diesem Netz der Ordnung gefangen sein wird, und fast beschleicht sie ein Grauen, mitgekommen zu sein.

Zwar ist auch Skadusch kein Freund der Ordnung, besonders dann nicht, wenn sie jemand von ihm fordert. Er flucht dann und schimpft über das neue Land und nennt seine Bewohner eine Kellnerbande, die immer nur dasteht, um ihm Geld abzufordern für irgendeine Steuer, von der er nichts hat als den Schutz der Ordnung. Aber wie gesagt, Skadusch hat Geld, und wenn er auch lärmt und tobt, so steht er doch in gutem Ansehen im Haus, und die Vermieterin mit der verwaschenen Morgenjacke würde es nie wagen, etwas gegen ihn zu sagen. Sie öffnet nur leise die Tür ihres Schlafzimmers und hält ein Ohr als Vorposten hinaus, aber wenn Skadusch vorbeigeht, verschwindet sie sofort in der Türspalte und nimmt auch das Ohr mit. Meliska dagegen bezeichnet sie als «Dienstmagd», wenn sie von ihr spricht. Sie bittet dann Herrn Skadusch, doch der «Dienstmagd» zu sagen, daß sie nicht so laut spreche, es verstoße gegen die Ordnung des Hauses. Aber Meliska weiß nicht, wieso sie weniger Recht haben soll, laut zu sein, denn schließlich ist sie doch die Mutter des Kindes und Skadusch ist nicht sein Vater. Wenn sie die Vermieterin kommen sieht, stellt sie die Unterlippe vor und sagt auf polnisch «alter Teufel» zu ihr. Aber es nützt nichts, denn die Vermieterin versteht es nicht und nennt Meliska nach wie vor «Dienstmagd».

Zuweilen kommt auch ein Advokat zu Besuch, den Skadusch bestellt hat. Es ist ein schöner Mann mit einem runden Hut und einem Mantel, der mit Seide gefüttert ist. An der Krawatte trägt er eine goldene Nadel mit einer Perle. Dieser Herr spricht ein wenig Polnisch, er gibt Meliska die Hand und redet sie sogar mit «Sie» an. Wenn der Advokat kommt, ist Skadusch froh. Sie setzen sich dann an einen Tisch, und der Advokat zieht viele gelbe Briefumschläge aus seiner inneren Rocktasche. Alles an diesem Mann ist wohlgepflegt, der schön gestickte Namenszug inwendig im Mantel, die Fingernägel und auch der runde Hut, für den er sich immer einen besonders Platz aussucht, ehe er ihn hinlegt. Aber Meliska haßt auch diesen Advokaten, der sie allerhand unnütze Dinge fragt und sie mit «Sie» anredet. Meliska ist keine «Sie», sondern Meliska ist eine «Du». Von Kind an hat nie jemand «Sie» zu ihr gesagt, nicht mal die Fürstin Susumoff. Wenn der Advokat kommt, nennt ihn Meliska auf polnisch «Stara Malpa», alter Affe, aber auch er versteht dieses Wort nicht, und er nennt sie nach wie vor «Sie».

Das Tantchen ist glücklich. Sie sagt, in diesem Land könne man erst richtig leben. Es sei ein Glück, daß Sanja hierher habe kommen können, damit auch sie richtig leben lerne. Wenn der Advokat zu Besuch kommt, zieht sie eine weiße

Spitzenbluse an und steckt sich eine Blume in den Ausschnitt. Der Ordnung halber lächeln sie sich dann einander zu. Auch mit der Vermieterin stellt sie sich gut. Wenn sie sich auf der Treppe begegnen, geben sie sich die Hände. Die Vermieterin nennt Tantchen «Madame».

Meliska aber fühlt sich, obwohl sie im neuen Land durch die Vermieterin von der Arbeit befreit ist und sich mit ihren Koffern und dem Geld, das sie immer noch um den Leib trägt, als reiche Mutter eines reichen Kindes vorkommt, von irgendeinem fernen, entsetzlichen Strudel angezogen, dem sie unfehlbar zustrebt und vor dem sie nichts mehr retten kann. Dann wird auch über ihrem Herz ein rotes Zeichen stehen, ein breiter roter Strich wie eine Wunde, als Wegweiser für künftige Güte. Dann, wenn die Ordnung nicht mehr Waffe in der Hand der Selbstsucht ist, sondern letzte Vollendung des Guten.

Am Ende der Straße, an welcher Skadusch mit seiner Familie wohnt, steht eine kleine Kirche mit einem spitzen Turm. Diese Kirche hat ein kühles, schlankes und an sich gehaltenes Aussehen wie ein Mensch, der sich nicht ohne weiteres mit jedem einläßt, sondern sich registriert weiß in einer klaren Rangordnung. Wenn eine Stunde um ist, gibt die Kirche vier abgemessene Glockentöne von sich und läßt hernach die Stundenzahl in sauberen Schlägen über die Stadt schwingen. Bewußt und regelmäßig bemißt die Kirche die Zeit, und es würde ihr jahraus, jahrein nie einfallen, zu einer anderen als der kalendarisch festgesetzten Stunde ihre Glocken in Bewegung zu setzen. Um zwölf Uhr und um sechs Uhr jedes Tages läutet die Kirche mit zwei Glocken, am Sonntag, vor und nach der Predigt, mit vier, und vor offiziellen Festtagen mit allen Glocken. Aber einmal, als Meliska ausgegangen ist, um für Pan Skadusch eine Besorgung zu machen, hat sie in die Kirche am Ende der geraden Straße eintreten wollen. Eine Art von Heimweh hat sie befallen nach einem Ort, wo weder die Vermieterin mit der verwaschenen Morgenjacke hinkommt noch der Advokat mit dem gebürsteten Hut, und nicht mal das Tantchen mit den wasserblauen Augen, das sogar aus Meliska einen ordentlichen Menschen machen will. Aber die kleine kühle Kirche am Ende der Straße ist verschlossen gewesen, und weil Meliska noch nie eine verschlossene Kirche angetroffen hat in ihrem Leben, hat sie gemeint, das Schloß mit Rütteln öffnen zu können. Aber sogleich ist ein Mann mit einem Lederschild über den Augen, mit grünen Aufschlägen an Ärmel und Kragen und vielen blanken Knöpfen auf Meliska zugeschritten und hat ihr gesagt, daß eine Kirche nur am Sonntag offen stehe, am Werktag habe niemand hineinzugehen. Darauf hat Meliska die Unterlippe vorgestellt und den Mann gefragt, für was man denn überhaupt eine Kirche habe. Und ist entrüstet auf die andere Seite der Straße gegangen. Zu was man Kirchen baut, in die man nicht hineingehen darf, weiß sie nicht. Der Mann mit dem Lederschild an der Mütze und den grünen Aufschlägen weiß natürlich die Antwort, und zwar ebensogut wie die schlanke Kirche selbst: Sechs Tage sollst du arbeiten, am siebten sollst du an Gott denken, alles andere ist von Übel. «Die Kirche ist da, daß man Ordnung hält», ruft er Meliska über die Straße nach, und dann ist er in einer anderen Richtung weitergegangen.

Diesen oder einen ähnlichen Mann hat Meliska auch einmal angetroffen, als sie mit Skadusch, dem Tantchen und Sanja spazieren gegangen ist. An einer Straße ist ein beinahe ebenso schönes Haus gestanden wie eine Kirche, mit irgendeiner Inschrift daran, die Meliska nicht verstanden hat. Skadusch hat seinen Damen erklärt, daß es in diesem Hause allerhand ausgestopfte Tiere und Vögel gäbe, dazu Edelsteine, Geräte und Kleider fremder, längst verstorbener Menschen. Weil aber die Türe verschlossen gewesen ist, hat Skadusch ebenso wütend an der Klinke herumgerissen wie Meliska an der Kirchentüre, bis dann schließlich wieder ein Mann gekommen ist, auch er mit einem Lederschild an der Mütze und vielen blanken Knöpfen und Verzierungen am Rock, und hat ein ebenso finsteres Gesicht gemacht wie der Mann, dem Meliska begegnet ist. Aber nachdem Skadusch ihm Geld gegeben hat, für Meliska und sich und Tante Boby, ist er höflich geworden und hat sie in das große und schöne Haus eintreten lassen. Tante Boby sagt, wer den Schutz eines Landes genieße, müsse sich auch seinen Verpflichtungen unterziehen; worauf sie sich dem Schutz dieses Mannes mit den schönen Verzierungen auf dem blauen Rock anempfohlen und die Familie Skadusch für einige Zeit verlassen hat. Meliska aber hat nichts verstanden, weder wieso man einen Schutz genieße, noch wieso man alte Kleider aufhänge und Tiere ausstopfe zum Andenken. Mit Tieren hat sie sich sowieso noch nie beschäftigt, und Edelsteine, die hinter Glasscheiben und Gitter sind, interessieren sie nicht. Und wie sie sich stundenlang mit Sanja, die alles immer wieder von Anfang an erklärt haben will, durch die Säle schleppt, sehnt sie sich zurück nach den Zeiten, wo sie sich noch mit dem Nascha auf dem Ofen herumgebalgt hat, und fast möchte es ihr angenehmer erscheinen, mit Sanja an der Hand dem alten Susumoff im Wald zu begegnen, als sich hier stundenlang müßig zwischen ausgestopften Tieren hinter sauberen Glasscheiben zu bewegen. Ja, selbst der Kampf unten im Keller an der Hattwittstraße kommt ihr nun vor wie etwas Heimatliches, das ihr nie wieder zuteil wird in diesem sauberen, ordnungsgemäßen Land, in dem sogar der Begriff «reich» zu einem verwaschenen und abgestaubten Gegenstand wird, den man hinter eine Glasscheibe und ein Gitter setzt und von einem Mann mit grünen Aufschlägen an Ärmeln und Kragen bewachen läßt. Nie hätte Meliska reich werden wollen, wenn sie gewußt hätte, wie arm dieses Wort ist. Aber nun ist das Gitter um sie und in ihr, und sie kann nicht mehr heraus. Endlich kommen auch der Mann mit dem Lederschild an der Mütze und Tante Boby wieder zum Vorschein, um ordnungshalber das Haus mit den vielen Gittern zu schließen. Und das ist das einzige Mal gewesen im neuen Land, daß für Meliska der Segen der Ordnung ersichtlicher gewesen ist als für Tante Boby.

Am Sonntag besteht Eline Gonsior zuweilen darauf, in die Kirche zu gehen. Sie brennt sich dann zuerst Locken über der Stirn, zieht ihr elegantestes Kleid und weiße Lederhandschuhe an. Meliska muß ihr die Schuhe putzen. Sie hat sie mit der Zeit schon zu allerhand persönlichen Dienstleistungen abgerichtet. Es gibt sogar Tage, an denen Meliska diese Dienste mit einem gewissen Wohlgefallen verrichtet, daneben gibt es auch solche, an denen sie jeden Gehorsam verweigert. Im großen und ganzen hat sie sich aber damit abgefunden, Eline als unvermeidliches Übel zu betrachten. Auch sind die äußeren Umstände eines Zanks für sie im neuen Land weniger günstig. Immerhin gibt es auch hier Augenblicke, wo sich Meliska und Eline Gonsior mit Brennschere und Messer gegenüberstehen. Und es gibt auch Tage, an denen Skadusch und Eline, wenn sie abends nach Hause kommen, eine verschlossene Türe finden, weil es Meliska gefällt, mit Sanja allein zu bleiben, als reiche Mutter eines reichen Kindes. Um nicht Lärm zu machen, müssen Skadusch und Eline dann im Hotel übernachten.

Solche Abwechslungen kommen auch im neuen Land noch vor, doch erreicht all das, weil Sofiats schweres Geschütz wegfällt, den Kriegszustand von Lostrow nicht mehr. Es sind gewissermaßen nur noch Scharmützel, die damit endigen, daß Meliska noch verlassener dasteht. Aber wie gesagt, es gibt im neuen Land Tage, an denen man in die Kirche geht und Tante Boby darauf besteht, daß auch Sanja mitkomme. Skadusch wird zwar wütend und meint, ein Kind gehöre überhaupt nicht in eine Kirche, ja Sanja werde es auch als Erwachsene nicht nötig haben, hinzugehen. Aber Miß Boby beharrt darauf, daß das Kirchengehen keinem Kind schade, ja sogar nütze, dazu tue es, ob arm oder reich, jedem Menschen gut, ab und zu wieder fromm zu sein. Auch sei man es der Hausfrau schuldig. Diesen Ausführungen Tante Bobys schließt sich dann Meliska an, die ihr Kind auch einmal im Himmel versorgt wissen will. Und so bleibt Skadusch nichts anderes übrig, als die beiden Damen mit dem Kind in die Kirche ziehen zu lassen und allein für sich im Zimmer auf und ab zu gehen.

Wenn Tante Boby mit Sanja an der Hand in die Kirche geht, ergibt es sich von selbst, daß Meliska hinter ihnen hergeht wie ehemals hinter der Fürstin Susumoff, nur daß jetzt das eigene Kind ihre Herrschaft ist. Und sie weiß dann nicht, wieso sie trotz des Reichtums, den sie nun besitzt, doch keine Herrschaft ist, ja nicht einmal mit dem Kind an der Hand vorangehen kann. Auch in der Kirche hat Tante Boby einen Platz in Aussicht. Aber Meliska möchte lieber an einen Ort gehen, wo auch sie Platz hat und wo es nicht drauf ankommt, was für eine Sprache man spricht und ob man reich ist oder arm, sondern man wäre dann einfach da, jedes für sich glücklich und froh. Und irgendwie überfällt sie eine unbestimmte Hoffnung, daß vielleicht die Kirche die Türe sein könnte zu jenem Ort. Irgendwie ginge dann die Türe auf, mitten in der Kirche, ganz breit und groß, die alle auf einmal erlöste vom Bösen. Und Meliska kniet in der Kirche auf den Steinfliesen, wie sie es in Wiazk und in Lostrow getan hat, und bekreuzt sich und hofft auf irgendeine ferne, unendliche Macht, die man weder nennen kann, noch wüßte, in was sie besteht, und die doch plötzlich die Tür öffnet, die Tür der Erlösung … Aber statt der Erlösung tritt eine fremde Frau in einem Kapotthut auf sie zu, reißt sie am Ärmel und sagt mit einer beleidigten Miene ein Fremdwort zu ihr, das ungefähr bedeutet, daß man in der Kirche nicht knien dürfe, weil man Gott schon lange kenne. Und Meliska steht auf und setzt sich neben Sanja, und über ihr schlägt die Türe wieder zu: «Du, du, der du irgendwo bist, erlöse uns von allem Bösen.»

Skadusch verleidet der Umgang mit Boby Gonsior mehr und mehr. Nicht daß er sich etwa auf ihre Treue berufen möchte, aber ihre ewigen Liebhabereien und ihre täppische Gefallsucht erscheinen ihm als ein Mangel an Geist. Er sehnt sich danach, von ihr und Meliska erlöst zu sein und jemand zu finden, der ihn verstände und Anteil nähme an seiner Freude an dem Kind. Auch Skadusch sehnt sich nach Erlösung von dem Bösen, von all dem Bösen um ihn her, das sich noch verzögert und wartet, weil zuerst etwas Bestimmtes geschehen muß. Genau so, wie Meliska Skaduschs Geld besitzen muß, um froh zu sein, und Tante Boby jede Verwöhnung suchen muß, um leben zu können, so muß Skadusch erst Meliska für immer aus dem Weg geschafft haben, ehe er sich ungestört freuen kann. Und dies, obwohl doch der tiefste Schrei der Menschenseele lautet: «Erlöse uns vom Bösen im eigenen Herzen, so sind wir erlöst vom Bösen im Herzen des anderen. So sind wir geheilt …»

Ein paar Tage später hat sich der Vorhang der Zukunft ein wenig gehoben: Als Skadusch seine Briefe von der Post abholt, liegt obenauf, als Antwort auf eine Anfrage in der Zeitung, ein Brief mit der Unterschrift «Lelia Devran». Damit hat die Erfüllung begonnen, in der auch Meliska nicht bloß untergegangen ist, sondern für eine kleine Weile sogar das Höchste erreicht hat in dem ewigen Wunder der Unveränderlichkeit alles Göttlichen – im Silberlicht der Matka Boska.

3. Teil
Die Hilfe

16. Kapitel: Amé Dossa

Es gibt einen Trost in der Welt: Immer wo über einem Menschen eine Bedrängnis entsteht, erwächst ihm in einem anderen Teil der Welt eine Hilfe. Die Hilfe wird von der Bedrängnis angezogen. Einer kleinen Bedrängnis steht eine kleine Hilfe gegenüber, einer großen Bedrängnis wartet eine große Hilfe. Und für die Bedrängnis einer ganzen Welt ist unmerklich schon die Hilfe für eine ganze Welt zusammengetragen worden. Nie kann die Bedrängnis größer werden als die Möglichkeit der vorhandenen Hilfe. Wer aus der Bedrängnis seines Herzens heraus nach Hilfe sucht, der wird sie finden, und ob er die ganze Breite der Welt und die Tiefe seiner Zeit durchwandern müßte. Eines Tages steht die Hilfe über ihm wie ein offenes Tor. Und die Hilfe ist Gott. Wer Hilfe erlebt, erlebt Gott. Und das Wunder in der Welt ist nicht das Leid, sondern die nie versagende Hilfe, die auch das allerdunkelste Verhängnis einmal zu überwinden imstande ist, weil die Menschen die Hilfe erkannt haben. Und dann ist alles Gott.

Wie ein blindes Tier ist Meliska, im Glauben an ihr Mutterrecht, durch die ganze Breite der Welt und durch die Tiefe ihrer Zeit dem Menschen entgegengeschritten, aus dessen Händen sie die Hilfe erwartet. Aber sie hat die Hilfe, obwohl sie dazu bereit war, nicht zu ergreifen vermocht, sondern ist unter dem Tor Gottes zusammengesunken – als lebendiges Denkmal für alle dem Schmerz verfallenen Mütter, mit dem seltsamen Lächeln des Wissens um die Erlösung auf den versiegelten Lippen. Über Lelia Devrans schlafende Augen aber ist Gottes Lichtstrahl geglitten und hat ihre Seele erweckt mit leuchtenden Worten: «Wandle vor mir und sei fromm ...» Und so hat sie ihren Weg der Erlösung angetreten, und zwar von derselben Stadt aus, in welcher der Advokat später ohne Zustimmung der Mutter Meliskas Kind an Skadusch verkauft hat.

Vom Hauptplatz in Raschat führen fünf Straßen zu den fünf Hauptquartieren der Stadt. In elegantem Schwung wirft sich die erste vom diesseitigen Ufer über die Brücke Nitate nach dem englischen Viertel, dreht sich dort um sich selbst und setzt ihren Weg durch schön gepflegte Anlagen fort, wo im Frühling rosa Akazien blühen und Magnolienbäume. Schlanke, vornehme Frauenhände in weißen Wildlederhandschuhen liegen manchmal auf dem Brückengeländer, als ob man vergessen hätte, sie wegzunehmen. Fremde Menschen sprechen in einer fremden Sprache über Dinge einer anderen Welt. Schmal wie ein Pfiff drängt sich nächst der Brücke eine Gasse durch die Häuserreihen; dort wohnen Beamte und Ärzte. Ganz zu unterst macht die Gasse eine scharfe Kurve und endet plötzlich und schreckhaft im Polizeihof. Breitspurig marschiert eine altmodisch gepflasterte Straße gegen den Stadtturm. Rechts und links stehen Häuser auf breiten, krummen Beinen wie eine Schar Landsknechte. An Festtagen stecken sich die Häuser bunte Fahnen auf den Kopf und legen rote Fensterkissen vor die Brüstung. Sie sehen dann froh und kriegerisch aus. Eine helle asphaltierte Straße nimmt ihren Gang nach dem Stadtkasino. Zu beiden Seiten stehen Modehäuser wie Trichter offen. Dort treffen sich die Leute aus der Beamtengasse und der historischen Straße, es fährt sogar ein Tram von der Modegasse über die Brücke nach der schönen Straße.

Die letzte Gasse, die vom Brückenkopf abzweigt, ist die fromme Gasse. Diese Gasse ist die gefährlichste von allen. Solange man sie noch von anderen Straßen aus beobachten kann, sieht sie aus, als ob sie nicht auf drei zählen könnte, und läßt kindlich Gras und Moos zwischen den Steinen wachsen. Auf der einen Seite reihen sich Lädchen aneinander, die aus lauter Bescheidenheit Bettfedern und Butter auf einem Brett ausstellen. Auf der anderen Seite dagegen öffnen massive alte Junkerhäuser mit vergitterten Maulkörben vor den Fenstern der Gasse ihre blinden Augen und klingeln aus alter Gewohnheit ehrerbietig mit Glöcklein über den Türen. Das Fromme in der Gasse aber, das von weitem aussieht, als würde es nur zu Ehrfurcht und Bescheidenheit führen, biegt plötzlich in einen schmalen, finsteren Durchgang, aus welchem es unvermutet auf den Hauptplatz der Stadt hinausmündet und breit und lustig vor der Hauptbank steht. Gegenüber aber, zwischen der Kirche und dem letzten Junkerhaus, wo niemand mehr an etwas Böses denkt, stürzt es hämisch über eine finstere Holztreppe, die sich erbarmungslos dem Armenviertel öffnet, hundert Stufen zum Fluß hinunter. Dann nickt das Fromme in der Gasse, als ob nichts geschehen wäre, bescheiden und ehrerbietig nach rechts und links und verschwindet endlich mit einer segnenden Geste in der Kirche.

Und so dient denn diese Gasse, die eigentlich das Beste im Menschen sein sollte, heimtückisch bloß als Durchgang zum eigenen gesicherten Besitz und zur Herzlosigkeit gegen den Bedrängten. Und wo immer eine Handlung im Menschen diese Richtung genommen hat, da ist es auch nie seine Frömmigkeit gewesen, sondern im Gegenteil seine Gottlosigkeit: gut scheinen zu wollen, ohne gut zu sein.

Wer an der historischen Straße geboren ist, hat ein angenehmes Leben; er kann sich an jedem festlichen Umzug freuen. Wer an der schönen Straße geboren ist, aber nicht da aufwachsen darf, hat viel Sehnsucht im Herzen; wer aber nicht an der frommen Straße geboren ist und doch darin aufwachsen muß, hat ein schweres Leben, und nur wenn Gott viel von ihm hält, kann er siegreich daraus hervorgehen. So hat denn Lelia Devran, bevor sie sieben Jahre alt gewesen ist, dreimal einen Knoten unter dem Wort «fromm» machen müssen, wie in den Halm unter einer Ähre, damit das Gute in ihr trotz der Gottlosigkeit, die sie im frommen Haus erfahren hat, nicht zugrunde ging.

Eugen und Irma Devran lebten glücklich in Markoje, als Eugen starb und die Verzweiflung Irmas Herz überrannte wie der Wind ein brennendes Haus. Plötzlich hat sie sich mitsamt den Kindern Fedja und Lelia aus dem liebewarmen Aufenthalt in einem guten Herzen hinausgestoßen gesehen in ein Seelengebiet, das sie nicht kannte: die Verlassenheit. Zwar ist Eugen Devrans Tod nicht überraschend gekommen, man hat ihn sozusagen vom Fenster aus gesehen. Aber der Tod eines geliebten Menschen ist immer etwas Unerwartetes, und überdies ist die Kluft, die er aufreißt, viel zu tief, als daß man einfach so hinübergehen könnte. Wie das verlassene Haus über ihr und den Kindern stand, ist es Irma Devran gewesen, als müsse sie wegfliehen von diesem Ort und irgendwo eine Seele finden in den bewohnten Räumen des Lebens, an die sie sich anschließen könnte, um sich zu retten vor dem Gefühl der Verlassenheit am gähnenden Abgrund des Herzens. Und in ihrem Drang, vom Kummer wegzukommen, ist plötzlich ein Bild in ihr aufgestiegen, so heiß, glühend, einzig, ach, wie das Trugbild einer Oase in der Wüste: die Heimat! Die Heimat, in der auch das Geringfügigste einen Schimmer von

Güte bekommt, bloß weil es den Klang und die Farbe des ersten Glücks trägt, das wir erlebt: der Kindheit. Plötzlich hat sich für Irma Devran die Heimat aufgetan durch das Zaubermittel der Erinnerung. Und eine Gestalt ist in diesem Bild der Heimat aufgetaucht: Amé Dossa, Irmas einzige Verwandte und der einzige Mensch, an den sie ihre verlorenen Gedanken anknüpfen konnte wie an einen Rettungsanker. Im milden Glanz der Heimat ist Amé Dossa vor ihr gestanden mit ihrem schlichten, gescheitelten Haar und dem breiten, freundlichen Gesicht voller Herzlichkeit und Güte. Und Irma macht in Gedanken die Tür auf zu dem schönen, stillen Patrizierhaus mit vergitterten Fenstern an der verschnörkelten Gasse in Raschat, in welcher Moos und Gras so vertraulich zwischen den Steinen wachsen. Und Amé Dossa steht auf der Schwelle und sagt: «Tritt ein mit deinen Kinderchen und wohne bei mir, ich kann dich verstehen, dein Schmerz wird sich legen, und alles wird wieder gut.» – So sieht das Bild der Heimat aus, wenn man im Kummer ist. Und so hat Irma Devran denn nach der Heimat gerufen, und die Heimat hat ihr geantwortet ...

Es ist ein Unterschied, ob man mit einem Menschen eine längere oder bloß eine kürzere Zeit verkehren muß. Nur mit den allerbesten Menschen kann man einen lebenslänglichen Verkehr pflegenn ohne Schaden zu nehmen an seiner Seele. Manche Menschen dagegen sollte man nicht länger als vierundzwanzig Stunden kennen. Denn es ist so: Eine halbe Tugend ist oft schlimmer als eine ganze Untugend. Wer Amé Dossa nicht länger als vierundzwanzig Stunden zu kennen braucht, würde unfehlbar zur Überzeugung gelangen, dem liebenswürdigsten Menschen begegnet zu sein, den es auf der Welt gibt. Dieser Überzeugung war auch der Kaufmann Dossa aus Lyon, als er Amé heiratete. Fünf Jahre danach, nachdem er ihr außer seinem Namen einen Sohn namens Bruno und das alte Patrizierhaus an der sogenannten Predigergasse in Raschat geschenkt hatte, ist er enttäuscht gestorben. Ebenso enttäuscht sind auch all die Dienstboten, die im Haus gearbeitet haben, nach kurzer Zeit wieder weggegangen, und dies alles nur, weil sie Amé Dossa länger als vierundzwanzig Stunden gekannt haben.

Amé Dossa aber hat es tatsächlich fertiggebracht, sich trotz all den Tränen und kummervollen Gesichtern um sie herum nie anders zu sehen als im Rosalicht dieser ersten vierundzwanzig Stunden. Nur einmal, als sie krank wurde und sich von der Magd schön hat einbetten lassen mit einem Spitzenkissen unter dem Kopf, die Hände kreuzweise über der Brust gefaltet, hat sie, als der Doktor eingetreten ist, geschluchzt und gesagt: «Ach, Herr Doktor, wenn ich denke, ich habe doch mein ganzes Leben lang …» Und dann hat sie den Satz abgebrochen und nicht mehr gewußt, was sie eigentlich ein ganzes Leben lang getan hatte. Sie hätte zwar gerne gesagt: «nur Gutes», aber das Wort ist nicht über ihre Lippen gekommen, sondern hat sich irgendwo verkrochen, weil auch Worte manchmal Scham empfinden, angesichts aller gegenteiligen Tatsachen so einfach über die Lippen zu kommen. Im übrigen ist das Verhängnisvolle an Amé Dossa, wie gesagt, nicht ihre Untugend, sondern ihre halbe Tugend, die sie nie durch Selbsterziehung zur Zuverlässigkeit zu runden vermocht hat: das Mitleid. Auch das schönste Mitleid kann ja in seiner ersten Hälfte nichts anderes als Selbstbewunderung sein, weil man unvermutet die Tür seines Herzens aufreißen und sich ohne Unkosten als den besten Menschen der Welt zeigen kann. Man stellt dann Tannenbäumchen auf den Tisch mit Kuchen und Kerzlein und singt Halleluja, und im Hintergrund lächeln der liebe Heiland und die Englein im Paradies. Erst wenn dann das Uhrwerk der Selbstbewunderung abgelaufen ist, kommt die einfache und nüchterne Tatsache des Lebens zum Vorschein, indem nun der also Begrüßte wirklich Hilfe erwartet. Aber dann wird das Tannenbäumchen mit den Silberfäden weggeräumt, der Kuchen verschwindet, und wenn man aus seiner erschrockenen Seele heraus wieder aufschaut, steht nur noch eine Zuchtrute da, statt Kuchen ein Stein, und im Hintergrund lauern Hölle und Teufel. Was alles zusammen heißen will: «Weiter habe ich nichts gelernt, nun sieh zu, wie du dir aus der Falle hilfst.» So ist es dem Kaufmann Dossa aus Lyon ergangen und den vielen Dienstboten. In der Öffentlichkeit aber hat sich Amé Dossa zeitlebens eines hohen Rufes erfreut, eines Rufes von Frömmigkeit, Wohltätigkeit und eines züchtigen Lebenswandels.

Kurz: als Irmas Brief aus dem Land der Verlassenheit gekommen ist, mit der erwartungsvollen Bitte um Hilfe, da ist Mitleid in Amé Dossa aufgestiegen, so groß, so wunderbar, daß sie damit eine ganze Welt hätte versorgen können. Und sie hat Irma geantwortet, so daß ihr selber die Tränen der Rührung über die Wangen gelaufen sind: «Lobe den Herrn meine Seele, der den Hilferuf der Schwachen erhört!» Mit tausend Freuden würde sie Irma und die Kinder bei sich aufnehmen, ohne Entschädigung und Entgelt, einzig und allein, um eine treue Tochter zu finden. Und sie hat geschrieben von Mutterliebe und Treue und von Bruno, dem armen, verlassenen Kind, das sich so sehr freuen würde, Verwandte und Geschwister zu finden. Nur am Schluß hat in dem Brief noch eine Kleinigkeit gestanden von Dornen und Kreuz, die keinem Christen erspart blieben, und daß der Herr wohl seine besonderen Wege mit Irma vorhaben werde. So lautete die schöne Antwort der Heimat, der Irma Devran, Lelias Mutter, natürlich Folge geleistet hat …

Wer von Markoje kommend aus dem Tunnel bei Raschat herausfährt, sieht sich auf der ehemaligen Kinderspielwiese Hunderte von kleinen grauen Häuschen mit roten Blechdächern wellenförmig aneinanderreihen. In diesen Häuschen werden Zementröhren und Platten zum Trocknen aufbewahrt. In einem Zeitabstand von drei Minuten schweben kleine eiserne Gefäße, mit Sand und Steinen beladen, der Gipsmühle jenseits des Waldes zu. Manchmal halten die Gefäße auch in der Luft an. Es ist dann irgendwo etwas nicht in Ordnung. Das letzte Haus, von der Stadt aus gesehen, über dem die Gefährte manchmal stillstehen, ist die Anstalt Bethlehemsgarten, nahe am Waldrand. Die Anstalt steht zwar schon lange am selben Ort, aber, durch freundliche Wiesen getrennt, ist sie bisher gewissermaßen ohne ernste Beziehung zum Leben geblieben, während die Industrieseilbahn sie nun wie mit der Schrift einer neuen Zeit zum Endpunkt eines verhängnisvollen Weges macht. Und wie Irma Devran nun mit ihren Kindern im Zug aus dem Tunnel herausfährt, voll Verlangen, ihnen die Heimat zu zeigen und die liebliche Kinderspielwiese, da macht die Veränderung der Landschaft einen Strich durch ihr ganzes Denken. Als ob die Anstalt Bethlehemsgarten, die sie früher nie beachtet hat, einzig und allein noch Bedeutung hätte, kommt es ihr vor. Ohne daß sie weiß warum, halten plötzlich alle Seilbahnwägelchen über ihrem Herzen. Fedja aber, der bisher dasaß wie ein höflicher junger Herr, schlägt seine großen braunen Augen zur Mutter auf und fragt: «Mutter, ist Amé Dossa eigentlich gut?» Erschrocken schaut Irma ihn an und antwortet ein wenig kleinlaut: «Aber selbstverständlich, mein

Junge, warum fragst du?» Da dreht sich Lelia um und sagt: «Nicht wahr, Mutter, auch wenn Amé Dossa nicht gut ist, so sind wir doch gut …» Dann sind sie in die Stadt eingefahren, und Lelia hat unter dem Fenster gestanden wie unter den stolzen hohen Kuppeln einer inneren Freude. Irma Devran aber hat sich fast gewünscht, nicht von Markoje abgereist zu sein …

Und doch öffnen sich die Tore der Freude. Herzlicher hätte Irma auch von einer Mutter nicht empfangen werden können. Amé Dossa steht da mit ihrem schlicht gescheitelten Haar und dem breiten, freundlichen Gesicht, ganz so, wie Irma sie in Erinnerung behalten hat von ihren Besuchen in der Kindheit. Amé Dossa hat sogar Tränen in den Augen, und aus jedem Fältchen des Gesichtes strahlt die Freude, die aufrichtige, teilnehmende Freude über das Wiedersehen. «Mein armes Kind, ich weiß, was du durchgemacht hast, aber der Heiland …» Auch Bruno ist in einer wahren Begeisterung seinen Verwandten um den Hals gefallen und hat sie geküßt. Und Irma hat ihr Herz aufgetan gegen die freundliche Frau und sich vorgenommen, Amé Dossa zu lieben wie ein Mütterchen oder eine ältere Schwester und ihr die Güte mit Treue zu vergelten. Wie sie nach Hause kommen, stehen auch in den Zimmern Tannenbäumchen mit blinkenden Silberfäden und auf dem Tisch ein Kuchen mit Kerzchen der Liebe. Irma fühlt, wie die Heimat sie mit einem Zauber milder Freundlichkeit umfängt, worin auch der herbste Schmerz untergeht und zu einem wehmütigen Andenken wird, an dessen Rand man in den Dämmerstunden des Lebens blasse süße Blumen des Erinnerns pflücken kann.

Am anderen Tag kommt auch Missionar Elda mit seiner Frau und dem kleinen Gertrudchen auf Besuch, und man spricht von der wunderbaren Fügung Gottes und davon, daß in jedem Unglück immer noch ein Glück verborgen liege. Herr Missionar Elda anerbietet sich sogar, von Aimé Dossa aufgefordert, der Vormund der Kinder Devran zu sein, gleich wie er auch Brunos Vormund ist.

Es ist kein Wetter so unbeständig, daß nach schwerem Regen nicht einmal plötzlich die Sonne hell durch Wolken bricht. Und oft wird der Schmerz, den man zu mildern glaubte, unversehens zum brennenden Scheit, das man von einem Haus ins andere trägt, so daß nach dem ersten auch das zweite niederbrennt. Während nun Irma in der alten Heimat Wurzel faßt, müssen die Kinder ihre Lebenswürzelchen aus dem Land ihrer Gewohnheit ausziehen und in ein fremdes Erdreich einpflanzen, das sie nicht kennen. Einer muß indessen den Schmerz tragen, und wenn es nicht der ist, dem er geschehen, so ist es der, dem er nicht geschehen …

So hat sich auch für Irma ein Wandel vollzogen. Es ermüdet, immer in hohen Tönen zu reden. Nachdem Amé Dossa ihre Verwandten überall vorgestellt und erzählt hat, wie sie in Zukunft für sie sorgen werde, hat sie die Überleitung zum praktischen Leben vorgenommen. Wenn Amé Dossa Irma am Morgen aus dem Schlafzimmer kommen sieht, bekommen ihre Augen einen Stich ins Grüne. Gehässig und schräg schaut sie zur Seite, denn schließlich sind es doch ihre Betten, in denen Irma mit den Kindern sorglos schläft, und die heitere Freude ihrer Gäste stört sie dann. Desgleichen, wenn die fremden Kinder sich am Tisch bedienen, als wären sie zu Hause. Da wächst ihr Unterkiefer breit und drohend wie ein Felsblock nach vorn. Schließlich ist auch das ihr Brot, was die Kinder verzehren, und Amé Dossa hat nicht gemeint, alles mit ihnen teilen zu wollen, was sie besitzt, sondern nur unverbindlich für sie zu sorgen, und sie hat erwartet, daß derjenige, für den sie sorgen will, sich still und geräuschlos wieder zurückzieht, für sich selber sorgt und sie als Wohltäterin preist. Mehr braucht sie nicht, um gut zu sein. Für den Fall aber, daß der andere nicht anständig genug ist, ihr die Bürde, die sie sich seinetwegen auferlegt hat, wieder abzunehmen, findet Amé Dossa ihr letztes und nie versagendes Hilfsmittel, jeder Unannehmlichkeit auszuweichen, immer noch in der Religion. Ohne diese ihre Religion könnte Amé Dossa überhaupt nicht leben. Und wie sie eines Tages alle bei Tische sitzen, und Missionar Elda ist auch dabei mit seiner Frau, da erhebt sie plötzlich ihr breites Gesicht über Lelia und Fedja und fragt: «Habt ihr eigentlich den Heiland lieb …?» Drohend wie ein Felsblock hängt ihr breiter Unterkiefer mit dem falschen Gebiß über den Kindern. Es entsteht eine Stille, und Fedja, der über dieser Frage ein wenig rot geworden ist, fährt sich mit dem weißen Händchen niedlich über das braune Haar und sagt: «Es tut uns leid, wir kennen ihn bis jetzt noch nicht so genau», während Lelia mit ihren schmalen hellgrünen Augen der Tante über den Tassenrand erschrocken ins Gesicht starrt.

Von da an weiß sie, daß Amé Dossa nicht gut ist. «Dann seid ihr also Heiden», stößt Amé Dossa hervor, und ihre Nase bläht sich; unwillkürlich rückt sie Brot und Kuchen von den Kindern weg. «Da hat man den Dank», sagt sie zu Missionar Elda, der seinerseits die Augen zukneift und die Daumen dreht, während er leise mit dem Kopfe nickt. Auch Bruno, der schon lange an Bibelkränzchen und Gebetsstunden teilnimmt, schielt mißbilligend unter seinen rötlichen Augendeckeln nach den heidnischen Verwandten und geht dann, ohne ein Wort zu sagen, mit beleidigter Miene neben seiner Mutter aus dem Zimmer. Beklommen ist Irma aufgestanden, Lelia aber hat in ihrem Herzen einen Knoten unter das Wort «fromm» gemacht, wie in den Halm unter einer Ähre, und sich vorgenommen, die ihrigen vor dem Heiland zu beschützen.

Aber es rollen nun jeden Tag größere und kleinere Lawinen über den Felsblock herunter. Wenn man es sich erst einmal erlaubt hat, jemanden unfreundlich anzureden, so gewöhnt sich das Herz schon bald an diesen Zustand. Zuletzt scheint es einem sogar das Richtige zu sein, dem Betreffenden überhaupt keine gute Antwort mehr zu geben. Es nützt dann auch der ergebenste Wille nichts mehr, einen Menschen umzustimmen, denn die Menschen hassen ja einander nicht nur, weil ihnen der andere etwas Böses zugefügt hat, sondern noch viel mehr deshalb, weil sie ihm selbst nichts Gutes mehr erwiesen haben. Und es könnten Jahre von Zank und Zerwürfnis an einem Tag beendet werden durch eine einzige Freundlichkeit gegen den Beleidigten. In Irma fängt das Trugbild der Heimat an zu verblassen, und es kommt ihr vor, als wäre das mühsamste Leben in der Fremde weniger einsam gewesen als das Leben der Herzlosigkeit unter dem Deckmantel von Heimat und Verwandtschaft. Dennoch bleibt sie bereit, ihr Herz unter die Pflicht zu biegen, die ihr das Geborgensein sichert.

Bruno ist nun bereits zwölf Jahre alt. Missionar Elda, der sein Pate ist, hat ihm das Bild des zwölfjährigen Jesusknaben mit einer passenden Anspielung geschenkt. Er ist schon recht groß für sein Alter und fühlt sich seinen Verwandten in gesellschaftlicher Hinsicht überlegen. Dazu ist er schon an internationalen Gebetsversammlungen mit dabei gewesen und hat auch die Zungenrednerin gehört, die «tü, tü tü» macht. Die Leute schließen sich dann in ein Zimmer ein und geraten in Verzückung. Gelegentlich erzählt Bruno Dossa auch Witze, die nicht missionsfähig sind. Er spricht auch schon von «Weibern» und schnalzt dabei mit der Zunge. Er hat eine großkaufmännische Gebärde an sich und legt Fedja den Arm um die Schultern: «Siehst du, Devran», sagt er, «du verstehst noch nichts vom Leben.» Worauf Fedja sich mit seiner schmalen weißen Hand über die braunen Haare fährt und sagt: «Es ist so, daß ich vielleicht eine andere Auffassung davon habe.» Sie reden dann wie zwei Herren miteinander. Im großen und ganzen ist Bruno kein unangenehmer Junge, nur manchmal ist er, wie Fedja sagt, zu kindisch und verpetzt ihn bei den Großen. Auch hat er dicke rote Augenlider wie seine Mutter.

An Bruno Dossas Geburtstag sitzen die Gäste im Zimmer mit den roten Plüschsesseln und warten auf den Kaffee, den Irma zubereitet. Missionar Elda erzählt von seiner Missionstätigkeit in Tschitschaffu, währenddem die Kinder im Nebenzimmer mit den Geburtstagsgeschenken spielen. Wie Fedja für einen Augenblick aus dem Zimmer geht, faßt Bruno Lelia um die Hüften und sagt: «Wenn du mich heiratest, gebe ich dir alle meine Geschenke.» Dabei zieht er sie heftig an sich und küßt sie auf die Lippen. Lelia ist empört über Brunos Zudringlichkeit, gibt ihm eine Ohrfeige und sagt: «Ich heirate dich überhaupt nicht, ich heirate Fedja.» Für einen Augenblick steht Bruno unschlüssig da und weiß nicht, ob er den weltmännischen Liebhaber vorstellen soll oder den beleidigten Sohn des Hauses. In Anbetracht seines Geburtstages aber entschließt er sich zu letzterem und stürzt laut heulend aus dem Zimmer. Mit einer Wut, als hätte sie auf diesen Augenblick gewartet, fällt Amé Dossa über Lelia her und schleppt sie in den Keller, wo sie über ihre Schande nachdenken soll, in einem Haus Ohrfeigen auszuteilen, wo sie nur aus Barmherzigkeit aufgenommen worden ist. Am Tisch hält der Missionar daraufhin eine Rede über kleine Mädchen, die schon früh aus der Gnade Gottes fallen. Mit großen, klaren Augen sitzt Fedja am Tisch und heftet seinen Blick auf den Missionar; dann benimmt er sich für den Rest des Abends wie ein vornehmer junger Herr, der zu niemand etwas redet, was nicht unbedingt notwendig ist. Irma aber sitzt mit verschüttetem Herzen am bitteren Tisch der Almosen. Wie ein Paradies kommt ihr nun in der Erinnerung ihr Leben in Markoje vor, aus dem sie sich freiwillig in Gefangenschaft begeben hat. Der zwölfjährige Jesus dagegen versteckt sich hinter einem Berg von Kuchen und kneift ab-

wechslungsweise das eine und das andere seiner roten Augenlider zu, indem er mit einem grimmigen Gesicht versucht,
seine Schande vor Fedja zu verbergen.

Von da an hat Fedja sein Herz vor Amé Dossa verschloßen,
Lelia aber, im Keller unten, hat einen zweiten Knoten unter
das Wort «fromm» gemacht, wie in den Halm unter einer
Ähre, und hat sich vorgenommen, so gut zu werden, daß sogar
Amé Dossa staunen müsse. Und das ist der erste Schritt ge-
wesen auf dem Weg zur Hilfe aus der Bedrängnis.

17. Kapitel: Der dritte Knoten

Es gibt viele Sätze im Leben, die mit «ach» anfangen. Aber für Irma Devran sind nun die Jahre gekommen, die mit «ach» beginnen. Wenn über einem Menschen ein Unglück hereinbricht, schließt sich jeweils eine Tür der Vergangenheit hinter ihm zu. Es fängt dann ein Neues an. Aber die Durchgangspforte zum Neuen heißt manchmal: Krankheit, Armut, Sorgen, Einsamkeit. Bevor der Mensch das Neue dahinter erkennt, steht er für eine Weile im Dunkeln. Und das Dunkel macht ihm angst und bang. Er möchte nicht zu denen gehören, die leiden, weil er den Sinn nicht zu erkennen vermag. Das Schwere ist seiner Seele widerwärtig. Und doch kommt einmal die Zeit, in der die Menschen das Schwere dem Leichten vorziehen, weil ihre Seelen gewachsen sind. Sie nehmen dann mit gutem Herzen das Leid der Welt auf sich, um es einer für den andern wegzuleiden.

Es hat den ganzen Karfreitag über in Strömen geregnet. Irma Devran ist mit den Kindern ausgegangen, Osterglocken zu suchen, um sie vor Vaters Bild zu stellen. Wie drei kleine, verlorene schwarze Punkte stehen sie in der nassen Wiese. Irma Devran hat gemeint, durch den Tod ihres Mannes einsam geworden zu sein, aber nun macht sie die Erfahrung, daß sie unter den Lebenden noch viel einsamer ist. Es gibt kaum mehr einen Tag, an dem Amé Dossa nicht irgend etwas erfindet, das sie erbittert. Nicht bloß siebenmal, sondern siebzigmal siebenmal des Tages muß sie sich ärgern. Mit einer stillen und satten Bosheit läuft Amé Dossa ihr von einem Zimmer zum anderen nach und schleudert den Unrat ihres Herzens schaufelweise hinter ihr drein. Ihre Augen sind dabei ganz gläsern, und es scheint, als ob aus ihrem Mund überhaupt nichts anderes mehr hervorkommen könne als Widerwärtigkeiten. Sie könne es einfach ihrem Bruno gegenüber nicht mehr verantworten, sagt sie, seit Irma mit den Kindern ins Haus gekommen sei, habe sich ein gottloser Zug hineingeschlichen. Das müsse nun aufhören. Es nütze nichts, hoffärtige Kinder in der Welt spazieren zu führen, einzig und allein mit frommen Kindern lege man Ehre ein. Das sei alles, was sie verlange. Wer in ihrem Hause lebe, habe fromm zu sein. Sie wolle sich nicht am Jüngsten Tag noch schämen müssen, sondern sie wolle sagen können: «Hier bin ich, Herr, mit meinem ganzen Haus.» Sie meine es schließlich nur gut mit Irma und den Kindern. Irma Devran aber bückt sich, liest die bitteren und harten Worte auf, die aus Amé Dossas Mund fallen, trägt sie herum, leidet und nimmt sie als Entgelt für das Geborgensein in der Heimat.

Es regnet noch immer, als sie nach Hause kommen, und bereits steht Amé Dossa wie ein böser Kettenhund auf der Schwelle. Breit stellt sie den Unterkiefer mit dem herabgesunkenen Gebiß vor. Irma soll mit ihr in die gute Stube heraufkommen, bläst sie durch die Nase, sie hätten etwas miteinander zu bereden. Auch Missionar Elda sei da. Wie sie das sagt, ist ein Glucksen in ihrer Stimme wie von einer verborgenen Freude, und Irma fühlt, daß ihr ein bitterer Kelch gereicht werden wird.

Schön geordnet stehen die roten Plüschsessel mit den hohen steifen Lehnen in der Besuchsstube. Auf den einen setzt sich der Missionar, auf den anderen Amé Dossa, auf dem dritten soll Irma Platz nehmen. In der Ecke des Sofas sitzt Frau Missionar Elda und hält einen Säugling im Arm. Scheu richtet Irma ihre Blicke auf das Kind. Irgendwie erwartet sie Hilfe von ihm. Der Missionar breitet seine Rockschöße auseinander und glättet seinen blonden Vollbart wie vor einer Operation. Irma wisse, sagt er, daß er, um Frau Dossa einen Gefallen zu erweisen, die angenehme Pflicht übernommen habe, ihren Kindern, gleich wie auch Bruno Dossa, Vormund zu sein. Irma nimmt die Augen für einen Moment von dem Säugling weg und bejaht leise den Ausspruch. Darauf hält Elda einen kleineren Vortrag darüber, daß es Müttern zukomme, sich für das Wohl ihrer Kinder zu opfern. Mit trockenen Lippen bejaht Irma auch diese Voraussetzung und heftet dann ihre Augen wieder angstvoll auf das Kind. Frau Missionar Elda bewegt ein wenig die Lippen, um etwas zu sagen, hält dann aber inne und blickt auf ihren Mann. Plötzlich muß Irma daran denken, wie ihr verstorbener Mann jeweils draußen auf der Heide seinen Kopf in ihren Schoß gebettet und zu ihr gesagt hatte: «Du bist wie die Erde so weit, und deine Liebe blüht um mich wie rotes Heidekraut ...» Aber es scheint Irma, als wäre dies in einem anderen Leben gewesen.

Missionar Elda sagt, daß in erster Linie vaterlose und temperamentvolle Kinder in festere Hände gehörten als nur in diejenigen einer Mutter oder einer gütigen Tante. Er weist auf Amé … Und da sie doch ursprünglich aus diesem Land stamme, könne sie doch kaum etwas dagegen haben, wenn man nun in erster Linie die Kinder hier einbürgere, wozu ja ihr Geld schon ausreichen werde. Damit besäßen dann die Kinder an dieses Land ein Heimatrecht, was insbesondere für den Sohn nur vorteilhaft sein könne … Irmas Augen bohren sich ins Gesicht des Säuglings. Ohne daß sie es will, stellt sie eine Ähnlichkeit zwischen ihm und seinem Vater fest. Er, Elda, Missionar und Freund des Hauses Dossa, würde daher vorschlagen, daß die Kinder in der Anstalt Bethlehemsgarten untergebracht würden, während Irma mit Leichtigkeit in einer reichen Familie einen Verdienst finde, da ja er, wie auch Frau Amé Dossa, die als fromme Christin und Wohltäterin in den besten Kreisen bekannt sei, ihr gerne behilflich sein wollten. Auf diese Weise hätte sie dann nur noch direkte Einnahmen, und so dürfte es ihr leicht möglich sein, das Kostgeld für die Kinder aufzubringen, das ja dann in Anbetracht dessen, daß sie Bürger des Landes seien, auf ein niedriges beschränkt werden würde. Übrigens, fuhr er fort, seien schon viele Kinder reicher Leute in dieser Anstalt erzogen worden, und sie wäre also durchaus nicht die einzige Mutter, die das durchmachen müsse, gebe es doch in der Welt im Gegenteil noch Tausende von Müttern, die von ihren Kindern getrennt leben müßten. Auch habe sich Frau Dossa erboten, daß sie ihre Kinder jederzeit in ihrem Haus sehen dürfe, und somit wäre ja …

Sprachlos und mit brennenden Augen hat Irma zugehört. Als ob sie in einen dunklen Schacht hinunterführe, wo keine Sonne mehr scheint, ist ihr zumute. Und unten im Schacht ist der Tod aus Verzweiflung. Der Frau des Missionars steigt ein Schluchzen auf. Fast reißt sie die Scheidewand nieder, um dieser fremden Mutter Platz zu machen in ihrem Herzen. Beinahe sagt sie: «Wohnen Sie mit Ihren Kindern bei uns.» Aber ein Blick nach dem Gesicht ihres Mannes zwingt sie zum Schweigen. Sie steht auf und verläßt mit dem Säugling den Salon.

Aber Irma will sich noch aus dem Schacht der Verzweiflung herausretten. Irgendwie hofft sie noch auf die Einsicht der anderen. «Das soll mir ein Trost sein», sagt sie, «daß noch

Tausende dasselbe erleiden ...» Mit hochroten Wangen steht sie plötzlich vor ihren Henkern. Die Missionarsfrau kommt ohne das Kind zurück. Irma ist es zumute, als redete sie zu Mauern. Aber sie redet weiter. «Gibt es denn kein Gesetz in eurer wunderbaren Religion», fragt sie, «das Müttern die Kinder erhält und Kindern die Mütter? Muß es denn wirklich sein, daß wir Mütter die Armenanstalten erhalten, statt daß es Anstalten gibt, die die Mütter ihren Kindern erhalten? Muß das Geld diesen Umweg machen, weil ihr so hart seid, so grausam, so herzlos ... Oh, ihr!»

Und plötzlich fühlt Irma, wie sie die Tür hinter sich zuwirft und in den Schacht hinunterstürzt.

Amé Dossa erhebt sich und sagt zu Frau Elda: «Ich überlasse alles dem Herrn, was können wir schwachen Menschen schließlich anderes tun, als kindlich glauben, daß Gott mit jedem Menschen seine besonderen Wege hat. Ich kann nicht mehr, ich kann nicht mehr ... und eigentlich sind wir ja einander auch gar nicht verwandt.» Sie bricht in Tränen aus. Missionar Elda nimmt den Hut: «Liebe Frau Dossa, wir wollen diese schwere Stunde miteinander tragen und hoffen, daß des Herrn Rat wunderbarlich ausgeführt wird ...»

Dann geht auch er und schließt die Tür hinter sich zu.

Wie geköpft irrt Irma im Haus umher. Sie weiß nicht mehr, ob sie ißt oder ob sie Besorgungen macht, sie weiß nur noch das eine: daß sie ihre Kinder nicht in der Anstalt sieht. Und es kommt ihr eine Lösung in den Sinn: Haben nicht Mütter schon... Ganz zuunterst im Schacht sieht sie das Entsetzliche. Und das Grauenhafte daran ist, daß ihr das Entsetzliche ganz klar und einfach erscheint, viel klarer sogar als jeder vernünftige Ausweg, etwa Amé Dossa mit den Kindern zu verlassen. Ach, darin besteht ja die Verzweiflung, daß das Unmenschliche zum Natürlichen wird. Ja, sie wird ihnen Geld geben, das Geld, das ihnen so wichtig erscheint. Und dann wird sie nichts mehr mit ihnen zu tun haben. Nie mehr, weder sie noch ihre Kinder. Niemals, niemals mehr ...

Wie Irma am Abend Lelia vor sich auf den Schoß setzt und ihr das Bändchen löst hinten am Kleid, da fühlt sie plötzlich des Kindes Hälschen nackt und schmal zwischen ihren Händen. Und der Angstschweiß bricht ihr aus. Ihr Blut schreit nach dem Kind: «Rette mich, rette mich ...» Als ob ein Blitz zwischen ihnen herabgefahren sei, dreht sich Lelia um, und indem sie die Mutter mit den weichen Ärmchen um die Brust faßt, sagt sie voll Zuversicht: «Gelt Mutter, eines Tages errette ich dich von allem, allem Bösen ...» Aber Irma stößt das Kind von sich. «Geh, Lelia, geh ..., ich kann jetzt nicht, ich bin krank», sagt sie. Mit aufgelösten Haaren starrt sie nach der Tür, an der sie soeben den Riegel vorgeschoben hat. Im Traum hat sie beide Kinder erwürgt am Boden liegen sehen ...

Tagelang ist Irma Devran auf dem schmalsten Drahtseil der Tugend hin und her gelaufen und hat nicht gewußt, ob es ihre Pflicht sei, die Kinder umzubringen. Mechanisch nur weichen die Füße ihnen aus. «Du mußt sie töten», sagt das Gewissen.

Eine Woche später ist ein Brief von Frau Wezlas gekommen, bei der Irma Devran in Markoje vor ihrer Heirat mit Eugen in Stellung gewesen ist als Gesellschafterin. Frau Wezlas schreibt, daß sie nun wieder aus Finnland zurück sei und Irma, falls sie sich da, wo sie sei, nicht wohlfühle, zu ihr kommen und ihre alte Stellung wieder aufnehmen solle. Das Reisegeld würde sie ihr zuschicken. Als Irma den Brief liest, kommt die Erlösung über sie. Sie weint und dankt Gott, der ihr die Kinder wieder zurückgegeben hat. Ganz schwach und gebrochen sitzt sie in ihrem Zimmer, wie nach einer schweren Krankheit. Darauf hat sie den Kindern erklärt, daß sie für eine Weile zurückkehren müsse zu Frau Wezlas, und sobald sie sich dort eingerichtet habe, werde sie zurückkommen, um sie nachzuholen. Unterdessen müßten sie in eine Pension gehen, das sei die Anstalt Bethlehemsgarten. Wie ein froher Zwischenaufenthalt kommt ihr nun die Anstalt vor: denn Frau Wezlas ist ja gut, sie wird ihr sicher helfen, und dann haben sie es alle viel schöner als bei Amé Dossa, die es ja doch schon von Anfang an nie gutgemeint hat. Fedja aber sagt: «Gräme dich nicht, Mutter, auch wenn du uns nicht holen kannst, so sind wir ja bald erwachsen, und wir werden so viel Geld verdienen, daß wir zu dir kommen und alle froh beieinander sein können.»

Wie am Abend die Kinder im Bett liegen, hat Irma zum erstenmal wieder gewagt, sie im Schlaf zu küssen. Lange ist sie an ihren Bettchen gekniet, und ihre Tränen sind auf Lelias Hals hinuntergetropft, bis das Kind davon erwacht ist, sich verworren im Schlaf aufgerichtet und gesagt hat: «Mutter, vor unserer Tür liegt eine Blutlache ...»

Der Anstaltspfarrer Tyrus hat die Prospekte der Anstalt Bethlehemsgarten gesandt, und auch ein Verzeichnis von allem, was die Kinder mitbringen müßten. Der Eintritt sei auf den Schulanfang nach den Herbstferien festgesetzt, wenn Frau Devran die Unterschrift geben wolle. Irma fühlt sich erlöst, und sie gibt die Unterschrift. Es ist ihr sogar möglich, unbefangen gegen Amé Dossa zu sein, die ihr und den Kindern nun nichts mehr anhaben kann, seit sie ihre Zukunft gesichert weiß. Von ihrem Vorhaben aber erwähnt sie gegenüber niemandem etwas. An dem Tag, wenn die Kinder in die Anstalt eintreten, wird auch sie wegreisen, und dann wird niemand mehr von ihnen übrigbleiben in dem ungastlichen Haus an der Predigergasse in Raschat. Seit jener Unterhaltung hat auch Amé Dossa nur das Notwendigste mit Irma gesprochen. Sie liebe es nicht, zu streiten, sagt sie bloß. Aber am Abend bevor sie abreisen, hat Irma aus einem Kästchen ein Matka Boska-Bildchen herausgenommen, das ihr Frau Wezlas einst von einem kleinen Kirchlein in der Nähe von Wiazk mitgebracht hat und das, wie sie sagte, die Nachbildung eines Muttergottesbildes sei, das Menschen von der Traurigkeit zu heilen vermöge. Und Irma hängt das Bildchen Lelia um den Hals und sagt: «Trage es, trage es, bis wir alle wieder zusammenkommen.»

Die Flucht vor den Kindern ist der einzige Ausweg gewesen, den Irma Devran aus der großen Versuchung ihres Herzens hat finden können. Mehr ist ihr nicht möglich gewesen.

Am Tag vor dem Schulanfang ist Missionar Elda gekommen, um der jungen Frau, wie er sie Amé Dossa gegenüber nennt, ein wenig Trost zuzusprechen. Aber wie er ins Zimmer tritt und die bereits fertig gepackten Koffer sieht, ist er ganz erstaunt und fragt, ob Irma denn schon eine Anstellung gefunden habe, so dringend wäre es damit doch gar nicht gewesen. Aber Irma Devran sieht ihm ins Gesicht, lächelt und sagt: «Ich verreise nach Rußland.» Wie aus einem Traum heraus redet sie, ganz glücklich und frei. Und der Missionar Elda weiß nicht, ob er wacht oder träumt oder ob diese Frau irr redet. «Das Leben ist ein Rätsel», hört er sich selber sagen. Er weiß nicht, wie das Lächeln dieser Frau zu erklären ist.

So sind denn Irma und die Kinder aus dem Haus verschwunden. Bis zur Landesgrenze haben sie noch zusammen fahren können: die Mutter, der Missionar und die Kinder.

Dann ist Irma ausgestiegen und in einer anderen Richtung weitergefahren. Als sie sich von den Kindern verabschiedet, lächelt sie wieder und sagt: «Ich komme bald wieder ...» Wie aus einem Traum heraus spricht sie zu ihnen, fern und erlöst. Und die Kinder antworten: «Wir kommen gleich nach.» Wie aus einem Traum heraus reden auch sie. Und dann ist der Zug mit der Mutter fortgefahren.

Missionar Elda aber kommt sich vor, als ob er in der leeren Luft sitze. Um zwischen sich und den Kindern irgendeine Verbindung herzustellen, sagt er: «Ihr braucht noch nicht heute abend in die Anstalt einzutreten, ihr könnt noch einen Tag bei mir bleiben ...» Wie er aufschaut, sind die großen braunen Augen des Knaben ernst auf ihn gerichtet und er hört er ihn – ebenfalls in die leere Luft hinaus – sagen: «Wir danken dem Herrn Pastor, aber wir haben keine Zeit, wir müssen zur Mutter zurückkehren.» Und das ist eine der fremdesten Begebenheiten, die dem Missionar Elda in seinem ganzen Leben zu Ohren gekommen sind, Tschitschaffu eingeschlossen ...

Aber wie am Abend die Kinder allein in der Anstalt sind, oben am Waldrand, da hat Lelia doch zu weinen angefangen und geschluchzt: «Ganz sicher sehen wir die Mutter nie mehr. O Fedja, Fedja ...» Darauf ist Fedja in den Schlafsaal der Knaben hinübergebracht worden und Lelia ins Haus der Mädchen. In der Nacht aber ist Lelia Devran aufgesessen in ihrem Bett, hat die Hände gefaltet und leise gesagt: «Ich will so gut werden, daß ich der ganzen Welt aus dem Kummer helfe.» Im Traum aber ist ihr die Matka Boska erschienen, hat sich aus dem hohen Silberglanz über sie geneigt, ihre Augen berührt und gesagt: «Suche das Zeichen ...» Dann hat man von der Stadt her alle Glocken läuten hören.

So hat Lelia Devran in ihrem Herzen auch den dritten Knoten unter das Wort «fromm» gemacht, wie in den Halm unter einer Ähre, und hat ihre Füße vorwärts gewandt, dem Ziele entgegen ...

18. Kapitel: Die Anstalt

Der Wind heult über der Landstraße dem Fluß entlang und fegt das gelbe Laub der spärlichen Pappeln in Haufen zusammen. Blasse Herbstzeitlosen vergehen ungesehen am Wegrand. Niemand pflückt sie, alles ist schon Aufbruch und Abräumen. Rastlos drängt die Natur vorwärts: Kaum hat sie den Baum mit fröhlichen Blüten bedacht, so nimmt sie ihm den Schmuck auch schon wieder weg und treibt ihn zur Frucht. Und wenn er die Frucht abgelegt hat, entreißt sie ihm seine Blätter und heißt ihn sich sammeln und vorbereiten zur nächsten Blütezeit. Keinen Augenblick erlaubt uns die Natur, stillzustehen. Immer ist sie an der Arbeit und drängt uns alle einem Ziel entgegen, das wir letztlich nicht kennen. Es bleibt uns nur, am Glauben festzuhalten, unser Dasein sei trotz allem nicht zwecklos und auch unsere kleinste Anstrengung, treu zu sein, werde mit untrüglichen Zeichen irgendwo aufgeschrieben – auch wenn die Blüten, die wir ansetzen, von den Menschen zerzaust, auch wenn die Früchte, die wir treiben, von der Zeit überholt werden.

Die Straße der Arbeit, die vom Armenviertel her kommt, ist lang und hart und gnadenlos. Im Sommer bietet sie keinen Schutz vor der Hitze, im Winter nicht gegen die Kälte. Kasernenartige Neubauten und Holzbaracken stehen zu beiden Seiten. Schwere Lastautomobile jagen Tag und Nacht über die Straße und machen die Neubauten zittern. Aber die Straße geht weiter, über den Zoll hinaus, von Land zu Land und schaut sich nicht um. Sie geht bis ans Ende der Welt und weiß zuletzt nicht, wozu sie die Reise gemacht hat, ist sie doch am Schluß ebenso schatten- und gnadenlos wie am Anfang.

Zu zweien steigen am Sonntag die Kinder der Anstalt Bethlehemsgarten wie aus einer Versenkung die finstere Holztreppe hinauf. Zuerst die Abteilung der Mädchen, dann die Abteilung der Knaben. Oben gehen sie über den gepflasterten Hof mit dem Reiterstandbild und setzen sich in der Kirche unter die Säulen. Gewöhnlich sind sie die ersten Kirchgänger. Nach und nach kommen auch andere: alte Frauen mit unter dem Kinn gebundenen Kapotthütchen, schöne junge Mädchen mit neugierigen Augen, Herren mit goldenen Kneifern und Zylinderhüten, Damen in dick gefütterten Mänteln. Man spricht dann von «Brüdern im Herrn», und für eine Weile scheint es, als ob man sich irgendwo in einem neutralen Land getroffen hätte, wo wirklich einer den anderen gleich achtet wie sich selber. Aber wenn der Gottesdienst zu Ende ist, verkriechen sich die alten Frauen wieder in ihre einsamen Stuben; die Damen und Herren eilen in ihre Häuser, wo Dienstboten sie freundlich bei der Türe erwarten und aus Mänteln und Schuhen helfen, und die Anstaltskinder vom Bethlehemsgarten sinken wieder über die dunkle Holztreppe hinunter ins Reich der Armut und der Dürftigkeit.

Lelia und Fedja sind nun in Raschat eingebürgert und in der Anstalt untergebracht. Lelia trägt ein graues Kleid und über den kurzen blonden Haaren ein schwarzes Samtband, das hinten mit einem Knoten schließt. Fedja hat lange Hosen bekommen, und seine Haare sind kurz geschoren worden. Jeden vierten Sonntag dürfen die Kinder ausgehen, wenn sie jemand haben, der sie einlädt. Es ist das einzige Mal, wo Knaben und Mädchen zusammenkommen, wenn sie als Geschwister einen Besuch machen dürfen. Gewöhnlich gehen Lelia und Fedja zu Missionar Elda; dort spielen sie mit andern Kindern «Tunke, tunke, Entchen». Frau Missionar ist gut zu den Kindern und steckt ihnen Schokoladekuchen in die Kittelchen. Einmal hat sie Lelia geküßt, und die Tränen haben ihr dabei in den Augen gestanden. Der Vormund findet, daß es besonders armen Kindern wohl anstehe, wenn sie bescheiden seien. Zuweilen treffen sie auch Amé Dossa und Bruno. Sie stellt dann ihren breiten Unterkiefer vor wie eine Felswand und fragt, ob sie immer brav seien, worauf sich Fedja mit einer Handbewegung, als wolle er die – längst kurzgeschorenen – Haare von der Schläfe zurückstreifen, und mit einer halben Verbeugung sagt: «Bitte, bitte, danke sehr.» Lelia aber schaut scheu in die Ecke, und das stolze Rauschen von ehedem ist nicht mehr in ihr. Von der Mutter sprechen sie nie. Bruno ist bereits ein junger Herr. Er trägt kurze Kniehosen, einen hellen Paletot und eine große Brille, die ihm ein gelehrtes Aussehen gibt. Von ferne schaut er auf Lelias aufgesprungene Hände und fragt sie nicht mehr, ob sie ihn heirate. Hand in Hand, wie sie gekommen sind, gehen die Kinder Devran wieder die Treppe hinunter. Wenn sie miteinander ausgehen, sprechen sie sehr wenig; es ist, als ob sich eins vor dem anderen schämte, sich in der anstaltsmäßigen plumpen Verlegenheit zu zeigen. Am Anstaltstor geben sie einander einen Kuß und gehen auseinander.

Aber man ist in der Anstalt nicht ungut gegen die Kinder. Mit gutem Recht könnte sich keines beklagen. Die Anstalt wird von Schwestern geleitet in großen weißen Hauben und blaugetüpfelten Kleidern. Es gibt auch einen Hausvater und eine Hausmutter. Alle sprechen immer mit der gleichen leisen Stimme. Eine solche Anstalt ist noch lange nicht das schlimmste, was es in der Welt gibt. Sie ist im Gegenteil der erste Versuch, den Menschen wirklich zu helfen. Ohne solche Anstalten würden Kinder, die zu arm sind, bei jemand wohnen zu dürfen, einfach verhungern. Auch Fedja und Lelia geht es in der Anstalt bedeutend besser als in Amé Dossas Haus. Nie sehnen sie sich dorthin zurück. Am Morgen singt man in der Andacht: «Oh, goldne Sonne, voll Freud' und Wonne», und an den Sonntagen spielt man mit den Kindern Ringeschlagen und anderes mehr. Die Kinder stellen sich dann zu zweien hintereinander auf, und Lelia jagt im Kreis herum und versucht, jenes zu erhaschen, das fliehen will. Man klatscht in die Hände und freut sich. Es gehört auch etwas Landwirtschaft zur Anstalt, und die Knaben müssen den Knechten bei der Arbeit helfen, während die Mädchen mit den Schwestern Strümpfe stopfen und Anstaltskleider nähen. Im Herbst gibt es eine kleine Ausstellung mit den Arbeiten der Kinder, und die Leute aus der Stadt kommen dann in die Anstalt und kaufen allerhand nützliche Dinge zu Wohltätigkeitszwecken.

An Weihnachten kommt sogar ein ganzes Komitee von Herren und Damen in die Anstalt. Meistens sind es ältere Leute in gefütterten Seidenkragen und hohen Westen. Aber es gibt auch junge Frauen darunter mit Kindern auf den Armen. Unter dem Tannenbaum hält Pfarrer Tyrus eine schöne Rede. Er ist ein freundlicher Mann und sagt nie ein hartes Wort zu einem Menschen, weder zu den Reichen noch zu den Armen. Er versteht alle. Er spricht dann von der Freude der Kinder, in dieser Anstalt wohnen zu dürfen, als ob das Glück der Kinder darin bestünde, daß ihr Unterhalt und ihre Erziehung den Erwachsenen möglichst wenig Kosten verursachten. Sorgsam plättet er jedes Fältchen aus im zerrissenen Kleid der Güte. «Sieh, alles, was du erlebst, ist Glück für dich!» Und man legt den Kindern die roten Barchenthemden hin und die hellblauen Wollhandschuhe und die Uhr, die nicht geht, und sagt: «Siehe da, sieh, das ist die Güte meines Herzens zu dir. Und wenn du erwachsen bist, so werde wie ich, denn besser kann man gar nicht sein.» Und die Kinder schauen auf die Geschenke, lächeln und werden zufrieden mit sich selbst. Zufrieden mit allem, was sie tun, zufrieden mit der Freude vor ihnen, zufrieden mit dem Leid hinter ihnen, voranschreitend auf der schattenlosen, gnadenlosen Straße, die rings um die Erde geht und die am Ende selbst nicht weiß, wozu sie die Reise begonnen hat. Ach, nicht darin liegt ja das Unglück, daß man sagt: «Ich kann dir nicht helfen.» Sogar die Uhr, die nicht geht, kann ja das einzige Geschenk sein, das jemand zu geben vermag, wenn man die Geschenke nach dem bewertet, was man selber besitzt. Aber darin liegt das Unglück, daß man auch seine armseligsten Taten immer vor anderen ausbreitet als das Beste, was man geleistet hat. Daß man es fertigbringt, mit strahlenden Augen schäbig zu handeln, statt zu sagen: «Nein, ach nein, nicht das rote Barchenthemd, nicht die hellblauen Wollhandschuhe oder die Uhr, die nicht geht, nicht die Ausschußware meiner Güte: Nein, nimm, ach nimm das Beste, was ich zu schenken vermag, nimm sogar den kostbaren Ring, wenn er dir hilft, er reut mich nicht! Brauche mein Herz zu deinem Leben.»

Verlegen über all der Freude, die ihnen widerfahren ist, stehen die Anstaltskindchen da und zählen die Nüsse in den Tellern. Die Komiteeleute aber gehen nach Hause und sind stolz, daß sie in selige Kinderaugen geblickt haben ...

Die Zielsetzung, die sich Irma vorgenommen hat, war nicht so schnell zu erreichen. Frau Wezlas findet, daß die Kinder in der Anstalt eigentlich gut untergebracht wären, auch gehe es ja nicht mehr lange, bis sie erwachsen seien. Sie rate Irma davon ab, sich um sie zu sorgen. Aber wenn Irma die Adresse auf den Briefumschlag schreibt, geht ihr ein Stich durchs Herz. Sie weiß dann plötzlich nicht, was sie den Kindern schreiben soll. Manchmal kommt es ihr vor, als habe sie sie einfach verlassen ... Aber sie muß sich nun von der Strömung weitertreiben lassen. Zudem hat sie sich ja bei Frau Wezlas sonst über nichts zu beklagen. So schreibt sie denn: «Liebe, liebe Kinder ...» und macht einen langen Strich dahinter. Das Geld schickt sie regelmäßig ab. Die Anstalt braucht das Geld der Mütter; sie wird nur zum Teil vom Staat subventioniert. Auch die Kinder schreiben Brieflein zurück; und es geht ihnen nicht viel anders als wie der Mutter. Auch sie wissen nicht, was sie schreiben sollen. Es steht dann darin: «Fedja hat eine schöne Laubsägearbeit gemacht, und ich habe eine Eins im Betragen ... Wie geht es Dir? Bist Du gesund. Wir sind auch gesund. Deine Lelia.» Wenn Irma den Brief aufmacht, so wird es ihr heiß im Herzen. Sie legt den Brief dann unters Kopfkissen. Vielleicht, daß sie ihn in der Nacht noch einmal durchliest ...

Es gibt viele Kinder in der Anstalt, die keine Eltern haben. Es gibt solche, die sie nie gekannt haben, weder den Vater noch die Mutter, obwohl man weiß, daß sie nicht gestorben sind. Aber man spricht nicht davon. Wenigstens nicht öffentlich. Die Schwestern mit den weißen Hauben sagen: «Dafür habt ihr es jetzt hier schön.» Nur manchmal, wenn die Kinder allein sind, sagt eines: «Vor einer Woche sah ich meine Mutter, sie stand auf dem Wall und schaute zum Fluß hinunter ...» Aber sobald eine Schwester vorbeikommt, gehen die Kinder auseinander. Man schämt sich zu erwähnen, daß man ein Zuhause hatte ...

Und viele Kinder vergessen das Zuhause für immer.

Vor dem Arbeitssaal der Mädchen steht eine hohe Mauer, die im Sommer mit wildem Wein bewachsen ist. Große gleißende Blätter fangen die Hitze auf wie in einem Brennspiegel und strahlen sie in den Arbeitssaal zurück. Im Ausschnitt zwischen der hohen Mauer und einem Nebengebäude sieht man den Wipfel eines stolzen Baumes. Dieser Baum gibt Lelia Mut. Wenn sie ihn ansieht, muß sie an den Vater denken. Sie fühlt dann ihre Seele rauschen, und durch ihre schmalen, hellgrünen Augen blickt man in eine weite Ferne. Ganz zuhinterst in Lelia ist eine Gestalt, die winkt. Es ist immer noch etwas Beschützendes in Lelia. Aber dann kommt auch das Elend zu ihr.

Fedja und Lelia sind nun schon ziemlich groß, im Herbst sind es sieben Jahre, seit sie in die Anstalt eingetreten sind. Im Frühjahr wird Fedja die Schule verlassen, sein Vormund hat beschlossen, daß er Schreiner werden soll. Das sei ein Beruf, der Zukunft habe, sagt der Hausvater. Fedja ist fröhlich. Er sieht nun schon über den Rand hinaus. Er macht sich große Pläne, und es ist eine Wucht in ihm. Wie ein von starker

Hand geschleuderter Pfeil sucht er die Freiheit. Er wird von allen als ein verständiger und auch als ein schöner Junge angesehen.

Lelia aber ist nicht so tüchtig. Die Schwester Gunzberg ist nicht zufrieden mit ihr. Sie sagt, Lelia könne nicht einmal einen Ofen anheizen, und das sei doch noch das Wenigste für ein so großes Mädchen. In der Nähschule mache sie häßliche Stiche und fahre beim Zeichnen über den Rand. Das sei ein Zeichen von innerem Nichtwollen. Andere Mädchen und auch Fedja werden ihr als Beispiel hingestellt, und Lelia schämt sich dann, nicht so gut zu sein wie andere. Sie ist auch nicht hübsch geworden, sie ist im Gegenteil blaß und unscheinbar geblieben. Auch wenn sie mit Fedja ausgeht, schämt sie sich. Alle Menschen sind besser und schöner als sie. Und Lelia weiß nicht, wie sie über sich selber hinauswachsen soll. Das Dach der Anstalt lastet über ihrer Seele und hindert sie am Vorwärtskommen. Alles um sie her ist Anstalt: das Kleid, das sie trägt, die Speise, die sie ißt. Die Schwestern sind Anstalt, die Mutter, der Missionar Elda, die ganze Welt ist Anstalt. Gott ist Anstalt. Und nichts, was die Anstalt fordert, kann Lelia erfüllen. Sie kann der Mutter nicht die kleinen dummen Briefe schreiben, sie kann mit den Missionarskindern nicht «Tunke, tunke Entchen» spielen. Sie kann den Ofen nicht anheizen, daß er warm und fröhlich brennt, sie kann im häßlichen Stoff keine schönen Stiche machen und sich innerhalb der engen Grenzen bewegen. Aber alles, was sie nicht kann, muß sie tun, jahraus, jahrein. Einzig und allein das, was sie nicht kann. Und das macht sie wertlos vor sich selber. Lelia Devran kann nicht mehr gut sein.

Aber eines Tages, als Lelia im Arbeitssaal der Mädchen sitzt und an der Ausstellungsarbeit näht, sieht sie plötzlich ganz deutlich den Vater vor sich, wie er am Tisch sitzt mit seinem heiteren Lächeln, hinter ihm steht Fedja, und die Mutter kommt mit ihrer kleinen Arbeit ganz nahe heran, damit sie besser zuhören kann. Und plötzlich, ohne daß sie wüßte, wieso, erinnert sich Lelia an etwas, was der Vater einst über den Himmel gesagt hat: Nämlich, der Himmel beruhe darauf, daß die obersten und höchsten Geister befehlen und die unteren sich danach richten müssen; wo es umgekehrt sei, daß die geringere Einsicht herrsche und die höhere ihr gehorchen müsse, da entstehe die Hölle. Jedoch sei nur der Mensch zum

Herrschen bestimmt, der genug Demut besitze, alle anderen höher zu achten als sich selbst. Ganz deutlich hört Lelia den Vater die Worte sagen: «In einem Orchester ist nur einer der Dirigent; er selber macht keine Musik, aber er hält alle Töne in der Hand. Die Menschheit muß Leiter haben, die sie führen.» Wer aber war nun dieser Leiter …?

Plötzlich weiß Lelia, daß sie in jenem Reich, von dem der Vater sprach, gerne der unterste Mensch wäre. Sie würde dann freudig die geringste Arbeit verrichten, weil sie damit dem Himmel diente, dem Guten; hier aber weiß sie nicht, wem sie dient …

Im Winter ist der Kirchweg dem Fluß entlang sehr kalt. Es weht eine scharfe Bise, die einem das Wasser in die Augen treibt und die Nasenspitze und die Hände blau-rot anlaufen läßt. Während der Predigt haben die Kinder Zeit, sich zu erwärmen; aber wenn sie aus der Kirche kommen, frieren sie um so mehr. Nur die kleinen Entlein, die im Winter den Fluß hinunterschwimmen wie Gedanken aus einem anderen Land, sind trotz der Kälte froh und unbesorgt. Als Lelia dem Fluß entlang geht, kneift sie die Augen zu; sie ist durchfroren bis auf die Knochen. Der Pfarrer hat heute in der Kirche gesagt, daß es nun schon bald zweitausend Jahre her wäre, seit Christus gekommen sei, ein Reich des Guten aufzurichten unter den Menschen; aber es gebe immer noch sehr viele Heiden, und dann hat er eine Zahl genannt mit Blick auf Afrika und Indien …

Wie Lelia so mit zusammengekniffenen Augen den Entlein nachschaut, da wird eine Frage in ihr lebendig: Was eigentlich ist das Ziel, auf das man seit zweitausend Jahren zugeht …? Was ist es, an dem man die ganze Zeit herumarbeitet? Aber der Nordwind ist so entsetzlich kalt, und Lelia weiß es nicht. Die Entlein sind den Fluß hinuntergeschwommen, und die Kinder sind in der Anstalt angekommen. Lelia fühlt sich krank. Alles lastet auf ihr. Die Anstalt und die zweitausend Jahre, in denen man noch nicht weitergekommen ist. Und sie fühlt sich schuldig, schuldig, sich ganz allein, weil sie doch der Mutter hat helfen wollen und Amé Dossa und der ganzen Welt, und nun kann sie nicht einmal die allerkleinste Arbeit so verrichten wie die anderen. Wie sie im Korridor das Feuer im Ofen wieder anzündet, das während des Kirchganges erloschen ist, denkt sie: «Man sollte mich verbrennen in diesem Ofen; ganz und gar verbrennen, so wertlos bin ich …»

Eine kleine Weckeruhr steht im Krankenzimmer und tickt sich mit festen kleinen Schlägen durch die Zeit. Die kleine Weckeruhr räumt eine Stunde beiseite, sie räumt zwei und drei weitere Stunden beiseite, und zuletzt hat sie einen ganzen Tag weggeräumt. Und sie räumt Tage und Wochen fort und Wochen und Jahre. Und sie tickt unaufhörlich, und zuletzt hat sie die Zeit überwunden. Auch die härteste Zeit ist durch die kleine Weckeruhr hindurchgegangen.

Lelia ist krank. Tagelang ist das Fieber in ihr und um sie gewesen. Das schwarze Samtband, das zur Anstaltstracht gehört, hat man ihr abgenommen. Ihre kurzen krausen Haare stehen vom Kissen ab. Das rote Barchenthemd ist am Halse mit einer Wollschnur eng zusammengebunden, und über dem kleinen mageren Körper liegt die rot- und weißgewürfelte schwere Anstaltsdecke. Frau Missionar Elda ist schon dagewesen und hat ihr Schokolade und Orangen gebracht, und sogar Amé Dossa hat sich nach ihr erkundigt. Sie hat gemeint, es wäre am besten, wenn Lelia sterben könnte. Was habe so ein armes Geschöpf auf der Welt denn zu erwarten. Aber Lelia hat nach niemandem gefragt, nicht einmal für Fedja hat sie Interesse gezeigt. Ihre Seele ist zu weit weg, als daß jemand verstehen könnte, was ihr fehlt. Schichten von Nebel ziehen an ihr vorüber. Einmal ist aus dem Nebel die Gestalt der Mutter aufgetaucht, und Lelia hat zu ihr gesagt: «Mutter, warum hast du das getan, daß du uns verlassen hast?» Aber dann hat die Mutter geweint, und ihre Hände sind blutig gewesen vom schweren Tragen, und Lelia hat nichts mehr gefragt. Dann ist auch die Mutter verschwunden im Nebel.

Die Hausmutter setzt sich an ihr Bett. «Hast du Heimweh?» fragt sie. Leise bewegt Lelia den Kopf hin und her, während zwei schwere Tränen rechts und links lautlos von den Augenwinkeln in das rot- und weißgewürfelte Kissen sinken. «Ich bin auch in einer Anstalt aufgewachsen ...» sagt die Hausmutter. Sie hat eine kleine und leise Stimme. «Man muß sich an alles gewöhnen ...» sagt die kleine und leise Stimme und plättet das Leid aus. Auch Herr Pfarrer Tyrus ist gekommen; er hat Lelia sogar Trauben mitgebracht und gesagt: «Siehst du, Lelia, daß wir leiden, das ist der Wille Gottes. Und er will, daß wir das Leben so ertragen, wie es ist, und daß wir uns damit zufrieden geben, wie er es haben will.» Lelias Augen gehen an ihm vorbei und suchen einen geraden Weg. Wie kann man

den Willen Gottes und alles ertragen, wenn man von vornher-
ein verloren ist? Und was soll da noch helfen, wenn alles vor-
herbestimmt ist, schlecht zu bleiben ...?

Erinnerungen tauchen aus dem Nebel auf, Erinnerungen an
sonnige Landschaften, Erinnerungen aus der frühesten Kindheit, als Gott der Vater, Schöpfer des Himmels und der Erde,
noch leuchtend und stolz durch ihre kleine Seele schritt. Oh,
wie wunderbar war er gewesen, und wie hatte Lelia ihm jauch-
zend zugeschaut, wenn er die Dinge schuf! Tatsächlich war
sie mit ihm im Himmel gewesen und hatte er sie bei ihrem
Namen gerufen. «Herze Lelia» hatte er zu ihr gesagt und seine
Hand nach ihr ausgestreckt. «Herze Lelia, komm und sieh mir
zu ...» Und dann war Lelia voller Stolz neben ihm gestanden
und hatte die rechte Hand auf die linke Schulter gelegt wie die
Fürstentochter Warwara auf dem Bild, auf dem sie vor dem
König stand. Und Gottvater, Schöpfer des Himmels und der
Erde, hatte seine Hand erhoben, und siehe, hoch im Bogen
sind die Sterne über den Himmelsrand heraufgezogen und haben sich vor Gott aufgereiht, und dann hat er jedem seinen
Namen und seinen Platz gegeben. Und Gott hat ein weiteres
Zeichen gegeben, und die schönen und schlanken Bäume sind
in Reih' und Glied vor ihm gestanden und haben mit den Wip-
feln gerauscht. Und dann hat er die Bäume verteilt auf die Orte
der Erde. Und es sind die Bären gekommen und die Katzen
und die Wölfe und jegliches Tier bis zum kleinsten, und jeg-
liche Pflanze bis zur geringsten, und die Sterne und die Steine
und alles, und sie haben sich vor Gott aufgestellt und sich
verneigt, und ihren Namen und ihren Platz erhalten. Und Lelia Devran hat ihre kleine Hand zu Gott hinübergestreckt und
in seine große Hand gelegt und ist stolz gewesen, stolz in ihrer
Seele auf ihren großen Gott. Aber nun ist die Anstalt zwischen
sie und diesen Gott getreten, Schöpfer des Himmels und der
Erde, sie kann den Anschluß an ihn nicht mehr finden, und
Gottes Begeisterung ist von ihr gewichen ...

Der Tag von Fedjas Abreise aus der Anstalt ist nun festgesetzt. Am letzten Tag ist er noch zu Lelia gekommen. Plötzlich
ist er durchs Fenster geklettert. Zwischen dem Knabenspiel-
platz und dem Mädchenspielplatz erhebt sich eine hohe Mauer,
die ganz mit Efeu bewachsen ist. Fedja ist an der Mauer em-
porgeklettert, bis zum Fenster des Krankensaales. Die Krankenschwester ist fort, der Hausvater und die Hausmutter sind

in der Komiteesitzung. Wie Fedja so mitten im Zimmer steht, sieht er groß und schlank und schön aus. Er trägt nun auch wieder längere Haare, und er kommt zu Lelia und setzt sich zu ihr auf den Bettrand, um ein wenig mit ihr zu plaudern. «Denk dir, Lelia, nun kann ich schon bald Geld verdienen, und dann reisen wir zur Mutter ...»

Lelia dreht sich um und sieht den Bruder an. Er hat nun keine traurigen Augen mehr wie unter dem Tannenbaum oder wenn er bei Amé Dossa auf Besuch ist. Seine Brauen spannen sich in seinem Gesicht wie Tore eines hohen, stolzen Sinnes. Lelia fühlt, wie schön und lieb er ist ... Sorgfältig schiebt Fedja seinen rechten Arm ein wenig unter das Kopfkissen, während er die Schwester mit der Linken umarmt. Lelia richtet sich auf, und in ihren Augen ist plötzlich ein heller Glanz. Ohne daß sie weiß, was sie tut, legt sie ihre Arme um Fedjas Hals, zieht seinen Kopf zu sich herab und küßt ihn auf den Mund, küßt und küßt ihn immer wieder, bis sich ihre ganze kleine Seele zu ihm emporgezogen hat. Fedja aber fühlt, daß sie mit dieser Umarmung alles nachholen muß, was sie die ganzen Jahre an Liebe entbehrt hat. Und er läßt sie gewähren und küßt sie und streichelt sie immer wieder mit seinen schönen Händen. Lelias Gesicht wird zusehends schöner und leuchtender. Tränen stehen in ihren Augen, als sie sagt: «Oh, Fedja, Fedja, in all diesen Jahren hat mich niemand liebgehabt.» Und Fedja löst sie aus der häßlichen Anstaltsdecke, zieht sie ganz zu sich hin und antwortet: « Ja, Lelia, ich weiß, du hast am meisten gelitten von uns allen ...»

Und Lelia steht auf und läuft mit ihren kleinen weißen Füßen in die Mitte des Zimmers. Ihre Augen glänzen wie zwei Smaragde, durch die man in weite Fernen sieht. Und sie reißt das Wollhemd über den Kopf hinweg, schleudert es in eine Ecke und ruft: «Fedja, Fedja, ich will nichts mehr wissen von der Anstalt mein Leben lang. Ich will froh sein und wahr und gut. Ich will dem Schöpfer des Himmels und der Erde dienen, und nicht dem Gott, den sie anbeten.» Wie sie das sagt, glüht ihr Gesicht und stehen ihre Haare vom Kopf ab wie ein Kranz in der Sonne. Und sie spürt das Blut in ihren Adern kreisen und die Kraft, die Gesundheit und den Willen von den Knöcheln aufwärtssteigen bis zu den Schultern und zum Bildchen der Matka Boska, das sie um den Hals trägt und das in der Sonne glitzert zwischen ihren kleinen Brüsten. Und plötzlich hört sie die Worte wieder, die die Mutter zu ihr sprach, als sie ihr das Bildchen umhängte, damals, als sie wegging: «Trage es, trage es, bis wir alle wieder zusammenkommen.» Und Lelia fühlt ihr Inneres aufgehen wie eine Blume, klar und groß. Und es ist, als ob die Zeit rechts und links von ihr sich wie ein Vorhang verzöge, so daß sie frei von Vergangenheit und Zukunft mitten im ewigen Leben steht. Und Lelia Devran kniet nieder mitten in diesem ewigen Leben und spricht: «Gott, des Himmels und der Erde, wenn dir die Spanne groß genug ist, so laß mich das Leid wegleiden, das zwischen einem Kind und einer Mutter liegt.» Dann neigt sie sich vornüber, wissend, daß sie mit Gott das Gelübde geschlossen hat, auf das ihre Seele gewartet hat, und hört in ihrem Herzen eine Stimme: «Wandle vor mir, und sei fromm.»

Mit großen Augen hat Fedja seiner Schwester zugeschaut, und plötzlich fühlt auch er sich jubelnd emporwachsen wie ein Baum, der seine Zweige weitet, der seinen Schatten spendet und dem wohlgerät, was er tut. Und er wird Lelia beschützen mit seinen Ästen und wird sie liebhaben in ihrem Traum. Und er wird ihr ein starker Halt sein gegen die Meinungen der Menschen bis zu jenem Moment, an dem sie ihn nicht mehr nötig hat ...

Und dann wird er ...

Lelia aber ist ganz weiß geworden im Gesicht, und Fedja trägt sie auf seinen Armen aufs Bett, streift ihr das Wollhemd über und knüpft es mit seinen Händen liebevoll am Hals zu. Dann küßt er sie auf die Stirne, deckt sie wie eine Mutter sorgsam zu und geht er auf Zehenspitzen zum Zimmer hinaus ...

In der Nacht aber hat Lelia Devrans Blut den geheimnisvollen Weg vom Kind zur Reife angetreten. Als am Morgen die Krankenschwester ins Zimmer kommt, findet sie sie aufrecht im Bett sitzend vor mit übereinander gefalteten Händen und einem kleinen seltsamen Lächeln auf den Lippen. Die Schwester sagt: «Du siehst aus wie ein Muttergottesbildchen», und Lelia lächelt: «Ich bin gesund ...»

So hat Lelia Devran den Schlaf der Gewohnheit gewaltsam aus der Seele geschüttelt und ist genesen in ihrem Herzen. Und seit diesem Tag fühlt sie sich wieder an Gott gebunden und steht deutlich und klar eine Gestalt vor ihr, die winkt ...

19. Kapitel: Die Vision

Lelia Devran ist immer noch scheu. Wenn einem Herrn auf der Straße etwas aus der Hand fällt, bückt sie sich und hebt es für ihn auf. Wenn er ihr dankt, wird sie verlegen. Von ihren Backenknochen bis zum Kinn laufen zwei sehr schräge Linien abwärts. Sie sehen aus wie Abhänge, über die auch Lawinen herunterdonnern könnten. Nur beim Mund nehmen die Wangen eine kindliche Biegung an. Wie ein schön gewölbter Bogen liegt die Oberlippe über der Unterlippe, die sich ein klein wenig vorschiebt, als wolle sie das allzu Gespannte wieder mütterlich ausgleichen. Zuweilen aber schiebt sie die Oberlippe auch zum Hohn vor.

Dennoch haben die Kinder Lelia lieb; sie machen ihr kleine Geschenke aus Seidenstoff und Papier und bereiten ihr allerhand Ehrungen. Einmal, als sie von einer Besorgung nach Hause kam, hatte Lucille Manier ihren Federball zerpflückt und die ausgerissenen Federn Lelia zum Empfang in den Flur gestreut. Auch wenn Lelia jemanden schilt, bleibt doch in ihren Augen ein gutes Lichtlein, und die Kinder und die Hunde schauen dann nach diesem Lichtlein aus. Für gewöhnlich sind ihre Augen hellgrün wie Wasser, das sich freut; aber zuweilen können sie auch dunkelgrau werden wie Wasser, das weint. Sogar die Hunde in den Herrschaftshäusern, in denen Lelia zur Betreuung der Kinder angestellt war, haben gemerkt, daß sie gutmütig ist. Und der kleine Foxterrier im Hause Manier hat es immer so einzurichten gewußt, daß er, wenn ihn ein Unheil bedrohte, schnell noch in Lelias Zimmer flüchtete, die ihm dann in ihrer Unwissenheit das Fenster zum Garten geöffnet hat.

Auch die Herrschaftsleute haben Lelia gern. Aber anders als die Kinder. Aus irgendeinem Grund erscheint ihnen Lelia klug, und sie möchten dann lieber, daß sie weniger klug sei. Natürlich sehen sich auch Kinder nicht gerne durchschaut, und am wenigsten dann, wenn sie etwas Dummes angerichtet haben. Sie suchen allerhand Mäntelchen hervor, sich dahinter zu verstecken. So hüpft Lucille Manier immer auf einem Bein ins Zimmer, wenn sie etwas Dummes vor Lelia zu verbergen hat, während der kleine Carlo unvermutet zu singen anfängt. Aber schließlich ist auch Kindern ein schlechtes Gewissen unangenehm. Und Lelia hat zu ihnen gesagt: «Seht, ich bin ja fast zwanzig Jahre älter als ihr, wenn ihr etwas Dummes begangen habt, erzählt es mir schnell, so kann ich euch helfen, es wiedergutzumachen. Aber wenn ich es nicht weiß, wie soll ich da helfen können?» Und mit der Zeit haben die Kinder das Hüpfen auf einem Bein und das plötzliche Singen nicht mehr für notwendig gehalten, sondern haben Lelia wie einer älteren Schwester einfach ihre Dummheiten anvertraut und so ohne die Plage eines schlechten Gewissens mit ihr zusammengelebt.

Dann und wann ist Lelia Devran auch etwas verträumt und vergeßlich. Es kann ihr begegnen, die längste Zeit ins Weite zu staunen und das Naheliegende nicht mehr zu beachten. In solchen Momenten weiß sie nicht, was man zu ihr sagt. Wenn sie spazieren geht, macht sie mit den Augen einen Strich durch alles hindurch und geht sozusagen nur noch auf das fernste sichtbare Ziel zu, und auch wenn sie mit anderen spricht, verliert sie den Weg nicht, den ihre Seele sucht. Es weht dann eine ferne und stolze Kühlheit um sie, wie der Duft von Akazienblüten über beschaulichen Gärten.

Aber zuweilen wird Lelia auch auf Nahes aufmerksam. Es kommt dann ein zögernder Ausdruck in ihre Augen. Dieses Zögernde bleibt über einem Kind stehen oder über einer Mutter oder dann wieder über einem Pferd, das müde und betrübt vor seinem Wagen wartet. Dieses Nahe bekümmert Lelia und macht ihre Augen dunkelgrau. Mitten auf der Straße kann sie stillstehen und einem Tier nachschauen, das mit schleppenden Füßen nach dem Schlachthaus geht und seine Augen stumm und traurig auf die Menschen wirft, als könnte ihm von ihnen Hilfe kommen. Aber die Hilfe zögert und kommt nicht, und das Tier weiß, daß es zugrunde gehen muß, ehe die Hilfe da ist. Diesen selben Blick sieht Lelia auch manchmal bei armen Kindern oder auch bei Müttern mit zerarbeiteten Händen. Auch sie verlangen nach der Hilfe von klugen und guten Menschen, aber die Hilfe zögert, und sie kommt am Ende nicht. Auch sie wissen, daß sie vorher zugrunde gehen müssen. Das sind die Dinge, die Lelia nahegehen und um derentwillen sie alles andere vergessen kann: schöne Gesellschaften, geistreiche Bücher oder erfolgreiche Bravourstücke. Sie weiß dann: Eines Tages wird dieses Zögernde von ihr Rechenschaft fordern, weil Gott selber auf dieses fremde kühle Herz zuschreiten und es fragen wird: «Was suchst du, Herze Lelia?» Und sie wird antworten müssen: «Herr, ich suche die Not», und dann wird sie nicht mehr ausweichen können. Aber vorderhand steht zwischen ihr und diesem Schweren noch Fedja, der ihr das Leben leicht und froh macht. Und ihr Herz zittert bei dem Gedanken, daß das Schöne und Jauchzende eines Tages aufhören könnte, um sie zu blühen …

Auch Fedja ist aufwärtsgewachsen wie ein schöner Baum, der seine Zweige weitet. Noch im geringen Arbeitskittel bleibt er wie ein Herr, der seine Freunde in ein gastliches Haus bittet. Es macht Fedja Freude, gefällig zu sein. Und aus seiner Gefälligkeit erwächst ihm der Stolz, sich nicht an den Alltag zu verlieren. Wie ein fremder Magnolienbaum blüht er unter heimischen Gewächsen, und seine Gegenwart macht jeden Raum schön. Niemand kann Fedja etwas zuleide tun. Obwohl seine Augen zuweilen einen wehmütigen Glanz haben. Es ist dann, als ob man weite, ferne Heidelandschaften darin sähe mit tausend und abertausend Blumen. Fedja weiß auch sehr schöne Briefe zu schreiben, und zuweilen macht er sogar Gedichte, die er aber für sich behält.

Vier Jahre lang haben Lelia und Fedja in derselben Stadt gewohnt und immer am Monatsersten ihr erübrigtes Geld auf die Sparbank getragen für die Heimreise und die Wohnungsanzahlung der Mutter. Oft haben sie auch Abende und Sonntage miteinander verbracht und eine kleine Familie für sich gebildet, aus deren Vorhandensein sie Mut und Freude für ihr Leben schöpfen. Mit der Mutter stehen sie in regem Briefwechsel und bleiben einander mit lieben, warmen Worten im Herzen nah. Die Mutter ist sogar schon im Begriff gewesen, mit Frau Wezlas zu ihnen zu reisen, um die Wiedervereinigung mündlich zu besprechen. Aber aus irgendeinem Grund haben sich die Reise und das Wiedersehen immer wieder um ein Jahr verzögert. Dann ist Lelia eine günstige Stellung angeboten worden in Vidim bei Frau Angelika. Und Fedja hat gemeint, es täte Lelia gut, ein anderes Land und andere Leute kennenzulernen; sobald der geeignete Zeitpunkt da sei, zur Mutter zu reisen, seien sie ja wieder beisammen. So daß Lelia die Abreise nicht bloß wie eine Trennung von Fedja vorgekommen ist, sondern wie ein Weggehen aus dem Herzen der Familie.

Vom Bahnhof in Vidim führt eine breite, hohe Straße zum kleinen Vorort Anwike hinaus. An dieser Straße liegen viele schöne Herrschaftssitze. Einige sind mit Mauern umzäunt, andere mit Taxushecken begrenzt. Über die Straße hinunter sieht man auf das Stauwerk am See und auf weite, schön gewellte Wälder. In einem der Häuser an der Straße von Anwike wohnt die Familie Angelika. Ihr gehört ein großes weißes Haus mit Säulen am Eingangstor, einem Türmchen und zwei mächtigen Pappelbäumen zu beiden Seiten des Grundstücks. Lelia hat ein schönes, sorgenloses Leben im Hause Angelika. Nur selten wird sie abends von der Familie zum gemeinsamen Nachtessen im Speisesaal eingeladen. Die übrigen Abende kann Lelia nach Belieben verbringen. Sie ist immer noch bescheiden gekleidet; nur an Festtagen trägt sie ein Kleid aus weißer Wolle und einen Schmuck, den ihr Frau Angelikas Mutter geschenkt hat. Es ist dies eine Kette aus fünf pflaumengroßen, in Silber gefaßten lilafarbenen Glasstücken, verziert mit großen Kristallringen. Da und dort sind die Glasstücke etwas beschädigt, aber Frau Angelikas Mutter sagte, der Schmuck stamme aus einem altitalienischen Marchesenbesitz. Lelia hat sich über diesen Schmuck sehr gefreut und trägt ihn ehrfurchtsvoll bei festlichen Anlässen. Bei ihrem Eintritt hat Frau Angelika gesagt, Lelia möge Haus und Garten als ihr Eigentum betrachten und sich mit allem bedienen, wozu sie Lust habe, nur wäre es erwünscht, wenn sie sich so wenig wie möglich in der Stadt aufhielte. So hat denn Lelia bei Carlo und Perpetua Angelika keine andere Abwechslung erlebt als einen gelegentlichen Predigt- oder Konzertbesuch in Vidim, dafür aber hat sie Zeit gewonnen, ihr eigenes Herz kennenzulernen.

Der Hauptpfarrer von Vidim ist ein großer und schöner Mann. Er hat ein Gesicht wie eine aufgeschlagene Bibel, worin man nach den Propheten blättern kann oder nach den Büchern der Könige und Richter und dann auch wieder nach den Kapiteln des Neuen Bundes, nämlich: der Apostelgeschichte und den Briefen des Mannes, der der Welt für beinahe zweitausend Jahre das Siegel seines Geistes aufgedrückt hat. Paulus, dieser Mann des Neuen Bundes, hat mit eigener Hand viel Königliches und Richterliches geschrieben. In seinen Briefen kann man ferner lesen, wie sich ledige oder verwitwete Frauen in der Welt zu betragen hätten, damit sie korrekt seien vor Gott. Daneben gab er schöne und kluge Auffassungen über Herzensreinheit, Liebe und Glauben zum besten, wie er selber sie der Welt vorlebte. So daß den Menschen nichts anderes mehr zu tun blieb, als den Vorschriften dieses Mannes nachzuleben, um vor Gott gerecht und im Himmel selig zu werden. Außerdem gibt es in den Briefen dieses Mannes sehr viele, sozusagen mit Rot angestrichene Sätze, die Weisungen enthalten, was noch als zur christlichen Kirche gehörend bezeichnet werden kann und was nicht mehr. So sind denn auch Fresser und Säufer und sonst allerhand abnorm häßliche und merkwürdige Menschen von vorneherein aus dieser Brautgemeinde der Erlesenen ausgeschieden, gleichviel, durch was für einen Umstand sie zu ihrem merkwürdigen und häßlichen Leben gekommen sein mögen. So daß die ziemlich anspruchslose Lehre dieses Mannes für alle verständigen und sich selbst achtenden Menschen zur Weltreligion wurde und alsbald von einem jeden um so geschickter gehandhabt wurde, als sie niemand zu einer totalen Gesinnungsänderung gegen seinen Mitmenschen zwang, sondern freundlich auf den bekannten Forderungen des Alten Bundes weiterbaute. So daß man denn sagen konnte, wenn Christus gekommen sei, mühsam die Säulen einer Welterneuerung aufzurichten, so habe dieser Mann innerhalb eines Menschenalters bereits ein Dach darüber gespannt und das Riesenwerk des Geistes einer beglückten Welt als Allgemeingut übermittelt, an dem es nichts mehr zu ändern gab.

Wenn der Hauptpfarrer von Vidim am Sonntag auf die Kanzel steigt, reißt seine schöne und wohlklingende Stimme die Herzen seiner Zuhörer von ihren da und dort etwas gelockerten Gottesbegriffen wieder zu dem Glauben zurück, der sie gerecht macht vor Gott. Aber wie Lelia Devran zuhinterst in der Kirche dem Pfarrer zuhört, wird es ihr bang, und sie weiß nicht, ob man tatsächlich eine Berechtigung hat, sich schon vor Gott gerecht zu fühlen, solange der Herzenszustand der Menschheit noch vom Fluch ungezählter namenloser Elender widerhallt ...

Wie Lelia Devran den Pfarrer auf der Kanzel anschaut, kommt ihr der Gedanke: Wie, wenn erst hinter diesem Mann das Richtige stände, und es wäre erst da, wenn das Falsche vergangen ist, das die Einsicht der Menschen geblendet hat?

204

Ist der wunderbare Erlösergeist nicht von den Alltagsgedanken der Menschen überwuchert, verdunkelt und mit ihren ewigen Rechtsbegriffen übertüncht worden, ehe auch nur ein einziges Wort dieses Neuen verstanden worden ist? Werden sich niemals mehr die Augen bewegen, die, langsam, aus den Schläfen kommend, sich über den Menschen erheben wie leuchtende Sterne und sich demutsvoll vor dem sich senken, der seinen Irrtum einsieht: «Nicht um dich zu richten bin ich gekommen, sondern um dich selig zu machen.» Und dieser Mann, der nicht einmal über Fresser und Säufer und andere unverkennbar Schlechte zu Gericht sitzt, sondern für die Unzulänglichkeit aller nur das Verzeihen kennt, hat nie auch nur eine einzige Forderung rot angestrichen, denn sie kann so sein oder auch wieder anders, und er läßt für alle Möglichkeiten des Lebens die Türen offen. Nur eine einzige Sache gibt es, die auch dieser Mann den Menschen nicht verzeiht: ihre innere Unehrlichkeit.

Von den kleinen Turmzimmern aus, in denen Lelia mit den Kindern der Frau Angelika schläft, hat man eine wunderbare Aussicht nicht nur auf das Land, sondern auch über den weiten Himmel. Hoch über dem lautlosen See wölbt sich der Sternendom zu immer höheren Galerien. Rechts und links des Hauses ragen die beiden Pappeln empor, die in ihren Ästen den aufgetürmten Schnee festhalten wie riesige Leuchter, an denen ewige Lichter brennen.

Als Lelia eines Abends allein aus dem Konzert nach Hause kommt, hat sie mit einemmal die Begeisterung Gottes erfaßt wie in den Tagen der Kindheit, als sie noch neben Gott-Vater, Schöpfer des Himmels und der Erde, stand. Und es ist ein Rauschen in ihr gewesen, als ob sie selber zur Harfe gestimmt würde. Und plötzlich ist es Lelia, als wolle sie für diesen Gott, der in ihrem Herzen lebt, alles, alles tun, und sollte es auch das Leben kosten, ja mehr noch als das, sogar die Zuneigung zu Fedja. Und sie erlebt wie damals in der Anstalt, daß der Vorhang der Zeit vor ihr auseinandergeht, so daß sie mitten im ewigen Leben steht, wo sie dem begegnet, den sie sucht und den sie noch nicht zu nennen wüßte. So stark ist das Gefühl der Begegnung in ihr, daß sie oben in ihrem Zimmer das weißwollene Kleid aus der Schachtel nimmt und auch den Schmuck aus dem Hause der Angelikas, den mit den lila Glasstücken und den glitzernden Kristallringen, und daß sie sich schmückt wie zu einem Feste, weil nun der kommt, den sie sucht und der schon die Hand auf die Türfalle gelegt hat ...

Und Lelia Devran bürstet ihre Haare und öffnet die Tür zum Balkon, wo man in der Winternacht die Sterne glitzern sieht in immer höheren Galerien und wo zwei hohe Kerzen mit brennenden Lichtern von der Erde zum Himmel ragen. Und sie hört eine Stimme, die viel lauter spricht, als der nächste Mensch es zu tun vermöchte, und die sich geradeso anhört, als käme sie aus den eigenen Schläfen. Und die Stimme aus den Schläfen sagt: «So siehe denn ...» Und dann ist es, als ob sich ihr Inneres um sie her ausbreite, und wie auf einem gestickten Vorhang erscheint ihr die Stadt mit den Türmen und auf der anderen Seite der lautlose See, währenddem sie selbst in ihrem weißen Wollkleid, den glitzernden Schmuck der Angelikas um den Hals, innen hinter dem Vorhang steht. Und sie hört die Stimme tief aus den Schläfen heraus sprechen: «Das Königreich der Himmel heißt Gott. Wer Gott anruft, ruft das Ganze an. Aber es antwortet nicht das Ganze.» – «Oh, ich danke dir», sagt Delia Devran, «und ich nenne dich, wie die Inder den Seelenkünder nennen, den Feldkenner – als ob du es wärst, der uns die Felder zuteilt.»

Und dann ist es, als ob das Nahe und das Ferne in ihr, das Wollende und das Wartende wegrückten nach den vier Enden des Himmels, so daß ein freier Raum um sie herum entstände und sie das, was bisher in ihr gewesen, nun von außen als Landschaft überschauen könne, in Lohe und Wasser und Bergen und Schluchten. Und je weiter dies alles von ihr wegrückt, desto besser kann sie es überschauen, so daß es sich zuletzt wie aus leuchtendem Stein gehauen in vier Gestalten abhebt, die am Rand des Horizonts stehen wie Bildwerke der ältesten Vorzeit, in unerreichter Größe und Schönheit. Hoch und wuchtig aus der Lohe ragt der geschwungene Rücken eines Löwen, während ein Adler auf mächtigen Schwingen über Land und Meere zieht. Auf dem Berg, stark, in gespannter Ruhe, steht ein Stier, und wie ein Teil der Grotte selbst löst sich vor dunklen Wassern ein Widderkopf mit gewundenen Hörnern aus gelbem Gestein. Lelia Devran aber sagt voll Staunen zu dem, den sie den Feldkenner nennt: «Wie soll ich die Tiere deuten und verstehen ...?» Aber plötzlich sieht sie mit aller Klarheit, daß es nicht Tiere, sondern Engel sind – in mächtigen und gewaltigen Gestalten, wie sie sie noch nie gesehen hat und die sie doch bloß beim Namen zu rufen hat, um sie wiederzuerkennen. Und diese Erkenntnis erfüllt Lelia mit einer so unerhörten Freude, als ob sie plötzlich Verwandte aus der Kindheit als ihre edlen Retter wiederfände. Und Lelia stürzt ihnen entgegen, voll Freude, wie bei einem Wiedersehen, und umarmt und küßt sie voll heftiger Inbrunst. «Jehodoho, Jehodoho, der du das Nahe bist in allen Menschen und uns verstehst in jeder Kleinigkeit, mit deinen tiefen, schwarzen Augen und deiner warmen, guten Nähe, wie sie nur Tiere haben. Oh, Jehodoho, lieb und licht.» Und Lelia Devran rennt weiter, rennt im Geist über die ganze Erde, damit sie Jerussirach begrüße, der nur Fernes hört und sieht und selber nur im Schrei spricht zu dem, der ihn versteht, Jerussirach mit den großen blauen Augen, die aufgeschlagen sind wie die Deckel eines Buches, und dessen eine Flügelspitze das Ende der Erde berührt und die andere das fernste Ufer über dem Meer, und der es nicht gewahr wird, ob ein Jahrtausend sich wendet oder nicht. Und Lelia Devran schreit: «Oh, Jerussirach, hoch und schön …» Und sie eilt weiter auf den Berg, darauf der Tarofont steht mit seinen breiten, sonnenglänzenden Augen und der schön zurückgebundenen Stirn, Tarofont, der seine Hände auf das Schwert stützt, das hell in der Sonne leuchtet. Und Lelia spricht ihn an: «Oh, Tarofont, du Treuer, der du den Menschen das Schwert übers Herz legst als Geduld. Doch wenn ihre Zeit gekommen, lässest du sie vorwärtsgehen, daß sie siegen in der Sonne. Doch den Zögernden rufst du zu: ‹Eile, denn es kommen noch andere …› Und Lelia Devran geht rückwärts, rückwärts, wo der große Schweigende hinter allen Menschen steht, vor der Grotte mit den dunklen Wassern. Und sie kniet nieder im Geiste, mit dem Antlitz zur Erde: «Oh, Nahomaho, du Stiller mit den schrägen Feueraugen, der du uns alle durchleuchtest bis auf das Innerste, laß mich deiner nie vergessen, verzeih, daß ich mit törichtem Herzen zu schauen begehrte, was du mir nicht offenbaren wolltest, und ich mir so den Tod erkor. Laß deine Hände wie eine heilsame Binde über meinen Augen sein und behalte mich im Schlafe bei dir, damit dein Schweigen hinter mir ruhe und nicht als finsterer Tod vor meiner Seele stehe!» Und Lelia Devran ist verzückt im Himmel, so daß sie nie mehr zur Erde zurückkehren hinter den Vorhang der Zeit, sondern jubeln und sich freuen möchte in alle Ewigkeit: «Oh, ihr, die ihr mir mehr seid als Vater und Mutter und Bruder, als jeder Mensch, den ich kenne. Ihr, mein Eins und mein Alles ...» Aber der, den sie Feldkenner nennt, sagt: «Die Tiefen des Gehorsams sind die unterste Stufe der Himmel, achte auf das Zeichen.» Und Lelia besinnt sich, daß sie Gott, dem Ganzen, versprochen hat, zu tun, was er von ihr fordere, und ob es ihr Leben koste. Und da sie zur Pflicht der Himmel zurückkehrt, gewahrt sie mitten im Himmel das Zeichen eines feurigen Kreises, dessen Flammen lodern, wild und verzerrt, wie feurige Arme und Augen, wie Tierleiber, die geschlachtet werden, und Schiffe, die in die Tiefe stürzen, wie Bäume, die unnütz gefällt werden, wie weh gebärende Mütter und verhungernde Kinder, die schon Greise sind. Und aus dem Kreise heraus löst sich eine schauerliche Gestalt, die anzusehen ist wie ein Weib mit brennenden Haaren und Krallen an Händen und Füßen und Blut, das aus den Brüsten tropft. Unter den Himmeln nennt man sie «Die Schlacht». Und Lelia steht da, versteinert und erstarrt, und weiß nicht mehr, ob sie im Himmel oder auf Erden ist, im Tod oder in der Hölle. Und es kommt soviel Zorn in sie über die Schlacht, daß sie hineinschreitet in den Kreis, der des Menschen Zorn ist, und ihr Kleid leuchtet, leuchtet, und um den Hals trägt sie den glitzernden Schmuck. Lelia Devran steht mitten im Kreis, woraus die Schlacht verschwunden ist, und sie legt den einen Arm quer über die Schulter wie die Fürstentochter Warwara im Märchen der Kindheit, und da verlöscht auch der Kreis, der des Menschen Zorn ist. Und die Flammen verzucken wie lahm werdende Hände, und die Augen werden ruhig und still wie bei einem Kind, das schläft. Rings um sie ist ein Kranz von silbernen Sternen, und über ihr wölbt sich die Kuppel einer neuen Kirche, worin ein Name ausgesprochen wird, der wie Friede lautet ...

Und dann ist es wieder Nacht. Lelia steht immer noch auf dem Balkon und schaut in die Galerien der Sterne über ihr. Lautlos im Wind bewegt sich der bestickte Vorhang der Zeit mit den Türmen der Stadt und dem See in der Tiefe. Wie Riesenkerzenhalter stehen die beiden Pappeln da und halten in ihren Ästen den aufgetürmten Schnee. Lelia Devrans Körper steht wieder um ihr Inneres herum, und ihr weißes Wollkleid grenzt sie gegen das Jenseits ab. Nur über dem Schmuck schimmern noch die Lichter der Sterne, und von der Stadt her tönen die Glocken.

Als Lelia in das Zimmer zurückkehrt, muß sie zuerst die Wände betasten und die schlafenden Kinder, ob alles noch sei wie zuvor, denn in ihr ist alles noch aufgetürmt von den Galerien der Sterne. Der Feldkenner aber hat gesagt: «Künde, was du weißt!» Da kommt es Lelia in den Sinn, daß sie vorangehen muß, weil sie zur neuen Kirche gehört, und daß sie muß durch ihren Sieg die Schlacht verscheuchen muß, die aus dem Zorn kommt, und daß sie mit der Kirche zusammen das Blut vergießen muß für die andern. Und sie setzt sich an den Tisch und schreibt auf ein weißes Blatt Papier, was ihr in den Sinn kommt aus den Galerien der Sterne: «An dich, der du noch schläfst unter den Menschen. So sagt Nahomaho, der Tiefe, und Jehodoho, der Hohe, so spricht Tarofont, der Starke, und Jerussirach, der Weite, sagen sie, die in den Menschen sind: Krieg aus dem Zorn, Zorn aus dem Krieg. Du, der du die Kirche bist, verlösche den Ring, eh die Schlacht daraus hervordringt. Wenn du aber den Krieg zulässt, so komme ich über dich in der dritten Runde, schneeweiß vor Zorn, und ziehe dich zur Rechenschaft im Angesicht der Welt.» Dann schreibt sie ihren Namen darunter, faltet den Brief zusammen, setzt den Namen des Hauptpfarrers von Vidim darauf als den des nächststehenden Menschen und trägt ihn noch in der selben Stunde zum Postamt. Ruhig, im Bewußtsein des erfüllten Gehorsams, kehrt sie zurück und schläft ein wie ein Kind, Wange an Wange mit Gott. Möge geschehen was will: Lelia Devran hat ihr Versprechen gegen Gott gehalten und verkündet, was ihr bekannt war.

Am anderen Tag weht eine rauhe Bise. Frau Angelika ist nicht gutgelaunt. Eines der Kinder hat den Husten, und Frau Angelika sieht dann sofort das Schlimmste vor sich, das ihre Kinder bedrohen könnte; zudem ist sie der Meinung, daß jede Krankheit der Kinder auf eine Schuld ihrer Betreuerin zurückzuführen sei. Die Betreuerin erscheint ihr näher mit den Kindern verbunden als sie, die Mutter selbst. Auch was sie nicht vorauswissen konnte, hätte unfehlbar die Betreuerin wissen müssen. Still und bedrückt durch Frau Angelikas Unwillen geht Lelia umher, aber im Herzen verläßt sie das Gefühl einer erfüllten Pflicht noch nicht. Erst als sie nach ein paar Tagen noch immer keine Antwort vom Pfarrer bekommen hat, fängt auch in ihrem Gemüt der Wind sich zu drehen an. Voll Verzagtheit schreibt sie an Fedja: «Ich habe etwas getan, was mir nie mehr vergeben wird, und doch mußte ich es tun.» Aber das Vertrauen, es Fedja zu erzählen, findet sie nicht. Es ist auch alles noch so nahe in ihr. Fedja dagegen hat ihr in seiner freundlichen Art sofort geantwortet: «Gräme dich nicht, Lelia, wir alle müssen dann und wann Dinge tun, um die wir niemand zuvor um Rat fragen können. Vor allem: mißtraue dir nie selbst.» Nach diesem Brief ist es Lelia etwas leichter ums Herz geworden, obschon ihr scheint, als ob ein Unterton von Traurigkeit darin gelegen hätte.

Nach drei Wochen hat Lelia vom Hauptpfarrer in Vidim einen Brief erhalten, sie möge ihn am Sonntag nach dem Gottesdienst in seiner Wohnung aufsuchen, damit er mit ihr über das Schreiben sprechen könne. Der Vorhang der Zeit hängt nun wieder unbeweglich vor Lelias Seele, auch die Engel sind ihr nur noch Erinnerung und nicht mehr Erlebnis. Die Worte und die Schrift des Pfarrers sind ihr wie ein Schwert durch die Seele gefahren. Und auf Frau Angelikas Gesicht steht rot unterstrichen der Verdruß.

Trotzdem ist Lelia am Sonntag hingegangen. Eine alte Magd mit sehr sauberen Ohrmuscheln öffnet Lelia die Türe und führt sie durch einen mit vielen Zeitungen belegten Hausflur ins Studierzimmer des «gnädigen Herrn Pfarrers», wie sie sagt. Als Lelia das Zimmer betritt, möchte sie am liebsten, einer der Engel würde sie wieder herausholen. Wehmütig denkt sie an ihre hohe Freude im Reich der Himmel zurück, die sie unter Menschen kaum mehr finden wird. Im Studierzimmer steht ein runder Tisch mit einer gehäkelten Decke und sauber gewichsten Stühlen darum herum, und an den Wänden hängen Bilder von Reformatoren, dazwischen ein goldgerahmter Spiegel, und über dem Schreibtisch ein schweres Holzkreuz. Als ob sie in diesem Zimmer verdammt werden würde, kommt es ihr vor. Nur in der Ecke steht vertraulich ein großes gebauschtes Sofa, auf dem der «gnädige Herr Pfarrer» sein Mittagsschläfchen hält. Weiter hinten steht ein großer Kachelofen, der für den, der zu diesem Zimmer paßt, behagliche Wärme verbreitet und unter dem sogar traulich ein Paar gestickter Hausschuhe hervorblickt. Lelia Devran kommt zum Schluß, daß ein Pfarrer, der in diesem Raum wohnt, kaum zu ihr sagen wird: «Sie haben recht, es ist Sache der Kirche, sich um das Wohl der Menschheit zu bekümmern, und wenn die Gefahr besteht, daß ein Krieg ausbrechen sollte, werden wir ihn verhüten. Ich danke Ihnen, daß Sie uns gewarnt haben.»

Etwas anderes erwartet Lelia tatsächlich nicht; denn sie hat nichts anderes versprochen, als das Zeichen bekanntzugeben und nötigenfalls dieses Zeichens wegen mit der Kirche zu sterben. Eine andere Rolle zu übernehmen, hat sie nie vorgehabt. Nur wenn das Zeichen nicht angenommen wird, muß sie wiederkommen, weil sie das Versprechen nicht brechen darf.

Lelia hat sich nicht getäuscht. Dem Pfarrer von Vidim ist nichts weniger als daran gelegen, ihr zu danken für die Aufmerksamkeit, die sie der Kirche bewiesen hat. Dazu ist er ein Mann, dem es nicht schwerfallen würde, die ganze Welt mit «Du» anzureden, so sehr ist er von der Minderwertigkeit anderer und von seiner eigenen Überlegenheit überzeugt. Wie er das Zimmer betritt, scheint es Lelia, als ob er sehr große, breite Füße hätte und keine Gelenke an den Fingern. Ohne ein Wort der Begrüßung weist er Lelia, die sich bei seinem Eintritt demütig erhoben hat, einen Platz vor dem Schreibtisch an. Indem er die Hände über seinem Leib faltet, fragt er sie: «Wie alt sind Sie?» – «Fünfundzwanzig», erwidert Lelia und wird ein wenig rot. «So», sagt der Pfarrer, dann kratzt er sich mit der rechten Hand hinter dem linken Ohr und fragt: «Wie lange sind Sie schon bei der Familie Angelika in Stellung?» – «Anderthalb Jahre …» sagt Lelia. Dann beugt sich der Pfarrer vor, und indem er sein Kinn in die linke Hand stützt, betrachtet er sie wie einen fremden Vogel im zoologischen Garten. «Die vorliegende Sache verhält sich so», sagt er dann, «derartige Prophezeiungen kommen sozusagen alle Augenblicke vor und entspringen einer jugendlichen Selbstüberhebung, der die Kirche als Stellvertreterin Gottes auf Erden entgegensteht. Übrigens, was stellen Sie sich unter dem Ausdruck vor: ‹Komme ich über dich schneeweiß vor Zorn› ..?» Wohlgefällig kratzt sich der Pfarrer unter dem Kinn und sieht dann schräg auf Lelias Mund hinunter. «Weil ich sehr zornig sein werde, wenn man Gott verachtet», sagt Lelia gedämpft. Und in dem Augenblick fühlt sie, daß sie diesen Mann, der sie behandelt, als wäre ihre Seele eine Meßbude, haßt. «Hm», macht der Pfarrer, «und was stellen Sie sich etwa unter diesem Zorn vor?» Wiederum schauen seine Augen schräg über Lelia hin. «Ich weiß nicht», sagt Lelia, «was ich mir darunter vorstellen soll, ich kann aus meinem Innern nichts aussagen, als was ich weiß ...» Demütig schließen sich ihre Lippen. «Dann täten Sie am besten», sagt der Pfarrer und steht auf, «sich in Ihrem Herzen einer größeren Demut vor Gott und Menschen zu befleißigen, so würden Sie nicht in solche teuflische Verstrickungen hineinkommen.» – «Gibt es denn ein Mittel, um Gott und Teufel voneinander unterscheiden zu können», fragt Lelia Devran und lacht ein wenig. Ihre Augen sind grün und hart, und die Oberlippe biegt sich zum Hohn. Der Pfarrer schaut auf Lelia herunter und sagt: «Wir haben nicht die Gewohnheit, uns mit jungen Mädchen zu streiten, guten Morgen ...» Damit öffnet er ihr die Tür wie einem Sträfling, den man wieder abführt. Halb rot und halb weiß im Gesicht verläßt Lelia das Haus, in dem man wohl Fußböden, Stühle und Tische zu schonen weiß, nicht aber Herzen.

Aber es ist noch schlimmer gekommen. Eines Tages sieht Lelia den Pfarrer von Vidim mit anderen Gästen aus dem Salon der Frau Angelika heraustreten, und unter der Türe hört sie ihn sagen: «Wenn junge Mädchen keinen Schatz finden, müssen sie sich Gott widmen. Und die Zahl der Teufel in ihren Herzen heißt: Legion.» Und dann lacht er. Frau Angelika hat aber von diesem Tag an Lelia mit scheelen Augen angesehen und ihr kein gutes Wort mehr gegönnt. Wenn Lelia an ihr vorübergeht, rümpft sie die Nase.

Lelias Seele aber ist schneeweiß geworden vor Zorn über die Schmach, die ihr widerfahren ist. Sie hat die Türe zum Jenseits in sich zugeschlagen: «Nie will ich mehr einen Gott anbeten, damit mich hernach jeder, dem es gefällt, als Brandfackel der Lüge hinstellen kann. Lieber gebe ich zugrunde in meiner Seele, als einen Betrug zu begehen an Gott.» Bitter und salzig rollen die Tränen über die schrägen Wangen hinunter und tropfen vom Mund auf den Halssaum. Aber als im Sommer darauf der Weltkrieg ausgebrochen ist und eine Zeitung nach der anderen die Schlacht verkündet, die Lelia vorausgesehen hat, da ist ein wildes Triumphieren in sie hineingefahren. Und wie sie am Abend unter den Säulen des Hauses steht, stürzt ihr Herz von den Galerien der Sterne über grausige Hänge von Fluch und Tod herunter, bis es zerbrochen auf der Erde liegt. Und Lelia Devran streichelt mit ihren schmalen weißen Händen, die die Botschaft der Sterne schrieben, den Stein der Säule und schreit in sich drin: «Oh, du hast Erbarmen, denn du weißt von Gott, aber die Menschen wissen nichts von ihm. Nie mehr finde ich Ruhe in meiner Seele, bis die Welt in Trümmern liegt …»

Darauf ist sie von Frau Angelika für immer fortgezogen.

20. Kapitel: Monte Salvatore

Der Sommer greift mit seiner Hand schon tief in den Herbst hinein und lockt die Trauben über das Geländer der Terrasse, so daß sie dem Pflücker goldig und lachend in die Hand fallen. Im Herbst muß man die Früchte pflücken, und wenn die Früchte reif sind, ist auch die Erfüllung da. Aber um die Erfüllung muß gerungen werden.

Lelia Devrans Herz ist zugrunde gegangen, wie eines jeden Menschen Herz zugrunde geht, der das Beste gewollt und dann sich selber nicht mehr traut. Nur mit größter Bitterkeit kann sie an den Pfarrer von Vidim zurückdenken, der sie roh aus dem Zusammenhang der inneren Schönheit ihres Lebens herausgerissen hat. Sie möchte wünschen, daß er unter den Trümmern des Landes begraben läge, dem er nicht hat helfen wollen. Auch die verächtlichen Blicke von Frau Angelika kann sie nicht vergessen, jener Frau, die nicht einmal imstande ist, ihre eigenen Kinder selber zu betreuen, aber sich bemüßigt fühlt, von den zartesten Seelenangelegenheiten anderer zu reden, als handle es sich um gemeine Ware. Sogar wenn Lelia sinnend ins Weite staunen will wie ehemals, warten Frau Angelikas Augen höhnisch neben ihr und lassen sie den Weg zu den Himmeln nicht mehr finden. Nie mehr seit jener Zeit hat Lelia den Fuß in eine Kirche gesetzt. Ganz zuinnerst in ihr nur singt eine Orgel noch eine Melodie des Trostes: « …dann gehen wir hin und suchen dich …» Aber die Melodie stammt nicht aus ihrem jetzigen Leben, sie stammt noch aus der Kindheit. Obwohl sie alle Kleider, die sie in Vidim trug, fortgeschafft hat wie einen verpesteten Besitz und sogar den Schmuck von Frau Angelikas Mutter in eine Schachtel verpackt und aus den Augen entfernt hat, bleibt das Schöne in ihr vergällt durch diese beiden Menschen und sie selbst aus den Galerien der Sterne verbannt in die Wühlgänge der Verachtung, worin die Selbstanklagen wie Totenhämmer an ihr Herz schlagen: «Sie, sie haben recht. Ich war vermessen. Ich bin verdammt für immer, wer sollte mich erlösen …?» Und so ist denn Lelia Devrans heitere Seele zum Behältnis eines unruhvollen, friedlosen Geistes geworden, der bei sich selber statt im Himmel, ja der wie in einer Hölle wohnt. Wie ein Vogel, der aus seinem Nest gescheucht wurde, heimatlos umherflattert, weil das alte ihm keine Heimstatt mehr und das neue noch keine Zuversicht bieten kann.

Gott und die Engel aber warten geduldig auf die Wiederkunft des Herzens, das sie so treu geliebt hat, daß es durch die Vorwürfe von Menschen zugrunde gegangen ist, die nichts von ihnen wußten.

Beim Ausbruch des Krieges ist Fedja fortgezogen. Er hat gesagt, er wolle nicht einem Land dienen, dessen Bürger er nur einer Anstalt wegen geworden sei. Er wolle mit seinem Leben dem Land dienen, in dem er geboren sei. Und bei diesen Worten hat aus seinen Augen wieder die Heide geleuchtet, die Heide mit ihren roten Blumen, die am Ende jenes Jahres noch viel röter blühte hat als je zuvor beim Untergang der Sonne. Fedja und viele andere sind in dem Land gestorben, in dem sie geboren wurden, und es schien, als habe die Liebe, die sie dem Heimatland entgegenbrachten, die Heide so rot blühen lassen, viel röter als in anderen Jahren. Lelia Devran aber hat vom Tod des Bruders erst erfahren, als die Heide verblüht und mit einem stillen weißen Tuche zugedeckt war. Und die Trauer um den Bruder hat sich über ihre innere Zerrissenheit gesenkt wie ein Bahrtuch über ein verlorenes Glück. Und es lebt in Lelia nun kein anderer Gedanke mehr, als irgendwie zurückzukehren zur Mutter, um mit ihr das Leben fertig zu leben, still und müde wie die Frauen unter dem Kreuz.

Auf einer weißen Terrasse in einem kleinen Hotel in Bellino sitzen Skadusch und Lelia und warten auf die Rückkehr des Tantchens mit dem Wunderkind Sanja. Als Skadusch Lelia Tags zuvor in Raschat getroffen hat, sind sofort die schönsten Luftschlösser für sein künftiges Dasein vor ihm aufgestiegen. Auch Lelias Trauerkleid stört ihn nicht. Er hat zwar gefragt, wer ihr gestorben sei, aber als sie in Bellino angekommen sind, hat er alles vergessen. «Sehen Sie, mein Fräulein», sagt er, «das Kind wird Ihnen alles ersetzen: Bruder, Schwager und Heim.» Lelia sieht Skadusch von der Seite an und rückt von ihm weg. Aber Skadusch grünt und blüht im fremden Laub, das er um sich gesteckt hat, um seinen Kummer zu vergessen. Erst dann vielleicht, wenn er über einen anderen Menschen einen ebenso großen Kummer gebracht hat, kann er wieder anfangen, sich selber zu sein. Vorderhand lebt er nur im fremden Dasein des Kindes Sanja. Und Skadusch fängt an, von Sanja zu erzählen, daß es ins Ungeheuerliche geht. Jeden Witz, den er irgendwo gelesen hat, dichtet er ihr an. Klavierspielen könne sie wie Paderewski, malen wie Rubens, tanzen, ach, eine solche Eleganz hätte Lelia überhaupt noch nie gesehen. Staunen werde sie. Dazu sei sie bildschön und klug, ach, so klug – Skadusch schlägt sich auf die Wange –, daß er und Lelia überhaupt nicht mit ihr zu vergleichen seien. Sie werde sehen, Sanja sei kein Kind, sondern eine Erwachsene. Lelia erwecken diese Worte Ekel, aber sie denkt an ihre Rückkehr zur Mutter. Mit ihren schmalen kühlen Augen macht sie einen Strich an Skadusch und dem gepriesenen Kind vorbei, und dann wird sie sich seiner nicht mehr erinnern. Ganz blaß nur steht im Hintergrund eine Gestalt, die winkt, aber Lelia hat keine Zeit, sich nach ihr umzusehen, sie muß auf dem raschesten Weg zur Mutter gelangen.

Sie muß.

«Sehen Sie, mein Fräulein», sagt Skadusch, «Sie sind genau die Frau, die ich suche als Mutter für dieses Kind. Sie werden es verstehen, und Sie werden es lieben, ja, Sie werden für dieses Kind leben, ich sehe es Ihren Augen an. Denn ich kenne sie, diese schmalen, leidenschaftlichen Augen.» Lelia schließt die Lider ganz eng zusammen; ihr Gesicht sieht aus wie ein Stück Marmor. Und der grüne Strich in den Augen ist so schmal wie eines Messers Schneide.

«Aber das Kind hat ja eine Mutter ...» sagt sie und blickt Skadusch für einen Augenblick mitten ins Gesicht. «Mutter», sagt Skadusch, «eine Bestie ist es, ein Luder, die den Namen Mutter überhaupt nicht verdient. Totschlagen sollte man ein solches Weib, totschlagen ...» Er läuft auf und ab, und der Geifer bleibt ihm in den Mundwinkeln stehen. Aber nun könne sie ihm nichts mehr schaden, sagt er, denn er habe einen Advokaten gegen sie genommen und habe sie eingesperrt in einem Nonnenstift. «Verstehen Sie, in einem Nonnenstift ...» Er zieht die Augenbrauen hoch und lacht, so daß er aussieht wie eine Maske. Lelia Devran sieht in der Ferne Tiere vorüberschreiten, die ihre Augen traurig auf die Menschen werfen, weil sie wissen, daß sie untergehen müssen. Der Skadusch setzt sich wieder und trocknet den Schweiß von der Stirn. Aber ein Gespenst sei diese Mutter eben doch, und solange sie lebe, drohe dem Kind Gefahr. Erst … Lelia hört nicht mehr zu: vor ihr steht eine Mutter, die ihre Arme nach dem Kind ausstreckt, aber zwischen der Mutter und dem Kind türmen sich Berge und Berge, und sie kann nicht zum Kind kommen. – Skadusch erzählt weiter von einem Tantchen, das dem Kinde gut sei, ja, es vergöttere. In ein paar Minuten werde sie da sein. Dann könne Lelia sie selber sehen. Von Deutschland nach Polen sei sie extra hergereist, um das Kind zu sehen. Aber als Weib sei sie stupid. Er könne es nicht mehr weiter mit ihr aushalten, darum habe er sie fortgeschickt. Er habe ihr einen Laden gekauft, damit sie dort ihre Liebhaber treffen könne, heute den und morgen einen anderen. «Verstehen Sie …» Nur von Zeit zu Zeit werde sie wiederkommen und nach dem Kind sehen; denn ohne das Kind könne sie nicht leben. Er, Skadusch aber, bedürfe eines Weibes, das zugleich eine Mutter sei für das Kind.

Lelia Devran sieht Skadusch voll Entsetzen an, und sie weiß nicht, wie sie auf diesem Weg zur Mutter gelangen soll. Es scheint ihr eine Unmöglichkeit.

Um vier Uhr kommt das Tantchen mit Sanja nach Hause. Statt des Wunderkindes sieht Lelia ein Mädchen von etwa fünf Jahren vor sich, in hellgelben Stiefelchen, schwarzen Strümpfen, einem langen dunklen Kleid, einer weißen Wolljacke und einem rosa Spitzenhut. Die beiden dünnen Zöpfchen sind mit knallroten Schleifen umwunden, und am rechten Händchen trägt es ein breites goldenes Armband. Sein Gesichtchen hat einen bäurischen, trotzigen Ausdruck; seine Gestalt wirkt in den unvorteilhaften Kleidern plump.

Aber in seinen hellblauen Augen liegt die Erwartung: die Erwartung jedes Kindes an das Gute. Ohne daß man es aufgefordert hätte, kommt es auf Lelia zu und reicht ihr höflich die Hand. Aber Lelia fühlt sich nach Skaduschs Aufklärung nicht fähig, das Ganze zu einem Eindruck zusammenzufassen. Sie küßt mechanisch das aufgeputzte Kind auf die Wangen. Aber Eline Gonsior schlägt ein Lachen an, vom obersten Ton herab, und sagt, indem sie Lelia die Hand mit dem unechten Türkis hinhält: «Ich wünsche Ihnen Glück zu diesem reizenden kleinen Racker. Sie verstehen wohl besser mit Kindern umzugehen als ich. Ich bin eben auch keine Kindergärtnerin, nicht wahr, Skadusch?» fragt sie. Damit legt sie den Arm um seinen Hals und küßt ihn vor Lelia auf den Mund. Sanja aber sagt mit einer langsamen Stimme, die aus den Wäldern von Wiazk zu kommen scheint: «Fräulein Devran ist keine Kindergärtnerin, sondern eine schöne Frau.»

Dennoch hat Lelia keine Lust, dem Kind freundlich entgegenzutreten, sondern sie beschließt, Skadusch und Sanja einfach nach Rußland zu begleiten, und dann wird auf der Seite, wo die Tiere ins Schlachthaus gehen, keine Gestalt mehr stehen und winken ...

Am anderen Tag ist das Tantchen abgefahren.

Wie die silberne Schürze einer Göttin liegt der See von Purano vor dem Salvatore. Weiße Schiffe mit bunten Segeln ziehen wie schlanke Träume hinüber und herüber. Lelia lehnt am Terrassengeländer und bestaunt das südliche Wunder. Tausend Lichter glitzern auf der Fläche. Mit dem Kopf lehnt die Göttin anmutsvoll an den Salvatore, so daß sein Schatten tief in ihren Schoß fällt. Ihre weichen runden Arme hat sie um den See gelegt, und dort, wo sie mit den Händen die Schürze zusammenhält, liegt Purano, weiß und luftig wie eine Burg der Freude. Seitlich vom Salvatore rauscht eine Bahn über die Brücke von Ponte Vido, die mit ihren Pfeilern goldig aus der Ferne schimmert, wie ein reichverzierter Kamm im Haar der Göttin. Wie in einem Traum ragt der See ins Weite mit dem Geheimnis des Salvatore im Schoß. Unversehens muß Lelia an die Verkündigung der Maria denken. War nicht auch Maria das Geheimnis des Höchsten in den Schoß gefallen und hatte ihre Gedanken überschattet, wie der Monte Salvatore den Schoß der Göttin? Tief wie der schimmernde See hatte Maria die Augen zu dem Engel aufgeschlagen, der plötzlich, aus den Tiefen des Gehorsams kommend, vor ihrer Seele stand: «Fürchte dich nicht», hatte er gesagt, «aus dem Geheimnis deiner Seele wird ein Sohn geboren werden, dem du den Namen ‹Erlöser› geben sollst, und seines Königreichs wird kein Ende mehr sein ...» So hatte der Engel zu Maria gesprochen, und daraus war die sündlose und makellose Geburt des Welterlösers erfolgt ...

Fedja hat Lelia einmal geschrieben: «Ich glaube nicht, daß man in erster Linie versuchen muß, gut und edel zu sein, sondern zuerst muß man einmal ein Mensch sein, hernach, wenn man eine Übersicht über sich selber besitzt, kann man sich leicht in den Dienst des Guten stellen. Eine Gutmütigkeit, aus Charakterlosigkeit entsprungen, hat noch keinen Wert.» Gerne möchte Lelia wieder zurückdenken an Fedja und an all das Schöne und Große, das sie in ihrem Herzen erlebt, aber unerbittlich warten immer noch die Augen des Pfarrers von Vidim und der Frau Angelika am Eingang des Himmels. Lelia Devran kann noch nicht gut sein. So tief fühlt das Herz die Einschnitte der Bande, mit denen es an jenes Allherz des Guten gebunden war, daß es nun, da es von ihm getrennt ist, nicht mehr weiterwachsen will, sondern wie ein Baum der Trauer stehen bleiben muß über seinem eigenen Grab.

Sanja ist wirklich unerträglich. Wenn ihr etwas nicht gefällt, kratzt und beißt sie um sich wie ein junger Wolf, und beim Essen wirft sie Brot und Fleisch unter den Tisch. Wenn man ihr etwas befiehlt, antwortet sie: «Das ist mir kaum angenehm ...» und Skadusch sagt: «Das Kind braucht nicht zu gehorchen, es hat schon Geld genug ...» Strahlend sitzt er neben Sanja am Tisch und gibt glucksende Laute von sich. Wirklich: Sanja wächst aus ihm heraus, wie er sie haben will. Aus seinem Gesicht, aus seinen Nägeln, aus seinem ganzen Wesen. Jedes Rädchen seines erduldeten Leides hängt er an sie und läßt es absurren. Wenn sie an der Kirche vorübergehen, sagt er: «Bete ein wenig, damit Gott sieht, daß du da bist ...» Er schnalzt dann mit der Zunge und freut sich, daß er sogar Gott zwingen kann, auf dieses Kind besonders zu achten. Abends müssen die Herren mit Sanja tanzen, und am Tag schleppt er ihr fremde Kinder ins Zimmer: «Hier», sagt er, «mit diesem Kerl kannst du spielen ...» Wenn die Kellnerin die Suppe bringt, taucht er Sanjas Händchen hinein und leckt es ab. Es gibt nun nichts mehr in seiner Seele, was ihm gehört. Mit Haut und Haar hat er sich dem fremden Kind ausgehändigt, das ihn mit den Fäustchen ins Gesicht schlägt und einen alten Affen nennt. Einzig am Todestag seiner Eltern schließt er sich in seinem Zimmer ein und spricht mit niemandem.

Lelia Devran sitzt am Tisch und steht auf der Terrasse und geht mit Sanja und Skadusch spazieren, aber ihre Seele weiß nichts und hört nichts und fühlt nichts. Wie fern auf einem Meer sieht sie die beiden auf- und niedertauchen, aber sie gehen sie nichts an. Und ihr Herz sagt ihr, daß sie sich nicht um sie zu bekümmern brauche, weil auch sie für die Menschen keine Bedeutung habe. Ohne Zusammenhang zu den andern treibt ihr Leben dahin, weil der Pfarrer von Vidim sie roh und gemein aus der Verbundenheit mit ihnen herausgerissen hat. Mit stumpfer Ergebenheit legt sie das ungezogene Kind ins Bett und nimmt es wieder auf. So, als ob sie überhaupt nicht mehr auf demselben Boden stände mit ihnen, kommt sie sich vor. Nur zur Mutter zurückkehren will sie noch, und als Entgelt für diese Möglichkeit leistet sie dem Kind Meliskas mechanisch ihre Dienste. Eines Tages aber wird sie nichts mehr von ihm wissen.

Je tiefer man in den Herbst hineinkommt, desto schöner werden die Tage. Gold tropft aus dem Himmel und bleibt an jedem Ruder hängen. Wie sie eines Tages über den Strand von Purano gehen, begegnet ihnen ein junger Herr in eleganten, weißen Flanellhosen und einer blauen Jacke. Er sieht sehr hübsch und weltmännisch aus, nur hinter den Brillengläsern sind ein wenig gerötete Augenlider. Wie er Lelia mit dem Kind daherkommen sieht, bleibt er stehen und lacht: Er sei Bruno Dossa, sagt er, ob Lelia verheiratet sei … Bei diesen Worten sieht Lelia plötzlich wie durch einen Spiegel in die Zukunft: Nie wird sie nach Rußland zurückkehren, sondern für immer mit Skadusch und Sanja am Strande von Purano spazieren, und dann wird sie einen schlichten goldenen Ring tragen … Aber Bruno Dossa ist sehr artig. Es freue ihn, daß Lelia noch nicht verheiratet sei. Er findet, sie sei hübsch geworden. Die Luft tue ihr sicher gut, meint er, auch lasse sich im Süden alles viel besser an als im kalten Norden. Mit dem Spazierstock zeichnet er eine Figur in den Sand und fragt, ob er Lelia zuweilen abholen dürfe. Er wohne hier allein, und sie seien doch eine Art Geschwister … Eine heiße Blutwelle steigt ihm in die Adern der Schläfen, und seine roten Augenlider senken sich über Lelias Mund. Plötzlich sagt er halblaut: «Wenn du Geld brauchst, Lelia, so wisse, daß ich dir gerne helfe …» Und Lelia fühlt den heißen Blick und das Geld, das zu ihr kommen will, um sie zu erlösen von dem verrückten Skadusch und dem ungezogenen Kind. Sie fühlt, daß sie von Bruno Dossa alles fordern kann, was sie will. Sie kann zu ihm sagen: «Heirate mich, und ich will, daß meine Mutter bei mir wohnt», und er wird es tun. Und dann hat sie schließlich nur getan, was Tausende vor ihr schon taten und darum doch ehrbar blieben: Sie hat eines Mannes Lust benutzt, um ihren Vorteil zu erreichen, und hat es sogar Liebe genannt. Aber könnte sie Bruno denn nicht lieben, ohne an sein Geld zu denken, einfach aus freien Stücken …? Für einen Moment weicht das Fremde aus Lelias Augen, und sie schaut zögernd zu Boden, auf die Figur im Sand. Trotzdem fühlt sie sich innerlich nicht berechtigt, auf Brunos Vorschlag einzugehen. Ein Gefühl von Unzusammengehörigkeit stellt sich zwischen sie und ihn. Fedja hat ihr einmal gesagt, daß Liebe Offenbarung Gottes sei. Die Liebe baue sich nicht aus Gründen auf, sondern sie sei Schicksal. Wo sie sich aus Gründen ergebe, sei es keine Liebe. Und das einzige Unrecht in der Liebe bestünde darin, jemandem anzugehören, ohne ihn zu lieben. Lelia fühlt, daß man vielleicht jemanden lieben kann, um irgend etwas zu erfüllen in der Welt. Um irgendeinen Ring zu schließen, der noch offen steht. Aber an Bruno Dossa bindet sie kein solches Gefühl. Lelia dankt ihm für seine Freundlichkeit und sagt, sie glaube, ihren Weg allein gehen zu müssen. Scheu und beschämt reicht sie ihm die Hand, denn es widerspricht der Geradheit ihres ganzen Wesens, einem Mann einen einzigen Blick zu schenken, der sie an sich binden wollte, wenn sie doch seine Liebe nicht erwidern kann.

Auch Skadusch hat sich über die Begegnung so seine Gedanken gemacht. Sicher ist dieser Herr Lelias Verlobter, der sie nicht mehr lange bei ihm lassen wird. Plötzlich kommt es Skadusch vor, daß er ein ganz anderer Mensch wäre, wenn er Lelia seine Liebe schenken dürfte. Er stülpt den Hut auf die Nase und sagt zu Sanja: «Siehst du, Puppchen, Lelia ist verlobt mit einem schönen, jungen Herrn; sie wird nicht mehr lange bei dir bleiben wollen, ich bin ihr viel zu alt und zu häßlich.» Sanja aber faßt Lelia bei der Hand und sagt mit ihrer langsamen Stimme, die weit, weit her aus dem Walde von Wiazk zu kommen scheint: «Lelia Devran ist so schön, daß sie sogar Gott heiraten dürfte …»

Dennoch kann Lelia sich nicht an das Kind gewöhnen, das sie doch bei jeder Gelegenheit so tapfer verteidigt. Die Mauer, die sie voneinander trennt, ist zu hoch.

Aber es ist ja so: «Das Böse ist nur der Anfang des Guten.» Es ist die Auflehnung gegen das Tote im Herzen. Wenn das Böse vorüber ist, kann das Gute zu blühen anfangen; aber erst muß das Gute sicher sein, nicht mehr vom Bösen umgerissen zu werden. Viele Menschen sind eigentlich nur deshalb nie gut geworden, weil sie es nicht gewagt haben, sich selbst einmal im schlechten Licht zu sehen. Immer haben sie die Erfüllung an sich gesucht, aber Erfüllung will zuerst errungen sein.

Auch in Lelia Devran fängt das Gute an, sich zu rühren, indem es zunächst den Widerwillen gegen das unangenehme Kind an die Oberfläche schafft. Und der Widerwille macht Lelia ungerecht gegen das Kind. Aus seiner schlechten Erziehung dreht sie ihm arglistig einen Fallstrick und läßt es kalt neben ihrem Herzen einhergehen. Ja, es verschafft ihr sogar Genugtuung, das Kind zu verachten. Aber das Kind weiß ja nicht, worin seine Schuld gegen Lelia besteht. Es weiß nur, daß es sie mehr liebt als alles auf der Welt. Aber es findet den Weg nicht, wie es ihr diese Liebe zeigen kann. Hinter der hohen Mauer seiner schlechten Erziehung verbirgt es seine rührende Treue. Und dann ist eines Tages die Mauer doch gewichen. Plötzlich, sozusagen über Nacht. Als sie beide am Morgen die Augen aufschlagen, Lelia und das Kind, stehen sie einander gegenüber, lieb, lächelnd und schön, so, als hätten sie sich immer nur von der guten Seite her gekannt.

Vorderhand aber kennen sie sich auch noch von der schlechten Seite. Als Skadusch eines Tages wie ein Verrückter hinter Sanja hergelaufen ist und im Eßsaal vor allen Leuten getanzt und geschrien hat: «Sehet das Wunderkind!» und Sanja wie eine Tierbändigerin mit dem Fuß gestampft und gerufen hat: «Dieses will ich haben, und jenes, und zwar sofort …», so daß man hätte meinen können, die ganze Erde sei einzig und allein um dieser beiden willen erschaffen worden, da hat auch Lelia Devran nicht mehr gewußt, wozu sie eigentlich auf der Welt sei. Einem Meer von Sinnlosigkeiten hat sie sich ausgeliefert gesehen, dessen Anfang und Ende Sanja ist, Sanja, das Kind einer Frau, die nicht lesen und schreiben kann. Als ob die Hölle aus einem einzigen Sack über sie ausgeschüttet worden sei, kommt es ihr vor, und sie muß all das ertragen um dieses wenigen elenden Geldes willen, das sie von dem großartigen Skadusch erhält für ihre Dienste an dem Kind und das ihr kaum für die nötigsten Bedürfnisse ausreicht. Und wie dann Sanja, mit der sich Skadusch noch bis in alle Nacht hinein unterhalten hat, endlich eingeschlafen und Lelia aus dem Taumel der Hölle freigelassen ist, stürzt das ganze Leben über ihr zusammen. Tausend Erinnerungen tauchen in ihr auf wie grinsende Teufel und sagen zu ihr: «Das hast du erlitten … und das hast du erlitten …» Und sie sieht Fedja vor sich, den schönen und stolzen Fedja in der Armenanstalt, und Amé Dossa mit dem breiten Unterkiefer, die sie zuerst hinuntergejagt hat über die finstere Treppe der Armut, und die Mutter mit den blutigen Händen, die sich nicht hat wehren können, und alles nur dieses elenden Geldes wegen, das der Skadusch mit vollen Händen zum Fenster hinauswirft im Frondienst vor seinem Götzen, der ihm ins Gesicht speit. Denn Sanja ist ja kein Kind, das bloß hinter der Mauer der falschen Erziehung vergeblich nach Lelia schreit, sondern sie ist ein Ungeheuer und ein Scheusal, das allen, die ihm begegnen, das Blut aus den Adern saugt. Und die Erinnerungen tauchen auf aus dem Blut, das soviel erlitten hat und das sogar um seiner Güte willen noch verlacht und verachtet worden ist selbst von den dümmsten Menschen, und auch Fedja ist nicht mehr der gute, lichtvolle Bruder der Seele, sondern er will Rache, weil er hat sterben müssen, und die Mutter will Rache, weil sie ihn verloren hat. Rache wollen sie alle für ihr Leid, Rache an diesem Kind, das ungestraft alle Bosheiten üben darf, die sein Diener und Verehrer ihm in die Hände legt, denn es gibt ja keinen Gott, der Einsicht hat. Und wenn es einen Gott gibt, so ist er es selber, der Gutes mit Bösem vergilt und der seine Macht nur an denen beweisen kann, die selber die Macht und das Geld in der Hand haben, aber sonst tut er nichts anderes, als treue und unschuldige Menschen zu opfern. Und plötzlich sieht Lelia, wie ihre eigene Hand gleich einem häßlichen Geier mit gekrümmten Fingern in Sanjas strähniges Haar hineinfährt und den Kopf wie eine Beute vom Kissen aufhebt, und dann zischt sie ganz laut: «Höllenbalg, das habe ich erlitten, das leide du … Wieso sollte ich besser sein als Gott …?»

Und es ist die rechte Hand, die es getan hat, die rechte, die doch wissen müßte, was Recht und Unrecht ist. Dann aber steht vor Lelia plötzlich das Bild einer armen, verhärmten Mutter, und es ist Sanjas Mutter und Lelias Mutter, ach, es ist aller Kinder arme Mutter. Und auf einmal, ohne daß Lelia sie geheißen hätte, kommt die andere Hand zu Hilfe: die Herzhand. Ohne Ansehen von Schuld und Nichtschuld tut ihr das Kind leid. Und die linke Hand, die nicht weiß, was Recht ist und was Unrecht, die Mutterhand, streichelt das Kind und bettet ihm das Köpfchen sorgfältig auf die Kissen. Ohne daß Lelia weiß, wie es zugegangen, hat die linke Hand die rechte gefaßt und sich mit ihr auf der Bettkante gefaltet, und auch die Knie haben sich gebogen, und Lelia hält das Kind in den Armen: Ach nein, nicht Skaduschs Höllenbalg, sondern das arme, kleine Kind ohne Mutter, Sanja …

Und plötzlich wird es um Lelia licht, fast wie damals in den Galerien der Sterne, und eine Stimme sagt – sie weiß nicht, ob es die des Feldkenners ist oder die eigene –: «Jetzt meintest du es schlecht, aber damals meintest du es gut … damals …» Und Lelia Devran weint auf, weint laut: «Damals war ich gut, gut, gut …wirklich gut.»

Und ihre Hände greifen durch die Luft: «Nahomaho, du Tiefer, Lieber, Jehodoho, du Hoher, Guter, Tarofont, du Starker, o Jerussirach, du Weiter, ich war gut bei euch, gut, gut, laßt mich nicht mehr schlecht sein …»

Am anderen Tag ist Lelia mit Sanja in die Stadt gefahren und hat ihr die Haare kurzschneiden lassen; sie hat auch Skadusch überlistet, ihr neue Röckchen und Schuhchen und Hütchen zu kaufen; denn Skadusch weiß ja von sich aus nicht, was schön ist. Aber wie sie nach Hause kommen, ist Sanja auf Lelias Knie geklettert und hat sie um den Hals gefaßt und geküßt: «Lelia, Lelia, ich weiß, daß ich dich zu Tode ärgere; aber ich will so gut werden wie du …» Und Lelia schließt Sanja in die Arme und sagt: «Du bist mein kleiner Engel, Sanja, mein kleiner, kleiner Engel …»

Aber auch in den Himmeln ist Freude über die Bewegung im Herzen Lelias, denn die Engel Gottes haben mehr Freude an einem einzigen Menschen, der einsieht, was er Unrichtiges tut, als an zehntausend Gerechten, die nie etwas einsehen.

Und im Traum ist Lelia Devran die Matka Boska erschienen und hat sie hergerufen und ihr mit eigener Hand die Freude der Himmel zurückgeschenkt und an die Schulter geheftet wie ein breites rosenglänzendes Band und hat gesagt: «Freue dich …», und von diesem Tag an ist Lelia der Zugang zu den Himmeln wieder offen gestanden,

Am Tag bevor sie abreisen, ist noch ein Brief von Bruno Dossa gekommen mit der Frage, ob Lelia ihn nicht heiraten wolle. Darauf hat Lelia ihm geantwortet, daß sie heute noch nicht über sich hinaussehe, und daß er sich nicht an sie binden möge. Am gleichen Abend hat auch Skadusch, fröhlich, mit dem Hut am Hinterkopf, Lelia zu einem Spaziergang im Mondschein eingeladen, er habe ihr Wichtiges zu sagen. Lelia aber hat geantwortet, es täte ihr leid, sie könne das Kind nicht verlassen, es müsse auf sie verzichten. Verärgert hat Skadusch darauf seinen Hut auf die Nase heruntergezogen und ist davongestampft. An diesem Abend wußte auch er nicht mehr, wer ihm mehr im Weg stehe zu seinem Glück: Sanja oder Lelia.

21. Kapitel: Die höchste Brücke

Der Winterhimmel heitert auf. Es gibt zwar immer noch Stürme und Regengüsse, aber dennoch hat alles einen unverkennbaren Drang nach dem Frühling. Und der Frühling ist ja nicht so bescheiden, daß er zu den Menschen spräche: «Wenn es euch nicht gefällt, daß ich komme, kann ich auch wegbleiben!» Nein, der Frühling stürzt sich in die Welt: «Hier bin ich, sieh zu, wie du mit mir auskommst!» Das Neue richtet sich nicht nach den Menschen, die Menschen müssen sich nach dem Neuen richten. Auch Lelias Herz hat sich befreit vom Zwang der Trauer, die eine Verhärtung über sie gebracht hat. Von der Mutter hat sie allerdings seit dem Tod des Bruders kaum Nachricht erhalten, und seit dem letzten Brief ist beinah ein halbes Jahr verstrichen. Lelia hat schließlich an ein Auslandskomitee geschrieben, um Nachricht über die Mutter zu erhalten, handelt es sich doch längst nicht mehr darum, zur Mutter zurückzuflüchten, sondern darum, die Mutter selbst aus irgendeinem Verhängnis zu retten. Es gibt zwar immer noch Tage, an denen Lelia Groll im Herzen hat über das Vergangene; aber es gibt auch Tage, an denen sie einsieht, daß es nichts nützt, einem bereits geschehenen Unglück nachzutrauern. Man muß vielmehr sehen, daß man vor neuem Unglück bewahrt bleibt. Ansonsten gibt es noch immer Regengüsse und Winterstürme, aber im großen Ganzen hat doch alles einen festen Drang nach dem Frühling.

Skadusch ist mit seiner jetzigen Familie nach Samill gezogen. Auch da gibt es Seen, die die Geheimnisse des Höchsten widerspiegeln. Und einzelne dieser Seen sind so klar, daß man das Spiegelbild im Wasser für Wirklichkeit halten könnte. Man weiß nicht, ob die Erde den Himmel widerspiegelt oder der Himmel die Erde. Es scheint beinahe dasselbe zu sein, ob man sich den Menschen widmet oder den Himmlischen.

An der Straße, die dem See entlangführt, arbeiten manchmal die Sträflinge des Bezirksgefängnisses. Manche haben Ketten zwischen den Füßen. Wenn Lelia und Sanja vorübergehen, grüßen sie höflich. Eines Tages hat einer sie sogar beim

Namen genannt. «Guten Tag, Fräulein Devran», hat er gesagt, «und Fräulein Sanja.» Es war ein alter weißhaariger Mann, der Angestellter im kleinen Hotel in Bellino war, wo Lelia und Sanja gewohnt haben. Um einer geringfügigen, erst nach Jahren aufgedeckten Sache willen ist er ins Bezirksgefängnis gekommen.

«Lelia», sagt Sanja, «warum kommt man ins Gefängnis?» Lelia antwortet: «Weil man etwas getan hat, was vor dem Gesetz ein Unrecht ist.» Aber Sanja fragt weiter: «Lelia, was ist denn vor dem Gesetz ein Unrecht?» Und Lelia entgegnet: «Siehst du, wenn man nicht stiehlt und nicht mordet, so hat man nichts getan, wofür man vor dem Gesetz bestraft werden kann.» Aber Sanja muß es wissen: «Lelia, ist man gut, wenn man das tut, wofür man nicht bestraft werden kann vor dem Gesetz?» Lelia sagt: «Es ist der Anfang des Guten; aber man kann noch Besseres tun: man kann das Böse abhalten von den anderen, damit es überflüssig wird, es zu tun.» Von da an sind die Sträflinge in den blau- und weißgestreiften Kleidern für Sanja Menschen, die stehlen und morden konnten, weil niemand gut genug war, das Böse von ihnen abzuhalten. Und eines Morgens, als sie erwacht, sagt sie zu Lelia: «Gelt, Lelia, wir wollen so gut werden, daß niemand mehr etwas Böses tun kann.»

In der Nähe von Samill stehen viele kleine Muttergotteskapellchen. Lelia und Sanja gehen oft bis weit hinaus spazieren und stecken kleine blaue Enziane durch die Gitter der Schreine. Auf diesen Spaziergängen haben sie ihre tiefen Gespräche: «Weißt du, Lelia», sagt Sanja, «er ist nicht der Richtige» – sie meint Skadusch –, «der Richtige ist tot ...» Aber Lelia meint, daß Skadusch dennoch der Richtige sei, indem er Sanja alles lernen lasse, damit sie einmal nicht eine unwissende, sondern eine kluge Frau werde. Wenn die Mama all das hätte lernen können, was Sanja jetzt lernt, so hätte sie ein ganz anderes Leben gehabt. Es habe eben ihr der Richtige gefehlt. Stück für Stück zieht sie dem einsamen Kind die Bitternis aus dem Herzen, um sie mit ihm zu tragen. Dafür findet sie selbst in Sanja einen treueren Freund als unter Erwachsenen. «Wenn ich groß bin», sagt Sanja, «nähe ich der Mama viele schöne Kleider.»

Manchmal gehen sie auch über das kleine Sträßchen von Samill nach Lunn. Sie begegnen dort etwa Bauern und an Wintertagen Hunden vor großen Schlitten. Kurz vor dem Ausgang des Wäldchens wird das Sträßchen von einer tiefen Schlucht durchschnitten, die dermaßen in den Bäumen versteckt ist, daß schon mancher in Unkenntnis des Weges darin seinen jähen Tod gefunden hat. Am Ende der Schlucht hat dann der Wildbach, der sie vor Jahrtausenden gegraben hat, den verstümmelten Leichnam wieder ans Tageslicht gebracht. An der niedrigsten Stelle der Schlucht ist eine Holzbrücke darübergelegt, an deren beiderseitigem Eingang die Inschrift steht: «Höchste Brücke von Europa». Wenn man durch die Geländerluken hinunterschaut, kann man in der Ebene unten den Silberstreifen des Flüßchens kaum noch erkennen. Wenn man von der Brücke aus Steine über das Geländer wirft, so kann man sie noch nachpoltern hören, wenn man längst auf dem anderen Ufer ist. Die beiden unversöhnlichen Ufer verbunden zu haben, ist das Werk sehr mutiger und kluger Menschen gewesen. Ebenso mutig und klug aber ist ein Heiliger gewesen, der in jener Gegend wohnte und nach der Sage die Brücke überschritt, um die Menschen diesseits und jenseits der Schlucht aus Feinden zu Freunden zu machen, indem er durch sein Dazwischentreten das Kriegswort wieder aufhob, das schon gefallen war. Durch sein Vorangehen im erkannten Guten hat er sein Land bewahrt vor schwerer Not und schwerer Sünde, indem er als einzelner Mensch einen ganzen Krieg verhütet und Tausende vor Haß und Tod errettet hat. Als Lelia und Sanja über die Brücke gehen, kommt es Lelia ganz klar zum Bewußtsein: Durch nichts kann man das Böse von anderen abhalten als durch eigenes Vorangehen im erkannten Guten.

Im Weitergehen schaut Sanja zu Lelia auf: «Gelt, Lelia, im Himmel bin ich dann dein Kind.»

Aber es ist noch nicht soweit. Auch das Gute braucht Zeit zur Reife. Darum hat es am neuen Ort auch allerhand unerfreuliche Tage zwischen Lelia und Skadusch gegeben, bis er einmal so erbittert war, daß er zu ihr gesagt hat: «Wissen Sie auch, was man von einem jungen Mädchen erwartet, das bei einem alleinstehenden Herrn Stellung annimmt?» Darauf ist Lelia rot geworden, weil sie Skadusch doch in seiner ihm als berechtigt erscheinenden Annahme getäuscht hat, da sie die Stellung bei ihm nur angenommen hat, um mit deren Hilfe zu ihrer Mutter zu gelangen. «Verzeihen Sie, Pan Skadusch, ich werde morgen weggehen», sagt sie. Und wie Skadusch aufsieht, weiß er, daß er es mit einem ganz aufrichtigen Menschen zu tun hat. Er schwört Lelia, sie nie wieder anders ansehen zu wollen denn als Gast seines Hauses. In diesem Augenblick meint es auch Skadusch ernst, und wenn er ernst ist, sieht er aus wie ein Fisch. Aber Skaduschs gute Tage, wo er Innerstes ahnt, gehen vorüber. Schließlich ist er nicht auf der Welt, um Heilige zu hüten. Das kann niemand von ihm verlangen. Aber Lelia Devran ist auch gar keine richtige Frau, denn eigentlich müßte sie doch froh sein, einen so gutmütigen Mann gefunden zu haben. Doch auf alles, was er ihr bisher angeboten hat, antwortete sie nur zögernd: «Ich danke, ich kann jetzt noch nicht ...» Worauf sie eigentlich wartet, weiß Skadusch wirklich nicht. Er zieht den Hut ins Gesicht und geht davon. Lelia Devran aber weiß, daß sie die Einsamkeit noch weiter wird ertragen müssen, bis der Weg auch vor ihr klar ist.

Meliska ist im Nonnenstift der Kleinen Schwestern der Armen untergebracht. Jeden Nachmittag zwischen zwei und vier machen die Lehrschwestern mit den Zöglingen einen Spaziergang. Meistens sind es junge Mädchen aus der Fremde, aber zuweilen halten sich auch ältere Frauen vorübergehend im Kloster auf. Skadusch hat Meliska als Frau Smaliek vorgestellt, aber Meliska hat entrüstet geantwortet, daß sie keine Frau sei, sondern eine Panienka, ein Fräulein. Sie ist nun gekleidet wie andere Leute: mit Schuhen an den Füßen, einer Seidenjacke und einem Hut. Skadusch hat ihr sogar weiße Schuhe geschenkt, aber Meliska hat sie im Koffer verborgen. Auch wenn sie im Stift der Kleinen Schwestern der Armen bisher noch nichts gestohlen hat, hält Meliska ihre Koffer dennoch für das wichtigste. Sie setzt sich am Abend davor und wühlt in ihren Sachen herum, indem sie die Dinge herausnimmt und besser verpackt. Bei dieser Arbeit läßt sie sich von niemandem stören. Und selbst wenn ein Engel zu ihr träte, der ihr das ewige Leben anböte, würde sie sagen: «Ich habe keine Zeit, ich bin die reiche Mutter eines reichen Kindes.» Nach und nach hat sie alle Gegenstände in Seidenpapier gewickelt und sie mit farbigen Bändchen zugebunden. Für den Ring der Fürstin Susumoff hat sie sogar eine Samtschachtel gefunden. Einmal, wie sie noch mit Sanja zusammenwohnte, hat sie auch die Photographie des Herrn Stanislaus aus dem Tuch herausgewickelt, die Zungenspitze ein wenig in den Mundwinkel gelegt und «Papa ...» gesagt. An diesem Tag ist Meliska noch glücklich gewesen. Aber seit sie in den weißen Wänden des Klosters eingesperrt ist, kommt sie sich vor wie hinter einem Gitter. Ihre Augen sind nun nicht mehr rund und schlau, sie sind starr und finster. Neben die Nase graben sich zwei bittere Furchen, so daß sie von weitem aussehen wie die Spur von blutigen Tränen, die in den Mund hinunterrinnen. Wenn sie zwischen zwei und vier Uhr mit den Nonnen des Klosters spazierengeht, weiß sie nicht, wozu sie da mitläuft. Sie läuft, um das Kind zu suchen, das man ihr entwendet hat. Aber überall ist das Gitter. Das Geld, das sie damals dem Pan Skadusch gestohlen hat, trägt sie immer noch um den Leib gebunden; aber sie gibt es nicht aus. Das Gitter ist nicht nur um sie herum, es ist auch in ihr drinnen. Sie hat es selber aufgebaut. Der Besitz, den sie sich zugelegt hat, ist für Meliska unveräußerlich. Nicht einmal für Sanja könnte sie etwas davon ausgeben, nur was der Skadusch ihr frei in die Hände gibt, kann sie verwenden; aber was sie gestohlen hat, muß sie behalten als Beweis ihres Lebens. Von Skaduschs Geld kauft sie manchmal einen Kuchen für fünf Franken. Meliska ist der Meinung, daß ein Kuchen nicht schaden kann, wenn er fünf Franken kostet. Schaden würde er bloß, wenn er nur den zehnten Teil davon kostete. Meliska steht daneben und sieht zu, daß Sanja den Kuchen, der fünf Franken kostete, allein aufisst, denn nur was man im Magen hat, kann einem wirklich zugute kommen. Das ist Meliskas Mutterliebe, mehr weiß sie nicht zu geben. Der Advokat, den Skadusch bezahlt, sagt, sie könne alle drei Wochen hingehen und ihr Kind besuchen. Aber wenn Meliska aus dem Zug steigt, sagt sie: «Mein Herz macht poch, poch ...» Überall sind die Gitterstäbe der Bitterkeit. Traurig wie ein Tier, das ins Schlachthaus geführt wird, richtet sie ihre Blicke nach den Menschen; aber niemand versteht sie, und sie weiß, daß sie zugrundegehen muß, wenn die Hilfe sie nicht mehr erreicht.

Und dann, eines Tages, steht die Hilfe vor ihr. Die gute und treue Hilfe, die unfehlbar jeden Menschen erreicht, der in Not ist, und die ihm entgegentritt, sei es aus den Galerien der Engel, sei es aus den Kreisen der Menschen, weil er ihrer bedarf. Die Hilfe, die nie etwas anderes für sich beansprucht, als daß man erkennt, daß sie Hilfe ist ...

Und die Hilfe steht nun vor Meliska in Gestalt von Lelia Devran und hat schon die Hand an die Türfalle gelegt. An dem

Tag, an dem sie aus dem Zug steigt, wartet am Bahnhof die «Neue» mit dem Kind an der Hand, das kurzgeschnittene Haare und elegante Kleidchen trägt, lieblich auf sie zukommt und «Guten Tag, Mama» sagt. Aber Meliska hat Sanja noch nie mit kurzgeschnittenen Haaren gesehen, und überdies sind ihre Haare bis jetzt ihr größter Stolz gewesen. Am Abend hat sie sie jeweils in viele kleine Zöpfchen geflochten, ein wenig mit Wasser befeuchtet und zärtlich ausgebürstet. Wenn Meliska Sanja in dieser Lockenpracht sah, war sie sicher, daß Sanja das schönste Kind auf Erden sei. Aber wie sie nun Sanja zum ersten Mal so verändert sieht, stellt sie betroffen die Unterlippe vor und sagt: «Jetzt ist das Gitter auch um Sanja herum.» Plötzlich fühlt sie, daß sie weder Skadusch, noch das Tantchen, noch sonst jemand auf Erden so sehr haßt wie diese «Neue», die ihr das Herz des Kindes raubt, indem sie darüber verfügt, als wäre sie selbst schon tot, tot und fort für immer.

Und das ist der letzte Tod gewesen in Meliskas Seele, ein Tod, aus dem sie sich nicht mehr herauszuretten vermochte, weil sie den Ausweg des Lebens zu den Menschen nie hat betreten können und jenen zu den Himmlischen nicht gekannt hat: das Vertrauen.

Vor Lelia Devran aber hält plötzlich das Zögernde der ganzen Menschheit still und umschließt sie eng und heiß wie der Zornkreis im Himmel. Die Tierleiber, die vergeudeten Pflanzen, die in die Tiefe gestürzten Schiffe, die wehen Mütter und die verhungerten Kinder, die aussehen wie Greise. Und sie schreien: «Was können wir dafür, daß wir mit stumpfen Sinnen geboren sind, daß unser Mund vor dem euren verstummen muß, wenn ihr eure Klugheit nur anwendet, um euch selber ein angenehmes Leben zu schaffen. Wir verachten euch in unserem Herzen und fluchen euch, wir verachten selbst den Gott, der euch recht gibt.» Lelia Devran fühlt die lodernden Flammen um sich, die Augen, die auf sie gerichtet sind, und die Hände, die voll Verachtung nach ihr zeigen: «Seht die Guten, seht die Klugen, die uns mit ihren feinen und schmeichlerischen Sinnen das Letzte noch nehmen, das wir haben; Tod ihnen und Fluch ...» Und Lelia fühlt, wie das Gute in ihr stark wird, stark gegen das Böse. Glühend wird es, wie ein Eisen in den Flammen des Zorns, aber nicht um zu vernichten und wieder zu fluchen, sondern um zu helfen. Und mitten im Flammenkreis des Zornes gewinnt ein Gedanke in ihr Raum und arbeitet sich empor aus der Verachtung wie eine helle Blume, über der die Sterne stehen. Oh, sie will dieser Mutter dieses Kind wieder zurückgeben und sich selber ihrer Mutter, und allen Müttern auf Erden ihre Kinder. Sie will es tun, und wenn darüber die Kirche zugrunde gehen müßte und die Gesellschaft und die geistreichen Bücher und wenn sogar die Engel aus den Reihen ihres Innern verlöschten, weil es etwas gibt, was höher ist, als alle Klugheit und Schönheit: das Leben selbst!

Und Lelia schiebt Sanja zwischen Skadusch und Meliska, so daß sie ihnen die Hände gibt, und dann geht sie selber unbemerkt hinter Meliska her, stumm hinter der leidenden Mutter. Und das ist das erstemal, daß jemand schuldbewußt das Haupt vor Meliska senkt. Meliska aber geht mit weiten gläsernen Augen geradeaus.

Skadusch ist in seiner Selbstverständlichkeit nun so weit gelangt, daß er getrost einem Hund eine Viertelstunde lang auf den Schwanz treten könnte, ohne es zu bemerken. Wenn er geht, schiebt er Meliska von einer Seite der Straße zu der andern. Er fliegt mit ihr quer über die Straße und über die Brücken und die Plätze von einem Bürgersteig zum andern. Erst wenn Meliska an einer Mauer anstößt, dreht sie sich wieder um, und dann schwatzt er sie wieder zurück auf die andere Seite der Straße. Und er erzählt ihr dann, was er Sanja schon alles geschenkt hat, und was es kostete: einen Tennisanzug, den er bei Hansmann gekauft hat, eine Musikmappe und einen Sonnenschirm. Und Meliska hört zu und schluckt die Bissen, die er ihr zuwirft, gierig hinunter und schaut geradeaus und will noch mehr. Denn sie muß ja viel haben, so viel, daß sie diese letzte «Neue» übertrumpfen kann, so daß sie Ehrfurcht vor ihr bekommt als vor der reichsten Mutter des reichsten Kindes, und dann wird sie es auch nicht mehr wagen, ihrem, Meliskas, Kind die Haare kurzzuschneiden, wie es ihr gefällt, sondern dann wird diese Letzte und Hochmütigste von allen vor ihr knien müssen. Vor ihr, der reichen Mutter.

Manchmal geht man in den zoologischen Garten und füttert die Entchen. Lautlos und finster tastet sich Meliska mit dem Kind an der Hand vorwärts, nachdem Lelia zu ihm gesagt hat: «Geh, gib der Mama die Hand, sie hat dich doch so lieb ...» Nur am Teiche mit den Entchen kann Meliska noch Freude finden. Sie kommt sich dann plötzlich vor wie ein liebliches

Vogelmütterchen, das sein Junges füttert. Und während sie für Sanja Krümchen in den Teich wirft, ruft sie mit einer glucksenden Stimme: «Buschinka, Buschinka ...» Sie legt dann die Zungenspitze in den Mundwinkel, und sie würde sich gar nicht wundern, wenn das Kind plötzlich wie ein Vögelein aufflatterte und die Krümchen auf dem Wasser aufpickte. Aber zuweilen bricht der Zank schon auf der Straße aus. Mitten in der Stadt ist Meliska Skadusch vor die Füße gefallen und hat geschrien: «Gib mir mein Kind zurück, oder ich gehe mit ihm in den See!» Beklommen gehen dann Sanja und Lelia hinter den Zankenden her, und Sanja sagt: «Wenn sie tot sind, komme ich zu dir, Lelia ...» Auch das Vogelmütterchen kann Sanja nicht über die Unsicherheit ihres Lebens hinwegtrösten.

Trotz allen Bemühungen kann Lelia keinen Frieden mit Meliska schließen. Weil Lelia es gut meint, hält Meliska sie für böse, und sie findet eine Genugtuung darin, Lelia vor Skadusch schlechtzumachen. Dadurch kommt sie sich Skadusch gegenüber wertvoller vor und meint, dem Kind näherzukommen. Noch nie hat sie sich bis jetzt bei Skadusch über jemanden beklagen können; denn sie haben ihm ja alle geschmeichelt und sind außerdem viel geschickter als sie gewesen, ihre Vorteile anzubringen. Diese Neue aber scheint außer daß sie böse ist sogar noch dumm zu sein. Lelia trägt ihr all das jedoch nicht nach, sie weiß, daß Meliska gar nicht anders kann, als sie hassen, und sie will ihr gerne die Freude lassen, wenn sie ihr nur zugleich helfen kann. Aber einmal, als sie Meliska Geld anbieten will und Hilfe, damit sie selber für ihr Kind sorgen könne, da antwortet sie: «Mir nicht muß sorgen für der Kind, mir habe der Kind.» Darauf hat sie nichts Klügeres zu tun gewußt, als die ganze Geschichte Skadusch weiterzuerzählen, worauf er ihr einen Pelz geschenkt und Lelia ein Scheusal genannt hat. Lelia aber hat auch weiter mit Skadusch gekämpft. Wenn er ein Wohltäter sein wolle, dürfe er die Mutter nicht vom Kind trennen, hat sie gesagt, worauf Skadusch den Stock gegen sie erhoben und gebrüllt hat: «Ich schlage dieses Weib noch tot ...»

Ganz selten nur ist Meliska aus ihrem Mißtrauen gegen Lelia herausgekommen. Einmal hat sie von Skadusch zu erzählen angefangen: daß er reich sei, aber nicht in den Himmel komme, weil er dort geköpft werde. «Böse Jude mache: Bum ...» hat sie gesagt. Wenn sie so miteinander sprechen, dann zwitschern sie wie zwei Vögelchen, die sich durch Laute verständlich machen. Ein andermal hat Meliska vom tiefen Wald erzählt, wo ein kleines lustiges Hündchen «wau, wau» mache. «Aber dann komme Herr Stanislaus mit einem schönen Ring und mir nehme auf die Ofen. O Panienka, auf die Ofen viel und schön …» Und Meliska ist Lelia um den Hals gefallen und hat geweint, weil die Matka Boska nicht mitgekommen sei aus Polen. Wenn die Matka Boska da wäre, dann wäre alles gut. Lelia hat ihr darauf erklärt, daß die Matka Boska immer da sei und überall mitkomme. Aber Meliska hat es nicht verstanden, bis Lelia ihr begreiflich gemacht hat, daß sie, Meliska, selber ein Stück Matka Boska sei, wie alle Mütter auf der Welt, die ihre Kinder liebhaben. Und dies ist das einzige Wort gewesen, das Meliska gefreut hat. Sie ist darauf sogar auf die spaßige Idee gekommen, wenn sie die Gottesmutter sei, dann müsse Pan Skadusch der Josef sein.

Es ist gespenstisch: Wenn sie ins Kloster zurückkehrt, erwarten Meliska im schmalen weißgetünchten Zimmer ihre drei großen schwarzen Koffer. Die Oberin des Stifts hat ihr auch eine Porzellanfigur der Mutter Gottes auf die Kommode gestellt. Aber diese Mutter Gottes hat kein seltsames Lächeln mehr, das sich auf etwas Fernes freut, wie die Matka Boska in der kleinen Kirche zu Wiazk. Sie trägt auch keinen silbernen Mantel und keine Krone wie die Matka Boska in Lostrow. Alles an ihr ist fremd und arm, viel zu arm, und Meliska kann nicht zu ihr beten, denn diese Matka Boska versteht kein Polnisch. Die Oberin hat zwar gesagt, die Mutter Gottes verstehe alle Menschen, sie sei ja die Schmerzensmutter, und wenn Meliska ihr den Schmerz klage, so werde sie ihr tragen helfen. Darauf hat Meliska die Unterlippe vorgestellt und gesagt: «Matka Boska nicht haben Schmerz, Matka Boska sein reich.» Überall sind die Gitterstäbe der Bitterkeit. Sogar zwischen der Matka Boska und ihr. Und Gott wird sagen: «Du bist nicht in meine Kirche gegangen, ich kenne dich nicht.» Ewig wird Meliska draußen stehen bleiben müssen, weil sie durch die Stäbe der Bitterkeit nicht mehr hindurch kann. Das Kind mit seinen kurzgeschnittenen Haaren und seinem zuvorkommenden Lächeln macht sie bitter. Tante Boby kann sie nicht leiden, gegen Lelia streckt sie die Hand aus, um sie heimlich zu erwürgen, Skadusch ist ein Heide, und die Oberin versteht nichts vom Himmel. Selbst das Geld und die Dinge, die sie seinerzeit heimlich und froh gestohlen hat, trösten sie nun nicht mehr. Der einzige Gedanke, der ihren Sinn noch erhellt, ist der, daß Lelia einmal zu ihr gesagt hat, sie selber sei die Matka Boska. Aber auch dieser Gedanke verschwindet allmählich in der Finsternis wie ein Licht, das verlöscht. Wenn sie die Türe in ihrem Zimmer zuschließt, springt sie unversehens wieder auf. Das Schloß schließt nicht mehr gut. Sogar des Nachts noch springt die Türe auf. Hinter Meliska gähnt der Wahnsinn …

Zu drei und drei brennen die Lichter am Quai des Armeniens. Aus ihren starken Metallarmen werfen sie zwei Flammen seitwärts und eine als Haupt in die Höhe. Über viele hundert Meter hinaus warten sie von Bogen zu Bogen wie Cherube in den wohlgeordneten Reihen der Engel im Dienst des Ganzen. Aber die Menschen gehen über den Quai des Armeniens hinauf und hinunter und laufen an den erhobenen Flammenarmen und den Lohenhäuptern vorbei und merken nicht, was über ihnen steht. Die allerseltensten nur wüßten zu sagen, daß immer drei und drei Lichter beisammen brennen, auch dann, wenn sie jeden Abend über den Quai spazierten. Die allerseltensten Menschen nur wissen, wer ihre Engel sind, ja, die allerseltensten Menschen wissen sogar nicht einmal, wen sie als ihre Freunde ansehen können. Sie haben nicht die Zeit, in ihrem Leben gewahr zu werden, was für sie wertvoll und was wertlos ist.

Skadusch hat in der Stadt einen neuen Freund gefunden: den Pfarrer Maida. Er ist ein großer Russenverehrer und hat den Skadusch einmal in einem Restaurant getroffen. Es gefällt Maida, sich an einen Tisch zu setzen und Leute zu studieren. Manchmal zwar zieht er auch Fehlschlüsse. Er schaut dann wie ein großes, erstauntes Kind um sich und sagt: «Das hätte ich nun wirklich nicht gedacht!» Aber in Skadusch hat er einen Fund gemacht. Skadusch hat sofort angefangen, von Rußland zu schwärmen, und Pfarrer Maida ist ein beglückter Zuhörer gewesen. Es freut ihn, wie gesagt, Leute zu entdecken. Skadusch ist es zwar weniger darauf angekommen, von Rußland zu erzählen, als vielmehr von Sanja und seinem Schicksal mit ihr. Er hat ja noch lange nicht ausgeredet über sie. Eigentlich könnte er jedem beliebigen Menschen auf der Straße von ihr erzählen. So lange könnte er von ihr erzählen, als bis die Freude in seinem Herzen ebenso groß geworden ist, wie sein Leid gewesen ist. Er könnte sogar einen Festzug veranstalten, bei welchem Sanja vorausginge und er hintendrein mit seinem ganzen Gefolge von Bewunderern, die er für sie erwirbt und die ihm heilig sind wie rotangestrichene Tage im Kalender. Zwar hat auch Skadusch schon Enttäuschungen erlebt mit seinen Heiligen. Namentlich unter Geschäftsfreunden. Wenn er ihnen das Unglaublichste von seinem Kind erzählt hat, dann schicken sie ihm eine Puppe oder ein Bilderbuch, und Skadusch erhält die doppelte Rechnung. Er findet dann die Welt gemein; und doch ist sein Leid noch lange nicht gesättigt. In Pfarrer Maida dagegen hat er einen Freund gefunden, der sich ehrlich mit ihm über Sanja freut. Für die Kindergeschichte hat er sogar ein solches Interesse gezeigt, daß er Skadusch mitsamt Erzieherin, Mutter und Kind zu sich eingeladen hat. Ellies, seine Frau, ist ein wenig überrascht gewesen; aber da sie ihres Mannes Leidenschaft für den Osten kennt, hat sie ihm verziehen und sich ins Unvermeidliche gefügt. Im allgemeinen ist sie ein wenig laut und selbstbewußt, so daß ihr Mann sie gerne zuvor um Rat fragt, ehe er etwas beschließt; und im Bekanntenkreis nennt sie sich «die Pfarrfrau aus Versehen», was nun wirklich niemand bestreitet. Atti Maida dagegen, des Pfarrers jüngste Schwester, geht wie auf Samtpfötchen durchs Leben. Sie ist der Schatten von Ellies und hat eine unbegrenzte Verehrung für ihre Schwägerin. Zu gleicher Zeit wie sie sieht sie von der Arbeit auf, und zusammen gehen sie im gleichen Schritt aus dem Zimmer.

Diese Bewunderung tut Frau Ellies wohl. Wenn ihr Mann sich schon für Rußland begeistert, so hat sie wenigstens Atti, die sich für sie begeistert. Die Begeisterung liegt sozusagen in der Familie, und weil Atti Frau Ellies bewundert, hält auch diese wiederum Atti für geistvoll, und auf diese Weise ist jeder angenehm von der eigenen Größe erfüllt. Auch Skadusch hat die Einladung der freudenreichen Familie voller Freude angenommen. Er sagt: «Wochenlang würde ich auf Besuch gehen, wenn die Menschen nicht so geizig wären.» Fräulein Atti findet ihn «köstlich»; von Lelia Devran dagegen, sagt sie, hielte sie nichts, sie habe Augen, hinter denen nichts Gutes stecke. Nur Meliska ist bisher noch nicht im Hause Maida erschienen. Aber Skadusch entwickelt die kühnsten Pläne: Verheiraten möchte er sie, vielleicht würde sogar Herr Pfarrer Maida jemanden aus der Gemeinde kennen, der sie heiraten könnte. Die Aussteuer würde frei Haus geliefert, sagt Skadusch, die

Hauptsache wäre, daß er sie endlich los sei, dieses Luder. Dabei macht er wieder ein Gesicht wie ein Fisch. Aber Pfarrer Maida fühlt sich angenehm berührt von der Unmittelbarkeit des Ostens. Das seien wenigstens Menschen mit Herz, sagt er. Die Frage des Heiratens hingegen müsse man sich noch überlegen, das sei etwas gewagt. Lelia Devran meint bescheiden, die Frage des Heiratens würde in der Angelegenheit des Kindes nichts ändern, weil Meliska sich auch dann schwerlich von ihm trennen würde. Aber Skadusch ereifert sich: «Wenn Meliska heiratet, wird sie doch wieder ein anderes Kind bekommen, wozu brauchte sie da Sanja?» Er schaut um sich wie ein Fisch. «Köstlich, köstlich», sagen Frau Ellies und Atti wie aus einem Mund und stecken die Nadeln in den Stramin. «Sie sollten für dieses reizende Kind wirklich ein gebildetes Fräulein nehmen», meint Frau Ellies leise zu Skadusch.

Aber Pfarrer Maida möchte lieber über Politik reden. Die Kinderstube interessiert ihn weniger, und sein Steckenpferd ist der Arbeiter. Stundenlang könnte er über ihn reden. In Rußland habe man gesehen, was der Arbeiter leisten könne. Wenn er vom Arbeiter spricht, ist er in seinem Element. Er sitzt dann wie in einer Kutsche und haut auf die Pferde ein. Er setzt sich tief in den Stuhl zurück und stützt den roten Knebelbart in die Hand. Der Arbeiter, sagt er, sei der, der vorangehen müsse. Er sei der, der die Kraft in sich habe zu diesem Vorangehen. Man müsse nur in Rußland sehen, es sei unglaublich, was dort vom Arbeiter geleistet werde. Er zieht die Zügel an und wartet, bis auch Skadusch einsteigt in seine Gedankenkutsche, damit sie zusammen lossprengen können. Sei nicht schließlich auch Christus ein Arbeiter gewesen? Skadusch aber schaut blöd im Kreis umher. Er weiß nicht, was er mit dem Arbeiter anfangen soll. Das Gespräch lenkt die Anwesenden von Sanja ab, und Skadusch weiß dann nicht, wie er den Anschluß wiederfinden soll. Plötzlich steht er auf und sagt: «Sanja ist das richtige Arbeiterkind. Proletarierblut, verstehen Sie, Zukunft der Menschheit!» Alle lachen, und Skadusch ist froh, Sanja weiter preisen zu können. Lelia Devran aber ist plötzlich die Antwort eingefallen, die sie damals dem Hauptpfarrer in Vidim hätte geben sollen: «So viele tausend bezahlte Vertreter der Kirche aller Konfessionen auf dem ganzen Erdenrund, und dennoch Weltkrieg, was tut die Kirche eigentlich? Wo bleibt da das Weltgewissen, das darzustellen die Kirche doch vorgibt?

Wann und zu welcher Zeit hat sie sich in die Schranken geworfen für die Menschheit und gesagt: ‹Wenn Blut fließen soll, so fließe das unsere zuerst›? Hat sie je die Sache des Arbeiters, die Sache dieses eh schon überbürdeten Menschen, zu ihrer eigenen gemacht, indem sie auch hier vorangegangen wäre? Wann ist sie je vor dem Angesicht der Welt für die verlassenen Mütter eingetreten, sie, die selber die Mutter aller Mütter hätte vorstellen sollen? Überhaupt: wann ist sie je die Helferin aller Unterdrückten gewesen, so daß sie bei ihr Recht und Schutz und Zuflucht fanden? War es nicht vielmehr so: Immer, wenn eine Sache schon von anderen durchgelitten war, dann predigte – im besten Fall – auch noch die Kirche darüber, immer dann, wenn die Wahrheit soweit zurechtgeredet war, daß sogar die Spatzen sie von den Dächern pfiffen. Im schlimmsten Fall jedoch brachte sie selbst die Not über die Menschen, indem sie, die Priesterin aller, den einen blindlings den Waffen des andern auslieferte. Schwarz könnte einem der Boden unter den Füßen versinken, wenn man daran dächte. Was aber nützt ein Weltgewissen, das erst dann schlägt, wenn das Unrecht schon geschehen ist, ein Weltgewissen, das mit dem Unrecht einig geht? Nicht auf die Gelehrsamkeit kommt es an, in den Sprüchen Salomos bewandert zu sein, in den Büchern der Könige oder in der Apostelgeschichte, sondern darauf, in der Gegenwart selbst seine Pflicht zu tun. Eine Kirche, die im Augenblick des Weltkriegs geschlossen und gewappnet das Richtige getan hätte, weil sie dem Chaos und der Finsternis gewachsen gewesen wäre, diese Kirche hätte jeder als eine Geistesmacht ansehen müssen. Was aber sollte man halten von einer Kirche, die nicht einmal merkte, daß jenes Weltgebäude über ihr zusammenbrach, zu dessen Wächter sie sich doch berufen glaubte? Was nützte es, als Hauptpfarrer darüber in die Schürzen der Frauen zu kichern, daß Mädchen, die keinen Schatz hätten, sich den Dienst an Gott zum Ersatz nähmen? Was wurde dadurch geändert in der Welt? Wäre es nicht besser für diesen Pfarrer gewesen, selbst seine Dienste dem Königreich der Himmel anzubieten, wie Lelia es in ihrer Schlichtheit getan hatte? Was nützten die unzähligen Scharen von Christen, die die Welt überschwemmten und die von den Kirchen in verschiedenen Konfessionen registriert wurden, solange es auf dem Erdenrund keine Menschen gab, die willens und bereit waren, Verderben und Not Lügen zu strafen

aus der siegreichen Kraft ihrer Herzen heraus? Halten Sie den
Arbeiter für den, der neben seiner schweren Tageslast auch
noch die Einsicht für ?? übernehmen soll?» fragt sie den Pfarrer und fühlt ihre Stirne klar werden, hart und klar wie ein
Diamant, während ihre Augen glänzen wie zwei Smaragde,
durch die man in ein fernes Land sieht.

Pfarrer Maida, der eben daran war, sich ein Stück Kuchen
abzuschneiden, schaut hinter sich, als ob ein Pfeil sich plötzlich über seinen Kopf weg in den Boden gerammt hätte. Irgendwie fühlt er, daß er auf die Sache mit dem «Blut» etwas
antworten sollte. Aber er weiß nicht, was. Um schließlich
doch etwas zu «Blut» zu sagen, antwortet er: «Ja, Arbeiterblut
ist es, was wir heute brauchen, Fräulein Devran.»

Nun springt der Zorn auf Atti Maida über wie eine Stich-
flamme. Sie könnte sich auseinanderreißen vor Ärger über
Lelia, die mit ihrem blassen Gesicht und den grünen Augen
dasitzt, als wäre sie der heimliche Widersacher von allen.
Aber um geistvoll zu scheinen, schweigt sie und bleibt neben
Frau Ellies auf dem Sofa sitzen wie eine Wachspuppe. Mit
einem sanften Ruck ziehen sie die Fäden aus dem Stramin.
«Die Devran hätte Pfarrer werden sollen», meint sie leise zu
Frau Ellies. Und dann lachen beide oben an den Zähnen. Auch
Skadusch muß lachen: «Nicht wahr, Püppchen», sagte er, «wir
beide sind tolerant; wir lassen alle Leute leben, den Arbeiter
und den Nichtarbeiter, was ...?» – «Köstlich, köstlich», meint
Atti Maida. «Ihretwegen, Herr Skadusch, brauchte es gewiß
keinen Krieg zu geben.» – «Aber Ihre Kindergärtnerin scheint
sich für Religion zu interessieren», sagt Frau Ellies und lächelt. Darauf stellt sich Sanja neben Lelia und sagt mit einer
tiefen, wie von weither kommenden Stimme: «Ich weiß schon,
wer Lelia Devran ist, aber ich sage es nicht; Lelia Devran ist
die Frau vom lieben Gott.» – «Ach, dieses Kind ist wie ein
Christus», ruft Skadusch begeistert aus, «es liebt jeden
Mörder.»

Wie sie gegangen sind, kommt Pfarrer Maida noch einmal
auf die Unterhaltung zurück. «Übrigens», sagt er, «ist auch
diese Erzieherin russischen Ursprungs ...» – «Ach, ich bitte
dich», meint seine Frau, «seit wann kommt es darauf an, welchen Ursprungs Angestellte sind ...» Dann geht sie mit Atti
zum Zimmer hinaus. «Louisa, Louisa, räumen Sie ab», ruft sie
über die Schulter zurück.

Aber unterwegs sagt Skadusch zu Lelia: «Wissen Sie, Fräulein Lelia, ich liebe Sie dennoch.»

«Es braucht mich niemand zu lieben», entgegnet Lelia Devran schroff.

Nacht liegt bereits auf den Bergen. Im Mondschein ruhen die Wälder in Falten gebunden. Lelia Devran ist noch allein auf im kleinen Haus, in dem sie mit Sanja wohnt. Oft spaziert sie noch stundenlang auf der kleinen Terrasse auf und ab. Vorsichtig überschreitet sie dabei die Linien, die die quadratischen Vierecke voneinander abgrenzen. «Die Einteilung ist heilig …» denkt sie dabei. Plötzlich kommt ihr in den Sinn: Beruht nicht auch die Ordnung des Weltganzen auf Einteilung und Gesetz, so daß ein Zufall gar nicht möglich ist? Wie, wenn nun eines Tages auch der Zufall im Geld überwunden würde, der soviel Kummer und Herzeleid gebracht hat, und statt seiner Gesetz und Ordnung geschaffen würden, die jeden für immer von der Abhängigkeit einer zufälligen Güte des anderen erlösen würde? Oder waren die Menschen wirklich so gut, daß man ihnen das warme, pulsierende Leben der anderen einfach ohne weiteres in die Hände geben durfte, in der Hoffnung, daß sie von selber einander helfen würden, wo es not tat …? Hat nicht im Gegenteil das ganze Weltbild bisher bewiesen, daß dies nie und zu keiner Zeit geschah, sondern daß die Menschen eher die unglaublichsten Bosheiten begingen, nur um sich auf Kosten des anderen ihren eigenen Besitz zu sichern …? Mußten nicht endlich auch jene unversöhnbarsten Ufer des Reichtums und der Armut miteinander verbunden werden, von denen jedes blindlings den Waffen des anderen ausgeliefert blieb und beide zusammen dem ewig in der Tiefe lauernden Untergang? Und mußte nicht schließlich, was dem einzelnen ganz half, auch allen ganz helfen, indem das neue Weltgesetz keinem etwas nahm, aber allen etwas gab? Und konnte es nicht so geschaffen werden, daß es nicht bloß auf eine sinnlose Geldverteilung hinauslief, die morgen schon den Schwächeren dem alten Geist der Habsucht des anderen auslieferte und am gleichen Abend noch den Edlen in die Hände des gedankenlosen Vergeuders stürzte? War nicht ein weises und verständiges Gesetz der Zeit und der Einteilung menschenwürdiger als dieser ewig blinde Zufall der Finsternis, dem über die Hälfte aller lebenden Menschen zum grausamen Opfer fiel …?

Bis jetzt war für Lelia Devran das Geld etwas gewesen wie das tägliche Brot, das man ißt und teilt, wenn man es hat, ohne Absicht und Erkenntnis. Aber war es in der Zeit einer hohen Erkenntnis möglich, diese todbringende Kluft, die der strebende Menschengeist gerissen, einfach weiter zu übersehen …? Bis jetzt hatte Lelia gedacht wie ein Kind, nun aber mußte sie erwachsen sein, ganz erwachsen, wenn sie wirklich helfen wollte. Und plötzlich bricht die Erinnerung an ihr Gelübde in der Jugend wieder auf: «Herr, wenn dir die Spanne groß genug ist, die ein Kind und seine Mutter trennt, so laß sie mich wegleiden …» Nun, war vielleicht die Spanne jetzt groß genug?

Lelia Devran kommt zurück über die Terrasse. «Du willst, daß allen geholfen werden soll», sagt sie und breitet die Arme aus. «So hilf uns helfen …» An diesem Abend hat sich auch Lelias Herz als höchste Brücke zwischen den unversöhnlichen Ufern des Reichtums und der Armut gespannt.

Lautlos schweigt die Nacht. Der Mond hat einen breiten Hof, und feurig fährt eine Sternschnuppe über den ganzen Himmel …

22. Kapitel: Das Zeichen

Der dritte Sommer seit Lelias Eintritt in die Familie Skadusch ist ins Land gefallen wie ein Riese. Äpfel und Birnen liegen ausgetrocknet am Boden. In den Flüssen kommen, wie die Leute es nennen, die Hungersteine zum Vorschein. Ein heißer fahler Wind schlägt sich unwillig um die Ecken der Häuser und wühlt nachts zerfallene Gräber auf. Tagelang hangen dumpfe schwarze Wolken am Himmel, die sich zum Gewitter sammeln, und zuweilen liegt eine solche Finsternis über dem Land, daß man am Nachmittag Licht machen muß. Schwere, dumpfe, unverständliche Ereignisse schieben sich am Horizont vorüber, aber man weiß nicht, wie sie enden sollen. Das Gewitter kann nicht losbrechen.

In Rußland und im Osten überhaupt soll es jetzt noch schlimmere Tage geben als während des Krieges. Skadusch hat einen Bericht bekommen und liest ihn Pfarrer Maida vor. Häuser werden nach Lebensmitteln durchsucht, und wenn man welche findet, werden sie von der Obrigkeit mit Beschlag belegt. Wer nicht das Glück hat, Arbeit zu bekommen, muß auf der Straße verhungern. Arme setzen sich in die Häuser der ehemaligen Reichen, und diese werden mit Frauen und Kindern in die Gefängnisse geworfen oder erschossen. Dafür sitzen Menschen, die nicht lesen und schreiben können, in den Verwaltungen, und wer ein Recht einklagen will, muß tagelang vor den Türen warten. Man weiß noch nicht, ob dies alles das Glück oder das Unglück für die Menschheit bedeuten soll.

Auch an der polnischen Grenze gibt es viele Greueltaten. In der Nähe von Zizwitsch hat man Hunderte von Adligen und Reichen in eine Lehmgrube geworfen. Einer der Anführer trage den Namen Susumoff. Mit großer Angst im Herzen hat Lelia Devran diesen Berichten zugehört. Bis jetzt zwar scheint die Gegend, wo die Mutter mit Frau Wezlas wohnt, noch verschont geblieben zu sein. Aber man kann nie wissen, wann das Unheil auch über sie hereinbricht. Die Angst im Herzen facht Lelias Willen zum Helfen an wie der Wind das Feuer. Sie müssen gerettet werden: alle, alle, und zwar sofort, so schnell, so bald wie möglich. Wenn es nicht anders geht, will Lelia von den Schenktischen herab zu den Menschen reden, denn sie dürfen nicht zugrunde gehen, nicht die Mutter, nicht Meliska, niemand. Um über die Mutter einstweilen auf dem laufenden zu bleiben, hat sich Lelia wieder an das Auslandskomitee gewandt, das ihr schon einmal Bericht geschickt hat. Frau Ellies meint, es sei wunderbar, was diese Leute alles zustande brächten, Lelia möge nicht verzweifeln. Auch Pfarrer Maida ist zuversichtlich. Das sei eben das Rad der Zeit, das sich langsam drehe und die verborgene Gerechtigkeit Gottes an den Tag bringe. Es liege in der Gesetzmäßigkeit der Natur, daß Menschen zugrunde gehen müßten, um wieder bessere Zustände zu schaffen. Für den einzelnen sei es natürlich bedauerlich, aber das Wohl des Ganzen erfordere diese zeitweisen Opfer. Das sei der innere Grund aller Kriege. Überhaupt könne man da nur mit großen Zahlen rechnen. Zudem dürfe man nie vergessen, welchen Druck die Reichen während Generationen auf die Armen ausgeübt hätten, da wäre es weiter nicht verwunderlich, daß diese das Gelernte nun auch ihrerseits anwendeten. Das sei der Lauf der Welt. Pfarrer Maida knöpft den Mantel zu und zieht die Handschuhe über, er ist froh, wenn er seine eigene Haut nicht zu Markte tragen muß. Es erscheint ihm selbstverständlich, wenn andere es für ihn tun.

Aber Lelia läßt sich durch die Worte des Pfarrers nicht irremachen. Ihrem kindlichen Alter schreibt sie es zu, daß sie sich einst durch den Pfarrer von Vidim vom erkannten Guten hat abbringen lassen. Wie ein Pfeil, der das Ziel treffen soll, legt sie sich selber auf die Bogensehne. Alles in ihr ist zum Willen gespannt. Mit fliegender Schrift überschreibt sie einen Bogen des Manuskriptes um den anderen; denn mit jedem Tag kann die Hilfe zu spät kommen.

Und Lelia Devran macht sich zum Anwalt der Güte und des Verstehens, wie sie sich seinerzeit zum Anwalt der Voraussicht und der Warnung hätte machen wollen, denn das Gute wie das Böse wirkt ja so: Wo sich einmal im Herzen der Keim dazu gebildet hat, wächst es von selber weiter und findet keine Grenzen mehr. Und Lelia Devran schreibt in der Angst des Herzens um die Mutter und Meliska: «Haben nicht die Menschen selbst das Geld erschaffen, warum sollten sie nicht imstande sein, diese Erfindung wie eine andere zur Vollkommenheit zu bringen …? Warum muß einzig und allein vor dem

Geld alles immer wieder ins Stocken geraten und wie an einer Eisentür die Güte, das Verstehen und der Fortschritt steckenbleiben und sich ins Gegenteil verkehren ...? Warum konnte diese Frage nicht einmal wie eine andere vor das klare Licht der Vernunft gestellt werden, indem das alte, unheilvolle, von Generation zu Generation vererbte Geld entwertet und dafür ein neues geschaffen würde, das auf die Grundlage der Gerechtigkeit, der Einteilung und des Bestandes gestellt, erst seinen Kreislauf in den klopfenden Adern der Menschheit anträte, wenn es jedem sein Fortkommen bis auf Kind und Kindeskind zu sichern vermöchte, ohne Abhängigkeit vom guten oder bösen Wollen des anderen! Und warum sollte die menschliche Gesellschaft nicht jeden in ihren Dienst nehmen und ihn entlöhnen für die Arbeit, die er zum Wohl des Ganzen leistet? Und könnte man nicht gütig sein und Kinder, Greise und Kranke erhalten, ohne eine Gegenleistung von ihnen zu fordern? Könnte man der Jugend nicht Spielraum gewähren zur Entwicklung, dem Alter Möglichkeiten zur Ruhe und dem Kranken Gelegenheit zur Erholung und dafür sorgen, daß auch dem Gesunden neben der Arbeit etwas zur Entspannung blieb, so daß alle miteinander ein frohes und glückliches Menschengeschlecht wären? Was konnten Mütter dem Ganzen und sich selber für einen besseren Dienst leisten, als daß sie gesunde Kinder auf die Welt stellten und sie selber besorgten, statt daß sie wie bisher von Armenpflegen der Pflicht und der Freude enthoben würden? Was hatte es für einen Sinn, schellende Almosenkassen zu unterhalten, die Hunderten nicht um ein Hundertstel halfen und die niemand auf die Füße stellte. Warum war es nicht besser, das neugeschaffene Geld und auch die Arbeit einzuteilen, so daß jeder für einen bestimmten Zeitraum den Lohn erhielt für die Arbeit, die er an der Erhaltung des Ganzen leistete? Und konnte hernach nicht fast jeder den Beruf innehalten, den er sich gewählt hatte, nur mit dem Unterschied, daß er seine Lebensbedingungen nicht mehr vom Zufall abhängig gemacht sah, sondern von der Einsicht und der Vernunft der Gesamtheit. Und war es nicht möglich, daß das Neue ausgedacht und beschlossen wurde, ohne einem Menschen deswegen nur ein Haar zu krümmen und ihn zu schelten, ja ohne nur bei eines Fadens Breite um den Besitz zu kürzen, indem jeder an Geld und Gütern behielt, was er besaß, aber in Zukunft seine Lebensbedingungen von anders gewertetem Gelde gesichert sah als bisher. Warum mußte man unbedingt zum Dache hineinsteigen und Unordnung bringen, wenn es doch Türen gab im Haus der Vernunft ...? Wer würde das Recht haben, zum anderen zu sprechen: «Du verdienst es nicht, leben zu dürfen, denn du warst schlechter als ich.» Wo war ein Mensch auf Erden, der noch nie einen andern in der Not im Stich gelassen hatte, obwohl er die Möglichkeit hatte, ihm beizustehen? Denn tat er es auch nicht aus Bosheit, so tat er es doch aus Angst um die Verminderung seines Besitzes. Und wer bisher alles erfüllte, was er konnte, wie sollte er nun klagen und auch das Letzte nicht noch erfüllen, seine Pflicht am Ganzen ...? Würden nicht Fluch und Angst am Rand der neuen Zukunft erblassen wie Schauermärchen einer finsteren Nacht, wenn es Tag geworden war, wenn kein Kind mehr vergeblich seine Händchen nach der Mutter streckte, kein Greis mehr harmvoll den Tod erwartete, ja kein Pferd mehr traurig vor der leeren Krippe stand? Und wäre hernach nicht jeder ebenso frei wie vorher, sich mit dem Geld, das er redlich verdiente, sein Leben einzurichten nach seinem Gutdünken, ohne es einem anderen, nicht einmal dem jüngsten Kind, zerstören zu können, und zwar deshalb nicht, weil die Gesetze klug waren und gut zugleich ... Und wozu brauchte man Menschen zu ernähren, die gesund waren und sich auf Kosten anderer jeder Pflicht am Ganzen entzogen? Müßten nicht am Tag, wo die Menschheit solches gewahr wurde, Himmel und Erde zusammenfallen und einer dem anderen in die Arme sinken: «Ich danke dir, Bruder, daß du mich für immer erlöst hast aus den Sklavenketten meiner Selbstsucht ...»

Und Lelia Devran sieht das Gute niederrauschen, niederrauschen auf alle die verdorrten verlassenen Herzen wie auf dürres, ödes Land. Und dann würden die Herzen der Menschen trinken, trinken: Gerechtigkeit, bis keinen mehr dürstet: Großer Christus, wir haben Dich verstanden, wir sind alle Brüder geworden ... Brüder und Schwestern der Erde!

Sorgsam liest Sanja die Blätter des Manuskriptes zusammen und legt sie der Reihe nach andächtig auf einen Stoß. Wenn Skadusch kommt, versteckt sie sie in einer Schublade. Sie hütet mit Lelia zusammen das Geheimnis, das alle retten wird vor dem großen Untergang. «Gelt, Lelia», sagt sie, «das Buch schreiben wir beide zusammen.» Eine große Freude und Zuversicht, an der Rettung der Welt beteiligt zu sein, erfüllt ihr Herz. Als Lelia damit zu Ende gekommen ist, packen sie die Blätter in rotes Seidenpapier und umwickeln es mit einem goldenen Faden. Darauf gehen sie Hand in Hand zur Post, um es zum Druck abzuschicken. «Wenn es verstanden wird», sagt Lelia, «ist deine und meine Mutter gerettet.» Voller Sehnsucht warten beide auf den Entscheid.

Skadusch ist in wichtigen Verhandlungen mit dem Advokaten wegen der Adoption des Kindes Sanja ohne Zustimmung der Mutter. «Es wird sich schon machen», hat der Advokat gesagt, «nur kann es etwas kosten …» Aber Skadusch ist vergnügt. «Was bedeutet mir Geld gegen mein kleines Mädchen? Im Vergleich dazu ist ein Weib, das meint, ein Kuchen könne weniger schaden, wenn er fünf Franken kostet, als wenn er bloß den zehnten Teil davon wert sei, eine Idiotin. Und eine Idiotin kann kein Anrecht auf den Namen Mutter erheben.» Ellies und Atti Maida schauen zu gleicher Zeit von ihrer Häkelarbeit auf: «Ganz richtig, ganz richtig», meinen beide.

Dennoch hält sich der Skadusch nach wie vor an Lelia. In seinem Herzen erscheint sie ihm sogar je länger je begehrenswerter. Irgend etwas Gutes, unnennbar Gutes wohnt in ihr, das auch ihn eines Tages heilen und gut machen wird, ganz gut. Wenn er Sanja sein Kind und Lelia seine Frau nennen kann, dann wird auch er erlöst sein von allem Übel. Er wird eines Tages sogar sterben können, ohne zu klagen. Wenn er von der Stadt aus Sanja und Lelia besuchen geht, steht er schon von der ersten Station an vor der Türe des Zweitklaßwagens, um die beiden beim Aussteigen schneller begrüßen zu können. Wie Boten einer schöneren Zukunft erscheinen sie ihm, wenn sie in ihren hellen Sommerkleidern Hand in Hand am Bahnhöfchen warten. Aber Skadusch muß erst noch einen finstern Weg gehen, um zu seinem Ziel zu gelangen. Erst, wenn er jene aus dem Weg geschafft haben wird, die ihm im Weg steht, kann er froh und glücklich werden, weil dann sein Leid durch jemanden gebüßt ist … Aber hernach wird er Lelia in ihrer ganzen zarten Art lieben, lieben und für sie leben, wie er früher für die Pani gelebt hat, nur muß erst das Kind ihm gehören. Ihm, ihm ganz allein, ohne daß die Mutter noch ein Anrecht darauf hat …

Von dem allem ist Lelia weit entfernt. Das Buch, das sie schrieb, hat in ihr die Tore einer hohen Erkenntnis aufgerissen, wie jede restlose Erfüllung einer Pflicht es im Menschen geschehen läßt. Der innere Gehorsam ist die Tür zu den Offenbarungen. Aber auch von den Höhen stürzen manchmal Abhänge in jähe Tiefen. Lelia hat es erfahren. Und Lelia besinnt sich, wie sie einst, da sie noch mit der Mutter und Fedja zusammen im Hause Dossa wohnte, gesagt hat: «Wenn ich groß bin, erwürge ich alle Bösen, die Gott etwas zuleide tun.» Darauf hatte Fedja in seiner zarten und schonenden Weise geantwortet: «Vielleicht nicht die Bösen, Lelia, aber das Böse …» Dennoch ist Lelia Devran nicht ganz sicher, ob sie nicht Skadusch etwas zuleide tun muß, weil er so offensichtlich mit der verderblichen Macht des Geldes das ursprünglichste Gefühl, die Menschlichkeit, mit Füßen tritt. Wenn Lelia an Skadusch denkt, sieht sie sich plötzlich mit ihm zusammen auf einem sehr hohen und sehr steilen Berg stehen, sie beide ganz allein, und einer von ihnen kommt nicht mehr zurück, weil sie beide miteinander abrechnen müssen. Wenn Lelia daran denkt, wird ihr bang, und sie wünscht dann, es wäre alles schon vorüber und das Böse, das irgendwo durch jemand geschehen muß, entweder aufgehoben oder schon getan. Zögernd nur und vorsichtig reicht sie ihm die Hand, weil sie fürchtet, daß sie sich plötzlich auf einem sehr hohen und sehr kahlen Berge gegenüberstehen könnten, und dann würde nur noch einer zurückkommen. Wenn Skadusch ihr die Hand gibt, so überläuft auch ihn plötzlich ein Schauer, er stellt sich dann vor, daß diese Hände sich ihm eines Tages ganz kühl um den Hals legen könnten, aber nicht, um ihn zu lieben, sondern um ihn zu erwürgen … Und doch muß er diese Hände lieben, ja gerade diese Hände …

«Gelt, Lelia», sagt Sanja, «ich bin immer wie ein kleiner Engel um dich …»

Und dann ist das Böse geschehen. Über Nacht ist unerwartet das Gewitter losgebrochen mit unerhörten Blitz- und Donnerschlägen. Bis in den Morgen hinein hat es nicht mehr aufhören können, und wenn es für ein paar Stunden ruhig gewesen ist, dann hat es wieder von vorn angefangen. Drei Tage und vier Nächte lang hat es sich nicht mehr beruhigen können, wie ein Mensch, der aus dem Schluchzen nicht mehr herauskommt. Endlich ist dann der Regen losgebrochen, der lange, lange Regen mit tiefer, unendlicher Ruhe …

Meliska ist zur Beobachtung ins Spital überführt worden; die Oberin des Klosters der Kleinen Schwestern der Armen hat geschrieben, daß sie gezwungen sei, Herrn Skadusch mitzuteilen, daß sich bei der Pensionärin Meliska Smaliek verschiedene Symptome von Vernunftstörung zeigten, indem die betreffende Pensionärin sich seit mehreren Tagen weigere, Nahrung einzunehmen, und außerdem in der vergangenen Nacht aufgestanden und alle ihr erreichbaren Mitbewohner des Hauses geschlagen habe. Die Oberin fügte noch hinzu, daß es vielleicht Meliska, über die sie sich sonst nicht zu beklagen habe, guttun würde, ihr Kind Sanja wiederzusehen, indem dies alles möglicherweise nur Sehnsucht nach ihm wäre …

Die Lampen im Spital sind bereits angezündet. Mit fahlem Gesicht sitzt Meliska am Fenster. Skadusch ist sofort mit Lelia und Sanja hingefahren. Auch Pfarrer Maida hat sie begleitet; er ist nun der ausgesprochene Freund des Hauses. Die Krankenschwester hat Meliska eine Decke über die Knie gebreitet, da die Kranke trotz des schwülen Nachmittags friert wie im Winter. Ihre Wangen sehen aus wie ausgelöschte Lampen. Nur in den Höhlen glimmen die Augen noch wie Dochte, um die ängstlich ein unruhiges Flämmchen des Verstehens flackert. Wenn sie ihre Augen auf jemanden heftet, nimmt sie sie alsbald wieder weg. Es scheint, als ob sie damit irgendwo anstoße. Als man sie am Morgen im Auto herbrachte, ist sie ausgestiegen, unter dem Portal zusammengesunken und hat geschrien: «Meine Kind, meine Kind, ich sehe meine Kind nicht mehr …» Dann haben sie ein Wärter und eine Nonne unter dem Arm gefaßt und die Treppe hinaufgeführt. Hinten im Hof haben regungslos die drei großen schwarzen Koffer gestanden, ohne die Meliska nicht hat abreisen wollen. Ein Mann hat sie hernach auf einem kleinen Schiebwägelchen ins Zimmer hinaufgeschafft. Durch einen polnischen Arzt hat Meliska vor ein paar Wochen in einem Brief an die Sofiat schreiben lassen, sie sei hier in einem Land wie in einer Hölle, es gäbe keine Polizei, Skadusch und die Guvka wollten ihr Kind töten, und die Sofiat möge ihr doch zu Hilfe kommen. «Deine einzige Schwester». Darauf hat sich auch die Sofiat mit großem Pomp aufgemacht, hat ebenfalls durch jemanden einen Brief schreiben lassen, worin sie befiehlt, daß man Skadusch einfach erschießen solle, er sei nicht mehr wert. Unterschrieben: «Ich befehle es. Sofiat.» Aber der polnische Arzt, der den Brief bekam, hat ihn Skadusch übergeben, und somit hat Meliska nichts von Sofiats Hilfe. Auf diese Weise hat sich der letzte Gitterstab des Mißtrauens in ihrer Seele eingerammt und sie völlig vernichtet.

Aber alle Besinnung hat Meliska noch nicht verloren. Sie weiß auch Skadusch, Lelia und Pfarrer Maida beim Namen zu nennen, nur von Sanja sagt sie, das sei nicht ihr Kind, ihr Kind sei ganz klein und habe schöne, lange Haare, dieses Kind gehöre Lelia. Lelia schickt Sanja zu Meliska und heißt sie rufen: «Buschinka, Buschinka …» Aber Meliska nimmt keinen Ton mehr auf von den andern. Sie behauptet nur: «Das nicht meine Kind, das eine böse Kind.» Alles Freundliche ist in der letzten Verzweiflung ihres Herzens untergegangen. Wenn jemand ihr nahe kommt, hebt sie wie zur Abwehr ihre Hände an die Schultern und murmelt dabei unablässig: «Alle, alle Menschen haben Christus getötet …» Langsam schaut sie mit ihren leeren erloschenen Augen von einem zum andern. Aber ihr letzter und verachtungsvollster Blick bleibt an Lelia Devran haften: «Du, du, die gut sein will, hast mich getötet! Die anderen sind ja schlecht, aber du willst gut sein und hast nicht mehr Güte als sie.»

Arm in Arm schreiten der Pfarrer Maida und Skadusch im Krankenzimmer auf und ab. Pfarrer Maida erklärt Skadusch Meliskas Krankheit. Es sei ein typischer Fall, sagt er, der bei Frauen in einem gewissen Alter oft vorkomme. Es sei nicht gesagt, daß es unheilbar sei. Er nennt ein Fremdwort. Aber Skadusch versteht nichts von solchen Sachen, er zieht den Hut in die Stirne. «Aber ich bezahle doch für sie», sagt er, «wie kann sie mich da verachten?» – «Welche Lelia?» fragt Sanja, «wird die Mama noch gesund durch das, was du geschrieben hast …?»

«Ich weiß nicht», sagt Lelia und senkt den Kopf.

Aber das Gewitter findet noch keine Ruhe. In harten und unruhigen Stößen rollt der Donner von einem Ende des Horizonts zum andern und verschleudert seine Kraft an der grauen, ewiggleichen Widerwärtigkeit des Nichtwollens. Es scheint, als ob das Gewitter ringsum gehe, krank, zermürbt von der zähen, widerständigen Masse, die nichts verstehen und nichts annehmen will. Und Lelia Devran fühlt das ganze Unglück in Meliskas Seele, den Fluch und den Hohn und die Qual, gegen die sie nicht aufkommt. Leer und ausgeschüttet wie Wasser liegt ihr Wollen vor der großen Unmöglichkeit, Hilfe zu bekommen. Und sie fängt in ihrem Innern wie einen Rosenkranz an zu beten: «Ach, ich weiß nichts, ich bin nichts und kann nichts.» Und immer wieder betet sie die Worte der Reihe nach und kommt nicht darüber hinaus.

Da fällt mit einemmal ein starker und doch zugleich beinahe verlangsamter Blitzstrahl durch das Krankenzimmer, so daß alle einander erschreckt anstarren, als ob ihre Seelen sich offenbaren sollten. Und Lelia Devran wird gewahr, wie ihre Füße sich verankern in einem anderen Boden, und ihre Hände legen sich ganz eng an ihre Seiten, als ob sie vor dem stünde, der alle richtet. Mit einem Ruck fühlt sie ihr Haupt emporgehoben wie zu einem unsichtbaren Stuhl der Gnade. Und dann öffnet sich vor Lelia Devran plötzlich die Tür der traurigen Herzen zum Tor der Welt, durch die man in eine weite Ferne hinausblicken kann: Strahlend sieht sie aus Meliskas armem verlassenen Körper die Gestalt der Matka Boska aller Menschen sich erheben im hohen Silberglanz der Sterne, mit der Krone auf dem Haupt und dem leuchtenden Antlitz der ewigen Unveränderlichkeit alles Göttlichen. Ihre Hände hat sie wie Meliska zur Schulter erhoben, und auf ihren Knien hält sie das Kind, das Neue der Welt. Und die Matka Boska aller Menschen hat ein seltsames und süßes Lächeln auf den Lippen, und wie sie die Augen aufhebt, da schaut sie Lelia an und sagt: «Ich selber bin die verlassenen Mütter. Ich bin der bittenden Tiere Augen, und das Blut der Hilflosen mündet in meinem Herzen. Ich bin das Leid, das du leidest, nur der hat keinen Anteil an mir, der in seiner Seele nie um etwas gelitten.»

Und dann ist es, als ob der Regen niederrauschte, niederrauschte wie ein tausendfaches Schluchzen aller Sünder, Beladenen und Verachteten. Und Meliska ist dabei, und die Fürstin, von der sie immer wieder erzählt, und Skadusch, der so schwer mit seinem Leid ringen muß. Und Tante Boby, die nicht leben kann, Atti Maida und auch der Pfarrer, der all das nicht versteht, und Lelia Devran, die nicht helfen kann. «Wir alle sind erlöst, weil wir in unserem Mühen unzulänglich sind. Jenseits der Erlösung steht nur der, der keine Unzulänglichkeit besitzt.»

Und es kommt eine riesige Freude in Lelia: Wer leidet, ist die Matka Boska. Um seine Schultern weht der Silbermantel der Sterne, auf seinen Lippen blüht das seltsame Lächeln eines tief Erfreuten. Warum sollte jemand nicht leiden wollen um diesen Preis?

Wie sie aufschaut, sind Meliskas verachtende Blicke von ihr gewichen, und fast empfindet sie es als eine Enttäuschung.

Aber dann, vor ihr, in der Zukunft der Menschheit, da gibt es kein Weinen mehr, weil das Neue, der Christus da ist, groß und hell und strahlend. Und mitten in der Sonne seines Glanzes stehen die Mütter, die armen, kleinen Mütter mit ihren Kindern auf dem Arm, froh und unbekümmert, wie am ersten Schöpfungstag, als lebendiges Symbol des neuen Himmelreichs …

Zu Hause hat Skadusch den Brief des Advokaten vorgefunden, der ihm das Dokument für Sanjas Adoption ohne Zustimmung der Mutter übermittelt. «Gratulieren Sie mir, Fräulein Lelia», sagt er, «ich bin Vater geworden.»

Und nun ist er da, der Tag, an dem sie beide miteinander auf einem sehr hohen und sehr kahlen Berge stehen.

23. Kapitel: Die sichere Tür

Auf dem hohem Zifferblatt der Weltenuhr schiebt sich der Zeiger der Zeit immerfort weiter und kündet ein anderes Zeichen an. Von Jahrhundert zu Jahrhundert verändern sich das Bild und das Antlitz der Welt. Was heute noch als Unmöglichkeit erscheint, ist morgen schon weithin leuchtende Erfüllung. Wann, oh, wann träumen wir von dir, dem höchsten Geist der Wiederkehr, oder schwebt nicht dein Bild schon über den ahnenden Wellen unseres Schlafes?

Nach dem Ereignis mit Meliska ist auch das Tantchen auf Besuch gekommen. Sie ist glitzernd und keck. Neben dem unechten Türkisring auf dem Zeigefinger trägt sie nun auch einen Verlobungsring am Goldfinger. Aber das Tantchen weiß noch nicht recht, ob es jenen Ingenieur heiraten soll. Er steht erst am Anfang seiner Laufbahn, und die Tante Boby weiß nicht, ob er das Geld wird aufbringen können, das sie zu ihrem Leben benötigt. Sie sei eben an Luxus gewöhnt und könne sich nur schwer in bescheidene Verhältnisse einleben, sagt sie, obwohl es sich natürlich um eine Liebesheirat handle. Über Meliskas Fall spricht sie klug und gewandt. Sie findet es eine Wohltat für das Kind, von dieser Mutter erlöst worden zu sein, die eigentlich nur wie ein Gespenst hinter seinem Leben gestanden hätte. Auch Herrn Skadusch sei dieser Ausgang zu gönnen, er habe ja wirklich viel für sie getan. Pfarrer Maida und die Seinen finden Fräulein Boby Gonsior vernünftig und klug. «Und durchaus nicht überspannt», meinen Atti und Frau Ellies. Als sie Skadusch zum erstenmal trifft, stellt sie graziös den einen Fuß hinter den anderen und sagt: «Großvater, ich gratuliere dir …» Lächelnd fällt sie ihm vor allen Leuten um den Hals und sammelt darauf mit ihren breiten wasserblauen Augen den Beifall der Umstehenden ein. «Wirklich ein nettes Mädchen», sagen sie und nicken sich zu im Kreise.

Aber Skadusch fühlt sich trotzdem unangenehm berührt. Irgendwie gähnt hinter ihm ein Abgrund. Es wäre ihm lieber gewesen, Meliska wäre wie ein anderer Mensch an einer Krankheit gestorben. Ihr Verrücktsein kommt ihm als höhnische Rache des Schicksals vor. Seit dem Vorfall ist sein Gesicht wie durchgestrichen. Wenn er sich zufällig im Spiegel sieht, erschrickt er. Sein Gewissen führt ihn hierhin und dorthin. Und plötzlich überfällt ihn die Furcht, sterben zu müssen. Wenn er nachts aufwacht, sieht er den vor sich stehen, der ihn abholen kommt. Aber sein Gesicht ist verhüllt, so daß Skadusch ihn nicht erkennen kann, und dann fahren sie beide durch die Luft, pfeilschnell und entsetzlich hoch: er und sein Gewissen. Seine Füße verankern sich dann im Boden, während sein Kinn fast senkrecht in die Höhe gerissen wird. Vor Angst quellen ihm die Augen statt der Tränen über die Wangen, und seine Haare stehen wie Eisendrähte vom Kopf ab; nur seine Hände hangen hilflos am Körper herunter. Und dann stehen sie ganz allein oben auf dem Berg, und sein Gewissen sagt: «Du bist der Mörder.» Skadusch möchte etwas darauf antworten, aber es herrscht eine so entsetzliche Stille, daß sogar seine eigene Stimme darin verhallt, als hätte sie keine Bedeutung mehr. Langsam und kühl legen sich ihm zwei sehr reine Hände um den Hals und würgen ihn, aber nicht so, daß er etwa tot wäre und nichts mehr fühlte, sondern im Gegenteil, nun ist jeder Schutz von ihm genommen, das Geld und das Kind und alles, und er allein bleibt noch übrig. Und Skadusch sucht nach einem Trost in seinen Kleidern und denkt, daß er doch der und der gewesen sei, aber da nimmt ihm der mit den sehr reinen Händen auch noch die Kleider weg, die er getragen, Stück um Stück, und legt sie sorgfältig und säuberlich zusammen. Und da zufälligerweise an seinem Rock ein Knopf fehlt, näht er ihn an, und Skadusch muß zusehen, wie er seine Kleider nimmt und ein Grab schaufelt und sie sorgsam hineinlegt in die warme, gute liebe Erde, die Skadusch nie mehr berühren kann mit seinen Händen, weil er verachtet hat, was aus Erde gemacht war, gleich ihm mit Fleisch und Blut und Gedanken …

Und Skadusch überfällt eine Sehnsucht nach der Erde, der warmen, treuen Erde, die alle, alle Durchwandernden trägt und nährt und die ihn nun ausgestoßen hat für immer. Und der mit den sehr reinen Händen tritt auf ihn zu und zerreißt sein Fleisch, so daß er es spürt in alle Ewigkeit, und wirft es hinaus, weg von der Erde in die vier Winde zum Fraße der Raben. Und über sich hört er eine Stimme sagen: «So geschieht dem, der mit finsterm Geld eine Seele zu Tode bringt.»

So deutlich erlebt Skadusch diese Dinge, daß er meint, wach zu sein; aber plötzlich schlägt er die Augen auf und merkt, daß er nur geträumt hat. Am Morgen darauf geht er zum Advokaten und läßt sein Testament ändern, zu dieses Menschen Gunsten, oder zu jenes anderen Ungunsten. In der Zeit von zwei Wochen hat er Lelia schon in vier Testamenten bedacht, von denen das nachfolgende immer wieder das vorhergegangene aufhebt. Trotzdem bleibt das Geld an seinen Händen kleben und verfolgt ihn Tag und Nacht.

Das Buch, das Lelia einsam als Erfüllung ihres Gelübdes aus der Kindheit geschrieben, hat Meliska nicht mehr geholfen. Schon nach ein paar Tagen ist ein Bericht des Arztes gekommen, daß man Frau Smaliek im Irrenhaus untergebracht habe, da ihr Zustand für unheilbar angesehen werde. Auch in der übrigen Welt hat Lelias Buch keinen Anklang gefunden. Die Welt müsse nun einmal so bleiben, wie sie sei, schreibt man ihr, das Paradies beziehe sich auf einen Zustand nach dem Tode. Auch sei ihr System, man nennt es nun System, sei nur eine verwässerte Auflage von früheren solchen Versuchen, die auch zu nichts geführt hätten. Wenn der Welt geholfen werden solle, so müsse dies durch Menschen geschehen, die den Mut zum Neuen hätten. Mit Schreibpapier schaffe man nichts. Zudem: was solle man mit den Banken anfangen und mit den großen Geschäftshäusern nach der Abschaffung des Geldes machen? Es müsse große Vermögen geben, und schon Christus habe befohlen, Arme und Reiche in der Welt zu behalten. Fast kommt es Lelia vor, als ob die Welt zum Vorteil von Banken und Geschäftshäusern von irgendeinem Großunternehmen gegründet worden sei – und nicht von einem Schöpfer im Hinblick auf das Wohl sämtlicher Kreaturen. Traurig und beschämt hat sie hernach das Buch zum Ofen getragen und verbrannt. Und wie die Flammen die Blätter im roten Seidenpapier mit Goldfaden durchdringen, da brennt ihr Herz mit, brennt auf dem großen Scheiterhaufen der Welt, wo schon so viel Liebes und Treues sein Ende gefunden hat in Einsamkeit und Weh. Aber plötzlich muß sie an die Himmlischen denken, hinter dem Vorhang der Zeit: Bleibt nicht das Gute, das man getan, bestehen, freudig wie eine Brücke, bis auch der Letzte darauf zurückkommt, um selber hinüberzugehen in das Land, worin alles gut ist, weil das Gute ewig ist, unveränderlich, und nie durch jemand oder etwas rückgängig gemacht werden kann, außer dadurch, daß man daran zweifelt …? Und die Flamme dieser Freude und Güte stürzt sich mit Brausen in Lelias Seele und verbrennt die Blätter zusammen mit ihrer Bitterkeit zu reiner, weißer Asche. Es gibt ja nur eine sichere Tür im Leben, die kein Wind der Verachtung zuschlagen kann: wenn du das Beste getan hast, gleichviel, ob du dafür anerkannt worden bist oder nicht. Gehe ruhig in dieser Erkenntnis weiter und tue das nächste Gute, bis du vollständig vergessen hast, daß es Böses geben kann. Nein, nicht trauern über das verbrannte Buch will sie, sondern es neu schreiben, neu, oh, viel, viel besser …

Aber es ist noch ein Schlag geschehen.

Das Auslandskomitee hat Lelia einen Brief übersandt, auf dem viele Poststempel sind, und der Brief sieht aus, als ob er lange unterwegs gewesen wäre. Es ist ein Wunder, daß er überhaupt angekommen ist. Es steht darin, daß wohl eine Frau Wezlas mit einer Dienerin – tatsächlich steht das Wort «Dienerin» – in dieser und jener Straße gewohnt habe, daß aber, scheint's gleich zu Anfang ihres dortigen Aufenthalts, ein Aufstand ausgebrochen und viele Menschen hingerichtet worden seien; auf jeden Fall hätte man jetzt keinen Anhaltspunkt mehr von ihrem Verbleib, doch bestände immer noch die Möglichkeit, daß sie geflohen wären. Dies müßte dann aber vor Ausbruch der Revolution geschehen sein …

Das also war das mögliche Ende der Mutter. Ungerächt, vergessen, verlassen war sie umgekommen mit so vielen anderen. Lelia Devran weint. Arme Mutter! Warum war sie nicht früher auf den Gedanken der Hilfe gekommen, die doch so nötig gewesen, so furchtbar nötig …? Langsam tasten die Schritte ihres Herzens den Weg hinunter vom sehr hohen und kahlen Berg: langsam und unbewußt. Nein wirklich, sie war nicht die Richterin der anderen. Und dann plötzlich steht sie am Strande von Purano, wo sanft und friedlich das Bild der Göttin lächelt mit dem Geheimnis des Salvatore im Schoß. Neben ihr wartet Sanja, und Skadusch hat den Hut in den Nacken geschoben. Er schaut über den See, sorglos und erlöst. – «Sehen Sie», sagt Skadusch, «ich bin Ihr Freund, Lelia, und ich habe Sie lieb und will Sie auf den Händen tragen, Sie sind ja ebenso verlassen in der Welt wie mein kleines Puppchen.» Wie ein freundlicher Sommerwind bricht das Mitleid aus ihm, aufrichtig und voll Willen, an einem Menschen etwas gutzumachen. Wenn er es getan, dann werden auch seine Fehler verlöschen, und er kann endlich in ruhsamer Erde begraben werden, wie die anderen, und muß nicht ewig hinausgestreut sein in die vier Winde, den Vögeln unter dem Himmel zum Opfer.

Auch in Lelia wartet die Hingabe und das Verlangen, erlöst zu sein von der schweren Aufgabe Gottes, weil sie erfüllt ist, gut, ganz gut beendet. Aber wie darf sie das Mitleid dessen annehmen, der mithilft, die Welt zugrunde zu richten, um sich selber in ihrer Seele zur Ruhe zu setzen, zur Ruhe, die sie wünscht. Wie eine feste Achse geht das Gute quer durch ihr Herz und geht auch über das Bemitleidet-sein-Wollen hinweg. «Ich kann jetzt nicht, jetzt noch nicht, Pan Skadusch, verzeihen Sie mir.»

Auf den Winter hin will man endgültig von Samill wegziehen. Skadusch sagt, er müsse eine Wohnung haben, damit er endlich wisse, wo er zu Hause sei. Auch Lelia Devran will auf diesen Zeitpunkt weggehen. Die Welt ist groß, und irgendeine Beschäftigung wird sie darin schon finden. Es kommt nicht so sehr auf die Art derselben an. Dunkel fühlt sie, daß sie eine Schuld gegen Skadusch hat, aber sie weiß nicht, wo sie die Schuld suchen, noch wie sie dieselbe ausgleichen soll. Scheu und leise macht sie Sanjas Kleidchen zurecht, wie eine Mutter, die für lange fortgeht und es doch nicht sagen darf. Sie setzt auch Skaduschs Sachen instand und näht an seine Kleider die fehlenden Knöpfe. Wenn er kommt, geht sie aus dem Zimmer und läßt ihn mit Tante Boby allein. Diese kommt nun wieder häufiger als früher, weil sie doch nach ihrer Heirat mit dem Ingenieur den Skadusch weniger oft sehen wird. Sie zeigt ihm dann die Photographien und rühmt die Vorzüge ihres Bräutigams. Aber der Skadusch schaut nicht hin; er hat sich nun gefunden und gehört wieder sich selbst an. Mit sich selbst wird er irgendwohin gehen und Sanja mitnehmen. Vielleicht auch wird er die Gonsior heiraten, damit er über nichts mehr nachzudenken braucht. Aber auch wenn er sie geheiratet hat, wird sie ihn weiter nichts angehen, als daß sie seine Frau ist. Seit Meliskas Untergang ist er viel ruhiger geworden; er geht auch nicht mehr so oft zum Advokaten. Wenn er mit Lelia und Sanja spaziert, zieht er den Hut tief in die Stirne und spricht nur sehr wenig mit ihnen. Auch der mit den sehr reinen Händen ist an ihm vorübergegangen. Er holt ihn nicht mehr. Weder am Tag noch in der Nacht. Die Angst um sein Leben ist aus ihm gewichen. Er schickt das Geld ans Irrenhaus ab und spricht nicht mehr von Meliska.

Die Koffer sind schon gepackt und etliche bereits auf den Bahnhof geschleppt worden. An einem Abend sind sie noch alle miteinander in ein kleines Restaurant gegangen: Skadusch, Tante Boby und Lelia, weit draußen am anderen Ende des Dorfes. Am Tag darauf werden Lelia und Sanja noch einmal im Irrenhaus vorbeigehen und nach Meliska fragen, und dann werden sie alle voneinander scheiden, um sich nie mehr zu sehen. Ganz unauffällig will Lelia von Sanja Abschied nehmen, nur das Muttergottesbildchen, das sie in der Anstalt getragen hat, will sie ihr um den Hals legen, daß es sie beschützen soll an ihrer Stelle. Skadusch wird Tante Boby heiraten, und Lelia wird sie nicht mehr stören durch ihre Gegenwart.

In der rauchigen Ecke des Restaurants sitzen ein paar Bauern: «Herz ist Trumpf», sagt der eine und schlägt mit der Faust auf den Tisch, so daß die Gläser klirren. Tante Boby sagt, sie liebe es, dem Landvolk zuzusehen. Graziös bläst sie den Zigarettenrauch durch die gespitzten Lippen und läßt ihre wasserblauen Augen wollüstig und breit in die Schläfen hinuntersinken. Unbeweglich starrt Skadusch durch das Fenster, wo man die schwankenden Lichter von Laternen durch die Nacht kommen sieht. Dann treten noch einige Gäste ins Lokal. Es ist der letzte Zug gewesen von der Stadt her, und in einer Stunde wird der letzte Zug aus dem Dorf nach der Stadt fahren. Beklommen dreht Lelia Devran die Halskette mit den großen Kristallringen aus dem Marchesenbesitz der Angelikas, den sie nun wieder über dem Kleide trägt.

Wie sie aufschaut, gewahrt sie mitten in Skaduschs Gesicht plötzlich ein anderes Gesicht, das einen uralten Namen der Menschheit trägt. In demselben Moment sieht auch das Gesicht, das nicht sprechen kann und nicht sprechen darf und das den Namen Judas Ischariot trägt, Lelia an – mit seinen uralten todmüden Augen von ganz zuunterst in den Jahrtausenden. In diesem Augenblick versteht Lelia, daß der Geist mit dem Namen Ischariot immer wiederkommen muß, bis der Fluch des Geldes gelöst ist. Neben sich hört sie eine Stimme sprechen: «Und immer muß er wiederkommen und findet seine Straße nicht, bis ihm der Kuß zurückgegeben ist, womit er Christus am bittern Kreuz hat verdorben in Schande und Qual.» Und immer widerfährt ihm dasselbe; mit seinem Geld muß er jemanden umbringen, bis daß er den gefunden, der ihn erkennt und trotzdem nicht verachtet. Und das todmüde, uralte Gesicht der Welt, das nur dem erscheinen darf, dessen Seele frei ist von Begier nach Besitz, schaut Lelia an, stumm, zuhinterst nur aus den Augen der Jahrtausende und wartet, wartet auf Antwort. Und plötzlich fühlt Lelia, wie alles in Skadusch damals gelitten hat, als sie ihm geantwortet: «Jetzt nicht, jetzt immer noch nicht …» Es hat es ja nicht nur der Skadusch gehört, der vor ihr steht, sondern auch der Skadusch, der nicht da ist. Der andere. Und Lelia macht mit dem Kopf eine Bewegung, mitten hinein in dieses Gesicht hinein, ganz leise, aber deutlich und sagt: «Skadusch, Skadusch, ich liebe dich, verzeihe mir, daß du so gelitten hast um mich …»

Und dann ist das Gesicht verlöscht. Hell und stark kommen Lichter durch die Nacht und werden immer deutlicher, bis sie ganz groß und nahe vor ihnen stehen. Der Zug ist angekommen, der letzte, der noch in die Stadt fährt. Lelia steht auf und reicht Skadusch die Hand: «Auf Wiedersehen …» sagt sie. Aber Tante Boby kommt es vor, als ob eine Veränderung in der Stimmung eingetreten sei. «Weißt du was, Großvater», sagt sie, «ich begleite dich heute abend selber zurück in die Stadt.» Und dann bricht sie den Ton ab von der obersten Stufe und lacht die ganze Tonleiter herunter an Lelia vorbei, indem sie den Mantel um die Schultern wirft. Aber plötzlich reißt auch der Skadusch seinen Pelz vom Haken, stößt Eline beiseite und schreit: «Lassen Sie mich endlich in Ruhe, Sie, Sie …» Er geht hinaus und wirft die Tür hinter sich zu.

Tante Boby steht auf der Schwelle: «Was für ein Mensch das doch ist», sagt sie und verzieht den Mund, «ich kann Ihnen nur gratulieren, Fräulein Devran, Sie haben sich da einen entzückenden Mann ausgesucht!» Mit der Handbewegung einer Prinzessin läßt sie sich vom Wirt ein Zimmer anweisen und geht ohne Gruß an Lelia vorbei aus dem Restaurant. Diese aber kehrt durch die Nacht allein zurück zu dem Haus, wo Sanja sie träumend erwartet. Vom Wald her weht ein stiller hoher Wind.

Der erste Dezember sinkt mit einem silbernen Schimmer aus den Sternen. Ein feiner, lieblicher Schnee fällt lautlos aus sanften mütterlichen Wolken und deckt mit rührender Zartheit alles Gegensätzliche zu. Wald und Wiesen und sogar die steifen Steinhäuser der Reichen hüllen sich in die neue silberne Freude. Am Wegrand steht das Kapellchen und lächelt seltsam wie die Matka Boska im Sternenmantel. Kerzen schauen durch seine Fenster. Hoch am Himmel brennen die Weihnachtsbäume einer seligen Versöhnung. Lelia Devran und Sanja sind durch den Schnee gekommen und schütteln vor der Tür des Irrenhauses ihre Pelzmützen aus, dann schreiten sie durch die Galerie mit den vielen Fenstern. In ihre Mäntel gehüllt gehen draußen Skadusch und Pfarrer Maida auf und ab. Er möge nicht hereinkommen, hat Skadusch gesagt. Hinten im Korridor ist ein Verschlag mit einem Schiebefensterchen. Lelia spricht ein paar Worte mit der Schwester, die ihnen geschrieben hat, daß sie Meliska sehen könnten. Sie sei ganz ruhig, wenn man sie gewähren lasse. Sie habe sich nun sozusagen in einen Wahn hineinflüchten können.

Sie geht Lelia und Sanja voran und läßt sie durch eine niedere Türe eintreten. Klar und hellblau fällt das Licht des Wintertages in den Raum. Mit kleinen weißen Zierstreifen rahmt der Schnee die Fenster ein. In einer Ecke des Zimmers sitzt Meliska auf einem erhöhten Sitz und hat den schwarzen Schal um die Schultern gelegt. Vor ihr stehen die drei großen schwarzen Koffer mit all den gestohlenen Gegenständen. Mit starrem Gesicht schaut Meliska vor sich hin. Am Zeigfinger der rechten Hand trägt sie den Erbring der Fürstin Susumoff und um den Hals allerhand glitzernde Ketten. Auch am Arm trägt sie Spangen, und eine große Agraffe aus unechten Steinen hält vorne das Brusttuch zusammen. Meliska ist nun die Mutter eines reichen Kindes, das sie unsichtbar und unbeweglich auf den Knien hält. Zuweilen hebt sie ihre Hände an die Schultern wie die Matka Boska in der Kirche zu Lostrow, die durch den Sturm zerstört worden ist. Mit einer fernen, dumpfen Stimme murmelt sie Gebete vor sich hin und tippt dann aus ihrer Starrheit heraus leise mit dem Finger auf die Perlmutterschale, die sie vor sich auf den Koffer gestellt und bis zum Rand mit Goldstücken gefüllt hat. Sie ist zugleich Beterin und Angebetete. Kein einziges Stück, das sie seit ihrer Jugend stahl, hat sie verloren. Ehrerbietig bekreuzt sie Stirn und Mund vor ihrem Besitz. Wenn sie sich bewegt, knistert alles an ihr wie von rauschender, schwerer Seide. Von Zeit zu Zeit nur verändert sie den Standort der Dinge ein wenig. Die Photographie des Herrn Stanislaus hat sie wie ein Heiligtum auf das Buch mit dem roten Saffianeinband gelegt. Zuweilen nimmt sie das Tuch weg und küßt das Bild andächtig und fromm. Die Seidenstrümpfe hat sie kreuzweise über den Koffer gebreitet. Starr und abgebrannt in all der Pracht stehen ihre Augen wie Dochte in den Höhlen, an denen sich kein Verstehen mehr anzündet. Zwei tiefe Furchen ziehen sich über die Wangen, wie die Spur von blutigen Tränen, die in den Mund hinunterrinnen.

Scheu und ehrerbietig wie in einer Kirche stehen Lelia und Sanja unter der Tür. «Weißt du, Sanja», sagt Lelia leise, «die Mama hat nun keinen Kummer mehr, sie glaubt, die Matka Boska zu sein!»

Plötzlich, bei dem Wort «Matka Boska», dreht sich Meliska um und heftet ihre glanzlosen Augen groß und starr auf Lelia. Als ob eine ferne Erinnerung aus der Kindheit den Vorhang der Pupillen auseinanderschöbe, arbeitet sich wie eine Traumerscheinung ihrer Seele ein weißlicher Glanz aus Meliskas Augen hervor. Langsam kommt sie herunter von ihrem Sitze, geht auf Lelia zu und faltet die Hände demütig wie ein Kind. Und dann kommt ein Lächeln über ihre Lippen, ein seltsames, ach, ein armes und verzerrtes Lächeln. Ist sie nicht ein Leben lang vor dem Bildchen in jener ersten Hütte stehen geblieben und hat auf die Matka Boska gewartet, gewartet durch alle Jahre, und nun ist sie gekommen, sie selber, die Matka Boska, das wiedergekommene Gute in der Welt! Und Meliska kniet vor Lelia nieder, einfältig wie ein Kind, und singt mit einer weiten, verlorenen Stimme einen Kehrreim, den sie irgendwo gehört hat: «Oh, Matka Boska schön, kehrt wieder in die Welt, hat Hände, weiß wie Schnee, Hände, weiß wie Schnee ...» Und dann streichelt sie Lelias Füße und legt ihre Wange darauf, als wollte sie immer dort bleiben.

Lelia Devran aber steht plötzlich mit geschlossenen Augen mitten im Königreich der Himmel, mit Sanja an der Hand und Meliska, die einfältig auf dem Boden kniet. Sie drei ganz allein. Und Lelia sieht in der Ferne silberne Weiten wie hohe Hallen sich ausdehnen, die gar nie mehr aufhören, gar nie. Und über sich hört sie ganz deutlich zwei Worte aussprechen, die sehr hell klingen: «Siege – Friede!» Um Sanja nicht zu stören, sagt sie leise, wie in der Seele: «Der Feldkenner!» und lächelt, und im weiten Rund hallen Glocken, die sich wie in einem Glockenspiel antworten: «Friede – siege, siege – Friede ...» während von Kinderstimmen zu hören ist: «Selig sind die geistig Armen, die nicht verstanden werden in der Welt, die nicht finden Freundschaft und Erbarmen, denn ihrer ist das Himmelreich.» Und Lelia Devran gewahrt, daß ihr Kleid leuchtet und ihre Füße auf dem Mond ruhen. Aus der Tiefe des Himmels aber ruft ihr der Löwe zu: «Auch wenn du nicht verstanden wirst, behalte den Mut!» Und von weit her antwortet der Adler: «Auch wenn du nicht verstanden wirst, wahre die Klarheit!» Vom Berge her ruft der Stierhafte: «Auch wenn du nicht verstanden wirst, gehe voran!» und hinter ihr der mit den Bernsteinaugen: «Auch wenn du nicht verstanden wirst, behalte das Vertrauen.» Da bricht in Lelia der Jubel los: «Ja, nun bin ich da, da für alle! Weit, weit, wie eine Mutter, die auf ihre Kinder wartet. Nichts habe ich mehr auf Erden zu tun als gut zu sein, nur noch gut, ganz, ganz gut …»

«Lelia», sagt Sanja, «wo sind wir?»

Mit sanfter Hand fährt Lelia Meliska über die dunklen Haare. «Vielleicht tut es ihr wohl …» meint sie zur Wärterin. Aber die Wärterin führt Meliska wieder an ihren Platz zurück und setzt sie auf ihren hohen Sitz. «Das ist ein Wahn», sagt sie. «Ja», antwortet Lelia, «es ist ein Wahn.» Aus irgendeinem Grund muß sie ein wenig lächeln. So, als ob sie weit, weit weg wäre, bemerkt sie plötzlich, daß ihre Hände schneeweiß sind von einem silbernen Licht. «Es ist vom Schnee», meint sie. Sanja aber schaut die Wärterin an und sagt: «Lelia Devran ist kein Wahn.»

Auf Meliskas Gesicht ist der Traum wieder verlöscht. Regungslos wie vorher stehen die abgebrannten Dochte in ihren Augenhöhlen, während sie sich andächtig vor ihrem Geld bekreuzigt.

Es sei vielleicht so, meint die Wärterin, daß sie sich als eine hohe Himmelskönigin vorkäme, und wenn man sie gewähren lasse, sei sie der friedlichste Patient. Nur wenn man ihr etwas wegnehmen wolle, so könne sie einen Ton ausstoßen wie ein wildes Tier. Sie anzureden habe keinen Zweck, da sie doch nichts mehr wisse. Dieser Wahn mache ihr Dasein erträglicher. Nur manchmal, im Schlaf, könne sie weinen wie ein kleines Kind. Sie rufe dann: «Buschinka, Buschinka …», was in ihrer Sprache wohl etwas Besonderes zu bedeuten habe.

Wie Lelia und Sanja wieder durch den langen Korridor mit den vielen Fenstern zurückgehen, gellt hinter ihnen ein entsetzlicher Schrei, so, als ob man einem Menschen mit einem langen, langen Finger das Herz durchstochen hätte. Aber die Wärterin sagt, es sei nicht Meliska, Meliska sei froh, Meliska sei beim lieben Gott ...

Draußen auf der Terrasse spazieren immer noch Skadusch und Pfarrer Maida auf und ab; aber sie gehen nicht mehr dicht nebeneinander, sondern es sieht im Gegenteil aus, als ob sie einen Zwist hätten. «Gelt, Lelia», sagt Sanja, «die beiden haben die Mama getötet?» Bitter schauen des Kindes Augen zu ihr auf. Da beugt sich Lelia zu Sanja hinunter und sagt: «Weißt du, vielleicht haben sie auch niemanden gehabt, der das Böse von ihnen abhielt ...» Sanja umfaßt Lelias Knie: «Gelt, Lelia, wir zwei wollen uns wenigstens noch Mühe geben auf Erden!» Wie Lelia das Kind umarmt, da laufen ihrer beider Tränen durcheinander. «Liebes, gutes Herzchen», sagt sie zu Sanja.

Aber wie sie vorne an die Tür kommen, ist niemand da, der sie ihnen aufmachte. Und die Tür zum Irrenhaus der Welt ist ja groß und schwer. Aber wie sich Lelia mit der Schulter dagegenstemmt, da gibt sie doch nach. Wie ein Teppich des Friedens, in dem alle Spuren des Alten verlöscht sind, liegt der Schnee vor ihnen ausgebreitet, Nur hinten an der Mauer, die steil gegen den Abhang abfällt, stehen Skadusch und Pfarrer Maida. Sie sind in einen Wortwechsel geraten, und Skadusch fuchtelt mit dem Stock und schreit: «Sie auch, Sie, Sie ...» Dann zieht er den Hut auf die Nase und stapft allein dem Ausgang zu, dem auch Lelia und Sanja entgegenschreiten. Pfarrer Maida bleibt erstaunt stehen, mit verwunderten Augen wie ein großes Kind. Wieso ausgerechnet er Schuld tragen soll an Meliskas Untergang, das versteht er wirklich nicht. Er kann nur denken, daß Skadusch verrückt sei. Zum ersten Mal geht ihm der Wert des Abendlandes auf, das mit nüchterneren Anschauungen rechnet. Er legt den Kopf in den Nacken zurück, so daß sein roter Spitzbart fast senkrecht in die Luft hinaussteht. In diesem Augenblicke sieht auch er so aus, als ob er dem begegnet wäre mit den sehr reinen Händen ...

Lelia Devran aber schaut über den Berg hinunter und sagt: «Und dennoch glaube ich an eine Erlösung aus allem Bösen und an eine Auferstehung aus dem Tod.» Dann hebt sie Sanja auf den Armen zu sich empor. «Sanja», sagt sie, «ich will von dir das Böse fernhalten.» Und plötzlich lächelt sie, und nun sind ihre Augen ganz groß und nah. «Sanja», sagt Lelia Devran, «nun will ich deine Mutter sein.» Da löst sich auch in Pan Skadusch die letzte Verzweiflung aus seiner Seele, so daß es ihm ganz leicht zu Mute wird. «Lelia», sagt er, «Lelia, du hast mich erlöst.» Arm in Arm gehen sie alle drei den steilen Berg hinunter.

Um sie fällt lautlos der glitzernde Schnee.

Am anderen Morgen meldet der Direktor des Irrenhauses, Frau Smaliek sei in der Nacht gestorben.

Von der magischen Trunkenheit zur Poesie der leisen Töne

Leben und Werk von Cécile Ines Loos (1883–1959)
der Verfasserin von «Matka Boska»,
«Hinter dem Mond» und
«Der Tod und das Püppchen»

1929: Mit «Matka Boska» wird Cécile Ines Loos über Nacht berühmt

«Bund»-Redaktor Hugo Marti war der erste, der darüber schrieb. Im «Kleinen Bund» vom 26. Mai 1929, der zwei Textproben des Romans enthielt, begrüsste er «Matka Boska» mit den Worten: «Endlich wieder ein grosser Wurf! Endlich, in diesen Zeiten gekonnter Kleinigkeiten, ein Werk von langem Atem und von weiten Zielen. Der Versuch, eine Welt im Wort aufzubauen; nicht ein Milieu, nicht ein Problem, nicht eine Entwicklung – nichts weniger als eine Welt mit Schuld und Sühne, mit Sündenfall und Erlösung, mit Satan, Engeln und Gott, vor allem mit der Matka Boska, mit jener östlichen Muttergottes, die ‹durch die Tür der traurigen Herzen› in diese Welt eintreten will …» Die «beschreibende Anzeige» versage gegenüber einem Werk «von so ungewöhnlichem und eigensinnigem Wollen», heisst es dann weiter, und obwohl darin auch «die unteren Bezirke fabelhaft spannender Unterhaltung» gestreift und der Autorin bisweilen sogar «der Kitsch nicht zu schlecht» sei, «ein Profil so scharf wie möglich zu umreissen», qualifiziert er es als ein «grosses, ergreifendes Plädoyer für die Liebe». «Vom predigthaften Wort der Verkündigung bis zum Märchen der Wirklichkeit setzt diese Erzählerin alle Mittel in den Dienst ihrer Absicht: Menschen aufzurütteln und ihnen den Glauben an das Dennoch! der Liebe wiederzugeben.»

Etwas weniger enthusiastisch fiel das Urteil von Martis Zürcher Antipoden, NZZ-Redaktor Eduard Korrodi, aus. Am 4. Juli 1929 erklärte er unter dem Strich in seiner Zeitung: «Mein erster Eindruck: ‹Matka Boska› ist ein auffallendes, ein ungewöhnliches Buch. Ich bewundere die traumwandlerische Sicherheit des Talentes. Cécile Ines Loos hat den sechsten Sinn des wahren Epikers. Sie spürt das Unvorhergesehene, Schicksal und Mensch brechen ihr nicht in zwei Begriffe auseinander, Schicksal ist ihr ein Synonym für Mensch. Ihre Frauengestalten sind zwingend.» Man werde durch die Geschichte, wie die Magd Meliska den Ring der Fürstin Susumoff stiehlt, «in den Trichter eines Abenteuerromans gewirbelt, in dem uns doch plötzlich eine geistige Besinnung aufhält, die mit unendlichem Staunen eine Art Sinngeist des Geschehens» wahrnehme, fährt Korrodi fort, sieht im ersten Teil des Romans «ein Meisterstück» und erkennt in der Flucht Meliskas zu ihrer Schwester Sofiat eine Darstellung, von der alle Welt behaupten müsste, «nur eine Polin, nur eine Russin vermöchte diesen plötzlichen Umschwung des Gefühls, diese Explosion und diese ‹Rührszene›» zu beschreiben. Korrodis Bewunderung «für dieses Buch, das in zwei Stilen geschrieben» sei, «einem brüchigen, zu oft von einer monotonen Syntax uniformierten und einem zweiten der subtilsten Eingebungen», wird geschmälert durch «das Lehrhafte, Betonte», das vor allem da sichtbar werde, wo «das Symbolbild der

CÉCILE INES LOOS

MATKA
BOSKA

ROMAN

Ein ganz tiefes Werk, frei von jeder billigen Sensation, voll von starken Gefühlen und starker Erlösungssehnsucht. (Rudolf Paulsen in der Berliner Börsenzeitung) Es ergreift die Herzen durch seine schlichte Form, tiefe Einfühlung in Menschen und Ereignisse, die ein hinreißendes Geschehen verknüpft.

Die Erstausgabe von «Matka Boska» erschien 1929 in der Deutschen Verlagsanstalt Stuttgart.

Mutter der Mütter in die Erzählung» greife, während die eigentliche Stärke des Romans «in der resoluten Zeichnung» liege, «wie das Böse in die Welt kam». Was Korrodi nicht hindert, die Besprechung wie folgt abzuschliessen: «Die Männer hat sie mit grotesken Zügen geschmückt; so fragwürdig und traurig ihre Frauenbilder sind, so lose das ganze Gefüge des Romans, so ergreifend wird der innere Zusammenhang durch die Idee der Mutterschaft bewirkt. Ihre heiligen Rechte hat Cécile Ines Loos auf neue Tafeln geschrieben.»

Am verständnisvollsten, tiefgründigsten ging der Zürcher Privatdozent Walter Muschg in der Oktobernummer der in Stuttgart erschienenen «Monatsschrift für Literaturfreunde», «Die Literatur», mit dem Roman um. Nach einer ausführlichen Inhaltsangabe stand für ihn fest: «Da ist alles überlobt von einer Trunkenheit, in der die karge Wirklichkeit zum legendenzarten Bilderstrom zerschmilzt. Dieser Lobpreis der Mütterlichkeit als Trost der Welt ist selber ganz trächtig von Reife der Darstellung, ist eine einzige Befruchtung der Sprache durch die zehrende Liebe. (…) Das ist die unerlernbare Zungensprache der Poesie. So wird man auch die Bewunderung darüber fahren lassen müssen, das dies ein Erstling sein soll. Denn es ist in ihm alles ruhevolle Diktion; das überhöhende Pathos, von dem die Anfänger wie von einer helfenden Plattform abzuspringen pflegen, ist nirgends zu spüren. Nur eines: die Ökonomie im ganzen ist noch unvollkommen. Brennendes Leid über das Menschendasein strömt ab und zu ungestaltet zwischen die Äste der Fabel und wird immer neu in epische Substanz zu verwandeln sein. Seine Ergüsse sprechen andererseits für die Freiheit der Autorin gegenüber dem Formschema des Romans, für ihre Freiheit über die Gewalt der eigenen Geschichte, die das Grösste ist, worüber sie sich ausgewiesen hat. Wo stehen denn noch solche Engel auf, wie sie diese Dichterin bedrängen?»

Was den Rezensenten mehr oder weniger klar war: dass der Roman in seiner Wucht und Elementarität eigene schwere Erlebnisse der Verfasserin spiegelte und, daraus abgeleitet, Bruchstücke einer Religion der Liebe verkünden wollte, hat Cécile Ines Loos auch selbst zu Protokoll gegeben. 1942, als sie für den Atlantis-Verlag eine kurze «Biographie» verfasste, beschrieb sie den Vorgang, wie sie Schriftstellerin wurde, wie folgt: «Nun fing ich an zu schreiben. Und schrieb und schrieb wie ein Tiger aus dem Busch, um mich herauszuarbeiten aus meinen Erlebnissen.»[1] Und schon 1927, als sie das Manuskript dem väterlichen Berater Arnold Schimpf-Kull zuschickte, hatte sie erklärt: «Hiermit übersende ich Ihnen mein Manuskript ‹Matka Boska›, das zugleich vielleicht meine Anschauungen enthält über Religion, Lebens-

---

1 wohl geschrieben für die Promotion des Romans «Konradin». Privatbesitz. Erstmals gedruckt in Cécile Ines Loos, «Verzauberte Welt» Ein Lesebuch. Zusammengestellt und herausgegeben von Charles Linsmayer, edition kürz, Küsnacht ZH 1985, S. 184/185

verhalten, Liebe, Geld etc. Vielleicht ist es sogar da und dort ein wenig diktatorisch.»[1]

30 Jahre nach jener ersten Besprechung hat sich Walter Muschg, inzwischen Literaturprofessor in Basel, nochmals zu «Matka Boska» geäussert: am 22. Januar 1959, bei der Beerdigung der Dichterin, die tags zuvor im Alter von 76 Jahren gestorben war. Er sprach von der «Leuchtkraft der Sprache, dem funkelnden Reichtum der Bilder und der tiefen, ursprünglichen Religiosität, mit denen da die Lebensgeschichte einer unwissenden Magd und ihres unehelichen Kindes erzählt wird». Er nannte Cécile Ines Loos «eine echte Dichterin, eine der besten, die die Schweiz je besessen hat», musste aber sogleich hinzufügen, dass «das schwere Leben und das öffentliche Ansehen dieser Frau in keinem Verhältnis zu diesem hohen Lob»[2] stehe. Denn trotz einer Reihe wunderbarer, aber von den Zeitgenossen kaum mehr beachteter Spätwerke hatte die Dichterin dem Sensationserfolg vom «Matka Boska» nichts ähnlich Erfolgreiches mehr folgen lassen können und war mit ihren bescheidenen bildungsmässigen Voraussetzungen in einer Zeit der schreibenden Lehrer und Intellektuellen auf der sozialen Stufenleiter immer weiter herabgesunken, bis man sie schliesslich unterernährt in ihrer Wohnung vorgefunden und eine Sammlung unter Professorengattinnen ihr noch drei Jahre Aufenthalt in einem Altersheim ermöglicht hatte.

Ein genuines, mit den Jahren nur leicht domestiziertes literarisches Naturtalent ohne jede Beziehung zu Akademien, Traditionen und Schulen, das 1968 in der einzigen je enstandenen, noch von Walter Muschg angeregten literaturwissenschaftlichen Arbeit die Zensur erhielt: «Ihr Mangel an Kultur, der sich in ihrer skrupellosen Art des Schreibens und in ihrem stilistischen Unvermögen äussert, wirkt sich auf die meisten ihrer Bücher zerstörend aus.»[3]

Skrupellos oder nicht: der Roman «Matka Boska» lässt sich in seiner schillernden Rätselhaftigkeit nur dann erhellen, wenn wir zur Kenntnis nehmen, dass es sich dabei letztlich um eine auf viele Figuren verteilte verkappte Autobiographie handelt – einen ins Märchenhaft-Magische gesteigerten Rechenschaftsbericht über die turbulenten ersten 46 Lebensjahre der Dichterin –, und wenn wir dem Roman gegenüberstellen, was über das Leben von Cécile Ines Loos aus anderen Quellen zu erfahren ist.

1   an Arnold Schimpf-Kull, 27.10.1927. Die Briefe an den damaligen Basler KV-Präsidenten befinden sich im Nachlass der Dichterin, in der Universitätsbibliothek Basel. Wenn nicht anders vermerkt, sind die Originale sämtlicher Briefe, aus denen im Folgenden zitiert wird, an diesem Ort.

2   zitiert aus «Cécile Ines Loos. Worte des Abschieds». «Nationalzeitung», Basel, 1.2.1959

3   Elisabeth Bartlin: «Cécile Ines Loos. Eine Einführung in ihre Werke». Diss. phil., Basel 1968 (maschinengeschrieben)

Erst Prinzessin, dann Waisenhauszögling: eine Kindheit, die für ein ganzes Leben den Takt vorgab

Cécile Ines Loos ist am 4. Februar 1883 als fünftes und jüngstes Kind des Musikers Christian Bernhard Felician Loos (*1851) und seiner Ehefrau Sara Charlotte Loos-Stuckert (*1857) in Basel zur Welt gekommen. Die Mutter entstammte als Tochter des Goldschmieds Friedrich Wilhelm Stuckert (1821–1897) und seiner Frau Rosina Stuckert–Burckhardt (1825–1858) mütterlicherseits einem reichen und angesehenen Basler Geschlecht und väterlicherseits einer Familie von Pfarrherren und Missionaren, während die Eltern des Vaters, Johannes Bernhard Loos (1823–1894) und Elise Loos-Donatz (1815–1887) erst seit 1858 in Basel eingebürgert waren und in den Augen der Schriftstellerin stets etwas Abenteuerliches beibehielten: «Mein Grossvater war letzter Inhaber des berüchtigten Wirtshauses im Spessart, wo noch die Chronik besteht des sehr bösen Ritters Bernhard von Loos, in dessen Familie dann jenes Raubnest blieb.»[1]

Wie weit solche Angaben der reichen dichterischen Phantasie von Cécile Ines Loos entsprangen, lässt sich letztlich nicht mit Sicherheit beantworten. Jedenfalls muss die Verbindung der Burckhardt-Tochter mit dem Organisten der Basler Französischen Kirche als Mésalliance betrachtet worden sein, und Friedrich Wilhelm Stuckert[2] enterbte nach dem Tode seiner ersten Frau deren «unerwünschte» Nachkommen, indem er ihr Geld der Basler Mission für Indien vermachte. Ausser in «Hinter dem Mond», wo diese Schenkung eine das Schicksal der Hauptfigur entscheidend bestimmende, wichtige Rolle spielt, berichtet Cécile Ines Loos mehrfach in Briefen darüber, wobei die Geldsumme zwischen 500 000 Franken («Hinter dem Mond»), 300 000 Franken (an Walter Muschg, 15.12.1946) und 200 000 Franken (an Armin Egli[3], 16.10.1940) schwankt.

Das erste gewichtige Ereignis in einer Kette von nicht mehr abreissenden Schicksalsschlägen trat ein, als Cécile Ines Loos am 29. Mai 1885, also kurz

---

1 in «Freie Stunde», Liestal, 10.8.1929
2 Der Basler Goldschmied Stuckert liess sich in seinen späten Jahren, wie in «Hinter dem Mond» liebevoll ironisiert ist, zur Sekte der Irwingianer, einer nach dem schottischen Pastor Edward Irwing (1792–1834) benannten Bewegung, bekehren, die auf der Erde wieder apostolische Zustände herbeiführen wollte und im Glauben an die baldige Wiederkunft Christi ihre Funktionäre in Apostel, Propheten, Evangelisten und Hirten (Kirchenämter) sowie in Engel, Älteste, Priester und Diakone (Gemeindeämter) unterteilte. Am 15.9.1946 schrieb Cécile Ines Loos an die Professorengattin Elli Muschg: «Mein guter Grossvater war Irwingianer. Etwas entsetzlich Dummes. Er war Engel der Gemeinde und von einem Bischof in Schottland eingesetzt hier in Basel. Über diese Sache habe ich berichtet in meinem Buche ‹Hinter dem Mond›.»
3 Die Briefe an Dr. Armin Egli sind wie diejenigen an Dr. Franz Beidler im Besitz des Schweizerischen Literaturarchivs, Bern, das die Akten des Schweizer Schriftstellervereins aus Zürich übernommen hat.

Die Eltern von Cécile Ines Loos kurz nach deren Geburt 1884:
Christian Bernhard Felician Loos und Sara Charlotte Loos-Stuckert

nach ihrem zweiten Geburtstag, ihre Mutter verlor. Sie starb im Alter von 28 Jahren «an plötzlicher Schwindsucht».[1]

Auf dem Totenbett hatte sie ihr Jüngstes der frisch verheirateten, aber noch kinderlosen Freundin Emma Sophie Charlotte Langlois-Mollissing (*1858) aus Burgdorf anvertraut, damit es nicht, wie die vier grösseren Geschwister, ins Waisenhaus käme. Die Langlois «versprachen meiner sterbenden Mama hoch und heilig, ich werde immer ihr Kind sein».[2]

Was der Vater, der entgegen mehrfachen Behauptungen der Autorin nicht im gleichen Jahr wie die Mutter, sondern «erst» 1887 starb, in dieser Sache für eine Rolle gespielt hat, lässt sich nicht mehr eruieren. Tonangebend in der Familie Loos-Stuckert muss auf jeden Fall die zweite, um viele Jahre jüngere Frau von Grossvater Stuckert, «irgendjemand aus dem Schwarzwald»[3], gewesen sein, wie dies auch aus «Hinter dem Mond» erkennbar wird. Diese Frau, die aus einem deutschen Pfarrhaus stammte, war es offenbar auch, die die enterbten Enkelkinder ihres Mannes langsam aus dem Hause verdrängte, und ihr war wohl 1897 auch tatsächlich die Verbindung zwischen Cécile Ines Loos' ältester Schwester Elsa Sara Elisabeth, der Sassa oder Susanna aus «Hinter dem Mond», mit dem deutschen Pastor Berchner alias Quinoke zu verdanken, jenes Ereignis also, das die Kernhandlung dieses Romans einleitet. Möglich, dass auch Eline Gonsior, die Frau, die sich in «Matka Boska» bei Skadusch einnistet, in Teilen dieser Stiefmutter nachgebildet ist.

Die Kinderjahre in Burgdorf scheinen eine relativ glückliche Zeit für Cécile Ines Loos gewesen zu sein. Im Roman «Der Tod und das Püppchen» hat sie später die Atmosphäre im grossbürgerlichen Hause des Buchhändlers Alfred Eduard Langlois (1854–1907) mit feinem Einfühlungsvermögen für die kindliche Betrachtungs- und Erfahrungsweise gestaltet. Ihrer Vorliebe für alles Adlig-Vornehme gemäss macht sie in ihrem Buch den Buchhändler zu einem Herrn von Travo, der in seiner Verträumtheit und Unentschlossenheit Züge von adliger Fin-de-siècle-Décadence à la Hoffmannsthal aufweist. In der kränklichen Tatana porträtiert sie eine ihr stets wohlgesinnte Schwester von Alfred Langlois, Ida Langlois (1858–1947), die eine Zeitlang in Russland gewesen war und perfekt Russisch sprach.[4] Auch ein Bruder des Pflegevaters, Eugen Wilhelm Langlois, war lange in Russland gewesen. Zudem pflegten die Langlois enge Beziehungen zur Familie des schweizerischen Konsuls in Moskau, Luchsinger. Die Mitglieder dieser Familie und ihre russischen Verwandten waren häufig zu Gast in Burgdorf, und es wurde

1   an Walter Muschg, 15.12.1946
2   an Walter Muschg, 15.12.1946
3   an Walter Muschg, 15.12.1946
4   Die Angaben über die Familie Langlois verdanke ich Herrn Carl A. Langlois in Burgdorf.

Die Vierjährige mit ihrer Burgdorfer Pflegemutter
Emma Sophie Charlotte Langlois-Mollissing

dann der Samowar hervorgeholt und ein echt russisches Fest gefeiert. Diese «russischen» Erfahrungen übten nachhaltigen Einfluss auf Cécile Ines Loos aus. 1942 erinnert sie sich: «In diesem Kreis verkehrten die russischen Verwandten dieser Familie, deren Söhne an schweizerischen Hochschulen erzogen wurden. Ich besass russische Spielzeuge und russische Puppen und kam zur Überzeugung, dass wir eigentlich alle Russen seien.»[1] So beruht demnach auch die Geschichte mit der russischen Puppe Olga, die in «Der Tod und das Püppchen» für das Kind Michaela Tanner zu einem Symbol des Überlebenswillens einem unbarmherzigen Tod gegenüber wird, auf einem realen Hintergrund. So sehr muss die Dichterin sich auch später noch heimisch gefühlt haben in diesem Milieu, dass sie in ihrem literarischen Erstling «Matka Boska» Polen und Russland derart glaubwürdig schildern konnte, als sei sie dort aufgewachsen. Nicht zufällig liess sie daher auf das Vorsatzblatt der Erstausgabe drucken: «Mein erstes Werk, Ida Langlois in die Hände gelegt.»

Die Burgdorfer Idylle, die eigentlich nur durch eine religiös fanatische Tante etwas verdunkelt wurde[2], nahm 1893 ein abruptes Ende. 1892 war nämlich Cécile Ines Loos' Pflegemutter Emma Sophie Charlotte Langlois an den Folgen einer Geburt gestorben, und nun wurden offenbar – genau so, wie es in «Der Tod und das Püppchen» dargestellt sein wird – ein harmloser Kinderstreich des aufgeweckten Mädchens[3] sowie ein vor dem pfarrherrlichen Schulgericht behandeltes Disziplinarvergehen[4] zum äusseren Anlass genommen, um das an sich ja nur «angenommene» Kind zwecks «richtiger» Erziehung in eine fromme Anstalt zu stecken. Wieweit dabei die zukünftige zweite Frau Langlois, die aus Wartau (SG) stammende Emilie Seifert (1857–1916), die in «Der Tod und das Püppchen» unter dem Namen Amelie Küpfer auftritt, bereits eine Rolle gespielt hat, ist unklar. Wenn es stimmt, dass die Frau ihre Beziehungen zum Hause Langlois anlässlich eines Kondolenzbesuchs für die eben verstorbene erste Frau aufgenommen hat,[5] so könnte es sehr wohl den Tatsachen entsprechen, dass diese Frau schon drei Jahre vor ihrer Eheschliessung mit Alfred Langlois (1896) dem künftigen

1   in «Biographie», a. a. O.
2   «Ausserdem hatte ich vorher eine böse Tante aus dem Hause Langlois gehabt, die mich ungefähr jeden Tag durchprügelte, weil sie fand, ich müsse endlich fromm werden.» (an Walter Muschg, 15.12.1946)
3   «Das Unrecht bestand darin, dass ich einem Erwachsenen ein paar Brotkügelchen ins Gesicht geworfen hatte.» «Über mein Leben und Werk», in: «Der Lesezirkel», 17. Jg., Zürich, 1929/30, S. 101–103, S. 102)
4   Die Schülerin hatte, wie sowohl in «Der Tod und das Püppchen» als auch in einem Brief an Elli Muschg vom 20. Juni 1954 dargestellt ist, einen Lehrer durch eine Lüge erzürnt und konnte durch nichts zu einem Geständnis gezwungen werden.
5   So ist es dargestellt in «Der Tod und das Püppchen», Roman, neu herausgegeben und mit einem Nachwort versehen von Charles Linsmayer, edition kürz, Küsnacht ZH 1983, S. 80 ff.

Um 1888 mit dem Burgdorfer Pflegevater Alfred Langlos.
Das Bild ist leider nur angeschnitten überliefert.

Gemahl den Tipp mit dem Waisenhaus gab. Amelie Küpfer jedenfalls führt im Werk von Cécile Ines Loos eine ganze Gruppe von negativ gezeichneten Stiefmüttern an und findet, um nur die wichtigsten zu nennen, in der Gestalt der Amé Dossa («Matka Boska») oder jener von Frau Dase («Die Rätsel der Turandot») eine überdeutliche Entsprechung. Im Brief an Walter Muschg vom 15.12.1946 sieht die Sache, offensichtlich stark verkürzt und verein-facht, folgendermassen aus: «Nach acht Jahren starb Frau Langlois eben-falls, an einem Kind; Papa Langlois heiratete zum zweiten Mal, und nach einer Woche sass ich in der Armenanstalt, mit Spitzenkleid und Pelz als sehr delikates Kind. Die zweite Mutter hatte das arrangiert.» Und ein paar Zeilen später heisst es: «Diese zweite Frau Langlois herrschte nun, gleich wie die zweite Frau Stuckert, entsetzlich unter den Langlois und enterbte sie alle So war ich also zum zweiten Mal enterbt.»

Am 21. August 1893, also mit etwas mehr als zehn Jahren, wurde Cécile Ines Loos als Zögling in die Waisenanstalt der Viktoria-Stiftung in Wabern bei Bern aufgenommen. Diese Schule war in Burgdorf gut bekannt, han-delte es sich doch um eine Gründung des aus Burgdorf stammenden, in Florenz und Paris als Bankier zu Reichtum gelangten Jakob Rudolf Schnell (1778–1856), der die Anstalt für seine früh verstorbene Gemahlin Viktoria per Legat gestiftet hatte.

Die Anstalt Bethlehemsgarten in «Matka Boska» geht mit Sicherheit auf das Vorbild dieser Einrichtung zurück, noch exakter aber wird sie im Roman «Der Tod und das Püppchen» beschrieben, der zum überwiegenden Teil in einer solchen Anstalt spielt und der die Erfahrungen, die Cécile Ines Loos da gemacht hat, ziemlich wahrheitsgetreu wiedergibt. Die Schule wurde von einem evangelischen Pfarrer geleitet, und die Erziehung zur Frömmig-keit stand im Mittelpunkt der pädagogischen Bemühungen, die aus religi-ösen Übungen, viel Feldarbeit, kleinen Belohnungen und brutalen Bestra-fungen bestanden. Jedenfalls wurde die Frömmigkeit den Kindern nicht zum Erlebnis – wie etwa in Teilen von Jakob Schaffners Anstaltsroman «Johannes» –, sondern zum Albtraum. Eine besonders eifrige und offen-sichtlich sadistisch veranlagte Pädagogin schildert die Dichterin in Mi-chaela Tanners Lehrerin Jungfer Prest. Diese Frau ist es denn auch, die das Kind schliesslich zu einem Schuldgeständnis in jener bereits Jahre zurück-liegenden Sache zu zwingen vermag, die zur Einweisung in die Anstalt geführt hatte. Dennoch bleibt das Kind Michaela Tanner dem Zugriff der Erwachsenen letztlich verschlossen. Ähnlich wie jenes «Kind mit der To-deserkenntnis», das Cécile Ines Loos in einer kleinen Erzählung 1943 dar-gestellt hat[1], steht auch Michaela Tanner in einer starken, intensiven Bezie-

---

1   «Das tote Kind», in: «Verzauberte Welt», a. a. O., S. 218–222

Cécile Ines Loos (oben) 1901 als Schülerin der Neuen Mädchenschule, Bern

hung zum Tod und erhält dadurch eine Unnahbarkeit, die niemand zu durchdringen vermag. Kein Wunder denn, dass das unverstandene, sensible Kind in der trostlosen Umgebung des Waisenhauses seine wahren Gefühle erstmals dem Papier anvertraut: «Wirklich fängt es an Verse zu machen. Dumme kleine Verse von Heimweh und Mutter und Sternen, und seine Gedanken strecken sich wie Fühlhörner aus nach einer besseren Welt.»[1]

Wenn so einerseits die frühesten schriftstellerischen Anfänge von Cécile Ines Loos in diese Waisenhauszeit zu situieren sind, so nimmt da auch eine eng damit in Zusammenhang stehende Sorge ihren Anfang, welche der Dichterin lebenslang zu schaffen machte: die dürftige schulische Ausbildung. Noch 1952 klagte sie, sie sei damals «eigentlich durchaus nicht unterrichtet, sondern einfach zu Arbeitsleistungen herbeigezogen, gescholten und verprügelt worden, wie alle andern auch».[2] Immer wieder taucht in ihren Briefen die Klage auf, dass sie es aus Mangel an Bildung nicht auf einen grünen Zweig bringen könne. Zeitlebens hatte sie den «Studierten» gegenüber Minderwertigkeitsgefühle und suchte ihr Manko durch eifriges Selbststudium auf Gebieten wie der Anthroposophie, der Astrologie oder den buddhistischen Lehren wettzumachen. «Ich hätte einfach den Doktortitel machen sollen», schrieb sie beispielsweise im bereits zitierten Schreiben an E. F. Knuchel und liess dabei die für Autodidakten typische Überschätzung der akademischen Berufe durchblicken, «dann hätte ich das von mir gesuchte Existenzminimum.»

Anhand der in der Viktoria-Stiftung aufbewahrten Akten[3] lässt sich feststellen, dass Cécile Ines Loos im Frühling 1899 aus der Schule austrat und als «Pensionärin/Gouvernante» nach Prilly-sur-Lausanne ging. Offenbar trat sie das damals für gutbürgerliche Töchter obligate Welschlandjahr an. Genaueres darüber liess sich nicht mehr in Erfahrung bringen. Vielleicht sind aber in die Schilderung des Internatslebens am Genfersee, wie sie im Roman «Die Rätsel der Turandot» vorkommt, gewisse Erlebnisse während dieser Lausanner Zeit eingeflossen.

Im Frühling 1901 ist das nunmehr 18-jährige Mädchen wieder in Bern und beginnt in der damals von Gottfried Dummermuth geleiteten «Neuen Mädchenschule», einer pietistisch orientierten, protestantisch-konservativen Privatschule, den einjährigen Kurs als Kindergärtnerin zu absolvieren. Neben dem Praktikum im hauseigenen Kindergarten wurde den 19 Schülerinnen des Diplomlehrgangs 1901/02 Unterricht in folgenden Fächern erteilt: Religion, Sprache, Zeichnen, Singen, Werken, Methodik, Psychologie,

---

1 «Der Tod und das Püppchen», a. a. O., S. 130
2 an E. F Knuchel, 25.12.1952
3 Die Schule existiert heute noch und befindet sich seit 1961 in Richigen bei Bern. Für die Auskünfte danke ich dem Schulsekretariat.

Pädagogik, Geschichte, Naturkunde und Turnen.[1] Ob die Schülerin Cécile Ines Loos «unter mütterlicher Pflege» in der schuleigenen Pension logierte oder ob sie in einem Privathaushalt Unterkunft fand, lässt sich nicht mehr herausfinden. Der einjährige Kindergärtnerinnen-Kurs konnte ihren übergrossen Bildungshunger jedoch in keiner Art und Weise stillen, und sie versuchte deshalb offenbar mit Hilfe des Schuldirektors, die Pflegeeltern dazu zu bewegen, ihr ein Studium zu ermöglichen. 1946 schrieb sie in einem Brief: «Wie ich noch in Bern in die ‹Schupplischule› ging für ein Jahr, nach der Anstalt, schrieb Direktor Dummermuth an die Langlois, sie sollten doch unbedingt dieses hochbegabte Kind – also mich – studieren lassen. Ich würde ihnen sicher Ehre machen.»[2] Doch alle Überredungsversuche schlugen fehl. Nach der Diplomierung im Frühling 1902 musste die Neunzehnjährige sich auf eigene Füsse stellen und selbst für ihren Lebensunterhalt aufkommen.

1902–1909: Gouvernante und Lehrerin bei deutschen und englischen Adligen

«Im Alter von achtzehn Jahren war ich vollkommen glücklich.» Dieser Satz findet sich in Cécile Ines Loos' frühester unverstellt autobiographischer Schrift «Das Königreich Manteuffel»[3], und er bezieht sich auf jene Jahre, die sie als Kindermädchen in der Familie des Barons Job von Manteuffel in Ohringen bei Winterthur verbrachte. Laut Eintragung im Gemeinderegister von Seuzach trat sie die Stelle am 16. Mai 1902 an und verliess Ohringen wieder am 2. Juli 1906. Als Beruf ist in den Büchern «Magd» eingetragen. Dass sie das Leben im Kreise dieser adeligen Familie, die eines Rechtsstreits wegen bis 1911 im Schweizer Exil lebte[4], als beglückend empfand, bestätigt Cécile Ines Loos auch mehrfach in ihren Briefen. Dabei zeigt es sich stets von neuem, wie sehr die Dichterin, die sich ihrer Abstammung von der Familie Burckhardt immer wieder rühmte und den Aufenthalt in der Armenanstalt als sozialen Abstieg empfunden hatte, den Umgang mit Aristokraten als den ihrem eigentlichen Wesen gemässen betrachtete. Als Arnold Schimpf-Kull an einer ihrer frühesten Arbeiten die wohlwollende Zeichnung des Adels kritisiert, schreibt sie ihm am 13.7.1925 zurück, sie

1 Nach «Ora et labora. 125 Jahre Neue Mädchenschule ... verfasst von Robert Morgenthaler». Bern 1976, S. 20
2 an Walter Muschg, 15.12.1946. «Schupplischule» wurde die Neue Mädchenschule nach einem ihrer ersten Direktoren, Melchior Schuppli, genannt.
3 Zuerst erschienen im Jahrbuch 1933 der Literarischen Vereinigung Winterthur. Hier zitiert nach dem Abdruck in «Verzauberte Welt», a. a. O., S. 36–61, S. 47
4 In ihrer Erzählung schildert die Autorin die Hintergründe dieser Affäre voll teilnehmender Sympathie.

sei «in Wirklichkeit durchaus nicht so veranlagt», dass sie «etwa die Faulenzer-Klasse der Grafen und Fürsten verteidigen» wolle. «Das einzige, was mir etwas sagt, ist aristokratische Gesinnung. Ich wollte gegenüber dem Laster und der Tugend die Adligkeit des Denkens und Handelns dartun. Und da mag es sein, dass ich unwillkürlich in ein Erlebnis hineinkam, indem ich in meiner ersten Stelle mit 19 Jahren in die Familie eines Edelmannes kam, zum Sohn des einstmaligen Statthalters von Strasbourg, und die Quintessenz war, dass ich mich in jener Familie hundertmal mehr zu Hause und gleich zu gleich fand, als ich je in der Kindheit mich gefühlt hatte in der Familie, in der ich erzogen worden war.»

Dass sie, obwohl ganz offensichtlich das spontane und unreflektierte Erleben in diesen glücklichen Jahren die Oberhand behauptete, dennoch einen gewissen Ehrgeiz in Richtung auf die Schriftstellerei beibehielt, verrät ein Brief von 1948, worin Cécile Ines Loos von Schauspielen spricht, die sie für die Kinder des Barons damals geschrieben habe.[1] In «Königreich Manteuffel» berichtet die Ich-Erzählerin auch von Balladen, die sie schrieb, nachdem der von ihr erträumte Don Juan nirgends auftauchte. Dichtung als Sublimation von Wünschen und Gefühlen, Literatur als Heilmittel gegen allerlei Kummer – das wird Cécile Ines Loos später in noch viel stärkerem Masse und mit beglückenden Resultaten für den Leser praktizieren und praktizieren müssen!

Fruchtbar war die Ohringer Zeit dagegen, was ihre spätere literarische Verwertung angeht. Abgesehen vom «Königreich Manteuffel», Cécile Ines Loos' wohl geglücktestem kürzerem Prosatext, färbte das Leben in dem kleinen Schlösschen, nach Polen versetzt, auf die Darstellung des Susumoffschen Gutes in «Matka Boska» ab. Auch die Figur des Sohnes, der sich erschoss, um den Eltern keine Schande zu machen, erwacht im jungen Susumoff zu literarischem Leben.

In «Königreich Manteuffel» schildert Cécile Ines Loos anschaulich, wie sorglos die adeligen Herrschaften Schulden machten und wie sie es sogar so weit kommen liessen, dass das Kindermädchen ihnen seine Ersparnisse vorschiessen musste. In ihrer Begeisterung für die märchenhafte Szenerie hielt die junge Baslerin den Baronen jedoch unverbrüchlich die Treue und trug sich sogar mit dem Gedanken, beim deutschen Kaiser vorzusprechen, um die Rehabilitation der Manteuffels zu erreichen.[2] Sehr viel skeptischer scheinen dagegen die Pflegeeltern Langlois in Burgdorf die Situation beurteilt zu haben, und sie waren es schliesslich auch, die der Sache ein Ende setzten. «Diese Leute aber machten fürstliche Schulden, und unsere Leute

---

1 an Franz Beidler, 13. August 1948 a. a. O., S. 52 f.
2 Das Motiv des Kaiserbesuchs als höchste denkbare Auszeichnung, wie es in «Hinter dem Mond» auftaucht, könnte hier seine Wurzeln haben.

Das einzige Bild, das sich vom Aufenthalt von Cécile Ines Loos im Hause
des Barons von Manteuffel in Ohringen bei Winterthur erhalten hat
(um 1905/6).

in B. bekamen Angst, ich könnte mir ein Beispiel nehmen und auf sie zurückfallen! Ich wurde schleunigst nach England abkommandiert.»[1]

Da in England offenbar französisch sprechende Kindermädchen bevorzugt wurden, hielt sich Cécile Ines Loos nach ihrem Austritt bei den Manteuffels (2. Juli 1906) für zwei Monate in Paris auf, um ihre Sprachkenntnisse zu verbessern. Sie hat diese Episode in der Erzählung «Liebhabertheater»[2] beschrieben. Sie logierte in der Pension einer gewissen Madame Pécler und pflegte Umgang mit einem gleichaltrigen Vetter, der am selben Ort wohnte. Die Szene, wie dieser schüchterne Mann die unerfahrene, aber neugierige Cousine ins Moulin-Rouge führt, ist in der Erinnerung der Schriftstellerin so lebendig geblieben, dass sie sie noch in ihrem letzten publizierten Werk, dem Roman «Leute am See», für eine ihrer gelungensten satirischen Darstellungen verwenden konnte.[3]

Cécile Ines Loos' England-Aufenthalt lässt sich nicht mehr exakt datieren. Folgt man ihren eigenen Angaben in Briefen und in der erzählenden Darstellung in «Liebhabertheater», so reiste sie zuerst nach London, wo sie durch das Vermittlungsbüro einer gewissen Frau Däniker zunächst nach Irland (Kilkenny, Schloss Kilfera) verschickt wurde. Da sie dort scheinbar unerträgliche Arbeitsbedingungen antraf, wechselte sie die Stelle und kam nach Birmingham, zu Madame Plyth of Pless, der Schwester des Königlichen Richters Sir Pinsent-Parker.[4] Diese hochnoble Umgebung entsprach den Wünschen der in ihrem Metier allerdings noch recht unsicheren Französischlehrerin offenbar wieder bestens. «Endlich war ich nun da gelandet, wo Lords zu Hause waren wie Orchideen in den Treibhäusern. Hier war nun alles vorhanden an Parks und Tennisplätzen, Rosengärten, Bedienten, Angestellten, samt Kutscher und Groom, der mit verschränkten Armen rückwärts auf dem Dogcart sass. In diesem Hause gab es tatsächlich Angestellte, die dazu da waren, um wiederum Angestellte zu bedienen.»[5] Abgesehen davon, dass die englischen Jahre Cécile Ines Loos offensichtlich nochmals eine relativ unbeschwerte, frohe Zeit bescherten, ist auch diese Lebensphase wiederum in mehrfacher Hinsicht für das spätere schriftstellerische Schaffen bedeutsam gewesen, während sich vom damals Produzierten – wie in Ohringen schrieb sie wiederum Theaterstücke für ihre Zöglinge, diesmal auf französisch6 – nichts erhalten hat. Auch an eigentlichen literarischen Stoffen und Mustern für die Milieuzeichnung ist die Ausbeute nicht allzu

1   an Schimpf-Kull, 15. November 1927
2   Erstmals gedruckt in «Verzauberte Welt», a. a. O., S. 62–87
3   «Leute am See». Büchergilde Gutenberg, Zürich 1951, S. 25–27
4   «Liebhabertheater», a. a. O., S. 74
5   a. a. O., S. 74
6   «… ich dichtete für die Herrschaftskinder kleine Theaterstücke auf französisch.» (an Walter Muschg, 15.12.1946)

gross: Turandot Manoville in «Die Rätsel der Turandot» wird ihre Kindheit in reicher Umgebung an der irischen Küste verleben und auch später dahin zurückkehren; Madame Plyth of Pless, von der viel in die Gestalt der Fürstin Susumoff in «Matka Boska» eingeflossen sein dürfte, wollte Cécile Ines Loos ganz zuletzt noch unter dem Namen «Medusa» in einem nicht mehr zustande gekommenen Roman (negativ!) porträtieren.[1] Bedeutsam für die spätere Schriftstellerei war auch das erste Erlebnis des Meeres, dem ihre Sehnsucht lebenslang galt und das ihr, wie besonders im ersten Teil von «Die Rätsel der Turandot» geschildert, ein Symbol für Freiheit und Unabhängigkeit war. Noch in ihren späten Jahren hielt sie fest: «Ich kam nach England und erlebte dort zum ersten Mal das Weltmeer und, damit verbunden, die Verschiebungen des Horizonts. Plötzlich gab es viel mehr Land, als ich je bisher auf der Welt gekannt hatte.»[2]

Nietzsche, Buddhismus und Astrologie

Sehr viel bedeutsamer als solche Erfahrungen waren die geistigen Anregungen, die das bildungshungrige Kinderfräulein im Hause Pinsent-Parker empfing. So scheint Mrs. Plyth of Pless selbst als Schriftstellerin dilettiert und ihre Gouvernante mit Lesestoff versorgt zu haben. «Meine Dame in England war Schriftstellerin», erzählt Cécile Ines Loos später, «sie besass keine Güte mit den Nebenmenschen, weshalb ich sie tief hasste. Immerhin überfütterte sie mich mit antireligiösen Schriften, auch Nietzsche»[3] Und bei der jungen Schweizerin, die von frommen Christen bis dahin nur wenig Gutes erfahren hatte, trafen gegen die christliche Religion gerichtete Schriften ganz offensichtlich auf fruchtbaren Boden. In ihrem literarischen Oeuvre werden sich später ungezählte Passagen finden, welche die geschäftsmässige Frömmigkeit der Pastoren und Missionare, wie sie sie erlebt hat, als Heuchelei blossstellen – der Hauptpfarrer von Vidim und der Missionar Elda in «Matka Boska», aber auch Pastor Quinoke in «Hinter dem Mond» liefern einleuchtende Beispiele dafür. Trotz dieser vehementen Vorbehalte blieb Cécile Ines Loos jedoch persönlich zeitlebens ein frommer Mensch. Wie in «Der Tod und das Püppchen» dargestellt und bereits in «Matka Boska» in den Überlegungen der Lelia Devran vorweggenommen, erdachte sie sich allerdings schon als Kind eine andere, menschlichere, glücklichere Kirche als die vorgefundene – eine Idee, auf die wir noch ausführlich zu sprechen kommen werden und an der sie, wenn auch unter immer wieder

1 «Horizonte». Im Nachlass, Universitätsbibliothek Basel. Siehe auch S. 331 f.
2 «Mandalas». Unveröffentlichter Artikel. Im Nachlass, Universitätsbibliothek Basel
3 an Arnold Schimpf-Kull, 15.11.1927

veränderten Formen, bis zuletzt sehnsüchtig festhielt.[1] Die Vorstellungswelt von Cécile Ines Loos ist, sieht man vom «indischen» Schlussteil der «Rätsel der Turandot» und von den «Leisen Leidenschaften» ab, auch in ihren Büchern eine christliche geblieben. Analog ihrer alternativen persönlichen Sicht stellte sie jedoch auch hier die Liebe ganz in den Mittelpunkt der Religion und negierte jeglichen Dogmatismus. Am stärksten interessiert war sie am Mystisch-Geheimnisvollen des christlichen Denkens, an den Jenseits- und Endzeitvorstellungen der Geheimen Offenbarung des Johannes und am Marienkult östlich-russischer Ausprägung, wie es sich am schönsten in «Matka Boska» dokumentiert. Zweifellos hatten die fromme pietistische Erziehung und die seltsame Mystik der irwingianischen Grosseltern einen stärkeren Einfluss auf ihr Denken, als sie selbst es wahrhaben wollte. Ein deutliches Zeichen dafür ist z. B. ihre Engel-Lehre, die sie aus Träumen abgeleitet haben will und die sie nicht nur in «Matka Boska», sondern auch ihren Briefpartnern gegenüber dargelegt hat.[2]

Cécile Ines Loos stand jedoch zumindest in ihren mittleren Lebensjahren völlig im Bann der buddhistisch-indischen Gedankenwelt, und den Zugang dazu hatte sie ebenfalls während ihres England-Aufenthalts gefunden. Wie sie später einmal mitteilte, besass Mr. Pinsent-Parker «eine prächtige buddhistische Bibliothek», und sie lernte damals in England den «buddhistischen Katechismus» so gut «auswendig», dass die indischen Freunde, denen sie in den zwanziger Jahren in Basel begegnete, sie «the lovely teacher of our religion»[3] genannt haben sollen. Diese späteren persönlichen Beziehungen zu Indern müssen das in England Angelesene so sehr mit Leben erfüllt haben, dass Cécile Ines Loos an die Reinkarnation zu glauben begann und von sich schliesslich sagen konnte, sie passe «nach Auffassung von Liebe und Frömmigkeit eher nach Indien als nach der Schweiz»[4].

Noch eine andere Vorliebe der Dichterin ist mit ihren Wurzeln bis in die englischen Jahre zurückzuverfolgen: die Astrologie. «Lady Medusa und Sir

1   An Arnold Schimpf-Kull schrieb die Dichterin am 15.11.1927: «… weiss ich, dass ich schon auf der Schulbank zu dem Entschluss kam, wenn ich dann gross bin, dann gründe ich einfach eine neue Kirche … Wo man nur singen durfte und musizieren …»Am 5.5.1946 schrieb sie an Walter Muschg: «So bin ich in meinem Leben langsam via Sterne einem fremden Ufer zugeschwommen, einer andern Religion und einer andern Weltanschauung. Ich habe immer vor, eines Tages den Roman ‹Messias› zu schreiben. Aber von den Sternen und der Wüste aus gesehen, und so eine Art von Marienklage, weil man ihren Sohn nicht verstanden hat …»
2   etwa am 23.11.1928, als sie Walter Muschg folgendes aus ihrem Traum-Erleben berichtet: «So lernte ich im Himmel z. B. auch die vier Engel kennen: Jehodoho, Jerusirach, Tarofont und Nahomaho. Der Jehodoho hat nahe, intensive Augen wie die Tiere, er ist die Not in einem.» Was exakt übereinstimmt mit den vier Engeln, die Lelia Devran in «Matka Boska» von einer inneren Stimme verkündet bekommt (siehe in unserer Ausgabe S. 207).
3   an Martin Lang, 7.5.1954
4   an Schimpf-Kull, 15.11.1927

David nahmen mich auch mit nach Greenwich auf die Sternwarte, und so lernte ich auch astronomische Zeichen kennen», heisst es im bereits genannten Brief an Martin Lang vom 7. Mai 1954, und die Angabe findet sich in dem mit «Mandalas» überschriebenen späten Essay der Dichterin bestätigt. Vor allem in den späten Lebensjahren erlangte die Astrologie für Cécile Ines Loos eine grosse Bedeutung. Nicht nur, dass sie sich, offenbar durch Alfred Fankhauser dazu angeregt[1], berufsmässig mit Astrologie beschäftigte und in kleinem Kreise «Sternenkurse» erteilte[2], auch ihr eigenes schweres Lebensschicksal vermochte sie dank der virtuos beherrschten Horoskopie in überhöhte, kosmische Dimensionen hineinzustellen und so besser zu ertragen – ganz so, wie Susanna in «Hinter dem Mond» von ihrer Schwester Michaela, einem unverkennbaren Selbstporträt der Dichterin, mit der Universalität der menschlichen Existenz getröstet wird.[3] Zu blindem Fatalismus neigte die kämpferische Frau allerdings auch im Alter nie. Sie war und blieb stets der Ansicht, wir seien «selber die Verursacher unseres Schicksals»[4], und sie betonte ausdrücklich: «Die Sterne zwingen uns … nicht, sie machen bloss geneigt.»[5]

Bis wann Cécile Ines Loos sich in England aufhielt, lässt sich nicht mehr genau feststellen. Zu vermuten ist aber, dass ihre autodidaktischen Bemühungen ihr Selbstvertrauen gestärkt und ihren literarischen Ambitionen grösseren Auftrieb gegeben haben, so dass sie sich mit der abhängigen Rolle als Kindermädchen offenbar schon nach wenigen Jahren nicht mehr abfinden konnte. Vielleicht widerte sie das Leben inmitten des reichen Hochadels mit der Zeit auch an. Beides ist aus ihren Berichten über den offenbar überstürzten Aufbruch aus England herauszulesen. In der bereits zitierten kurzen Selbstbiographie von 1942 erzählt sie, das Angebot, dauernd bei den Pinsent-Parkers zu bleiben, habe sie traurig gemacht. «Irgendwie war ich zu jung für Dauerstellen. Es schien mir, dies sei alles nicht das eigentliche Leben, sondern immer nur das Leben anderer von Kindheit an. Mitten aus dem sogenannten Glück reiste ich ab.»[6] In «Liebhabertheater» wird von einer Auseinandersetzung des Kindermädchens mit der Brotgeberin berichtet. Dann heisst es: «Etwas in mir war erwacht, das war nicht mehr Selbst-

---

1 «Wie mir Dr. Fankhauser zum ersten Mal ein Horoskop stellte …» (an Walter Muschg, 23.6.1946)
2 Im Nachlass der Dichterin befinden sich mehrere Hefte mit Horoskopen aller möglicher Zeitgenossen. – «Ich habe im Winter manchmal Kurse gegeben an verschiedene Damen der Gesellschaft …» (an Walter Muschg, 23.6.1946)
3 «Hinter dem Mond», Roman. Mit einem Nachwort neu herausgegeben von Charles Linsmayer, «Frühling der Gegenwart», Band 27, Ex Libris, Zürich 1983, S. 153
4 an Elli Muschg, 7.6.1946
5 an Elli Muschg, 23.6.1946
6 «Biographie», a. a. O., S. 185

erhaltungstrieb. Es war mein Selbstbewusstsein. Und das musste ich retten. Mit diesem Schatz in der Brust musste ich wegfliehen ... »[1] 1946, im Brief vom 15. Dezember an Elli Muschg, lesen wir: «Mein Herz zog mich fort. Ich sagte mir, ich will lieber arm sein unter Armen als arm unter Reichen.»

1910–1921: Jahre der Lebenskrise und der schweren, dunklen Erlebnisse

Auf die Zeit zwischen dem England-Aufenthalt und der Übersiedlung in die Vaterstadt Basel im Jahre 1921 gibt es nur ganz dürftige eigentliche biographische Hinweise. Fest steht, dass Cécile Ines Loos in diesen zehn Jahren eine schwere existenzielle Krise durchmachte, die sie zeitweise an den Rand des Wahnsinns brachte und von der sie sich nie wieder ganz erholen konnte. Die aufwühlenden Erlebnisse und Erfahrungen dieser Jahre, die ihr Denken und ihre Imaginationskraft entscheidend vertieft haben dürften, führten letztlich allerdings auch dazu, dass aus dem schriftstellerischen Dilettieren und Probieren jenes Sich-ausdrücken-Müssen aus innerer Not wurde, auf das wir bereits ganz am Anfang dieses Textes hingewiesen haben.

1927, noch vor dem Erscheinen von «Matka Boska», als sie von Arnold Schimpf-Kull skeptische Reaktionen auf ihren Roman bekam und damit rechnen musste, auch vom Schriftstellerverein negativ beurteilt zu werden, verwahrte sie sich dagegen, «etwas herauszugeben, damit ich schliesslich zu Gnaden auch noch gedruckt werde wie tausend andere – das tue ich nicht! Sondern dann ziehe ich es vor, ein anständigs Dienstmädchen oder so was zu sein, in irgendeinem Dienst, statt eine Schriftstellerin, die nur aus Eitelkeit sich nicht von ihrem Quatsch zu trennen vermag. Dazu bin ich zu ehrlich. Aber natürlich ist das für einen Menschen von meinem Format der Seele kein Spass, so etwas zu sich zu sagen, und zu hören, dass das, was einem innerste Not – und wie schwer erkämpfte und durchgerungene Not!» eingebe, «bloss hingestellt» werde als etwas, aus dem man «in Gottes Namen noch versuchen will, etwas zu machen! Aus Güte! Stellen Sie sich das vor. Wenn die ganze Menschheitsidee, die man gefasst, jahrzehntelang in sich gelitten und getragen, damit endigt ... Ich meine, das ist mehr als bloss Vernichtung.»[2] Auch öffentlich bekannte sich Cécile Ines Loos zu solchem Schreiben aus innerer Not. 1931 erklärte sie: «Für den Entschluss zur freien musischen Existenz wird nicht zum vorneherein die Erfolgsfrage entscheidend sein müssen, sondern: die Notwendigkeit. Das, was der Engländer mit ‹Write or burst› ausdrückt, das heisst, man sollte nur schreiben, wenn man

1   «Liebhabertheater», a. a. O., S. 85
2   an Arnold Schimpf-Kull, 29.11.1927

Cécile Ines Loos und ihr 1911 geborener Sohn Leonardo um 1912/13
in Mailand

nicht mehr anders kann.»[1] Und bereits einmal zitiert haben wir die sprechende Passage aus «Biographie» von 1942, wo es heisst: «Nun fing ich an zu schreiben. Und schrieb und schrieb wie ein Tiger aus dem Busch, um mich herauszuarbeiten aus meinen Erlebnissen.»

Was waren das für Erlebnisse, aus denen Cécile Ines Loos sich Anfang der zwanziger Jahre schreibend herauszuarbeiten begann? An gesicherten Fakten lässt sich zunächst einmal nur festhalten, dass Cécile Ines Loos in der Folge eines schockierenden, unglücklich endenden Liebesverhältnisses[2] am 22. August 1911 in Mailand ihrem Sohn Leonardo das Leben schenkte, dass sie den Namen des Vaters ihres Kindes niemals preisgab und dass sie Ende 1912 oder Anfang 1913, nachdem sie ihr Kind zu Pflegeeltern des Namens Saini in Cornate d'Adda gegeben hatte, wieder in die Schweiz zurückkehrte. Kurze Zeit könnte sie dann in der Innerschweiz als Erzieherin gewirkt haben[3], und am 14. November 1913, dem ersten zivilstandsamtlich gesicherten Aufenthaltsdatum seit ihrer Niederkunft in Mailand, bezog sie ein Logis bei dem mit den Langlois verwandten Pfarrer Albert Schädelin (1879–1961) an der Herrengasse 5 in Bern.[4] Schädelin, den sie später als Pfarrer Maida in «Matka Boska»[5] und als Andreas Kugelweith in «Die Rätsel der Turandot»[6] bitterböse dargestellt hat und den sie auch in ihrer Korrespondenz immer wieder als Beispiel eines sturen und herzlosen Pfarrers hinstellt, wollte die junge Frau offenbar mit Hilfe lückenhafter psychologischer Kenntnisse von ihrem Schock befreien und sie wohl dazu bringen, ihr Kind zu sich zu nehmen. Die pfarrherrlichen Bekehrungs- bzw. Heilungsversuche führten jedoch offensichtlich ebenso wie die daran anschliessende professionelle psychoanalytische Behandlung[7] zu keinerlei befriedigenden

---

1   «Kann ein schweizerischer Schriftsteller vom Ertrag seiner Feder leben? Antworten auf eine Rundfrage». «Schweizer Spiegel», Heft 11, August 1931, S. 32–41, S. 33/34

2   «… stürzte mich, von ihr (der engen Moral der englischen Brotgeberin) weggekommen, in freie Liebe und Frivolität, das erschien mir, von aussen gesehen, das Gebiet, das mir zusagen würde.» (an A. Schimpf-Kull, 15.11.1927) – «Der Vater meines Kindes war Holländer, und sie besassen damals in Mailand eine Fabrica da Carta. Interessanterweise wurden wir in der Schweiz – ohne uns zu kennen – am gleichen Ort geschult.» (an Franz Beidler, 10. Mai 1954)

3   Das Kapitel «Die höchste Brücke» in «Matka Boska», in unserer Ausgabe S. 226–241, spielt unverkennbar in Obwalden, wohin die autobiographisch gezeichnete Lelia Devran als Kindermädchen in Begleitung des polnischen Juden Skadusch gezogen ist.

4   Bern ist als Raschat und die Herrengasse als «fromme Gasse» in «Matka Boska» sarkastisch geschildert (in unserer Ausgabe, S. 172 ff.).

5   «Matka Boska», in unserer Ausgabe, S. 235 ff.

6   «Die Rätsel der Turandot». DVA, Stuttgart 1931, S. 188 ff.

7   Dass C.G. Jung sie persönlich behandelt haben und auch eine private Beziehung mit ihr gehabt haben soll, wie die inzwischen verstorbene Martha Horber-Loos dem Schreibenden gegenüber behauptete, lässt sich nicht belegen. Einziges schwaches Indiz: Am 7.9.1954 drückt C. G. Jung in einem Brief an die Schriftstellerin sein Erstaunen darüber aus, dass sich seines Geburtstags erinnert habe. (C. G. Jung, «Briefe», hsg. v. Aniela Jaffé, 3 Bd., Freiburg i. Br. 1973, Band 2, S. 409)

Cécile Ines Loos besucht um 1912 ihren Sohn Leonardo bei den Pflegeeltern in Cornate d'Adda.

Resultaten. Wer sich Cécile Ines Loos' Schicksal des zweifachen Mutterverlusts und der dadurch bewirkten ungewöhnlich starken Liebesbedürftigkeit in Erinnerung ruft und sich zugleich ihre Auffassung von Liebe als einem durch nichts anderes ersetzbaren gewaltigen Ereignis[1] vor Augen führt, wird begreifen können, dass sie eine ganz banale, für die bürgerliche Gesellschaft damals völlig selbstverständliche Tatsache als vernichtenden Schlag gegen ihre Existenz empfinden musste: die durch das uneheliche Kind entscheidend geminderten Chancen, einen Lebenspartner und damit Erfüllung in der Liebe zu finden!

Die Sachlage komplizierte sich noch dadurch, dass zum Problem mit dem ungewollten Kind eine weitanschaulich-politisch-religiöse Problematik hinzutrat. Cécile Ines Loos war nämlich in den Jahren vor dem Ersten Weltkrieg mit kommunistischem oder sozialistischem Gedankengut in Berührung gekommen[2] und hatte die Idee, sie müsse die Kirche unter Berufung auf eigene prophetische Traumgesichte dazu auffordern, etwas gegen den drohenden Krieg zu unternehmen. Gegenüber Adressaten, die zum betreffenden Zeitpunkt nichts über das uneheliche Kind erfahren dürfen, stellt sie später die ganze Sache gerne so dar, als wäre diese – übrigens auch in «Matka Boska» eingegangene![3] – fruchtlose Friedensinitiative der alleinige Grund für ihre unerfreuliche Begegnung mit der Psychoanalyse gewesen. An Muschg beispielsweise schreibt sie am 23.11.1928: «Ich bin vor dem Krieg, trotzdem ich nicht politisch auf der Höhe bin, so unglücklich gewesen, und auch mutvoll: ich meinte, das grosse Unglück müsse abgewandt werden. Ich, wir, die Kirche müsse vorangehen und sich uns beweisen als die Macht, die wir vorstellen sollten, und das Unglück abwenden Aber ich wurde dann sehr verlacht; es hiess, ich wollte auch eine Rolle spielen. Ich wurde zu einem Psychiater geschickt und wurde zum Geständnis gezwungen: ich habe unrecht.» An Arnold Schimpf-Kull hat sie ein Jahr vorher geschrieben: «Dann fing ich an, über Socialismus nachzudenken. Fiel in die Hände eines bekannten Pfarrers, der sich nun verpflichtet fühlte, mich über die Ertragung der Wirklichkeit zu belehren! ... Ich verachtete seine ‹Predigten›, wurde aber doch gemütskrank vom vielen Schweren. Kam dann

1   Walter Muschg beispielsweise sagte in «Worte des Abschieds» (a.a.O.) 1959 im Hinblick auf ihr Werk: «Weiblich ist es vor allem, dass überall die Liebe als der tiefste Sinn des Menschenlebens im Mittelpunkt der Handlung steht.»

2   «Ich wurde der richtige Kommunist, passte aber trotz allem nicht in diese Gesellschaft, sondern passte trotz allem nur zu Fürsten ...» (an Walter Muschg, 15.12.1946) – «Ich bin auch heute noch ein Kommunist, aber ich würde den Kommunismus nicht mehr an die Spitze des Neuen setzen, sondern als Endpunkt ...» (an Walter Muschg, 5.5.1946)

3   in unserer Ausgabe., S. 237–238. Der Hauptpfarrer von Vidim, der Lelias Friedensbotschaft in der Meinung, wenn «junge Mädchen keinen Schatz» fänden, «dann müssen sie sich eben Gott widmen», als Spinnerei eines enttäuschten Mauerblümchens zurückweist, ist wohl eine weitere literarische Personifikation von Albert Schädelin.

durch die Fahrwasser der Psychiatrie mit den grauenerregendsten Neben-erscheinungen, so dass ich schliesslich, von allen aufgegeben, beinah' für irrsinnig galt. Leute, bei denen ich damals in diesem total apathischen Zu-stand meine Zeit verbrachte, trafen mich noch nicht so lange einmal hier und sagten, sie hätten nie mehr gedacht, dass ich noch einmal zurechtkom-men werde! So war ich zerschmettert von allem!»1 Der Konflikt zwischen Cécile Ines Loos und Pfarrer Schädelin muss Ende 1914 seinen Höhepunkt erreicht haben. Jedenfalls verliess die junge Frau damals ihr Logis bei den Pfarrersleuten und zog an die Gesellschaftsstrasse 20, wo sie, offenbar als Serviertochter, im Restaurant «Zähringerhof» arbeitete. Die Berufsbezeich-nung «Verkäuferin und Haushälterin», die sich in der Einwohnerkontrolle Bern für damals notiert findet, weist wohl darauf hin, dass Cécile Ines Loos wie ihre Romanfigur Turandot Manoville auch eine Zeitlang in einem Ko-lonialwarengeschäft als Verkäuferin angestellt war – wohl zwischen dem 2. Mai 1916 und dem 22. Februar 1917, als sie an der Seftigenstrasse 20 bei einer Familie Suter zur Untermiete wohnte.

Im Februar 1917 verliess sie Bern mit Zielrichtung Davos. Dort verliert sich ihre Spur. Wir wissen nicht, ob sie einer Krankheit wegen in der damals berühmten Tuberkulose-Höhenstation geweilt hat oder ob sie, was wahr-scheinlicher ist, in einem Sanatorium in irgendeiner Funktion (Spetterin, Serviertochter) gearbeitet hat. Am 20. Januar 1921 meldete sich Cécile Ines Loos in ihrer Heimatstadt Basel polizeilich an. Und zur gleichen Zeit etwa brachte sie auch ihren inzwischen zehnjährigen Sohn Leonardo nach Base[l] – ins Waisenhaus! Sie arbeitete zu jener Zeit als Serviertochter in einer Pension und hatte keine Möglichkeit, ihr Kind zu sich zu nehmen. Wenn Leonardo bei ihr war, versteckte sie ihn, sobald die Brotgeberin und Haus-herrin in Hörweite kam, jeweils im Kleiderschrank.[2]

Basel 1921–1929: auf dem Weg zur Schriftstellerin aus innerer Not

Wie lässt sich eine solche, durch äussere und innerliche Faktoren derart gestörte und beeinträchtigte Mutter-Kind-Beziehung mit Cécile Ines Loos' literarischem Erstling «Matka Boska», diesem Hohelied der Mütterlich-keit[3], vereinbaren, das in den Jahren vor 1929 in Basel entstand uns das wir im vorliegenden Band nach 86 Jahren erstmals wieder vorlegen? Doch wohl nur als ein Versuch der Rechtfertigung sich selbst und der Umwelt gegen-über, als ein Versuch, die Vernachlässigung der Mutterpflichten innerhalb

---

1 Brief vom 15.11.1927
2 Dies erzählte mir Leonardo Loos während eines Gesprächs in Basel am 6.1.1983.
3 «Dieses Erstlingsbuch verherrlicht … die Mütterlichkeit als eine Urmacht aller Religion und alles gesegneten Lebens.» (Walter Muschg, «Worte des Abschieds», a.a.O.)

einer nur unzureichend verschlüsselten literarischen Welt als etwas Schicksalsbedingtes und Unfreiwilliges darzustellen: Meliska verliert ihr heiss geliebtes Kind Sanja, dessen Vater sie aus den Augen verloren hat, infolge juristischer Machenschaften an den Juden Skadusch und stirbt verzweifelt und zermürbt im Irrenhaus. Dass Cécile Ines Loos sich in «Matka Boska» zugleich auch als Kindermädchen Lelia Devran porträtiert und diesem ihre Waisenhauskindheit und die Sache mit der Antikriegsinitiative zuordnet, widerspricht dieser grundsätzlichen Tendenz des Romans wohl ebensowenig wie der zur Verfremdung eingeführte polnische Schauplatz des ersten Teils oder die Tatsache, dass das Kind Sanja kein Knabe ist, sondern Cécile Ines Loos' Idealvorstellung eines wilden, unabhängigen, verwegenen kleinen Mädchens repräsentiert.

Eine solche schliesslich zum Motor eines überzeugenden literarischen Schaffens gewordene Rechtfertigung eigenen Verhaltens muss Cécile Ines Loos um so zwingender erschienen sein, als gerade sie, die durch das Waisenhauserlebnis so sehr geprägte Frau, es nicht fertigbrachte, ihr eigenes Kind vor diesem Schicksal zu bewahren. Vielleicht hoffte sie daneben auch, durch einen literarischen Erfolg zu Geld zu kommen, um dann ihrem Sohn eine überdurchschnittliche Ausbildung zu ermöglichen; wahrscheinlich wollte sie sich auch aus der als demütigend empfundenen sozialen Lage herausarbeiten, zu Ansehen gelangen, den Makel des unehelichen Kindes durch imponierende geistige Leistungen vergessen machen. Was immer ihre Motivationen gewesen sein mögen: sicher ist, dass sie, nachdem sie mit der Märchengeschichte «Schivagrudel»[1] 1925 einen ersten bescheidenen Erfolg erschrieben hatte, mit verbissener Zähigkeit um eine Anerkennung als Schriftstellerin und um die Möglichkeit, ganz dieser Berufung leben zu können, gerungen hat. Am 16. Juni 1925, also kurz nach dem Erfolg mit «Schivagrudel», schrieb die angehende Autorin, die damals als Sekretärin bei der Firma Goth arbeitete und als Mitglied des Kaufmännischen Vereins Basel die von dieser Organisation durchgeführten Damen-Leseabende übernehmen wollte, dem Präsidenten des KV, Arnold Schimpf-Kull: «Es ist wirklich sehr freundlich von Ihnen, so Interesse für meine Anfangskünste zu haben. Ich hoffe sehr, dass ich eines Tages noch ganz damit reüssiere. Sonst müsste ich mein Leben als vergeblich bezeichnen. Denn im Grunde bedeutet für mich die Kunst mehr als alles andere auf der Welt. Und ich hatte mir als junges Mädchen einmal gesagt, ich will anders von der Welt weggehen, als wie ich sie angetreten habe.»

<hr />

1   Mit dem in China spielenden Märchen «Schivagrudel» gewann Cécile Ines Loos 1925 den ersten mit Fr. 500.– dotierten Preis im literarischen Wettbewerb des «Schweizer Familienwochenblatts» in Zürich. Die Geschichte ist abgedruckt in «Verzauberte Welt», a. a. O., S. 10–20.

Cécile Ines Loos 1929, im Erscheinungsjahr von «Matka Boska», auf
einer Abbildung in einer nicht identifizierbaren Illustrierten

Der Zeitpunkt, an welchem Cécile Ines Loos ihren «Brotberuf» aufgab und die für schweizerische Verhältnisse unsichere und dornenvolle Karriere einer freien Schriftstellerin begann, lässt sich auf den Tag genau bestimmen: es ist der 1. Januar 1927.

Nach dem Wettbewerbsbeitrag von 1925 hatte sie nur noch ganz wenige Texte veröffentlichen können[1], was sie im Briefwechsel mit Arnold Schimpf-Kull immer wieder bedauert und auf ihre starke berufliche Inanspruchnahme zurückführt. Am 8. März 1926 erwähnt sie Schimpf-Kull gegenüber erstmals einen «grösseren Roman», an welchem sie arbeite. Am 24. August des gleichen Jahres berichtet sie von «sechs bis sieben Kapiteln», die sie fertig habe.

Um das Buch fertigstellen zu können, bewirbt sie sich in dieser Zeit erfolglos um Mittel des Basler Literaturkredits, der in jenem Winter zum siebten Mal verteilt wird und ganze Fr. 4500.– beträgt. Schliesslich gelingt es ihr, wie sie Schimpf-Kull am 21. November 1927 voller Stolz mitteilt, den Roman durch die Werkbeleihungskasse des Schweizerischen Schriftstellervereins für zunächst fünf Monate mit Fr. 300.– pro Monat beleihen zu lassen.[2] «So trete ich denn also am 1. Januar aus dem Hause Goth und in mein eigenes Geschäft ein. Sie können denken, wie ich erlöst bin. Ich wage es mir kaum noch recht zu denken.»

Der Start nahm sich erfolgversprechend aus. Mit dem Roman «Matka Boska», der im Jahre 1929 in der renommierten Deutschen Verlagsanstalt (DVA) in Stuttgart erschien, wurde Cécile Ines Loos sozusagen über Nacht im gesamten deutschen Sprachgebiet, und sogar darüber hinaus[3], zu einer Berühmtheit.

Obschon das in Polen angesiedelte, in innere und äussere phantastische Welten auswuchernde Buch nicht so recht in die Schweizer Literaturlandschaft passen wollte, fand es dennoch auch in der Heimat der Autorin bei massgeblichen Kritikern wie Eduard Korrodi, Hugo Marti und Walter Muschg jene anerkennende bis enthusiastische Zustimmung, die wir zu Beginn dieses Textes ausführlich zitiert haben.

Eine gewichtige, wenn auch nicht ausschlaggebende Rolle bei der Entstehung ihres literarischen Erstlings muss der damalige Philologiestudent und spätere Gymnasiallehrer und Schriftsteller Hans Mast (1902–1964) gespielt haben, mit dem Cécile Ines Loos in den späten zwanziger Jahren befreundet

1 etwa die Erzählung «Der arme Apfelbaum» im «Schweizerischen Frauenkalender 1926», S. 139–146
2 Der Kredit wurde später auf insgesamt Fr. 3000.– erhöht, ein Betrag, der durch die dem SSV zugehenden Einnahmen aus dem Werk nie erreicht wurde, was bedeutet, dass die Autorin von ihrem Buch nie mehr einen weiteren Gewinn hatte.
3 1930 erschien bei Jonathan Cape, London, auch eine englische Übersetzung: «Matka Boska. Mother of God» (übersetzt von Margaret Goldsmith).

Cécile Ines Loos um 1930 in Burgdorf mit Ida Langlois,
der «Matka Boska» gewidmet ist.

war[1] und dem sie im äusserst wohlwollend gezeichneten Musiker Belhaer in den «Rätseln der Turandot» ein schmeichelhaftes Denkmal gesetzt hat. Dieser junge Mann erkennt in Turandot Manoville das überragende Talent und setzt es durch, dass sie Tänzerin wird. Er sagt ihr nach «sieben Jahren Leiden sieben Jahre Freuden» voraus, gibt ihr in der Liebe ihr Selbstvertrauen wieder zurück, widerstrebt aber ihrem Ansinnen, sie zu heiraten.[2] Lisa Wenger führt in ihrer Erzählung «Was habe ich mit Dir zu schaffen?» – ein Text, welcher, wie noch zu zeigen sein wird, Cécile Ines Loos' Lebensschicksal nach deren eigener Sichtweise nachgestaltet – Hans Mast unter dem Namen Gregor Sorma ein und sagt von ihm aus der Perspektive der als Ich-Erzählerin auftretenden Sibyl Fleury: «… er traf meinen Ton, schrieb meinen Stil, kein Mensch konnte etwas merken.»[3]

Wie ein antikes Drama: Cécile Ines Loos und ihr wahnwitziger Kampf gegen ihren einzigen Sohn

Wie ihre späteren Bücher überzeugend beweisen, kann Hans Masts Mitarbeit an ihrem ersten Roman kaum sehr viel mehr als die Orthographie betroffen haben. Menschlich-persönlich jedoch hinterliess die schlussendlich gescheiterte Liebesbeziehung in Cécile Ines Loos neben einem etwas gestärkten Selbstbewusstsein höchstwahrscheinlich auch ein folgenschweres Trauma. Das Verhältnis zu Hans Mast scheint die erste sich anbahnende Beziehung gewesen zu sein, in die sie auch ihren nunmehr schulentlassenen Sohn Leonardo als Familienmitglied einzubringen versuchte.[4] Als es zwischen der 46jährigen angehenden Schriftstellerin und dem 27jährigen frischgebackenen Dr. phil. I dann doch nicht zu einer dauernden Verbindung kam, muss Cécile Ines Loos, wie auf Grund verschiedener Indizien zu vermuten ist, fatalerweise ihren unehelichen Sohn als einzigen Hinderungsgrund angesehen haben. Ohnehin hatte sich in den schweren und zermürbenden frühen Basler Jahren das Bild, das sie sich in ihrem Innern von ihrem Sohn gemacht hatte – ein genialer junger Mensch, der ihre Talente geerbt hatte, der ihr einmal Ehre machen würde und auf den sich schlimmstenfalls die so oft verschmähte Liebe, in edle Mutterliebe sublimiert, konzentrieren liesse! –, immer stärker als reines Wunschbild entpuppt. Der Knabe zeich-

---

1 Leonardo Loos bestätigte dies im bereits erwähnten Gespräch vom 6.1.1983. E. F. Knuchel berichtete, «Matka Boska» sei «in eifriger Überarbeitung unter Anleitung eines jungen Freundes und Mitarbeiters ins Reine gebracht» worden. («Basler Nachrichten», 22.1.1959)
2 «Die Rätsel der Turandot», a. a. O., S. 293 und S. 298
3 «Was habe ich mit Dir zu schaffen? Drei Frauenschicksale». Morgarten-Verlag, Zürich 1938, S. 66
4 Leonardo Loos zeigte mir 1983 Fotos, welche seine Mutter, Hans Mast und ihn z. B. bei einem gemeinsamen Badeausflug zeigen.

Die Pflegeeltern Saini lassen Leonardo Loos um 1918/19 für die Mutter fotografieren.

nete sich durch nichts Aussergewöhnliches aus, und mit der strengen Basler Waisenhaus-Erziehung konnte er sich nach der relativ glücklichen ersten Kindheit bei seinen italienischen Pflegeeltern verständlicherweise nur schwer abfinden. An den Sonntagen mit der sorgengeplagten Mutter, die sich seiner schämen zu müssen glaubte, gelang es ihm zudem wohl kaum, das erwünschte sonnige Wunderkind zu mimen …

Unterdessen müssen sich in der Erinnerung von Cécile Ines Loos auch die Umstände ihrer italienischen Mutterschaft bereits sehr stark verklärt haben. In den «Rätseln der Turandot» findet sich folgende literarische Gestaltung des Ereignisses: Turandot Manoville lernt in einem vornehmen Internat am Genfersee den Künstler Guido Taquier kennen. Während seiner Abwesenheit gelingt es jedoch dem Italiener Ettore Prevoi, die Zuneigung des Mädchens zu erringen, indem er die Liebesbriefe Taquiers unterschlägt und die Einsame trösten zu wollen vorgibt. Als sie von ihm bereits ein Kind erwartet, erfährt sie von seiner Hinterhältigkeit. Sie verlässt Prevoi, bringt in Mailand ihr Kind zur Welt und gibt es Fischersleuten in Fusi in Obhut, bis sie genug Geld verdient haben würde, um es zu sich zu nehmen. Sie gerät dann in die Hände des frommen Andreas Kugelweith, der aus ihr «dennoch eine rechtschaffene Frau machen … und sie … unter die Haube»[1] bringen will, sie aber heimlich begehrt. Hierauf landet Turandot beim Psychiater Dr. Merker Nebel, mit dem sie intime Beziehungen hat und die Ehe versprochen bekommt. Ein – mindestens vorläufiges – Glück findet sie aber erst beim Musiker Belhaer, der ihr den Weg zur künstlerischen Laufbahn weist. Turandots Kind Rikard Manoville aber, das aus eigenem Entschluss bei den Pflegeeltern in Fusi bleiben will, schildert die Autorin als «gross und schön gewachsen»[2]. Wenn er erwachsen ist, will der dichterisch und künstlerisch talentierte Sohn «ein grosses Buch mit Bildern dichten»[3] und seiner Mutter schenken.

Die Idealisierung des Sohnes ist unverkennbar, und dass der Basler Waisenhauszögling und Handwerker-Lehrling Leonardo Loos einem solchen wilden und klugen Fischersohn nicht das Wasser reichen konnte, versteht sich von selbst.

Noch wird in den «Rätseln der Turandot» aber die Identität des Kindes nicht angezweifelt, obwohl sich gerade in den Jahren vor der Entstehung dieses Romans und im Zusammenhang mit der Beziehung zu Hans Mast die fixe Idee in Cécile Ines Loos festzusetzen begann, dieser gewöhnliche junge Mann ohne jegliches künstlerisches Talent könne doch gar nicht der leibliche Sohn einer Dichterin sein.

---

1 «Die Rätsel der Turandot», a.a.O., S. 198
2 a.a.O., S. 326
3 a.a.O., S. 327

Leonardo und Cécile Ines Loos um 1926 in Basel

Ob das Motiv von den vertauschten Kindern, das sich ja schon im Alten Testament vorfindet, erst in den späten dreissiger Jahren oder bereits früher eine Rolle in Cécile Ines Loos' Beziehung zu ihrem Sohn zu spielen begann, lässt sich nicht mit Sicherheit entscheiden. In den mir zugänglichen Briefen jedenfalls taucht es erst 1954 erstmals auf, und literarisch gestaltet hat es die Dichterin selbst seltsamerweise nie. Vermutlich hielt sie es für glaubwürdiger, wenn nicht sie selbst, sondern ihre mütterliche Freundin und Förderin, die damals in der Schweiz sehr viel berühmtere Lisa Wenger, die Sache literarisch gestaltete und an die Öffentlichkeit brachte. Die Detailkenntnis, durch welche sich Lisa Wengers 1938 erschienene Schlüsselerzählung «Was habe ich mit Dir zu schaffen?» auszeichnet, ist jedoch derart verblüffend, dass eine weitestgehende Zusammenarbeit der beiden Autorinnen bei der Abfassung und Redigierung des Textes zwingend angenommen werden muss.

Die Geschichte, die als Plädoyer für ihren Titel angelegt ist, lässt, wie bereits gesagt, die ledige Mutter Sibyl[1] Fleury selbst zu Wort kommen. Nach der unglücklichen Kindheit im Waisenhaus will die junge Frau in Frankreich von einem gewissen Pierre-René ein Kind («Ich wollte ein Kind. So ein kleines, zierliches, mit seidenen Härchen und winzigen Zehlein. Ich würde für mein Kind sorgen. Es sollte es gut haben.»[2]), lehnt aber eine Heirat ab («Ich wollte frei bleiben.»). Sie gibt das Kind Cäsar einer dörflichen Amme in Pflege, die kurz vorher ein eigenes Kind, Ignace, geboren hat. Dann reist sie ab, will verdienen, um Geld für das Kind zu sparen. Sie arbeitet in deprimierenden Stellungen, kommt krankheitshalber ins Sanatorium und hält sich mit dem Gedanken an ihr Kind aufrecht: «Kinder sind doch Lichtbringer.»[3] Als sie das Kind endlich in ihre Stadt nehmen und in einem Kloster unterbringen kann, erscheint es ihr plötzlich «stumpf» und «plump». «Sie scherzen, das ist nicht Ihr Sohn», sagt Sibyls zehn Jahre jüngerer Freund Gregor Sorma sofort, als er Cäsar zu sehen bekommt. Bald erkennt sie, dass der Erfolg der sich anbahnenden Beziehung von Cäsar abhängig ist. «Einen Sohn wie den meinen bringt man einem Mann nicht in die Ehe», muss sie sich sagen. Schliesslich ist es dann Gregor, der offen behauptet: «Sibyl, das ist nicht dein Sohn … Du bist betrogen worden.» In den mangelnden Schulleistungen Cäsars sieht Sibyl Indizien für diese These. Ihr Sohn «kann doch nicht Strassenkehrer werden». Zuletzt fährt Gregor heimlich nach Cernieux (Cornate!), dem Wohnort von Cäsars vermeintlichen

---

1   1. Buch der Könige, 3. Kap., V. 16–28 (Die Geschichte, wie König Salomon von zwei Müttern die richtige nach deren Mitleidreaktion bestimmt, als er das Kind teilen zu wollen vorgibt.)
2   Lisa Wenger, «Was habe ich mit Dir zu schaffen?», a. a. O., S. 22
3   a. a. O., S. 24 und 35

Der Literaturwissenschaftler Hans Mast, der während des Entstehens von
«Matka Boska» mit Cécile Ines Loos befreundet war, auf einer Aufnahme
von 1962 in Winterthur.

Pflegeeltern, und bringt heraus, dass Cäsar in Wirklichkeit Ignace, der Sohn jener Leute ist und von diesen nach dem Tod des echten Sohnes der ahnungslosen Frau (mit vollem Wissen des schlau instruierten betroffenen Kindes!) unterschoben worden ist. «Cäsar ist nicht mein Sohn ... Gott, ich danke Dir», jubelt Sibyl, «ich kann die werden, die ich war.»[1] Freudig und erlöst fährt Cäsar am Schluss zu seinen wahren Eltern zurück.

Die absolute Lieblosigkeit und Taktlosigkeit, die mit der nur sehr wenig verschlüsselten Geschichte, in welcher Wahres und Erfundenes geschickt zu einem scheinbar schlüssigen Ganzen zusammengewoben ist, dem in Basel lebenden, inzwischen 27-jährigen Sohn der Dichterin von der hohen Warte des Literarischen her angetan wurde, stellt zusammen mit den Aktivitäten, die Cécile Ines Loos in ihren späten Jahren in eigener Regie gegen ihren Sohn unternommen hat (es gab Versuche, ihm das Bürgerrecht, das Recht zum Tragen seines Namens, das Erbrecht usw. streitig zu machen), alles in den Schatten, was sie selbst in ihrer Kindheit an Leid und Ungerechtigkeit erfahren musste. Und es ist beinahe ein Wunder zu nennen, dass Leonardo Loos, der übrigens in Wirklichkeit als Zeichner und Maler durchaus über unverkennbare künstlerische Fähigkeiten verfügte, all dies unbeschadet überstand, seiner Mutter sogar verzeihen konnte[2] und nach ihrem Tod mit Stolz auf deren literarische Leistungen hinwies.

Die damals bereits achtzigjährige Lisa Wenger jedenfalls hat mit ihrem vermeintlichen Freundschaftsdienst ihrer jüngeren Kollegin einen bösen Bärendienst erwiesen! Ihre Aktion trug nämlich zweifellos dazu bei, dass die merkwürdige Geschichte mit dem unterschobenen Kind für Cécile Ines Loos immer mehr zu einer unerschütterlichen Gewissheit wurde. In einer höchst literarisch anmutenden allmählichen Umwandlung und Anpassung ihrer Erinnerungen an die Vergangenheit verstiess sie das zunächst idealisierte Kind, das dem mütterlichen Ehrgeiz nicht zu genügen vermochte und durch seine Existenz scheinbar ihr ganzes Unglück heraufbeschworen und alle späteren Integrationsversuche vereitelt hatte, nicht nur in Gedanken, sondern ganz real aus ihrer Umgebung. «Wäre er lieb gewesen und dankbar», heisst es mehr als verräterisch im Brief vom 20. Juni 1954 an Elli Muschg, «so wäre das alles gar nie in Frage gekommen.»

Ohne Zweifel haftet Cécile Ines Loos' Verhalten ihrem einzigen Sohn gegenüber etwas stark Pathologisches an, und es wäre völlig verfehlt, sie eines bewussten, schuldhaften Vergehens zu bezichtigen. Es waren tragische Ver-

---

1   Lisa Wenger, «Was habe ich mit Dir zu schaffen?», a. a. O., S. 70, 76, 80, 98 und 101
2   «Wenn sie (Cécile Ines Loos) auch schrieb, dass ich ‹zu allem fähig sei›, so bin ich eben doch auch dazu fähig, wenn auch nicht zu vergessen, so doch immerhin – angesichts des Todes – zu verzeihen!» (Leonardo Loos an Elli Muschg, 1.2.1959, Kopie 1983 eingesehen bei Leonardo Loos, Basel)

kettungen und Verstrickungen, die mit ihrer elternlosen Kindheit ihren Anfang nahmen, die mit dem Verhalten der Umwelt einer ledigen Mutter gegenüber zusammenhingen und die durch die unerfüllt gebliebene Sehnsucht nach familiärer Geborgenheit entscheidend forciert worden sein dürften. Nicht zuletzt war dieses Verhalten, wie Elisabeth Bartlin es formuliert hat, auch eine der «gefährlichen, ja tragischen Kehrseiten einer überreichen Phantasie»[1].

Trost im Buddhismus: «Die Rätsel der Turandot» und «Die leisen Leidenschaften»

Gleichzeitig mit ihrer Beziehung zu Hans Mast, der sich vor Studienabschluss (1928) zeitweise in Rom aufhielt, erlebte die Dichterin im Jahre 1927 eine nur ganz kurz dauernde Bekanntschaft und Seelenfreundschaft mit dem indischen Ingenieur Dr. Jitendranath Dey.[2] Es war dies ein Kontakt, der sich offensichtlich segensreich auf Cécile Ines Loos auswirkte, gelang es dem für Gandhi[3] begeisterten, mit den Lehren des Buddhismus gut vertrauten Mann doch, die verzweifelt um die Anknüpfung einer ehelichen Partnerschaft bemühte Schweizerin mit Hilfe östlicher Lebensweisheit, insbesondere durch die Lehre des Karma, der Reinkarnation usw., zu trösten und zu beruhigen. Es fand somit eine Vorliebe, die bereits in England ihren Anfang genommen hatte, eine merkliche Vertiefung und Steigerung. Der tröstliche Aspekt, mit dem ausser «Matka Boska» alle Werke der Dichterin schliessen, jener Appell an das Überzeitliche, Ewige, dem alles irdische Glück und Unglück untergeordnet ist, das ergebene Sichdreinschicken ins Unabänderliche – das alles hat wohl, später noch weiter abgerundet durch astrologische Erkenntnisse, seine Wurzeln in der kurzen Begegnung mit diesem Boten östlicher Weisheit, von dem wir nicht mehr wissen, als dass er Ende 1927 Europa für immer verliess.

Als dichterische Figur jedoch ist Jitendranath Dey in Cécile Ines Loos' Werke und damit in die Schweizer Literatur eingegangen. Erstmals hat Cécile Ines Loos die Beziehung zu Jitendranath Dey in ihrem zyklischen Kurzroman «Die leisen Leidenschaften. Ein Lied der Freundschaft» literarisch dargestellt. Das Buch, das zunächst den Titel «Ayas aus dem Hohen Tor»[4]

---

1   «Cécile Ines Loos», a.a.O., S. 110
2   Das Porträtfoto, das er der Dichterin schenkte, datiert vom 17.9.1927. Es fand sich in Cécile Ines Loos' Exemplar von «Die leisen Leidenschaften», die Jitendranath Dey gewidmet sind.
3   Cécile Ines Loos teilte die Begeisterung für Gandhi. Sie schrieb dem Mahatma auch einen Brief und legte dichterische Kostproben bei. Gandhi antwortete am 24. Oktober 1929 und bedauerte, nicht deutsch zu verstehen.
4   Ein Teil-Vorabdruck unter Bezug auf diesen Titel erschien 1931 im «Schweizerischen Frauenkalender», Aarau, S. 32–34.

tragen sollte, war 1929 im wesentlichen fertiggestellt[1], kam aber erst vier Jahre später bei Rascher in Zürich heraus. Cécile Ines Loos porträtiert sich darin unverkennbar selber als eine kranke reiche Frau namens Eiduna, welche vom Inder Ayas mittels östlicher Weisheiten von ihrer Verbitterung geheilt wird, ohne dass die leise Leidenschaft zwischen den beiden Menschen eine andere Erfüllung als diejenige des Karma findet: in einem früheren Leben war Eiduna die Gattin des Ayas, verscherzte sich dieses Glück aber und muss im jetzigen Leben dafür Sühne leisten.

Auch in «Die Rätsel der Turandot» hat Jitendranath Dey als literarische Figur Eingang gefunden. Mit dem nach ihm gestalteten javanischen Tempeltänzer Deben Debendah erlebt Turandot Manoville, diese Verkörperung der Dichterin, ihre tiefste Erfüllung sowohl im Tanze als auch in der körperlichen Liebe. In einem Traumgesicht erfährt sie, der Tempeltänzer sei der eigentliche Vater ihres Kindes. Durch viele Leben kehre er zu ihr zurück, aber «des Lebens Glück» sei ihr erst «im nächsten Leben» beschieden, denn, so erklärt ihr Deben Debendah eines der tiefsten Geheimnisse der Liebe, «solange sich Menschen noch bedürfen, gehören sie noch nicht zusammen. Sehnen ist Ferne»[2] Als Deben sie verlässt, ist Turandot von ihren Ängsten befreit: «Nun war sie ausgeheilt von der Wunde des Geschlechts, die alle tragen, die nicht genug geliebt sind.»[3] Deben ist Turandots erster (als imaginärer Vater des Kindes) und letzter (im wörtlichen Sinne) Geliebter. Damit ist er, erkennt man in der Liebe den einzigen Lebenssinn, zugleich auch ihr Tod: «Durch tausend Lippen will ich dich küssen, dich, den ich zuerst geliebt. Nun war er da. Der Letzte. Deben war der Tod.»[4] Diese etwas komplexe mystische These sei hier nur angeführt, weil auch sie, so seltsam es anmutet, eine direkte Parallele zu Cécile Ines Loos' tatsächlicher Erfahrungs- und Empfindungswelt hatte, wie sie sie in ihren Briefen schildert. Am 23. November 1929, also etwa ein Jahr nach der Begegnung mit Jitendranath Dey, schrieb sie an Walter Muschg: «So ging es mir auch mit diesem Inder, von dem ich Ihnen erzählte. Bisher hörte ich an sozusagen windstillen Tagen manchmal fremde Schritte durch mein Herz gehen wie über eine hohe Brücke. Und ich wusste, das sind die Schritte des Todes, die mich von ferne suchen. (…) Wie ich den Inder sah, erkannte ich, dass das die Schritte sind. (…) So ist der Inder mein Tod. Nicht mein Leben. Ich denke, jeder wird von jemand weggerufen.»

1   laut Brief an Walter Muschg vom 24.11.1929
2   «Die Rätsel der Turandot», a. a. O., S. 316
3   a. a. O., S. 320
4   a. a. O., S. 318

Das Bild, aufgenommen in Leeds am 15. September 1927, das der indische Ingenieur Dr. Jitendranath Dey Cécile Ines Loos schenkte.

1929–1931: Triumph und erste Ernüchterung

1931, nach Erscheinen des der «mütterlichen Freundin Frau Lisa Wenger» zugeeigneten Romans «Die Rätsel der Turandot», der den Erfolg von «Matka Boska» zwar nicht erreichte, immerhin aber allgemein als ebenbürtiger Talentbeweis aufgefasst wurde[1], stand Cécile Ines Loos, zumal sie jetzt auch ihr persönliches Schicksal einigermassen bewältigt zu haben schien, auf dem Höhepunkt ihrer schriftstellerischen Karriere. Sie war nun 48 Jahre alt, hatte sich aus eigener Kraft zu einiger Berühmtheit hochgearbeitet und genoss den Ruhm in vollen Zügen. Sie klebte alle Besprechungen ihrer Bücher in ein grosses Heft ein, liess sich gerne zu Lesungen aus eigenen Werken bitten und nahm Kontakte zu vielen anderen Schriftstellern auf. Freundschaftlich verkehrte sie mit Albert Steffen, Siegfried Lang, Maria Waser und Alfred Fankhauser. Sie schrieb an Romain Rolland[2] und freute sich über die Anerkennung, die ihr Selma Lagerlöf in einem Brief an Maria Waser[3] zollte. Seit dem 19. Dezember 1929 war sie auch offiziell Mitglied des Schweizerischen Schriftstellervereins, und in der Folge gelangte sie mit vielerlei Anliegen an das SSV-Sekretariat in Zürich, dessen Leiter Armin Egli und (später) Franz Beidler, wie der im SSV-Dossier des Schweizerischen Literaturarchivs in Bern noch erhaltene Briefwechsel zeigt, sich jeweils mit rührendem Eifer den Sorgen der Basler Schriftstellerin annahmen. 1932 ging es der Schriftstellerin offenbar auch materiell so gut, dass sie an einer vierzehntägigen Mittelmeerkreuzfahrt teilnehmen konnte, die sie zwischen dem 29. März und dem 14. April von Brindisi aus nach Palästina, Ägypten und Griechenland führte.[4] Es finden sich im Nachlass der Dichterin eine ganze Reihe von unveröffentlichten Manuskripten, die bezeugen, dass sie sich im Anschluss an diese Reise mit Plänen für eine literarische Verwertung ihrer Erlebnisse trug. Weder die feuilletonistisch-berichtenden noch die lyrischen Resultate dieser Bemühungen vermögen jedoch zu befriedigen. Hier, bei der Gestaltung der antiken Welt und deren Hinterlassenschaften, fehlte Cécile Ines Loos nun ganz einfach der bildungsmässige Hintergrund, mit dem dieser Thematik beizukommen gewesen wäre. Sie

---

1   Eduard Korrodi trat bei dieser Gelegenheit ein letztes Mal für die Dichterin ein («NZZ», 10.12.1931). Er hat kein späteres Werk mehr selber besprochen, obwohl seine Anerkennung für Cécile Ines Loos viel bedeutet hätte. Direkt um Hilfe angegangen, schrieb er ihr am 4.3.1954, bereits schwer krank: «Oh, diese Reichen! Ich habe nicht den Mut, einen anzubohren, nicht weil ich von der Erfolglosigkeit überzeugt bin, sondern weil es so deprimierend ist.» (Original in der UB Basel)

2   laut Brief an Walter Muschg vom 24.11.1929

3   Maria Waser teilt dies der Schriftstellerin in einem Brief vom 9. Juli 1929 mit (im Nachlass, eingeklebt in das Heft mit Pressestimmen).

4   So lässt es sich nach den Stempeln im Pass der Autorin rekonstruieren, den ich 1983 bei Leonardo Loos in Basel einsehen konnte.

Cécile Ines Loos im Juli 1932 in Thun

muss dies selber gespürt haben, wandte sie sich doch im Anschluss an die Kreuzfahrt der im nahegelegenen Dornach domizilierten Anthroposophie Rudolf Steiners zu, von welcher sie sich eine schnelle Einführung in die antike Bildungswelt erhoffte – mit wenig befriedigendem Erfolg, wie sich bald zeigte. «Ähnlich wie mit der Musik ging es mir mit der Anthroposophie», schrieb Cécile Ines Loos 1953 im Rückblick, «wiewohl ich von selber verlangte, darin geschult zu werden, nachdem ich seinerzeit von Griechenland – Elysium – zurückkehrte, konnte ich keinen rechten Fuss darin fassen. Ich konnte die Bilder nicht verstehen und nicht malen, die sie malen, und nicht in diesen Gedankengängen leben, wiewohl mir immer wieder Einzelnes sehr gut gefiel.»[1] Dieser Skepsis zum Trotz scheinen aber die Erfahrungen, die sie in der Schule des von ihr über alles verehrten Albert Steffen[2] machte, sie in bereits früher sichtbar gewordenen Intentionen, auch als Malerin und bildende Künstlerin zu reüssieren, bestärkt zu haben. In den Briefen der späten dreissiger Jahre[3] spricht sie immer wieder von ihrem Atelier, in das sie Besucher führt, um ihnen ihre Bilder zu zeigen. Nach eigenen Angaben[4] lehnte 1936 offenbar der Zürcher Verlag Orell Füssli die Veröffentlichung eines Bildbandes mit östlich inspirierten Traumbildern ab, und noch eines ihrer letzten, allerdings nicht mehr veröffentlichten Manuskripte, «Das Paradies oder Zauber der Höflichkeit», stattete sie selbst mit 14 visionären Illustrationen aus, die sich aber meines Wissens nicht erhalten haben. Ihren Briefen legte sie als Geschenke gerne bunte, geklebte Scherenschnitte bei, welche sogenannte «Mandalas»[5] darstellten. Auch an der Landesausstellung 1939 in Zürich liess sie auf ihrer Tafel ein solches Mandala anbringen.[6]

Die Zuwendung zur bildenden Kunst brachte Cécile Ines Loos keinen Erfolg. Sie brachte ihr aber sehr wahrscheinlich die Bekanntschaft mit dem Maler Coghuf (Ernst Stocker, 1905–1976), der seit 1934 im Jura wohnte, wo ihn Cécile Ines Loos öfters in den Ferien besucht haben soll.[7] Vielleicht erwachten in ihr in dieser Gegend und in Gesprächen mit dem Maler, der

1   an Otto Kleiber, 1.1.1953
2   «Immer ist es eben Steffen, nach dem ich mich richte, wie nach dem Frühling, Herbst und Winter.» («An Albert Steffen», vermutlich unveröffentlicht, 1983 eingesehen bei Leonardo Loos, Basel)
3   z.B. im Briefwechsel mit Siegfried Lang, den die UB Basel aufbewahrt.
4   an Siegfried Lang, 21.2.1936 («Mit meinen Bildern geht es mir sehr komisch. Jeder, der sie sieht, ist davon eingenommen, aber hernach macht er Reflexionen, dass sie vielleicht ‹mystisch›, das heisst im Volkssinn mysteriös, sein könnten, ‹anthroposophisch›, und dann werden sie wieder abgelehnt, wiewohl auch zuvor Orell-Füssli sagte: Das ist ein Bombengeschäft. Plötzlich erscheint ihm die Vervielfältigung zu teuer.»)
5   Mit diesen von Lamaismus und Tantrismus herstammenden «magischen Kreisen» (Sanskrit) besteht eine Querverbindung zum Denken C. G. Jungs.
6   Die Tafel ist heute im Besitz der Schweiz. Landesbibliothek, Bern.
7   laut Brief von Elli Muschg an den Verfasser vom 9.1.1983

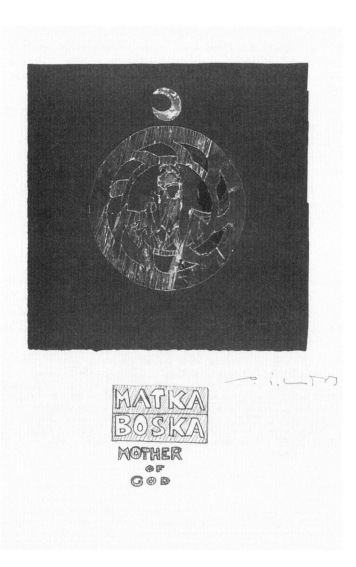

Für die englische Ausgabe von «Matka Boska» entwarf Cécile Ines Loos
einen dann nicht verwendeten Umschlag mit einem Mandala. 1939 brachte
sie den Entwurf auf der Tafel an, mit der sie im «Dichterbuch» der La'39
vertreten war.

die Jura-Landschaft wie kein zweiter als Anregung und Thema für seine Malerei empfand, Erinnerungen an die früheste Kindheit, in welcher der Jura eine nicht unbedeutende Rolle spielte. Das neue Interesse an der Kindheit und an der Jura-Landschaft wurde wohl weiter verstärkt durch die Beschäftigung mit Monique Saint-Héliers (1895–1955) im Jura spielender Famillengeschichte «Le cavalier de Paille», die Cécile Ines Loos in jenen Jahren für den Zürcher Morgarten-Verlag ins Deutsche übertrug.[1]

Jedenfalls führte für Cécile Ines Loos der Weg aus der Schaffenskrise, in die sie nach Vollendung der «Rätsel der Turandot» verfallen war, über die beiden Bücher «Der Tod und das Püppchen» (1939) und «Hinter dem Mond» (1942), über zwei Romane also, in welchen sie die Welt ihrer Kindheit und die Geschichte ihrer stets eng mit dem Jura verbundenen Familie dichterisch dargestellt hat.

1933: der Verlust des deutschen Verlags

Es ist von wohlinformierter und vertrauenswürdiger Seite behauptet worden, Cécile Ines Loos habe sich 1933 geweigert, «eine Loyalitätserklärung gegenüber dem nationalsozialistischen Regime zu unterzeichnen», womit «ihre verheissungsvoll begonnene literarische Laufbahn ein jähes Ende ge-

---

[1] Im Rahmen der von Bundesrat Etter 1936 ins Leben gerufenen «Krisenhilfe an schuldlos in Not geratene Angehörige der freien Berufe, Intellektuelle und Künstler» wurde die von Schriftstellern zu erbringende Übersetzung von 15 Werken in eine andere Landessprache angeordnet, die von einer Übersetzungskommission unter Leitung von Rudolf Jakob Humm durchgeführt wurde. Cécile Ines Loos beantragte, ein Werk von Edouard Rod zu übersetzen, wurde aber vom Morgarten-Verlag dazu gebracht, «Le Cavalier de Paille» von Monique Saint-Hélier ins Deutsche zu übertragen. Der Roman war die Fortsetzung von «Bois-mort», mit dessen Übersetzung Humm befasst war. Der Übersetzungsvertrag wurde am 26.7.37 unterzeichnet, und Cécile Ines Loos teilte SSV-Sekretär Naef mit: «Es ist für mich ganz abgesehen vom Geld eine Freude, es zu übersetzen.» Bereits am 9.12.37 lag das fertige, 428 Druckseiten umfassende Manuskript beim SSV in Zürich und sollte von Humm, dessen Übersetzung ohne Prüfung durchgewinkt worden war, auf seine Druckreife überprüft werden. Schon am 12.12.37 teilte Humm Naef mit, die Übersetzerin habe «keine literarische Übersetzung geliefert, sondern eine kaufmannsmässige, wobei hinzuzufügen ist, dass viele Kaufleute sich für ein solches Deutsch bedanken würden». Naef forderte Cécile Ines Loos zu einer Umarbeitung auf, worauf sie am 25. Januar antwortete, ihr sei es zu Mute, «als ob mir jemand für allen meinen frohen Eifer Tinte ins Gesicht gegossen hätte». Auch die neue, von Jean Moser gegengelesene Fassung lehnte Humm am 2.2.38 ab. «Es klingt alles ungebildet, alles ist à la Courths-Mahler abgefasst.» Erst als die Übersetzungskommission, in der auch Walter Muschg sass, den Text billigte, konnte das EDI die restlichen Fr. 500.– von den Fr. 1000.– Honorar auszahlen. 1939 erschien das Werk ebenso wie Humms Übersetzung «Morsches Holz» unter dem Titel «Strohreiter» beim Morgarten-Verlag, und 1952 übernahm Suhrkamp die Übersetzung auf Antrag Hermann Hesses unverändert in sein Programm. Heute überprüft, erscheint die Übersetzung tatsächlich auf weite Strecken ungenau und im Duktus holprig und dokumentiert bis auf die oftmals wundervoll wiedergegebene Atmosphäre das Versagen der Dichterin vor einer Aufgabe, die sie ganz offenbar nur aus einer wirklichen ökonomischen Notlage heraus angenommen hat.

nommen» habe. «Ohne diesen Schlag wäre ihr Aufstieg ohne Zweifel weitergegangen, und sie wäre mit grosser Wahrscheinlichkeit eine gefeierte Autorin geworden.»[1] Es leuchtet unmittelbar ein, dass sich Cécile Ines Loos ihrer ganzen Einstellung und Veranlagung nach nicht anders als ablehnend verhalten konnte, als Theorie und Praxis der Naziherrschaft einigermassen erkennbar wurden. Was die Juden und ihre Verfolgung durch Hitler betrifft, so ist sogar ein Satz überliefert, der ihr Mitgefühl dokumentiert: «Wollte Gott, ich gehörte zu diesem begnadeten Volk!»[2]

Über die verweigerte Loyalitätserklärung hat sich aber dennoch nirgends ein schriftliches Zeugnis erhalten, und es ist nach 1931 zunächst wohl nicht in erster Linie die politische Entwicklung in Deutschland, sondern die bereits angetönte, persönlich bedingte Schaffenskrise gewesen, die Cécile Ines Loos' Namen wieder eher in den Hintergrund des Interesses treten liess. Sie war ganz einfach mit ihrer stark autobiographisch orientierten Schriftstellerei bei der Gegenwart angelangt, hatte ihre aufwühlenden Erlebnisse schriftstellerisch bewältigt und innere Ruhe gefunden. Nun war ihr schlicht der Stoff ausgegangen, und sie wandte sich, wie wir bereits gesehen haben, der Malerei zu. Das erste Buch, das in einem Schweizer Verlag herauskam – «Die leisen Leidenschaften», 1934 bei Rascher in Zürich –, war ja schon 1929, also vor den «Rätseln der Turandot», fertig gewesen und hatte, lange vor der Zeit der Loyalitätserklärungen, beim Lektorat der Deutschen Verlagsanstalt keine Gnade gefunden. Als dann die Verlagsfrage nach der Fertigstellung des Manuskripts zu «Der Tod und das Püppchen» – schätzungsweise im Frühjahr 1938 – wieder aktuell wurde, hat sie sich mit grosser Wahrscheinlichkeit zuerst wieder an die DVA gewandt. Am 5. Mai 1938 fragte dieser Verlag nämlich «vertraulich» beim Schweizer Schriftstellerverein in Zürich an, ob den Herren etwas darüber bekannt sei, dass «die Schweizer Dichterin Cécile Ines Loos, deren Romane ‹Die Rätsel der Turandot› und ‹Matka Boska› in unserem Verlag erschienen sind, jüdischer Abstammung»[3] sei. Obwohl die Dichterin sich daraufhin durch die Basler Bürgerratskanzlei einen Ariernachweis erstellen liess[4], erschien «Der Tod

---

1   So Walter Muschg in «Worte des Abschieds», a. a. O. – Elisabeth Bartlin übernimmt diese Theorie fast wörtlich in «Cécile Ines Loos», a. a. O., S. 6.
2   Martha Horber-Loos zitierte diesen Satz dem Verfasser gegenüber in einem Telefongespräch von Anfang Oktober 1982.
3   Original im SSV-Dossier des Berner Literaturarchivs
4   Das Dokument wurde am 9. November 1938 ausgestellt und befand sich 1983 im Besitz von Leonardo Loos, Basel. Der SSV schickte es an die DVA und erhielt es am 17.11.1938 von dort zurück. Der Nachweis bestand darin, dass man die Familie Burckhardt als «altes Basler Geschlecht» bezeichnete und feststellte, die väterliche Familie Loos sowie die Familie Stukkert seien zu einer Zeit ins Basler Bürgerrecht aufgenommen worden, «da Juden das Schweizerbürgerrecht nicht erwerben konnten».

und das Püppchen», diese feinsinnige und dichterisch grossartige Kindheitsdarstellung, aber dennoch nicht mehr bei DVA. Das Buch war wohl zu poetisch, zu verträumt, weltanschaulich zu indifferent, vor allem aber zu schweizerisch, als dass es bei einem gleichgeschalteten deutschen Verlag damals noch eine Chance gehabt hätte. Zudem war der Unterschied zum letzten der DVA eingereichten Manuskript («Die Rätsel der Turandot») in stilistischer und stofflicher Hinsicht dermassen eklatant, dass die Absage des deutschen Verlags durchaus auch ohne weltanschaulich-politische Motive hätte zustandekommen können. Die Autorin selbst jedenfalls hätte den Roman lieber in Deutschland erscheinen lassen als bei jenen «Schweizer Bücherfreunden», die schliesslich am 11. Oktober 1939 einen Vertrag mit ihr abschlossen. Angesichts der jeder Beschreibung spottenden Erfahrungen, die sie mit diesem, aber auch mit anderen Schweizer Verlagen in den folgenden Jahren machte, kann man es der Dichterin nicht verübeln, wenn sie ihr eigenes Heimatland bloss als eine Art literarisches Exil gelten liess und sich auch später und bis zuletzt nach den Bedingungen und Möglichkeiten zurücksehnte, die ihr ihr erster, deutscher Verlag geboten hatte. «Wie die Angelegenheit bei mir liegt», schrieb sie beispielsweise am 8. September 1940 an SSV-Sekretär Egli, «ist es so, dass ich eigentlich ein wenig aus meiner Karriere herausgeschlagen wurde und sie jetzt, in dieser Zeit, nicht einfach nur schnell in Ordnung setzen kann. Mein Ziel bleibt immerhin dahin gerichtet, einmal wieder nach Deutschland zurückzukehren, zur Deutschen Verlagsanstalt, die meine ersten Bücher mit Erfolg herausbrachte, zum mindesten, was die Ehre betraf. Ich hatte doch Kritiken von Selma Lagerlöf und anderen Berühmtheiten und wurde sofort ins Englische übersetzt. Dann folgte eine kleine Periode, wo ich aus inneren Gründen nicht schrieb – nicht konnte. Und da ich es wieder aufnahm, war auch die ganze Welt verändert.»

Die späten Meisterwerke: «Der Tod und das Püppchen» und «Hinter dem Mond»

Mit dem Roman «Der Tod und das Püppchen», der ihre zweite fruchtbare Schaffensperiode einleitete, war Cécile Ines Loos ohne Zweifel ein echtes Meisterwerk gelungen, und das Schicksal, das diesem Buch beschert war, steht in keinem Verhältnis zu seinem literarischen Rang. Der Verlag der «Schweizer Bücherfreunde Zürich», der das Buch im Winter 1939 herausbrachte, war eine halb öffentliche, halb vereinsmässig betriebene Organisation, welcher der Buchhandel skeptisch gegenüberstand. «Habe sowieso durch die Bücherfreunde an Kredit verloren, weil niemand diese Bücher von diesem Verlag ausstellen wollte», beklagte Cécile Ines Loos sich am 12. De-

Der Tod des Püppchens

Anna stand am Brunnen
und wusch. Mit einem rie-
sigen Holzlöffel ... sie aus
der hintern Lauge Wäsche-
stücke heraus und warf sie
in den Brunnen. Zuerst
war da ein ovaler Bottich
voller Bettlaken. Dann
kam eine Reihe von
Herrenhemden, Frauenwäsche
mit Spitzen ... -
Hemden, die man auf der
Schulter zuknöpfte. Viele
lange, schmale Nacht-
hemden einer Kranken

Mit dieser Handschriftprobe aus «Der Tod und das Püppchen» war Cécile
Ines Loos im Dichterbuch der La'39 vertreten.

zember 1940 in einem Brief an Armin Egli. Es war Walter Muschg, welcher der Dichterin diese Publikationsmöglichkeit verschafft hatte. 1941/42 aber, als sie erkennen musste, dass ihr Buch praktisch gar nie im Buchhandel erhältlich gewesen war und eine weitere vertraglich vereinbarte Publikation, diejenige des Sammelbandes «Wandernde Gäste»[1], überhaupt nicht realisiert wurde, war Muschg längst enttäuscht aus dem Vorstand des Vereins zurückgetreten und fand sich überhaupt niemand mehr, der für die in Konkurs gegangene Firma Verantwortung tragen wollte. Nach fast endlosem Hin und Her, während dessen sich der SSV nach besten Kräften für die schmählich betrogene Schriftstellerin wehrte, wurden Cécile Ines Loos 1949 1540 ungebundene Exemplare von «Der Tod und das Püppchen» zum Kauf angeboten[2], aber weder Atlantis noch die Büchergilde Gutenberg zeigten Interesse. So wurde das Buch, wie Cécile Ines Loos auf Umwegen und nur durch Zufall erfuhr, 1952 im Rahmen einer Occasions-Aktion in den Läden der Migros verramscht.[3]

Mit «Der Tod und das Püppchen» tritt gleichsam eine neue Cécile Ines Loos vor das Lesepublikum. Das Pathos und die Phantastik von «Matka Boska» und «Die Rätsel der Turandot» ist einer nüchternen, sachlich berichtenden, ungezwungenen Erzählweise gewichen, die in ihrer starken Bildhaftigkeit und in ihrer Fähigkeit, mit wenigen Strichen Atmosphäre zu zeichnen, aber um nichts weniger überzeugend und ansprechend wirkt. Die kompositorische Schwäche der beiden ersten Bücher, die sich vor allem in einer nicht restlos zum Stimmen gebrachten Verbindung von Anfang und Schluss, erstem und zweitem Teil[4], bemerkbar gemacht hatte, ist hier völlig überwunden. Der ganze Text wirkt wie aus einem Guss und entlässt den Leser keinen Augenblick aus dem Zauber der ganz und gar nicht süsslichen – dafür sind die Erfahrungen der Waisenanstalt viel zu erschütternd! –, aber aus ungebrochen kindgerechter Mentalität heraus erzählten autobiographischen Kindheitsgeschichte.

Als einer von ganz wenigen erkannte 1939 der Pädagoge, Jugendbuch-Autor und Schriftsteller Traugott Vogel den Wert dieses Buches und konstatierte: «Nach diesem Werke die Erzählerin C. I. Loos eine Dichterin zu nennen ist Ehrenpflicht.»[5]

---

1 Laut Vertrag vom 18.1.1940 sollte das Buch «aus den beiden unter dem Titel ‹Wandernde Gäste› und ‹Der brennende Busch› eingereichten Manuskripten» kombiniert werden. Teil I bestand aus schon früher gedruckten Skizzen und Erzählungen, Teil II wohl aus einer Frühform des in Lateinamerika spielenden zweiten Teils von «Hinter dem Mond» (Buschbrand!).
2 Laut Schreiben Othmar Lehners an die Autorin vom 15.3.1949, Brief im Nachlass, Basel
3 Laut telephonischer Erkundigung des SSV vom 24.9.1952 (Aktennotiz im SSV-Archiv)
4 Elisabeth Bartlin gewichtet diesen Mangel (a. a. O., S. 127 z. B.) stark.
5 «NZZ», 11.12.1939

Im Roman «Hinter dem Mond», der als nächstes Werk der Dichterin 1942 im Atlantis-Verlag herauskam, vermochte sie ihre neu gewonnene «leise» Erzählkunst noch weiter zu verdichten und in eine an die früheren Romane erinnernde grössere, weitere Dimension von Handlung und Spielraum einzubringen. Der Roman entstand im Frühling und Sommer des Jahres 1940[1] und sollte zunächst nach einem Begriff aus der Astrologie «Das fallende Haus» heissen. Die Autorin hatte grosse Mühe, auch nur eine Zeitung für einen Abdruck, geschweige denn einen Verlag für eine Buchveröffentlichung zu finden. Der SSV fand schliesslich in ihrem Auftrag eine Möglichkeit, das Buch gegen ein Honorar von Fr. 150.– bis Fr. 200.– in der «Neuen Aargauer Zeitung» vorabdrucken zu lassen. Cécile Ines Loos wollte das Manuskript aber nicht so billig hergeben, und zuletzt fand sich dann ein Blatt ihrer Heimatstadt – die «Basler Nachrichten», wo der ihr wohlgesonnene E. F. Knuchel Feuilletonleiter war –, das den Roman, erstmals unter dem Titel «Hinter dem Mond», zum Abdruck brachte.[2] Am 23.9.1940 schickte SSV-Sekretär Egli das Manuskript auch an den Innenminister, Bundesrat Etter, und stellte folgenden Antrag: «Cécile Ines Loos ist keine unbekannte Schriftstellerin. Sie verfügt über einen guten, wenn auch nicht immer sehr klaren Stil. Wir beantragen Ihnen, das Manuskript mit Fr. 250.– zu subventionieren.»[3] Am 10. Juni 1941 hatte die Dichterin noch immer keinen Verlag gefunden. Laut einem Brief an Egli von diesem Datum schickte ihr der Morgarten-Verlag, der sie eben erst als Übersetzerin beschäftigt hatte, das Manuskript nach drei Monaten Wartezeit mit ablehnendem Bescheid zurück. Im Herbst 1941 dann reichte sie es beim Atlantis-Verlag ein, wo zu dieser Zeit noch der spätere «Tat»-Chefredaktor Erwin Jaeckle (1909–1997) als Lektor amtete. Dort erschien dann der Roman unter dem endgültigen Titel «Hinter dem Mond» auf Weihnachten 1942 – kurz bevor Jaeckle zur «Tat» überwechselte.

Basel, der Jura und die Stadt Curinos in Brasilien – das sind die Schauplätze dieses Romans. Susanna Tanner schaut die Welt mit verträumten Augen an und besitzt schon als Kind die Gabe, hinter den Erscheinungen der Alltagswelt wundersame, märchenhafte Dinge zu erblicken. Diese Fähigkeit hilft ihr, ein freudloses, ganz von aussen bestimmtes Lebensschicksal durchzustehen, ohne sich selber untreu zu werden. Von ihren Grosseltern wird sie, um eine Sünde der früh verstorbenen Eltern zu sühnen, mit einem deutschen Pastor namens Quinoke verheiratet, muss die jurassische Kinderheimat und

---

1   «Eben habe ich den zweiten Teil meines Romans ‹Das fallende Haus› beendet.» (30.8.1940, an Armin Egli)
2   Der Abdruck erfolgte allerdings erst ein Jahr später, zwischen dem 18.9. und dem 6.11.1941 («Basler Nachrichten» Nr. 256305).
3   Die Subvention wurde laut Brief Etters an Egli vom 3.10.1940 bewilligt.

den Jugendfreund Petitmoi für immer verlassen und an der Seite des ungeliebten Mannes eine Existenz in Südamerika aufbauen. Als sie nach entsagungsvollen Jahrzehnten als Witwe die Heimat wiedersieht, erkennt sie, dass der Gegenstand ihrer Sehnsucht nur noch in der Erinnerung existiert und dass die universale Gemeinschaft aller Menschen, der lebenden und der toten, an keinen Ort gebunden ist. Sie kehrt nach Südamerika zurück, um dort ihre in langen Jahren eingeübte Rolle zu Ende zu spielen.

Obwohl die Autorin sich selbst – d. h. ihr aus «Der Tod und das Püppchen» bereits bekanntes Alter Ego Michaela Tanner – zweimal (in der Kindheit und gegen Schluss, als Susanna Tanner in Basel ihre unverkennbar der Autorin nachgezeichnete Schwester besucht) direkt in die Handlung einbezieht, ist «Hinter dem Mond», als Ganzes gesehen, nur am Rande autobiographisch. Dadurch jedoch, dass sie in der Protagonistin Susanna ihre Schwester porträtiert und damit ein Stück ihrer verlorenen Familiengeschichte wiederbelebt, kommt, von der weitestgehenden gefühls- und ideenmässigen Identifikation der Autorin mit ihrer Hauptfigur einmal abgesehen, dennoch eine sehr persönliche, engagierte Note in den Roman hinein. Der Umstand, dass sie sich wie in «Der Tod und das Püppchen» ziemlich genau und relativ unverstellt an tatsächlich nachweisbare Fakten hält, ermöglicht ihr wiederum wie in jenem Werk einen lockeren, chronikmässigen, ungezwungenen Erzählstil, der innere Bewegung hinter äusserlich unscheinbaren Beobachtungen und vermeintlich harmlosem Geplauder zu verstecken vermag und die eigentliche Handlung in die Seele der Protagonistin und Ich-Erzählerin verlegt.

Den lateinamerikanischen Schauplatz des zweiten Teils hat Cécile Ines Loos ebensowenig selbst kennengelernt wie den polnischen Handlungsort des ersten «Matka Boska»-Teils, und es zeugt von ihrem überragenden dichterischen Talent, dass ihr die Schilderung dieser exotischen Welt mindestens so farbig und glaubwürdig glückte wie diejenige der Jura-Landschaft im ersten Teil.

Beim Vorbild der Susanna Tanner handelt es sich um die älteste Schwester der Dichterin, die am 26. Juli 1878 geborene Elsa Sara Elisabeth Loos. Sie wurde am 7. Juli 1897, also im Alter von noch nicht ganz 19 Jahren, mit dem aus Trier stammenden, damals im elsässischen Sennheim wirkenden protestantischen Pastor Johann Karl Gustav Berchner verheiratet und zog mit ihm kurz vor der Jahrhundertwende nach Curityba (Curinos!) im brasilianischen Bundesstaat Parana. Dort wirkte Berchner als Pastor einer zunächst vorwiegend deutschstämmigen Gemeinde und traute 1912 z. B. auch die Ehe von Cécile Ines Loos' zweitältester Schwester Martha mit dem Brasilianer Pedro Frederico Augusto Heeren – eine Beziehung übrigens, die Cécile Ines Loos vielleicht als Vorlage für die nur noch zart angedeutete

Cécile Ines Loos 1933 in ihrem Basler Arbeitszimmer. Die Dichterin betrachtete die Aufnahme als ihr «offizielles Bild».

Verbindung zwischen Alice Muth und Franz Quinoke gedient haben könnte. Die Dichterin begegnete ihrer älteren Schwester, ganz so, wie dies im Roman dargestellt ist[1], erst in den späten dreissiger Jahren, nach dem Tode von Pastor Berchner, der tatsächlich, wie im Roman dargestellt, auf einer Seefahrt verstorben sein soll[2], in Basel wieder. Auch die schliessliche Rückkehr der Pfarrerswitwe an den Wirkungsort ihres Gemahls entspricht der Wirklichkeit. 1959, beim Tode der Dichterin, fand sich in der Todesanzeige unter anderem jedenfalls der Name Elsa Berchner-Loos, Curityba, Brasilien.

Natürlich wird man dem dichterischen Reichtum von «Hinter dem Mond» mit einer Inhaltsangabe, einem knappen Hinweis auf die Entstehung des Buches und auf die autobiographischen Hintergründe nicht im Entferntesten gerecht. Man müsste noch von der Symbolik der Sterne, insbesondere der Sonne und des Mondes, sprechen, müsste vom Märchenhaften in der Landschafts- und Figurenzeichnung, von der einfühlsamen Darstellung spezifisch fraulicher Lebensaspekte, von der Rolle der Träume, des Todes, vor allem auch von der Behandlung religiöser Fragen in diesem Buche reden – Themen, die allesamt einer hoffentlich nicht mehr lange unterbleibenden literaturhistorischen Diskussion dieses seltenen Meisterwerks und der anderen Schöpfungen von Cécile Ines Loos überlassen bleiben müssen.

Nach 1942 hat Cécile Ines Loos noch fünf weitere Romane geschrieben und einen sechsten in seinen wesentlichen Zügen entworfen. Im Buchhandel erschienen sind aber nur noch drei von ihnen: «Konradin» (1943), «Jehanne» (1946) und «Leute am See» (1951).

Geistige Landesverteidigung und Sühne für den Weltkrieg: «Konradin» und «Jehanne»

Der Roman «Konradin», der ursprünglich «Der mittlere Weg» hätte heissen sollen und schliesslich 1943 bei Atlantis unter dem Titel «Konradin. Das summende Lied der Arbeit von Vater, Sohn und Enkel» erschien, ist der Beitrag von Cécile Ines Loos an die schweizerische «geistige Landesverteidigung».[3] Es wird darin erzählt, wie der Jurist und fürstliche Gutsverwalter Konradin Stauffer zusammen mit einer Gruppe von weiteren Schweizern den Wirren der Russischen Revolution entkommt und in die Schweiz zu-

---

1 Bei der Begegnung zwischen Michaela und Susanna («Hinter dem Mond», Neuausgabe 1983, a. a. O., S. 151–156) hat Cécile Ines Loos ziemlich genau die Umgebung und die Lebensweise ihrer mittleren Basler Jahre dargestellt.

2 Leonardo Loos teilte mir das 1983 in Basel mit.

3 Auch für die militärische Landesverteidigung leistete sie ihren Einsatz: 1939 absolvierte sie einen Einführungskurs für Rotkreuz-Hilfspflegerinnen und liess sich als FHD einem Spitaldetachement zuteilen.

Von Eugen Langlois (1862-1910), einem lange in Russland tätigen Bruder ihres Burgdorfer Pflegevaters, erhielt Cécile Ines Loos als Kind jene Eindrücke von Russland, die sie in «Matka Boska» und zum Teil auch in «Konradin» verarbeitet hat.

rückkehren kann, wo sich die Heimkehrer bis zum Beginn des Zweiten Weltkriegs wie Ausländer vorkommen, um dann unter dem Eindruck wachsender allgemeiner Bedrohung voll in die Mitverantwortung für die Heimat hineinzuwachsen. Konradin hat die schweizerische Getreideversorgung zu leiten, seine drei Söhne dienen als Offiziere und Soldaten im gleichen Regiment dem Vaterland. Olga Brand konstatierte 1949, der «stark hervortretende Glaube an schweizerische Tüchtigkeit» mache aus dem Buch «eine Art Reklame für unser Volk»[1], während Elisabeth Bartlin in der bereits zitierten Dissertation in dem Roman «ein befremdend unpersönliches Werk» erblickte, das den Eindruck erwecke, «auf Auftrag geschrieben worden zu sein». Tatsächlich ist «Konradin» für den um patriotische Schweizer Literatur bemühten «Schweizer Feuilleton-Dienst» geschrieben worden und errang in dessen Romanwettbewerb 1943 auch einen zweiten Preis. Die Buchausgabe scheint dann, wie dem entsprechenden Briefwechsel zu entnehmen ist, vom Verleger Martin Hürlimann noch überarbeitet worden zu sein. In einer bemerkenswerten Hinsicht ist der Roman immerhin mit «Matka Boska» oder «Hinter dem Mond» vergleichbar: in der Souveränität, mit welcher die Autorin fremde Welten, die sie nur vom Hörensagen kannte, mit glaubwürdigem Lokalkolorit und spezifischer Atmosphäre auszustatten verstand. So schildert sie etwa vollkommen glaubwürdig einen Osternachtgottesdienst in der Moskauer Erlöserkirche zur Zarenzeit[2], obwohl sie selbst nie in Russland war. Was sie darüber wusste, hatte sie alles aus zweiter Hand. Nach der Russischen Revolution waren die Familien Faesy und Luchsinger, die in «Der Tod und das Püppchen» bereits für das russische Milieu gesorgt hatten, endgültig in die Schweiz zurückgekehrt und hatten sich in Bern in einer Art Familienpension niedergelassen, wo auch Cécile Ines Loos in den zwanziger und dreissiger Jahren häufig zu Gast war. Dort liess sie sich die Geschichte der russischen Auswanderung und der Rückkehr und Wiederintegration in die Schweiz erzählen, wie sie das dann in ihrem Buch, ohne viel hinzuzugeben, aber auch ohne starke Betroffenheit, dargestellt hat. Das Ganze verband sie mit einem damals gerne gehörten Lob der bodenständigen Arbeit und der zupackenden schweizerischen Mentalität. Der Einsatz, den das Eidgenössische Departement des Innern zwischen 1946 und 1949 für die Dichterin zeigte, könnte zum Teil gut auf diesen künstlerisch wenig überzeugenden, aber politisch korrekten Roman zurückgehen.

Mit dem 1946 wiederum bei Atlantis erschienenen Roman «Jehanne» präsentierte Cécile Ines Loos ein Schlüsselwerk für die von ihr immer wieder

---

1 «Stilles Wirken. Schweizer Dichterinnen». Zürich, Büchergilde Gutenberg, 1949, S. 68
2 Unter dem Titel «Russische Ostern» ist diese Beschreibung im Lesebuch «Verzauberte Welt», a. a. O. S. 152–156 vorzufinden.

beschworene andere, undogmatische Religiosität. Sie wollte das Werk zudem bewusst als eine Art Sühne für die Toten und Beleidigten des Zweiten Weltkriegs verstanden wissen und führte das Projekt denn auch auf eine direkt durch den Krieg in ihr ausgelöste Vision zurück.[1] Walter Muschgs Qualifikation dieses Romans als das Meisterstück von Cécile Ines Loos[2] ist allerdings durch den überzeugenden Nachweis seiner Doktorandin Elisabeth Bartlin, die Dichterin sei in ungewöhnlich starkem Masse von Anatole France' positivistisch-antiklerikaler Chronik «Vie de Jeanne d'Arc» (1927) abhängig gewesen[3], teilweise entwertet worden.

Neben der echt empfundenen christlichen Gläubigkeit, mit der Cécile lnes Loos die Vorlage des skeptischen Positivisten Anatole France letztlich in ihr Gegenteil verwandelt hat, ist es vor allem die Schilderung von Jehannes Kindheit, die ihr Gelegenheit zu Eigenschöpferischem gewährte. Da sie 1944 nicht nach Domremy reisen konnte, stellte sie die Kindheit ihrer Heldin kurzerhand in die Juralandschaft hinein, die ihr bestens vertraut war und die sie auch in «Hinter dem Mond» dichterisch gestaltet hatte. Was die Darstellung der Kindheit als solcher betrifft, so erinnert «Jehanne» lebhaft an «Der Tod und das Püppchen».

Satire auf die Schweizer Bürgerlichkeit: der Roman «Leute am See»

Das letzte veröffentlichte Werk von Cécile Ines Loos, «Leute am See», entstand bereits 1943[4], wurde aber erst 1951, nachdem man die Dichterin zu einer Abänderung des dritten Teils hatte bewegen können[5], dank Unterstützung des Bundes von der Büchergilde Gutenberg in Zürich herausgebracht und erschien nie im öffentlichen Buchhandel.

Wie bei manchen anderen Werken von Cécile Ines Loos liegt auch bei diesem Roman die Stärke weniger in der epischen Gesamtleistung als im liebevoll gezeichneten Detail. Dort allerdings finden sich, was z. B. die satirische Gesellschaftsdarstellung betrifft, noch einmal eigentliche Glanzstücke ihres dichterischen Schaffens. Witwe Trier, eine noch jugendliche Dame der besseren Gesellschaft, verdankt ihre Umgangsformen und eine gewisse Aura des Geheimnisvollen ihrer früheren Stellung als Kindermädchen bei einer Madame Demoges und deren Sohn Arthur. Nun kommt sie in die Lage,

---

1   Als sie in Basel die Einschläge der Geschosse hörte, kam ihr in den Sinn: «Das ist ja Jehanne d'Arc-Wetter...» («Wie mein Jehanne d'Arc-Roman entstand». In: «Verzauberte Welt», a. a. O., S. 186–190, S. 186)

2   «Worte des Abschieds», a. a. O.

3   «Cécile Ines Loos», a. a. O., S. 81–83

4   Das geht aus dem Brief der Autorin an Hermann Weilenmann vom 21.10.1943 klar hervor (Original im SSV-Archiv).

5   laut Brief der Autorin an Franz Beidler vom 21.6.1949

für ihre Tochter Eugenie oder Üschi, deren Vater in der Dunkelheit des Vergessens verschwunden ist, einen Mann suchen zu müssen. Sie findet ihn in der Person des notorischen Junggesellen Hauptmann von Schippis, den seine Freunde «Götti» nennen. Die Hochzeit kommt zustande, und die in einer Klosterschule aufgewachsene, noch ganz kindliche Braut fährt mit ihrem Angetrauten nach Paris auf die Hochzeitsreise. Später wird von Schippis durch Vermittlung seiner Schwiegermutter Friedensrichter in einer kleinen Stadt an einem Schweizer See. Mit Mutter und Tochter zusammen lebt er in einem gemeinsamen Haushalt, an dessen Führung sich durch sein Hinzukommen kaum etwas geändert hat. So muss er eine kürzere Abwesenheit der beiden Frauen benützen, wenn er einmal für wenige Stunden ein Leben nach seinem Gusto führen will und wenn er der Sinnlichkeit, die sich in Kulinarischem und angedeuteten Frivolitäten erschöpft, einmal freien Lauf lassen will. Im weiteren Verlauf weitet sich die Erzählung sowohl personell als auch vom Schauplatz und vom Verhältnis Realität/Irrealität her immer mehr aus. Ein Mädchen namens Kirwan rückt bald einmal in den Mittelpunkt des Interesses. Mit ihrem Adoptivvater und einer Erzieherin gelangt Kirwan auf einem geheimnisvollen Schiff in die Stadt am See. Nach dem Tod des Adoptivvaters nimmt von Schippis das Mädchen zu sich und lässt es zur Kunstmalerin ausbilden. Üschi ist längst an einer Lungenkrankheit gestorben. Als Kirwan auf einer ihrer Reisen Christean Peters kennenlernt, entwickelt sich eine Liebesbeziehung. Die Ehepläne scheitern jedoch am Widerstand von Christeans Mutter, worauf sich Kirwan ins Engadin zurückzieht. Dort stösst sie auf die Spuren ihrer jung verstorbenen Mutter, die einst das schönste Mädchen des Bergells gewesen ist. Aus unglücklicher Liebe hat sie im See den Tod gesucht. Den Abschluss des Romans bildet eine Fahrt auf dem Bergsee. Kirwan und Armin von Schippis werden von einem blauen Knaben, offensichtlich einem Todesboten, über den See gerudert. Die letzten Sätze des Buches lauten wie folgt: «Leise schaukelt das Schiff auf und nieder. Es ist leicht wie ein Wölkchen. Der Rand ist aus Silber. Man greift in die Luft. Lautlos spiegeln sich die Berge im See bis zum obersten Edelweiss. – Wie Kirwan wieder auf das Bänkchen herunterschaut, da sitzt der blaue Knabe neben ihr und hält sie innig umschlungen …»[1]

Nach den beiden erfolgreichen ersten Büchern hat Cécile Ines Loos ihre Manuskripte, wenn überhaupt, immer erst nach langen und aufreibenden Verhandlungen publizieren können, und nach «Leute am See» ist es ihr bis zu ihrem Tod im Jahre 1959 überhaupt nicht mehr gelungen, einen Verlag

---

[1] «Leute am See», Büchergilde Gutenberg, Zürich 1951, S. 262/263

Cécile Ines Loos (links) mit ihrer langjährigen Freundin, Frau Gisler-
Horni, um 1935 in Basel

zur Publikation zu überreden. Über die Irrwege und Sackgassen, in die sie mit ihrem Schreiben mehrfach geriet, aber auch darüber, wie sich ihr Denken und Fühlen, ihre Phantasie und ihre religiös-mystischen Theorien und Eingebungen in den letzten Lebensjahren weiterentwickelten, geben die nicht publizierten, in der Basler Universitätsbibliothek archivierten Typoskripte auf anschauliche, teilweise auch berührende Weise Aufschluss.

Zeugnis der Schaffenskrise nach 1931: «Alexander Untum Bormann»

Der unveröffentlichte und nur unvollständig erhaltene Roman «Alexander Untum Bormann»[1] ist ein Dokument aus der Zeit der schweren Schaffenskrise, in die Cécile Ines Loos nach Beendigung von «Die Rätsel der Turandot» 1931 geriet und aus der sie sich erst 1938, mit «Der Tod und das Püppchen», sozusagen herauszuschreiben vermochte.

Wann sie mit der Arbeit an diesem Roman begann, ist ungewiss, 1935 jedenfalls muss sie daran gearbeitet haben, denn laut dem Bericht der Werkbeleihungskasse des Schweizerischen Schriftstellervereins vom 6. Juli 1936 erhielt sie dafür im Jahre 1935 den Betrag von Fr. 500.– als Werkbeleihung. Dass sie 1936 nochmals Fr. 800.– von der Werkbeleihungskasse erhielt, weist darauf hin, dass der Roman in diesem Jahre auch abgeschlossen gewesen sein könnte und sie eine sogenannte «Nachbeleihung» für das fertige Manuskript erhielt. Dass Cécile Ines Loos am Roman selbst gescheitert sein muss, geht aus ihrem Brief vom 3. März 1938 an SSV-Sekretär Dr. Karl Naef hervor, wo es heisst: «Ich war durch ‹Alexander Untum› fast verblutet. Den Anfang dazu schrieb ich ebenso glücklich, aber dann machte das Schicksal der Hauptfigur einen Strich durch die Rechnung, indem es zu bösen Verwicklungen mit der Anthroposophie kam – der Betreffende war ein Freund Steiners –, und das Ende war Cyankali. Und da konnte ich die Unsterblichkeit nicht mehr fortsetzen, wiewohl die Deutsche Verlagsanstalt davon geschrieben: ‹Mit beiden Händen würden wir diesen Roman aufnehmen, wenn Sie den Schluss auch gut hinbringen …›»

Die Handlung ist verschlungen und weiträumig. Zudem fehlen im erhaltenen Manuskript die Kapitel 2, 3 und 4. Dennoch lässt sich aus dem Vorhandenen der Inhalt rekonstruieren: Der Diplomat Alexander Untum Bormann, Erbe eines grossen Vermögens, heiratet die Herzogstochter Juliana Ottana, deren Jugend eine unglückliche war. Das Paar lebt in Rom, Juliana ist glücklich und von aller Welt geehrt, bis in der Person der Sängerin Adalla Bazzi eine Rivalin auftaucht. Nun ist das Glück zu Ende, Juliana wird eifersüchtig,

---

[1] Die Seiten 1–25 und 82–345 des Typoskripts in DIN-A5-Format haben im Nachlass der Dichterin in der Universitätsbibliothek Basel die Signatur 60,430 B. a. 3 + 3 bis.

Cécile Ines Loos um 1933 in Basel mit ihrem Sohn Leonardo

versucht ihren Mann zu beherrschen. Filippo, das älteste Kind, stirbt, Stefania, das ältere Mädchen, wird trotzig gegen die Eltern. Schliesslich muss Juliana in der Person der jungen, fröhlichen Wesley eine Pflegerin beigegeben werden. Wesley war einst im Institut von Manycity, wo Cirisis Christentum ohne Dogma gelehrt und gepflegt wird. Wesley hat die Gabe, andere gesund zu machen. Fünf Jahre vor ihrem Tod, als sie im Hause Bormann arbeitet, erscheint ihr Cirisi und sagt ihr das Sterben voraus. In Ägypten, wohin Bormann, später auch Juliana mit Wesley, gezogen sind, wird Bormann ein Eingeweihter in der spiritistischen Runde eines Herrn Assar. Es wird ihm Erfüllung prophezeit mit einer Frau, die er schon kenne. Als Bormann sicher ist, dass damit Wesley gemeint sein müsse, gesteht er ihr seine Liebe. Juliana entdeckt die Beziehung und will Wesley aus dem Haus verstossen. Da wird Juliana wahnsinnig, und Wesley verschwindet unauffindbar aus dem Haus. Bormann sieht seine Schuld ein und fährt mit Juliana nach Rom zurück, wo er die Frau hingebungsvoll pflegt. Erst als Stefania sich anbietet, die Mutter zu pflegen, geht er wieder seinen Berufspflichten nach, die ihn des eben ausgebrochenen Krieges wegen stark in Anspruch nehmen. Stefanias Opferbereitschaft hält aber nicht lange an. Juliana ist dem Personal überantwortet, das die irre Frau quält und sogar prügelt. So muss Bormann seine Frau schliesslich nach Santa Maria in Pflege geben. Aber eines Tages sieht sich Bormann des Krieges wegen verfolgt und muss mit Frau und Töchtern völlig mittellos in seine alte Heimat im Osten Europas fliehen. Juliana stirbt auf der Reise, und Bormann findet schliesslich Unterschlupf in einer Pension nahe dem Ort, wo er aufgewachsen ist. Er findet Briefe Julianas an die Kinder, worin sie ihren Ekel vor ihrem Mann bekennt, so dass er sie noch nach ihrem Tod zu hassen anfängt. Auch wird er durch Stefania um seine letzten Einkünfte gebracht. Zuletzt setzen es Stefania und die andere Tochter Juliana sogar vor Gericht durch, dass sie den Mädchennamen ihrer Mutter tragen dürfen. Da zieht Alexander Untum Bormann in eine Stadt, in der ihn niemand kennt, und lebt da einsam und verlassen, bis er in der Person der gütigen Sophia, in der er zunächst eine wiedererstandene Wesley zu erkennen glaubt, den Trost seiner alten Tage findet. Eines Tages erfährt er, dass Rom sein Vermögen zurückerstatten werde und er wieder Millionär ist. Aber er sagt Sophia nichts davon und lässt sie abreisen – für immer. Da erkennt er, dass er sich geirrt hat und dass er gar kein Geld zurückerhalten wird. Ungerechtigkeit und Unglück bedrängen ihn hart in seiner Armut, und er will sein Leben mit eigener Hand beenden. Als er dazu alles vorbereitet hat, kommt Trost über ihn. Er findet zu Gottes Gerechtigkeit und verspürt eine merkwürdige Leichtigkeit um sich: Geist und Seele befinden sich in beglückender Harmonie. Als die Haushälterin am Morgen nach ihm schauen will, ist Alexander Untum Bormann verschwunden, und dabei wollte sie ihm doch den Brief bringen, der ihn allen anderslautenden Meldungen zum Trotz nun doch wieder zum Millionär macht.

1948 hat Cécile Ines Loos den Stoff zu diesem Roman nochmals aufgegriffen im Romanprojekt «Das letzte Gesicht», das aber ebenfalls gescheitert ist.[1]

«Das Paradies oder Zauber der Höflichkeit»

«Das Paradies oder Zauber der Höflichkeit», der Roman, mit dem sich Cécile Ines Loos, angeregt durch eine intensive Auseinandersetzung mit dem Tod, offenbar ganz bewusst einer surrealistischen Schreibweise annäherte, muss im wesentlichen im Herbst 1949 fertiggestellt gewesen sein.[2] Am 14. September 1949 teilte sie dem Sekretär des SSV, Dr. Franz Beidler, mit, sie habe den Roman fertiggeschrieben und trage sich mit dem Gedanken, ihn verfilmen zu lassen. Am 5. Oktober des gleichen Jahres schrieb sie an ihre Freundin und Gönnerin Elli Muschg vom Spitalbett aus: «Ich lebe wie in einem nach-todlichen Zustand – es ist ein kleiner Schritt. (…) Aber schon im Sommer habe ich alle meine Manuskripte geordnet und in ein Köfferchen gepackt. Darüber eine Art Anthologie geschrieben. Ich habe verschiedene Briefe nach Amerika geschrieben, um neue Verbindungen zu finden. Auch mit Filmgesellschaften. Ich möchte ‹Das Paradies› verfilmen lassen. Und werde es jetzt noch besser umschreiben, auf Bilder bezogen, wie man durch den Tod hindurchkommt, ohne zu sterben. Musiker fanden, es sei phantastisch surrealistisch.» Dennoch scheint es der Dichterin nicht gelungen zu sein, einen Verlag zu finden, ja sie war zu der Zeit mit allen Mitteln bemüht, wenigstens ihren bereits viel früher entstandenen Roman «Leute am See» noch publizieren zu können. Es gelang ihr einzig, zwei aus dem Roman herausgelöste Kapitel zum Druck zu bringen: «Schlafende Prinzessinnen», ein Text, den Traugott Vogel 1950 in die von ihm betreute «Bogen-Reihe» des Tschudy-Verlags, St.Gallen, aufnahm und mit einem biographischen Nachwort von E. Max Bräm versehen liess[3], und «Der heilende Baum», das achte Kapitel des Romans, das von E. F. Knuchel im «Sonntagsblatt» der «Basler Nachrichten» vom 9. April 1950 veröffentlicht wurde. Mit der Geschichte der Indianerin Toluca und ihres Wunderbaumes gewann die Dichterin im Frühling 1950 übrigens auch den Hörerwettbe-

---

1   Im Nachlass (Signatur 60,430 B.b. 3) haben sich davon die ersten 54 Typoskriptseiten erhalten.
2   Das Typoskript befindet sich in zwei vollständigen Exemplaren im Nachlass der Dichterin in der Universitätsbibliothek Basel unter der Signatur 60,430 B.a.3 + 3. bis.
3   Der Text ist ebenso wie der Anfangsteil des 13. Romankapitels, «Und aber der Mord», im Lesebuch «Verzauberte Welt» wieder abgedruckt.

werb im Rahmen des Sonntagsgeschichtenwettbewerbs von Radio Zürich. Zum Inhalt des Romans ist zu sagen, dass es sich tatsächlich um die Darstellung eines Paradieses handelt. Dieses Paradies heisst Maurengeen, es «liegt am Fusse eines Lichtberges und befindet sich in einem wunderbaren Garten». Die Ich-Erzählerin, eine Prinzessin Solmira de Astura, lebt mit ihrem Vater, dem Herzog de Astura, und ihrer jüngeren Schwester, Prinzessin Ottemona, in diesen wunderbaren Gefilden, wo die Parole heisst «Alles!» und wo die Menschen miteinander in einem beneidenswerten Glück ihre Tage verbringen. Es gibt da eine Zauberin Amara, welche die Menschen das Glücklichsein lehrt, es gibt Soldaten, Lehrer und Sternritter, die dazu beitragen, den Alltag und die Feste in diesem frohen Land angenehm zu gestalten. Manchmal kommen auch andere Menschen zu Besuch nach Maurengeen und verbringen da eine gewisse Zeit, um sich zu erholen. So verhält es sich auch mit Emmelein, der schlafenden Prinzessin: es ist dies das Kind einer im Kindbett verstorbenen jungen Frau, welches von einer Schwester des Herzogs von Astura für einige Zeit in die Obhut der Prinzessinnen Solmira und Ottemona gegeben wird. Jäh wird dann allerdings der Friede des Hauses durchbrochen, als Ottemona in Nachahmung von Kains Brudermord an Abel ihre Schwester Solmira ersticht. «Und ich tat einen kleinen Schrei», erzählt Solmira, «und stürzte vom Stuhl herunter und fiel auf meine linke Seite. Und da war ich tot, aber mein Gefühl war noch bei mir, und es war nicht vergangen wie bei Abel.» Das Motiv der Tat ist Eifersucht – Eifersucht auf die von allen immer wieder gelobte und gepriesene Güte der Schwester Solmira. «Ein Leben lang hast du mich gequält mit deiner ewigen und sonnenhellen Güte, und ich war nichts als dein Schatten …» Entscheidend ist nun aber der Umstand, dass der Tod nicht als Tod, sondern nur als eine Verwandlung in einen anderen Zustand erlebt wird. Die ganze Maurengeen-Geschichte kann aber auch als Wachtraum eines jungen Mädchens aufgefasst werden, denn in zweiter und gewichtigerer Bedeutung ist das Paradies für die Autorin nicht ein geographischer Ort, sondern, wie es im Vorwort zum Roman heisst, «ein Zustand des Herzens. Leise wird der Mensch hinweggenommen aus seiner Zeit, seinem Ort, seiner Moral von Gut und Böse.» Und in einer Inhaltsangabe, wie Cécile Ines Loos sie den Verlagen zu schicken pflegte, heisst es: «Ein Wunsch bringt den Menschen ins Paradies. Eine Frau findet es, weil sie wünscht, es zu finden.» Die Sache, um die es sich beim Paradies handle, heisse: «Leben. Es ist jene Sache, in der inneren Schwebe des süssen Lebens zu verbleiben, ohne Anstoss zu nehmen an Kummer und Ärger, an Unglück und Tod … Zwischen den beiden Parolen ‹Alles› und ‹Das nicht› muss der Mensch sein seelisches Verhalten von selber herausfinden. Es kann ihm niemand zu Hilfe kommen. Es bleibt allein die Frage seiner Höflichkeit.»

Cécile Ines Loos um 1942 in Basel

Die letzten Romanprojekte: «Der schöne Herzog» und «Horizonte»

Mit dem Roman «Der schöne Herzog» begann Cécile Ines Loos 1949 und erhielt laut Brief Bundesrat Etters an den SSV-Sekretär vom 21. Dezember 1949 vom Bund Fr. 5000.– für die Arbeit zugesprochen, ein Betrag, der in monatlichen Raten von Fr. 300.– auszuzahlen war.[1]

Das Werk, das ursprünglich den Titel «Le beau duc» trug, wurde von der Dichterin laut Eintragung auf dem Typoskriptdeckel am 20. Februar 1951 beendet, fand aber offenbar bei der Deutschen Verlagsanstalt, mit der sie in jenen Jahren wieder korrespondierte, kein Gefallen. So schrieb Cécile Ines Loos am 10. März 1952 dem Schriftstellerverein: «Die Geschichte selber heisst ‹Der schöne Herzog› … Ich bin auf halbem Wege bereits mit der Deutschen Verlagsanstalt darüber einig, und zwar so: dass ich statt den zu sehr geschichtlichen Fakten eigentlich nur die menschlichen setzen möchte.»[2]

Was zunächst nur als «Modernisierung» gefordert war, wurde schliesslich doch zu einer völligen Neubearbeitung des Stoffes. Am 17. September 1952 schrieb die Dichterin an Dr. Franz Beidler vom SSV: «Übrigens: meinen Roman ‹Der schöne Herzog› habe ich unpolitisch umgewandelt in ‹Eine Oktave höher›, mit einem Spiel auf den glücklichen Inseln.» Tatsächlich erhalten hat sich allerdings nur die Urfassung des Romans – ein Manuskript, das deutlich vom Kräftezerfall der alternden Dichterin gekennzeichnet ist. Unter phantasievoller Ausschmückung im Detail hat Cécile Ines Loos die Lebensgeschichte des berühmten Duc d'Enghien nachgezeichnet, den Napoleon, um die Bourbonen abzuschrecken, am 21. März 1804 zur Sühne für ein nicht von ihm begangenes Attentat erschiessen liess. Die Dichterin schildert ausführlich die Kindheit des Prinzen am Hofe seines Grossvaters, des Prinzen von Condé. Dann beschreibt sie die weiteren Stationen seines kurzen Lebenswegs – Eintritt ins Emigrantenkorps des Grossvaters, Exil in Ettenheim bei Baden, Verhaftung auf Befehl Napoleons –, lässt die Geschichte aber mit dem Tod des Prinzen nicht enden, sondern stellt Napoleon und den Duc d'Enghien in einem imaginären Nachspiel im Jenseits einander gegenüber, um zu zeigen, wie sinnlos die Feindschaft der einander innerlich so ähnlichen Menschen gewesen war. «Nicht bessere Bomben fehlen uns», endet der Roman, «um die Erde zu beherrschen, aber höhere Gedanken. Und der Friede ist kein Zweck, sondern Ausdruck der vollendeten Kultur.»

---

1 Das vollständige Typoskript befindet sich in zwei Exemplaren im Nachlass der Dichterin in der Universitätsbibliothek Basel unter der Signatur 60,430 B.a. 2 + 2. bis. Das Eingangskapitel ist unter dem Titel «Der blaue Knabe» am 2. Juli 1950 im «Sonntagsblatt» der «Basler Nachrichten» und 1985 auch wieder in «Verzauberte Welt» erschienen.

2 Original im Archiv des Schriftstellervereins

Der Komplex «Horizonte»/«Drei Vorkommnisse»[1] ist das letzte Romanprojekt von Cécile Ines Loos. Am 13. August 1953 schrieb sie an die ihr befreundete Lyrikerin und Schriftstellergattin Gertrud Guggenheim: «Nun habe ich längstens wieder etwas Neues angefangen: ‹Drei Vorkommnisse›. Drei Novellen auf verschiedenen Ebenen. Ich bin immer dafür, wenn alles schief geht – einfach weiterzufahren, als wäre nichts geschehen.»[2] Schon am 19. November 1953 konnte sie im Saal des Basler Bischofshofs aus ihrem Manuskript vorlesen, und laut Bericht der «Basler Nachrichten» vom 22. November 1953 las sie genau so weit vor, wie das Fragment im Nachlass reicht. Am 18. Dezember 1955 schrieb sie an Elli Muschg: «Das neue Buch fängt an: Horizonte.» Und am 5. Januar 1956 teilte sie Dr. Beidler mit ausdrücklicher Nennung des Titels «Horizonte» mit: «Vorderhand schreibe ich weiter an diesem Roman.» – Nach der (ausserordentlich ausführlichen) Inhaltsangabe zu schliessen, haben die drei Teile des Projekts äusserlich nichts miteinander zu tun. Im Mittelpunkt des teilweise realisierten ersten Teiles «Der Abgrund. Am Meer» sollte Medusa Crofton, eine dichterisch begabte Pfarrerstochter aus Irland, stehen. Sie wächst im einsamen Pfarrhaus am Meer auf, erzogen von einem deutschen Fräulein. Zur Verlobung ihrer älteren Schwester Jane reist die Pfarrersfamilie Crofton nach Dunnyhill. Der erhaltene Text endet mit einer dreifachen Hochzeit, an der nicht nur Medusas Schwester, sondern auch ihr Bruder Samuel und sie selbst mit je einem Partner feierlich und festlich die Ehe eingehen. Laut Inhaltsangabe sollte Medusa später zwei Söhne bekommen und einen Roman mit dem Titel «Kein Platz für Reue» schreiben. Als Einflüsterung Satans kommt sie auf den Gedanken, alle «armen kranken Kinder» sowie «elende Erwachsene» umbringen zu lassen, damit auf der Welt nur noch gesunde, reiche, kluge und begabte Leute lebten, «die niemand zur Last fallen». Der Weltkrieg verhindert eine Ausführung der Pläne, und Medusa muss erleben, wie ihre beiden Söhne im Krieg fallen. Cécile Ines Loos' Brief vom 7. Mai 1954 an den DVA-Lektor Martin Lang macht deutlich, dass diese Medusa eine literarische Verkörperung jener adligen Dame werden sollte, bei welcher sie, wie in «Liebhabertheater» dargestellt, einst in Birmingham Kindermäd-

---

1 Soweit erkennbar ist, hat die Autorin ein Projekt, das sie unter dem Titel «Drei Vorkommnisse» («Der Abgrund», «Das Bild», «Das Licht») seit 1953 in Arbeit hatte, 1955/56 in «Horizonte» umgetauft. Die Seiten 1–52 eines unvollständigen Typoskripts zu «Der Abgrund» befinden sich in zwei Exemplaren im Nachlass in der Basler Universitätsbibliothek (Signatur 60,430 B.b. I + I. bis). Der neue Titel «Horizonte» steht jeweils handschriftlich auf dem Titelblatt. Unter dem Titel «Schloss in Irland» ist ein Auszug aus dem 3. Kapitel dieses Fragments in «Verzauberte Welt» erschienen. Unter der Signatur 60,430 B.g.2 hat sich im Nachlass eine Inhaltsangabe von «Drei Vorkommnisse» erhalten, die eine Rekonstruktion des ganzen Inhalts erlaubt.
2 Brief im Besitz von Charles Linsmayer

chen war. – Das zweite «Vorkommnis», «Das Bild. Grossstadt», sollte im
wesentlichen die Lebensgeschichte eines heuchlerischen Pfarrers darstellen
und damit ein weiteres Mal jenen Berner Pfarrer Schädelin karikieren, mit
dem sie als junge uneheliche Mutter schlimme Erfahrungen gemacht hatte.
– Der dritte Teil sollte «Das Licht. Ebene Jesreel» heissen. Nach der Inhaltsangabe zu schliessen, die sich hier fast zu einer Kurzerzählung verdichtet,
sollte es sich dabei um eine unkonventionelle dichterische Gestaltung des
Lebens Jesu handeln. Christus, der Erleuchtete, «gesellt sich», durch eine
astrologische Erscheinung angekündigt, «Maria bei» und erhebt sie zur Ma-
donna aller Menschen. Die Religion, die er den Menschen bringt, ist jene
von Cécile Ines Loos immer wieder beschworene «andere Kirche», wie sie
sie zuletzt auch von Cirisi in «Alexander Untum Bormann» predigen liess.

**Ein zentrales Element ihres Denkens: Cécile Ines Loos' Idee einer
neuen, anderen Kirche**

Die Erlebnisse, aus denen Cécile Ines Loos sich – erstmals in «Matka
Boska» – «herausarbeiten musste», waren nicht einfach «Stoff», über den
sie nach Lust und Laune verfügen konnte. Es waren existentielle Erfahrungen, die sie nach und nach verkraften musste; es war die Erinnerung an
Bedrohliches, Niederschmetterndes, Unheimliches, mit der sie es zu tun
hatte. Das Leben hatte Cécile Ines Loos in jungen Jahren eine Lehre erteilt,
die sich ihr wie von selbst zur Botschaft verdichtete, zu einer Botschaft, die
sie loswerden musste. «Vom predigthaften Wort der Verkündigung», schrieb
Hugo Marti, wir haben ihn bereits einmal zitiert, zu «Matka Boska», «bis
zum Märchen der Wirklichkeit setzt diese Erzählerin alle Mittel in den
Dienst ihrer Absicht: Menschen aufzurütteln und ihnen den Glauben an das
Dennoch! der Liebe wiederzugeben.»[1]
Das Vorhandensein einer Botschaft und die überbordende Fülle des zur
Gestaltung drängenden Erlebten allein waren es aber noch nicht, die Cécile
Ines Loos zur Dichterin machten. Es kam da noch eine Fähigkeit hinzu, die
ihr in beinahe wunderbarem Ausmass gegeben war: die Begabung, eine
karge, unscheinbare und ihr oftmals sogar feindlich gesinnte Realität mit
den Mitteln der Phantasie, der Imagination und des Traums in eine geheimnisvolle, bildkräftige, vielschichtig-hintergründige dichterische Gegenwelt
zu verwandeln. In eine Gegenwelt allerdings, die weit davon entfernt ist,
die harte Wirklichkeit durch eine Welt des schönen Scheins zu ersetzen und
vergessen zu machen. Vielmehr steht diese Gegenwelt mit der vorgefunde-
nen Realität stets in direktem Bezug, beleuchtet sie neu, hinterfragt sie oder

1   «Der kleine Bund», 26. Mai 1929

zeig Alternativen zu ihr auf. Es glückte Cécile Ines Loos, für die «Intuitionen» nichts anderes als «Intelligenzspiegelungen»[1] waren, stets von neuem, die Welt zu verzaubern, ohne dass sie dabei ihre Botschaft verraten, ohne dass sie ihre mühsam genug erworbene luzide Lebensklugheit einer Poesie des l'art pour l'art geopfert hätte. Einer, der das zu Lebzeiten der Dichterin schon erkannte und mit träfer Präzision formulierte, war Max Frisch. 1943, in einer Besprechung von «Hinter dem Mond», schrieb er: «Novalis sagte einmal, er könne eine Dichtung denken mit der Assoziation von Träumen. Was Cécile Ines Loos schreibt, die Folge ihrer Sätze, ist Spiegel einer überzeugenden Unwillkürlichkeit, sie braucht ihren Verstand, der beträchtlich ist, nicht zu unterdrücken, um poetisch zu wirken. Sie träumt noch bei lichterlohem Verstande; das ist das Bewundernswerte; sie bleibt Medium – viele Bücher zeugen von Könnerkraft, bei Cécile Ines Loos glauben wir sogar an das, was man früher, in seinem buchstäblichen Sinn, die Eingebung nannte.»[2]

Betrachtet man das dichterische Schaffen von Cécile Ines Loos, ihre Romane, Erzählungen, essayistischen Skizzen, Feuilletons usw., nach diesem Gesichtspunkt, so stösst man auf immer neue Formen dieser intelligenten Verzauberung. Es gelingt ihr nicht nur, ihre an sich betrübliche Kindheit zu jenem Erleben von tief innerer Beglückung umzugestalten, wie es in «Der Tod und das Püppchen» als Sinnbild von Kindheit überhaupt seinen Niederschlag findet, oder aus ihren unglücklich verlaufenen Liebesbeziehungen Höhenflüge à la «Die Rätsel der Turandot» zu machen, worin Grosses und Beherzigenswertes über das Wesen der Liebe zum Ausdruck kommt. Nein, es gelingt ihr auch selbst noch das Alter zu verzaubern, so dass es leicht erträglich erscheint, und sogar den Tod, den sie als traumhaftes sanftes Hinüberdämmern in einen andern Zustand beschreibt. Die nachhaltigste, umfassendste und reichste Verwandlung aber, eine, die alle ihre Verzauberungen gleichsam in ein unsichtbares Koordinatensystem zueinander bringt, liess Cécile Ines Loos jener Macht angedeihen, von der sie das ganze Leid ihrer Jugend, und auch viel späteres noch, herleitete: der Kirche. Eine andere, eine neue, eine spezifisch weiblich empfundene Kirche, eine Kirche der Liebe sollte es sein, von der die grosse Umkehr, das zukünftige Menschheitsglück zu erwarten wäre. Kein grösseres Werk, ja kaum einen kleineren Prosatext gibt es von der Dichterin, in dem dieses utopische Motiv, in wel-

1 «Intuitionen sind Luftspiegelungen vergleichbar. Intuitionen sind Intelligenzspiegelungen. Weit auseinanderliegende, unberechenbare, von uns willkürlich getrennte Zusammenhänge ergeben plötzlich ein Gesamtbild.» in: «Das Wort wird unsere Heimat sein …». In «Dichtung und Erlebnis», Max Niehans-Verlag, Zürich 1934, wieder abgedruckt in «Verzauberte Welt», a. a. O., S. 175–183, S. 180

2 Max Frisch: ‹Cécile Ines Loos: ‹Hinter dem Mond›. In: «Neue Schweizer Rundschau», Neue Folge, 10. Jg.,1942/43, S. 517–519

chem ihre Botschaft die reinste Verkörperung gefunden und das «Träumen bei lichterlohem Verstande» seine schönste Frucht gezeitigt hat, nicht wenigstens leise angetönt ist.

Aus einer Familie von Missionaren, Pfarrern und Organisten stammend, hat Cécile Ines Loos als Kind die martialische Zwangspädagogik einer pietistischen Armenanstalt durchgestanden und ist schon damals, wie an einer zauberhaften Stelle von «Der Tod und das Püppchen» geschildert ist, auf den Gedanken gekommen, die vorgefundene könne nicht die Kirche sein, welche die Menschen glücklich werden lasse, und sie wolle darum als Erwachsene «eine neue Kirche bauen»[1]. Dieses frühe Irrewerden an der herkömmlichen Religion hat die Dichterin mehrfach in Briefen als autobiographische Tatsache bestätigt. So am 15.11.1927 in einem Brief an Arnold Schimpf-Kull, wo sie erzählt, dass sie «schon auf der Schulbank zu dem Entschluss» gekommen sei, «wenn ich dann gross bin, dann gründe ich einfach eine neue Kirche, denn das ist alles nichts». Die Erlebnisse ihrer ersten dreissig Jahre haben dann ihre Enttäuschung über die konventionelle Religion nicht vermindert – ganz im Gegenteil. Zum einen scheint sie bitter darüber enttäuscht gewesen zu sein, dass der Erste Weltkrieg, der schliesslich zwischen christlichen Nationen ausgetragen wurde, von den Kirchen nicht verhindert worden war. So schrieb sie am 23.11.1928 Walter Muschg: «Ich bin vor dem Krieg, trotzdem ich nicht politisch auf der Höhe bin, so unglücklich gewesen, und auch mutvoll: ich meinte, das grosse Unglück musste abgewandt werden. Ich, wir, die Kirche mussten vorangehen und uns beweisen als die Macht, die wir vorstellen sollten, und das Unglück eben abwenden, indem wir geschlossen sagten: ‹Wenn jemand fallen muss, so fällt zuerst die Kirche, auf jeden Fall nicht die uns Anvertrauten.› Ich kam mir vor wie jemand, der einen grossen Feuerkreis gesehen und nun atemlos in ein Zimmer stürzt und schreit:‹Hilfe, Hilfe!› ... Aber ich wurde dann sehr verlacht; es hiess, ich wollte auch eine Rolle spielen. Ich wurde zu einem Psychiater geschickt.»[2] Die gleiche Erfahrung hat Cécile Ines Loos dann in «Matka Boska» dargestellt, wo sie Lelia Devran zu Pfarrer Maida gehen lässt, um diesen und die Kirche zum Kampf gegen den drohenden Krieg aufzufordern: «Soviel tausend bezahlte Vertreter der Kirche aller Konfessionen auf dem ganzen Erdrund, und dennoch Weltkrieg, was tut die Kirche eigentlich ...? Wo bleibt da das Weltgewissen, das darzustellen die Kirche doch vorgibt? Wann und zu welcher Zeit hat sie sich in die Schranken geworfen für die Menschheit und gesagt: ‹Wenn Blut fliessen soll, so fliesse das unsere zuerst›?»[3] Zum andern aber hat Cécile Ines Loos damals auch

1   «Der Tod und das Püppchen», a.a.O.,S. 59/60
2   Wir zitieren hier das bereits angeführte Zitat hier mit Absicht erneut.
3   «Matka Boska». In unserer Ausgabe S. 237 f.

ganz persönliche Erfahrungen mit einem Vertreter der Kirche machen müssen, Erfahrungen, die ihr das Christentum zum Inbegriff von Heuchelei und Verlogenheit machten, Erfahrungen, denen sie mit ihrer erträumten «anderen Kirche», die sie zuerst in «Matka Boska» auszugestalten begann, entgegenwirken wollte. In einem Brief an E. F. Knuchel vom 10.6.1929 stellt sie die Entstehung von «Matka Boska» geradezu als direkte Folge ihres Konflikts mit jenem Berner Pfarrer Albert Schädelin dar, der die uneheliche Mutter 1913/14 bei sich aufgenommen und auf den Pfad der Tugend hatte weisen wollen. Die Briefstelle lautet: «Ich bin sogar von einem Pfarrer und seiner Frau in Bern mit dem einjährigen Kind zusammen leer vor die Türe gestellt worden, weil ich mich erdreistete zu behaupten, dass die Kirche eigentlich falsch handle. Und dort fasste ich das Matka Boska-Motiv: ich bin es nicht, der leidet, es ist die Gottesmutter, die man leiden macht. (…) Und nun liessen sie mich mit dem Kind im Stich, und auch mit der Idee der Kirche, über die sie sich halb tot lachten …»[1]

Cécile Ines Loos, die von sich selbst gesagt hat: «Ich glaube gar nicht, dass ich ein Theoretiker bin, wiewohl ich, von verschiedenen Seiten ein wenig, etwas zu meiner Unwissenheit hinzugelernt habe»[2], war weder willens noch in der Lage, ihre Idee einer «neuen Kirche» zu einem Lehrgebäude auszubauen. Sie hegte aber bis zuletzt den Wunsch, ihrer theologischen Utopie einmal ein ganzes episches Werk zu widmen. In diesem Sinne schrieb sie am 5.5.1946 an Walter Muschg: «Und so bin ich in meinem Leben langsam via Sterne einem fremden Ufer zugeschwommen, einer anderen Religion und einer anderen Weltanschauung. Ich habe immer vor, eines Tages den Roman ‹Messias› zu schreiben. Aber von den Sternen und von der Wüste aus gesehen und so eine Art Marienklage, weil man ihren Sohn nicht verstanden hat.»

Der Roman «Messias» ist nicht zustandegekommen, und der letzte Teil des Romanprojekts «Horizonte»/«Drei Vorkommnisse», wo der Plan in etwas modifizierter Form doch noch hätte realisiert werden sollen, ist, wie wir gesehen haben, nicht über eine Inhaltsübersicht hinaus gediehen. So ist derjenige, der sich eine ungefähre Vorstellung von Cécile Ines Loos' «neuer Kirche» machen will, darauf angewiesen, das vorhandene Werk der Dichterin nach Spuren dieser Idee abzusuchen und das Vorgefundene dann im Sinne einer Hypothese vorsichtig zueinander in Beziehung zu setzen.

Am auffallendsten und kühnsten erscheint an dieser «neuen Kirche» zunächst einmal das starke, dem männlichen manchmal mehr als nur ebenbür-

---

1 Die Briefe an E.F.Knuchel sind im Nachlass Knuchel in der Schweizerischen Nationalbibliothek, Bern.
2 Brief vom 7.5.1945 an Dr. Martin Lang von der DVA (1983 eingesehen bei Leonardo Loos, Basel)

tige Gewicht, welches dem weiblichen Element zugestanden ist. So stellt Cécile Ines Loos von allem Anfang an ganz selbstverständlich eine weibliche Gestalt, eine Grosse Mutter als Matka Boska oder Gottesmutter mit an die Spitze der himmlischen Hierarchie. Ja, sie überträgt zum Teil sogar die Erlöserfunktion, das stellvertretende Leiden der Gottheit, in fast sakrilegischer, aber von hohem sittlichem Ernst bestimmter Weise auf die Gottesmutter: «... ich bin es nicht, der leidet, es ist die Gottesmutter, die man leiden macht.» Und diese Gottesmutter ist es, der die Dichterin die Worte in den Mund legt: «Ich selber bin die verlassenen Mütter. Ich bin der bittenden Tiere Augen, und das Blut aller Hilflosen mündet in meinem Herzen. Ich bin das Leid, das du leidest; nur der hat keinen Teil an mir, der nie in seiner Seele um etwas gelitten.»[1] Diese starke Betonung des weiblichen Elements bleibt in Cécile Ines Loos' religiösen Überlegungen bis zuletzt erhalten. Noch der nicht mehr ausgeführte Messias-Roman sollte ja, wie bereits zitiert, nicht nur ein Christus-, sondern mindestens so sehr ein Marien-Roman werden: «... so eine Art Marienklage, weil man ihren Sohn nicht verstanden hat». Dennoch predigte die Dichterin nicht etwa eine emanzipatorische Mutterreligion. Die Gleichstellung des Weiblichen mit dem Männlichen im religiösen Bereich entsprach ganz einfach ihrer unkomplizierten, unverkrampften Auffassung von fraulicher Gleichberechtigung, wie sie sie auch sonst vertrat. «Ich rechne es als eine Selbstverständlichkeit», schrieb sie am 28. Juni 1932 in einem Leserbrief an die «Basler Nachrichten», «dass Männer und Frauen einander von je her gewachsen waren, so gut als ein Löwe und eine Löwin, und ich bin weder ein Verehrer des Matriarchats noch des Patriarchats, sondern des klaren Menschentums füreinander».[2]

Neben dieser bedeutsamen Verlagerung der Geschlechterrollen auf ein Gleichgewicht hin ist es vor allem der optimistische Zukunftsglaube, der Cécile Ines Loos' «neuer Kirche» ihre eigene Prägung gibt. Schon in «Matka Boska» heisst es einmal: «... noch sind wir erst der Anfang von uns selber, erst schimmernder Umriss und leuchtende Ferne von uns. Noch sind wir erst die Sterne in der Ferne, und das Himmelreich ist nicht ein Ort, sondern ein Zustand des Herzens ...»[3] Nicht in einem fernen Jenseits, sondern hier auf der Erde situiert sie ihr Himmelreich, und der Weg dazu ist eine Veränderung des Menschen zum Guten hin. Noch in einem ihrer letzten unveröffentlichten Romane, in «Das Paradies oder Zauber der Höflichkeit», hat sie diesen Gedanken wieder aufgenommen und das Paradies schon im Vorwort «einen Zustand des Herzens» genannt. Als sie dieses Paradies dann doch zu

1 «Matka Boska». In unserer Ausgabe S. 250
2 Nicht gedruckt. Liegt dem Brief an Knuchel vom entsprechenden Datum bei.
3 «Matka Boska». In unserer Ausgabe S. 74

Cécile Ines Loos um 1949/50 in Basel

beschreiben versucht, stellt sie es mitten in die irdische Landschaft hinein und lässt die Menschen dort nichts anderes als das Glücklichsein erlernen. Inbegriff dieses Glücklichseins ist die Freude – «Die Seele Gottes ist die Freude», heisst es lapidar in dem unveröffentlichten, im Nachlass aufbewahrten Theaterstück «Samun» –, Mittel dazu aber ist die Hingabe an das andere, die Liebe in jeglicher Gestalt, von der leidenschaftlichen Verliebtheit bis hin zur tätigen, selbstlosen Nächstenliebe. Es ist die Liebe, wie sie auch im «Königreich Manteuffel» gepriesen wird: «… jene wunderbare Kraft der jugendlichen Seelen, die sozusagen sich selber über Bord wirft und sich restlos hingibt an das andere, das Unnennbare, das ausser uns Stehende!»[1] Von einer solchen absoluten Auffassung der Liebe her waren nur Spott und Satire möglich, wenn es um die Ehe als bürgerliche Einrichtung ging. Nirgends so eindrücklich wie bei deren völliger Abwesenheit konnte Cécile Ines Loos die elementare Macht jener Leidenschaft ahnen lassen, die man beschönigend als Erotik bezeichnet: in der Zahnarztszene von «Der Tod und das Püppchen» etwa, oder in jenen Kapiteln von «Leute am See», wo es um die sinnlichkeitsferne Atmosphäre im Hause Hauptmann von Schippis' geht.

Der elementaren Leidenschaft steht die solidarische Liebe zum Nächsten, ja zur gesamten Menschheit und darüber hinaus zur ganzen Kreatur, an Eindringlichkeit um nichts nach. Wohl nicht zufällig entleiht der Sphären-Organist Cirisi dem Bericht von seinem messianischen Vorbild nur ein einziges Motiv: jenes der wunderbaren Brotvermehrung. Mit einer entscheidenden Einschränkung allerdings: das eigentliche Wunder ist durch das Wunder der aktiven Solidarität aller für alle ersetzt: «Und sie setzten sich in Gruppen und verteilten, was sie besassen, und hatten einander wieder lieb.»[2] Wie sie im Feuilleton «Spatzen auf dem Dach»[3] eindrücklich belegt, benötigt Cécile Ines Loos für ihren Appell an die zwischenmenschliche Solidarität jedoch keineswegs irgendwelche biblischen Offenbarungen. Es genügt ihr das Vorbild der Spatzen unter dem Himmel und der Tiere auf den Feldern.

Ohnehin gehören Tiere und Pflanzen ganz selbstverständlich mit in die «neue Kirche» hinein – und zwar nicht bloss von Anfang an, sondern sogar noch vor den Menschen! In der Pflanze, die sie so häufig als beseeltes Wesen auftreten lässt, vermutet Cécile Ines Loos ein Geheimnis, das grösser und älter ist als alles, was die Menschen wissen können.

«Die Pflanze ist das älteste Wesen, das es auf Erden gibt», lässt sie Jacques in der Erzählung «Nächtliche Bäume» formulieren. «Viel später erschien

1   «Das Königreich Manteuffel». In «Verzauberte Welt», S. 36–61, S. 57
2   Auszug aus «Alexander Untum Bormann». In «Verzauberte Welt», a. a. O., S. 206
3   In «Verzauberte Welt», a. a. O., S. 129–132

338

das Tier, und noch einmal später erst der Mensch. Die Pflanze besitzt also das Urwissen. (…) In den Bäumen liegt … das Geheimnis der Erde verborgen und alle ihre Erinnerungen.»[1] Auch das Tier ist von der «neuen Kirche» nicht mehr ausgeschlossen. In «Hinter dem Mond» gibt es jene grossartige Stelle, wo das Kind Susanna Tanner ins Land der Pferde reist und sich ihre mächtige Göttlichkeit vorstellt: «Und wenn wir oben sind, kommen die Tiere, die langgesichtigen Tiere mit den übergrossen und glänzenden Augen. Das sind eigentlich Engel. Engel oder Pferde, und ich entsinne mich, dass ich einmal in einem heiligen Buch ein Pferd gesehen habe mit Flügeln. Wo ist nun der Schrecken, wo ist nun der Sturz?»[2] Tiere haben etwas Unverletzliches, eine innere Sicherheit, die dem Menschen verlorengegangen ist. «Wie wunderbar wäre sich ein Mensch vorgekommen mit diesem Bewusstsein unverletzlicher Sicherheit», fragt sich die Dichterin in «Verzauberte Seele»[3] mit Blick auf eine Katze. «Die Tiere sind unsere älteren Brüder»[4], heisst es in «Begegnung».

Aber nicht nur nach den beteiligten Lebewesen, auch räumlich ist Cécile Ines Loos' «andere Kirche» weiter und umfassender als deren traditionelle europäische Organisationsformen. Zum einen bezieht sie kühn die Sterne, die Astrologie in ihre Vorstellungen mit ein und stellt die Menschen unter deren Gesetze: «Nach und nach hat sich in mir eine ganz innere Liebe zu den Sternen ausgebildet», schrieb die Dichterin am 5.5.1946 Walter Muschg. «Eigentlich eine Religion, die in keinem Buche steht. Nicht dass ich nun wie die Midianiter in Sonne oder Saturn etwa meine Götter erkenne. Aber die Sterne sind eben doch das Gesetz des Himmels.» Sosehr sie an die Einflüsse der Sterne glaubte, so sehr war sie aber auch wiederum überzeugt, dass der Mensch sein Schicksal selber in der Hand habe und nicht etwa blind irgendwelchen astrologischen Mächten verfallen sei. «Die Sterne zwingen uns ja auch nicht, sie machen uns bloss geneigt», schrieb sie am 23.6.1946 an Elli Muschg. Und überdies: wenn er auch unter den Gesetzmässigkeiten der Gestirne steht, so ist dem Menschen doch ein für alle Mal sein Platz auf dieser Erde zugewiesen. «Lasst uns die Erde lieben mit allem, was darauf ist, denn auf der Erde sind wir zu Hause»[5], lautet die Quintessenz der symbolischen Märchenerzählung «Die blaue Blume Yim» von 1928, und noch in einem der letzten Texte der Dichterin, in dem zunächst so harmlos daherkommenden Feuilleton «Spatzen auf dem Dach», heisst es mit Hinweis auf die atomare Apokalypse: «Und welcher Stern wollte uns noch einmal bei

1   «Nächtliche Bäume». In «Verzauberte Welt», a.a.O., S. 228
2   «Hinter dem Mond». a.a.O., S. 12
3   «Verzauberte Seele». In «Verzauberte Welt», a.a.O., S. 253
4   «Begegnung». In «Verzauberte Welt», a.a.O., S. 244
5   «Die blaue Blume Yim». In «Verzauberte Welt», a,a,O., S. 236–239, S. 239

sich aufnehmen und beherbergen, und welches wäre unsere Heimat, wenn wir diese verloren hätten?»[1] Diese Erde aber teilte Cécile Ines Loos nicht mehr auf in Nationen, zu denen man gehört, und solche, denen man fremd gegenübersteht. Sie, die als Autorin thematisch und ideenmässig immer weit über ihre schweizerische Heimat hinausblickte und Italien, Frankreich, Deutschland, England, Irland, Polen, Russland, Indien und Brasilien in ihre Werke als Schauplätze mit einbezog, fühlte sich der gesamten Menschheit in solidarischer Liebe verbunden. «Es nützt nicht viel», wirft sie den macht- und besitzgierigen Europäern an den Kopf, «übers Meer zu fahren, um andere von unserer Bruderliebe zu überzeugen. (…) Sie wissen, dass wir fliegende Superfestungen bauen, und sie nennen es nicht Bruderliebe. (…) Die Attrappen der Güte nützen nichts mehr. Sie erkennen die Wahrheit der Dinge.»[2]

Sosehr die «andere Kirche» auch auf eine glücklichere irdische Welt ausgerichtet ist, so wenig ist sie etwa der eigentlichen religiösen Dimension, des Metaphysischen, beraubt. Ganz im Gegenteil: mitten in der sichtbaren, materiellen Welt existiert für Cécile Ines Loos eine unsichtbare seelisch-geistige, die für sie ebenso unbezweifelbar wahrzunehmen und zu beschreiben ist wie die alltägliche Wirklichkeit. So entwickelte sie schon in «Matka Boska» ihre eigene Engellehre, an der sie bis an ihr Lebensende festhielt. Noch am 7.1.1956 liess sie Elli Muschg einen Zettel zukommen, worauf sie um Verständnis für diese zwischenweltlichen Wesen warb: «Ich begreife, dass meine Engel für viele Menschen ein grosses Rätsel sind …» Abgesehen von dieser Engellehre sind die metaphysischen Komponenten von Cécile Ines Loos' «neuer Kirche» sehr stark von indischen Vorstellungen beeinflusst. Dies betrifft vor allem ihren Glauben an die Reinkarnation, der ihr erlaubt, im Tod nicht ein Ende, sondern einen Übergang in eine andere Existenzform zu sehen. Der Tod macht den Menschen wieder teilhaftig an jenem «grossartigen Gesamtbewusstsein»[3], in das er als Kind noch integriert war. «Erst im Tod kann ich noch einmal so werden wie als Kind. Erst im Tod, wenn ich wieder losgelöst bin von meinen jetzigen Wünschen nach Ehrgeiz, nach Besitz, nach Liebe und ewigem Gefallenwollen.»[4]

Die «neue Kirche» der Cécile Ines Loos, von der wir einige Fragmente unter der Verschüttung hervorzugraben versuchten, speist sich aus vielen Quellen und hat im einzelnen auch viele Verwandte. Dennoch, als ein Ganzes gedacht, stellt der Entwurf eine mutige, weitsichtige, von eigenwilliger

1 «Spatzen auf dem Dach». In «Verzauberte Welt», a. a. O., S, 131
2 «Spatzen auf dem Dach», a. a. O., S. 131
3 «Auf solche Kinder kann man sich verlassen, denn sie gehören noch hinein in jenes Reich des grossartigen Gesamtbewusstseins.» («Liebhabertheater». In «verzauberte Welt», S. 79)
4 «Der Tod und das Püppchen», a. a. O., S. 92

Erfindungsgabe und kühner Phantasie ebenso wie von einem tief gefühlten mitmenschlichen Engagement und einem hohen Ethos zeugende Alternative zu einem Christentum orthodox-dogmatischer Spielart dar. Aber vielleicht ist es gut, dass es 1914 noch keine Pfarrerinnen gab und Cécile Ines Loos nicht in der Lage war, ihre weibliche Theologie als Lehre zu verkünden. So war sie nämlich gezwungen, diesen hochgemuten, von Idealismus und Begeisterung getragenen Gedanken in ihr Werk einzubauen – als einen Teil jener intelligenten Verzauberung, die ihre dichterische Welt so unverwechselbar macht.

«... nun aber kann ich auch nicht plötzlich aufhören zu leben ...»: der soziale und finanzielle Hintergrund von Cécile Ines Loos' dichterischer Existenz

Das Schicksal, als Autor auf das zahlenmässig kleine und erst noch einseitig konservativ eingestellte Deutschschweizer Lesepublikum reduziert zu sein, teilte Cécile Ines Loos seit 1939 mit den meisten anderen Schriftstellern der alemannischen Schweiz: mit Albin Zollinger, Felix Moeschlin, R. J. Humm, Jakob Bührer, Cécile Lauber und vielen anderen. Was sie von diesen Autoren unterschied, war der unschweizerische Charakter jener Werke, die sie berühmt gemacht hatten, und die Tatsache, dass sie als alleinstehende Frau ohne Vermögen oder andere Einkünfte dringend auf den Erlös ihrer schriftstellerischen Arbeit angewiesen war. Wiewohl die Honorierungspraxis der Schweizer Verlage kaum viel anders aussah als gegenüber den übrigen Schriftstellern, waren ihre Auswirkungen im Falle von Cécile Ines Loos daher besonders fatal. Da die Dichterin ihre Verlagsverträge sowie die diese betreffende Korrespondenz in ihren letzten Lebensjahren dem Schweizer Schriftstellerverein zur Aufbewahrung übergab, ist es möglich, genaue Zahlen über ihre Einkünfte aus der Schriftstellerei mitzuteilen und so auch die materielle Seite einer schweizerischen Schriftsteller-Existenz jener Jahre zu beleuchten.

Nachdem der Autorenanteil bei der DVA 16% betragen hatte[1], erreichte Cécile Ines Loos nur für ein einziges ihrer in der Schweiz gedruckten Bücher noch über 10% Beteiligung: bei der im Zürcher Rascher-Verlag 1944 erschienenen Zweitausgabe des Erstlings «Matka Boska». Der Anteil betrug 15%, aber von den 4000 gedruckten Exemplaren wurden bis 1953, ehe der ganze Rest verramscht wurde, nur gerade 412 Stück verkauft. Das macht bei Fr. –.98 Anteil pro Band total Fr. 403.76 für die Verfasserin. Für die

---

1   laut einem Brief der Autorin an Franz Beidler vom 11. Mai 1943. Wie erwähnt gingen die Einnahmen aus «Matka Boska» allerdings vollumfänglich zur Deckung der Kosten für die seinerzeitige Bevorschussung an den SSV.

ebenfalls bei Rascher erschienenen «Leisen Leidenschaften», von denen 1957, als das Buch verramscht wurde, die Hälfte der Auflage von 1934, nämlich 1000 Stück, verkauft war, betrug der Gesamterlös der Autorin bei einer noch relativ hohen Beteiligung von 10% ganze Fr. 300.–. Für «Der Tod und das Püppchen» – auf dessen Leidensgeschichte wir schon verwiesen haben – erhielt die Autorin von den «Schweizer Bücherfreunden Zürich» bei Vertragsabschluss 1939 eine einmalige Zahlung von Fr. 1200.– und dann nie mehr eine Abrechnung, geschweige denn eine Honorarüberweisung. Der Vorschuss von Fr. 1000.–, den Cécile Ines Loos 1941 vom Atlantis-Verlag für «Hinter dem Mond» erhalten hatte, konnte bei 7½% Autorenbeteiligung und 912 verkauften Exemplaren im ersten Jahr zu Gunsten des Verlags nicht wieder eingespielt werden und wurde der Autorin 1943 auf die Fr. 480.– angerechnet, die ihr von den Fr. 800.– der französischen Übersetzung zustanden, so dass sie von diesem Übersetzungshonorar noch Fr. 81.90 überwiesen erhielt. In den folgenden Jahren scheint die Zahl der verkauften Exemplare diejenige der Remittenden – deren Autorenhonorar der Verfasserin jeweils rückbelastet wurde! – nur noch zweimal leicht überstiegen zu haben, so dass es realistisch ist, von einer effektiven Einnahme der Schriftstellerin aus «Hinter dem Mond» von Fr. 1200.– bis Fr. 1400.– auszugehen. Und dies, obwohl das Buch 1947 auch noch ins Dänische übersetzt wurde.[1] Um 1950 wurde ein grosser Restbestand von «Hinter dem Mond» vom Verlag verramscht. Dem Roman «Konradin» erging es nicht besser. Der Vorschuss von Fr. 500.–, welcher der Verfasserin laut Vertrag vom 26. Mai 1943 gewährt wurde, ist trotz des um die Hälfte gesenkten Betrags bei einem Autorenanteil von 7½% wohl kaum wieder eingespielt worden. Schon 1945 jedenfalls überwogen auch hier die Remittenden, deren Autorenanteil der Verfasserin belastet wurde. Auch «Konradin» wurde 1950 mangels Nachfrage vom Verlag in grossen Mengen verramscht. «Jehanne», schliesslich, das letzte bei Atlantis erschienene Buch (Vorschuss Fr. 500.–/Autorenanteil 8%), war bei Cécile Ines Loos' Tod noch erhältlich, wurde aber im selben Jahr ebenfalls verramscht.[2] Schon 1951, im einzigen Jahr, für das sich die Abrechnung erhalten hat, wurden von «Jehanne» nur noch gerade 11 Exemplare abgesetzt – macht Fr. 9.70 für die Autorin. «Leute am See» wurde 1951 bei der Büchergilde in 6000 Exemplaren gedruckt. Es standen der Autorin 10% vom Verkaufspreis (Fr. 6.–) zu. Wie viele Bücher tatsächlich verkauft werden konnten, ist unbekannt. Mehr als Fr. 1000.– aber wird der Erlös in keinem Fall betragen haben.

1 «Bag Maanen». Povl Branners Forlag, Kopenhagen 1947
2 Im Unterschied zu den übrigen Daten, die aus den beim SSV aufbewahrten, heute im Literaturarchiv, Bern, befindlichen Akten zu Cécile Ines Loos resultieren, stammt diese Angabe aus einem Brief des Atlantis-Verlags an Leonardo Loos vom 3.2.1960.

Ihr Geld verdiente Cécile Ines Loos mit Aushilfsjobs in Bibliotheken, Archiven und anderen Institutionen. Hier 1936 als Aufsicht in der Kinderlesestube der Basler Bibliothek.

Zählt man dies alles zusammen, so kommt man für die insgesamt sieben in der Schweiz gedruckten Werke auf geschätzte Fr. 6000.–, was für die zwanzig Jahre zwischen 1932 und 1952, in denen diese Werke publiziert wurden, pro Jahr einen Betrag von Fr. 300.– ergibt.

Was sich hinter diesen nüchternen und für den Leser zugegebenermassen etwas langweiligen Zahlen verbirgt, ist, wie aus dem Studium des Briefwechsels Cécile Ines Loos/SSV und desjenigen mit dem Ehepaar Muschg sowie aus Augenzeugenberichten hervorgeht, ein erschütterndes persönliches Drama.

Zwischen 1939 und 1954 kämpfte die Schriftstellerin, obgleich sie in dieser Zeit mit «Der Tod und das Püppchen», «Hinter dem Mond» und «Jehanne» ihre reifsten Meisterwerke vorlegen konnte, buchstäblich um ihr nacktes Überleben. Nach Auskunft von Leonardo Loos wurde sie zuletzt schliesslich unterernährt vorgefunden und musste in Spitalpflege verbracht werden.[1] Betteln lag ihr nicht, und Schuldenmachen erst recht nicht. «Als die über 70-jährige Frau zusammenbrach, da hatte sie Fr. 32.– Schulden, nicht mehr, und vorbildlich aufgeräumte Schubladen.»[2] Zwar gelang es dem Schriftstellerverein, dessen Sekretären Egli und Beidler Cécile Ines Loos zu Recht ihr ganzes Vertrauen schenkte, immer wieder, vom Bund Unterstützungsbeiträge für die Dichterin zu erlangen[3], zwar bedachte sie der Basler Literaturkredit im Rahmen seiner Möglichkeiten[4], und auch der Schriftstellerverein selbst half dann und wann, wenn die Not gerade am grössten war, mit kleineren Beträgen aus, aber dennoch schaffte sie es immer nur für ganz kurze Zeit, zu Einnahmen in Höhe des absoluten Existenzminimums zu gelangen.

Dass sie sich um öffentliche Unterstützung für ihre von Verlagsseite her grotesk unterbezahlte schriftstellerische Arbeit bewarb, bedeutet nicht, dass Cécile Ines Loos etwa arbeitsscheu war oder sich exklusiv darauf versteift hätte, auf Kosten der Allgemeinheit Dichterin zu sein. Sie bemühte sich im Gegenteil immerfort darum, ihren Lebensunterhalt mit Halbtagsstellen zu erwirtschaften – nur zum Allerletzten, nämlich wie so viele andere Schweizer Schriftsteller das Schreiben völlig zu Gunsten des existenzsichernden Brotberufes aufzugeben, dazu fand sie sich nicht bereit. Sie arbeitete so in den vierziger Jahren als Übersetzerin für den Zürcher Rascher-Verlag. Auf den 1. April 1942 wurde sie mit einem auf Ende Juli des gleichen Jahres kündbaren Vertrag sogar offiziell halbtags in dieser Funktion angestellt. Das

---

1 mitgeteilt in dem bereits erwähnten Gespräch vom 6.1.1983 in Basel
2 Brief Elli Muschgs an den Verfasser vom 9.1.1983
3 Zwischen 1937 und 1955 erhielt sie laut Korrespondenz SSV/EDI pro Jahr im Durchschnitt Fr. 900.– Unterstützungsbeitrag vom Bund.
4 Zwischen 1927 und 1955 erhielt sie insgesamt Fr. 8950.–, also im Schnitt Fr. 32.– pro Jahr.

monatliche Fixum betrug Fr. 180.–, die Hälfte davon zahlte der Bund. Auf solche Weise entstanden ihre Übersetzungen aus dem Englischen: «Ein wenig Liebe ein wenig Spott» nach Lin Yü-Tang (1887–1976), 1943 erschienen, und «Windswebt» nach Mary Ellen Chase (1887–1973), 1944 erschienen. Solche Übersetzungsarbeiten wurden ihr nur vorübergehend angeboten. Eigentliche Basis ihrer armseligen materiellen Existenz mussten daher lange Jahre lang jene Halbtagsstellen sein, die das Basler Erziehungsdepartement in verschiedenen staatlichen Bildungsinstituten für die Dichterin schuf. An diesen Arbeitsplätzen wurde die äusserst kultivierte, für praktische Arbeiten aber vielleicht etwas ungeschickte Frau zum Nachteil ihrer schriftstellerischen Projekte mit anspruchslosen Hilfsarbeiten beschäftigt, wobei sie, wie ihre späten Briefe unzweideutig zeigen, häufig schikaniert, ausgelacht und gedemütigt wurde.[1] Bis Oktober 1943 war sie lange Jahre Aufsicht in der sogenannten Kinderlesestube der Basler Bibliothek (Gehalt: Fr. 145.– pro Monat). Dann lebte sie einige Zeit von der Unterstützung, die ihr vom Bund für das Projekt «Leute am See» gewährt wurde. Anfang 1945 kam es zu einer schweren gesundheitlichen Krise, sie musste in Spitalbehandlung und war schliesslich genötigt, Armenunterstützung zu beziehen. Ab Januar 1947 arbeitete Cécile Ines Loos für Fr. 178.– im Monat halbtags als Hilfskraft im Basler Staatsarchiv. 1948 bekam sie, wie aus ihren Briefen hervorgeht, am gleichen Ort Fr. 250.– im Monat. 1950 finden wir sie am Staatswissenschaftlichen Seminar, wo sie neue Kartothekenkärtchen zu erstellen hat, 1951 ist sie, immer noch für Fr. 250.–, mit ähnlichen Hilfsarbeiten am Paläontologischen Institut und zuletzt noch an der Universitätsbibliothek beschäftigt. Diese letzte Stelle kündigte man ihr am 1. Dezember 1951 auf Ende Jahr. Franz Beidler teilt sie am 12. März 1952 mit: «In Basel hat man mir auf Weihnachten an der Universitätsbibliothek, wo ich mit anderen gearbeitet habe, gekündigt. Sie brauchen das Geld anderweits. … Ich weiss auch nicht, wie lange es noch weitergeht und wohin ich dann gegebenenfalls ziehen müsste, wenn das letzte Spargeld – ca. Fr. 600.– – aufgebraucht ist. Dies ist meine aktuelle Situation. Ich bin zwar unternehmend und gut gelaunt Ich sage Ihnen das, ganz offen und ehrlich, und zugleich ohne dass es ein Vorwurf gegen Basel, meine Heimatstadt, sein soll. Basel ist eben doch meine Heimat, jene Heimat, die man nicht freiwillig wählt, sondern schicksalhaft antritt.»[2] Am 1.4.1952 äussert sie dem

---

1   «Sie merken nicht einmal, dass ihr blödes Gelächter zuweilen einem älteren Menschen furchtbar auf die Nerven geht, besonders–, wenn er daran gewöhnt war, Ehre zu bekommen. Und zwar von sehr hohen Leuten!» (An Franz Beidler, 13.8.1948)

2   Am 8.11.58 schrieb Max E. Böhm an Martha Horber-Loos: «Das Verhalten unserer Behörden gegenüber Schriftstellern vom Rang einer Frau Loos ist beschämend … In Basel gibt es für Schriftsteller in den Staatsämtern wenig Verständnis. Aber auch in der Bevölkerung findet man wenig Unterstützung.» (SSV-Dossier des Literaturarchivs, Bern)

gleichen Adressaten gegenüber: «…nun aber kann ich auch nicht plötzlich aufhören zu leben, auch wenn ich nichts anderes verdiene als die Fr. 62.– Alterskasse.»

Nicht, dass man an offizieller Stelle nichts von der Not der Dichterin gewusst oder dass man gar ihren Rang verkannt hätte! Schon 1946 war in einem Schreiben, mit welchem Bundesrat Etter, um weitere Hilfe für Cécile Ines Loos angegangen, den Schwarzen Peter mit gleichem Wortlaut sowohl an die Eidgenössische Direktion des Innern als auch an das Basler Erziehungsdepartement weitergeschoben hatte[1], folgendes zu lesen gewesen: «Trotz ihrer literarischen Erfolge und obschon sie nach übereinstimmendem Urteil massgebender Kreise, im besonderen der Herren Prof. Dr. W. Muschg von der Universität Basel und Prof. Dr. E. Staiger von der Universität Zürich, zu den bedeutendsten schriftstellerischen Begabungen unseres Landes gehört, befindet sich Frau Loos seit Jahren in schwierigen finanziellen Verhältnissen. Ihre Notlage ist besonders in letzter Zeit drückend geworden, so dass sie oft nicht weiss, von was sie in den folgenden Tagen leben soll. Auch das Bitterste ist ihr nicht erspart geblieben, indem sie jetzt Armenunterstützung entgegenzunehmen genötigt ist.»[2]

Am 16. August 1952 sind in Cécile Ines Loos' Briefen erstmals deutliche Zeichen von Erschöpfung und Resignation erkennbar. An Elli Muschg schrieb sie an diesem Tag: «Ich mag gar nichts in die Hand nehmen, ich bin wirklich zu sehr ermüdet und würde viel lieber in einen Spital gehen und nichts mehr wissen.»

In den folgenden Wochen und Monaten wird ihre Lage immer aussichtsloser. Die Dichterin ist erneut gezwungen, Armenunterstützung anzunehmen, die Verlage, denen sie noch immer ihre Manuskripte herumschickt, wollen davon nichts mehr wissen oder wimmeln die Autorin mit unmöglichen Abänderungsvorschlägen[3] eine Zeitlang ab. Und schliesslich helfen auch die erfinderischsten Durchhaltevorkehrungen[4] nichts mehr. Als ob ihr eigenes

---

1 Kopien der beiden gleichlautenden Schreiben im SSV-Dossier
2 Bei allem Verständnis für die auch für das Verlagswesen jener Jahre schwierige Situation ist hier unbedingt anzumerken, dass die bundesrätliche Aktion letztlich auf eine Anregung von Atlantis-Verleger Dr. Martin Hürlimann zurückging, der mit der Autorin zwei Wochen zuvor den Verlagsvertrag für «Jehanne» (8 % Autorenhonorar, Fr. 500.– Vorschuss) abgeschlossen hatte. Von diesem Vertrag hätte die Dichterin nur profitieren können, wenn, was nicht zu erwarten war, das Buch ein Sensationserfolg geworden wäre. In seinen Memoiren («Zeitgenosse aus der Enge», Frauenfeld 1977, S. 268) schreibt Hürlimann über seine damalige, materiell der Basler Armenpflege überlassene Autorin: «Es war stets unterhaltend, wenn die etwas skurrile kleine Dame kam, zweifellos im Tram und nicht im Taxi.»
3 So brachte die DVA sie dazu, den historischen Roman «Der schöne Herzog» ganz des Historischen zu entkleiden und zu «modernisieren»! (an Beidler, 1. April 1952)
4 Laut Elli Muschg vermietete sie zwei Zimmer ihrer Zweieinhalbzimmerwohnung weiter und lebte selbst in einem Verschlag im Korridor.

Leonardo Loos und seine Frau Anfang der 1950er Jahre. Zu diesem Zeitpunkt verweigerte die Dichterin jeglichen Kontakt mit ihrem Sohn und dessen Familie.

Unglück nicht gross genug gewesen wäre, sorgte Cécile Ines Loos bis ganz zuletzt immer auch noch für andere, denen es noch schlechter ging als ihr. So beherbergte sie viele Jahre lang einen invaliden ehemaligen Fremdenlegionär namens Froidevaux bei sich. «Der Mensch, für den ich mitsorge», schrieb sie am 23. Juli 1940 an SSV-Sekretär Egli, «ist ein jurassischer Fremdenlegionär, und er geht mich im Grund genommen von Haut und Haar nichts an. Früher existierte er bei einem Maler[1] und nun ist er bei mir, schon seit etlichen Jahren. Und doch könnte ich nicht zu ihm sagen: Geh! Selbst, wenn ich dadurch um nichts bitten müsste.»

Ihrer Güte den Mitmenschen gegenüber entsprach ihr im Grunde heiteres, frohes Gemüt. Immer wieder berichten Leute, die sie gekannt haben, wie herzlich die Dichterin trotz ihres schweren Schicksals bei allen möglichen Gelegenheiten lachen konnte: «... mit ihr sprechen hiess immer auch mit ihr lachen, und man spürte dabei, dass sie in ihrer Armut reicher war als alle, die sich ihre Freuden mit Geld kaufen müssen. Sie war ein unverwüstlich glücklicher und freudiger Mensch, weil sie selbst den Talisman der Liebe besass, den sie die Heldinnen ihrer Bücher finden lässt.[2] Mitten in grossen Nöten und Sorgen konnte sie, wenn es nach unendlicher Mühe wieder einmal gelungen war, ihr eine Bundeshilfe zu verschaffen, an Hermann Weilenmann schreiben: «Mit dem Bundesgeld bin ich also fröhlich einmal für sechs Wochen lang in den Ferien gewesen und habe meinen neuen Roman ‹Leute am See› auf 30 Kapitel hinaufgebracht und fertig aufgesetzt.»[3]

So konnte sie fröhlich in den Tag hinein leben, denn sie wusste ja noch nicht, dass sie bei der Rückkehr nach Basel ihre Halbtagsstelle verlieren würde und dass der soeben fertiggestellte Roman erst acht Jahre später würde erscheinen können ...

Im Frühjahr 1954 geriet die 71jährige körperlich und psychisch in eine schwere Krise, die einem völligen Zusammenbruch gleichkam. Am 16. Mai des gleichen Jahres schrieb sie, notdürftig wiederhergestellt, an Bundesrat Etters Sekretär Melliger, der immer wieder Verständnis für sie gezeigt hatte: «Ich war plötzlich sehr krank und dann noch falsch behandelt worden, medizinisch. Ich hatte eine Zeitlang keine Beziehung mehr zu nichts – als noch zu Frau Prof. Muschg, die ich beide schon über 20 Jahre kenne. Die letzten Jahre waren für mein Alter etwas zu schwer gewesen»[4] Mit dieser Krankheit hing es offenbar irgendwie zusammen, dass Cécile Ines Loos nun unversehens auch wieder das alte Problem mit ihrem inzwischen längst glücklich verheirateten Sohn Leonardo hervorholte und ihn durch allerlei Demarchen

---

1 beim bereits erwähnten Maler Coghuf alias Ernst Stocker (1905–1976) im Jura
2 Walter Muschg in «Worte des Abschieds», a.a.O.
3 Brief vom 21.10.1943. Im SSV-Dossier
4 Original in der Basler Universitätsbibliothek

Die beiden allerletzten Aufnahmen der Dichterin aus den Jahren 1956/57

an alle möglichen Stellen enterben wollte. Elli Muschg, die der Dichterin auch in schwersten Zeiten unverbrüchlich die Treue hielt, gelang es schliesslich, die aufgebrachte Frau, die sich von ihrem Sohn förmlich verfolgt fühlte, zu beruhigen und durch Kontaktnahme mit dem Schriftstellerverein eine alle Seiten befriedigende Regelung herbeizuführen. Elli Muschg war es auch, die, angesichts der immer grösseren Not und im Gefolge jenes völligen Zusammenbruchs, der Sache nicht mehr weiter ihren Lauf lassen wollte und auch materiell eine dauernde Hilfe für die nicht mehr arbeitsfähige Schriftstellerin herbeiführte. Sie brachte es zustande, dass eine Gruppe von Frauen durch einen allmonatlichen Beitrag eine Art Ehrensold für Cécile Ines Loos finanzierte. Diese Zahlungen ermöglichten es der Dichterin, ihre fünf letzten Lebensjahre ohne drückende materielle Not zu verbringen. Dankbar spricht sie am 25. Juni 1954, als sie zur Erholung einige Tage im Malcantone verbringen kann, in einem Brief an Elli Muschg von ihrem «neuen, beinahe himmlischen Einkommen».

Noch immer schreibt sie an neuen Büchern. Am 5. Januar 1956 berichtet sie Franz Beidler von ihrem neuen Manuskript «Horizonte» und erklärt: «Vorderhand schreibe ich weiter an diesem Roman.» Der letzte Brief an Elli Muschg, zwei Tage später geschrieben, endet mit den Worten: «Wo steht mein Kopf? – Ich weiss es oft selber nicht: Ihre arme Cécile.» Im Oktober 1956 muss Cécile Ines Loos ihrer Arthritis wegen ins Bürgerspital eingeliefert werden. Von dort schreibt sie am 22. Oktober ihren letzten von so vielen Briefen an Franz Beidler, der ihr einen Blumengruss geschickt hatte. Der Brief, mit zittriger Hand geschrieben, endet mit den Worten: «Wir müssen sehen, wie wir alle miteinander auskommen.» Dann wurde es still um die Dichterin. Ihre drei letzten Lebensjahre verbrachte sie im Altersasyl des Basler Bürgerspitals. Bei einem unglücklichen Sturz Anfang 1959 erlitt sie eine Oberschenkelfraktur, an deren Folgen sie am 21. Januar 1959, vierzehn Tage vor ihrem 76. Geburtstag, starb. Im Tode noch holte die Armut sie wieder ein: Die Armenpflege beschlagnahmte sogleich nach Bekanntwerden des Ablebens die Bibliothek der Dichterin und verkaufte die Bücher, um ihre Ausgaben wieder einzubringen, ehe Elli Muschg dagegen einschreiten konnte.[1]

Cécile Ines Loos hat sich in ihrem Werk, aber auch in ihren Briefen, ausserordentlich oft mit dem Phänomen des Todes auseinandergesetzt. Schon am 28. Februar 1950 hatte sie an Elli Muschg geschrieben: «Man muss auch sterben lernen, ehe man tot ist. Ich nehme den Tod aber gar nicht etwa tragisch, aber als das Wichtigste, was es überhaupt gibt.» Und im Brief vom

---

1   Diese Angaben sind dem Schreiben von Elli Muschg an Franz Beidler vom 22. März 1960 zu entnehmen (Original im SSV-Dossier in Bern).

20. August 1954 an die gleiche Adressatin steht zu lesen: «Ich mache mir klar, dass man auch im Jenseits wahrscheinlich nicht einfach sich auf Daunen ausruhen kann, sondern eben auch in den neuen Vorkommnissen wieder die Oberhand zu gewinnen suchen muss.»

Am 10. Mai 1951 aber hatte Cécile Ines Loos, als wolle sie die Quintessenz aus ihrem schweren Leben ziehen und ihr Verhältnis zu ihrer Zeit, ihrer Umwelt und ihrem Land ein für alle Mal klären, an Walter Muschg geschrieben:

«Der schnelle und unerwartete Tod beider Eltern, die ich nicht einmal je sah, und die Hinwegnahme unseres Geldes durch meinen Grossvater und die Verschenkung davon an die Mission – genau das ist ein richtiger heimtückischer Schlag für die ganze Lebensroute, dem sich alles andere leicht anfügen konnte. So kam es auch heraus, dass ich nirgends eine Heimat fand ausser bei mir selbst.»

Bildnachweis und Dank

Das Bild S. 265 zeigt Cécile Ines Loos Ende der Zwanzigerjahre. Soweit nicht besonders angegeben stammen die verwendeten Vorlagen aus dem Archiv des Herausgebers und beruhen zum grossen Teil auf Kopien, die er 1983 und 1985 von Fotos aus dem Besitz von Leonardo Loos machen durfte, deren Originale inzwischen verschollen sind. Das Bild S. 277 stammt aus dem Archiv der Neuen Mädchenschule, Bern. Das Bild S. 281 stammt aus dem «Schweizer Familienwochenbatt» Nr. 36 von 1925. Das Bild S. 293 ist einer nicht mehr identifizierbaren Illustrierte aus dem Jahre 1929 entnommen und wurde von Bruno Loos, Wädenswil, zur Verfügung gestellt. Bruno Loos steuerte auch das Bild S. 347 bei. Das Bild S. 301 wurde uns von Hans-Heinrich Giger, Winterthur, zur Verfügung gestellt und stammt aus dem Archiv der Odd Fellows-Loge Winterthur, deren Gross-Sire Hans Mast war. Die Bilder auf den Seiten 307 und 319 stammen aus dem Besitz von Kathrin Langlois-Eberhard, Thun.

Für das Zustandekommen dieses Bandes und insbesondere des biographischen Nachworts sind Herausgeber und Verlag den folgenden Institutionen und Persönlichkeiten zu Dank verpflichtet: der Handschriftenabteilung der Universitätsbibliothek Basel, dem Schweizerischen Literaturarchiv, Bern, Herrn Bruno Loos, Wädenswil, Frau Kathrin Langlois, Thun.

Ein grosser Dank gebührt auch all denen, die das Erscheinen des Bandes finanziell ermöglicht haben: den Swisslos-Fonds Basel Stadt und Basel Land, der Jacqueline Spengler Stiftung, Basel und der Berta Hess-Cohn Stiftung Basel. Ein ganz besonderes Dankeschön aber gilt Walter Brack, Basel, dessen umsichtiger Mithilfe es zu verdanken ist, dass Stadt und Kanton Basel ihrer Dichterin Cécile Ines Loos ein spätes Comeback ermöglicht haben.